PREMIÈRES OPÉRATIONS
DE LA GUERRE DE SEPT ANS

Lac Ontario

R. Kataracoui

Fort Présentation /Ogdensburg

Tête des rapides

Fort Kataracoui (ou Frontenac)/Kingston

Montréal

R. Richelieu

Fort Saint-Frédéric /Crown Point

Fort Toronto

Baie de Niaouré /Sacketts Harbor

Fort Carillon /Ticonderoga

Lac Saint-Sacrement

Fort Ontario

Fort Chouaguen (Oswego)

Fort Guillaume-Henri

Fort Niagara
Comptoir petit fort

Fort Bull

Fort Édouard (Lydius)

R. Chouaguen

R. Mohawk

Lac Érié

Albany

Plat pays des bisons

R. Hudson

R. Ohio (Belle Rivière)

R. Delaware

New York

Fort Duquesne /Pittsburg

R. Susquehanna

R. Monongahéla

R. Potomac

Océan Atlantique

Forts français
Forts anglais

Feu
Fleur de lys

Du même auteur

Feu, tome 2 : L'étranger, Éditions Libre Expression, 2005.

Feu, tome 1 : La rivière profanée, Éditions Libre Expression, 2004.

Bip, fantaisie philosophique, Éditions Alexandre Stanké, 2001.

Bécassine, l'oiseau invisible, Éditions Alexandre Stanké, 2000.

Bip, Éditions Libre Expression, 1995, épuisé.

L'oiseau invisible, Éditions Stanké, 1994.

Le Grand Blanc, Éditions Libre Expression, 1993 ; collection « Zénith », 2002.

Les Ailes du destin. L'alouette en cage, Éditions Libre Expression, 1992 ; collection « Zénith », 2002.

Sire Gaby du Lac, Quinze Éditeur, 1989.

Le Sorcier, Éditions La Presse, 1985 ; VLB éditeur, collection « Bonheurs de lecture », 2004.

Au nom du père et du fils, Éditions La Presse, 1984 ; Paris, Presses de la Cité, 1994 ; VLB éditeur, collection « Bonheurs de lecture », 2004.

Francine Ouellette

Feu

Fleur de lys

Libre Expression
QUEBECOR MEDIA

Catalogage avant publication de Bibliothèque et Archives nationales du Québec et Bibliothèque et Archives Canada

Ouellette, Francine, 1947-

Feu

Sommaire: t. 1. La rivière profanée -- t. 2 L'étranger -- t. 3. Fleur-de-lys.

ISBN 2-7648-0159-9 (v. 1)
ISBN 2-7648-0185-8 (v. 2)
ISBN 978-2-7648-0299-1 (v. 3)

I. Titre. II. Titre: La rivière profanée. III. Titre: L'étranger. IV. Titre: Fleur-de-lys.

PS8579.U423F48 2004   C843'.54   C2004-941694-4
PS9579.U423F48 2004

Hormis les personnages dont le nom est passé à l'histoire, toute ressemblance avec des personnes vivantes ou ayant existé est pure coïncidence.

Direction littéraire
JOHANNE GUAY

Cartes
DANIELLE PÉRET

Maquette de la couverture
CHANTAL BOYER

Infographie et mise en pages
ÉDISCRIPT

Remerciements
Les Éditions Libre Expression reconnaissent l'aide financière du gouvernement du Canada par l'entremise du Programme d'aide au développement de l'industrie de l'édition (PADIÉ) pour ses activités d'édition. Nous remercions le Conseil des Arts du Canada et la Société de développement des entreprises culturelles du Québec (SODEC) du soutien accordé à notre programme de publication. Gouvernement du Québec – Programme de crédit d'impôt pour l'édition de livres – gestion SODEC.

Les Éditions Libre Expression
Groupe Librex inc.
La Tourelle
1055, boul. René-Lévesque Est
Bureau 800
Montréal (Québec) H2L 4S5
Tél. : 514 849-5259
Téléc. : 514 849-1388

Distribution au Canada
Messageries ADP
2315, rue de la Province
Longueuil (Québec) J4G 1G4
Téléphone : 450 640-1234
Sans frais : 1 800 771-3022

Dépôt légal – Bibliothèque et Archives nationales du Québec et Bibliothèque et Archives Canada, 2007

ISBN : 978-2-7648-0299-1

À mon frère Michel, ami et complice depuis l'enfance.

« Il n'est jamais permis de sacrifier
l'humanité à ce qui n'est que l'ombre
de la gloire. »
— Louis-Antoine de Bougainville,
écrivain et navigateur français,
aide-maréchal des logis
de l'armée de Montcalm.

Prologue

« *Oyez! Oyez! Le gouverneur général a déclaré et déclare Pierre Vaillant, déjà condamné à l'exil en perpétuité en Canada, d'intention de désertion ainsi que d'intention de ne point honorer une dette de vingt-quatre livres contractée à l'égard du Sieur Modrière, marchand ayant boutique rue Saint-Paul à Montréal. Pour réparation de quoi l'a condamné et le condamne à être conduit sur la place publique de la basse-ville de Québec où il devra subir six heures de carcan, à la suite desquelles six heures, il subira l'impression de la fleur de lys au fer chaud et sera battu de vingt coups de fouet. Après quoi, ledit Pierre Vaillant sera incorporé dans les troupes afin d'y servir son Roi dans les cinq années à venir. Suite auxquelles cinq années, ledit Pierre Vaillant devra servir le Sieur Modrière jusqu'à compensation de sa dette.* »

En ces termes fut condamné, en 1731, un jeune paysan qui avait tenté de retourner en France auprès d'Isabelle, sa bien-aimée, enceinte de lui. D'elle, il conserve précieusement une médaille de la Vierge qu'elle lui a offerte lors de leur séparation. Dans la foule des badauds assistant à l'exécution de la sentence, le marchand Modrière lançait : « Voyez ce qu'il en coûte de vouloir déserter sans honorer ses dettes. » Mais, cette dette, Pierre Vaillant ne l'avait pas contractée. Analphabète, il avait signé d'un X l'achat de marchandises de traite effectué par Louis La Ramée, associé avec Modrière dans une expédition censée rapporter une fabuleuse richesse en fourrures.

Tout au long de son châtiment, Pierre Vaillant puisait son courage dans les yeux du « petit homme du Diable » qui se tenait au pied de l'échafaud. D'abord perçu comme un ennemi, ce guérisseur amérindien[1] lui avait sauvé la vie avant de l'adopter comme frère et de l'emmener vivre parmi les siens sur l'ancestral territoire de chasse.

Nous retrouvons Pierre Vaillant, quatre ans plus tard, alors qu'incorporé dans les troupes de la Nouvelle-France, il fait partie de la garnison du poste de Michillimakinac. Il s'entretient avec Jean Hardouin, un armurier qui, comme lui et en même temps que lui, avait été recruté sous de fausses représentations pour servir de membre d'équipage dans le canot de Louis La Ramée.

---

1. Amérindien : Indien d'Amérique. L'auteure tient à souligner que l'emploi des termes « Indien » et « Sauvage » au cours du roman répond à un souci de fidélité à l'époque et n'a nullement l'intention de manquer de respect aux Premières Nations.

Première partie

Chapitre 1

Makinac

1735, 27 juillet, Makinac[1].

— Crédieu de galère! Pour sûr, j'suis comme un dieu pour ces gens, répète l'armurier Hardouin, émoustillé par le vin.

— J'en doute point, répond Pierre Vaillant, surveillant du coin de l'œil les clients du relais établi par « Modrière et La Ramée associés » hors de l'enceinte de pieux du fort Saint-Philippe.

Ce relais sert à la fois de comptoir d'échange, d'entrepôt, d'auberge, de cabaret et de magasin. Fréquenté par les voyageurs, coureurs des bois, Indiens, soldats et engagés, un semblant d'ordre y est maintenu par un homme de troupe en uniforme, en l'occurrence par Pierre Vaillant lui-même.

Cette fonction lui a été assignée le jour où, rencontrant fortuitement La Ramée en compagnie du commandant du fort, il n'avait pu résister à la tentation de lui envoyer son poing en pleine figure, lui faisant perdre connaissance pendant quelques secondes. Lorsque le marchand revint à lui, le commandant, confus, lui promit qu'il allait sévir en

---

1. Makinac: diminutif de Michillimakinac, ou Missillimakinac, fort et plaque tournante de la traite des fourrures situé sur la rive sud du lac Huron dans le détroit entre ce lac et le lac Michigan.

conséquence, mais La Ramée confessa avoir bien mérité la correction et demanda que les choses en restent là. Toutefois, comme dans l'armée un tel geste ne pouvait demeurer impuni, on ajouta alors aux nombreuses corvées de Pierre celle de la surveillance de cet établissement. En soi, elle n'était guère difficile, car sa réputation s'était vite répandue, autant chez les Français que chez les Indiens qui l'avaient baptisé « Poing-de-Fer », sa simple présence suffisant habituellement à calmer les esprits. Cependant, quand la bataille éclatait, il sortait les belligérants par la peau du cou afin qu'ils règlent leur compte à l'extérieur.

La plupart du temps, c'étaient des Indiens que l'alcool rendait fous. Des Outaouaks de la mission de l'Arbre Croche[2] que les Jésuites tenaient à sept lieues d'ici, des Poutéoutamis, des Objiwas[3], quelquefois des Kristinots et des Népissings. Pierre Vaillant se désolait toujours de les voir en état d'ivresse, les hommes s'entretuant pour un rien, les femmes se donnant pour une lampée d'eau-de-vie. En eux, il voyait les membres de sa famille adoptive et, intérieurement, il condamnait ce fléau aussi destructeur pour les uns que profitable pour les autres.

— Maintenant que j'ai les pièces qu'il faut pour raccommoder leurs fusils, la belle vie s'offre à moi. Il est de parole, La Ramée : me les avait promises, me les a envoyées par la dernière canotée, indique l'armurier.

— Il est de parole en autant que cela l'accommode, précise Vaillant.

— Ouais, en autant que cela l'accommode, t'as raison, mais dans le fond, il est honnête.

— En autant que cela l'accommode aussi... Mais avoue-le, il te les a point données, tes pièces.

— Il m'a fait un bon prix, mais ça reste cher. On n'y peut rien. C'est le transport qui coûte.

— Il se fait sur le dos de pauvres bougres, le transport. La duperie, ça le connaît, La Ramée.

---

2. Aussi connue sous le nom de « mission Saint-Ignace ».
3. Objiwas : nommés « Sauteux » par les Français.

— Tu lui en veux encore?

— Avec ce que j'ai d'imprimé sur l'épaule, oui, je lui en veux, et à Modrière, encore plus.

— Ouais, ça s'comprend, mais faut dire que tu nous as mis dans le pétrin quand t'as déserté notre canotée. La chance a voulu qu'on rencontre Gervais au fort Témiskamingue.

D'un mouvement de tête, Jean Hardouin indique un maître de canot fêtant son arrivée à Makinac avec ses hommes. Tout en nerfs et en muscles, les traits hardis, la plume au chapeau, il leur enseigne une nouvelle chanson de France avec entrain: «Malbrough qui va t'en guerre, miron-ton, mironton, mirontaine…» «Ne sait quand revien-dra…», répètent en chœur les engagés, joyeux au terme d'un long et exténuant voyage de plus de trois cents lieues[4], ponctué de trente-cinq portages. Partis en valets exploités de Lachine, ils arrivent en conquérants à Makinac, non sans avoir plus d'une fois maudit leur sort sous le collier de portage. Ce soir, c'est leur heure de gloire. De triomphe. La Grande Rivière, ils l'ont vaincue. Le lac Huron, ils l'ont tra-versé. Pour la première et peut-être la dernière fois de leur vie, ils ont réussi cet exploit, se mesurant ainsi à la grandeur du pays.

Ce soir, ils font bombance. Se régalent de viande de bison, de pain de blé, de pois, de prunes séchées et de confi-tures. Le vin et l'eau-de-vie coulent à flots, leur faisant ou-blier leur sempiternel repas de lard et de sagamité[5] et leur donnant un avant-goût d'un retour encore plus prometteur à Montréal où, en plus de faire ripaille, ils pourront se payer un bon lit au lieu de coucher sous le canot.

Érigé sur la rive du lac dont les vagues viennent battre l'enceinte de bois par vent d'ouest, Makinac tient plus d'un poste de traite que d'un poste de garnison avec sa trentaine de maisons échelonnées en périphérie. Maisons de marchands, de fournisseurs, de commis, d'interprètes, d'ouvriers de toute

---

4. Trois cents lieues: 1 200 kilomètres.
5. Sagamité: soupe à base de maïs. Terme venant du mot «kisagamite» en langue algonquienne, signifiant «le bouillon est chaud».

sorte, seuls ou avec leur famille. Point d'arrivée ou lieu d'escale, point de ralliement et de ravitaillement, carrefour des routes de la fourrure et des expéditions, Makinac est la capitale des Pays-d'en-Haut [6]. Cosmopolite, hétéroclite, anarchique, elle vit au rythme effréné des différents arrivages jusqu'à ce que l'hiver emprisonne la Grande Rivière. Des voyageurs, ne resteront dans les parages que ceux que l'on nomme « hivernants ». Les autres seront de retour chez eux. À raconter leurs aventures au coin du feu, enseignant à leur tour la chanson apprise à Makinac.

— Il faisait quoi à Témiskamingue, le Gervais ? s'enquiert Pierre Vaillant, curieux de connaître celui qui l'a remplacé.

— Pitié.

— Quoi ?

— Il faisait pitié… Venait juste de perdre son frère et son cousin qui s'étaient noyés. Gervais avait réussi à rejoindre le fort, mais il avait plus rien… La Ramée l'a équipé. C'est comme ça qu'il t'a remplacé et qu'on a pu faire un bon coup avec ces Sauvages que les Gareau avaient découverts.

— Il m'a l'air de connaître son affaire.

— Forcément : c'est un Canadien. C'est à croire qu'ils sont nés avec l'aviron dans les mains et les raquettes aux pieds. C'est comme les frères Gareau, Grosse-Voix et Belle-Voix. Je serais point surpris qu'ils se rendent chez les Sauvages blancs avant l'expédition du père Aulneau [7], ces deux-là. Il a beau avoir une escorte de vingt hommes, le père, ce sont des engagés pour la plupart. À eux seuls, Grosse-Voix et Belle-Voix te les valent.

— Je le crois aussi.

----

6. Pays-d'en-Haut : région des Grands Lacs et au-delà vers l'ouest. À ne pas confondre avec la région de Sainte-Adèle, au nord de Montréal, à laquelle cette appellation fait référence aujourd'hui.

7. Jean-Pierre Aulneau de la Touche (1705-1736) : jésuite ayant pour mission de découvrir « de nouveaux Sauvages qu'on n'a encore jamais vus », le père Aulneau accompagnait l'expédition de La Vérendrye à la découverte de la mer de l'Ouest.

— Sans compter que l'eau-de-vie, ça délie plus les langues que des chapelets et de la pacotille.

— La peste soit de l'eau-de-vie !

— Tu peux rien y faire. Sans eau-de-vie, oublie la traite. Oublie les expéditions. Si c'est pas nous qui la fournissons, ce s'ront les Anglais. Tant qu'à choisir entre deux maux, aussi bien prendre celui qui nous avantage. D'autant plus que les Sauvages, ils préfèrent notre eau-de-vie au rhum des Anglais.

— Ouais, je sais que j'y peux rien, répond Pierre d'un ton agacé, tout en observant à la dérobée les deux beaux-frères objiwas de Jean Hardouin qui s'enivrent à une petite table au fond de la pièce.

— T'auras point de problème avec eux, rassure l'armurier. J'suis comme leur dieu… J'ai pris leur sœur pour femme et j'suis aussi comme leur frère. T'inquiète pas.

— S'ils s'enivrent trop, personne ne peut leur faire entendre raison… Même pas un dieu.

Hardouin se tait un moment, conscient de la véracité de cette remarque. «Ne sait quand reviendra. Ne sait quand reviendra», continuent à chanter les voyageurs auxquels quelques engagés de l'expédition du père Aulneau mêlent timidement leur voix.

— C'est demain qu'ils partent, les gens du père Aulneau ? s'informe l'armurier pour changer le sujet de la conversation.

— Oui, demain, pour le fort Saint-Charles avec le sieur de La Vérendrye.

— Mon idée qu'ils vont respirer de la fumée avec ce feu de forêt… S'en vont en direction du brasier.

— J'ai point de peine à te croire. Ça sent jusqu'ici par vent d'ouest… Tu y crois, toi, à ces Sauvages blancs ? On dit qu'ils ont jamais rencontré ni Français ni Anglais, et qu'ils sont barbus comme nous.

— J'y crois certain : ce sont des Kaotiouaks[8]. Les Assiniboines vont leur chercher du maïs qu'ils cultivent à l'aide de

8. Kaotiouaks, Autelsipouncs, Mandans (aussi Mantannes) ou Blancs Barbus, appelés «Indiens à peau blanche»; 30 % d'entre eux avaient les

chevaux. Tu comprends, tout le monde veut arriver en premier. Faire la traite avec des Sauvages qui ont jamais vu l'homme blanc, c'est faire fortune à coup sûr. La Ramée et Modrière en savent quelque chose... Si t'avais vu les fourrures qu'on a rapportées ! Et c'était juste une p'tite tribu... Les Sauvages blancs sont plus nombreux et ils connaissent point nos prix. Et comme ils ont jamais goûté à l'eau-de-vie, tu peux la couper avec trois parties d'eau. Ils seront contents de se débarrasser de leurs vieilles robes aussi... Ça me fait penser, tu sais ce qu'il a raconté aux Assiniboines, le sieur de La Vérendrye, l'an passé ?

— J'sais point. Raconte.

— Un de mes beaux-frères y était... C'était dans la cour du fort Saint-Charles, justement... Il leur a dit que contrairement aux Anglais, nous, les Français, acceptons de les débarrasser de leurs vieilles robes de castor. T'entends ça ? Nous les Français, acceptons de les débarrasser de leur castor gras[9].

— Ils ont gobé ça ?

— Crédieu de galère, oui ! T'as vu tout ce qu'ils ont descendu de fourrures, les La Vérendrye[10] ! Ouais, les Sauvages l'ont gobé jusqu'à ce qu'ils apprennent que nous, les Français, ne prenions que le castor gras qui vaut trois fois le castor sec que les Anglais, eux, acceptent de prendre... Ah oui ! Les premiers arrivés seront les premiers servis chez les Sauvages blancs.

— Ça ne t'a point tenté d'accompagner les frères Gareau ?

— Ça m'a trotté un peu dans l'idée, mais ces Sauvages-là, ils connaissent point l'arme à feu... Qu'est-ce que j'y

----

yeux pâles. Ils vivaient dans le nord du Missouri, où ils cultivaient le maïs, possédaient des chevaux et chassaient le buffle. On vantait leur douceur.

9.   Castor gras : fourrure de castor portée le poil à l'intérieur, qui s'imbibait de la graisse du corps et ne conservait à la longue que le duvet recherché pour la chapellerie, acquérant ainsi une grande valeur.

10. En 1735, les postes établis par La Vérendrye rapportent 50 % de la production totale de la Nouvelle-France.

ferais? J'aime mieux être un dieu pour ceux qui ont des armes de traite qui sont toujours à réparer… et puis, j'suis marié. Pas devant un prêtre mais c'est tout comme, défend Hardouin avec ferveur et attendrissement. Ces fichus missionnaires, ronchonne-t-il, ils voudraient tous te les changer, les Sauvages, en faire de bons agriculteurs autour d'une chapelle. Mais c'est pas ça la vie, du moins la vraie vie pour les Sauvages. La chasse, tu peux point leur enlever ça… Y a qu'à voir dans les missions; c'est plein d'infirmes, de veuves, d'orphelins et de vieillards qui peuvent plus suivre à la chasse de toute façon… Non, la chasse, le voyagement, tu peux point leur enlever ça, t'en sais quelque chose, Ankwi! conclut l'armurier avec un sourire entendu.

Pierre approuve d'un signe de tête, sa physionomie exprimant le contentement que lui procure le rappel de ce nom qui, à sa grande satisfaction, oriente leur entretien sur le chemin des confidences.

— Crois-moi, Poing-de-Fer, tu peux pas trouver mieux qu'une femme sauvagesse.

— Tu m'as l'air heureux.

— Heureux? C'est pas le mot. T'as devant toi un roi. Non, un dieu. La liberté, mon ami. La liberté totale. Si tu voyais comment elle me regarde… Comment elle… elle me satisfait. T'as vu comme elle est belle, Eau-Fraîche?

— Oui, elle est très belle et bien faite.

Tu devrais voir comme notre fils est beau aussi. Ah! Oui, elle est belle et même si elle n'a que dix-sept ans, elle sait tout faire. En plus, elle est d'une famille importante, c'est rien à négliger… Et sa tribu aussi est importante. Les Objiwas, les réseaux d'échange, ils te les connaissent depuis belle lurette. Moi, à ta place, j'hésiterais point.

Pierre sait très bien à quoi Hardouin fait allusion, puisqu'il lui a tout raconté de son séjour dans la famille de son guérisseur, Tehonikonrathe, et du trouble que suscitait chez lui Sève-du-Printemps. Il lui a même montré le serretête joliment brodé qu'il n'aura qu'à porter s'il veut lui signifier qu'il la désire pour femme. Du même coup, il lui a aussi parlé du père Fortin, aumônier des condamnés à

Québec, qui lui a promis d'entrer en contact avec Isabelle en France.

— Gervais m'a dit avoir vu Sève-du-Printemps, glisse l'armurier avec finesse.

— Ah oui ?

— Elle était avec sa famille… en amont du Long-Sault [11] où ton guérisseur, celui qu'on appelle « p'tit homme du Diable », vendait toujours des canots avec son géant de frère… Elle avait point de mari.

La perspective que Sève-du-Printemps se garde libre pour lui sème l'émoi et la confusion dans l'âme de Pierre. Que de fois il a tourné le serre-tête entre ses doigts, ému à l'idée d'effleurer ceux qui avaient brodé les poils de porc-épic ! Que de fois il s'est imaginé remonter la rivière du Lièvre pour surprendre ce regard de femme au retour du chasseur. Regard de désir et d'admiration. De charnelle soumission.

Avec le temps, l'image d'Isabelle s'est estompée pour ne devenir qu'un fantôme. À sa grande honte, Pierre ne se souvient plus très bien des traits de son visage qu'il confond avec ceux de la Vierge. Avant de s'endormir, par habitude, il touche sa médaille pour s'unir en pensée à cette bien-aimée, sans toutefois y parvenir. Cinq années se sont écoulées depuis son exil et, petit à petit, la flamme de sa passion s'est amenuisée, faute de nouvelles. Mais hier, des nouvelles, il en a reçu dans une lettre apportée par la canotée du père Aulneau. Son lieutenant la lui a remise ce matin, notant qu'elle venait du père Benoît Fortin. Il s'est empressé de la glisser sous son uniforme sans la décacheter. À quoi cela lui aurait-il servi ? Il ne sait pas lire. Depuis, cette lettre lui brûle la peau, lui alourdit le cœur, lui hante l'esprit. Depuis, il ne sait plus ce qu'il souhaite apprendre. Cela fait cinq ans qu'il demeure fidèle à un fantôme. Cinq ans qu'il le prie, l'in-

---

11. Long-Sault : poste qui se trouvait sur la rive nord de la rivière Outaouais, en aval des rapides du Long-Sault (à la hauteur de la ville actuelle de Carillon). On y vérifiait les permis de traite et on y inspectait la cargaison.

voque et le questionne. Cinq ans de silence et d'absence pendant lesquels le regard de charnelle soumission s'est implanté. Voilà enfin l'écho d'une voix de la lointaine France. Que lui dit-elle? Que veulent entendre ses oreilles maintenant qu'elles ont entendu que Sève-du-Printemps semble toujours libre?

— Te reste plus qu'un an à faire dans les troupes et hop, tu t'attaches le bandeau sur la tête et la voilà tienne… Crois-moi, tu peux pas trouver mieux qu'une femme sauvagesse, répète Hardouin en se retournant vers un de ses beaux-frères qui lui tapotait l'épaule avec insistance.

Dans la vingtaine, coiffé du traditionnel toupet en queue de cerf, l'Objiwa réclame à boire d'une articulation déjà molle. Hardouin consent à une dernière tournée avant de rentrer au campement. Il s'exprime en langue objiwane, parente de celle que Pierre a apprise et qu'il comprend aisément. D'un geste, l'armurier fait signe au teneur de l'établissement de remplir les chopes des frères de sa femme, ce que celui-ci fait avec une certaine réticence, les buveurs montrant des signes d'ébriété plus avancée que celle des voyageurs qui poursuivent leur chant. «Elle aperçoit son page, mironton, mironton, mirontaine. Elle aperçoit son page, tout de noir habillé. Tout de noir habillé. Tout de noir habillé.»

Et s'il devait, tout de noir, s'habiller le cœur, songe Pierre. Qu'annonce cette lettre? De quelle femme devrait-il faire son deuil? Isabelle ou Sève-du-Printemps?

Il hésite à refiler la lettre à son interlocuteur afin qu'il la lui lise. Il veut et ne veut pas savoir. À la longue, il a pris l'habitude de l'incertitude. Elle lui convient, rend le temps plus supportable, retarde le moment d'une prise de décision. Tant qu'il ne saura pas, ces deux femmes sont siennes dans sa pensée. Dans ses fantasmes et ses rêves. Et puis, il veut bien se l'admettre, il craint l'influence de l'armurier qui, dès leur traversée pour la Nouvelle-France, lui conseillait d'oublier Isabelle.

Maintenant, celui-ci ne jure que par la femme indienne. Pierre le comprend. La sienne est si belle. Si amoureuse de lui. À n'en pas douter, Jean Hardouin est promis à une belle vie. La majorité des Sauvages lui voue une quasi-vénération du fait qu'il sait réparer leur fusil. Nulle part, assure-t-il, il ne se connaît de réels ennemis. Et puis, en s'alliant par mariage aux Objiwas, il s'est infiltré dans les réseaux de traite établis depuis des générations.

Pierre observe son ami avec une certaine admiration mêlée d'envie. Que de chemin Hardouin a parcouru depuis le jour où, dans un accès de rage contre les moustiques, il s'était défoulé à grands coups de pied sur le canot de La Ramée! «Crédieu de galère», rouspétait-il tout le temps, fléchissant sous les fardeaux. Pierre a peine à croire qu'aujourd'hui il s'adresse au même homme. Celui qui boit en sa compagnie tient moins du Français que de l'Indien dont il parle la langue, porte les habits et observe les mœurs et coutumes. La métamorphose s'est opérée lentement, encouragée par l'exemple des frères Gareau, et elle s'est achevée quand l'armurier a demandé en mariage Eau-Fraîche à son père et qu'il s'est lancé à son propre compte dans les Pays-d'en-Haut. Perçu comme un coureur des bois, il est décrié par les missionnaires et les autorités dont il s'est affranchi totalement. Sur lui, ceux-ci n'ont plus d'emprise. Ni la foi ni les lois ne le régissent. Jean Hardouin fait comme il veut, quand il veut et avec qui il veut. Le chemin des Anglais vers le Fort Nelson [12] de la Baie d'Hudson, il le connaît. Les intermédiaires d'Albany par Chouaguen, il les connaît aussi. Quant à Modrière et à La Ramée, qui ont jadis trempé avec lui dans des transactions illicites, ils se voient désormais tenus de maintenir des relations d'affaires, de crainte d'être dénoncés. Plus personne ne peut lui faire plier l'échine et, tant que Jean Hardouin demeurera dans les Pays-d'en-Haut, personne ne pourra le condamner d'enfreindre les ordonnances. Il a raison de dire qu'il jouit d'une liberté totale contrairement à lui, enrôlé de force dans les troupes et contraint d'obéir aux ordres de ses supérieurs pour encore un an.

---

12. Fort Nelson : aujourd'hui York Factory.

— Sans compter qu'avec Sève-du-Printemps pour femme, tu pourras gagner gros avec la contrebande, poursuit Hardouin. C'est sûr que la quantité de fourrures y est point aussi avantageuse qu'ici, En-Haut, mais y a la vente des canots et les contacts à la mission Saint-Louis… Ça aide.

Ces propos indisposent Pierre. Ils viennent en contradiction avec ce pain de blé qu'il a promis au père Fortin de signer de la croix, avant de le rompre pour les enfants qu'il aurait d'Isabelle. D'un geste machinal, il tâte la lettre, côté gauche, et sent le cachet contre sa peau. Contre son cœur. « Aux nouvelles que j'apporte, vos beaux yeux vont pleurer », chante Gervais. « Vos beaux yeux vont pleurer, vos beaux yeux vont pleurer », répète-t-on à l'unisson.

Fugitifs, les yeux d'Isabelle dans sa mémoire. Ils ont tant pleuré sur lui. À cause de lui. Ceux de la belle Indienne, pénétrants de charnelle soumission, ont-ils pleuré autant, tournés vers l'ouest, guettant son retour ?

Le silence subit d'Hardouin le tire de ses réflexions. Accoudé sur la table, l'armurier l'étudie un certain temps avant de s'avancer et de chuchoter :

— Si tu m'aidais un peu… promis, juré, dans un an, j'm'en souviendrais. Quelques pots d'eau-de-vie et rien n'y paraîtra.

— Ça, j'y peux point consentir, réplique-t-il, baissant la voix à son tour.

— Ton commandant le fait bien, lui. Où crois-tu qu'elles vont les rations que le roi envoie ici à grand prix ?

— C'est pas la question.

— J'en sais long sur les commandants des forts… Les présents pour les Sauvages, au lieu de les leur donner pour conserver leur affection, ils te les échangent pour des pelus[13]… Y a qu'à voir leurs paquets personnels qu'ils font descendre avec ceux du roi… Suffirait de quelques pots seulement…

---

13. Pelu : unité monétaire du commerce des fourrures qui valait une peau de castor.

— J'y consens point, je te dis… L'eau-de-vie, ça les détruit les Sauvages.

— Ils en auront de toute façon. Aussi bien que ça nous rapporte.

Pierre revoit Mingam, le père du guérisseur, lui passer au cou un collier de dents et de griffes d'ours. « Plutôt mourir que te trahir », lui avait-il promis. Cette phrase prend maintenant tout son sens.

— Je peux t'avoir du fer et de la pacotille, mais point d'eau-de-vie, offre Pierre.

Hardouin ébauche un sourire moqueur.

— Crédieu de galère ! Tu ferais point long feu comme trafiquant. Va pour le fer et la pacotille, ami… Promis, juré, j'me souviendrai de toi quand tu quitteras l'uniforme pour retrouver ta belle Sève-du-Printemps. Allez, je trinque à ça.

Le voyant hésiter à lever sa chope, l'armurier dépose la sienne, l'air décontenancé.

— Je t'ai fait affront, ami ?

— Non… non pas du tout, répond Pierre, tâtant à nouveau la missive.

— Quelque chose te tracasse ?

— Euh… Oui, oui… Ce matin, le lieutenant des troupes m'a remis une lettre.

— Ah oui ?

— Oui… Elle, elle m'est envoyée par le père Fortin… Tu sais ce récollet qui devait se renseigner sur Isabelle ?

— Oui, et alors ? Qu'est-ce qu'il raconte ?

— J'en ai aucune idée… J'sais point lire et j'ai point voulu demander à l'aumônier d'ici, tu comprends ?

— Pour sûr que j'comprends. Les soutanes, elles s'y entendent point en matière de robes. Si tu l'avais ta lettre, je pourrais y jeter un œil. Je sais lire un peu.

— Ça se trouve que je l'ai justement.

Pierre sort aussitôt la lettre et la glisse sur la table vers Hardouin. Un instant, elle y demeure, scellée sur son secret, puis l'armurier s'en empare et en brise le cachet.

Une sensation d'étouffement et de vertige saisit Pierre. Sa gorge s'assèche subitement, son cœur se noue d'angoisse et d'espoir. Nerveusement, il se mordille l'intérieur de la joue, tentant de lire sur les lèvres d'Hardouin et d'interpréter la moindre de ses expressions.

« Monsieur Malbrough est mort... Est mort et enterré. Est mort et enterré », entend-il chanter, soudain dévasté à l'idée de la terrible possibilité de la mort d'Isabelle.

— Alors ? Qu'est-ce que ça dit ? demande-t-il, impatient.

— Du calme, ami... Laisse-moi le temps, du calme ! répète Hardouin, le faisant languir avec un rien de malice.

« La cérémonie faite, mironton, mironton, mirontaine. La cérémonie faite, chacun s'en fut coucher », s'égosille Gervais, debout, battant la mesure de ses bras noueux. « Chacun s'en fut coucher. Chacun s'en fut coucher », reprennent les joyeux lurons auxquels Hardouin joint sa voix pour le dernier couplet comme s'il voulait par là lui indiquer l'attitude à prendre à la suite de la lecture qu'il s'apprête à lui faire. « Chacun s'en fut coucher. Chacun s'en fut coucher », termine le chœur endiablé.

À l'exception de Pierre, tout le monde applaudit, y compris les Objiwas éméchés. Crispé et muet, en proie à une vive émotion, il fixe l'armurier qui, finalement, revient à la lettre.

— Je vais te lire, ami... Concernant la damoiselle Isabelle Lavergne de ladite maréchaussée du Bugey, c'est bien elle ?

— Pour sûr que c'est elle. Allez, poursuis, poursuis.

— Ladite damoiselle, mère d'une fille de quatre ans bien que célibataire de son état...

— C'est une fille... J'ai eu une fille... Une petite fille, bredouille-t-il.

— Crédieu de galère, laisse-moi poursuivre, intervient Hardouin d'un ton enjoué. Bon... où j'en étais ? Ladite damoiselle... une fille... ans... célibataire, consentirait à traverser en Canada afin d'y prendre pour époux le nommé Pierre Vaillant, c'est bien toi ?

Pétrifié, Pierre ne réagit pas à cette blague. Il a fort bien entendu chacun des mots, mais la phrase qu'ils forment lui paraît invraisemblable. Son esprit, sûrement, lui joue des tours cruels, inventant cette nouvelle qu'il a tant espérée. Peut-être même trop espérée.

— Aïe ! Le nommé Pierre Vaillant ! Je poursuis ?

— Relis encore.

— À ta guise. Ladite damoiselle…

— Non, plus loin, à partir de « consentirait ».

— … consentirait à traverser en Canada afin d'y prendre pour époux le nommé Pierre Vaillant.

— C'est dire qu'elle accepte ? Qu'elle va venir me rejoindre… Qu'elle va, qu'elle va m'épouser ? Moi ? Pierre Vaillant ? Tu es sûr de ne point te tromper ? Relis encore.

— … consentirait à traverser en Canada afin d'y prendre pour époux le nommé Pierre Vaillant.

— « Afin d'y prendre pour époux », c'est bien clair.

— Laisse-moi poursuivre, ami. J'y vois une condition.

— Ah oui ? Laquelle ?

— À condition que le prix du passage pour elle et sa fille soit défrayé par le nommé Pierre Vaillant.

— Ça va de soi. Pour sûr que je la remplis c'te condition. C'est donc dire que… qu'elle m'a attendu… Elle m'a attendu tout ce temps… Tu te rends compte ? Tu disais qu'elle allait m'oublier. Tu t'es bien trompé, hein ? Elle m'a point oublié… Elle m'a point oublié, mon Isabelle.

— Il appert qu'elle ne t'a point oublié, ami, et j'suis content que cela te réjouisse… C'est tout de même dommage pour Sève-du-Printemps, ajoute l'armurier, guettant du coin de l'œil ses beaux-frères dont le comportement montre des signes d'agressivité.

— J'lui ai rien promis à Sève-du-Printemps et j'lui ai point fait d'enfant… J'ai une petite fille, tu te rends compte ? Je l'imagine aussi belle que sa mère… J'ai peine à y croire… Je vais l'épouser, m'établir sur une terre et semer du blé… Je lui construirai une maison à Isabelle, et un four à pain, dit Pierre, en rêvant à voix haute, sans réaliser que la tension grandit entre les beaux-frères d'Hardouin.

— Mais, c'est point pour demain, les noces. Ni pour l'an prochain, rappelle celui-ci dans le but de le ramener à la réalité. Il te faudra travailler encore au moins une année pour Modrière pour rembourser ta dette et ramasser le prix de leur passage.

— Ouais, t'as raison. C'est point pour demain, réalise Pierre en reprenant la lettre qu'il plie soigneusement et remet en place sous l'uniforme.

— C'est sûr qu'avec de l'eau-de-vie, ça te prendrait moins de temps pour récolter des pelus. Tu pourrais même commencer tout de suite... Promis, juré, je m'en souviendrais dans un an.

Persévérant, Hardouin réitère son offre. Il y a quelques minutes à peine, elle ne rimait à rien de concret, mais maintenant elle représente pour Pierre un moyen efficace de réduire le temps de séparation d'avec Isabelle et sa fille. D'avec son bonheur futur. Patienter encore deux ans lui paraît insurmontable. Autant l'incertitude rendait le temps supportable, autant la garantie de son mariage le remplit soudain d'impatience. «Afin d'y prendre pour époux le nommé Pierre Vaillant» ne cesse d'ébranler sa détermination.

— Suffirait de quelques pots, glisse Hardouin, le voyant hésiter.

Après tout, il n'a jamais formellement promis à Mingam de ne pas échanger de l'eau-de-vie, réfléchit Pierre. Serait-ce vraiment le trahir que d'en faire le commerce dans les Pays-d'en-Haut? Des centaines de lieues le séparent du territoire de chasse au ruisseau mystérieux où il a séjourné. Aucun membre de sa famille adoptive n'en saurait jamais rien.

Pierre revoit Tehonikonrathe au pied de l'échafaud. Sur cette image se superpose le visage à l'œil crevé d'une de ses deux femmes nommée N'Tsuk. La pauvre n'a jamais pu avoir d'enfant parce que son père ivre lui avait détruit le ventre à grands coups de pied. Il se ravise alors et, d'un ton ferme, rappelle à l'armurier qu'il ne peut consentir à sa demande.

Au même moment, la bagarre éclate entre les deux Objiwas qui se sautent dessus et roulent par terre, renversant les tables. Les voyageurs chahutent, encourageant tantôt l'un, tantôt l'autre, sans connaître le motif de la discorde. Les paris sont lancés et Hardouin se précipite vers les belligérants pour leur faire entendre raison. Tout dieu qu'il est, il se voit vite malmené, et Pierre choisit de ne pas intervenir tout de suite, histoire de lui laisser goûter à l'excès que provoque la consommation d'alcool chez les indigènes. Avec un certain amusement, il surveille la scène. Dépassé par les événements, Hardouin se démène comme un diable dans l'eau bénite, lançant tantôt des appels au calme en langage objiwa, tantôt des sommations en français ponctuées de tonitruants «Crédieu de galère!». Déchaînés, ses beaux-frères l'ignorent, le cognant à l'aveuglette chaque fois qu'il tente de s'interposer. Tout à coup, l'un d'eux dégaine son couteau, et c'est alors que Pierre bondit. D'un geste rapide, il lui saisit le bras, le lui ramène derrière le dos et, lui agrippant les cheveux, il lui renverse la tête pour le pousser vers la porte. À peine l'a-t-il envoyé rouler dans la poussière que l'autre lui saute sur le dos, tentant de l'étouffer. Pierre se penche alors et l'envoie par terre à son tour.

Haletant et penaud, du sang lui coulant des narines, l'armurier le rejoint.

— Tu en as mis du temps, Poing-de-Fer, lui reproche-t-il en jetant un regard navré sur ses beaux-frères étourdis par le choc.

— C'est que j'voulais voir comment un dieu s'en sortirait, réplique-t-il, mi-figue, mi-raisin.

Dans l'établissement, on relève les tables. Chancelants, les Objiwas déguerpissent. Pierre Vaillant et Jean Hardouin les regardent s'enfuir, tombant sans cesse. Sur le sol gît un toupet de queue de chevreuil. Si fièrement piqué dans la chevelure de celui qui la portait avant qu'il n'arrive en ce lieu, le toupet présente maintenant l'allure d'un vulgaire postiche. L'armurier le ramasse et le secoue, en prédisant d'un ton lucide et désolé :

— On peut point s'en sortir, ami. Il est top tard… De l'eau-de-vie, on pourra point s'en sortir.

Chapitre 2

Arrivée

1737, fin juin, Grand Banc de Terre-Neuve.

Dense brouillard. À deux mètres du vaisseau, on ne voit ni devant ni derrière, pas plus qu'à bâbord ou à tribord. De crainte de heurter une banquise, le capitaine a choisi de mettre en panne. Comme ils ont fait la veille en arrivant sur le Grand Banc, les matelots en profitent pour jeter à l'eau leur ligne à morue et, comme elle l'a fait aussi la veille, Marie-Pierre s'amuse à les voir pêcher, s'extasiant sur les grosses prises, courant de la proue à la poupe, se hissant ici et là, et égrenant partout son émerveillement d'enfant.

D'un regard tendre, Isabelle contemple la gamine ; sa joie et sa raison de vivre. Quelle belle insouciance chez elle, malgré la dureté de son existence et le cauchemar de cette traversée ! Dieu fasse que pour cette enfant, en Canada, l'avenir soit meilleur !

La jeune femme serre sur elle son manteau usé, réprimant un frisson. Depuis qu'elle a vu disparaître la terre de France, il y a trente-cinq jours, elle ne cesse de grelotter. Comme il est froid et humide, ce bateau ! Et interminable ce voyage ! Glacée jusqu'à la moelle, elle se réjouit cependant des joues roses de la fillette, attestant sa vigueur et sa bonne santé. Marie-Pierre tient sûrement cela de son père. C'est à peine si elle a eu le mal de mer, alors qu'il semble à Isabelle avoir davantage vomi qu'elle n'a ingurgité. Après tout ce temps, elle ne s'est pas habituée au tangage et au roulis du navire. Le cœur et l'estomac continuellement contractés, elle appréhende toujours les vents de tempête, ceux violents du nord-ouest qui obligent à abandonner le vaisseau au gré des flots… et qui font prier et pleurer en silence dans le noir, terrifiée par les gémissements du navire malmené. Que de fois elle a cru leur dernière heure arrivée ! Que de fois elle s'est reproché sa décision ! Que de fois elle s'en est voulu d'y avoir entraîné sa fille !

Hantée par la perspective d'un naufrage, elle étreignait Marie-Pierre, démontrant un courage qu'elle n'avait pas.

— Elle finira par se calmer, la mer, tu verras, répétait-elle. En Canada, ton papa nous attend. Il y aura une terre pour nous établir.

— Et il y aura des poules ?

— Sûr qu'il y aura des poules.

— Alors, je pourrai lever les œufs ?

— Sûr que tu pourras.

— J'aime bien lever les œufs…

Marie-Pierre rêvait tout haut à cette terre promise dans la lettre du révérend père. Elle comptait sur ses doigts les œufs imaginaires à mettre dans son tablier.

— T'as vu, maman, comme elle donne bien, la grosse poule grise ?

— Oui, je vois, c'est la meilleure pondeuse.

— Il sera content, oncle Gaspard, hein ?

— Oui, il sera content.

Isabelle n'osait lui expliquer ce que comportait réellement de conséquences leur passage en Canada. Dans la tête d'enfant de Marie-Pierre, cette immigration n'allait pas de pair avec la séparation définitive de la famille au sein de laquelle elle était née et avait grandi. Oncle Gaspard, à ses yeux, faisait office de père ; ses cousins et sa cousine, de frères et sœur. En raison de son jeune âge, elle avait peu souffert de l'ostracisme qui les frappait à cause de son illégitimité, car être une bâtarde ne signifiait encore rien pour elle. «Et le cousin Roland, je lui jouerai des tours», balbutiait-elle avant de s'endormir au plus fort de la tourmente. Pourquoi lui apprendre qu'elle ne reverra probablement plus ceux et celles qui constituaient ses plus chers parents? Si le bateau vient à se briser et qu'elles aient à périr toutes deux enlacées, ne vaut-il pas mieux qu'elle parte ainsi avec ses rêves? Elle saura bien assez vite. L'essentiel pour l'instant est d'arriver saines et sauves en Nouvelle-France.

Isabelle promène un regard circulaire et serre davantage sur elle son manteau, angoissée par le voile opaque qui les cerne. Elle se sent perdue, au milieu de nulle part. Noyée dans le gris laiteux. Paralysée au cœur de l'inconnu.

Nul horizon. Rien à voir tout alentour. Sauf les oiseaux qui tournoient au-dessus et qui ressemblent à des oies blanches avec le bout des ailes noires. Les matelots les nomment «tangueux» et ont raconté à Marie-Pierre que leur présence signifie que la terre n'est plus très loin. Que leur réserve cette terre? Isabelle y rejoindra-t-elle enfin celui à qui elle a passé au cou sa médaille de la Vierge? Ou bien est-ce que ce sera un autre homme, façonné par ce pays de neige et de glace? Elle n'en sait rien. La lettre stipulait seulement qu'il désirait la prendre pour épouse et s'établir en Canada avec elle. Est-ce une imposture que d'avoir accepté cette demande en mariage? La Isabelle que Pierre a connue n'est plus. Ne reste d'elle que le nom et, de leurs amours, que cette robuste enfant blonde aux yeux pers. Tant de larmes ont coulé, tant de rage a noué ses poings, tant d'affronts ont plissé sa bouche d'amertume qu'elle sait ne plus être la jeune fille que Pierre a aimée. Celle qui, innocente et passionnée, s'était donnée afin de faire fléchir l'autorité paternelle vite transformée en tyrannie. Que de temps à espérer qu'il revienne! D'abord compté en jours; il brisera ses chaînes et reviendra me chercher... Puis en semaines; il s'évadera du bateau et reviendra... Puis, en mois; quand l'enfant naîtra, il sera là. Puis en saisons; à l'automne, il verra notre fille. Et finalement, en années; Marie-Pierre courra vers lui. Sept ans en tout, à l'attendre.

Cela lui en fait vingt-quatre, mais elle a l'impression d'en avoir le double. À souffrir, on vieillit plus vite et on meurt plus jeune. À preuve, la mère de Pierre qui, l'année suivant son exil, a rendu l'âme. Une âme si accablée que la mort sembla une délivrance.

Isabelle aussi a déjà considéré la mort comme une délivrance, mais chaque fois l'existence de Marie-Pierre la dissuadait du suicide. Non, elle ne devait pas abandonner son enfant dans ce monde cruel et hypocrite. Une fois qu'elle serait morte, malgré toute leur bonne volonté et leur grand cœur, Gaspard et Magdeleine ne pourraient rien pour l'arracher aux griffes du fermier général des dîmes. Ce Fernand, frustré d'avoir été éconduit par elle, se vengeait en la violant dans l'étable chaque fois qu'il collectait. Brutal et bestial, il lui tordait les poignets, lui tirait les cheveux et la giflait pendant qu'il assouvissait ses instincts dépravés. «Tiens, putain, voilà pour m'avoir craché dessus… Parle et je t'égorge… Parle et le Gaspard se retrouve en prison et ta bâtarde, oh! ta bâtarde, quand elle sera grande… Écoute, putain… Je me la paierai, ta bâtarde… Tu m'as préféré ce Pierre Vaillant, un gueux… Un crasseux… Voilà pour toi, sorcière… Je suis magnanime. Oh! oui! Dis-le que je suis magnanime… Je pourrais te faire pendre… Oh! oui! Je le pourrais… mais je suis magnanime… Allez! Dis-le que je suis magnanime.»

Et elle le disait. Le répétait tout le long, sa chair entière en révolte et en dégoût. Ces mots, elle les vomissait de sa bouche qu'il mordait férocement. De tout son être, de toutes ses fibres, elle le rejetait. L'assassinait mentalement, priant de ne pas devenir enceinte de lui. Quel tribut payait-elle donc à l'amour? Avoir su, elle n'aurait jamais accordé la moindre attention à Pierre Vaillant. Comme elle s'en voulait de l'avoir aimé! D'avoir cru en lui! D'avoir espéré son retour! «Je reviendrai», avait-il promis quand ils l'ont emmené, les fers aux pieds. Quelle nigaude d'avoir répondu: «Je t'attendrai», comme si cela était chose possible. De combien de naïveté faisait-elle alors preuve! Aujourd'hui, de naïveté, elle n'en a plus. Les affronts, les injures, l'humiliation, la condamnation perpétuelle du curé et des paroissiens, les agressions et la misère l'en ont complètement départie. Désormais, seul lui importe l'avenir de Marie-Pierre. Le sien ne compte plus. Il sera ce qu'il sera.

Aujourd'hui, Isabelle se sent vieille et sale. Abusée et désabusée. Elle n'ose plus croire en l'amour, car l'amour lui a infligé une si grande blessure. En guérira-t-elle en Canada une fois devenue madame Vaillant? Ce mariage n'est-il pas celui de deux inconnus qui tiennent une ancienne promesse incarnée par Marie-Pierre?

— Maman, viens voir! Maman, viens voir, s'exclame la fillette, courant vers elle pour lui prendre la main et l'entraîner vers le gaillard d'avant. Regarde la morue qu'est quasi-grosseur d'homme. Regarde!

Gagnée par l'excitation communicative de sa fille, Isabelle admire l'énorme poisson qu'un mousse, sous les plaisanteries des matelots, traîne à grand-peine vers une table de bois installée au milieu du pont où travaillent deux hommes protégés d'un long tablier de cuir.

— Elle est grosse celle-là pour provenir du Grand Banc, remarque l'étêteur avant d'accomplir sa besogne.

— Jamais vu de si grosse, surenchérit l'habilleur à l'intention d'Isabelle, ouvrant de son long couteau le ventre du poisson jusqu'à l'anus. Vrai comme je suis là, la dame, des grosses du genre, il s'en trouve plutôt à Gaspé: elle a dû s'égarer, la pauvre.

Isabelle répond d'un bref sourire par crainte d'user de trop de familiarité envers l'équipage. Faisant mine d'un intérêt mitigé, elle observe cependant avec quelle adresse l'habilleur enlève la grosse arête.

— Z'allons-nous en manger encore? demande Marie-Pierre, à qui le mets a particulièrement plu, la veille, surtout après les sempiternels repas de biscuits secs.

— Assuré, mignonne, et le reste sera salé, a dit le capitaine. T'oublieras point de narrer la chose à ton papa, en Canada. Une morue de c'te taille sur le Grand Banc, j'en avais point vu encore, répond l'homme en ouvrant une prise apportée en vitesse par le mousse. Votre mari, il est dans les pêcheries, madame? demande-t-il, tout préoccupé à sa tâche.

Surprise et charmée de se voir appeler « madame », Isabelle hésite un instant avant de répondre.

— Non, il est établi sur une terre.

— Ah! J'ai cru, à cause de l'intérêt de la gamine, qu'il faisait dans les pêches. Une terre, il faut y mettre le temps pour que ça donne, à ce qu'il paraît.

Le ton tient à la fois de l'interrogation et de l'affirmation. Isabelle redoute tout à coup que son interlocuteur veuille en savoir davantage sur cette terre dont elle n'a aucune idée de l'étendue ni de l'endroit où elle se situe. Officiellement, elle est une simple femme allant retrouver son mari en Canada avec leur fillette. Répondre à tort et à travers la trahirait, ou du moins la ferait paraître suspecte.

— Voilà, c'est qu'il faut y mettre du temps, confirme-t-elle, l'air de s'y connaître.

— On dit qu'il y a plus d'argent à faire dans la fourrure.

— C'est comme ça, réplique-t-elle, évasive, en s'éloignant. Viens, Marie-Pierre, laisse travailler.

De mauvais gré, la petite obéit, gardant la tête tournée vers l'étal.

— Il y aura des poules et j'irai lever les œufs, lance-t-elle de sa voix claire.

Le mousse s'arrête un moment et Isabelle saisit chez lui son désespoir d'enfant abandonné, trop tôt livré aux dures besognes et aux dangers de la mer. Que ne donnerait-il pas, semble crier tout son être, pour avoir des œufs à lever? Un foyer? Un père qui l'attend?

Une grande paix s'installe en Isabelle. Une paix qui, peut-être, un jour, pourrait ressembler au bonheur. À défaut de revenir en France, Pierre n'a-t-il pas tenu sa promesse en la faisant traverser en Canada?

Elle regarde le brouillard qui les cerne et qui tantôt l'angoissait tant. Pourquoi craindre ce qui l'attend dans ce pays d'un possible recommencement? Déjà l'attitude de l'équipage qui la traite en dame n'augure-t-elle pas pour le mieux? Là-bas, elle ne sera ni la putain ni la sorcière, mais madame Pierre Vaillant, et sa fille ne sera plus une bâtarde, mais simplement Marie-Pierre Vaillant. Elle ira lever des œufs en chantant et elle, plus jamais, elle n'aura à craindre l'arrivée du fermier général des dîmes.

*

— Comme c'est joli, maman ! s'exclame Marie-Pierre dans un souffle en contemplant le banc de glace que le navire vient de doubler miraculeusement.

Silence parmi les passagers et l'équipage encore paralysés d'effroi sur le pont. Ils viennent de l'échapper belle. Quelques toises de plus et le bateau s'échouait sur cette immense île de cristal. C'en était fini de leur vie. De leurs rêves et de leurs ambitions. Corps et biens, ils auraient sombré dans l'abîme glacial.

— Remercions la divine Providence, propose un prêtre.

Reconnaissante, Isabelle mêle sa voix aux prières. Dieu aurait-Il vraiment veillé sur elle et Marie-Pierre ? Les aurait-Il sauvées in extremis, faisant disparaître la brume dans laquelle se dissimulait cette masse de glace qui fait plus de deux fois la hauteur de la mâture ? Cela faisait longtemps que le navire voguait à l'aveuglette. En fait, dès que le brouillard s'était un peu dissipé, le capitaine avait ordonné de remettre à la voile en prenant la précaution de poster des sentinelles à l'avant pour éviter pareille rencontre. Cependant, si le soleil n'était apparu à temps, ces sentinelles n'auraient été d'aucun secours.

— Oh ! J'y vois un château, dit Marie-Pierre en pointant les formes diverses que la glace a adoptées en fondant.

— Chut… Ferme les yeux, baisse la tête.

— C'est si joli… Regarde un peu, maman, chuchote la fillette, en insistant.

Bien qu'elle aura amplement le temps d'admirer l'iceberg après les invocations, Isabelle cède aux pressions de sa fille et lève la tête vers l'île de cristal que les rayons du soleil font briller des couleurs de l'arc-en-ciel. Dieu n'est-Il pas là, dans toute Sa splendeur et Sa grandeur ? pense-t-elle.

Dans toute Sa bonté ? N'est-ce pas là le signe qu'Il lui pardonne, même si le prêtre lui refuse l'absolution ? À son tour, elle contemple le magnifique piège de glace flottante dont le sommet se couvre de neige. Dans ses flancs, pointent des clochers et se dessinent des créneaux surplombant des vallées et des coteaux. Elle y imagine tout un monde, semblable à celui qu'elle a quitté, avec ses nobles seigneurs et ses paysans. Un monde qu'elle voit maintenant figé, scellé dans la glace. Un monde qui est mort pour elle et qu'elle laisse derrière.

Oui, cela est un signe. Dieu lui pardonne, elle en est certaine. Créateur de tant de beauté, Il ne peut sans cesse persécuter sa créature d'avoir aimé. Isabelle ferme les yeux et se recueille. Désormais, quand elle pensera à l'Être Suprême, c'est ce merveilleux et dangereux iceberg surgi du brouillard qu'elle verra miroiter dans la lumière.

*

*Trois semaines plus tard,
à quatre lieues de Québec.*

En l'absence de vent, les voilà forcés de mouiller l'ancre dans le bras sud du fleuve, le long de l'île d'Orléans.

Bien qu'elle soit impatiente d'arriver au terme du voyage, Isabelle en profite pour savourer le paysage des terres cultivées avec leurs maisons, leurs dépendances et leurs animaux.

— Là, maman ! Il y a des poules. C'est ici notre terre ? s'enquiert Marie-Pierre au comble de l'enthousiasme.

— Peut-être…

— Oh ! Comme elles sont belles les poules ! Je vois des veaux aussi… Tu les vois, les veaux ? Et là, des vaches… et oh ! regarde le cheval noir… Là ! Il court… Pourquoi on ne descend pas ? C'est ici… Pour sûr, c'est ici… Ailleurs, il n'y a que des sapins.

Isabelle sourit à cette remarque, se remémorant sa déception à la vue des falaises de conifères bordant le fleuve presque jusqu'à cette île. Et que dire des premières côtes aperçues, à l'aspect rébarbatif et austère. Y mettre pied n'était guère invitant. D'ailleurs, seuls les pêcheurs et les baleiniers s'y risquent, de même qu'une poignée de trafiquants de fourrures faisant affaire avec la nation esquimaude, l'une des plus cruelles et des plus barbares à ce que l'on dit. Comme elle appréhendait alors que ces côtes sauvages et stériles ne soient à l'image du pays entier! La simple pensée d'y passer le reste de ses jours lui donnait froid dans le dos. Comme elle se sentait petite et démunie devant cet autre monde où rien n'évoquait celui qu'elle avait quitté! À quoi pourrait-elle donc s'ancrer? Tout était nouveau, différent, déroutant. Ces oiseaux par milliers qui arrivaient à obscurcir le ciel au-dessus des îles dénuées d'arbres, ces marsouins, ces baleines, ces vaches marines en abondance, ces Sauvages micmacs qui avaient abordé leur navire dans leur pirogue d'écorce pour obtenir couteaux, haches et eau-de-vie en échange de fourrures et de viande boucanée, ces bâtiments de pêche de tout tonnage et de toute provenance, ces installations rudimentaires dans les anses pour y faire sécher la morue sur les vigneaux ou fondre la graisse de baleine, et cette immensité rude. Inquiétante. Vertigineuse. Cette immensité qu'elle n'était pas de taille à affronter et qui lui faisait craindre son exil volontaire.

Toujours, il y avait ce souffle glacé qui la faisait frissonner. En cette saison, en France, les semences étaient levées et le potager fournissait déjà. Qu'est-ce qui l'attendait en Nouvelle-France?

Avec ravissement, Isabelle remarque que les semences sont levées ici aussi et que différents plants ornent les rangs des potagers. Le soleil la réchauffe jusqu'en ses os transis et d'agréables parfums lui chatouillent les narines. Parfums de terre et de floraison mêlés à ceux de la mer. Parfums de vie qui la ramènent au temps béni de sa propre enfance. Ce temps où elle ne connaissait pas la misère et ne souffrait pas de l'opprobre. Ce temps du bon fromage tiré du lait rebloché et qu'on étendait sur du pain de blé. Se pourrait-il que Pierre soit établi sur une de ces terres?

— C'est ici, maman, parce qu'ailleurs, il n'y a que des sapins, répète la petite avec conviction.

— Peut-être…

Voilà qu'Isabelle se prend à rêver à son tour. À chercher une tête blonde parmi celles des hommes de l'île qui les saluent de leur chapeau. Non, ce n'est pas lui. Ni cet autre. N'était-il pas plus grand ? Celui-là, n'est-il pas trop vieux ? Avec le temps, les traits de Pierre se sont confondus avec ceux de sa fille. Plus d'une fois, dans les moments de désespoir, elle les a effacés de sa mémoire pour les esquisser à nouveau, maladroitement, sans parvenir à en restaurer l'image. Seule la réaction qu'il avait provoquée chez elle demeurait intacte. Comme incrustée dans sa chair. Promise de longue date au fermier général des dîmes, elle connut le désir de l'homme à la vue de ce manouvrier aux mèches rebelles et au caractère insoumis dont la force faisait parler à des lieues à la ronde. Elle rêvait de ses bras musclés autour de sa taille, de sa bouche sur la sienne, de son être entier habité par la passion. Elle rêvait de soumettre cet insoumis grâce à ses charmes. D'en être à la fois la reine et la servante. En cachette, elle le rejoignait dans l'étable, jouissait de passer la main sur ses pectoraux et de voir l'adulation sur son visage viril. Il était devenu son roi et son chevalier servant. Sa vie, seule chose que possédait vraiment Pierre Vaillant, il l'aurait donnée volontiers pour elle. Hélas, un jour, sa vie ne lui appartint plus. On l'obligea à la refaire en Nouvelle-France. Ce qu'il semble avoir réussi.

Un trouble exquis éveille ses fibres de femme et la surprend. Se pourrait-il qu'elle puisse à nouveau connaître le désir après l'avoir tant refoulé et tenu responsable de son malheur ? Après l'avoir si souvent renié ? Son roi et chevalier servant ne trépigne-t-il pas d'impatience sur le pas d'une maison qu'il a construite pour elle ? Reconnaîtra-t-il sa reine en la maigre pauvresse qu'elle est devenue ?

Isabelle regarde ses mains osseuses aux ongles brisés, sans doute à l'image de toute sa personne que la misère a râpée. Elle se sent laide et sale. Dénuée des attraits qui ont séduit Pierre. Regrettera-t-il de lui avoir fait traverser l'océan ? L'aimera-t-il encore ?

Ville de Québec.

Quelques coups de rame et leur chaloupe touchera la grève où se massent les gens venus assister au débarquement du navire. Anxieuse, Isabelle scrute cette foule à la recherche de Pierre. Inconsciemment, elle étreint la main de sa fille dans la sienne, toute moite, tout en se mordillant les lèvres afin de leur donner un peu de couleur. Hier, elle s'est employée du mieux qu'elle a pu à se peigner et à nettoyer leurs vêtements, mais une odeur de vomi persiste à son corsage et, bien que coiffés, leurs cheveux n'en demeurent pas moins sales. Son cœur bat la chamade et de petites gouttes de sueur perlent au-dessus de sa lèvre supérieure. Bientôt, sept ans après Pierre, ce sera à son tour de fouler le sol de la Nouvelle-France. Elle n'en a pas dormi de toute la nuit, victime de son imagination qui élaborait divers scénarios de retrouvailles. Tantôt, c'était lui qui la repérait en premier, tantôt c'était elle. Ils se serraient l'un contre l'autre, heureux. Ou encore goûtaient ensemble au désenchantement. Déçu d'avoir une fille, Pierre s'en détournait, tandis qu'elle voyait sa destinée unie à un homme qui n'avait plus rien d'un roi ni d'un chevalier servant. Elle a craint et espéré, pleuré et prié, remettant en question avec plus d'acuité la pertinence de sa décision. Ce nouveau pays l'effrayait, et elle ignorait dans quel état et dans quelles dispositions elle retrouverait le seul être qu'elle y connaissait. La séparation d'avec Magdeleine et Gaspard se faisait cruellement sentir, car elle avait atteint le point de non-retour. Plus jamais elle ne verrait leurs chers visages ni leur chaumière qui, bien que misérable, lui avait offert gîte et consolation. Comme ils lui manquaient, à la veille de ce nouveau départ !

L'embarcation accoste. Marie-Pierre en profite pour se dégager de sa poigne par trop fébrile et déjà se lève de son banc. Les yeux pétillants de curiosité, la gamine examine les matelots qui aident les passagers à descendre avec leurs bagages.

Isabelle s'empare des deux sacs contenant leurs modestes effets. À elle seule, elle peut les trimbaler. C'est tout ce qu'elle apporte comme trousseau. De dot, elle n'a point, même plus celle d'une bonne réputation. Quelle dégringolade! Jadis, son père avait promis d'y aller d'une vache et d'une parcelle de terre à qui l'épouserait.

Dans son excitation, Marie-Pierre s'élance de la proue, atterrit dans la vase, perd l'équilibre et se retrouve à quatre pattes. Aussitôt, le mousse se précipite pour l'aider à se relever.

— C'est rien, c'est rien, lui dit-il pour la consoler, en la voyant près des larmes.

— Ma mère qu'a tout nettoyé mon linge, se désole la gamine.

— Ça s'relave du linge, nigaude, lance le garçon en lui frottant les genoux avec une brusquerie fraternelle. Te v'là rendue. T'as qu'à aller vers ton père, maintenant. Allez, adieu, termine-t-il promptement en lui donnant une petite poussée vers la foule bigarrée et accueillante.

— Adieu, murmure Marie-Pierre d'une voix chagrine en se retournant une dernière fois vers lui qui, déjà, ne la regarde plus, tout affairé à sa fonction comme s'il n'avait ni le temps ni la légitimité de manifester davantage un certain attachement. Isabelle, qui s'en allait gronder sa fille, se ravise. Encore une fois, sans le savoir, ce garçon lui a fait voir l'essentiel des choses. N'ont-elles pas la chance d'être attendues?

Un sac au bout de chaque bras, la jeune femme s'avance, scrutant la foule à la recherche d'une tête blonde. D'un sourire. D'une stature. Marie-Pierre suit, son attention attirée de-ci de-là par les exclamations, les rires, les pleurs. On s'accueille, on s'embrasse, on se sert la main. On parle tous ensemble, à bâtons rompus, tous en même temps, se donnant, se demandant des nouvelles. «Une banquise haute comme deux fois la mâture: tout juste si on l'a évitée... Et l'hiver ici? Une toise de neige dans les bois... T'as ramené du vin? Ton père t'envoie cette lettre... Ta tante Adélaïde est morte... J'ai ramené des colis pour la famille... Quoi de neuf? Ma fille a eu des bessons en juin… Trois arpents de défrichés… On a dû mouiller à l'île d'Orléans… Il travaille au chantier naval… S'est noyé sous la glace en traversant à Lévis… »

Étourdie par tout ce bavardage, Isabelle se mêle aux gens, cherchant, cherchant. Sont-elles vraiment attendues? Elle s'inquiète, alors que plusieurs des nouveaux arrivants quittent joyeusement, aux bras de leurs parents et amis, afin d'aller présenter leur passeport. Quand donc s'entendra-t-elle interpeller? Est-ce que, caché dans la foule, Pierre se serait désisté en lui voyant l'allure? Ne fait-elle pas piètre figure avec ses cheveux sales, ses deux sacs pour tout bagage et sa fille aux genoux boueux?

Une panique soudaine lui broie la poitrine à l'idée que Pierre les ait abandonnées dans ce pays du bout du monde. Cette sombre perspective se concrétisant, leur sort ne sera-t-il pas pire que celui du mousse qui peut au moins compter sur un hamac et une pitance assurée? Désemparée, Isabelle sent ses jambes s'amollir, dépose ses sacs et ordonne à Marie-Pierre de rester auprès d'elle. Aussitôt, une petite main s'accroche craintivement à sa jupe. Ce geste, de la part d'une gamine habituellement frondeuse, multiplie ses craintes. L'enfant a capté la gravité de la situation et se cramponne à elle, sa mère. Mais elle, à qui se cramponnera-t-elle?

Des larmes de désespoir lui montent aux yeux alors que, silencieuse, Marie-Pierre s'appuie la tête contre sa hanche pour épouser son état d'âme. L'homme qui les lie par la chair et le sang n'est pas au rendez-vous.

— Isabelle? Vous êtes Isabelle, demande une jeune femme, se dirigeant droit vers elles d'un pas rapide.

— Oui, oui, c'est moi, balbutie-t-elle.

— Veuillez me pardonner d'être si tard… Je viens de la part de Pierre Vaillant… Je suis Élise, Élise La Ramée.

L'inconnue lui présente la main qu'elle sert avec empressement.

— Soyez les bienvenues! Comment a été le voyage? Pierre est encore dans les Pays-d'en-Haut… Oh! C'est sa fille. Comme elle lui ressemble ! Comment t'appelles-tu, ma jolie ?

— Marie-Pierre, répond la gamine en délaissant la jupe maternelle.

— C'est bien choisi comme nom ; tu lui ressembles tellement, répète Élise en tournant une boucle blonde au bout de ses doigts. Alors, ce voyage en bateau, il s'est bien passé ?

— Il s'est pêché une morue quasi-grosseur d'homme et z'avons frôlé une banquise, hein, maman ?

Les yeux pétillants d'Élise reviennent vers ceux d'Isabelle encore larmoyants.

— Je suis désolée, vraiment désolée... C'est terrible d'arriver ici sans personne pour nous y accueillir. Pardonnez-moi, demande-t-elle en enlaçant avec spontanéité les épaules d'Isabelle.

Soulagée, celle-ci sourit et vitement s'essuie le bord des paupières.

— Demain, nous partirons pour Montréal. Louis a affrété une barque. C'est mon mari et bourgeois du vôtre... euh, de Pierre.

Cette rectification montre que l'étrangère sait tout de sa situation maritale. Cependant, l'absence totale de condamnation dans sa façon d'agir met Isabelle en confiance. À la dérobée, elle détaille l'habillement de la dame qui n'a rien à envier à celui des dames de France. Comment se fait-il qu'une bourgeoise s'abaisse à lui entourer ainsi l'épaule, s'excusant d'être en retard ? Qui est-elle ? Qui est ce Louis La Ramée ? Où sont les Pays-d'en-Haut ?

— Vous allez loger à notre hôtel. Venez. Où sont vos bagages ?

— Là ! indique Isabelle, ébauchant le geste de les ramasser.

— Laissez, laissez. Vous devez être fatiguée, offre Élise en s'emparant des sacs avec vigueur et les invitant à la suivre.

— Nous logeons dans la Haute-Ville... Ici, c'est la basse... Voyez, là, en haut, c'est le château de notre gouverneur général, le château Saint-Louis... Nous passerons à l'Intendance pour montrer vos passeports… C'est par ici. Ah! Louis a eu toutes les peines à dénicher une barque… Comprenez, à chaque arrivage, c'est la ruée; tous les marchands en veulent une.

Éberluée par cette singulière familiarité de la part d'une patronne, Isabelle peine à la suivre. Autant son pas était incertain et chancelant en mer, autant il l'est encore maintenant sur la terre ferme. Que lui arrive-t-il donc? Ses oreilles bourdonnent et la voilà qui manque d'équilibre.

— Quelle chaleur! laisse-t-elle échapper.

Élise s'arrête.

— Excusez: j'allais trop vite. Il vous faut perdre le pied marin. Louis m'avait bien averti d'y faire attention. J'ai oublié. Comprenez, la traversée, je l'ai jamais faite, étant née ici… Mais j'aimerais bien, avoue-t-elle en poursuivant à un rythme plus lent. Ah, oui! La France, j'aimerais un jour la voir. Mon grand-père nous en a souvent parlé et montré les chansons… Ah, oui! J'aimerais bien… Avec Louis, un jour, j'irai… Est-ce que ça ressemble à Québec, selon vous?

— Bien, euh… je n'sais point.

— Que je suis sotte! Vous venez à peine d'arriver. Comment pouvez-vous savoir? Personnellement, je trouve qu'à Québec, les gens vous y regardent de haut… C'est pas comme à Montréal… Oh! non! Ici, c'est plus français… plus hautain… Par contre, ici, pour avoir les articles de la dernière mode, c'est l'endroit… Voyez cette robe. De telle nouveauté, à Montréal, il ne s'en trouve point.

— C'est loin, Montréal?

— Par le chemin du roi, en diligence, ça nous a demandé quatre jours, mais nous remonterons par le fleuve en barque avec des marchandises… Les dernières étoffes sont arrivées avec vous. Elles sont pour mes tailleuses dont vous serez.

— Qui, moi? Tailleuse?

— Oui, pour les capots de traite, en attendant Pierre. Vous ne le verrez pas avant septembre, vous savez. Les Pays-d'en-Haut, rien que d'y aller, c'est un minimum de trente-cinq jours en canot.

À son tour de s'arrêter, assommée par cette nouvelle. Elle qui croyait épouser Pierre et s'établir avec lui en arrivant.

— Nous ne pouvons pas aller le rejoindre sur sa terre dans les Pays-d'en-Haut?

— Pierre n'a pas de terre.

— Ah, non? J'ai cru…

— Z'aurons point de poules alors? déclare Marie-Pierre, sans cacher sa déception.

— Il en rêve d'une terre, mais ce n'est pas pour tout de suite. Il lui faut des fonds. Pour l'instant, il est dans la fourrure. Il est voyageur pour une de nos canotées.

Isabelle n'a aucune idée à quoi rime ce nouveau métier de voyageur, mais les paroles du marin lui reviennent en mémoire à l'effet que les fourrures sont ce qu'il y aurait de plus rentable en Nouvelle-France.

— Il est « bout de canot » en plus, précise la Canadienne comme si cela devait lui en dire davantage.

— Ah…

— On dit qu'il ne parle que de vous. Comprenez, ça le chagrinait terriblement d'hiverner En-Haut, mais il ne pouvait faire autrement, car les gages y sont plus élevés… Votre mariage n'en sera que plus beau à l'automne.

Élise dépose les sacs et, la prenant amicalement par l'avant-bras, lui confie :

— Si vous saviez tout ce qu'il a tenté pour retraverser en France. C'est miracle qu'il soit vivant.

Cette phrase réhabilite Pierre et leurs amours qui avaient tourné au mirage avec le temps. Ainsi donc, autant elle l'a attendu, autant il a tenté, au péril de sa vie, de revenir vers elle. Tremblante encore, la flamme de la passion se rallume et, dans un élan de reconnaissance, Isabelle presse la main de cette patronne qu'elle estime de son âge. Loin de s'offusquer de son geste, celle-ci lui tapote affectueusement le dos de la main et la gratifie d'un regard bon enfant.

— Vous savez ce qu'il a dit à notre courrier[1]?

— Non.

---

1. Courrier : facteur, messager en canot.

— Que jamais l'été lui paraîtra plus long, ce qui fait dire à mon mari que jamais canotier n'avironnera avec plus d'ardeur.

Élise échappe un petit rire qui fait sourire Isabelle, gagnée par l'émotion.

— Vous verrez, ce sera un beau mariage, termine-t-elle d'un ton assuré.

Marie-Pierre ressent alors un tel soulagement dans l'attitude de sa mère qu'elle bredouille pour elle-même : « Z'aurons p't'être des poules. »

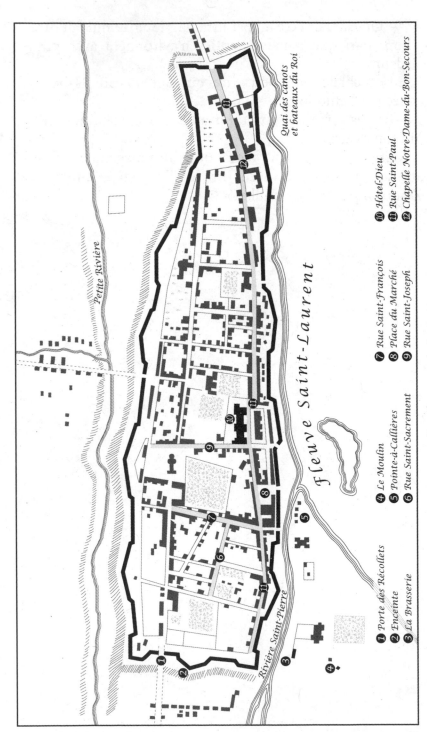

Ville de Montréal, 1760.

Fleuve Saint-Laurent

Petite Rivière

Rivière Saint-Pierre

Quai des canots
et bateaux du Roi

1 Porte des Récollets
2 Enceinte
3 La Brasserie
4 Le Moulin
5 Pointe-à-Callières
6 Rue Saint-Sacrement
7 Rue Saint-François
8 Place du Marché
9 Rue Saint-Joseph
10 Hôtel-Dieu
11 Rue Saint-Paul
12 Chapelle Notre-Dame-du-Bon-Secours

Chapitre 3

Demain

Fin août, rue Saint-Joseph[1], Montréal.

— Avec c'te pluie qu'on a eue tout l'été, mon idée que les récoltes seront point bonnes, affirme monsieur Boitillon avant d'allumer sa pipe.

Maintenant, il se tait, le regard vague et absent. C'est ainsi quand il fume, déplore Marie-Pierre assise à ses côtés, sur le pas de la porte. Il n'ouvre chichement la bouche que pour aspirer dans son petit tuyau et expirer un nuage de fumée. Elle préfère de loin lorsqu'il lui raconte des histoires, même si elles lui font dresser les cheveux sur la tête, comme celle du sieur de La Vérendrye et de ses compagnons qui ont été décapités par les Sauvages l'an passé. Rien que d'y penser, elle en a encore des frissons d'horreur. D'autant plus que son papa se trouve dans ces Pays-d'en-Haut dont on ne cesse de parler. En haut de quoi sont-ils situés, ces pays-là ? Personne n'a jugé bon de l'en informer.

Omniprésents dans les esprits et les conversations, ces lointains pays la fascinent. Elle les imagine avec tout plein de rivières qui les traversent, entourés de mystère et de dangers, peuplés de milliers d'animaux de toute espèce et de féroces

---

1. Rue Saint-Joseph : aujourd'hui rue Saint-Sulpice.

indigènes. Et, sur ces rivières, elle imagine son père. Au corps de son oncle Gaspard, elle a greffé sa propre tête, car tout le monde s'entend pour dire qu'elle lui ressemble. Avant de partir pour le Canada, on ne lui parlait jamais de lui, mais ici, la dame Élise et le sieur La Ramée, monsieur Boitillon et sa femme, et même, l'autre jour, le sieur Modrière, lui demandent à tout bout de champ si elle a hâte de le voir. Comment pourrait-elle avoir hâte, elle ne le connaît pas! Elle réalise bien par leur expression que ces gens s'attendent à ce qu'elle réponde oui, alors, pour les contenter, elle abonde dans leur sens. Jamais elle n'avouerait cela à sa mère, chez qui elle surprend parfois d'étranges soupirs rêveurs. Personnellement, Marie-Pierre préférerait que ce soit l'oncle Gaspard ou, mieux, le cousin Roland qui revienne à l'automne. Elle s'ennuie tellement d'eux que, des fois, elle se sent toute serrée par en dedans et cela lui donne envie de pleurer. Elle craint de ne plus jamais les revoir. Sa mère n'a pas voulu le confirmer lorsqu'elle le lui a demandé, mais elle ne l'a pas démenti non plus. Comment ces êtres tant aimés pourraient-ils traverser l'océan? Ils n'ont personne, dans les Pays-d'en-Haut, pour payer leur passage sur un bateau? Le fait que sa mère n'ait pas voulu répondre rend évident maintenant que plus jamais… jamais…

Pour faire diversion au mal qui lui étreint la poitrine, Marie-Pierre observe les rayons obliques du soleil couchant. Il a été si rare cet été. La plupart du temps, après le repas du soir, il lui fallait rester à l'intérieur parce que dehors, encore et encore, il pleuvait. Monsieur Boitillon fumait, assis au coin de la table où sa femme et maman cousaient en se plaignant de la pauvre lumière que le papier huilé des fenêtres laissait passer. Ce soir, elles sont contentes, car elles peuvent travailler plus longtemps. Elles ont laissé la porte ouverte malgré les détestables maringouins qui entrent.

Elle devrait se réjouir que sa maman puisse travailler plus longtemps. Cela lui fera plus d'argent avec lequel elle pourra acheter du tissu afin de lui confectionner une robe pour le mariage. Oui, cette perspective devrait l'enchanter, mais il y a ce « plus jamais » de travers dans sa gorge.

Refoulant son chagrin, la fillette s'efforce à imaginer cette robe toute neuve qu'elle aura. Elle n'a jamais porté d'autres vêtements que ceux usés de sa cousine, mais, à choisir, elle préférerait revoir sa cousine Catherine qu'étrenner cette robe. Le « plus jamais » refait surface et, d'un coup, la fait pleurer.

Absorbé dans ses pensées, Boitillon sursaute et se tourne vers elle.

— Bien voilà que tu pleures, petite ? Pourquoi donc ?

— Parce que plus ja… jamais…

Marie-Pierre redouble ses sanglots et se cache la figure contre le bras de l'homme qui, d'un geste consolateur, lui tapote le dos.

— Holà, holà ! Faut point pleurer comme ça, hmm ? Regarde comme il fait bon ce soir… Ça fait changement de la pluie, non ? Tu peux aller t'amuser.

— Sans… sans Ro… Roland… c'est point si amusant… Jamais je… plus jamais…

— Ah ! C'est ça ! Ceux qui sont restés là-bas te manquent.

Elle fait signe que oui, se pressant le visage dans la chemise de grosse toile. Elle aime bien monsieur Boitillon chez qui sa mère et elle logent pour l'instant. Il lui a permis de lever les œufs de ses trois poules et il l'emmène chaque fois qu'il va au marché. S'il n'était pas si vieux, il lui ferait un compagnon en remplacement de Roland et, ensemble, ils partiraient à la découverte par les rues de la ville. Ils se rendraient à tous ces endroits attirants qu'il lui indique de son doigt noueux, mais où il refuse d'aller en raison de son pied tout croche.

— Là, c'sont les canots et les bateaux du roi, près de la chapelle Bonsecours, qu'il dit. Et là, sur la pointe à Callières, le moulin et la brasserie.

Ce qu'elle aimerait voir la flotte du roi, les grandes ailes du moulin et le lieu magique où fermente la bière qui fait chanter dans les cabarets ! Avec Roland, sûrement qu'elle y serait allée depuis belle lurette.

— Plus jamais… jamais, hoquette-t-elle.

— Holà, holà ! Si tu cesses de pleurer, m'en vas te livrer un secret…

— Un se… secret ?

— En seulement, faudra point le dire à âme qui vive.

Cette offre de partager un secret à l'insu de tous la séduit. Elle prend une grande respiration entrecoupée de spasmes et renifle bruyamment.

— Faut m'en donner ta parole.

— J'vous en donne ma parole… J'le dirai point à âme qui vive.

— Ben voilà, chuchote l'homme, quand j'suis arrivé ici, y a fort longtemps, j'ai pleuré comme toi.

— Vous ! Vous avez pleuré ? s'exclame-t-elle.

— Chut ! Pas si fort… Un homme, c'est point censé pleurer… mais moi, je l'ai fait tellement je m'ennuyais de ma famille… Z'étaient tous restés là-bas, tu comprends… mon père, ma mère, mon frère, ma sœur, mes tantes, mes oncles, mes amis. Personne n'est venu me rejoindre ici… Ah ! Oui, petite, je comprends ton chagrin. Ça fait une boule dans la gorge, hein ?

— Oui, souffle-t-elle.

— Ça va passer. Moi, j'étais fin seul, mais toi, tu as ta maman, fait-il valoir.

— …

— Et puis quand ton papa va arriver, vous logerez tout à côté… De c'te façon, tu pourras toujours lever les œufs de mes poules, poursuit-il en la voyant s'essuyer les joues du plat de la main. Tu verras, à la longue, ils vont moins te manquer.

— Je pourrai point les oublier, ça, jamais, affirme-t-elle tristement, se calmant tout à fait.

— C'est sûr… Tu les oublieras point. Tu en auras moins de chagrin, c'est tout. Prie le ciel pour que ton papa revienne tout d'un morceau… La course aux Pays-d'en-Haut a fait plus d'un mort et d'un estropié. Foutu pied !

Monsieur Boitillon se regarde le pied en secouant la tête. Elle fait de même, déployant un suprême effort pour tenter d'imaginer monsieur Boitillon autrement qu'âgé et infirme.

Rien n'y fait. Elle lui voit toujours sa grosse moustache jaunie sous les narines et l'extrémité de la jambe tout de travers.

— Dans c'te pays, petite, faut point voir ce qu'on a plus, mais voir seulement ce qu'on a et ce qu'on peut avoir, conclut l'homme avant de rallumer sa pipe.

Marie-Pierre échappe un dernier gros soupir, déterminée à mettre en application le sage conseil dicté par l'expérience. Son attention revient aux rayons obliques qui font miroiter les ornières remplies d'eau de la rue boueuse et aux bruits de la ville mêlés de chants d'oiseaux. Déjà enfermées pour la nuit, les trois poules gloussent par intervalles alors qu'à l'intérieur de la maison, sa mère et madame Boitillon échangent sporadiquement. « Passez-moi les ciseaux. Vous reste-t-il du fil ? Vous avez vu mon dé ? Faites votre point plus serré. Il reste une boutonnière. » Simples propos relatifs à leur travail et qui font que demain, il y aura un autre capot de terminé qui leur donnera quinze sols. Sont-ce des choses du genre que s'échangent les poules assises sur leur nid ? Comment procèdent-elles pour fabriquer leurs œufs pendant la nuit ? Mystère. C'est la coquille qui intrigue Marie-Pierre. Fabriquer des matières gluantes du style morve, elle le conçoit aisément, mais envelopper ces matières d'une coquille, ça dépasse son entendement. Comment s'y prennent-elles ? Par quoi commencent-elles ? La coquille ou l'intérieur ? Et puis les poules donnent partout des œufs de même forme, que ce soit en France ou en Canada. Les uns plus gros et d'autres de couleur différente mais tous, exactement tous, de la même forme… Fascinant mystère… Et c'est toujours le même ordre aussi à l'intérieur, le jaune au milieu, tout rond, et la matière translucide autour… Pourquoi le jaune est-il toujours tout rond alors que l'œuf a la forme… d'un œuf ? Que peuvent bien se dire les poules, s'interroge Marie-Pierre. Combien d'œufs découvrira-t-elle demain ?

Chapitre 4

Poing-de-Fer

Mi-septembre, sur la Grande Rivière[1].

— Holà, Poing-de-Fer! Ralentis la cadence, lance Gervais, maître du canot.

Rappelé à l'ordre encore une fois, Pierre obéit. Bout de canot avant[2], il impose, sans s'en rendre compte, un rythme difficile à maintenir pour ses équipiers. Trop d'ardeur l'habite. Trop d'énergie. Trop d'impatience. Et plus ils approchent de Montréal, moins il parvient à canaliser, contrôler, doser ce trop-plein de force et de sentiments divers.

Il voudrait déjà être rendu. Être fixé sur son sort. Isabelle l'y attend-elle avec leur enfant? Modrière et La Ramée associés auront-ils tenu parole d'avancer la somme nécessaire à leur passage en Nouvelle-France? Si oui, le navire aura-t-il réussi la traversée et y auront-elles survécu? Ne suffit-il pas

---

1. Grande Rivière: rivière des Outaouais aussi appelée «rivière des Outaouaks» ou «rivière des Odawas» à l'époque.
2. Bout de canot avant: membre d'équipage situé à la pince avant qui assurait la direction du canot en parant les écueils et en exerçant une traction. Cette fonction exigeait de la force et des réflexes. À la pince arrière, le maître du canot était à la fois barreur, navigateur et responsable de l'expédition.

d'une tempête, d'une épidémie pour… ? Non, il ne faut pas penser à cela. Ce serait trop bête qu'un tel malheur s'abatte sur lui alors qu'il parvient au terme de sept ans d'espoir et d'attente.

L'âme en ébullition, Pierre remonte le cours de ces années au fur et à mesure que leur canot descend le courant. Cela produit un effet bizarre, déroutant. Le temps présent le mène à la fois vers son avenir et vers son passé. D'amont en aval, chaque lieu, chaque portage et chaque paysage évoque ce qu'il fut, ce qu'il a pensé, ce qu'il a rêvé et subi à un moment donné le long de cette rivière.

L'étonnant Rocher à l'Oiseau, où des pictogrammes racontent une légende amérindienne sur la paroi d'une falaise dressée sur la rive nord. Presque en face, sur la rive sud, la Pointe-au-Baptême où les frères Gareau et La Ramée lui firent subir l'initiation des voyageurs. L'alcool déliant les langues, il apprit cette fois-là avoir été trompé sur la durée réelle de l'expédition, ce qui annihilait toute possibilité de retourner en France. Le fort Coulonge qui préfigurait la débauche, la corruption et le désordre qui règnent au pays des fourrures. Le portage du Grand Calumet avec ses deux mille trente-cinq pas, où il s'est égaré lorsqu'il a déserté la canotée, suivi du rapide des Chats, où il a failli être entraîné par le courant. Le lac des Chênes, avec ses îles paisibles, où il vit luire pour la première fois le regard inquiétant du « petit homme du Diable ». Le portage des Chaudières où, après qu'il eut sauvé Hardouin de la noyade, La Ramée leur rappela qu'ils étaient tous responsables les uns des autres dans de telles équipées. Finalement, la pointe de Makwa, où une ourse l'a attaqué et où le « petit homme du Diable » devint Tehonikonrathe, son guérisseur. Et lui, Ankwi, c'est-à-dire « comme le frère[3] ».

Maintenant, il est Poing-de-Fer. Nommé ainsi par les Indiens d'En-Haut, il l'est également par les voyageurs, les coureurs des bois et les commerçants. Il n'est plus le même homme, c'est sûr. Qu'a-t-il conservé du jeune exilé de 1730,

---

3. Pour plus de détails sur ces endroits, voir *Feu, L'étranger*.

outre cette femme, comme sa patrie, en son cœur? Peu de choses, il lui semble. Il a tôt fait de perdre sa naïveté et d'apprendre les rudes leçons du Nouveau Monde.

En passant devant le fort du Lièvre[4] tantôt, il s'est souvenu de l'horreur inspirée à la vue du premier scalp qui lui avait fait abandonner l'idée de s'établir avec Isabelle dans ce pays. À l'époque, il ne connaissait rien aux différentes tribus, ni aux alliances ou divisions entre elles ou avec les Européens. La terreur, il l'imaginait présente à l'extérieur de toute enceinte, mais c'est aux Pays-d'en-Haut qu'il en a observé les effets. Oui, là, elle se répand au rythme des Blancs qui étendent leurs frontières vers le nord, l'ouest et le sud. Les découvertes allant de pair avec le trafic des fourrures, l'alcool pénètre des territoires inconnus, y suscitant la barbarie tout en la justifiant. Faut-il se surprendre du massacre du père Aulneau, de Jean-Baptiste de La Vérendrye et de dix-neuf de leurs compagnons apparemment par des Sioux[5]? Ceux-ci n'ont-ils pas laissé un message dans la manière dont ils ont traité les cadavres, chacune des têtes scalpées étant enveloppée d'une robe de castor et disposée près du corps décapité, ces corps étant à leur tour serrés les uns contre les autres en forme de cercle? À la garnison de Makinac, on interprétait ce cercle comme un indice révélant que la sentence de mort avait été décidée par un Conseil. De plus, le fils La Vérendrye gisait couché sur le ventre, le dos ciselé de coups de couteau et une houe enfoncée dans les reins. Pierre croit que cette exécution recèle un symbole. Une partie de son être y voit une dénonciation du peuple rouge à l'égard de l'avidité des Blancs pour les fourrures ainsi qu'un interdit de violer le sol des prairies par la charrue. Cette partie de son être en arrive à comprendre cette position extrémiste que l'autre partie de lui-même

---

4. Fort du Lièvre : sans garnison, cet endroit tenait plutôt d'un comptoir de traite situé à l'embouchure de la rivière du Lièvre.
5. Sioux : dérivé de Nadouessioux en langue algonquienne, signifiant « petits serpents » ou « ennemis ». Eux-mêmes s'appelaient les Dakotas, qui en langue sioux signifie « le peuple ».

condamne furieusement. Les saisons passées au sein de la famille de Tehonikonrathe l'ont profondément marqué. Il n'est plus totalement un Blanc, un Français. Attaquer des tribus sous prétexte qu'elles nuisent au commerce de la colonie n'éveille aucune fibre patriotique chez lui, car ceux qu'il considérait lui-même à son arrivée comme de primitifs fournisseurs de fourrures sont devenus ses parents. Dans leur wigwam, ils ont accueilli celui que le roi de France avait enchaîné et banni. Sans eux, sans Tehonikonrathe, il serait mort, déchiré sous les griffes d'une ourse. Et Isabelle, jamais, n'aurait eu de ses nouvelles. Si maintenant elle l'attend, en principe, à Montréal, c'est encore à Tehonikonrathe qu'il le doit. Ce frère indien l'a mené jusqu'à Québec par les chemins d'eau et il a pris sa défense devant le gouverneur général, l'épargnant ainsi d'une sentence de mort ou des galères à perpétuité.

Non, il n'est plus totalement un Blanc... mais n'est pas totalement un Indien pour autant. Une partie de son être ressent le mal et repousse l'invasion qu'inflige et opère l'autre partie. Par bonheur, quand il était soldat, il n'a jamais eu à participer à une attaque contre une tribu comme ce fut le cas, en mars 1736, pour les soldats du fort de Chartres contre les Chicachas[6]. Sous la conduite des commandants de Vincennes et d'Artaguiette, cent quarante d'entre eux et deux cent quarante-six alliés miamis[7] ont essuyé une terrible défaite, mourant pour la plupart torturés et brûlés vifs. À partir de ce printemps fatidique, un climat de terreur s'est installé dans les Pays-d'en-Haut, atteignant son paroxysme quelques mois plus tard avec l'annonce du massacre des gens de La Vérendrye. Pierre s'était alors mis à craindre pour

---

6.   Chicachas: habiles guerriers, ils dominaient la région de l'État actuel du Tennessee et du nord du Mississippi, et de l'Alabama. Ils voyaient d'un fort mauvais œil les relations commerciales que les Français cherchaient à étendre sur leur territoire et ils s'étaient alliés aux Anglais.

7.   Miamis: Algonquiens établis au début du XVIIIe siècle au sud du lac Érié sur la rivière Maumee (ou Miami). Ils pratiquaient un peu d'agriculture, chassaient le bison ainsi que le gibier de la forêt et s'adonnaient à la traite des fourrures. Ils furent décimés par la petite vérole.

Hardouin, dont la femme venait d'une tribu ennemie à celle des Sioux. Des affinités avaient resserré les liens entre eux, car l'armurier était aussi partagé entre deux identités. Avec une fierté toute paternelle, il lui avait présenté son fils métis à qui il avait donné le nom de leur monarque : Louis. « Crédieu de galère, il sera roi de la prairie », prédisait-il. Vivace et vigoureux, le petit bonhomme imprimait ses pas sur la terre ancestrale déjà envahie par ceux de son propre père. Teint cuivré, yeux clairs et cheveux de jais, Louis allait en toute innocence, ignorant qu'il portait le fardeau de deux races.

Pierre s'était inquiété aussi pour les téméraires frères Gareau qui s'aventuraient toujours plus loin en quête de fourrures. Comment Grosse-Voix et Belle-Voix parvenaient-ils à tirer leur épingle du jeu dans ces régions où les hostilités couvaient et risquaient d'éclater à tout moment ? Sans doute possédaient-ils un don inné pour flairer la bonne affaire et la manière de la mener à bien auprès des indigènes. Ce printemps, les deux coureurs des bois célébraient à Makinac le retour de leur fructueuse tournée, et Pierre a alors troqué avec eux au nom des associés Modrière et La Ramée qui l'ont engagé comme hivernant[8] dès son licenciement de l'armée. Occuper ce poste que personne ne reluquait à cause du climat de violence existant lui avait permis de commencer à récolter des pelus. Et, des pelus, il en a besoin. Et beaucoup. D'abord pour acquitter sa prétendue dette envers Modrière, ensuite pour rembourser les coûts du voyage d'Isabelle et de leur fillette et, finalement, pour assurer leur subsistance. Impossible pour l'instant de s'acheter une terre ou d'obtenir une concession en bois debout.

À regret, Pierre a dû remettre à plus tard son rêve d'un champ de blé. Rêve que la majorité de ses compagnons dénigre. « Les croquants[9], ils sont juste bons à s'esquinter

---

8. Hivernant : voyageur qui passe l'hiver dans un poste éloigné, aux frais de son employeur, pour y poursuivre la traite.

9. Les croquants : nom désignant les paysans révoltés sous Henri IV et Louis XIII. Au début du XVIIᵉ siècle, ce terme désignait péjorativement les paysans.

sur leur terre. Crois-moi, Poing-de-Fer, c'est dans la fourrure que l'argent est à faire», lui répétaient les frères Gareau. À leurs yeux, devenir paysan, c'était régresser d'un cran dans l'échelle sociale et se retrouver toujours les poches vides après avoir rendu le tribut au seigneur. C'était aliéner sa liberté et son indépendance, se glisser volontairement sous un joug pour ne récolter au bout de durs labeurs qu'une maison, quelques arpents défrichés et quelques poules.

Pierre n'a jamais contesté que le domaine de la fourrure soit plus rentable. À preuve, ses gages en tant que bout de canot avant se chiffrent à trois cent cinquante livres et si, l'an prochain, il devient maître de canot, il gagnera dans les quatre cents à quatre cent cinquante livres, et cela sans compter le troc personnel qu'il aura le loisir de faire. Aucun paysan ne peut amasser autant qu'un simple voyageur, celui-ci fut-il novice pagayeur du milieu, le moins payé d'entre eux. La richesse du paysan se trouve dans la possession du sol, croit-il, et dans la jouissance légitime des fruits d'un travail qui n'implique que lui-même et ne tracasse pas sa conscience. Ce qu'il a vu de la traite dans les Pays-d'en-Haut vient en totale contradiction avec une partie de lui-même, car il ne peut se résigner à trafiquer l'eau-de-vie, synonyme de mort et de déchéance des peuples amérindiens, donc de mort et de déchéance d'une partie de lui-même. Synonyme également de trahison envers Mingam.

Parfois, Pierre se sent nigaud de s'en tenir à sa ligne de conduite. Dans ces moments-là, il replonge son esprit dans les yeux de Tehonikonrathe au pied de l'échafaud et revoit le père Fortin en prière. Le premier lui a garanti qu'il respecterait la semence de blé mise en terre, l'autre lui a fait promettre de signer le pain de la croix avant de le rompre pour ses enfants. À l'un comme à l'autre, il est redevable de ce qu'Isabelle l'attende à Montréal, et à l'un comme à l'autre, il se doit de respecter sa parole. C'est ce qu'il conserve de plus précieux après ces six années dans les Pays-d'en-Haut. Six années qui lui ont laissé un certain goût de cendre et une crainte certaine face aux événements à venir. La guerre couve. Déjà, elle se manifeste le long des grandes artères commerciales du Mississippi, de la Belle-Rivière [10], de la Ouabache, des rivières Rouge et Wisconsin où Anglais et Français s'arrachent les fourrures, revendiquent des frontières non définies, soumettent ou s'allient les tribus. Oui, dans l'Ouest, le visage de la guerre commence à se démasquer alors que la corruption et la contrebande, favorisées par l'alcool, se banalisent et s'y répandent. *No man's land* idéal pour y amasser des fortunes, c'est là qu'on récolte ce qui donne pignon sur rue à Montréal et à Québec. Et, par la Grande Rivière, les richesses voyagent, passent entre leurs mains et leur écrasent les reins dans les portages.

Dira-t-il tout cela à Isabelle? Sûrement pas. Il taira les atrocités afin de ne pas la décourager de s'établir en Canada. Quelle opinion s'est-elle faite de ce pays? A-t-elle succombé, tout comme lui au début, aux charmes de la rue Saint-Paul où s'étalent les richesses que procure la fourrure? Que de projets farfelus il avait échafaudés devant la solide maison de Modrière! Il se voyait déjà un prospère marchand bourgeois, arpentant la ville par les douceurs du soir, Isabelle à son bras. Sera-t-il à la hauteur de ce qu'elle attend de lui? Acceptera-t-elle qu'il exerce le métier de voyageur le temps de réunir les fonds nécessaires à leur établissement sur une terre? Ou est-ce que l'exemple d'Élise, devenue patronne des tailleuses, l'influencera à lui demander doucement à l'oreille de puiser à pleines mains dans les richesses de l'Ouest pendant qu'il en est encore temps?

Pierre sait maintenant qu'il ne sera jamais marchand bourgeois et qu'il ne gagnera pas autant que les autres s'il ne trafique pas l'eau-de-vie. Comment expliquera-t-il à Isabelle cette autre partie de lui-même qu'il ne peut trahir? Celui qu'elle a aimé était entièrement français et, pour elle, il s'était juré d'acquérir des montagnes de fourrures. Comment lui annoncera-t-il qu'une partie de lui refuse une portion du butin? Qu'à défaut de peaux de castor, il ramène des peaux de bison de moindre valeur? Échangées à Hardouin, elles se retrouveront bordées de rouge dans les

---

10. La Belle-Rivière : la rivière Ohio.

carrioles. Et, peut-être qu'en marchant tous deux dans la neige, Isabelle lui reprochera un jour qu'il aurait pu se munir d'un cheval si...

Si cette autre partie en lui n'existait pas.

Sur la rive nord, au loin, des silhouettes attirent l'attention de Pierre. Bien que lointaines, elles éveillent en lui les souvenirs de sa famille adoptive. Malgré lui, encore une fois, il force l'allure.

— Holà, Poing-de-Fer, lance Gervais.

Pierre se retourne vers le maître du canot et lui manifeste son désir d'approcher ce groupe de personnes.

— Qu'est-ce qui se passe? Depuis le Rocher à l'Oiseau que tu pousses la cadence comme pour devancer la canotée d'avant-garde et v'là que tu veux t'arrêter? On n'peut rien tirer de ces Sauvages-là, lui crie le maître du canot.

— Je crois les connaître.

— Fais-leur signe de la main: ça les contentera. Moi, j'ai une de ces soifs.

— Moi aussi, s'exclame Neptune, le panis [11] de Modrière, qui profite de la moindre générosité de ses équipiers pour s'enivrer, ses gages étant perçus par son maître.

Pierre s'exécute, et aussitôt la silhouette d'une femme robuste répond à son salut. C'est Ikoué, celle qui l'a nourri de son lait lors de sa convalescence. Malgré son bouillant désir d'être déjà rendu à Montréal, Pierre ne peut se résoudre à passer outre devant ces gens qui lui ont tant donné.

— Faut y aller, Gervais, insiste-t-il. C'est la famille de Tehonikonrathe.

À ce nom de l'homme-médecine qu'il admire, Neptune adhère à la proposition de Pierre, malgré sa hâte de boire une bière.

— Ça va, compagnons; j'ai compris. Z'êtes deux à vouloir arrêter, mais nous, nous sommes trois à vouloir

---

11. Panis: terme signifiant «esclave indien»; la grande majorité des esclaves en Nouvelle-France venait du peuple des Pawnis (ou Pawnees).

continuer. Si on vous agrée, faudrait p't'être songer à nous compenser un brin.

— Je paierai la tournée de l'arrivée, offre Pierre.

— Va pour la tournée de l'arrivée, accepte Gervais en dirigeant l'embarcation vers le groupe de silhouettes maintenant resserrées. Pierre se surprend à y chercher celle de Sève-du-Printemps et, au même moment, il entend Gervais lancer :

— Ah ! J'y suis, Poing-de-Fer, t'as envie de faire de l'œil à c'te jolie Sauvagesse de la famille du « p'tit homme du Diable » avant d'te marier.

Ses compagnons rigolent. Lui se tait, comme pris en flagrant délit d'adultère mental. Pourtant, il n'en est rien. Depuis qu'Isabelle a accepté de le prendre pour époux, il a rangé le bandeau joliment décoré. De le voir maintenant coiffé d'un tapabor [12], Sève-du-Printemps comprendra.

À mesure qu'ils approchent, Pierre reconnaît son guérisseur, homme de très petite taille mais de grand savoir, accompagné, à sa droite, par ses deux épouses, Ikoué et N'Tsuk, et, à sa gauche, par son père, Mingam, et Aile-d'Outarde, une de ses épouses. Un peu en avant, une jeune enfant et un adolescent, probablement Wapitik, le fils de Tehonikonrathe. Avant même que le canot atteigne la rive, ce dernier pénètre dans l'eau pour s'en saisir. « Ankwi ! Ankwi », répète-t-il, les yeux pétillants de joie.

Dès que Pierre met pied à terre, Ikoué l'accueille en premier en lui caressant le visage, la poitrine et les bras. Puis N'Tsuk et Aile-d'Outarde font de même, lui laissant savoir combien elles sont heureuses de le revoir. Un moment de silence solennel s'ensuit, lorsque Tehonikonrathe s'avance de sa démarche caractérisée par une faible claudication. De la première lueur d'hostilité perçue dans le regard du « petit homme du Diable » jusqu'à la dernière image qu'il lui a laissée au pied de l'échafaud, les souvenirs multiples ressurgissent dans l'âme de Pierre et alimentent cette partie

---

12. Tapabor : large chapeau à bord mou que les voyageurs ornaient de plumes lors de certaines occasions, comme le départ et l'arrivée à Lachine.

de lui-même à jamais présente. Fier de n'avoir jamais trahi, il se laisse fouiller par les perspicaces prunelles noires.

— Mon cœur se réjouit de retrouver son frère, dit enfin Tehonikonrathe en lui étreignant les avant-bras avant de céder sa place à Mingam qui, sans un mot, passe ses mains autour du cou de Pierre, comme sur un collier imaginaire.

— Mon fils ne porte plus ses dents d'ours.

— J'ai dû les abandonner mon père, mais j'ai respecté leur serment.

Le regard du patriarche dévie vers le canot rempli de fourrures et revient, sceptique, vers le sien, sondant cette autre partie de lui-même. Pierre peut-il vraiment prétendre ne pas avoir trahi le peuple rouge tout en participant au commerce qui le détruit? Comment expliquer à Mingam son impuissance à changer le cours des choses? Il lui présente alors la paume de ses mains.

— Vois mes mains; elles portent la marque que laisse la pagaie. Cette marque, tu la vois aussi dans tes propres mains et dans celles de tes fils. Mes mains sont comme les vôtres, car jamais elles n'ont échangé l'eau-de-feu contre des fourrures.

Le vieil homme effleure la corne formée par la poignée de la pagaie, puis y pose à plat sa propre main.

— Mon cœur se réjouit de te revoir en bonne santé, dit-il. Les tiens t'ont torturé à Québec.

Pierre baisse la tête, honteux d'il ne sait quoi au juste. Wapitik se presse contre lui.

— Montre, Ankwi, ce qu'ils t'ont fait. Tu es un vrai homme. Jamais tu n'as laissé échapper un cri.

Devant sa famille adoptive, Ankwi serait fier d'exhiber les cicatrices de son supplice à Québec, mais, devant ses équipiers, il en éprouve une grande gêne nonobstant le fait qu'ils les ont vues en cours de route.

Wapitik attend, ainsi que les femmes qui se sont rapprochées. Tehonikonrathe a dû souvent leur raconter comment les Français ont maltraité l'un des leurs. Ikoué se plante devant lui et commence à déboutonner sa chemise. Il la laisse faire. Avec ses gestes de tendresse féminine et maternelle confondues, elle lui dénude le torse.

— Ikoué a perdu le fils qu'elle allaitait en même temps que toi… Aujourd'hui, Ikoué retrouve le fils qu'elle pensait ne plus revoir, lui annonce-t-elle.

Voilà donc ce qui explique l'absence de Lièvre-des-Neiges qui aurait eu environ huit ans aujourd'hui. Doit-il en conclure que l'absence des autres membres de la famille signifie leur décès ?

Pendant que Wapitik, les femmes et Mingam contemplent la cicatrice de la fleur de lys sur son épaule et les marques de la flagellation sur son dos, Pierre interroge Tehonikonrathe du regard.

— Mes connaissances ne peuvent pas grand-chose contre les maladies des Visages-Pâles… Ma mère est aussi au Royaume des Morts, confirme-t-il avec tristesse.

— Cela remplit mon cœur de chagrin.

— Ton chagrin ne peut avoir de consolation, Ankwi, car toi, tu ne les reverras jamais plus… Moi, je les retrouverai, mais ils me manquent et mon âme est tourmentée de ne pouvoir guérir vos maladies.

— Quand est-ce arrivé ?

Tehonikonrathe se penche vers la fillette près de lui et la soulève au bout de ses bras.

— Peu de temps avant la naissance de ma fille, Fait-Trembler-la-Terre. Les Anciens de l'au-delà l'ont envoyée. Quand je l'ai reçue dans mes mains, la terre s'est mise à trembler, et, pendant plus d'une lune, la terre a continué de trembler[13]. C'est un signe.

Pierre considère la gamine à l'allure assez costaude pour ses quatre ans et remarque qu'elle porte au cou l'oki, la petite tortue fétiche de son père. C'est dire à quel point le guérisseur voit en elle une intervention surnaturelle et jusqu'où il désire la protéger. Sans un mot, celui-ci lui offre de la prendre. Pierre accepte, mais, dès l'instant où la petite se retrouve dans ses bras, il voit passer une ombre sur le visage de Wapitik qui s'éloigne en direction des canotiers.

---

13. À l'automne 1733, il y eut un tremblement de terre dont les secousses se sont fait sentir pendant quarante jours.

— Où sont Ours-Têtu et sa famille? s'enquiert-il sans cacher son inquiétude.

— Chez les Gens des Terres, pour le mariage de Sève-du-Printemps, répond Ikoué en tapotant doucement le derrière de sa fille, qui commence à se tortiller. Son époux est un bon chasseur et il reconnaît notre Grand Esprit... C'est mieux ainsi, poursuit-elle.

Étonné de constater comment, en si peu de mots, l'essentiel est exprimé au sujet des conséquences délicates et non souhaitables d'une union entre lui et Sève-du-Printemps, Pierre abonde dans le même sens qu'Ikoué.

— Oui, c'est mieux ainsi.

— De cette manière, nous nous retrouverons tous dans l'au-delà... À l'exception de toi, ajoute-t-elle en lui passant le revers de la main sur les joues. Est-ce que nos routes se croiseront de ton vivant?

— Oui. Je m'en vais prendre femme, mais quand Nipinoukhe[14] ramènera la saison chaude, je reviendrai sur la Grande Rivière.

Ikoué sourit, ce qui la rend presque belle.

— Cette femme est celle qui t'habite le cœur?

— Oui... elle a traversé le Grand Lac Salé.

Puis, s'adressant à Tehonikonrathe:

— À toi, je dois la vie, la liberté et le bonheur de revoir cette femme. J'espère qu'un jour je pourrai te rendre ta générosité.

— Tu le peux dès aujourd'hui, Ankwi, réplique Tehonikonrathe en reprenant Fait-Trembler-la-Terre qui, visiblement, n'apprécie guère de se retrouver dans des bras étrangers.

— Dis-moi, Ankwi, ta vie à toi a-t-elle plus de valeur que la vie d'un Sauvage?

— Non. Une vie est une vie.

— Et ta liberté vaut-elle plus que la liberté d'un Sauvage?

— Non. Tous les hommes devraient être libres.

---

14. Nipinoukhe : manitou de la saison chaude.

— Accorde-moi alors la liberté du panis, demande Tehonikonrathe en déposant son enfant et en se dirigeant vers Neptune.

En entendant cela, Ikoué, elle-même ancienne esclave, devance son mari et s'adresse en pawnihama au jeune homme qui lui répond après une certaine hésitation. Mouvement de surprise chez les Français devant ces deux victimes de la diaspora pawnise qui cherchent à se trouver des liens communs et à ressusciter parents, amis ou connaissances.

Bien que personne ne comprenne leurs propos, tous saisissent l'émotion que leur procure la musique de cette langue entendue dès leurs premiers instants de vie. Langue de leur pays. De leur prairie. De leurs jeux d'enfant et de leurs amours, avortés par l'esclavagisme. Des larmes perlent aux yeux d'Ikoué qui, brusquement, enserre Neptune dans ses bras vigoureux. Celui-ci l'étreint en serrant les mâchoires et fermant les yeux.

— Oui, je t'accorde la liberté de Neptune, s'entend répondre Pierre.

— Te faudra l'acheter, intervient Gervais en français.

— Je sais.

— Modrière le laissera point aller en bas de quatre cents livres, c'est certain. Ça fait dans les cent cinquante pelus et encore, il te faudra du pelu gras parmi tes pelus.

— Je m'en doute.

— Te faudra des années pour payer si tu n'veux point toucher à l'eau-de-vie. Penses-y: c'est folie. Ta terre, tu l'auras peut-être jamais.

— Peut-être.

Y penser davantage ne changera rien à sa décision. Pierre sait exactement à quoi il s'engage et espère seulement qu'Isabelle ne lui en tiendra pas rigueur.

— De toute façon, tu peux point le libérer tout de suite. Je l'ai loué comme membre de ma canotée jusqu'au retour à Lachine et il est inscrit sur le permis. S'il n'est pas parmi nous au Long-Sault, il sera considéré comme déserteur.

— J'irai avec vous et il reviendra avec moi, propose Tehonikonrathe.

Ces dernières paroles font réagir Neptune qui se détache d'Ikoué.

— Cette femme, dit-il, j'en connais la cousine. Nous sommes d'un même peuple. Depuis qu'on nous a enlevés, d'autres décident de nos vies pour nous. Je te respecte, Tehonikonrathe, et toi aussi, Poing-de-Fer. Tu es prêt à donner des pelus que tu n'as pas pour acheter ma liberté… Cela me touche. Pour Tehonikonrathe, la liberté se trouve dans sa forêt et sur ses rivières. Pas pour moi.

— Une fois libre, tu pourrais retourner dans la prairie.

— Oui, mais vers qui revenir? La louve qui revient vers sa tanière est libre, mais la feuille qui voyage sur les ailes du vent ne l'est pas, même si elle n'est plus attachée à l'arbre… Je suis cette feuille, Tehonikonrathe, et ta femme Ikoué est cette louve qui a retrouvé la liberté au creux de votre tanière… Ni toi, ni Poing-de-Fer ne pouvez m'offrir ma liberté.

— Il en sera selon tes désirs, conclut Tehonikonrathe qui revient vers Pierre avec une expression de satisfaction profonde. Tu étais prêt à sacrifier cette terre où tu rêves de faire pousser du blé, Ankwi. Ton intention me rend ma générosité. L'habit des soldats n'a pas changé ton cœur et l'exemple des tiens ne t'a pas fait manquer à ta parole. Ankwi est un nom digne de toi. Viens t'asseoir. Nous allons fumer.

Gervais montre un signe d'impatience.

— Que tes amis approchent leur pipe, ajoute le guérisseur. Je fournirai le tabac.

Cette offre ouvre une porte sur des possibilités d'échanges commerciaux auxquels le maître du canot n'est pas insensible. D'un signe de tête, Gervais accepte de prolonger leur halte.

Aile-d'Outarde suspend la chaudière à thé au-dessus du feu qu'elle attise. Ikoué dispose en cercle nattes et couvertures. Mingam prend place près de son fils, vis-à-vis de Pierre et de Gervais, tandis que les autres hommes s'assoient légèrement en retrait.

Se détachant du groupe des femmes et des enfants qui sont debout à l'écart, Wapitik s'avance avec sa pipe. Sa démarche tient à la fois du défi et de la requête d'être, en ce jour, reconnu comme un homme. Au risque de se voir renvoyer, il ose réclamer cette reconnaissance en la présence d'Ankwi. Impénétrable, Tehonikonrathe laisse venir son fils jusqu'au centre du cercle où il s'arrête de lui-même, comme paralysé par sa propre audace. Wapitik avale avec difficulté, ses yeux demeurant rivés à ceux de son père, puis il fait un pas. Deux pas. Trois. Une lueur de bienveillance passe dans la fente des yeux bridés de Tehonikonrathe et le garçon répond aussitôt à l'invitation de le rejoindre.

Après le cérémonial habituel rendant le Grand Esprit témoin de leurs paroles, le guérisseur engage la conversation en sa propre langue, généralement baragouinée par les voyageurs, faisant valoir d'entrée de jeu qu'il lui revient de mener les négociations.

— Avec toi, Ankwi, je n'ai jamais parlé le langage de la fourrure, mais aujourd'hui, ma langue ne peut le taire. Tu as besoin de pelus pour avoir une terre ; moi, j'ai besoin de pelus pour avoir des marchandises. L'eau-de-feu procure beaucoup de pelus, mais ni toi ni moi ne voulons échanger ce poison.

L'homme fait une pause.

— Avant, j'étais le lien entre les gens de Canassadaga et ceux de Kahnawake[15] qui me fournissaient en marchandises. Atsehaiens, mon intermédiaire iroquois, est mort et celui qui l'a remplacé craint de déplaire aux Robes-Noires en faisant affaire avec moi.

« À Canassadaga, les Robes-Noires disent que je suis le serviteur du Diable, et elles interdisent aux convertis de me fréquenter et d'utiliser la piste que j'ai tracée loin des yeux d'Onontio[16]. Cette piste est maintenant fermée et mon frère

---

15. Gens de Canassadaga : Algonquiens établis à la mission du lac Canassadaga (lac des Deux-Montagnes).

Gens de Kahnawake : Iroquois établis à la mission du Sault Saint-Louis près du lac du même nom. « Caughnawaga » pour les Français du temps.

16. Onontio : nom que les Amérindiens donnaient au gouverneur général ou à une autorité française quelconque.

Ours-Têtu n'y apporte plus de canots à vendre... Pour les Robes-Noires, les Sauvages sont comme les pelus : ils n'ont pas tous la même valeur... Les pelus gras valent plus que les pelus secs, et les pelus d'hiver au duvet plus fourni valent plus que les pelus d'été. Ainsi, les Iroquois convertis sont comme des pelus gras d'hiver et les Anishnabecks [17] convertis sont comme des pelus gras d'été. Les Iroquois non convertis, eux, sont comme des pelus secs d'hiver et les Anishnabecks non convertis, comme les pelus secs d'été... Je suis de ceux-là et je fais affaire avec ceux-là.

Nouvelle pause pendant laquelle Tehonikonrathe observe la réaction de Gervais qui ne cache pas le peu d'intérêt que suscitent ces déclarations. Admettre qu'il se trouve au bas de l'échelle commerciale aidera-t-il la cause de cet énigmatique petit homme ? se demande Pierre.

— Le nom de Tehonikonrathe a franchi le seuil des longues maisons au pays des Iroquois tsonnontouans. C'est là-bas le nom d'un ami. D'un frère. Il y a toujours une place près du feu pour Tehonikonrathe et pour son frère Ours-Têtu, ainsi qu'une couche pour les reposer de leur voyage quand ils remontent la Kataracouisipi [18].

L'évocation de cette rivière éveille l'attention du maître du canot.

— Depuis la mort d'Atsehaiens, je vais chez les Yangisses [19], de Chouaguen. Là, j'obtiens encore plus de marchandises.

Gervais sursaute.

— Chouaguen est en territoire français, conteste-t-il.

Tehonikonrathe lui décoche un bref regard avant de poursuivre d'un ton égal.

---

17. Anishnabeck (ou anihsnabé) : mot qui désigne le peuple algonquien, c'est-à-dire des chasseurs nomades.
18. Kataracouisipi : Haut-Saint-Laurent situé entre Montréal et le lac Ontario qui, avec la rivière Outaouais, constituait une importante artère commerciale.
19. Yangisses : appellation par laquelle les Amérindiens désignaient les Anglais. Elle viendrait du mot hollandais *janke* signifiant « petit Jean » ou « little John ».

— Le langage de la fourrure ne tient pas compte des territoires. Ici, les oreilles d'Onontio n'entendent pas ce qui se dit. Et ses yeux ne voient pas les marchandises des Yangisses qui passent par nos mains… Ces marchandises, je peux les avoir pour toi, Ankwi… Les plus recherchées sont les écarlatines [20] et les chaudrons. Chez tous les peuples où vous irez, ils voudront en avoir. Ils voudront aussi de la poudre, des balles, des couteaux, des haches et des fers de flèche que tu auras en trois fois la quantité que donnent les Français. À Kichedjiwan [21], les soldats vérifient si Onontio permet de remonter la Grande Rivière et ils fouillent tous les canots. Moi, ils me laissent passer car je n'ai pas besoin de l'accord d'Onontio. Je suis libre. Un Sauvage converti ne l'est pas autant. En adoptant le dieu des Français, il adopte aussi les ennemis, les obligations et les lois des Français. Moi et les miens passons sans problème à Kichedjiwan avec des marchandises… J'offre à Ankwi d'aller porter ses pelus chez les Yangisses et de lui ramener leurs marchandises. Ici, les yeux d'Onontio ne voient pas et ses oreilles n'entendent pas, répète Tehonikonrathe à l'intention du maître du canot.

Affichant tantôt son indignation face aux accointances du « petit homme du Diable » avec les Anglais, Gervais cache mal maintenant la tentation de cette offre alléchante. Que d'avantages il y aurait à retirer de cette contrebande pratiquement sans risque !

— Faudrait voir du côté de nos bourgeois, glisse-t-il à Pierre.

Tehonikonrathe acquiesce.

— L'offre est pour toi, Ankwi. Quand Nipinoukhe te ramènera sur la Grande Rivière, j'attendrai ta réponse ici.

Pierre songe alors qu'au prochain voyage aux Pays-d'en-Haut, il sera peut-être chef de la nouvelle canotée que Modrière envisage de mettre sur pied. Nul doute qu'avec

---

20. Écarlatine : couverture. Les Amérindiens préféraient celles des Anglais de couleur rouge avec une bande noire.
21. Rapides du Long-Sault.

cette possibilité de contrebande, ses chances d'accéder à cette fonction n'en sont que plus grandes. Il connaît assez Modrière et La Ramée pour savoir qu'une telle opportunité les intéressera.

Quelle chance inouïe que cette offre de Tehonikonrathe! Pierre n'en revient pas. Tantôt, quand il a accepté d'acheter la liberté de Neptune, il avait remis aux calendes grecques l'acquisition d'une terre, et voilà que maintenant se présente le moyen de récolter beaucoup de pelus sans déroger à sa ligne de conduite. Voilà que son rêve d'un champ de blé lui paraît tout à coup réalisable.

Quel revirement de situation! Anciennement considéré comme un obstacle à la traite, le «petit homme du Diable» leur propose une sorte de partenariat par son entremise. Bien sûr, ce sera là entrer de plain-pied dans un réseau de contrebande, mais pourquoi Pierre s'en empêcherait-il alors que tant d'autorités se le permettent? Cela fera-t-il de lui un criminel? Pas à ses yeux, car est criminel celui qui répand la destruction et la déchéance par l'eau-de-vie. Deviendra-t-il alors traître à sa patrie? Pas plus que les commandants des forts ainsi que certains membres de l'Église et de l'État.

— Tehonikonrathe est généreux envers Ankwi.

— Ankwi n'est pas l'esclave du mauvais esprit de l'eau-de-feu. Il respecte l'homme, la femme et les enfants de ce pays. Cela est doux au cœur de Tehonikonrathe. Peu d'hommes se rangent à ses côtés pour combattre le mauvais esprit de l'eau-de-feu.

— Je reviendrai avec Nipinoukhe, assure Pierre, la paix régnant enfin entre ces deux parties si différentes de lui-même.

Chapitre 5

Retrouvailles

Deux jours plus tard, Lachine.

Habituellement, quand sa maman est en compagnie de madame Élise, Marie-Pierre a l'impression de plus ou moins exister. Les deux femmes ne cessent de bavarder ensemble et de se chuchoter des secrets qui les font sourire et quelquefois même rougir. Cela l'ennuie beaucoup. Parfois, elle s'efforce de suivre leur conversation en dépit du fait que leurs sujets lui paraissent obscurs, mais aujourd'hui, Marie-Pierre y renonce. Aujourd'hui, elle n'existe carrément plus pour sa maman, venue attendre ici son papa en compagnie de sa patronne et amie.

C'est monsieur Boitillon qui les a amenées dans sa charrette. Parties de la ville par la rue Saint-Gabriel à l'heure où les coqs lançaient fièrement leurs cocoricos, elles ont traversé la côte Saint-Paul à l'heure où, paisibles, les vaches retournaient au pré après la traite. Tout le long de la route, monsieur Boitillon lui nommait les propriétaires des fermes et lui faisait remarquer ici un puits, là de belles grosses citrouilles, là encore un cheval ou une maison de pierre se démarquant de celles construites en bois. C'était excitant. Et instructif. Il en sait des choses, son vieil ami, et elle regrette qu'il ait dû repartir pour une course chez un habitant. Elle a demandé à l'accompagner, étant donné qu'il promettait de revenir dans moins d'une heure, mais maman n'a pas voulu. « S'il fallait que ton père arrive et que tu ne sois pas là », a-t-elle dit en mouillant de sa langue le bout de son mouchoir pour lui essuyer le visage.

Depuis l'annonce de l'arrivée prochaine de son père, sa mère ne cesse de se mordiller les lèvres et de vérifier leur coiffure et leur tenue vestimentaire. « Te salis point », qu'elle lui recommande à tout bout de champ. Hier, quand madame Élise est venue lui apprendre la nouvelle, sa mère a omis de lui faire réciter sa prière avant de se coucher tellement elle était distraite. C'est madame Boitillon qui l'a fait en prenant grand soin de lui expliquer à quel point aujourd'hui revêtait une importance particulière pour toutes les deux. Pour sa mère, Marie-Pierre n'en doute pas le moins du monde, car celle-ci a passé toute la nuit à se tourner et à se retourner sur leur paillasse et, ce matin, par trois fois elle a échoué à lui natter les cheveux, pestant contre les boucles qui lui filaient des mains. Ensuite, sa mère a maugréé contre ses doigts qui ne parvenaient pas à coiffer ses propres cheveux. Finalement, quand madame Élise est arrivée avec son panier de provisions pour le voyage, elle les a coiffées l'une après l'autre en un tour de main, notant pour la énième fois la ressemblance de sa chevelure avec celle de son père. « Tu as hâte de le voir, hein ? » a-t-elle redemandé.

— Oh ! oui ! a répondu Marie-Pierre, se voulant enthousiaste.

L'est-elle réellement ? Difficile à dire. Son père pique cependant de plus en plus sa curiosité, ça, c'est certain. Surtout depuis qu'elle a vu accoster, sur l'heure de midi, un de ces grands canots. Une telle exubérance régnait chez les hommes à bord et une telle effervescence se répandait parmi les gens groupés sur la rive qu'on aurait dit une fête.

Coiffés de tapabors ornés de grandes plumes, les canotiers chantaient au rythme de leurs avirons. Avant même de toucher la grève, l'homme de proue avait sauté à l'eau pour se saisir de l'embarcation sous les vibrants hourras de ses compagnons. Résister à l'explosion de joie qui s'ensuivit était impossible et, de voir les voyageurs accomplir quelques pas de danse en lançant leur chapeau en l'air, Marie-Pierre s'était mise à espérer son père pour la première fois. Sera-t-il à l'image de ces hommes enjoués qui rapportaient de si loin la garantie de jours meilleurs ? Il y avait chez eux quelque chose qui la rejoignait et l'émouvait. Quelque chose qui la faisait rêver et frissonner. Qu'avaient-ils vu ? Qu'avaient-ils vécu en ces contrées mystérieuses ? Quels dangers avaient-ils couru ? À quelles atrocités avaient-ils échappé ? De la manière dont on les accueillait, elle devinait qu'on les considérait comme des survivants et des héros.

— Ton papa, il est de la prochaine canotée, avait précisé Boitillon, pendant que les voyageurs trimbalaient de gros paquets sur leur dos vers les bâtiments du roi. Guette ici. Tu le verras venir par là et tu iras avertir ta maman et madame Élise qui sont à l'auberge.

Par là, c'est quelque part sur la vaste étendue du lac Saint-Louis devant elle. Monsieur Boitillon l'a installée sur une caissette de bois avant de partir pour sa course, et depuis, elle guette. Pratiquement toute seule depuis que les voyageurs se sont engouffrés dans l'auberge après avoir renversé leur canot sur la plage.

Cela ne la dérange pas trop d'être seule puisque, de toute façon, aujourd'hui, elle n'existe carrément plus aux yeux de sa mère. Pour attirer un tant soit peu son attention, il lui faudrait se barbouiller le visage ou se décoiffer, ce qu'elle n'a pas envie de faire depuis qu'elle s'est mise à espérer ce père inconnu. Pourvu qu'il arrive tout d'un morceau, s'inquiète soudain la gamine. Ce serait bête d'avoir un papa avec un pied tout croche comme celui de monsieur Boitillon. Le sieur La Ramée, lui, c'est l'épaule qu'il a d'estropiée, mais ça n'y paraît pas du tout. Madame Élise prétend même que c'est une bonne chose, car ainsi, il n'a plus à participer à de longs voyages et il demeure auprès d'elle.

Venu du large, un vent frisquet se lève et la fait frissonner. Un instant, elle pense à rentrer dans l'auberge, puis se ravise en resserrant sa petite cape contre elle. Elle préfère attendre ici, à contempler les myriades d'étoiles que le soleil allume sur les vaguelettes.

Le bruit incessant des rapides en aval l'impressionne et la fascine. Monsieur Boitillon lui a raconté que des rapides, il s'en trouvait des quantités sur la route des Pays-d'en-Haut et que, quelquefois, les voyageurs les sautaient dans leur canot, mais que, d'autres fois, ils se noyaient dedans. Il a ajouté que les petites filles ne devaient jamais les approcher, car les rapides les ensorcellent et les viennent chercher par les pieds pour les entraîner vers l'abîme. Brrr… L'horrible perspective… Elle ne devrait plus prêter l'oreille au langage des rapides, mais, hélas, le calme qui existe tout à coup sur la plage l'y invite. Ah! Le défi enjôleur du danger! S'approcher, juste un peu, voir de quoi il a l'air. Le frôler. Le narguer en se tenant les pieds bien campés. Lui montrer qu'elle n'a pas peur même si elle tremble de tous ses membres. Et puis non. Monsieur Boitillon lui a fait promettre de rester ici. Alors, elle restera. Par contre, il ne lui a pas demandé de demeurer clouée à sa caissette de bois. D'un bond, Marie-Pierre se lève et se dirige vers le canot renversé. Arrivée à proximité, elle l'examine un long moment avant de l'approcher et de déposer avec précaution la main sur l'écorce enduite de graisse d'ours. La curieuse sensation que lui procure ce toucher la convainc d'être en présence d'une bête exotique sommeillant sur la plage. Ses doigts s'amusent à parcourir les grosses coutures de racines figées dans la résine et s'attardent aux petits accrocs ça et là. Elle en fait trois fois le tour, se mesure aux pinces qui la dépassent et finalement elle s'étend dessous comme font les voyageurs pour dormir. La voilà à l'abri du vent, allongée sur le sable, la tête appuyée sur son bras replié. De son doigt, elle trace des sillons, labours miniatures où elle sème des citrouilles de cailloux. Elle s'invente la ferme, le puits, le poulailler qu'ils auront lorsque son papa reviendra. Le cheval peut-être… et une vache. Oui, pourquoi pas? Peut-être même deux vaches. D'après madame Élise, la meilleure façon de se procurer une terre, c'est la course aux Pays-d'en-Haut. La fillette ferme les yeux et s'imagine loin, très loin dans ces pays-là.

« V'là l'bon vent, v'là l'joli vent, v'là bon vent ma mie m'appelle, entend-elle chanter avec entrain. V'là l'bon vent, v'là l'joli vent, v'là l'bon vent ma mie m'attend. » Elle aussi, elle attend à l'abri du bon, du joli vent. Son papa viendra à bord d'un grand canot en chantant. Il viendra sur la vaste étendue d'eau...

Marie-Pierre ouvre les yeux sur ses labours de sable jonchés de citrouilles de cailloux. « V'là l'bon vent, v'là l'joli vent », entend-elle encore. Du coup, elle réalise qu'elle s'est endormie et que des hommes chantent bel et bien sur l'eau. Elle sort de sous le canot et aperçoit dans une mer d'étoiles, des chapeaux à plumes et le reflet du soleil sur des pagaies en cadence. Sans perdre un instant, elle court vers l'auberge et y pénètre à toute vitesse.

— Ils arrivent ! crie-t-elle, tout excitée.

— Sont d'avance, constate placidement le tenancier en jetant un coup d'œil sur le lac comme pour encourager sa clientèle à ne pas céder à l'envie de se ruer à leur rencontre.

Rien n'y fait. Avec précipitation, on quitte table et banc, la chope encore à la main. Seule sa maman reste pétrifiée à sa place.

— Mon Dieu, laisse-t-elle échapper en levant un regard d'indicible tension vers madame Élise qui lui replace gentiment une mèche.

— Ça va aller. Tu es belle comme un cœur, la rassure celle-ci.

— Ça fait si longtemps... si longtemps. S'il fallait...

— Tut ! Tut ! Tut ! Allez, viens, l'encourage madame Élise.

— Oui, viens maman ! Écoute, on les entend chanter d'ici.

— Mon Dieu ! Tu es pleine de sable, gronde sa mère en l'époussetant d'un geste contrarié.

— Écoute maman, insiste-t-elle.

« V'là l'joli vent, ma mie m'attend. Holà, Poing-de-Fer ! Holà Poing-de-Fer ! » crie une voix d'homme surmontant les autres. Un étrange sourire vacille sur le visage d'Isabelle qui se lève enfin.

— Oui, allons-y… Mon Dieu ! J'ai l'impression d'avoir les jambes coupées, confie-t-elle en s'appuyant au bras d'Élise qui lui répond :

— C'est l'émotion. Ça va aller, tu verras.

Alors qu'elle chemine derrière sa mère et son amie, Marie-Pierre s'interroge. Comment peut-on avoir les jambes coupées en une telle circonstance ? Elle, ses jambes, elles ont des ailes, et il lui tarde d'assister au spectacle de l'arrivée. « Holà, Poing-de-Fer ! Holà ! » crie toujours la voix surmontant le chant. N'y tenant plus, la fillette devance les deux femmes et se retrouve bientôt aux premières loges, debout sur sa caissette.

L'homme de proue pagaie à un rythme effréné. Chaque fois qu'il lance un coup d'œil vers la berge, il augmente la cadence et chaque fois, la voix le rappelle à l'ordre. « Holà, Poing-de-Fer ! » Cela ne ralentit en rien son allure. Au contraire, plus l'embarcation approche, plus il pagaie vite. Avant que le canot n'accoste, il saute à l'eau et au lieu d'en saisir la pince, il se rue droit vers sa maman qui vient de la rejoindre avec madame Élise. D'un pas fougueux, il s'avance vers toutes trois, mais soudain, contre toute attente, il s'arrête sec, comme si, à son tour, il venait d'avoir les jambes coupées. Brusquement, il se départit de son couvre-chef et demeure immobile, à faible distance d'elles.

Voilà son père. Beaucoup plus jeune, beaucoup plus beau qu'elle se l'était imaginé. Son visage hâlé contraste vivement avec la blondeur de ses cheveux qu'il porte courts sur le devant et ramassés en une queue sur la nuque à la façon des voyageurs. Fascinée par son souffle précipité qui soulève sa poitrine et laisse entrevoir par l'ouverture de sa chemise des pectoraux musclés, Marie-Pierre se réjouit de le voir tout d'un morceau. Une impression de force se dégage de lui, mais en même temps, elle note dans son regard une inquiétude indescriptible qui lui confère une grande vulnérabilité. On le dirait tout à coup si petit et si fragile en face de maman.

— Isabelle, souffle-t-il en s'approchant lentement.

Sa mère ne bronche pas, mais Marie-Pierre lui voit trembler les mains qu'elle tient croisées à la taille.

— Ma belle Isabelle… enfin… c'est toi.

Les mots s'étranglent dans la gorge de Pierre et ses genoux, pourtant réputés dans le métier pour résister aux plus lourds fardeaux, fléchissent sous le poids de l'émotion. Il n'en croit pas ses yeux. Elle est là, son Isabelle. Sa femme. Sa patrie. Là, en chair et en os. Plus belle qu'en ses plus beaux souvenirs. Elle est là, venue à sa rencontre par-delà l'océan. Dès qu'il l'a repérée parmi les gens qui affluaient sur la plage, une incroyable énergie a déferlé en lui et il a multiplié ses coups de pagaie pour dévorer les dernières toises le séparant d'elle. Et maintenant, il n'ose esquisser un geste, de peur qu'elle ne disparaisse tel un mirage.

Elle est là, sa bien-aimée, tant de fois pleurée. Si longtemps espérée. Jamais oubliée. Doucement, il s'en approche, son être entier suspendu à ses yeux. L'aime-t-elle encore?

Parvenu près d'elle, du revers de la main, il lui effleure la joue, frémissant au contact de sa peau douce, puis, timidement, son doigt caresse les lèvres, le nez, le front, l'arcade sourcilière, redessinant les traits que le temps s'employait à effacer de sa mémoire. De femme, il n'y a qu'elle, il le comprend à l'instant. Il n'y a toujours eu qu'elle, hantant les autres femmes qu'il aurait pu aimer. Il n'y aura jamais nulle autre qu'elle, maîtresse de son cœur, de son sang, de ses moindres fibres. Pour elle, il s'est évertué à briser ses chaînes, et voilà qu'aujourd'hui, il vient s'en constituer prisonnier, espérant qu'elle le condamne à perpétuité à la geôle de ses bras.

— Ma belle Isabelle… enfin… c'est toi.

C'est lui, son roi et chevalier servant. Avec ce regard fervent et ardent qui brûle et met la chair en émoi. C'est lui, bel insoumis, prêt à se soumettre de nouveau. Pour lui, elle a tout sacrifié. Pour lui, elle s'est damnée. Que d'occasions elle a eues à regretter leurs amours! Que de fois elle a tenté de le haïr! De le maudire! Sans jamais y parvenir vraiment. À cause du souvenir. Et grâce à l'enfant par qui elle a survécu. Pour la revoir, plus d'une fois, Pierre a failli mourir. Élise lui a tout raconté de ses exploits pour repasser en France, et elle s'en est voulu d'avoir douté de lui et de cet amour qu'elle voit briller dans ses yeux. De cette loyauté indéfectible. Du bout du monde, il lui ramène un pays où vivre ensemble dans la dignité. Lui est-il permis de croire à un tel bonheur?

Tremblante, Isabelle retrouve le visage de virile douceur, les fortes épaules, les cheveux aux boucles rebelles comme ceux de Marie-Pierre et, à son cou, la médaille de la Vierge qu'elle lui a donnée et dont elle se saisit délicatement. Ressuscitent en elle le moment déchirant de leur séparation et l'échange de leurs naïves promesses.

— Je t'attendrai, bredouille-t-elle avant d'échapper un petit rire nerveux.

— C'est toi qui es venue, répond-il en lui enveloppant la main de la sienne, toute rude à l'intérieur.

C'est son cœur, cette main de pauvresse aux ongles cassés qu'il tient dans la sienne. C'est son être entier, malmené et profané par la misère qu'il réchauffe, protège et couve dans son poing de fer. Bêtement, elle se met à pleurer et à rire en même temps. Il l'entoure de son bras libre et la presse contre lui, appuyant sa joue contre la sienne.

— Ma belle Isabelle... enfin... enfin, lui répète-t-il à l'oreille avant de se mettre à rire et à pleurer à son tour.

— V'là qu'il braille comme un veau, le Poing-de-Fer! s'exclame l'homme de la pince arrière d'un ton enjoué et amical.

Ses compagnons rigolent et improvisent une ronde sur l'air de «V'là l'bon vent, v'là l'joli vent, TA mie t'attend.» Marie-Pierre les observe, légèrement embarrassée de voir son père contrevenir aux us et coutumes. Un homme n'est pas supposé pleurer, selon monsieur Boitillon, et, si cela lui arrive, il n'en parle à personne sauf sous le sceau du secret. Mais là, son père, il pleure devant tout le monde. Ce n'est pas supposé, songe la fillette. Le fait qu'il rie par moments amoindrit-il l'entorse qu'il fait aux conventions? Sans doute. Personne ne semble lui en tenir rigueur. Au contraire, on dirait que tous se réjouissent de voir son père et sa mère ensemble.

Elle, ça lui fait tout drôle. La réaction de sa maman la rend perplexe et lui fait appréhender leurs futures relations. Déjà que Marie-Pierre a l'impression de plus ou moins exister quand madame Élise est là, qu'en sera-t-il en présence de cet homme ? N'est-elle pas déjà exclue de leurs retrouvailles ? Si au moins monsieur Boitillon était de retour.

L'enfant descend de sa caissette et s'éloigne sans que personne ne s'en aperçoive, preuve évidente qu'elle n'existe pas. Le cœur chaviré, elle s'accroupit près de son champ de citrouilles sous le canot renversé, grandement déçue de la tournure des événements. Ça augure mal, pense-t-elle en traçant un autre sillon. Si son père accapare toute l'attention de sa maman, il ne lui restera que monsieur Boitillon et encore, elle ne peut le voir que de temps à autre. C'était pas la peine de quitter la France si c'est pour se retrouver toute seule ici. Elle aurait dû rester là-bas avec Roland, François, Catherine, André, oncle Gaspard et tante Magdeleine. Là-bas, elle existait pour tout ce monde.

Elle trace un autre sillon qui s'embrouille de larmes. Oh ! non ! Ce n'est pas ça qui va la faire pleurer. Alors qu'elle ferme les yeux et prend une grande respiration, une voix d'homme la fait sursauter.

— Qu'as-tu semé là ?

— Des citrouilles, répond-elle, étonnée de reconnaître son père qui s'accroupit en face d'elle.

— Sont de belles citrouilles, la complimente-t-il.

Charmée par le comportement inattendu de ce grand voyageur capable de se pencher sur son jardin imaginaire, Marie-Pierre se laisse aller à lui en faire la description.

— Là, c'est l'enclos du cheval. Là, la maison et ici, le poulailler… C'est moi qui lève les œufs.

— Alors, tu es là, conclut-il en pointant l'emplacement du poulailler.

— Oui, pour lever les œufs.

— Et ta maman ?

— Ici, dans la maison.

— Et moi ?

Navrée, elle baisse la tête, n'osant avouer qu'il ne se trouve nulle part. De son index, il lui relève le menton et déverse vers elle un regard d'une émouvante tendresse qui la met à la gêne et lui fait aussitôt baisser les paupières.

— Moi, avant, dit-il alors en marchant à quatre pattes vers l'autre extrémité du canot, j'étais là, déclare-t-il en traçant un X dans le sable.

— Les Pays-d'en-Haut?

— Oui, fillette, aux Pays-d'en-Haut. Des jours et des jours pour s'y rendre... T'as pas idée comme c'est loin.

Il s'assoit sur son X, s'entoure les genoux des bras à la façon d'un enfant et regarde dans le vague.

Cette attitude remémore à Marie-Pierre celle de son cousin Roland avec qui, à l'écart du monde, elle échafaudait d'innocentes rêveries. Confusément, elle devine qu'entre elle et cet homme pareille complicité est en voie de naître.

— Ouais, j'étais là, poursuit-il, mais sais-tu où j'étais dans ma tête?

— ...

— Tu n'sais point?

— ...

Un instant, il bifurque du regard vers le jardin imaginaire, puis, d'un ton rêveur, il poursuit:

— J'étais dans ces champs, derrière l'enclos du cheval... Je moissonnais mon blé... Ma petite fille et ma femme m'aidaient à lier les gerbes... Elles étaient contentes parce qu'une fois le blé moulu, z'aurions du bon pain cuit dans ce four à pain.

— Le four à pain?

— Oui, le four à pain... Il n'y en a point sur c'te ferme?

— Non.

— Il t'en faut un... À moins que du pain, tu n'en manges point. Tu aimes le pain, le bon pain de blé?

— Le pain de blé? Oh! oui!

— Alors, il te faut un four pour le cuire... Je pourrais t'en faire construire un, propose-t-il, l'observant maintenant à la dérobée.

— Et où le ferais-tu construire, ce four?

— Dur à dire... D'ici, j'y vois guère. Faudrait me rapprocher un peu... Les Pays-d'en-Haut, tu sais comme c'est loin.

— T'as qu'à en revenir, suggère-t-elle, gagnée par le jeu.

À quatre pattes, il revient vers elle.

— Voyons voir. J'ai vu des fours à pain à l'extérieur de la maison, mais d'après moi, le mieux ça serait qu'il soit dans la maison… C'est sûr qu'en été, il y fera plus chaud à la cuisson, mais, en hiver, il y ferait plus chaud aussi.

— Il sera dans la maison, alors.

— Parfait. Plus tard, il pourrait y en avoir un à l'extérieur. Et un manouvrier, tu en as trouvé un ?

— Non.

— Il t'en faut un pour les gros travaux. Je donne point ma place pour piocher la terre, semer et faucher. Y a qu'à demander à ta mère : je connais mon affaire.

— Tu seras manouvrier alors, conclut-elle, amusée.

— Et où je logerai ? s'informe-t-il, l'enveloppant de nouveau de son regard tendre.

Séduite, Marie-Pierre glousse, se rentrant la tête dans les épaules, puis, usant d'une mine enjôleuse et mutine, elle laisse errer son index de par les champs, l'enclos du cheval et le poulailler pour finalement l'arrêter au beau milieu de la maison.

— Ici, papa.

Chapitre 6

La dot

Trois jours plus tard, rue Saint-Joseph, Montréal.

Les mains dans le dos, Louis La Ramée arpente de long en large l'unique pièce de la maisonnette où il a donné rendez-vous à Pierre Vaillant. Bons et mauvais souvenirs ressurgissent, ravivant les chaudes étreintes d'Élise et la cuisante humiliation infligée par Modrière. C'est dans ce logis qu'il a passé l'hiver de 1729 avec sa jeune épouse. À la suite d'une délation de Modrière – que ce dernier n'a d'ailleurs jamais avouée et n'avouera jamais –, il a dû déclarer faillite, et Élise s'est retrouvée à coudre des capots et des chemises de traite. Louis la revoit, par les jours d'hiver, approcher son ouvrage de la fenêtre de papier huilé qui laissait passer plus de froid que de lumière. Malgré tout, elle chantait comme elle chantait aussi le soir à la lueur de la chandelle de suif. Puis, elle venait le rejoindre sous la natte de peaux de lièvre tissées que son frère Grosse-Voix lui avait donnée en cadeau de noces.

Elle se blottissait contre lui, sa petite Canadienne, enfouissait ses doigts glacés dans son entrecuisse et demandait qu'il la réchauffe de ses bras, ce qu'il faisait avec un zèle ardent. Candidement, elle s'offrait, réclamait baisers, caresses et consommation répétée de leur union, ce qu'il lui rendait avec la plus grande ferveur. Avec elle, Louis La

Ramée s'évadait de la minable condition où Modrière l'avait réduit. Il s'évadait du marchand ruiné qu'il était devenu, jouissant de sa femme comme du plus précieux des trésors, son être entier vibrant près de ce corps qu'il se jurait de couvrir un jour d'or. Sans être arrivé, ce jour approche. Maintenant, il possède une maison de pierre, rue Saint-Sacrement, avec cheminée de pierre, il va de soi, lit en alcôve, fenêtres de vitre, lampes de bec de corbeau alimentées à l'huile de marsouin. Maintenant, Élise dirige d'autres tailleuses, dont sa propre mère qui cohabite avec eux depuis la mort de son mari. Si, parfois, il arrive à Élise de reprendre l'aiguille, c'est par pure vaillance quand vient le temps d'accélérer la production. Maintenant, Louis La Ramée est associé à Modrière.

C'est au retour de la fructueuse canotée de 1730-1731 que le roué marchand a reconnu les avantages qu'il y avait à collaborer avec lui plutôt qu'à le dénoncer. Oui, cette fameuse canotée dont Pierre Vaillant faisait partie à l'origine et qui a failli virer au désastre quand l'exilé l'a désertée.

Louis La Ramée s'arrête, échappe bruyamment un soupir d'agacement. Pourquoi donc des remords viennent-ils encore le harceler ? N'en est-il pas quitte avec Pierre Vaillant qui l'a assommé d'un coup de poing en pleine figure ? Louis promène le doigt sur l'arête déformée de son nez, brisé depuis cet événement, cherchant à refouler un insistant sentiment de culpabilité. Il aimerait tant n'avoir jamais falsifié la dette de Pierre Vaillant en profitant du fait qu'il ne savait ni lire, ni écrire. Cette fleur de lys, qu'il lui a vue imprimée au fer rouge sur l'épaule, lui a renvoyé brutalement sa faute au visage. Avoir su, dans le temps…

Avoir su… Ne le savait-il pas ? Ne se doutait-il pas que le blond hercule différait de tous ces déracinés débarqués en Nouvelle-France ? Ne l'avait-il pas jugé à risque dès le début ? Bien sûr, d'autres avant lui avaient échappé à la vigilance de leur maître de canot pour revenir à la civilisation, mais, Pierre Vaillant, c'était vers une femme qu'il désirait retourner. Vers cette Isabelle qui occupait toutes ses pensées et motivait tous ses gestes.

Oui, il le savait dans le fond, se reproche La Ramée. La passion dans le cœur de cet homme, de vingt ans plus jeune que lui, faisait écho à sa propre passion envers Élise. Pour leur dulcinée, l'un et l'autre étaient prêts à tout. Tout. Tout donner, tout sacrifier, tout faire. Pierre Vaillant a risqué sa vie, lui, il a vendu une parcelle de son âme au diable. Ce diable étant Modrière, à qui il craint de ressembler avec le temps. Deviendra-t-il aussi véreux que lui, rasant la laine sur le dos des moutons et léchant la main des loups?

Depuis qu'ils sont associés, une telle solitude l'écrase. Louis ne se reconnaît aucune affinité avec Modrière, et la compagnie des canotiers lui manque. Chaque fois qu'il les voit partir, plumes au chapeau en chantant gaiement, son cœur fait un tour. Ce qu'il donnerait pour pouvoir, encore une fois, participer à ces audacieuses expéditions et manger le pain de la solidarité! Encore une fois, défier le danger. Se mesurer au vaste pays. Ah oui! Son cœur fait un tour quand il les voit partir. Et aussi quand il les voit revenir, fiers comme des conquérants. Pour cette raison, il évite autant que possible de se rendre à Lachine. L'air y sent trop bon l'aventure et la liberté. La sueur des portages et l'ivresse des arrivages. En vain, le bruit des rapides et l'immensité du lac Saint-Louis l'invitent. Jamais plus il ne mènera des hommes qu'il doit unir comme les doigts d'une seule main, l'âge et surtout sa blessure à l'épaule l'en empêchant. Élise s'en trouve ravie de le garder auprès d'elle; lui, il se sent amoindri de rester derrière, sans compagnon, ni ami. Seul avec un associé d'envergure qui, sur le plan humain, est d'un fort petit calibre. Si seul malgré son immortelle passion pour Élise et malgré ses succès en affaires. Si seul avec cette faute, minime en chiffres aux yeux de Modrière, mais irrachetable aux siens. Cette faute qui a fini par mener Pierre Vaillant sous les soins du bourreau et qu'il craint de voir porter à la connaissance d'Élise par Isabelle, devenue sa meilleure amie. Que penserait alors sa femme de lui? L'identifierait-t-elle à Modrière qu'elle méprise souverainement? Elle veut bien profiter de l'argent qu'ils font dans le dos du roi, mais jamais elle ne consentirait à profiter du moindre denier[1] extorqué à l'un de ses humbles sujets. Il la connaît assez, sa petite Canadienne, pour savoir à quel point elle serait déçue de lui.

Accablé, Louis La Ramée s'assoit sur une rudimentaire banquette. Occupant un angle de la pièce, elle sert de lit quand on la couvre d'une paillasse. Distraitement, il promène le plat de sa main sur le bois rugueux. C'est sur cette banquette que, marchand ruiné, il faisait l'amour à Élise. Son doigt bute sur un nœud dans le bois, ce qui éveille aussitôt la nostalgie sur son visage. Ce fameux nœud, il le sentait quand la paille finissait par se tasser, ce qui faisait rire Élise au lieu de la faire pleurer. Et lui se délectait de l'entendre prendre la vie du bon côté, confiante en l'avenir. Confiante en lui. « Tu verras, tout ira bien avec ta prochaine canotée », prédisait-elle. Cette fameuse canotée où, par faiblesse, il a vendu une parcelle de son âme au diable. Si elle savait ça… À moins qu'elle ne le sache déjà… Cela fait trois jours que Pierre est revenu d'En-Haut. Il loge chez Gervais, mais va voir Isabelle tant qu'il peut. Il s'en dit beaucoup, en trois jours, entre un homme et une femme, et entre une femme et sa confidente.

D'un doigt triste, Louis La Ramée chatouille le nœud comme s'il s'agissait d'un tétin. Être ruiné dans le cœur de sa femme, c'est sûr, il ne s'en remettrait jamais.

Le bruit de la clenche le tire de ses réflexions. La porte s'ouvre toute grande sur la carrure de Pierre Vaillant qui pénètre d'un coup et referme derrière lui.

— C'est c'te maison ? demande-t-il, montrant qu'il désire aller droit au but.

— Oui, c'est c'te maison, répond La Ramée dont l'attention revient au nœud de la banquette.

En quelques enjambées, Pierre fait le tour de la pièce, examinant fenêtre, tuyau de taule, petit poêle de brique, table, chaise, banc et armoire de pin sans serrure.

— Ça me convient, dit-il, se plantant droit devant lui, bras croisés.

---

1. Denier : plus petite unité monétaire de l'époque. Il en fallait 240 pour faire une livre.

— Pour sûr, confirme La Ramée qui n'est pas sans savoir que Pierre Vaillant n'a habité jusqu'à ce jour que misérable chaumière, wigwam enfumé, cachot, caserne et dessous de canot.

Bien que petite, parcourue de courants d'air et modestement meublée, cette maisonnette fait déjà pour lui figure de confortable résidence et, quand Isabelle viendra y diffuser sa lumière et sa chaleur, elle deviendra un château. C'est fou ce que La Ramée se reconnaît dans ce jeune homme cherchant un toit pour y abriter ses amours.

— Combien Modrière en veut-il pour le loyer?

— C'est à voir… Prends le temps de t'asseoir… T'es point à la hâte, répond La Ramée qui apprécie de n'être pas associé dans la formulation de la question au fortuné marchand bourgeois.

Pierre hésite un peu avant de s'asseoir à califourchon sur l'unique chaise vis-à-vis de lui.

— C'est Élise qu'a eu l'idée de la réserver sitôt que les locataires ont quitté… Elle m'en a parlé, et moi, j'en ai parlé à Modrière, explique Louis.

— Isabelle me l'a dit.

Et Pierre Vaillant, qu'a-t-il dit à Isabelle? s'inquiète La Ramée, les yeux fixés sur la banquette.

Silence. La voix claire de Marie-Pierre provient du voisin Boitillon. Pierre esquisse un léger mouvement dans sa direction, faisant geindre le treillis de babiche sous ses fesses.

— Élise a pensé qu'une fois mariés, elle conviendrait pour vous trois, c'te maison… Elle… elle s'entend bien avec Isabelle… Elles sont amies en quelque sorte… Grandes amies.

— Très grandes amies, surenchérit Pierre.

Que faut-il en déduire? s'alarme Louis. Serait-ce que ce «très grandes amies» signifie qu'elles ne se cachent rien? Il poursuit sur le ton de la confidence, cherchant une faille, une aspérité où se cramponner à la froide et lisse paroi de la méfiance qu'affiche Pierre.

— C'te maison, j'y ai vécu avec Élise, l'hiver avant ton arrivée.

— Isabelle me l'a dit.

— Les choses… n'allaient pas trop bien pour moi dans le temps… Elle te l'a dit?

— Oui. Élise était tailleuse dans le temps.

— Oui et moi… Moi, je comptais sur la prochaine canotée pour me renflouer.

— Ma canotée?

— Ouais, celle-là.

Louis La Ramée ferme les yeux, cherchant le courage d'aborder de front la cause de ce froid entre eux. De nouveau, la voix de Marie-Pierre leur parvient, lui fournissant un prétexte pour changer le sujet de leur conversation.

— C'est une belle petite fille, une bonne petite fille que vous avez là. Élise l'adore. Nous, les enfants, ça n'a pas trop l'air à vouloir marcher. Ce sera bien pour votre fille, quand vous serez mariés. Ici, dans ce pays, ce sera vite oublié qu'elle est bâtarde.

— C'est une bonne chose aussi que tu serves de père à Isabelle.

— Encore une idée d'Élise…

— Je sais, mais tu aurais pu refuser.

— Ma parole, j'aime bien Isabelle… Pourquoi j'aurais refusé?

— Parce que…

Louis La Ramée lève vers Pierre un regard que ce dernier évite. Aborder ce «parce que» semble autant difficile pour l'un que pour l'autre. Inévitablement, le passé les lie et les désunit.

— Justement, en tant que père… je… j'ai pensé… Enfin… Isabelle n'a point de dot… Élise aussi n'en avait point quand je l'ai mariée… Isabelle te l'a dit?

— Non.

— C'est pour c'te raison que son père m'a accordé sa main même si j'étais plus vieux. Elle approche la trentaine et moi, je fais déjà quarante-sept ans.

— J'ai point besoin de dot pour marier Isabelle.

— Ah! Je sais, je sais. Une dot y changerait rien. Moi non plus, j'avais point besoin de dot pour marier Élise…

J'aurais même donné tout ce que j'avais pour elle… Ma parole, oui, j'aurais tout donné.

Le regard que Pierre Vaillant lui accorde trahit l'effet des dernières paroles. Ne sommes-nous pas de la même pâte d'homme ? traduisent-elles. De cette pâte que la passion façonne et domine.

— Bref, j'ai pensé, pour c'te maison qui appartient à Modrière… j'ai pensé en payer moitié du loyer… Faut point le voir comme un cadeau… mais un genre de dot.

— Tu en as parlé à Isabelle ?

— Ni à Isabelle, ni à Élise. C'est… enfin… J'ai voulu t'en parler avant… comme font les pères en tel cas.

— Tu en as parlé à Modrière ?

— Oui, forcément. Sommes associés dans la traite, mais point dans les bâtiments qu'il possède… Il tient à te garder dans l'entreprise… Gervais a parlé pour toi… Tu nous ferais un bon maître de canot et tes contacts avec le « p'tit homme du Diable », ça pèse dans la balance. Ma parole, oui, ça pèse. Modrière en est venu les yeux tout brillants. Il veut point te perdre, c'est sûr.

— Et tes yeux à toi, ils sont point devenus brillants ? C'n'est point manière de me garder que c'te dot ?

— Non… c'est… c'est manière de m'excuser.

— Pour ?

— Pour ce que tu sais…

La Ramée baisse la tête, revient à son nœud dans le bois, à l'image du nœud dans sa gorge, dans ses tripes, dans son âme.

— Pour ce que tu sais, répète-t-il, et que peut-être Isabelle sait…

— Elle ne sait pas, affirme Pierre, catégorique, qui observe son ancien maître de canot dont le corps entier se détend subitement, comme libéré d'un fardeau trop lourd.

Que doit-il penser de cet homme qui l'a déjà dupé ? Jusqu'où peut-il lui faire confiance ?

— Tu ne lui as rien dit ? s'assure La Ramée.

— Rien.

— Pourquoi ?

— Le père d'Isabelle, c'est maintenant toi. Même si moi je n'oublie point, elle saura jamais rien… Elle t'affectionne et apprécie que tu lui serves de père alors que le sien est cause de son malheur.

— Je sais, oui, Élise me l'a dit.

— C'était le fermier général des dîmes qu'il voulait pour sa fille… En moi, il voyait un va-nu-pieds… Toi, que vois-tu en moi ?

À la manière dont il vient de s'exprimer, Pierre se fait penser à Tehonikonrathe. Ce beau-père de fortune qu'est devenu La Ramée y sera-t-il sensible ? Sur quels critères ce dernier le jauge-t-il ? Comment lui faut-il interpréter le regard qui s'attarde sur sa personne, mais semble voir au-delà d'elle ? Ou à travers elle ?

— Je vois un homme qui a fait tant et tant pour elle, dit enfin La Ramée d'une voix grave… Et je doute point que cet homme… jusqu'à sa mort… fera tant et tant pour elle.

Ému, Pierre se tait. La Ramée vient de reconnaître l'essence même de son être, de sa vie. Un malaise flotte. Ce genre d'échange leur est étranger. Franchir la frontière des sentiments les déroute plus que repousser celle du pays. Par embarras, ils se raclent inutilement la gorge en même temps, puis, d'un simple sourire, s'entendent pour passer à autre chose.

— Si tu payes moitié du loyer en guise de dot, combien il m'en coûtera pour l'autre moitié ?

— C'est à voir… Modrière veut te rencontrer à ce sujet.

— J'aimerais mieux m'arranger avec toi, et que toi, tu t'arranges avec lui.

— Impossible… Je serai avec toi. J'ne le laisserai point te duper. Ma parole, non, cette fois-ci, j'ne le laisserai point te duper.

Pierre acquiesce d'un hochement de tête, montrant qu'il ne doute pas de la sincérité de La Ramée.

— Ça nous fera un beau logis, remarque-t-il en promenant un regard circulaire.

— C'est petit… Y a des courants d'air, mais en se tassant sous les couvertures…

— … ou sous une peau de bison.

— Ah! Une peau de bison, c'est parfait.

— Faudra une paillasse… J'ai vu beaucoup de quenouilles dans le marais Saint-Pierre[2]; j'ai le temps d'en cueillir.

— De la quenouille, ça remplit bien une paillasse… Y a juste un nœud.

— Un nœud? Lequel?

— Celui-là, indique La Ramée, l'air moqueur. Faut y prendre garde quand on fait la chose…

2. Marais Saint-Pierre : marécage formé autour de la rivière Saint-Pierre, au sud de l'île de Montréal, aujourd'hui inexistante. On y cueillait les épis de quenouille qui étaient duveteux au bout d'un an.

Chapitre 7

Engagement

Mi-octobre, boutique de Modrière et
La Ramée associés, rue Saint-Paul, Montréal.

La dernière fois que Pierre a vu Modrière, celui-ci clamait à la foule qui assistait à l'exécution de sa sentence : « Oui, bonnes gens, voyez ce qu'il en coûte de vouloir déserter sans payer ses dettes. » Cette phrase, Pierre l'entendra toujours en présence du marchand bourgeois et, invariablement, il serrera poings et mâchoires de colère retenue. De mépris inavoué. Cet homme lui donne des haut-le-cœur, mais il sait qu'il ne pourra jamais le vomir. Comme il sait que ce marchand bourgeois sera toujours de travers dans sa gorge. De travers dans son chemin. Ses tentacules s'étendant de Québec jusqu'aux Pays-d'en-Haut.

Avec une lenteur étudiée, Modrière chausse ses besicles et ouvre son livre de comptes. Derrière son épaule, La Ramée se penche, ajustant sa vision en s'éloignant plus ou moins.

— Voyons voir. Tiens… ici… Pierre Vaillant… Avec sept pour cent d'intérêts…

— Des intérêts ?

— Il va de soi. Il y a point de créance sans intérêt, observe Modrière en lui lançant un regard hautain par-dessus ses lunettes.

— Donc, avec sept pour cent pendant sept ans...

— Six, rectifie La Ramée. On l'a engagé comme hivernant, l'automne dernier.

— Ah! Oui, j'oubliais. Donc six... Ça fait au total... ça se chiffre à... quarante livres. Oui, c'est exact, quarante livres. Donc, j'inscris ici quarante livres et ici, payé. Si le sieur La Ramée veut bien vérifier, offre le marchand d'un ton sarcastique en s'écartant légèrement afin que son associé puisse lire tout à son aise.

— C'est bel et bien ce qui est écrit, Poing-de-Fer.

— De c'te dette, y a donc plus lieu de parler, pas vrai, Poing-de-Fer?

Modrière insiste sur chacun des mots de « Poing-de-Fer » avec la manifeste intention d'établir que c'est avec ce dernier qu'il fait désormais affaire. Pierre Vaillant vient d'être rayé d'un trait de plume en même temps que sa dette. De ce malheureux, il n'y a plus lieu de parler.

Pierre hésite un moment. La facilité avec laquelle le marchand bourgeois relègue aux oubliettes la flétrissure de la fleur de lys le déconcerte. Avec amertume, il constate à quel point il est illusoire d'espérer la moindre excuse du puissant commerçant et il lui paraît avec une clarté évidente que seule la force d'intérêts communs a favorisé cette rencontre.

— Y a plus lieu d'en parler, répond-il enfin à contrecœur.

Pierre connaît le formidable potentiel qu'il représente pour ses employeurs, car, par le truchement de sa personne, il peut transformer un concurrent de taille tel Tehonikonrathe en un solide partenaire du marché clandestin. Toutes ces marchandises illicites et grandement prisées qui passeraient par ses mains sans salir les leurs les font baver d'envie. Cependant, les conséquences d'une incrimination sont plus graves pour lui, allant jusqu'à la peine de mort. Il doit demeurer méfiant, même envers La Ramée, son futur beau-père. Après tout, les risques, il les fait aussi courir à Isabelle et à Marie-Pierre. Une fois pendu, c'est la misère à perpétuité qu'il leur léguera.

— Pour le «p'tit homme du Diable», tu es un frère, commence Modrière.

— Pour moi, Tehonikonrathe est un frère aussi.

— Appelons-le ainsi, si tu préfères. C'est tout de même un Sauvage, argumente le marchand.

— J'suis tout de même un Visage-Pâle.

— Ouais… On peut lui faire confiance? Il n'est pas converti, que je sache.

— Des traîtres, ne s'en trouvent-ils point chez les chrétiens?

Se sentant visé, Modrière lorgne son livre de comptes demeuré ouvert. D'un geste vif, il le referme et le frappe pesamment du plat de la main comme pour rappeler que le passé doit en demeurer scellé entre les pages.

— Tu en as donc confiance. Entière confiance? s'informe-t-il.

— Oui, entière confiance. Aucune fuite ne viendra de lui. Il boit point d'eau-de-vie. Ni les siens. Y a donc point de danger qu'elle leur délie la langue.

— Hmm… Et son rapport avec les Anglais?

— Il a un frère chez les Iroquois tsonnontouans.

— Intéressant… Cela lui fait un frère chez les Britanniques et un frère chez les Français.

— Sans compter que son vrai frère, il te construit des canots comme pas un. Z'en avons déjà achetés d'eux, intervient La Ramée.

— Bah! Depuis qu'il se construit des canots à Montréal, ça vaut moins la peine d'les acheter ailleurs… En ce qui a trait à notre affaire, les profits seraient à tirer sur les fourrures qu'on éviterait de ramener à la Compagnie [1] et qui nous serviraient à obtenir des marchandises anglaises en échange.

---

1. Compagnie des Indes: elle détenait le monopole d'exportation et de vente des fourrures. La vente de ces fourrures aux Anglais permettait d'éviter de payer des taxes de 25 % sur les castors, d'obtenir plus de marchandises en échange et d'être payé comptant plutôt qu'au bout de deux ans.

Modrière se frotte le menton d'un air calculateur.

— Suffirait d'laisser des pelus à l'automne au « p'tit homme du Diable » et de ramasser les marchandises en échange au printemps, explique La Ramée. Il n'y a qu'à trouver un endroit pour avoir la paix en amont du Long-Sault.

— La pointe où l'ourse m'a attaqué serait un bon endroit. On peut s'y faufiler derrière par un petit cours d'eau, suggère Pierre.

— C't'endroit serait pratiquement sans danger, approuve La Ramée.

— Pratiquement, mais point sans danger, précise Pierre.

— T'as raison, c'est point sans danger. On n'a qu'à voir : les agents de la Compagnie fouillent chez les particuliers sans avertissement. Le risque est pour toi, c'est sûr, reconnaît La Ramée au grand déplaisir de Modrière qui confirme sèchement :

— Entendu : ce risque serait payé, mais en autant que les profits en vaillent la peine. Dis-moi, de bons chaudrons et des écarlatines, il peut nous en avoir ?

— Oui.

— Donne-moi une idée de ses prix pour les écarlatines.

— Il fait neuf écarlatines pour douze pelus.

— Hmm… Et neuf écarlatines, La Ramée, En-Haut, ça peut rapporter combien de pelus ?

— Ça tourne autour de vingt, mais ça peut monter jusqu'à trente dépendamment avec qui l'on troque.

— C'est intéressant… Ça vaut le coup d'essayer en tout cas, conclut Modrière en se levant pour aller porter son livre de comptes dans un secrétaire fermé à clé, comme s'il s'agissait là d'une affaire classée.

Interloqués par cette attitude, Pierre et La Ramée s'échangent un regard.

— Alors, ce mariage, il est pour quand ? demande tout bonnement le marchand en déposant son livre pour en prendre un autre.

— Dans près de trois semaines… après la dernière publication des bans.

— Hmm… en novembre, comme la plupart des mariages, finalement. C'est là une bonne chose… Très bonne chose… Y aura plus raison de craindre que tu fasses des folies pour c'te femme.

— C'était point des folies, rétorque Pierre avec une pointe d'agressivité, que Modrière ignore en revenant, un nouveau registre à la main.

— J'ai ouï dire que t'envisageais de t'établir sur une terre, poursuit-il. Tu la voudrais sur l'île (de Montréal), j'imagine.

— Pour sûr.

— Ils sont très gourmands, les seigneurs de l'île, ces messieurs sulpiciens. D'aucuns disent qu'ils le sont presque autant que les seigneurs de France… Y a pas à dire, ils s'y entendent pour prélever leurs droits. Leurs percepteurs et leurs huissiers sont parmi les plus zélés. Il te faudra bien des pelus pour t'établir.

La perspective de retourner sous la tutelle des seigneurs désarçonne Pierre, mais elle est aussitôt remplacée par celle d'un four pour y cuire du pain de blé. Des pelus, il compte bien en amasser en quantité pour tenir cette promesse faite à sa fille.

— Il faut des bras et du temps aussi, poursuit le marchand bourgeois. Les bras, tu les as, mais du temps, il t'en manquera… À moins d'être le bon Dieu pour récolter des pelus En-Haut et t'occuper de ta terre dans le même été… Et puis, il faut de la chance… Quand c'n'est point le gel, c'est la sécheresse… Ou les vers… Ou la pluie. Ah! La pluie, il en est tombé cet été! L'hiver sera terrible… Terrible, je puis vous l'assurer, prédit Modrière qui s'assoit à son pupitre pour feuilleter le registre au hasard. Tout est écrit là-dedans, de la misère, qu'il y a sur une terre… Dommage que tu ne saches point lire… Moi, les habitants, je les connais. Ils viennent ici troquer leurs produits. Du grain, de la farine, du beurre, du lard. Quoi d'autre encore? Voyons voir. Ah! Ici, du tabac et des pois… Là, des œufs salés et du bois… enfin, tout ce qu'une terre peut fournir. En échange, ils prennent des outils, des attelages, des semences, du sel, des étoffes, de l'huile… Des tas de choses dont ils ont besoin… Ils sont toujours à tirer le diable par la queue et à trimer comme des ânes… Tiens, celui-là, Charles Latour, un autre qui a pensé s'établir sur une terre comme toi. Tu te souviens de lui, La Ramée?

— Ma parole, oui. Deux fois qu'il a été de ma canotée. Il voulait acquérir une concession en bois debout.

— Il l'a obtenue. Au bout de l'île… Il s'est découragé à défricher… Tiens, un autre ici: Michel Delorié, de la côte Saint-Laurent. Pas plus tard qu'hier, il est venu chercher du sel, mais il avait point de grain à échanger à cause de c'te pluie qui a tout fait pourrir… Du sel, il lui en faut pour son lard quand il fera boucherie, mais je doute fort que ses porcs aient autant grossi que sa dette. Au printemps, quand il viendra chercher ses semences, sa dette grossira encore. Les habitants, je veux bien les accommoder… Leurs produits m'sont utiles pour équiper les canotées, mais ils me font point gagner de profits. Pour ça, non… Pas vrai, La Ramée?

— C'est connu: les habitants, ils nous font point gagner de profits, corrobore l'associé.

— C'sont les bons voyageurs qui nous font gagner des profits… Pas les aventuriers qui désertent à leur guise, lance Modrière avec malveillance à l'intention de Pierre.

Un silence s'ensuit pendant lequel le marchand continue de consulter son registre au grand dam de Pierre, dont l'assurance vient d'en prendre un coup.

Une fois mariés, ils ne désertent plus, ces aventuriers, plaide calmement La Ramée.

— C'est ce que j'argumentais; ils n'ont plus à faire de folies pour une femme, reprend le marchand, défiant ainsi Pierre de lui tenir tête à nouveau.

— Quelquefois, ce ne sont point folies de leur part, persiste ce dernier.

Modrière le détaille longuement avant de retourner à son registre.

— C'n'est point le cran qui te manque, reconnaît-il le plus naturellement du monde. Il en faut pour être maître de canot… Selon Gervais, tu sais lire une rivière.

Cette réplique désamorce la tension qui gagnait Pierre et le laisse un peu pantois.

— Tout porte à croire que nous obtiendrons un congé[2] pour une nouvelle canotée. Elle pourrait servir d'essai avec ce Tenokonhi… Tehoni… ce «p'tit homme du Diable». J'veux bien t'en voir maître de c'te canotée, en seulement… en seulement, c'est beaucoup d'investissements… Au prix qu'il en coûte, avec les avantages du loyer et autres considérations, un maître de canot doit nous rapporter beaucoup…

— Des pelus, j'en rapporterai beaucoup. Et pour vous, et pour moi. J'en ai besoin pour m'établir.

— C'est là le problème, Poing-de-Fer. C'est là le problème… Cette idée fixe de vouloir t'établir. T'as beaucoup plus à y perdre qu'à y gagner.

— Le sieur Modrière a raison, intervient La Ramée. Je t'en ai déjà touché mot. Tu es un homme de rivière, pas un homme de terre. À la longue, la rivière te manquera, ma parole oui, elle te manquera, j'en sais quelque chose. Passe point à côté de la chance d'être maître de canot.

— Je veux point passer à côté de c'te chance… N'ayez crainte, avec Tehonikonrathe, des profits nous ferons, garantit Pierre, plus déterminé que jamais à amasser les fonds nécessaires à son établissement, sans être à la merci de Modrière ni à celle des seigneurs.

— Un maître de canot doit rapporter beaucoup et longtemps… pas seulement pendant un an ou deux, mais au moins pendant six ou sept ans, déclare Modrière.

— Six ou sept ans! C'est plus long que dans les troupes.

— On y gagne plus que dans les troupes. À toi d'y penser. Maître de canot, tu seras parti de mai à septembre. Pendant six ou sept ans, il te sera donc point possible de tenir feu et lieu sur une terre comme l'exigent les Sulpiciens.

— Six ou sept ans, bredouille Pierre, dépassé par les conditions de l'offre tant espérée.

— Six ou sept ans, confirme La Ramée, opinant dans le sens de son associé. C'n'est point possible autrement.

---

2. Congé: permis de traite.

— Si c'est trop long pour toi, Poing-de-Fer, on peut te reprendre comme bout de canot avant, en autant que tu ralentisses la cadence, propose Modrière. D'après Gervais, t'as tendance à pagayer trop vite pour les autres derrière toi... Ça me fait penser, il était bout de canot avant, le nommé Charles Latour.

— Oui. Deux années d'affilée qu'il l'a été.

— T'as le choix de faire comme lui si tu tiens mordicus à t'amasser des fonds pour défricher une terre... Mais, une fois les fonds dépensés, tu risques de te retrouver, comme lui, dans ces pages.

La condescendance avec laquelle Modrière considère le livre entre ses mains en dit long sur ce qu'il pense des créances des petites gens, tout juste bonnes à lui conserver la fidélité de la clientèle rentable des voyageurs. Sans équivoque, son attitude démontre à quel point il est déplorable d'y être inscrit.

— Au fait, La Ramée m'a parlé du loyer de ce bâtiment que j'ai, voisin de Boitillon, ajoute-t-il. Apparence qu'il t'en fait cadeau, de la moitié du loyer.

— C'est un genre de dot, précise Pierre, anxieux de connaître la part qui reste à payer.

— T'en donner l'autre moitié, ça serait le genre de cadeau de noces que j'accorderais à un maître de canot sur qui l'on peut se fier pendant six ou sept ans.

— Ça te ferait plus de fonds pour t'établir après ce temps, fait valoir La Ramée. La terre, elle saura toujours t'attendre, mais la rivière, c'est comme la chance ; elle passe.

Cette dernière phrase frappe Pierre. L'instant est crucial. Son avenir se joue. Ainsi que celui d'Isabelle et de Marie-Pierre. Mettra-t-il en veilleuse le rêve de se retrouver avec elles sur une terre ? Il a tant souffert d'être si longtemps loin d'elles qu'il lui répugne d'envisager une nouvelle séparation en mai. Par contre, l'idée de réunir suffisamment de fonds en vue de s'établir à son aise par la suite commence à le séduire. Ne vaut-il pas mieux attendre plutôt que de précipiter les choses et se retrouver Gros-Jean comme devant à l'exemple de ce Charles Latour ? Et puis, il semble qu'Isabelle retire une certaine fierté de le savoir dans le domaine de la fourrure. Faut-il y voir là l'influence d'Élise ? Ou celle de Montréal où les voyageurs ont bonne cote ? N'a-t-il pas surpris chez sa future épouse un petit air superbe lorsqu'elle a déclaré à une fermière du marché qu'il était bout de canot avant ? L'adorable manière dont elle avait relevé légèrement le menton l'avait récompensé des incroyables exigences du métier. Ça lui avait glissé dans l'âme comme un miel délicieux. Qu'en serait-il s'il devenait maître de canot ?

Comme la rivière, la chance passe. À lui de la saisir, plutôt que de prendre le risque de se retrouver dans ce livre de créances entre les mains avides de Modrière.

— Va pour six ans, accepte-t-il, anticipant déjà la joie de retrouver chez Isabelle un adorable petit air superbe.

Chapitre 8

Amants réunis

Novembre, rue Saint-Joseph, Montréal.

La Nouvelle-France, pays des commencements et recommen-
cements pour Isabelle et Marie-Pierre. Montréal, ville des
regards neufs qui les voient sans le filtre de leur passé. Montréal,
avec ses rues boueuses et malpropres où elles peuvent déam-
buler sans qu'on les noircisse au passage. Montréal, avec Élise,
l'amie sincère à qui tout dire. De qui tout entendre. Avec Louis
La Ramée, second père, aussi compréhensif que l'autre fut
despotique. Montréal et son travail de tailleuse grâce auquel, à
petits coups d'aiguille, Isabelle retrouve sa dignité. Et se brode
un bonheur à même le canevas d'une patrie en devenir.

La Nouvelle-France et cette nouvelle vie comme nappe
immaculée à étendre sur la table de bois. Comme pièce de
drap vierge à couvrir la paillasse.

La Nouvelle-France et ce bel inconnu surnommé
« Poing-de-Fer », maintenant son mari. Au bras duquel elle
marche, tête haute, cœur vacillant d'émotion, ses doigts
maigres et nerveux se crispant par moments dans l'étoffe de
son manteau. Si solide, ce bras aux muscles durs ! Si chaude
en est la main à la paume rugueuse et si intense, le désir d'en
obtenir des caresses ! Des tendresses ! Si intense le désir et si
présente cette gêne qui la fait frissonner !

— Tu as froid, s'inquiète-t-il.

Voilà les premières paroles prononcées depuis qu'ils ont quitté la grande maison de Louis La Ramée où l'on buvait et chantait gaiement à leur départ, glissant les grivoises plaisanteries d'usage à l'intention des nouveaux mariés.

— C'est ce vent, répond-elle.

— Ce n'est plus très loin. Boitillon s'est occupé du feu… Ce sera chaud en rentrant.

De nouveau le silence où s'entendent leurs pas sur le sol gelé. Ils ont trop à se dire pour parler. Les mots ne suffisent plus. Longtemps paralysés, les gestes réclament maintenant droit de parole. À la vue de la maisonnette, instinctivement, ils pressent le pas puis s'arrêtent devant la porte, conscients qu'en franchir le seuil, c'est commencer ensemble une nouvelle existence.

— Voilà, bredouille Pierre simplement en ouvrant tout grand.

Isabelle pénètre, accueillie par une douce chaleur qu'il s'empresse d'emprisonner en refermant aussitôt derrière lui. Les voilà seuls, ensemble pour cette nuit que Marie-Pierre passera chez Boitillon.

La voilà seule avec Poing-de-Fer. Que sait-elle de lui, outre les éloges et la satisfaction de Louis La Ramée de l'avoir embauché pour les six prochaines années en tant que maître de canot ? Que sait-elle de lui, outre ses exploits et ses compétences ? Que sait-elle de l'homme ? Que reste-t-il du manouvrier de son père qui, de femme, n'avait possédé qu'elle ? Qui, de reine, n'avait reconnu qu'elle ?

Une Sauvagesse s'est-elle glissée dans son cœur ? Introduite sur sa couche ? Les femmes des autres voyageurs lui ont conseillé de ne jamais poser de question à ce sujet. Ce que font leurs maris dans les Pays-d'en-Haut est une chose, et ce qu'ils font de retour auprès d'elles en est une autre. Il n'y a que le prêtre pour le savoir et l'absoudre en confession. Rien ne sert également de tenter de tirer les vers du nez à aucun d'entre eux. Solidaires dans leur rude et dangereux métier, les voyageurs le demeurent dans la quiétude de leur foyer.

C'est tout un monde, un nouveau monde que celui de ces hommes de rivières. Un monde fascinant et déroutant qu'Isabelle vient d'intégrer par le truchement de son mariage avec Poing-de-Fer. Un monde qui la dépayse et affouille les fondements de son existence jusqu'à ce jour échafaudés sur le travail de la terre. Un monde de mouvance et de continuels déplacements. De séparations et de retrouvailles. Un monde auquel il lui faut s'apprivoiser.

— C'est petit, mais j'ai tout rafistolé, explique-t-il, suspendant son manteau à un crochet du mur.

— La chaleur est bonne, constate-t-elle en se dévêtant à son tour.

Elle lui passe son manteau afin qu'il l'accroche près du sien et elle remarque alors un troisième crochet tout neuf, fixé un peu plus bas.

— C'est celui de Marie-Pierre... À c'te hauteur, ce sera aisé pour elle, lui apprend-il avec une candide fierté de père qui lui mouille les yeux. C'est petit mais on y sera bien, promet-il. J'ai fait provision de bois... Pleure point, on y sera bien. J'ai fait provision de tourtes aussi et de citrouilles qui sont chez Boitillon... Provision de maïs, de sel et même d'un peu de farine... Et des chandelles, t'en manqueras point... On y sera bien, je t'assure... Et la paillasse, viens voir.

Il l'entraîne vers le lit recouvert d'une grande fourrure et lui fait glisser la main dessous.

— J'ai mis tout plein de quenouilles... C'est moelleux, hein?

— Oui, très moelleux, approuve-t-elle en palpant la couche.

— C'est plus confortable que la paille, tu verras... Tu verras, reprend-il après un moment d'une voix d'un autre registre où domine le désir du mâle.

D'un geste doux, il l'attire contre lui et l'enlace, lui laissant poser la tête contre sa poitrine.

— Pleure point, ma belle Isabelle. Tant que je serai là, t'auras point froid... T'auras point faim... T'auras point peur... Ni toi, ni nos enfants.

Pour la première fois depuis leur séparation, ils se retrouvent seul à seule, sans témoin ni chaperon. Livrés à eux-mêmes. Enfin, se surprend-elle à penser au contact du corps robuste qui s'offre à la protéger et à la prendre. Les paroles du père Fortin qui les a tous deux entendus en confession avant leur mariage lui reviennent en mémoire. Que de compréhension elle a trouvée chez ce prêtre qui, plutôt que de l'accabler de son passé d'adultère, a choisi de l'encourager à bien tenir dans l'avenir son rôle d'épouse et de mère! Son rôle de procréatrice à travers l'œuvre de chair désormais sanctifiée par leur union devant Dieu et les hommes.

Elle entend battre le cœur et sent durcir la verge contre son ventre, renouant avec le puissant désir qui montait en elle quand Pierre l'approchait dans l'étable. En ce temps, condamnable, l'acte qu'ils s'apprêtent à faire, maintenant, est souhaitable.

Elle lève la tête, rencontre les lèvres de l'homme et ferme les yeux.

— Tu verras, murmure-t-il en la soulevant dans ses bras pour l'étendre sur le lit.

*

Avec qui a-t-elle fait l'amour? Et refait l'amour? Intensément. Sublimement. Parfois avec Pierre sur la paille dans l'étable, parfois avec Poing-de-Fer sur la couche de quenouille. L'un et l'autre l'ont contentée. Assouvie jusqu'en la moelle du désir. L'un et l'autre se sont rencontrés, fondus dans son ventre comme en un creuset d'où est né le nouvel homme pour la nouvelle femme qu'elle est devenue. Ses doigts ont retrouvé la tête bouclée du manouvrier et découvert les cicatrices de Poing-de-Fer. Lui racontera-t-il un jour toute l'histoire inscrite dans sa chair? Isabelle en doute. Pierre ne relate que l'agression de l'ourse, éludant la cicatrice de la fleur de lys et celles de la flagellation. Elle n'insiste pas. N'insistera jamais. Elle sait trop que certaines agressions comportent, pour l'agresseur, une pernicieuse justification d'un châtiment et, pour l'agressé, une obscure culpabilité. Elle le sait pour l'avoir expérimenté à chaque viol de Fernand. Sûrement qu'elle le méritait, prétendait une voix quelque part en elle. Quelque part dans le jugement des autres. Ces viols n'ayant laissé aucune trace visible, elle compte n'en jamais faire mention à son mari. Cela relève du passé et, ce passé, elle l'a laissé en France. C'est une nouvelle Isabelle qui se trouve allongée, nue, près de Pierre-Poing-de-Fer tout somnolent de leurs ébats amoureux.

Avec douceur et un brin d'espièglerie, sa main s'aventure dans la toison de son pubis pour y taquiner le pénis au repos.

— Tu joues avec le feu, prévient-il en la pressant contre son flanc.

À la faible réponse de l'organe, Isabelle retire aussitôt sa main.

— Pas tout de suite, souffle-t-elle.

Elle veut goûter l'instant de tendresse. D'assoupissement et d'assouvissement. Elle veut jouir du confort qu'elle trouve sous la fourrure, du bien-être sécurisant que dégage le craquement du feu dans le poêle, alors que le vent gémit dehors. Elle veut s'amuser des ombres que la chandelle fait danser sur les murs et au plafond, alors que c'est noir d'encre dans la ville. Elle veut savourer le nouveau Pierre. La nouvelle Isabelle. Tous deux pétris de souffrance. Elle veut boire à la coupe des amants réunis. Déguster à petites gorgées l'élixir qui résulte de leur séparation.

— À quoi penses-tu? demande-t-il.

— À rien… Je suis heureuse.

— Je… j'avais un peu peur, avoue-t-il. Ça fait tout de même sept ans.

— Moi aussi, j'avais un peu peur.

— Comment j'ai pu faire pour être si longtemps sans toi? Ce n'sera point facile pour moi de partir en mai.

— Ni pour moi de te laisser partir.

— Je te rapporterai des pelus, des montagnes de pelus, promet-il.

Elle s'accoude pour mieux le regarder et lui caresser les cheveux taillés à la mode des voyageurs. Ce départ inévitable pour les Pays-d'en-Haut n'est pas sans l'inquiéter. La course aux fourrures a fait plus d'une veuve et plus d'un estropié dont Boitillon est un triste exemple. De plus, sans compter les risques d'accidents, il y a celui des peuplades hostiles qui torturent et décapitent. On lui a raconté tant d'horreurs à ce sujet.

Le bonheur qui, timidement, se pointe le bout du nez n'exige-t-il pas un prix exorbitant pour s'introduire davantage? S'il fallait... S'il fallait qu'il parte en mai et ne revienne jamais.

— Ramène-moi mon mari, c'est tout ce que je veux.

— T'inquiète point: j'ai mon porte-bonheur, la rassure-t-il en touchant sa médaille. La bonne Sainte Vierge me protège... T'inquiète point, je te ramènerai ton... mari. Ça me fait tout drôle de dire «ton mari». Je suis ton mari... moi, Pierre Vaillant, je suis devenu ton mari. T'imagines? C'est comme un rêve.

— Alors j'n'ai point envie de m'éveiller.

— Mais c'est point un rêve, Isabelle. C'est point un rêve. Nous sommes mari et femme maintenant... ensemble, dans ce pays.

Un volet bat soudain violemment sous une forte rafale de vent et la fait sursauter. Il sourit. L'accueille au creux de son épaule où elle se blottit en toute confiance.

— Il me fait peur ce pays, avec ses hivers. J'ai ouï dire à La Rochelle qu'il ne s'en trouvait point de plus froid et de plus long.

— Pour sûr, ils sont longs et froids. S'agit de bien s'enca-puchonner... T'inquiète point, je te ramènerai des mon-tagnes de fourrures pour t'encapuchonner et un jour, nous aurons une terre et mangerons le pain de notre blé. T'inquiète point, la bonne Sainte Vierge veille sur moi. Je te ramènerai ton mari, et toujours il t'aimera, ton mari... toujours il t'aimera.

Il lui embrasse les cheveux, le nez, la bouche, le cou. Lui chatouille les tétins de sa langue. Les tète, yeux clos de ferveur, irrésistible amalgame d'homme et de nourrisson, à la fois fort et vulnérable. À qui elle veut donner. Par qui elle veut être prise. Elle est sa mère, elle est sa fille, elle est la femme. Il est son père, il est son fils, il est l'homme. Amants réunis, unis pour la vie, en ce pays où leur bonheur est à bâtir.

— Maintenant, souffle-t-elle en s'offrant de le prendre et demandant d'être prise.

Chapitre 9

Soir d'hiver

1738, mi-février, rue Saint-Joseph, Montréal.

— Te dire combien elle est haute, c'te falaise, c'est pas croyable, raconte Pierre en bordant sa fille après lui avoir fait réciter sa prière.

— Plus haute que le clocher de l'église ?

— Bien plus haute… et elle tombe à pic, droit dans la rivière… Le Rocher à l'Oiseau qu'on la nomme… Je l'ai vue comme je te vois… Des dessins y figurent ; ils ont été tracés là y a fort longtemps… Ils y racontent c't'histoire d'un oiseau magnifique… avec des ailes très grandes.

— Grandes comment ?

Pierre étend les bras de chaque côté afin de donner une idée concrète de l'envergure des ailes.

— Grandes comme ça, si ce n'est plus.

Étendue sous la peau de bison, la fillette écarquille les yeux d'émerveillement.

— Est-ce que tu l'as vu comme tu me vois ?

— Il n'en reste que le dessin. C'était un genre d'aigle… Tu sais comment ils font les aigles ?

— Non, j'sais point.

— Ils montent dans le ciel très, très haut et, de là-haut, ils se mettent à tourner en rond en regardant en bas. C'sont des chasseurs et ils ont bonne vue… Tout ce qui bouge, ils le voient.

— Même si c'est autant petit qu'une souris ?

— Oui, même si c'est autant petit qu'une souris. Quand ils aperçoivent une bête qui te les intéresse, ils plongent, les ailes collées le long du corps, et ils te la saisissent dans leurs serres pour la tuer et la manger.

— Oh !

— C'sont des chasseurs… De bons chasseurs. Or, un jour, des gens étaient montés sur c'te falaise. De là-haut, ils voyaient fort loin… Ils voyaient la Grande Rivière, les îles, les rapides et la forêt immense. C'était beau, et ils se sentaient un peu comme le grand oiseau qui tournait au-dessus de leurs têtes… Ils étaient tant occupés à tout voir qu'ils n'ont point remarqué un bébé qui s'en allait à quatre pattes vers le bord de la falaise.

— L'oiseau, est-ce qu'il l'a remarqué ?

— Pour sûr : un bébé c'est plus gros qu'une souris… C'était une petite fille, ce bébé. Avec des cheveux tout blonds et bouclés.

D'un geste paternel, il lui caresse la tête, charmé de la voir suspendue à ses lèvres, souffle retenu.

— Tu sais comment ils sont les bébés : ils connaissent point le danger ; alors la petite fille marchait à quatre pattes tout au bord de la falaise sans savoir que le grand oiseau la surveillait de là-haut. « Regardez comme il est beau ! Regardez comme il est grand ! » disaient les gens en le montrant du doigt. « Pour sûr qu'il pourrait saisir un mouton tout entier… ou même un veau dans ses grosses serres », qu'ils disaient encore. Ils en avaient un peu peur de le voir si grand. « Ne nous fais point mal, oiseau magnifique », suppliaient-ils… Et pendant que les gens regardaient l'aigle en l'air, la petite fille sur le bord de la falaise est tombée en bas dans le vide.

Marie-Pierre échappe un faible cri d'effroi, s'enfonçant la tête entre les épaules, tandis que son père étend de nouveau les bras de chaque côté.

— Mais l'oiseau l'a vue tomber et il a plongé de suite, tête première, en se collant les ailes…

Pierre se ramène les bras le long du corps.

— Les gens en haut de la falaise criaient d'épouvante et les parents pleuraient en regardant tomber leur petite fille vers la rivière. Ou elle allait mourir noyée, ou elle allait finir dans le ventre de l'aigle...

Pierre marque une pause, la rallonge un peu pour faire durer le suspense.

— Alors ?

— Alors, il est advenu une chose extraordinaire... Le grand oiseau a saisi le bébé juste avant qu'il touche l'eau puis, à grands coups d'ailes – il mime l'oiseau –, il a remonté le long de la falaise et il est venu déposer doucement le bébé au pied de ses parents... Pas une éraflure qu'elle avait la petite fille... Sa maman te la couvrait de baisers et son papa te l'a prise dans ses bras...

Ce disant, Pierre se glisse les mains sous les épaules de sa fille et la soulève pour la serrer contre lui.

— ... et il lui a promis de toujours veiller sur elle, lui chuchote-t-il à l'oreille, ému de sentir les jeunes bras lui entourer le cou affectueusement.

— Et l'oiseau ?

— Il est remonté vers le ciel, et, pour que la chose ne s'oublie point, les gens ont dessiné son image sur la paroi de la falaise. Cette image, je l'ai vue comme je te vois.

Il la recouche, lui cajole les cheveux, puis lui passe la main sur le front et les paupières.

— Dors maintenant.

Marie-Pierre ferme les yeux, un sourire baignant ses traits, et Pierre va alors s'asseoir sur le banc où tremblote la flamme de la chandelle sur la table. Ainsi se passent ses soirées d'hiver quand Isabelle se rend chez la dame de Boitillon où la place est plus grande pour y coudre chemises et capots à la faveur d'une lampe en bec de corbeau qu'elles se sont achetée en commun. La plupart du temps, à cette heure, Thomas Becquet, alias Boitillon, traverse pour venir causer. Il ne devrait guère tarder.

C'est à l'occasion de son mariage que Pierre a appris le vrai nom du handicapé qui lui a tenu lieu de père au cours de la cérémonie et, depuis ce temps, l'homme continue à lui tenir lieu de père, se comportant également en grand-père avec Marie-Pierre. Le fait que la maladie ait emporté son fils unique, il y a déjà cinq ans, y contribue sans doute. De son côté, depuis longtemps orphelin de père, Pierre lui tient lieu de fils, veillant à lui procurer ce que son infirmité l'empêche d'obtenir facilement tels le bois et les produits de chasse et de pêche. Produits hautement estimés en ce temps de disette où les démunis quémandent leur pitance dans les rues de la ville. Modrière avait eu raison de prédire un hiver difficile, et ceux qui en souffrent le plus sont les artisans et les journaliers qui, ayant manqué de travail durant la belle saison, n'en ont pas du tout en ce temps-ci. Sans son aide, Boitillon serait de leur nombre, c'est évident, jongle Pierre. Mais lui, que serait-il sans Boitillon qui a si bien accueilli et soutenu Isabelle et Marie-Pierre depuis leur arrivée?

— Papa?

— Tu ne dors point?

— Tu pleurerais si je tombais d'une falaise? demande l'enfant, d'une petite voix.

— Pour sûr.

— Tu pleurerais comme quand tu as revu maman?

— Oui, mais je pleurerais parce que je ne te reverrais plus.

— Les hommes, c'est point supposé pleurer qu'il a dit monsieur Boitillon, mais lui... j'peux point le dire, mais une fois, lui aussi... Je peux point dire un secret, mais pour les petites filles, il dit que c'est permis de pleurer.

— Oui, c'est permis.

— Des fois, je pleure... parce que je ne les reverrai plus.

Il revient près d'elle, s'assoit sur la banquette-lit où tous trois dorment serrés.

— Roland... Catherine... tante Magdeleine... je ne les reverrai plus.

La voix de Marie-Pierre tremble alors qu'elle poursuit:

— Je ne les reverrai plus... Ils sont tous tombés de la falaise... mais y a point d'oiseau pour... pour me les ramener... Y a point... de ce grand... oiseau.

Elle s'enfouit le visage dans le petit oreiller.

— J'aimerais tant… qu'ils viennent ici, termine-t-elle.

— Moi aussi, j'aimerais qu'ils viennent… Moi aussi.

Il lui pétrit tendrement l'épaule.

— Peut-être que le grand oiseau est trop haut pour que tu le voies… C'est permis aux petites filles de pleurer. Mais, à ma petite fille à moi, ce n'est point permis de manquer de courage… Ce n'est point permis de désespérer.

La fillette se retourne vers lui, le visage grave encore tout humide de ses pleurs.

— Désespérer… abandonner, ce n'est point permis, Marie-Pierre… Pas à toi… Pas dans ce pays… Jamais tu ne dois abandonner, même si tu as du chagrin… Surtout si tu as du chagrin… Toujours, tu dois lutter, toujours, tu comprends?

L'enfant fait signe que oui.

— Parfois, l'oiseau est si haut… qu'on ne le voit point.

Dans un élan spontané, elle s'agrippe à ses épaules.

— Toujours, je lutterai… Toujours, je lutterai, papa.

— Voilà qui est digne d'une petite Vaillant… Il te faut dormir maintenant, si tu veux que je t'emmène demain à la visite des collets à lièvre.

Elle se recouche hâtivement, se ferme les yeux très fort et soupire:

— Je dors déjà.

Pierre nourrit le feu, puis retourne à son banc. À sa table, qu'il frotte distraitement du plat de la main. Un jour, ils auront une table plus grande et plus douce au toucher… Ils auront une maison à eux et une terre. Ce rêve, il ne peut en démordre, car il est aussi une promesse envers Tehonikonrathe et envers le père Fortin. Promesse envers lui-même et envers Isabelle. Ce rêve, il ne veut en démordre.

Il entend contre la porte le heurt de la béquille dont Boitillon fait usage l'hiver en raison de la neige et de la glace qui menacent son équilibre. Heureux de sa visite, Pierre va lui ouvrir en deux enjambées et l'aide à se départir de son manteau.

— Quel froid! ronchonne le visiteur en prenant place sur la chaise que Pierre lui approche près du poêle de brique. Avec c'te jambe, il me fait pâtir.

Le vieux renifle bruyamment, s'essuie la moustache du revers de l'index et jette un coup d'œil sur Marie-Pierre.

— Elle te dort ça, la mignonne. Y a pas à dire, sous c'te fourrure de bison, elle a point froid. J'ai nouvelle qui va lui causer du chagrin.

— Quoi donc?

— Ma dernière poule est morte... Sans grain pour la nourrir, c'était à prévoir... De toute façon, des œufs, elles n'en donnaient plus, mes poules.

— Y aura qu'à acheter d'autres poules cet été.

— C'est qu'elles seront chères... Du grain, y en a point pour toutes les poules de la colonie. Mon idée que les survivantes, elles vont se vendre à gros prix... Autant que celles qui vont venir de la métropole.

— Je vous les achèterai... Ce seront nos poules, nos œufs.

— Ça me va, oh oui! Ça me va, c't'entente. Je connais justement un habitant de la côte Saint-Paul, tu sais c'lui-là de qui j'ai acheté nos citrouilles? Eh bien, je serais point surpris que ses poules à lui, elles passeront l'hiver... Il sait y faire c't'habitant. Garanti qu'il ne crève point de faim, même si on lui a refilé un militaire à qui il doit fournir le couvert, la paillasse, la marmite et la place au feu.

— La Ramée en a hérité de deux, lui.

— Et le sieur Modrière, de pas l'ombre d'un. C'était à prévoir... La distribution pour loger les gens de guerre qui n'ont point de place dans les forts, elle est faite par le subdélégué de l'intendant, mais c'sont les bourgeois qui l'assistent, ce subdélégué. Y sont bien placés pour s'y soustraire... C'est point que les militaires soient tous malcommodes, mais y sont à charge chez les plus petits... L'Église, elle, en est dispensée, les nobles aussi, les officiers de justice aussi et les bourgeois, ils s'arrangent pour l'être... J'te dis: c'sont les plus pauvres qui doivent se serrer la ceinture... Sur une ferme, c'est moindre mal. Souvent, les soldats aident... Mais à Montréal, mon jeune, t'as dû voir comment ils s'amusent... Surtout les officiers. Y a qu'à sortir pour entendre les grelots des carrioles de ces messieurs qui coursent sur le fleuve… Ouais, sur une ferme, c'est moindre mal.

Pierre aime entendre ce langage qui l'encourage à s'établir. De tous ceux qu'il connaît, Boitillon est le seul à parler en ce sens, et il se souvient que, dès leur première rencontre, le charretier lui avait conseillé de vivre à la campagne, dans les côtes.

— Fichus militaires ! Faut s'compter chanceux d'en avoir point sur les bras, conclut Boitillon en sortant sa blague à tabac et sa pipe.

— C'est que c'est trop petit ici d'dans… On peut point être quatre dans ce lit.

— Que ce soit petit n'importune guère le subdélégué, mon jeune. Mon idée qu'il a trouvé à les placer ailleurs.

— Dans les côtes, vous croyez qu'il en a placé beaucoup ?

— Moins qu'ici : les militaires, ils préfèrent la ville… Les cabarets y sont, et puis, ça ne les embarrasse point d'endetter leur hôte en se prenant du vin chez le marchand, poursuit l'homme en tassant son tabac dans le fourneau de la pipe.

— Et au bout de l'île [1] ?

— Dans la côte Sainte-Anne ? Il doit y en avoir un peu… Il m'a l'air à te plaire, c't'endroit.

Boitillon entrouvre la porte de tôle du poêle et, au moyen d'une éclisse de cèdre, va y chercher la flamme pour allumer sa pipe.

— Pour sûr.

— C'est loin d'ici… Six bonnes lieues.

— C'est près du lac : idéal pour y chasser le canard et y pêcher… J'ai ouï dire que la terre y donnait bien.

— Elle donne bien presque partout, la terre de l'île.

— Les bois sont beaux aussi… En majeure partie du chêne et du merisier… avec de l'orme, du hêtre, de l'érable… Et puis, l'église y est déjà bâtie.

---

1. Bout de l'île de Montréal : correspond à Sainte-Anne-de-Bellevue aujourd'hui.

— À t'entendre parler, j'en conclus que t'envisages de t'y établir. T'as quelque chose en vue ?

— Oui, j'ai quelque chose…

Pierre se tortille sur le banc. Il se voit dépassé par ce quelque chose qu'il croyait anodin. Ce quelque chose, semé négligemment par Charles Latour qu'il a retenu la semaine dernière pour être membre de son équipée en tant que bout de canot avant. Ce quelque chose, résumé en quelques mots : « chanceux celui qui mettra la main sur ma terre du bout de l'île ». Ce quelque chose qui s'est nourri de ses désirs et aspirations et qui, maintenant, se dévoile dans toute son ampleur. Et si ce chanceux, c'était lui ?

— T'en connais la superficie ? s'enquiert Boitillon.

— Soixante arpents, dont deux arpents nets, prêts à être piochés.

— Hmm… Soixante arpents… C'est tout juste assez grand.

— Comment tout juste assez grand ? C'est au moins deux fois plus grand qu'une terre en France.

— J'en conviens, mon jeune, mais en France, ils ont point de c't'hiver. T'as idée de ce qu'il faut de bois pour chauffer une famille dans un hiver ?

— …

— Un arpent… dans le minimum. Ouais, mon jeune, un arpent par année qui s'envole en fumée… Et c't'arpent que t'as bûché, il demande trente ans pour repousser.

— Un arpent par année ! C'est beaucoup.

— Ouais, l'hiver cause problème ici… Les branchages, c'est point suffisant, t'as dû le noter. C'est pour c'te raison que les seigneurs de l'île se sont réservés des cantons de bois. Y a point de garde-chasse, mais y a un garde des forêts, pour ça, oui. Sans compter que ces messieurs se réservent le droit de prélever un arpent sur vingt, ce qui t'en ferait déjà trois de perdus.

— Ils sont à ce point gourmands ?

— Encore plus gourmands, mon jeune. Ils peuvent prélever du bois dans toute l'étendue de l'île quand vient le temps de construire des chapelles ou des presbytères ou des moulins ou des bâtiments, ou même pour leurs clôtures… Ah oui! ils sont gourmands, les Sulpiciens, mais c'sont les seigneurs ici[2]… Ailleurs au pays, j'ai ouï dire qu'il se trouvait des seigneurs moins gourmands qu'eux… Mais toi, c'est sur l'île que t'as intention de t'établir?

Incapable de cacher sa déception, Pierre s'abstient de répondre. Son rêve se dégonfle. La terre qu'il estimait fort grande l'est tout juste assez et menacée de surcroît par l'appétit vorace des seigneurs en soutane. Pourtant, il ne s'imagine nulle part ailleurs qu'en cette terre du bout de l'île où les eaux noires de la Grande Rivière se mêlent à celles du lac des Deux-Montagnes. Cette terre de la paroisse de la bonne sainte Anne, patronne des voyageurs par voie d'eau, où s'attardent les canotées dans le petit portage de l'île Perrot. Jamais il n'osera le dire à qui que ce soit, mais il a vu comme un signe du ciel le fait que sainte Anne était la mère de Marie… Cette Marie de la médaille à son cou. Pour bénéficier de la bienveillante protection de ces saintes femmes, est-il disposé à subir de nouveau le joug des seigneurs?

— En revanche, il y a point de taille royale[3] en Nouvelle-France, avance Pierre pour se consoler des sacrifices qu'il aurait à consentir.

— Non, y a point de taille royale, par contre…

— Par contre quoi?

— Par contre, y a la milice. En cas de guerre, faut y aller. Même moi, estropié comme je suis, on pourrait m'y obliger.

— J'en fais automatiquement partie, moi, de la milice, du fait que j'étais dans les troupes.

— C'est que trop vrai. De toute façon, la guerre, on n'y peut rien, mon jeune. C'est bien sur l'île que tu comptes t'établir?

— Oui, au bout de l'île, confirme-t-il d'un ton résolu.

---

2. « Les Sulpiciens sont seigneurs temporels de Montréal et de son île; ils jouissent en revenu d'environ quarante mille francs (ou livres) de rente. »
— Louis-Antoine de Bougainville.
3. Taille royale: impôt des paysans qui disparut à la Révolution.

— C'te terre que t'as en vue, est-ce qu'elle est enclavée dans d'autres terres concédées ?

— Non.

— Ça, c'est une bonne chose. De c'te manière, tu peux toujours l'agrandir d'un côté ou de l'autre, c'qui te permettra de la léguer.

Le rêve se regonfle et Pierre voit en Boitillon l'homme de confiance qui pourrait le guider dans sa réalisation. Tout en fumant sa pipe, celui-ci semble absorbé par ses pensées.

— Deux arpents nets[4], tu dis ? demande-t-il après un long moment.

— Oui… je pourrais les piocher et arracher les petites souches à l'automne, de sorte qu'au printemps, je pourrais y semer des citrouilles.

Un sourire s'ébauche sous la moustache jaunie.

— C'est l'idéal, des citrouilles… Les bêtes te les mangeront point, et elles craignent point la gelée. Ouais, j'aime bien les citrouilles.

— Il y a une cabane aussi… Oh ! Ce n'est qu'une cabane de pieux fichés dans la terre, mais je pourrais y loger pour faire des abattis[5] en hiver… J'y bûcherais les arbres à hauteur de neige et le bon bois, je le mettrais à sécher pour construire ma maison.

— Comment comptes-tu faire en été ? Il te faudra des bras pour essarter et brûler les fardoches. T'as signé comme maître de canot pour six ans, non ?

— Oui.

— Normalement, au bout de ce temps, tu dois avoir au moins six arpents en labours de charrue[6]. Les abattis, tu peux les faire en hiver, mais pour les nettoyer, tes abattis,

---

4. Arpents nets : arpents déboisés, prêts à être piochés et essouchés en deçà de souches de 30 cm de diamètre. On dit aussi « arpents essartés » ou « arpents désertés ».

5. Faire des abattis : abattre les arbres.

6. Labours de charrue : pièce de terre entièrement essouchée que l'on peut labourer au moyen d'une charrue tirée par un bœuf ou un cheval.

c'est en été que ça se fait… Tout comme les labours de charrue se font en été avec un bon bœuf pour essoucher… Va falloir que tu loues des bras. C'est point facile à trouver un laboureur[7] qui a le cœur à l'ouvrage quand l'habitant[8] est aux Pays-d'en-Haut… C'est là le problème.

— Justement, depuis que j'pense à c'te terre, j'ai une idée qui me trotte dans la tête.

— C'est quoi, c't'idée?

— Faire venir mon beau-frère Gaspard et ma sœur Magdeleine avec leurs enfants. De la manière qu'Isabelle m'en a parlé, ils auraient aimé pouvoir immigrer… Moi, j'aimerais qu'on soit tous réunis, et en Gaspard j'aurais entière confiance… C'est un bon travailleur et il a trois fils pour l'aider.

— Quel âge ils ont?

— Le plus vieux a quinze ans, l'autre treize et Roland, le benjamin, il en a dix.

— Y a pas à dire, ça te ferait un bon homme. C'est pas bête comme idée si tu consens à y mettre le prix. Leur passage t'en coûtera beaucoup.

— J'y consens. Oh! Oui, j'y consens! Ils se sont occupés d'Isabelle et de Marie-Pierre… C'est à mon tour de m'occuper d'eux. De toute façon, j'y serais gagnant à la longue.

— Ça, c'est sûr, à la longue, tu y gagnerais.

— Et quand je n'irai plus En-Haut, je pourrai aider Gaspard à s'établir à son tour, pas trop loin de moi.

— Avec la volonté que t'as et c'te force que le Seigneur t'a donnée, j'doute point de ta réussite. Quand t'as de quoi dans la tête, tu l'as point dans les pieds… Vrai, c'est une bonne idée. Sur une ferme, tu pourras toujours te débrouiller. Pour toi, la chasse et la pêche, elles ont point de secrets… Tu pourras toujours récolter des pelus par-ci, par-là… Sans compter que maintenant, y a le ginseng qui commence à rapporter. Il s'en trouve sûrement sur c'te terre.

---

7. Laboureur: homme qui travaille la terre d'un autre, aussi appelé «défricheur».

8. Habitant: celui à qui appartient la terre.

— Charles Latour m'a assuré qu'il y en avait à profusion de c'te plante.

— À la longue, tu y serais gagnant, c'est sûr. Une terre, une maison à soi, un bon boisé que tu bûches avec intelligence, un jardin, des animaux… Y a pas plus belle vie, mon jeune. Avoir ton âge et ta force, je tenterais le coup.

— Alors, je vais le tenter, monsieur Becquet. C'est décidé ; je vais le tenter.

Le vieil homme le regarde drôlement, avec une mine impossible à définir. Un sourire soulève la moustache, mais les yeux s'attristent tellement.

— Y a que toi pour m'appeler de mon vrai nom… Thomas Becquet, tout le monde l'a oublié au profit de Boitillon. Ça va me manquer… quand tu seras rendu au bout de l'île. Ouais, ça va me manquer quand t'occuperas plus la place juste à côté.

— Si le cœur vous en dit, de place, il y aura pour vous et votre dame sous mon toit.

La main du handicapé se crispe sur sa pipe et il ferme les yeux, tentant de réprimer le tremblotement de son menton.

— Le cœur… m'en dit, parvient-il à prononcer d'une voix chargée d'émotion.

Puis, il détourne discrètement la tête pour essuyer une larme qui file malgré lui. Un homme, c'est point supposé pleurer.

Chapitre 10

Le voisin

*Dix mois plus tard, concession
à Sainte-Anne-du-Bout-de-l'Île.*

Un pied de neige poudreuse au sol. Un froid déjà capable de faire péter les arbres. À sa bouche, un nuage de vapeur. Sur son front, des gouttes de sueur. Attelé à un énorme billot de pin, Pierre tire avec ardeur, tendu vers l'avant. Un pas à la suite de l'autre, il progresse, les comptant mentalement comme il a appris à faire dans les sentiers de portage. Encore sept pas et il atteindra le chantier déboisé où se trouve sa cabane. À chacun d'eux, il s'assure d'avoir une bonne prise au sol avant de déployer sa force, puis, comme en un interminable chapelet, il se récite des noms. Un pas pour Marie, sa bonne sainte Mère qui a sans doute œuvré dans l'obtention de cette terre, un pas pour Isabelle, un pas pour Marie-Pierre, un pas pour son petit Jean, né en juillet de cet été, un pas pour Gaspard, à qui il a envoyé une lettre par le dernier vaisseau pour la France. Un pas pour sa sœur Magdeleine, dernier membre de sa famille qu'il espère accueillir en ce pays. Un pas pour Thomas Becquet, alias Boitillon.

Une fois rendu, il s'arrête. Reprend haleine. Se défait de son attelage et se tourne vers la longue pièce de bois et le sillon qu'elle a laissé derrière elle, mettant à nu le sol gelé. Voilà un arbre de moins dans la forêt… Et un de plus pour bâtir sa maison.

— C'est point la force qui te manque, lance le voisin en venant vers lui.

Accompagné de son fils âgé d'une dizaine d'années, Jean Chapuy, au début de la quarantaine, marche avec la lenteur d'un paysan et la souplesse d'un chasseur. Installé depuis quatre ans sur une terre située à six arpents de celle de Pierre, il est venu, à sa demande, lui montrer comment « rayer » les arbres hors de hache[1].

Pierre lui sourit tout en s'essuyant le front du revers de la main. Il aurait très bien pu se contenter d'explications verbales, mais il souhaitait la visite de Jean Chapuy à son chantier. Cet homme a de l'expérience, de la connaissance, et il saura mieux que quiconque évaluer les travaux qu'il a exécutés depuis l'achat de cette terre à son retour des Pays-d'en-Haut.

— C'est point tant la force qui me manque que le temps avant les grosses bordées de neige, réplique Pierre.

— Ouais, celles-là, quand elles vous tombent dessus, c'est malaisé pour bûcher, et ça te fait des souches à plus de quatre pieds hors de terre. À c'que j'vois, t'as quasiment un arpent d'abattu. Te reste que les gros arbres, poursuit le voisin en se dirigeant vers un hêtre de plus de trois pieds de diamètre.

Bondissant comme un lièvre, son garçon le devance et, parvenu à l'arbre, il se met en frais d'en dégager la base à l'aide d'une grossière palette, histoire de démontrer son savoir-faire en la matière.

— Amène ta hache que je t'y montre, indique Chapuy en témoignant une fierté mal dissimulée à l'endroit de son fiston.

Pierre la lui passe.

— C'est point sorcier, explique l'homme en soupesant l'outil ; il suffit d'y pratiquer une entaille tout à l'entour.

---

1. Arbre hors de hache : arbre de grand diamètre dont l'abattage à l'aide d'une hache s'avérait très difficile.

D'un mouvement vif et adroit, en trois coups de hache, Jean Chapuy fait voler un épais copeau.

— Tu vois, il te faut traverser l'écorce et c'te couche par où circule la sève… Ensuite, il te reste plus qu'à attendre que l'arbre meure et que ses racines pourrissent.

— C'est long?

— Pour mourir, non, mais pour pourrir, les racines demandent quatre, cinq, six ans… Ça dépend de l'arbre. Le pin, c'est celui dont les racines pourrissent le moins vite. Un bon quinze ans. Mais ça t'empêche point de semer. Une fois mort, un arbre fait guère d'ombrage sans son feuillage.

— C'est point sorcier, en effet. Je vais m'y mettre. Grand merci d'être venu.

— Y a pas de quoi, répond l'homme en fichant le taillant de la hache dans l'entaille fraîche. Je peux t'laisser le gamin pour qu'il te dégage le pied des arbres, pas vrai, Thomas?

— Vrai, père, répond l'enfant en se mettant aussitôt à la tâche.

— C'est point de refus, merci, répond Pierre devant le fait accompli, heureux de voir Jean Chapuy s'attarder un moment pour examiner son chantier.

Pierre l'observe à la dérobée, tentant d'interpréter la moindre de ses expressions. Il a conscience d'avoir travaillé d'arrache-pied, mais il s'interroge. Aurait-il pu faire plus? Faire mieux? Ou faire autrement?

Son voisin le lui dira. Du moins, il l'espère. L'homme a déjà six arpents qui lui donnent du blé, trois arpents pour y ensemencer des pois, fèves et citrouilles, une maison, une grange, un poulailler, et un bœuf qui n'a pas son pareil pour essoucher. Contrairement à Pierre qui voit avec les yeux de l'avenir et du rêve impossible, Jean Chapuy voit avec les yeux du présent. Les yeux du possible. Fort de son savoir, il détaille les tas de fardoches entre les souches des nouveaux abattis, les rebuts de bois entassés près de la cabane, les billots de chêne et de pin que Pierre a péniblement halés et empilés près de ceux, vieux de deux ans, de Charles Latour.

— D'après moi, ils sont gâtés, les billots de Latour. Les vers s'y sont sûrement mis, avance le voisin sans détacher les yeux du chantier.

— Y en a que peu de bons, en effet, reconnaît Pierre.

— C'était à prévoir ; ils étaient point équarris. Faudrait point trop tarder à équarrir les tiens. Ça protège le bois.

— Entendu… Et pour le reste ?

— Quoi le reste ?

— Le reste du chantier. Qu'est-ce que ça dit ?

Un sourire finaud naît dans le visage jusqu'ici sérieux de Jean Chapuy. Il n'est pas sans savoir que, sous prétexte d'apprendre à rayer les arbres, Pierre l'a fait venir pour avoir une appréciation de ses ouvrages. Volontairement, il le fait languir un peu, puis :

— Ça dit que j'suis porté à croire que nous serons voisins pour un bon bout de temps.

— Ah oui ?

— Oui. T'as du cœur à l'ouvrage… T'as halé tous tes billots et ramassé tes fardoches en tas… T'auras le temps d'en brûler un peu ce printemps.

— J'ai pioché les deux arpents déjà essartés[2] aussi. J'ai idée d'y semer d'la citrouille avant de partir pour En-Haut.

— Ben, si tu sèmes d'la citrouille, j'me donnerai point la peine d'en semer chez moi, car t'en auras à n'en savoir que faire. La terre donne beaucoup, les premiers temps. Je t'en échangerai contre du maïs, si ça te convient.

— Pour sûr, ça me convient.

— Comme ça, tu remontes En-Haut ?

— Oui, j'en ai pour cinq ans encore comme maître de canot.

— C'est pas mal long… Suffit de point se décourager… Y aller p'tit à p'tit. En hiver, tu fais tes abattis, au printemps, tu les essartes, tu sèmes dans ceux déjà piochés et, en automne, tu pioches tant que tu peux… C'est comme ça que ça se fait : p'tit à p'tit… Faut être patient… Latour, il a voulu aller trop vite. Il s'est découragé… Et puis, il aimait le jeu…

---

2. Essarter : débroussailler et brûler la broussaille.

C'est rien pour enseigner la patience, le jeu. Tu peux gagner gros dans le temps de le dire… Tu peux perdre gros aussi.

— Oh! Il l'aime encore, le jeu, ce Latour.

— Ah oui? Il était de ta canotée?

— Oui. C'est un sacré bon bout de canot, mais le jeu, ça le tenaille. À Makinac, je l'ai vu miser tous ses gages.

— Pas vrai?

— Vrai.

— Il a gagné ou perdu?

— Gagné.

— Encore chanceux.

— À Makinac, oui, la chance était d'son bord, mais à Montréal, elle l'a laissé tomber et il a tout perdu. Tout.

— Il va en arracher c't'hiver, déplore Jean Chapuy, en branlant la tête d'un air navré.

— Pour sûr. Il a déjà signé pour la prochaine canotée. En attendant, il s'est arrangé avec Modrière qui lui fournit des vivres à soustraire de ses gages futurs.

— Il sera homme de rivière toute sa vie, je crois. Dans le fond, la terre, c'était peut-être pas pour lui: elle demande trop de patience. La rivière, au bout de quatre ou cinq mois, elle peut te payer. La terre, ça lui prend plus de temps et elle paye point en pelus… Y paraît qu'on peut en amasser beaucoup, des pelus, si on sait s'y prendre, insinue Jean Chapuy.

Au tour de Pierre d'ébaucher un sourire finaud et de faire languir son interlocuteur. Des voyageurs, Jean Chapuy ne connaît que la triste réputation d'aventuriers plus ou moins licites et l'enthousiasme chantant de leurs départs et de leurs arrivées. Débarqué dans la colonie en tant que laboureur à l'emploi des seigneurs sulpiciens, il s'est ensuite porté acquéreur d'une terre. Concernant les Pays-d'en-Haut, Jean Chapuy ne sait que ce qu'on en dit, ici et là, à propos de la richesse, mais aussi à propos de la corruption.

— Si on sait s'y prendre? reprend Pierre, feignant de ne pas comprendre.

— C'est ce qu'on dit: qu'il faut savoir s'y prendre, explique Chapuy, le regard perspicace et curieux. Surtout avec l'eau-de-vie, ajoute-t-il après un moment pour montrer qu'il est au courant de ce levier d'importance dans le commerce des castors.

— Avec l'eau-de-vie, ce qu'il faut surtout savoir, c'est de ne point s'y faire prendre, rétorque Pierre d'un ton enjoué.

— Ne point s'y faire prendre. Ah! Ah! Elle est bonne celle-là, s'esclaffe le voisin en lui tapotant l'épaule comme pour lui faire savoir qu'il a tout compris et qu'il peut désormais compter sur sa discrétion. Elle est bien bonne. Ne point s'y faire prendre.

— Surtout que si l'on s'y fait prendre, on peut se retrouver au carcan, ou pire, aux galères comme ça s'est déjà vu[3], souligne Pierre avec l'intention manifeste de rappeler les graves conséquences que pourrait entraîner une dénonciation.

De nouveau, Jean Chapuy hoche la tête d'un air songeur. Pierre n'éprouve aucun scrupule à aligner son voisin sur une fausse piste en lui laissant croire que, possiblement, il pourrait trafiquer l'eau-de-vie. Il ne connaît pas encore assez l'homme et s'en tient à la plus élémentaire prudence relativement à son métier. L'achat de sa terre a révélé une certaine capacité de ses moyens financiers et risque d'éveiller les soupçons. En cas de fuite, jamais personne ne pourra trouver chez lui la moindre goutte d'alcool ni l'ombre d'une marchandise anglaise. Pour ce qui est de son équipage, il a choisi des hommes dignes de confiance et, pour mieux se les attacher, Pierre les a fait participer à une part des bénéfices de la contrebande. Cette idée de mettre ses hommes dans le coup a porté ses fruits et, ce printemps, à l'exemple de Charles Latour, les mêmes seront tous de sa canotée : Neptune, Benoît Demers et Simon Léonard.

Un instant, l'esprit de Pierre s'envole vers son modeste logis à Montréal où, veillé par sa grande sœur et chéri de sa maman, son fils Jean sommeille dans un berceau donné par

---

3. En 1735, on a vu la punition exemplaire de quatre Français, dont l'un a été condamné aux galères, deux à être fouettés par la main du bourreau et un autre à être attaché au carcan pour avoir fait le commerce défendu de l'eau-de-vie avec les Indiens.

Boitillon. Quelques rues plus loin, de cinq jours son aîné, sommeille Frédéric, le fils de La Ramée. Quelle joie la naissance de cet enfant a provoquée chez ses parents qui désespéraient d'en avoir un, un jour ! Élise prétend que l'amitié d'Isabelle y est pour quelque chose, et les deux femmes sont plus unies que jamais, ce qui, conséquemment, resserre le lien entre lui et La Ramée. Cela s'avère bon pour leurs affaires, reconnaît Pierre, mais il préfère s'en tenir pour le moment à la simple et plaisante convivialité entre eux plutôt qu'à l'amitié.

— On dit que c'est un ouvrage de forçat de défricher une terre, laisse tomber Pierre pour changer le sujet de la conversation.

— Ça s'peut, mais au moins, sur une terre, on laisse de quoi derrière soi, souligne Jean Chapuy en observant son fils pelleter.

Court silence.

— C'est ton plus jeune ? s'informe Pierre.

— Non, c'est l'avant-dernier. Mon plus jeune a quatre ans. Les deux aînés, douze et quatorze ans. Et les bessonnes, huit ans. Toi, tes enfants ?

— J'ai une fille de sept ans et ma femme a accouché d'un garçon cet été.

— Pendant que t'étais En-Haut ?

— Oui… Je l'ai baptisé Jean.

— C'est joliment nommé, note Jean Chapuy, en émettant un petit rire futé. Bon, j'te laisse à l'ouvrage, voisin. Si le cœur t'en dit, certains soirs, viens faire ton tour. J'sais comment ça peut être long et dur dans ces cabanes, offre-t-il en jetant un regard à son gîte de fortune.

— J'y veillerai. Merci encore.

— Y a pas de quoi, lance l'homme tout en levant la main en guise de salut sans se retourner.

Pierre le regarde aller de son pas à la fois élastique et bien arrimé au sol. Son pas de défricheur, aussi à l'aise en forêt que derrière la charrue à tracer les labours. Tout naturellement, il s'attache à la silhouette sympathique de l'homme qui, par sa simple visite, vient de lui insuffler une incroyable dose de courage. En quelques mots, Jean Chapuy a donné corps à son rêve. « J'suis porté à croire que nous serons voisins pour un bon bout de temps. » Pierre n'en doute pas. Ils le seront pour un bon bout de temps, sinon pour tout le temps. Il ne demande pas mieux que de s'enraciner dans un sol conquis petit à petit avec la patience de la terre.

Jean Chapuy n'a pas seulement reconnu comme réalisables ses projets, mais, mine de rien, il a aussi laissé tomber en lui une petite semence qui ne demande qu'à éclore et à s'épanouir : celle du bon voisinage.

Chapitre 11

Pacte impossible

1739, en la lune des fruits sauvages (août),
lac Canassadaga (des Deux-Montagnes).

Invariablement, Tehonikonrathe réagit à la vue de l'église qui s'élève sur la pointe où, jadis, les gens de son peuple avaient coutume d'estiver. Voilà déjà six ans que le clocher domine et régit en ce lieu. Depuis le temps, il aurait dû s'y faire, mais, chaque fois, la vue de ce temple soulève son âme d'indignation et la noie de tristesse. Chaque fois, il subit l'affront de l'envahisseur et l'impudence de l'intrus, renouant avec son impuissance à changer le cours des choses.

Avec un indiscutable sens de la stratégie commerciale et militaire, les Robes-Noires se sont emparées de cette pointe pour y créer une mission [1], reflet fidèle des croyances et de la politique des Français. Ceinturée d'un fortin de pieux, l'église dessert des ennemis ancestraux qu'elle sépare physiquement, les Iroquois habitant à l'ouest et les Anishnabecks à l'est. D'un côté, les vainqueurs, de l'autre, les vaincus. Les uns, agriculteurs, sédentaires, influents et susceptibles de servir de lien diplomatique avec leur parenté

---

1. Mission de l'Assomption sur la seigneurie de Deux-Montagnes des Sulpiciens (actuellement la pointe d'Oka).

en territoire anglais. Les autres, chasseurs nomades, rassemblés en familles et en clans, regardés plutôt comme de simples fournisseurs de fourrures.

Tehonikonrathe se tourne vers Ours-Têtu à la gouverne du canot près du sien :

— Mon frère veut-il s'arrêter saluer notre sœur Brume et sa famille ?

Pour toute réponse, le géant hausse les épaules. Chaque fois qu'ils reviennent de Chouaguen, c'est le même dilemme. S'arrêter ou passer tout droit. Entretenir les fragiles liens avec leurs parents et leurs amis, ou les rompre à la grande satisfaction des Robes-Noires qui voient dans les païens qu'ils sont une menace autant pour le salut des âmes que pour le détournement des castors. Toutes ces belles marchandises anglaises qu'ils ramènent risquent fort d'éveiller l'intérêt et d'attirer l'attention. Ce n'est pas tant le fait qu'ils pratiquent la contrebande qui déplaît aux missionnaires, mais bien celui qu'ils y réussissent si bien sans leur influence. En effet, à Canassadaga, où la couverture rouge des Anglais est en vogue, la contrebande se pratique par l'intermédiaire des Abénakis de la rivière Missisquoi à qui les missionnaires fournissent des permissions pour passer aux douanes du fort Saint-Frédéric[2], mais, contrairement aux convertis, son frère et lui n'ont besoin d'aucune permission.

— C'est le deuxième voyage, souligne Ours-Têtu après quelques coups de pagaie.

Destinée à Ankwi, cette cargaison sera acheminée à la pointe de Makwa où celui-ci et ses hommes procéderont au troc à l'abri des yeux d'Onontio. Pour ce qui est des marchandises acquises lors de leur premier voyage à Chouaguen, elles sont présentement distribuées par les fils d'Ours-Têtu sur le réseau de la rivière du Lièvre.

— Il y a Pikamu, fait remarquer encore Ours-Têtu.

---

2. Fort Saint-Frédéric ou fort de la Pointe-à-la-Chevelure (Crown Point) : fort construit au sud du lac Champlain dans le but d'arrêter la contrebande des Abénakis et des Canadiens avec les Anglais. Il se trouve dans l'État actuel de New York.

Voilà : il y a Pikamu. Anciennement membre de leur famille par son alliance avec N'Tsuk, cet homme lige des Robes-Noires recherche constamment leur approbation. Prêt à tout pour un petit crucifix ou un chapelet à six dizaines, Pikamu a rendu inopérante la piste par laquelle les acheteurs de leurs canots contournaient le poste de contrôle du Long-Sault. Pour ce faire, il lui a simplement suffi de dénoncer les convertis qui y travaillaient. Aussitôt, la Robe-Noire a privé ces derniers de l'absolution, les condamnant à souffrir éternellement dans un grand feu après leur mort. Oui, plus que jamais, une délation de Pikamu est à craindre, car celui-ci s'est couvert de honte au cours de la dernière expédition de guerre des Visages-Pâles qu'il accompagnait à titre de modèle de sobriété mais qu'il a désertée après avoir succombé à la tentation de l'eau-de-feu[3]. Condamné et dénigré depuis par les autorités religieuses de la mission, Pikamu ne reculera devant rien pour être réhabilité à leurs yeux.

C'est Ankwi que Tehonikonrathe veut protéger des possibles révélations de Pikamu, car les autorités françaises ne peuvent réprimer la contrebande qu'en sévissant parmi les leurs. Or, ces autorités ne sévissent que chez les « petits » dont fait partie Ankwi. Pour éloigner de lui tout soupçon, personne ne doit être au courant de l'existence de leur amitié. À ceux qui savent que ce Français a passé un hiver parmi eux, Tehonikonrathe raconte que cet hôte parasite n'est qu'un chien de Visage-Pâle. Pour sa part, Ankwi ne cesse de simuler une hautaine indifférence à son endroit. Ce n'est qu'au moment des échanges qu'ils peuvent se témoigner leur amitié, mais, malgré ces précautions, Tehonikonrathe soupçonne Pikamu d'avoir deviné la nature de leurs relations. En effet, ce sexagénaire alcoolique posait vraiment trop de questions lorsqu'ils se sont entretenus avec lui à l'aller de ce second voyage à Chouaguen.

---

3. Cette expédition était dirigée contre les Chicachas. Elle comprenait trois cent dix-neuf Indiens, trente-neuf officiers, trente-neuf soldats et quarante-cinq habitants qu'on dut forcer. À Chouaguen, succombant à l'eau-de-vie des Anglais, soixante-dix Indiens désertèrent.

C'est Nuage-Rose, la fille de Pikamu, qui les avait hélés de la berge pour leur montrer son fils d'un an. Ours-Têtu et lui n'avaient pu passer outre la jeune mère tendant fièrement son bébé vers eux. « J'aimerais un jour que les yeux de N'Tsuk voient mon fils », leur confia-t-elle à voix basse, les touchant par l'attachement qu'elle conservait pour cette mère d'adoption, ex-femme de son père, répudiée à cause de son infécondité.

Mariée à un Iroquois catholique, Nuage-Rose était passée du côté de l'élite, à l'ouest de l'église. Consciencieusement, elle s'acquittait de tous ses devoirs religieux. La messe, le chapelet, les vêpres, la confession, le catéchisme, la prière du soir, les processions, tout cela lui était devenu naturel à force de pratique. Stylée au tintement de la cloche, elle vivait chacune des journées du calendrier selon les commandements des Robes-Noires. Y dérogeait-elle le moindrement qu'elle s'empressait de réclamer le pardon de Dieu, à qui seules les Robes-Noires pouvaient s'adresser. Son père était arrivé à l'improviste et l'avait accusée de laisser son enfant dans les mains de païens dont l'un, en l'occurrence Tehonikonrathe, était de surcroît bigame. Reprenant le poupon d'un geste vif, Nuage-Rose avait riposté, avant de partir, qu'un déserteur ivrogne n'avait pas de leçon à lui faire, d'autant plus qu'il habitait à l'est de l'église. Demeuré seul avec eux, Pikamu avait alors fait part d'un intérêt jusque-là inexistant à leur endroit. Il se montrait même disposé à leur fournir des informations susceptibles d'intéresser les Anglais de Chouaguen à propos des expéditions de guerre que prépareraient les Français. Mine de rien, il s'enquérait du Visage-Pâle qui avait partagé leur wigwam et, chaque fois, Ours-Têtu et lui avaient habilement éludé le sujet. Aujourd'hui cependant, ce sera difficile de faire gober à Pikamu que leur second lot de marchandises n'alimentera que leur réseau de la rivière du Lièvre.

— Je ne vois personne, observe Tehonikonrathe.

— Poursuivons notre route, Petit-Renard, suggère son frère, l'appelant par le nom octroyé à sa naissance.

Cette décision étant prise, ils pagaient avec plus d'ardeur comme pour s'éloigner au plus vite. Soudain, un coup de fusil retentit, les faisant se retourner brusquement vers la berge où Pikamu et une Robe-Noire descendent à grands pas en multipliant des gestes d'invitation. Que faire? S'y dérober paraîtrait louche, sans compter qu'ils ont peut-être une nouvelle importante à leur communiquer. Ours-Têtu et Tehonikonrathe se dirigent donc vers les deux hommes et arrivent bientôt à leur hauteur, immobilisant leurs canots à une distance du rivage permettant de n'en pas dévoiler la cargaison.

— Mes oreilles ont beaucoup entendu parler de toi, dit la Robe-Noire dans la langue des Anishnabecks.

Surpris par ce préambule, Tehonikonrathe détaille le prêtre qui poursuit:

— Tu portes deux noms: un quand tu es sous le toit des longues maisons et un autre quand tu es dans un wigwam.

— Tu fais erreur; j'en porte un troisième que les Robes-Noires m'ont donné. Tes oreilles n'ont-elles jamais entendu parler du « petit homme du Diable »? réplique-t-il.

Le prêtre grimace un sourire.

— Oui, mes oreilles ont entendu ce troisième nom, mais ce n'est pas au « petit homme du Diable » que je m'adresse.

— À qui t'adresses-tu? À Tehonikonrathe ou à Petit-Renard?

— Aux deux.

— Pourquoi ignores-tu le troisième?

Prise au dépourvu, la Robe-Noire se rembrunit et demeure coite.

— C'est au mashhkiki-winini[4] que la Robe-Noire s'adresse, intervient Pikamu d'une voix mielleuse.

Tehonikonrathe demeure impassible malgré le mécontentement que suscite chez lui l'attitude de Pikamu, qui tente de l'amadouer.

— Les oreilles du mashhkiki-winini t'entendent, répond-il simplement.

— Un bon mashhkiki-winini est toujours là pour soulager les souffrances, débute le prêtre en reprenant son

---

4. Mashhkiki-winini: celui qui connaît et soigne par les plantes.

aplomb. Ses yeux savent reconnaître les plantes que l'Esprit tout-puissant a mises sur terre pour soigner et guérir. Ses mains savent fermer les blessures et replacer les os. Un bon mashhkiki-winini ne regarde pas la couleur de la peau avant d'arrêter le sang qui coule des plaies. On raconte que tu as déjà soigné un Visage-Pâle.

— Cela est vrai, reconnaît Tehonikonrathe, persuadé que le nier ne servirait qu'à éveiller les soupçons.

— Cela fait de toi un bon mashhkiki-winini, conclut la Robe-Noire, usant en vain de la flatterie.

— Un mashhkiki-winini ne peut pas être bon, pas plus qu'il peut être mauvais. Il est mashhkiki-winini, peu importe ceux qu'il soigne.

— Cela est juste, convient la Robe-Noire. Il est mashhkiki-winini, peu importe ceux qu'il soigne. Il est là pour soulager les souffrances, mais souvent, il n'est pas là pour fermer les blessures que les Anglais infligent à ses frères… Il n'est pas là pour replacer leurs os que les Anglais et leurs alliés brisent. Des luttes sont à venir pour chasser l'ennemi anglais qui veut s'emparer de vos terres… Si on le laisse faire, cet ennemi s'emparera de vos rivières. En grand nombre, les Anglais remonteront les cours d'eau à la recherche des fourrures… Ils videront vos territoires de chasse et pêcheront vos poissons… De braves guerriers sont partis cet été pour barrer la route aux Anglais. (Le prêtre décoche un regard accusateur à Pikamu qui baisse la tête.) D'autres guerriers partiront dans les temps à venir… Peut-être mourront-ils au combat pour que vos rivières demeurent libres… Peut-être seront-ils blessés. Est-ce que le mashhkiki-winini fermera ses oreilles à leurs appels ?

— Ce que tu reproches aux Yangisses, mes yeux le voient faire par les Français… Ainsi, cette pointe qui s'avance dans le lac… Les miens y levaient leurs abris quand Nipinoukhe arrivait avec sa saison chaude. Aujourd'hui, mes yeux voient ton église et les convertis qui habitent d'un côté et de l'autre… Mes yeux voient du maïs dans les champs des Iroquois, mais pas une seule poignée de cette terre ne leur appartient… Mes yeux ont vu vos canots s'emparer de la

Grande Rivière qui mène au pays des fourrures… Mes yeux ne font pas la différence entre les Yangisses et les Français.

— Font-ils une différence entre ceux de tes frères qui souffrent ?

— Non.

— Tu as des neveux, des amis parmi ceux qui auront peut-être à souffrir des blessures que les Anglais leur infligeront.

— Il y a un mashhkiki-winini français qui accompagne les guerriers. Est-ce que ses yeux à lui font une différence entre les Visages-Pâles et les Sauvages ?

— Non… mais il y a toujours plus de blessés chez les Sauvages.

— Cela me paraît normal : il y a toujours plus de Sauvages que de Visages-Pâles dans ces expéditions.

— Si le mashhkiki-winini accompagne les siens pour les soigner après les combats avec les Anglais, son nom traversera le Grand Lac Salé pour rejoindre les oreilles d'Onontiogoa, qui lui donnera une pièce où son image est gravée[5].

— Lequel des noms traversera le Grand Lac Salé ?

— Tehonikonrathe plairait plus aux oreilles d'Onontiogoa, mais si le mashhkiki-winini souhaite être honoré sous le nom de Petit-Renard, ce sera ainsi.

— Pourquoi Tehonikonrathe plairait plus aux oreilles d'Onontiogoa ?

— Parce que ce nom te vient des Iroquois qui habitent de longues maisons et qui sont de meilleurs guerriers que les Anishnabecks qui habitent des wigwams.

Le prêtre décoche encore un regard méprisant vers Pikamu qui baisse de nouveau la tête.

— Avant de te dire lequel des noms devra traverser le Grand Lac Salé, le mashhkiki-winini aimerait connaître le nom de l'homme à qui il s'adresse.

— Il se nomme père François Picquet[6].

---

5. Une pièce à l'effigie du roi (Onontiogoa) était l'ultime récompense donnée aux Indiens.
6. François Picquet : sulpicien, missionnaire-soldat.

— Ce nom se logera-t-il dans les oreilles d'Onontiogoa en même temps que celui du mashhkiki-winini ?

— Oui, il s'y logera pour avoir combattu les Anglais et le nom du mashhkiki-winini s'y logera pour avoir soigné ses frères sur le champ de bataille, assure le prêtre, convaincu de l'avoir gagné à sa cause.

Le guérisseur réfléchit un moment, puis, d'une voix calme, il annonce :

— Je choisis le nom de « petit homme du Diable ».

— Ce nom ne peut loger dans les oreilles d'Onontiogoa sans les souiller, s'objecte le missionnaire.

— Si ce nom souille les oreilles, il souille la bouche de celui qui le prononce. Est-ce qu'il souille aussi celui qui le porte ?

— ...

— Les noms de Petit-Renard et de Tehonikonrathe m'ont été donnés par les hommes des Peuples d'Ici et je les porte quand je suis parmi eux. Celui de « petit homme du Diable » me vient des Visages-Pâles. Si je les accompagne dans leurs guerres, il est normal que je porte ce nom parmi eux, conclut-il, démontrant clairement qu'il ne saurait y avoir de pacte entre l'homme de Dieu et celui du Diable.

Outré, le père Picquet pivote brusquement et retourne à pas rageurs vers la mission, suivi de Pikamu.

Chapitre 12

Un dimanche

Un dimanche de l'été indien,
Sainte-Anne-du-Bout-de-l'Île.

À peu de choses près, Marie-Pierre retrouve auprès de Thomas Chapuy les mêmes félicités qu'auprès de son cousin Roland. Leurs parents en demeurent fort surpris, convaincus qu'elle allait plutôt fraterniser avec les jumelles. « Tu verras, lui a dit son père la première fois qu'il l'a emmenée chez leurs voisins, les bessonnes sont pratiquement de ton âge. Tu pourras t'en faire des amies. » C'était mal connaître Rose et Marguerite. Une troisième fillette ne peut s'immiscer entre ces complices et amies depuis la naissance. Rien qu'à la manière dont elles se sont moquées d'elle parce qu'elle était noircie par les feux d'abattis, Marie-Pierre a compris qu'il serait vain d'espérer former un trio de l'inséparable duo. Thomas avait pris sa défense, alléguant qu'elle avait cette allure parce qu'elle travaillait, elle. Cela laissait entendre que ses sœurs ne travaillaient pas, affirmation autant gratuite que douteuse.

Aux yeux de Thomas, les tâches féminines paraissent peu exigeantes et faciles. Cuisiner, frotter, laver, lessiver, jardiner, coudre, raccommoder et prendre soin du bétail, tout cela n'est en rien comparable à essarter, brûler les fardoches, piocher, dérocher, essoucher, labourer, herser, ensemencer, fendre le bois et quérir l'eau au lac. À ses yeux donc, l'aide que sa jeune voisine accorde à son père comme le ferait n'importe quel garçon mérite d'être qualifiée de travail. Avec elle, il peut échanger sur la dureté de leurs besognes et, de par ses trois années d'aînesse, la conseiller au besoin. De surcroît, du fait qu'elle est du sexe opposé et d'un minois assez plaisant, Thomas éprouve en sa présence un contentement sans pareil.

Marie-Pierre, pour sa part, retrouve chez lui complicité et affinités. Assis côte à côte sur les marches de la galerie, ils peuvent demeurer de longs moments en silence, à ne rien faire d'autre que comparer l'indélogeable cerne de saleté sous leurs ongles et dénombrer leurs éraflures. Parfois, ils s'inventent des jeux imprudents comme provoquer la colère du bœuf dans son enclos ou grimper au grenier de la grange pour se laisser tomber dans le foin. D'autres fois, quand monsieur Chapuy le permet, ils empruntent la barque pour aller flâner sur l'eau. Ce qui impressionne alors Marie-Pierre, c'est l'habileté de Thomas à manœuvrer les rames. «Un jour, je ferai comme ton père et j'irai jusqu'aux Pays-d'en-Haut», dit-il souvent. L'admiration de Thomas envers son père n'est pas sans flatter Marie-Pierre. En retour, elle éprouve envers le père de Thomas semblable admiration et elle rêve souvent tout haut. «Un jour, z'aurons une maison avec une galerie comme la vôtre, qu'est bien pratique pour la neige… Ton père, il sait y faire pour bâtir et monter un four à pain qu'il a dit papa… Un jour, ton père viendra aider le mien pour le four et maman aussi pourra cuire du pain de blé.» Ah! Ce pain de blé, ce bon pain de blé qu'elle a mangé ce midi, à la table des Chapuy! À lui seul, il mérite bien tous les efforts qu'elle consent depuis un peu plus de trois semaines.

— J'ai jamais mangé si bon pain, répète-t-elle en marchant derrière Thomas à l'orée du bois. Celui-ci se retourne et, montrant des perdrix en train de picorer près d'une souche, il lui passe sa perche à collet, chuchotant:

— T'as vu comment j'ai fait?

Honorée de cette marque de confiance en ses capacités, Marie-Pierre se défait des quatre carcasses de perdrix qu'elle transporte, attachées en paire par les pattes sur ses épaules, et s'empare de la perche. Premier constat : à bout de bras, celle-ci se révèle plus lourde que prévu. Qu'à cela ne tienne, la fillette se bande les muscles des bras au maximum et, à pas feutrés, s'avance vers les volatiles.

La technique, brillamment démontrée par Thomas au cours de l'après-midi, n'a rien de compliqué. Il s'agit simplement de s'approcher à une distance de l'oiseau permettant de lui enfiler la tête dans un nœud coulant fixé au bout de la perche, et de tirer d'un coup sec.

Les yeux rivés à sa proie, Marie-Pierre s'en approche en catimini. Déjà, elle l'imagine rôtie à la manière des tourtes[1] qu'elle a savourées ce midi avec le bon pain de blé. Quel délice ce sera ! Soudain alertée, la perdrix ciblée se dresse la huppe, s'éloigne quelque peu, puis recommence à piquer de-ci, de-là les grains d'orge échappés de la moisson. Marie-Pierre s'avance encore. Maintenir la perche allongée loin du corps requiert de plus en plus de force et ses bras commencent à trembler.

— Allez, vas-y, lui souffle Thomas.

Facile à dire. De nouveau, la perdrix se dresse la huppe. De peur qu'elle ne lui échappe, Marie-Pierre se précipite, bute sur une racine hors de terre et s'étale de tout son long. Vrrr ! Vrrr ! battent les ailes des oiseaux alors qu'éclate le rire de Thomas. Le nez dans la poussière, Marie-Pierre se résigne à goûter l'amertume de l'échec.

— Tu l'as eue, tu l'as eue quand même, s'exclame le garçon en tordant prestement le cou de l'oiseau assommé par la perche.

— Quoi ? Je l'ai eue ?

— Pour sûr ! Tu l'as assommée… Que c'était drôle de t'y voir, mais drôle, poursuit-il, lui lançant le gibier agité d'un dernier tressautement.

---

1. Tourte : gros pigeon grégaire autrefois très répandu en Amérique du Nord dont l'espèce est disparue en raison du massacre dont elle a fait l'objet. La dernière tourte mourut en captivité aux États-Unis, en 1914.

Incrédule, Marie-Pierre s'empare du petit cadavre encore tout mou, se réchauffant le bout des doigts dans les plumes tièdes.

— La voilà bien morte, constate-t-elle devant la tête qui pend, la huppe rabaissée et les yeux clos.

Un rien de chagrin, un soupçon de recueillement s'éveillent en elle et, du bout du doigt, elle cajole le bec de l'oiseau, momentanément saisie par le passage de vie à trépas. Jusqu'à maintenant, son rapport avec la gent aviaire a consisté à rafler leurs œufs. En tuer l'un des représentants s'avère une première expérience que le rire de Thomas transforme heureusement en un exploit inédit et cocasse.

— J'ai jamais vu chose pareille. C'était drôle de t'y voir, répète le garçon en la faisant rire à son tour. C'est point les bessonnes qui auraient réussi c't'exploit, ajoute-t-il après un moment en s'assoyant près d'elle.

— Elles n'ont jamais chassé, les bessonnes ?

— Jamais. Sont toujours à la maison, même quand vient le temps d'égorger les tourtes.

Marie-Pierre réprime un léger frisson à l'idée d'assister à la mise à mort des tourtes que monsieur Chapuy garde en captivité. Capturées vivantes au début de l'automne, elles sont clouées au sol par l'ablation des rémiges essentielles au vol et elles seront toutes abattues aux premiers grands froids de manière à être congelées rapidement et entreposées au grenier pour l'hiver. Ce qu'il en coûtera pour les engraisser d'ici là, se résume à peu de frais comparativement aux provisions qu'elles constitueront.

— Z'engraisserons des tourtes aussi, prédit la fillette sans spécifier qu'elle ne tient pas mordicus à leur couper le cou.

— Je te montrerai à les capturer au filet... Il y en a par centaines dans la hêtrière de votre concession... Elles y viennent manger les faînes.

— Z'aurons des poules aussi. Papa me l'a promis... Dès l'automne prochain, quand oncle Gaspard viendra et qu'ils bâtiront la maison.

— C'est point assuré qu'il vienne, ton oncle Gaspard.

— Pour sûr qu'il va venir… Papa lui a envoyé ce qu'il faut pour payer leur passage.

— Il suffit point d'embarquer sur un navire, encore faut-il…

Voyant sa voisine alarmée, Thomas se tait et d'un geste gauche lui frotte la joue du revers de la main.

— Encore faut-il quoi?

— T'as de la terre plein la figure… Bouge pas. T'en as dans les cheveux aussi.

— Encore faut-il quoi, Thomas?

— Rien… Oublie ça.

— Dis-moi. Encore faut-il quoi? redemande-t-elle en s'agrippant à sa main.

— Ben, encore faut-il que l'navire se rende à bon port.

— Oui, t'as raison. T'as raison… Le navire peut rencontrer une tempête… ou frapper une montagne de glace et couler à pic… S'il fallait… Oh! S'il fallait, Thomas… Que plus jamais Roland et… Oh! S'il fallait, Thomas, bredouille-t-elle, les yeux noyés de larmes.

Le garçon s'en veut d'avoir évoqué la possibilité d'un naufrage en mer. Quelle impardonnable maladresse! Par sa faute, le charme est rompu et, comme les perdrix, ce plaisir qu'ils avaient ensemble s'est envolé. Marie-Pierre maintenant lui pétrit anxieusement la main et sa lèvre inférieure tremble un peu. Oh! Un tout petit peu, mais il sait que, chez les filles, ce signe est précurseur de sanglots. L'intention de la traiter de pleurnicharde l'effleure, mais sans en avoir complète certitude, il craint que ce ne soit là qu'une maladresse de plus. Il en a déjà assez dit. Trop dit.

D'un élan, elle se blottit contre lui, s'appuyant la tête contre sa poitrine et bredouillant toujours :

— S'il fallait, Thomas… S'il fallait.

Il demeure saisi un instant, puis l'enserre dans ses bras.

— Pleure point! ordonne-t-il, malheureux d'être à l'origine de cette détresse.

— C'est permis… aux filles… de pleurer, revendique-t-elle d'une voix brisée.

— Mais toi, t'es point une fille comme les autres… T'es point comme les bessonnes, affirme-t-il. Pleure point.

Il l'enserre davantage et poursuit :

— Toi, tu brûles des fardoches avec ton père… T'as point peur du travail… T'as point peur du froid non plus, puisque tu loges dans c'te cabane sans plancher… T'es point une fille comme les autres… Y a que toi pour assommer une perdrix au lieu de la prendre au collet… Pour sûr, y a que toi pour faire pareille chose, renchérit-il dans l'espoir de lui changer les idées.

Ces paroles produisent l'effet escompté et, avec soulagement, Thomas entend s'égrener le rire, écartant la terrible inquiétude. Il la serre très fort contre lui, comme pour emprisonner ce rire dans ses bras. Un sentiment jusqu'alors inconnu s'ébauche. À la fois exquis et troublant. Qu'est-ce donc que cet émoi ? Que cette délectation à sentir ce rire secouer doucement les épaules de Marie-Pierre ? Thomas regarde autour de lui, ébahi soudain par la beauté du monde. Les arbres multicolores, le bleu cristallin du ciel, les éclats du soleil rebondissant sur le lac, tout cela le rejoint comme jamais auparavant. Ah ! Comme il aimerait toujours tenir ainsi contre lui Marie-Pierre et son rire… Toujours sentir les boucles blondes lui chatouiller le nez et provoquer de vertigineuses sensations. Quel merveilleux moment ! Quelle adorable découverte que le trésor de ce rire qu'il tient tout plein dans ses bras ! À lui de le conserver, de le protéger.

Mais le rire, hélas, prend fin et un gros soupir gonfle la poitrine de Marie-Pierre. Si gros ce soupir, qu'il lui fait mesurer à quel point il la tient fortement contre lui. Curieusement, elle ne s'en plaint pas et cela le ravit. Un temps, ils demeurent ainsi, en silence, entre les souches puis :

— S'il fallait, souffle-t-elle.

Thomas se raidit, persuadé qu'il lui incombe de contrer la terrible inquiétude qui risque de s'emparer de nouveau de Marie-Pierre. À lui de trouver comment. Et vite. L'idée jaillit, lumineuse :

— T'en fais point. Je sais comment les mettre à l'abri du danger, s'exclame-t-il.

— Vraiment? Tu sais?

— Pour sûr… Je connais quelqu'un.

— Qui?

Il relâche son étreinte et bondit sur ses pieds.

— Apporte ta perdrix et suis-moi, dit-il en se chargeant des siennes et de la perche.

— Qui connais-tu? Où on va?

— Suis, tu verras bien, dit-il en s'éloignant à grandes foulées.

Marie-Pierre trotte derrière, un peu essoufflée par cette marche forcée. Devant le mutisme de son compagnon, elle a fini par renoncer à demander de plus amples explications. Où donc la mène-t-il par le chemin de la côte Sainte-Anne longeant le lac? Qui connaît-il par là qui pourrait mettre à l'abri du danger oncle Gaspard et sa famille?

Elle, elle ne connaît pratiquement personne de la paroisse. Comment le pourrait-elle? Depuis qu'elle est arrivée avec son père pour essarter les abattis, voilà près d'un mois, elle passe son temps à surveiller et à nourrir les feux de branchages jusqu'à la tombée du jour. Maman étant demeurée à Montréal avec le bébé, il lui faut aussi cuire la sagamité et les citrouilles dans la cendre. Il ne lui reste que le dimanche pour souffler un peu et rencontrer des gens. Mais, à la grand-messe, son père et elle se tiennent derrière, car malgré leurs efforts, ils ne parviennent pas à nettoyer convenablement leurs vêtements ni à se débarrasser de l'odeur tenace de la fumée. Ils ne sont encore que des colons, des défricheurs. Les Chapuy, eux, considérés comme des habitants, possèdent leur banc à l'église et ils les invitent toujours à partager leur repas du midi et leur journée du dimanche. Chaque fois qu'ils en repartent, son père et elle sont gonflés à bloc par le rêve devenu réalité chez le voisin. Mais voilà, les autres paroissiens, elle les connaît à peine, exception faite du sieur Jouvet, capitaine de milice, dont le banc à l'église est situé à l'avant. C'est là un personnage important. Influent. Et riche. Y a qu'à voir son cheval fringant et les robes de ses filles.

— C'est le sieur Jouvet, hein, Thomas? risque-t-elle. Le garçon fait signe que non et poursuit sa route, passant tantôt devant des abattis où s'amoncellent des tas de branchages, tantôt devant des clairières où les sillons creusés à la pioche contournent les souches, tantôt devant des champs où s'alignent de beaux labours de charrue. Il salue, au passage des maisons, sans s'arrêter ni lui indiquer le nom des gens qui lui répondent. D'un pas sûr, il va, et elle le suit avec confiance.

À un moment donné, le chemin s'écarte du lac et se rétrécit, bordé de chaque côté par la forêt. Marie-Pierre songe soudain qu'ils auraient peut-être dû avertir leurs parents de leur absence. Qui sait? Monsieur Boitillon raconte que dans la côte Saint-Pierre, en grande partie boisée, les Sauvages ont coutume de traverser pour aller en ville. Bien sûr, elle est à Lachine, la côte Saint-Pierre, mais cette histoire de Sauvages lui donne la chair de poule, surtout en ce redoux d'automne, au moment où l'on dit qu'ils se déplacent. Heureusement, Thomas est là avec la perche. Advenant une rencontre avec un de ces barbares, il suffira de lui en asséner un bon coup sur la tête et te l'assommer raide comme la perdrix. Thomas en est capable car il est fort. Bien plus fort qu'elle. Y a qu'à le voir manœuvrer les rames pour s'en rendre compte. Mais si, par malheur, ils rencontraient un ours? Contre un tel monstre, Thomas ne pourrait rien, réalise Marie-Pierre, car son propre père a failli mourir sous les crocs d'une ourse. Et son père, il est bien, bien plus fort que Thomas.

Elle presse le pas pour rejoindre son compagnon.

— Thomas? Si un ours…

— Quoi un ours?

— Si un ours arrive…

— Y aura qu'à lui donner nos perdrix… Ça le calmera.

— Tu crois?

— Pour sûr… Z'aurons qu'à fuir pendant qu'il les mangera.

Elle se rapproche ostensiblement, jetant à la ronde des regards craintifs.

— Si c'est point suffisant, les perdrix…

— Si c'est point suffisant, c'est toi qu'il va manger… Et tout rond qu'il va te manger.

Elle se glisse la main dans celle du garçon.

— T'inquiète point ; je suis là, rassure-t-il.

Thomas ne se reconnaît pas. Avec les bessonnes, il aurait agi tout autrement, se moquant de leur peur, mais avec Marie-Pierre, cette peur le ravit et lui insuffle une formidable dose de courage. Il exerce une légère pression sur la main de la fillette qui lève vers lui un regard confiant. Oh ! Si confiant, ce regard, que Thomas se sent de taille à affronter n'importe quel danger.

— C'est une dame que je connais, laisse-t-il tomber en débouchant sur une clairière.

— Une dame ? C'est la dame Jouvet ?

Il s'esclaffe.

— La dame Jouvet, tu dis ? Elle est tout juste bonne à exhiber ses belles tenues, la dame Jouvet. Non, c'est point elle. Réfléchis un peu.

— Elle habite le long du lac ?

— Pour sûr, tiens, c'est là qu'elle habite, indique-t-il en lui lâchant la main pour pointer le clocher.

— Dans l'église ?

— Oui… C'est la bonne sainte Anne… Ton père t'a point parlé d'elle ?

— Oui, c'est la mère de Marie.

— Les voyageurs, ils s'arrêtent lui d'mander sa protection avant de monter aux Pays-d'en-Haut.

— Papa, lui, c'est Marie qui le protège… Elle se trouve dans sa médaille et sa médaille, jamais il ne s'en défait.

— La bonne sainte Anne, elle, elle protège tous les voyageurs sans exception. Tous ceux qui vont sur l'eau.

— Même ceux qui n'sont point d'ici ?

— Pour sûr. Elle les protège tous et partout. Du ciel, elle assiste à tous les départs… Suffit d'lui recommander ceux qu'elle doit protéger.

— Oh ! Thomas ! Oh ! C'est merveilleux. Allons-y vite ! s'exclame Marie-Pierre en prenant sa course.

Ralenti par sa perche et ses perdrix, Thomas peine à la suivre. Il lui semble que les pieds de sa jeune voisine ne touchent pas le sol tellement ils vont vite. Arrivée à la palissade de pieux ceinturant l'église, elle s'arrête et l'attend.

— Il te servait à rien de courir, lui reproche-t-il. Te voilà tout essoufflée. Elle s'envolera point la bonne sainte Anne.

— Je sais mais… Vite ! Montre-moi comment il faut faire.

Elle lui prend la main dans l'intention de franchir la porte de l'enceinte, mais il lui résiste. Cette idée, elle est de lui et il n'est pas question de céder à la précipitation de Marie-Pierre.

— Tu peux point entrer dans l'église tout essoufflée et le visage plein de terre… La bonne sainte Anne va croire que tu l'honores point, gronde-t-il en lui époussetant les vêtements et lui nettoyant la figure.

Elle le laisse faire, lui témoignant de nouveau son entière confiance.

— Les voyageurs, quand ils viennent la voir, ils enlèvent leur chapeau et baissent la tête avant même de passer la palissade, explique-t-il à voix basse.

— Un chapeau ! Oh ! J'ai point de chapeau pour entrer dans l'église… Il m'en faut un, à moi.

— C'est vrai : il t'en faut un… Viens, j'irai pour toi.

Avec recueillement, ils pénètrent dans la cour intérieure et en quelques pas se retrouvent devant le portail.

— Dis-moi qui elle doit protéger au juste, demande-t-il alors.

— L'oncle Gaspard, la tante Magdeleine, ensuite mes cousins André, François et Roland, et puis ma cousine Catherine.

— Ton oncle Gaspard, ta tante Magdeleine, ensuite André, François, Roland, puis Catherine. C'est ça ?

— Oui, c'est ça.

— Attends ici, dit-il avant de pénétrer dans le temple avec toute la gravité respectueuse qu'exige sa mission. Au bout d'un moment, il entrebâille la porte.

— Psitt ! Ils partiront de Brest ou de La Rochelle ?

— De La Rochelle… oui, comme nous, de La Rochelle.

— Je reviens.

Impatiente, Marie-Pierre trépigne devant la porte. Et s'ils partaient de Brest? s'inquiète-t-elle soudain. La bonne sainte Anne surveillerait le mauvais port et cela pourrait semer la confusion dans le ciel.

Thomas revient enfin et referme doucement la porte.

— Thomas, chuchote-t-elle devant l'attitude encore empreinte de déférence de son voisin, et s'ils partaient de Brest?

Il lui sourit et, d'un geste protecteur lui pose la main sur l'épaule.

— J'ai point pris de chance… Elle surveillera Brest autant que La Rochelle…

Chapitre 13

Promesse

1740, en la lune des fruits sauvages (août),
pointe de Makwa.

Toute pleine et blanche, la lune éclaire la nuit. Puissante, mystérieuse, cette bonne grand-mère astrale se fragmente et se multiplie à l'infini sur les eaux du bras d'eau contournant la pointe de Makwa. Sur la berge, les cèdres recourbés contemplent leur ombrage immobile sur le miroir fluide. Pas un souffle n'agite les feuillages. Rien ne bruit à l'exception du chant envoûtant du huard et du crépitement du feu. L'harmonie et l'intelligence du Grand Ensemble triomphe avec tant d'évidence qu'on croirait entrevoir un pan du paradis éternel.

Tehonikonrathe observe Mingam, son père. Depuis la mort de sa fille Brume, il a beaucoup vieilli. Ce décès l'a atteint dans son corps et son âme. Parfois, sa main se crispe sur son cœur. « Un nœud dans la poitrine », dit-il alors. « Ça passera. » Son père veut le rassurer, mais lui, le guérisseur, il sait que ce nœud de tourment et de tristesse, un jour, l'étranglera.

Que de changements se sont opérés chez le septua-génaire en quelques mois ! Avant, Mingam allait, le corps droit et le pas alerte. Le voilà aujourd'hui accablé et songeur.

Désormais, il ne reverra plus sa fille qui, étant convertie, se retrouve dans l'au-delà des Français et rarement, sinon jamais, verra-t-il les quatre enfants de celle-ci qui ont choisi de ne pas brouiller leurs croyances catholiques au contact de son paganisme.

— Ankwi viendra? interroge le vieil homme en fixant les flammes.

— Il viendra, grand-père, affirme Wapitik, fier de montrer qu'il connaît bien Ankwi et qu'il sait comment se déroule le troc avec lui.

Cette affirmation satisfait Mingam qui retombe dans ses pensées, et le regard de Tehonikonrathe bifurque vers son fils Wapitik. Sa relation avec ce grand garçon de seize ans lui a échappé. Quelque chose s'est brisé entre eux à la naissance de Fait-Trembler-la-Terre, et depuis, Wapitik lui tient son âme fermée. Très attaché à Ikoué, sa mère, l'adolescent ne témoigne cependant envers sa jeune sœur que très peu d'intérêt. En présence d'Ankwi, par contre, Wapitik se révèle sous un jour différent. Son naturel taciturne fait place à sa spontanéité et à sa gaieté d'antan. Et lui, Tehonikonrathe, il retrouve, l'espace de cette visite, l'enfant dont il était jadis l'idole.

La venue d'Ankwi ne se résume pas au simple troc et c'est avec une grande fébrilité qu'ils l'attendent tous. Ikoué a confectionné de jolis mocassins pour son bébé et sa fillette, ainsi que de superbes midass[1] pour lui. N'Tsuk, pour sa part, lui a réservé des bleuets et des framboises séchés. Très adroit de ses mains, Wapitik lui a taillé une pipe de grès rouge avec une tête d'ours sculptée sur le fourneau. Quant à Tehonikonrathe, son frère d'adoption, outre de superbes esturgeons fumés, il a à lui offrir un plus grand choix de marchandises. À Chouaguen, les Anglais ont cru obtenir de lui des renseignements sur les Français du fait qu'il avait enveloppé ses propos d'abondantes allégories. En réalité, il n'avait rien dit que les Anglais ne savaient déjà, mais

---

1. Midass: sorte de jambières pour protéger des ronces. « Mitasse », chez les Français.

l'important était de leur laisser croire qu'il pourrait leur servir d'espion. Il avait employé un procédé similaire avec le père Picquet, lui laissant l'illusion de lui avoir soutiré des informations sur les Anglais. Avec ce prêtre, il devait doubler de prudence et de ruse. L'homme possédait un ascendant indéniable autant sur les convertis que sur les autorités françaises. Sous son impulsion, les convertis travaillaient à bâtir un genre de petites habitations pour les esprits dans la montagne[2] et les colons français avaient entrepris de reconstruire en pierre le fort de bois de la mission. Ainsi, la guerre sourde que se livraient Anglais et Français par le truchement des Peuples d'Ici était appelée à éclater au grand jour dans un avenir plus ou moins rapproché, et le père Picquet s'employait déjà à attiser l'ardeur belliqueuse de ses ouailles, affichant son penchant pour les communautés iroquoises, à l'ouest de l'église, plus disposées à la guerre que les algonquiennes, à l'est du temple.

Entre François Picquet et le guérisseur régnaient le non-dit, la suspicion mutuelle, le respect obligatoire. L'un et l'autre s'étudiaient, veillant à éviter les affrontements. Lors de brèves et fortuites rencontres, le prêtre avait utilisé le nom de Tehonikonrathe dans le but évident de ranger aux oubliettes celui de «petit homme du Diable» et de flatter son amour-propre, Tehonikonrathe étant un nom iroquois qui signifie «Esprit-Brillant». Vaine tentative de flagornerie pour qui «à l'ouest» comme «à l'est» de l'église ne représente rien. Par contre, Pikamu y était sensible et Tehonikonrathe se méfiait de cet homme dont l'esprit se soumettait, un jour, à l'emprise de l'eau-de-feu et, le lendemain, à celle de la Robe-Noire. De lui, il craignait toujours une dénonciation préjudiciable à Ankwi.

— J'entends... Ankwi s'en vient, fait savoir Mingam dont l'ouïe n'a rien perdu de sa grande acuité.

---

2. Oratoires ou chapelles des sept stations du Chemin de Croix d'Oka, étudié en 1977 par deux chercheurs de la Galerie Nationale d'Ottawa comme étant un indicateur des méthodes d'évangélisation de l'époque. On le dit d'une certaine valeur artistique.

Aussitôt, Wapitik jette une brassée de branches bien sèches sur le feu pour faire grandir les flammes et ainsi le saluer de loin alors que Fait-Trembler-la-Terre court vers la rivière. Agile, la fillette s'assoit à califourchon sur un cèdre recourbé au-dessus de l'eau en guise de poste d'observation. Après un court moment, elle confirme l'annonce faite par son grand-père et, à l'exception de celui-ci et de sa femme, tous se rendent sur la grève pour voir venir le grand canot.

Tehonikonrathe éprouve du soulagement et de la joie à la vue des silhouettes d'Ankwi et de Neptune. Encore une fois, ils ont réussi à écouler leurs marchandises de contrebande et leur rapportent des fourrures de castor dont les femmes feront des robes qu'ils porteront cet hiver afin d'en augmenter la valeur en les transformant en castor gras.

À peine l'embarcation arrive-t-elle à portée de voix qu'Ikoué lance des salutations en pawnihama. Neptune aussitôt lui répond, trahissant ce besoin viscéral de s'exprimer dans leur langue maternelle. Dès que le canot accoste, ce n'est qu'effusions et caresses. À l'abri des regards, ils donnent libre cours à leur affection en toute sécurité. Se témoignent leur amitié, s'échangent des nouvelles. Ankwi confesse sa hâte de revoir sa sœur, son beau-frère et leurs enfants qui ont traversé le Grand Lac Salé et il espère que les premiers grains de blé qu'il a mis en terre auront poussé. Ours-Têtu, lui, s'est vu grand-père de deux nouveaux petits-fils presque en même temps et, avec ses fils, il fait toujours affaire avec les Gens des Terres par le réseau de la rivière du Lièvre. Ankwi leur annonce que sa femme accouchera sous peu de leur troisième enfant et qu'il se bâtira une habitation cet automne. Eux se réjouissent du fait qu'ils se retrouveront tous en famille sous le même wigwam au territoire de chasse cet hiver. Et puis, il y a aussi Wapitik qui fera pour la première fois le voyage à Chouaguen au printemps et Fait-Trembler-la-Terre, dotée, semble-t-il, d'une mémoire exceptionnelle pour ses sept ans. Et puis… et puis il y a Mingam. Le ton baisse, et l'euphorie des retrouvailles fait place au recueillement. Mingam et Aile-d'Outarde sont en deuil de leur fille. Le visage d'Ankwi s'attriste et il va chercher dans son butin de beaux pelus gras d'hiver, afin de les leur offrir comme témoignage de sympathie.

Mingam s'est levé de sa place et y demeure immobile comme il était immobile sur sa roche quand Ankwi est arrivé au ruisseau mystérieux du territoire ancestral. Il laisse venir vers lui le Visage-Pâle par qui le chaos s'est infiltré.

— Pour sécher tes pleurs, Mingam… Pour sécher tes pleurs, Aile-d'Outarde, prononce Ankwi avec sincérité en offrant les précieuses fourrures.

Mingam les prend et les examine avec attention.

— Ces fourrures sont usées, très usées, dit-il en promenant son index dans le dense duvet qui reste. Pour le Visage-Pâle, elles valent beaucoup… Pour nous, avant, elles n'étaient que de vieilles robes.

Ankwi ne sait comment interpréter ces paroles ni l'expression grave de Mingam. Mal à l'aise, il baisse la tête.

— Tu m'offres un cadeau de Visage-Pâle pour sécher nos pleurs… Tu es un Visage-Pâle.

— Je suis un Visage-Pâle, reconnaît Pierre en levant le regard vers le vieil homme.

— Tu es aussi mon fils.

— Je suis aussi ton fils.

— Reprends ces castors… J'attends de toi ce que seul un fils peut donner à son père.

Sur ce, Mingam remet les fourrures dans les mains d'Ankwi qui, incapable de cacher son embarras, demeure muet tandis que, d'un geste consolateur, Mingam lui flatte les cheveux.

— Je te parle comme un père parle à son fils… Tes cheveux ont gardé le soleil prisonnier et ta peau est pâle comme l'est la peau des bouleaux parmi les autres arbres de la forêt. Pourtant, je te vois comme mon fils parmi mes autres enfants.

La main de Mingam abandonne les cheveux d'Ankwi pour désigner dans un grand mouvement circulaire toutes les personnes présentes.

— Les paroles que je prononce cette nuit devront toujours rester dans les oreilles qui les écoutent… Notre grand-mère la lune en est témoin.

Tehonikonrathe s'alarme en voyant Mingam porter la main sur sa poitrine comme il fait lorsque le nœud s'y durcit, mais, devant l'expression calme de son visage, il se rassure.

— Un homme n'ose jamais ouvrir son cœur... Échapper une larme est pour lui une honte... Ce qu'il ressent, il fait comme s'il ne le ressentait pas, par peur d'être comme une femme. Dans le cœur de Mingam, il y a toutes les larmes que Brume et sa mère ont versées quand venait le temps de la séparation... Ces larmes, j'ai fait comme si je ne les voyais pas rouler sur leurs joues... mais je les ai recueillies dans mon cœur... Avant de me séparer de ma fille, quand elle était vivante, je trouvais toujours moyen de cacher mon chagrin... Brume n'a jamais su que les larmes de sa mère étaient aussi les larmes de son père.

Le vieil homme s'arrête un moment. L'heure est grave. Solennelle. Ce qu'il livre ne tient pas de la Parole qui est Mémoire. Non. Ce qu'il livre tient de l'expérience qui est Héritage. Avec bienveillance, son regard s'arrête sur chacun de leur visage comme s'il les voyait pour la première et la dernière fois, puis il poursuit :

— Brume n'a jamais su combien je la chérissais... Il est trop tard maintenant pour lui montrer toute la place qu'elle prenait dans le cœur de son père... Elle est partie dans l'au-delà des Français. Ankwi, ce que je te demande apportera la paix dans mon cœur... Ce que je te demande, toi seul peut me l'accorder.

La main du patriarche frôle la joue d'Ankwi avant de se poser sur son épaule.

— Quand tu quitteras le monde des vivants, je te demande de chercher Brume dans l'au-delà des Français... Quand tu l'auras trouvée, tu lui feras savoir toute la place qu'elle prenait dans le cœur de son père. Tu la salueras de ma part et de la part de sa mère... De la part de ses frères et de toute sa famille... Enfin, tu lui apprendras toutes les nouvelles qui pourront l'intéresser et tu lui rappelleras qu'en notre paradis de chasse, sa mémoire sera éternelle... Promets-moi, Ankwi, d'être mon messager.

— Je te le promets, Mingam.

— Tu es un bon fils... Quand j'atteindrai le royaume des morts, j'y retrouverai mes parents et mes ancêtres... J'y retrouverai La Souris, une de mes femmes et, avec elle, j'y attendrai mon autre femme et mes enfants... Tous mes enfants à l'exception de Brume et de toi, Ankwi. Tu me manqueras, fils, mais la paix sera dans mon cœur.

Les yeux de Mingam s'embuent alors qu'il caresse doucement la tête de son fils d'adoption.

— Chaque fois que je verrai le soleil, mes doigts se souviendront que j'ai pu le toucher dans tes cheveux... Chaque fois que je verrai la peau pâle du bouleau parmi les arbres de la forêt, c'est toi que je verrai.

— Quand je serai dans l'au-delà des Français, j'emmènerai Brume dans ma famille... Nous lui ouvrirons nos bras comme vous, vous m'avez ouvert vos bras... Comme frère et sœur, nous garderons vivant votre souvenir, promet Ankwi, ému, en tripotant nerveusement ses fourrures.

— Je t'entends, termine Mingam.

Un huard lance son cri plaintif. Grand-mère la lune ouvre grand son œil de lumière. Malgré le triste pressentiment d'assister aux adieux de son père, Tehonikonrathe vibre à l'harmonie et à l'intelligence du Grand Ensemble.

*

Quelques jours plus tard,
terre de Sainte-Anne-du-Bout-de-l'Île.

— C'est papa ! C'est papa ! C'est lui ! s'égosille Marie-Pierre comme une vigie voyant poindre le renfort au large. Dans un sens et dans l'autre, elle court sur la grève, saute, agite les bras au-dessus de la tête. C'est papa ! C'est papa ! C'est lui ! Oncle Gaspard, c'est papa !

— T'en es sûre ? demande Thomas Chapuy qui accourt en compagnie de Roland.

— Pour sûr, que j'en suis sûre !

— L'autre fois aussi t'en étais sûre… Et la fois d'avant aussi, et celle d'avant avant aussi, rappelle le garçon incrédule.

— Y a qu'à les écouter chanter « V'là bon vent, V'là l'joli vent ».

— Bah ! Ils la chantent tous, c'te chanson-là, raille Thomas en entraînant Roland à rebrousser chemin.

D'un bond, Marie-Pierre agrippe le bras de son cousin, le tiraillant en sens contraire.

— Cette fois, c'est la bonne. Viens voir, Roland. Papa, il est derrière. Regarde ! Le canot vire par ici. Regarde Thomas, il vire par ici. Le canot vire par ici, hein ?

Mettant sa main en visière, le garçon repère l'embarcation.

— Ouais ! Il vire par ici, confirme-t-il, mais ils ont cessé de chanter.

— C'est lui quand même, j'te dis. Oncle Gaspard, c'est papa ! Ohé ! Ohé ! Papa ! Papa ! Ohé ! crie Marie-Pierre en multipliant ses salutations.

— C'est bien lui ? s'enquiert Gaspard en s'approchant avec ses deux autres fils.

— Oui, oncle Gaspard, c'est bien lui. Papa est derrière. Ohé ! Ohé ! du canot ! Ohé !

Sceptique depuis les trois fausses alertes de sa nièce, Gaspard se fie à l'attitude de Thomas Chapuy, ce jeune voisin venu leur montrer à cueillir le ginseng. Le voyant héler et gesticuler à son tour, Gaspard y va de grands mouvements des bras.

Du canot, Pierre les entend. Avec ravissement, il suit le mouvement d'une tête blonde faisant un rappel de couleur avec la pièce de blé en arrière-plan. Encore imprégné des paroles de Mingam, il prend conscience de la place que tient cette enfant dans son cœur et se promet bien de ne jamais la lui tenir cachée :

— Ohé, jolie Marie-Pierre ! lance-t-il.

— Ohé, mon papa ! répond la voix claire.

À la pince avant, Charles Latour se retourne.

— Il semble avoir bien levé, ton blé, mais c'est point dit que tu vas remporter c'te gageure.

— Oh! Non, c'est point dit, corroborent en chœur Benoît Demers et Simon Léonard, qui ont parié un sol[3] le grain avec Charles Latour que son premier blé ne donnerait pas soixante grains à l'épi. Pour sa part, sans s'engager monétairement, Neptune s'est rangé du côté de Pierre.

— Alors, souquez ferme, compagnons. Souquez, qu'on aille les compter, ces grains, encourage Poing-de-Fer en augmentant la cadence.

Il ne ressent plus la fatigue du dur voyage aux Pays-d'en-Haut. Tout ce pour quoi il a tant travaillé se déploie sur le rivage. Voilà la récompense de tant de labeur et de sacrifices. Combien de coups de pagaie? De coups de hache? De coups de pioche? Combien de pas dans les portages? Dans les abattis? Sur le chemin entre le Bout-de-l'Île et la ville de Montréal? Combien de gouttes de sueur à son front? Combien de gouttes de morve à son nez glacé? De piqûres de moustiques et de morsures du froid? Incommensurables efforts. Ce pays de la démesure n'attribue ses récompenses qu'aux plus laborieux. Qu'aux plus opiniâtres. Et elle est là qui l'attend, sa récompense. Là qui brille dans cette tête blonde et cette pièce de blé. Bientôt, ses doigts couleront entre les cheveux et les épis dorés. Elle est là qui brille, la récompense, dans les yeux de Gaspard et de ses fils. Bientôt, ses mains rejoindront les leurs après dix années de séparation. Elle est là, pour lui, cette récompense. Peu lui importe de perdre son pari. Le blé a levé. SON blé.

L'odeur des feux d'abattis lui parvient et le grise. À travers les bouquets de fumée, il constate les progrès accomplis par ces bras venus de France, progrès qui lui permettent d'envisager l'allure accélérée des prochains défrichements. Pierre reconnaît la silhouette trapue de son beau-frère et procède par ordre de grandeur pour identifier celles d'André, de François et de Roland. Ses neveux n'étaient

---

3. Sol: il fallait douze deniers pour faire un sol et vingt sols pour faire une livre qui équivalait approximativement à un franc. À titre de comparaison, le prix d'un gros pain était de quatre sols, celui d'un porc, de dix à douze livres, et le prix d'un bœuf, de cent à cent dix livres.

encore que des enfants la dernière fois qu'il les a vus, le plus vieux n'ayant alors que sept ans. Aujourd'hui, cet aîné semble un peu plus grand que son père. Ce qu'ils ont grandi ! Il les voit comme des étrangers, et nul doute qu'eux aussi le voient comme tel.

Plus le canot approche de la rive, moins Marie-Pierre tient en place. Elle sautille, gesticule, tantôt les salue, tantôt répète pour le reste du comité d'accueil que cette fois-ci est la bonne. Quand Charles Latour saute à l'eau et se saisit de la pince, elle le rejoint, mouillant le bord de sa jupe. Elle veut tout raconter à son père. Tout lui dire en même temps.

— Holà ! Holà, ma fille ! s'exclame Pierre en débarquant du canot et la soulevant dans ses bras.

Aussitôt, elle lui enserre le cou très fort.

— Ils sont là, papa... Ils sont arrivés, lui souffle-t-elle à l'oreille.

Puis, plus un mot tant le bonheur est grand. Touché par cette vive étreinte, Pierre la presse doucement.

— Tu es une fille courageuse, lui chuchote-t-il.

Puis, plus un mot tant l'émotion est grande.

L'heure n'est pas aux paroles. Gaspard voudrait-il en prononcer une seule qu'il en serait bien incapable. Sa bonne figure d'homme de la terre traduit la gamme des sentiments qui l'animent. Visiblement à cheval entre les rires et les larmes, il s'avance de quelques pas, puis s'arrête et considère Pierre comme pour réajuster l'image de ce qu'est devenu ce jeune beau-frère condamné à l'exil. Tant d'eau a coulé sous les ponts de France et dans les rivières du Canada depuis leur séparation ! Comment le temps les a-t-il pétris de part et d'autre de l'océan ? Pierre remarque à peine quelques poils gris sur les tempes et quelques rides au coin des yeux qui n'altèrent en rien la vigueur de Gaspard. Il retrouve l'homme aux reins solides, au caractère égal, au cœur généreux. L'homme sans qui Isabelle et Marie-Pierre auraient sombré dans la plus totale indigence. Il retrouve la poignée de main ferme, l'accolade chaleureuse, le rire franc et bon enfant. Gaspard le tâte, le tapote, le tripote, exultant. Il présente ses fils, lui laissant le loisir de les nommer. André,

François et Roland ne cachent pas leur surprise de se voir identifiés par leur oncle.

— Z'étiez petits dans le temps, explique Pierre avant de demander où se trouve Catherine.

En chœur, on lui répond qu'elle est demeurée à Montréal avec sa mère et Isabelle.

— Et ce blé ? On y va compter les grains ou pas ? intervient Charles Latour, mettant un terme à leurs effusions.

— Pour sûr qu'on y va, rétorque Pierre. Selon toi, Gaspard, il fait combien de grains l'épi, mon blé ?

— Oh ! C'est du beau blé, mais de là à dire le nombre de grains par épi… C'est de la belle terre, grasse et riche. Il est grand temps de moissonner, répond le beau-frère en emboîtant le pas aux voyageurs qui laissent Neptune près du canot, cible des regards curieux des enfants.

— Ça te fait combien d'arpents en labours de pioche maintenant ? s'informe Charles Latour, chemin faisant.

— Trois, répond Pierre. J'en ai deux de nettoyés.

— Presque quatre maintenant, précise Gaspard.

— Presque quatre ! reprend Pierre avec satisfaction. J'en ai semé deux à l'indienne[4]. Les fèves ont bien poussé, Gaspard ?

— Pour sûr, on en a mangé tout l'été et il en reste encore. Du maïs et des citrouilles, t'en auras en quantité aussi. C'est de la bonne terre, j'te dis.

— À vous entendre parler tous les deux, j'ai quasiment regret de te l'avoir vendue, c'te terre, lance Charles Latour, mi-figue, mi-raisin.

— Dame ! Ton regret, il sera vite envolé quand nous serons devant une bonne bière à Montréal, rétorque Benoît Demers.

— T'as raison, concède Latour. La terre, c'est point pour moi. Pour en cueillir les fruits, j'dis pas, mais pour travailler comme un forcené, non merci. Y a qu'un entêté comme Poing-de-Fer pour se démener d'la sorte.

---

4. Semer à l'indienne : semer en buttes du maïs, des fèves et des citrouilles que les Iroquoiens appelaient « les trois sœurs ».

Sans malice, les hommes rigolent. La taquinerie au fond se veut une louange. Et comme telle Pierre l'interprète quand d'un geste large il effleure la tête de ses épis, les faisant ployer. Les tiges se balancent un peu, puis s'arrêtent, légèrement inclinées par le poids des grains. Avec respect, il choisit la plus prometteuse d'entre elles. Comme elle lui semble gracile et fragile pour le trésor qu'elle porte! N'est-elle pas la vie tout entière en chaque grain? N'est-elle pas le pain? À elle seule, combien d'autres tiges pourrait-elle ensemencer? Pierre se met à arracher les grains un à un et les dépose méticuleusement au creux de sa paume. « Un, deux, trois, quatre », compte Charles Latour à haute voix comme il a la responsabilité de faire dans les portages, étant celui qui connaît le mieux ses chiffres.

Pierre n'a cure de remporter son pari. Pour ses compagnons, chaque grain représente un sol. Pour lui, chacun d'eux représente la victoire enfin remportée contre les coups de fouet du bourreau. Chacun d'eux a brillé comme une étoile d'espérance dans sa longue nuit d'expiation et, aujourd'hui, ces étoiles brillent au creux de sa main. Quel qu'en soit le nombre, il rapportera à Isabelle tous ces grains étoiles, cachés dans son poing comme un cadeau. Un à un, elle lui ouvrira les doigts pour découvrir le pain, découvrir le champ de blé, découvrir la patrie. Leur patrie, enfermée dans une poignée de grains étoiles qu'elle aura payée de ses pleurs et de ses coups d'aiguille dans l'étoffe grossière des capots de traite.

— Cinquante et un, termine Charles Latour d'une voix forte. T'as perdu, Poing-de-Fer. Tu nous dois cinquante et un sols chacun.

— Un pari est un pari. Vous en aurez quittance à Montréal, reconnaît Pierre, sachant qu'il a gagné bien plus qu'il n'a perdu.

— Parlant de Montréal, j'ai une de ces soifs… Faudrait point trop s'attarder.

— Le temps de débarquer quelques effets et nous repartirons, compagnons, explique Pierre en s'emparant de sa blague à tabac et, la leur lançant, il ajoute :

— Qui en veut ? C'est du bon tabac noir. Videz-la-moi, que j'y mette mes grains.

Simon Léonard l'attrape, en vide le contenu dans sa propre blague et la lui relance.

— Je vais le donner à Neptune. Le pauvre ! Il n'a guère à lui. Allez, montre-nous un peu ton chantier et l'endroit où tu comptes bâtir maison avant de partir.

Demeuré seul membre de l'équipage sur la grève, Neptune s'impatiente. Avoir su que ses compagnons s'attarderaient de la sorte, il les aurait suivis. Poing-de-Fer a-t-il gagné ou perdu son pari ? Personnellement, il n'y connaît rien en culture du blé. Sur celle du maïs, par contre, il en connaît un peu plus. Enfant, il a vu les femmes tâter les épis à travers leur robe de feuilles pour en estimer la quantité de grains qu'elles compteraient à la récolte. Mais lui, il n'a pas eu le temps d'apprendre à compter comme les femmes pawnises et il ne sait pas compter comme les Français non plus. À quoi cela lui servirait-il au fond, ses gages étant remis à Modrière ? Tout ce dont il a besoin de savoir après tout, c'est la valeur d'un pot d'eau-de-vie.

Neptune s'est rangé à l'avis de Poing-de-Fer pour lui prouver son attachement. Jamais il n'oubliera que cet homme a déjà accepté d'acheter sa liberté, et jamais il n'oubliera non plus de quelle façon ce même homme a jadis été châtié sur la place publique à Québec. Un lien infrangible s'est établi entre lui et ce Visage-Pâle, ce jour-là. Mais, de lien, entre lui et les enfants qui le dévisagent, Neptune n'en ressent aucun. Groupés en bloc, le regard farouche et vindicatif, ils l'observent sans cacher leur méfiance. Ni leur animosité.

— Tu crois qu'il a déjà coupé une tête ? demande enfin un des garçons, comme s'il se trouvait en présence d'un indigène ne comprenant rien à la langue française.

— Sûr que non, Thomas. Papa l'aurait point pris dans son canot, répond la fille de Poing-de-Fer.

— Ses parents, par contre, sûrement qu'ils en ont coupé, des têtes. Ils font comme ça, les Sauvages : ils coupent la tête des gens. Après, ils te les mangent, explique Thomas aux nouveaux arrivants.

— Il vient des Pays-d'en-Haut, c'lui-là ? s'informe l'aîné en serrant instinctivement les poings.

— Non. C'est un panis, un esclave.

— D'où il vient alors ?

— J'en sais rien.

Neptune brûle d'envie de leur faire savoir que le pays d'où il vient est couvert de prairies où broutent les bisons, mais, ce faisant, il leur dévoilerait qu'il parle français. Il préfère feindre de ne pas les comprendre, profitant ainsi de l'occasion de connaître le fond de leur pensée.

— Le sieur Jouvet, il s'en est acheté un, esclave… C'est dire qu'il est riche. Mon père, il croit point qu'un jour, il pourrait s'acheter un esclave… C'est trop cher.

— Mon père, moi, il dit qu'il faut point en acheter, des esclaves, soutient la fillette.

— Pourquoi pas, s'ils sont à vendre ?

— Parce qu'un esclave, il est toujours le fils ou le frère de quelqu'un, qu'il a dit, papa. Voilà pourquoi.

Neptune sourit, retrouvant la pensée de Poing-de-Fer chez sa blonde enfant.

— Bien dit, la fille, commente-il simplement.

Éberluée, elle ouvre grand la bouche alors que Thomas baisse la tête.

— Tu parles français ? demande-t-elle.

— Pour sûr… De têtes, j'ai point coupées.

Elle lui répond d'un large sourire et se détache du groupe.

— Tu es le fils, le frère de qui ? s'enquiert-elle.

— Je suis le fils d'un homme et d'une femme qui m'aimaient… Le frère de deux frères et d'une sœur qui m'aimaient.

— Tu les reverras un jour ?

Il fait signe que non, touché par la sollicitude de Marie-Pierre.

— De toute façon, d'esclave, mon père il a point d'argent pour en acheter, allègue Thomas Chapuy en la rejoignant.

Puis, jetant un regard d'envie sur le canot, il ajoute :

— Moi aussi, un jour, j'irai aux Pays-d'en-Haut. Je peux y monter ?

— Par ici, consent Neptune en lui indiquant la pince avant.

Le garçon grimpe à bord, enjambe les paquets pour se rendre à la pince arrière où il s'appuie les fesses sur la banquette. Le voilà à la place du maître du canot. Quelle superbe vision que celle de cette voiture d'eau remplie de fourrures ! Que d'exaltation le père de Marie-Pierre doit-il éprouver au gouvernail d'une telle embarcation ! Que d'aventures il a dû vivre ! Que de paysages il a dû voir ! Thomas s'empare de la pagaie, émerveillé par la poignée, toute patinée et noircie par l'usure. Il hésite un peu avant de la caler dans sa paume. Ah ! Les rêves, les beaux rêves que le passage des grands canots a éveillés chez lui ! Ah ! Voir du pays ! Sillonner les rivières ! Franchir des lieues plutôt que d'arpenter toujours les mêmes labours ! Respectueusement, sa main enveloppe la poignée, lui donnant l'impression de communier avec les Pays-d'en-Haut.

— Tu sais y faire ? demande André.

— Pour sûr, répond Thomas avec assurance, comblé par l'expression admirative des cousins de Marie-Pierre.

Depuis leur arrivée en Canada, ces derniers s'en reportent à lui pour tout ce qui concerne le pays. Cela va de l'enfumage des maringouins à la chasse des tourtes, en passant par la pêche et la cueillette imminente du ginseng qui devra sécher pendant un an au grenier de leur grange. Thomas a réponse à toutes leurs questions, remède à tous leurs maux, solution à tous leurs problèmes. Canadien de naissance, il lui arrive parfois d'exagérer, ajoutant quelque rigueur à l'hiver et de férocité aux bêtes sauvages, histoire de se faire valoir davantage. De démontrer sa valeur à ces Français qui ont parfois la fâcheuse habitude de se croire supérieurs.

— C'est quantité de fourrures ! s'exclame André, que la curiosité a fait s'avancer dans l'eau pour y voir de plus près.

— Ouais, quantité de pelus qu'on dit. C'est tout comme de l'argent comptant… Rien qu'à l'œil, il y en a pour quantité de livres.

— C'est avec ça qu'oncle Pierre a payé une partie de nos passages, précise Roland en rejoignant son aîné pour fureter aussitôt parmi les ballots.

— Z'avez un nouveau maître de canot, annonce Pierre à ses hommes en apercevant Thomas à sa place.

Confus, le garçon ébauche le mouvement de s'en aller.

— Tu peux y rester, mon garçon, si tu désires faire un bout jusque chez toi. Nous devons y quérir le ginseng séché, offre Pierre.

— Pour sûr, je veux bien rester, accepte Thomas, incapable de réprimer un large sourire, et observant son héros fouiller dans la cargaison pour en sortir des sacs de provisions et une belle brochetée de poisson boucané.

— J'vous laisse ces provisions… Z'avez d'la dinde et du bison séché, gracieuseté du nommé Hardouin, explique-t-il en en chargeant les bras de son beau-frère et de ses fils.

— Ah! Il te gâte l'armurier Nivoigoutte, remarque Charles Latour. Des provisions, il t'en donne toujours plus que nécessaire pour le retour.

— C'est qu'il a plus que nécessaire pour ses pièces.

— Et ton ami sauvage, il a plus que nécessaire aussi pour te donner ces beaux esturgeons?

— Ça, c'est cadeau d'amitié. Avec lui, il ne s'échange rien que vous ne savez point, précise Pierre, l'air ombrageux.

Charles Latour lui administre une petite tape sur l'épaule.

— T'as mordu, Poing-de-Fer. C'était pour plaisanter. Z'avons pas lieu de nous plaindre de notre arrangement, pas vrai, compagnons?

Ceux-ci approuvent à l'unanimité en s'apprêtant à embarquer. Pierre dispose la cargaison de manière à créer une niche pour Thomas, s'installe à la gouverne, puis chacun gagne sa place et reprend sa pagaie, en attendant que le bout de canot avant les pousse au large. Tantôt si pressé d'aller étancher sa soif aux cabarets de Montréal, Charles Latour demeure maintenant immobile, la tête tournée vers son ancienne terre. Que lui arrive-t-il donc? Sont-ce des regrets de dernière minute qui l'assaillent?

— Ta maison, faudra point tarder à la bâtir, dit-il après un assez long moment.

— Sitôt mes affaires conclues à Montréal.

— Te faudra des clous, des outils, des cordes…

— J'ai de quoi les acheter.

— Te faudra des bras aussi… C'est point pour vexer personne, mais des bras, plus y en a, mieux c'est. J'ai dans l'idée de te prêter les miens.

— C'est… c'est point de refus, bredouille le maître du canot, à la fois surpris et ravi par l'offre.

— Tu peux compter sur les miens aussi, promet Benoît Demers. J'ai guère à faire à Montréal.

— Sur les miens aussi, assure Simon Léonard. C'est ton rêve, c'te maison, eh bien, z'allons t'aider à le réaliser… En autant que tu nous rafraîchisses le gosier de temps en temps.

— Promis, j'ajouterai des pots d'eau-de-vie à mes achats, accepte Pierre avec enthousiasme.

— Moi, mes bras, ils sont à Modrière, articule tristement Neptune.

Un certain malaise flotte. En quelques mots, l'esclave vient de décrire le côté pathétique de son statut. Ses bras ne lui appartiennent pas et il ne peut les unir à ceux de ses compagnons sans qu'ils ne rapportent à son maître.

— De cœur, tu y seras avec nous. Et tu pourras fumer ce tabac à notre santé, lui glisse Simon Léonard d'un ton consolateur, alliant la parole au geste.

Charles Latour saute lestement à bord après avoir poussé le canot au large, avivant l'excitation de Thomas. Le garçon salue Marie-Pierre ainsi que Gaspard et ses fils d'un geste de la main comme s'il partait pour un long voyage. Derrière lui se trouve Poing-de-Fer, son héros. Comment un tel homme peut-il rêver d'une simple maison ? Lui, il s'évertue pour ne pas apercevoir la sienne qui, de bois équarri blanchi à la chaux, se profile déjà. C'est loin devant qu'il porte le regard, prolongeant le rêve.

Bien que chargé à ras bord, le canot file. Envoûté par le bruit des pagaies et le clapotis des vaguelettes, Thomas hume l'air, faisant abstraction de l'odeur persistante des feux d'abattis. Devant lui pagaie Neptune, avec les bras appartenant à son maître. Le sort du malheureux, maintenant, l'interpelle. Il examine les durs biceps, les avant-bras noueux et les épaules développées qui font tant son admiration. Dommage que ces bras-là n'appartiennent pas à celui qui pagaie avec autant de rigueur et de régularité que les autres. Lui, Thomas Chapuy, il aura un jour des bras semblables et il en sera le maître... Un jour, il sera voyageur.

Chapitre 14

Noël

Nuit de Noël, Sainte-Anne-du-Bout-de-l'Île.

Un ciel rempli d'étoiles. Sur l'étendue blanche du lac gelé cheminent Pierre et les membres de sa famille. Dans les abattis, le long du littoral, les souches et les racines extirpées surgissent de la neige tels des spectres. Vestiges de la forêt dont la lisière recule par la force des bras et la volonté des hommes, elles disparaîtront sous l'action du feu ou de la pourriture pour devenir des champs de culture.

— C'est quoi la surprise, papa? demande Marie-Pierre pour la énième fois.

— Tu verras rendue à la maison, se plaît à répéter Pierre.

À la maison. Sa maison. Leur maison. Comme ces mots lui sont doux! Il ne se lasse pas de les prononcer. De se les réciter mentalement. Attelé à la tabagane où prennent place Isabelle et sa nièce Catherine, il ouvre la marche sur la piste foulée par les raquettes qui mène à l'église et qui, de là, se raccorde à la piste des habitants de l'île Perrot, qui, elle, se raccorde à celle de la Pointe-Claire et de Lachine. Dans sa hâte d'arriver, Marie-Pierre le précède parfois, repérant les balises de branches de sapin. «Ici, papa», lui indique-t-elle alors, fière de faire l'étalage de son expérience du pays aux yeux de ses cousins qui suivent à la file indienne. Lors de leur arrivée au pays, c'est elle qui leur a transmis les directives du travail à accomplir en l'absence de son père. D'une vitalité étonnante pour ses neuf ans, elle leur a prêté main-forte tout en se chargeant de préparer les repas. Quelle bénédiction que cette enfant, pense Pierre, charmé de la voir gambader devant lui ou de l'entendre raviver, derrière lui, l'entrain du groupe.

Lorsqu'ils sont partis de l'église avec la famille Chapuy, après la messe de minuit, ce n'étaient que chants, rires et exclamations de joie. L'Enfant-Dieu était né, mettant fin à l'austère période de l'Avent[1]. On s'échangeait maints souhaits et de distrayants commentaires sur le déroulement de l'office, le sermon du curé, la beauté des cantiques ainsi que sur la perruque bouclée du sieur Jouvet, qui l'avait déplacée en enlevant avec pompe son chapeau à large bord. Capitaine de milice et propriétaire d'un cheval de voiture, celui-ci se donne de l'importance et se montre méprisant envers ses concitoyens. « Il n'est guère aimé, lui a appris Jean Chapuy, mais il possède le pouvoir de nous désigner "volontaires" pour des expéditions de guerre. Forcément, en sa présence, on lui témoigne du respect mais, dans son dos, on peut bien rire. » Ah! Quel beau sujet de moquerie que leur a fourni cette perruque de travers! Jean Chapuy s'en délectait encore quand ils ont fait halte chez lui pour se réchauffer un peu et prendre possession de la fameuse surprise enveloppée d'un linge de toile propre.

Quand ils ont repris la route, Thomas a tenu à faire un bout de chemin avec eux, histoire de prolonger le plaisir d'être en leur compagnie. « Je suis à la veille de l'appeler *Vaillant* », dit souvent son père à la blague, amusé des mille prétextes que le garçon invente pour traverser chez le voisin. Éclipsé par scs deux frères aînés et par les jumelles qui le succèdent, Thomas trouve auprès de Marie-Pierre et de son cousin Roland des admirateurs autant que des amis. Quel choc il a provoqué chez sa mère lorsqu'il s'est découvert, comme il sied aux hommes à l'entrée de l'église, dévoilant la

---

1. Avent: chez les catholiques, temps d'abstinence et de privations pendant les quatre semaines précédant Noël.

coupe de cheveux des voyageurs qu'il s'était donnée en cachette ! Bien que très malhabilement réalisée, cette coiffure sembla épater Marie-Pierre. « Un jour, moi aussi je serai voyageur », a-t-il confié timidement à Pierre avant de les laisser continuer. « Prends garde aux loups », lui a lancé Roland. Sans se retourner, le garçon a levé la main en guise de salutation. Ce geste, particulier à Jean Chapuy, sera-t-il la seule chose que Thomas aura empruntée à son père, l'appel des rivières étouffant celui de la terre ? Pendant un moment, Pierre l'a suivi du regard, touché par la confiance du jeune voisin qui lui a fait part de son rêve comme on donne un cadeau à la dérobée.

Peu à peu, l'exubérance a cédé la place au silence, et maintenant, pendant de longs moments, Pierre n'entend que leurs pas et le glissement de la tabagane sur la neige, ce qui l'incite à « rentrer en lui-même ». Il aime cette expression des Sauvages qui traduit ce qu'il vit présentement. Ce qu'il ressent. En lui-même, le Pierre Vaillant d'aujourd'hui offre à celui d'hier un trésor à partager avec les siens : son premier pain de blé que Jeanne Chapuy a fait cuire cet après-midi avec la fournée du blé nouveau [2].

Oh ! Sa première récolte de blé se révèle fort modeste bien que comptant une cinquantaine de grains à l'épi. À peine en a-t-il tiré vingt-quatre minots [3], en raison des grosses souches entre lesquelles il avait dû ensemencer. De cette quantité, il a retranché quatre minots pour les futures semences, et un minot et demi pour les frais de mouture [4] au moulin des seigneurs sulpiciens. Ce qui reste, soit à peu près dix-huit minots et demi, servira à la subsistance de sa famille et de celle de Gaspard. Bien sûr, ils ne pourront consommer que rarement du pain de blé mais, pour eux qui n'en mangeaient jamais en France, ce sera chaque fois une fête.

---

2.   Blé nouveau : le blé de l'année qu'on ne consommait en Nouvelle-France qu'à partir du jour de Noël.
3.   Un minot égale trente-neuf litres.
4.   Frais de mouture : ces frais représentaient un quatorzième de la quantité de grains à moudre.

— C'est notre maison là-bas, lance sa fille en indiquant une lueur qui tremblote dans la nuit.

Le cœur de Pierre bondit d'allégresse. Il n'en revient pas. Sa maison. Leur maison.

— Tu crois que Gaspard et Magdeleine s'inquiètent ? lui demande Isabelle.

— Penses-tu ! réplique-t-il avec un brin d'humour, laissant filtrer que sa sœur et son beau-frère ont pu jouir d'un rare moment d'intimité tout en ayant la garde du petit Jean et de bébé Angélique.

Isabelle échappe un petit rire de connivence. L'intimité, pour l'instant, personne ne peut en jouir vraiment, car ils logent tous dans l'unique pièce de la maison, mais personne ne s'en plaint, tellement ils sont heureux d'être tous réunis. Pierre sourit en pressant doucement son pain contre lui. Dans l'immédiat, il a adapté l'organisation de sa demeure à celle d'un wigwam, les femmes et les enfants dormant près du foyer de bousillage [5] et les hommes, en périphérie. Sur le plancher de madriers, il a pris soin d'étendre une épaisse couche de sapinage qui leur tient lieu de paillasse et, le soir venu, ils se glissent sous les fourrures et les couvertures de traite. Donner libre cours à leurs ébats amoureux dans ces conditions se révèle cependant plus délicat. Il faut attendre que tout le monde soit endormi et éviter de faire du bruit. Cela donne du piquant à l'affaire et engendre parfois des fous rires qui ne font qu'accentuer leur plaisir.

Pierre presse le pas. Il lui tarde de tracer une croix sur son pain avant de le rompre et de le distribuer comme il a promis au bon père Fortin de le faire. Pétri par l'espoir, ce pain de froment aura le goût de l'amour, du courage et de la ténacité. Ni le sieur Jouvet, ni le gouverneur général, ni même le roi ne mangeront si bon pain.

— Pas si vite, papa, lance Marie-Pierre qui le rejoint en trottant.

Pierre s'arrête, réalise qu'il a pris considérablement de l'avance sur ses neveux et les attend. Sa maison maintenant

---

5. Bousillage : mélange de terre détrempée et de paille.

se découpe sur la blancheur du paysage. Bâtie en bois équarri, pièce sur pièce, et coiffée d'un toit en pente pour restreindre l'accumulation de neige, elle fait face sur sa longueur au lac des Deux-Montagnes. Large de cinq mètres et longue de huit, elle prend assise sur un solage [6] de pierres qu'il a renchaussé [7] de paille et de terre battue pour l'hiver. Aucune ouverture n'a été pratiquée sur la façade nord, mettant ainsi en pratique la leçon apprise des Indiens qui prétendent que le manitou du grand froid n'aime pas se sentir épié. C'est là une façon bien poétique d'expliquer cette mesure qui vise à contrer le plus glacial des vents.

En contemplant son habitation, Pierre se rend à l'évidence que, sans son métier de voyageur, il n'aurait pu se l'offrir. Ni contribuer largement à défrayer les coûts du voyage de Gaspard et de sa famille. Les cinq cents livres qu'il gagne annuellement en tant que maître de canot, ajoutées au profit de la contrebande et aux à-côtés réalisés à l'insu de Modrière tel l'achat de provisions qu'il charge au marchand pour le voyage de retour, mais qu'il obtient gratuitement de Jean Hardouin. Ce qu'il contemple à l'instant, il le doit au canot, à la pagaie et au collier de portage. Ce dur métier lui a non seulement procuré les revenus pour s'acheter les matériaux requis, mais il lui a de surcroît fourni la main-d'œuvre nécessaire lors de la construction. Avec quelle ardeur Charles Latour, Benoît Demers et Simon Léonard se sont attelés à la tâche! On aurait pu croire qu'il s'agissait là de leur propre demeure. Natifs du pays, ils lui ont judicieusement conseillé de renforcer ses chevrons à cause du poids de la neige et d'asseoir sa maison sur un appui en pierres pour l'isoler de la froide humidité du sol. Même La Ramée y est allé d'une contribution en lui refilant un lot de bardeaux de bois, invendus depuis l'ordonnance qui en interdit l'usage en ville. Tout compte fait, cela constitue une bonne chose d'avoir signé un contrat à l'emploi de Modrière et La

---

6. Solage : fondations d'un édifice.
7. Renchausser : couvrir de terre, de paille ou de neige pour isoler du froid.

Ramée associés. Ainsi, il peut compter sur des revenus garantis pour trois ans encore. Tant de dépenses sont à prévoir pour tout ce qu'il envisage d'accomplir en collaboration avec Gaspard et ses fils! Défricher d'autres abattis, les nettoyer, les piocher, les essoucher avec le bœuf de Jean Chapuy, construire une grange, un four à pain, porter sa concession à quatre-vingt-dix arpents et aider son beau-frère à obtenir celle qui est adjacente à la sienne. S'acheter de la volaille, du bétail, un bœuf de travail et, s'il est permis de rêver, pourquoi pas un cheval le mettant sur un pied d'égalité avec le sieur Jouvet.

— C'est une poule, la surprise? essaie de deviner Marie-Pierre en s'appuyant la tête contre lui.

— Les poules, c'est pour l'an prochain. C'est toi qui en auras la responsabilité, promet-il en lui entourant les épaules de son bras libre.

— J'irai lever les œufs tous les jours… Les tourtes, elles en ont point pondu un seul.

— Elles ne pondent qu'au printemps, les tourtes… C'était point pour les œufs que tu les as capturées avec Thomas et Roland.

— Non, c'était pour les engraisser et les manger. Z'en avons tué beaucoup, hein?

— Une bonne centaine… dix fois les deux mains. Ta tante Magdeleine en a apprêté pour c'te nuit.

— Hmm! Ce sera bon.

À la vue de ses cousins qui se rapprochent, Marie-Pierre l'étreint soudain, bredouillant de la même petite voix émue que celle de Thomas tantôt:

— Papa… Ils sont tous là… avec nous. Le grand oiseau, tu sais… le grand oiseau. C'est toi…

Attendri, Pierre ne sait s'il est digne d'être comparé à ce grand oiseau, mais il est conscient d'avoir sauvé Marie-Pierre et Isabelle de la misère et de la honte. Conscient également d'avoir soustrait la famille de sa sœur aînée à la tyrannie des seigneurs et à l'indigence des paysans de France. Ici, il y a un avenir pour eux. Ici, ils peuvent accéder au titre d'habitant en s'établissant sur une concession. Ils peuvent chasser et pêcher pour leur subsistance, récolter du ginseng et piéger les animaux à fourrure dans les limites de leur concession. Ici, son grenier n'est-il pas bien pourvu de tourtes, de canards, d'outardes et de quartiers d'orignal congelés ? N'a-t-il pas des provisions de citrouilles et de maïs ? Ses cordes de bois de chauffage ne s'abritent-elles pas sous le toit de sa galerie[8] ? Ici, tout nombreux qu'ils soient dans sa maison, personne n'aura froid. Personne n'aura faim. Ici, ils sont riches.

— Il est froid ce pays, s'exclame André en les rejoignant.

— Vous vous y ferez. Allez ! Sommes presque arrivés à la maison, répond Pierre, savourant de nouveau l'expression.

— J'y serai la première rendue, lance Marie-Pierre en partant à la course.

Mis au défi, Roland s'élance, aussitôt imité par ses deux frères.

— Tenez-vous bien dans la tabagane, conseille Pierre avant de partir au galop en imitant le hennissement d'un cheval.

De nouveau fusent dans la nuit de Noël exclamations, cris joyeux et rires. Roland devance Marie-Pierre qui trébuche, roule dans la neige et se relève en rigolant de bon cœur. André et François rivalisent entre eux, talonnant de près leur benjamin tandis que, dans la tabagane, Isabelle commande à Pierre d'augmenter l'allure. « Plus vite, cheval. Plus vite ! » Pierre pourrait facilement remporter cette course, mais il demeure volontairement en fin de peloton, heureux de contempler le spectacle des siens se ruant vers sa maison. Leur maison.

À bras ouverts, Gaspard et Magdeleine les accueillent. Une douce chaleur les enveloppe alors que l'arôme appétissant des tourtes dans la braisière chatouille leurs narines. On s'échange des souhaits, puis, en vitesse, on se départit des vêtements et des souliers mous en peau de chevreuil pour se retrouver tous réunis autour de la table.

---

8. Galerie : balcon couvert qui longe une ou plusieurs façades d'une maison.

Pierre y dépose sa surprise et lentement la déballe. Apparaît le pain accompagné d'un beau morceau de sucre d'érable, cadeau inattendu des Chapuy.

— Du pain de blé, laisse échapper Isabelle dans un souffle de ravissement.

— Du sucre d'érable, ajoute Marie-Pierre avec une gourmandise mal contenue.

Moment de silence. Voilà tous les regards rivés à ce pain. À ce sucre.

— Du pain de notre blé… Du sucre du pays, précise Pierre.

De son couteau, il trace une croix sur le dessus du pain. Sa main tremble et l'émotion lui noue la gorge. Il avait pensé à prononcer quelques paroles de circonstance, mais aucun mot ne saurait traduire cet instant.

Il rompt un morceau de pain, brise un morceau de sucre et les offre d'abord à Isabelle, qui les contemple au creux de sa main pendant qu'il en fait la distribution aux autres. Autour de la table, les visages rayonnent de bonheur.

— Que votre Noël soit joyeux, dit simplement Pierre, conscient que par ce pain et par ce sucre, il vient d'offrir une patrie aux siens.

Chapitre 15

Méfiance

*1741, début mai, poste du Long-Sault,
en aval du portage du même nom.*

Pierre s'inquiète du zèle qu'apporte le lieutenant de la garnison à examiner son permis de traite. Depuis qu'il est maître de canot, cette vérification s'est toujours résumée à une simple formalité. Il présentait l'autorisation en question, puis allait rendre ses hommages au sieur D'Ailleboust de Cuisy, lui remettant, de la part de Modrière et La Ramée associés, des douceurs de France tels chocolats, liqueur fine, vin et café. Un coup d'œil sur sa cargaison suffisait ensuite à lui ouvrir la porte des Pays-d'en-Haut. Que se passe-t-il donc aujourd'hui? Pourquoi le lieutenant a-t-il exigé qu'il étale toute sa cargaison comme s'il y cachait des articles défendus? Aurait-il été dénoncé? Par qui? Le dénommé Pikamu, contre lequel Tehonikonrathe l'a mis en garde, y est-il pour quelque chose? Impossible à dire, la délation ayant remplacé la concurrence entre marchands. Une chose lui paraît cependant certaine: elle ne vient pas de ses hommes qui cachent mal leur nervosité devant cette inspection en règle. Jamais les yeux d'un représentant du roi n'ont tant fouillé leurs effets, allant jusqu'à dérouler toutes leurs couvertures pour voir si elles n'en cachaient pas de provenance britannique.

N'y trouvant rien d'illégal, le lieutenant, frustré, affiche une moue de mécontentement et se met en frais de lire le congé à haute voix comme pour leur rappeler ce à quoi ils se sont engagés et sont tenus de se conformer.

— «Charles Beauharnois, gouverneur et lieutenant-général pour le roi en toute Nouvelle-France et province de Louisiane », commence-t-il pompeusement, trahissant par l'insistance sur le mot «roi» une loyauté bornée et prétentieuse. À n'en pas douter, l'homme est au pays depuis peu, prêt à se dévouer corps et âme au service de son monarque. «Nous avons permis aux sieurs Modrière et La Ramée associés de partir de Lachine avec un canot équipé de cinq hommes dont ils nous ont donné les noms et demeures pour le rendre au poste de Michillimakinac, soit le nommé Pierre Vaillant, conducteur, de Sainte-Anne-du-Bout-de-l'Île. » Qui est le nommé Vaillant d'entre vous ?

Pierre s'avance d'un pas. D'un œil scrutateur, l'homme le détaille puis poursuit sa lecture :

— «Le nommé Charles Latour, bout de canot, de Montréal. »

— C'est moi, signifie ce dernier, sérieux comme un pape.

— «Le nommé Benoît Demers de Montréal. »

— Dame! C'est bien moi, s'exclame celui-ci tentant de dérider l'atmosphère.

L'effet est contraire et l'examinateur se rembrunit davantage.

— «Le nommé Simon Léonard de Montréal et le nommé Neptune, Pawnis de nation, esclave du sieur Modrière de Montréal. »

L'identité de l'un révélant celle de l'autre, le lieutenant continue sa lecture :

— «Défendons auxdits sieurs Modrière et La Ramée de prendre d'autre route que celle de la rivière des Odawas ou Grande Rivière, bifurquant à la rivière dite Matawa pour la remonter jusqu'au lac Nipissing, rivière des Français et le lac Huron, ni de faire aucune traite, ni commerce avec les

Sauvages ni autres ailleurs qu'audit poste et ses dépendances sous les peines portées par les ordonnances du roi. »

L'homme fait une pause, les toise un à un, histoire de mettre l'accent sur la dernière phrase :

— « Enjoignons auxdits engagés d'avoir chacun leur fusil tout en montant qu'en descendant, sans qu'ils puissent s'en défaire en les traitant aux Sauvages sous peine de trois mois de prison. »

L'officier s'arrête de lire et se dirige vers la cargaison éparpillée par terre. En d'autres circonstances, sa démarche de coq de basse-cour susciterait le rire mais, pour l'instant, elle les enrage et les inquiète.

— Or, il se trouve que vous avez chacun votre fusil, mais des pièces en quantité pour les réparer… Ce ne sont point de bons fusils ? interroge-t-il.

— Ces pièces sont pour l'armurier du roi, signale Pierre, insistant à la manière de l'autre sur le mot « roi ».

— Ce ne sont point des pièces pour les fusils de l'armée.

— J'en conviens, mais à Makinac, l'armurier répare ceux des Sauvages pour conserver au roi leur amitié, explique Pierre.

Notant que la conviction dont il fait preuve ébranle l'autre, Pierre décide d'exploiter sa connaissance des Pays-d'en-Haut.

— La guerre du roi contre les Chicachas ne saurait se faire sans l'amitié des Sauvages… Le commandant de Makinac, Céloron, sieur de Blainville[1], espère ces pièces avec impatience.

— Bon… Va pour ces pièces, concède le lieutenant que ces explications, impossibles à vérifier, dégonflent un moment.

Se ressaisissant, il reprend sa lecture :

— « Permettons aux engagés d'embarquer dans ledit canot quatre pots d'eau-de-vie par homme pour leur usage seulement sans qu'ils puissent les traiter aux Sauvages. » Or,

---

1. Pierre-Joseph Céloron, sieur de Blainville : commandant à Michillimakinac de 1740 à 1743.

souligne malicieusement l'homme, si je sais bien compter, il en manque trois.

— Dame ! Les avons bus ! s'exclame Benoît Demers, faisant rigoler cette fois-ci ses compagnons.

— À peine partis, vous en avez bu ?

— Z'en avons bu à Sainte-Anne : c'est la coutume.

— Primitif comme coutume, remarque dédaigneusement le lieutenant.

— La coutume est la coutume, rétorque Demers avec un brin d'insolence. La coutume, elle veut aussi qu'on s'alarme lorsqu'il s'y trouve plus d'eau-de-vie que permis, non quand il s'en trouve moins.

Éclat de rire général qui met l'officier en rogne. Ses efforts pour les prendre en défaut sont tournés en dérision, ce qui leur redonne confiance et assurance. Il peut bien lire tant qu'il veut, traduit maintenant leur comportement, il ne trouvera rien pour les incriminer.

— « Ordonnons auxdits engagés d'être de retour en cette ville dans le temps stipulé pour leur engagement, soit en début de septembre 1741, sous les peines portées par les ordonnances de sa Majesté contre les coureurs des bois. »

— Z'allez nous revoir pour sûr, car sommes point des coureurs des bois, mais des voyageurs, souligne encore Benoît Demers.

Le lieutenant hausse la voix pour surmonter la rigolade.

— « Et enjoignons de faire déclaration aux commandants des postes où ils passeront de ceux qui auront déserté. »

— Que j'en voie un déserter ma canotée, menace Pierre en reprenant le papier d'autorisation que le contrôleur lui remet avant de tourner les talons. Allez compagnons ! On le fait, ce portage d'enfer ?

— Pour sûr, répondent les hommes à l'unisson, s'activant déjà à ramasser marchandises et bagages.

*

En amont du portage du Long-Sault.

Le feu crépite. Exténués, songeurs, les hommes fument en silence. Comme il serait déçu, le jeune Thomas Chapuy, de nous voir ce soir, pense Pierre. Où sont les voyageurs partis en chantant, plume d'apparat au chapeau ? s'enquerrait-il.

Ah ! jeune Thomas, lui dirait-il, la plume, il nous faut l'enlever pour ne point la briser, et le chapeau, on le porte sur l'eau mais, sur terre, il est remplacé par le collier de portage. Je sais, tu rêves d'enfiler un jour ce collier de portage comme si c'était là la couronne du roi, mais ce n'est ni plus ni moins qu'un attelage de bête de somme. Rêve donc plutôt d'un attelage pour ton bœuf où toi, tu serais derrière à le mener.

Ah ! Oui, il serait désenchanté, le jeune Thomas, de voir dans quel état se retrouvent ses héros une fois accompli le pénible portage du Long-Sault. L'image qu'ils donnent lors de leur départ n'a rien à voir avec la réalité et la réalité, c'est au Long-Sault qu'elle s'impose. Toute crue, toute dure. Impossible à contourner. Il ne reste qu'à se la charger sur le dos ou à rebrousser chemin.

Ce soir, ils se taisent, leurs vêtements trempés de sueur et d'eau, leurs souliers sauvages mouillés, leurs muscles endoloris, leurs reins courbaturés, leurs mains couvertes d'ampoules. Charles Latour et Benoît Demers grelottent encore d'être restés trop longtemps dans la rivière glacée pour guider le canot tiré à la cordelle. Leurs pieds sont blancs et la peau en est toute ratatinée. Déjà, les roches pointues leur ont infligé des blessures, mais ils ne se plaignent pas, même en sachant qu'à force d'avoir les pieds dans l'eau, des lambeaux de peau s'en détacheront, mettant la chair à vif. Ils grelottent et le feu ne parvient pas à les réchauffer ni à sécher leurs vêtements. Quel métier de misère !

Misère des nuits froides à dormir recroquevillé sous le canot, misère de l'humidité continuelle, du harcèlement des moustiques, du poids des fardeaux, des longues heures de travail du lever au coucher du soleil, de la sempiternelle sagamité à manger. Misère de la chaleur excessive, des vents contraires, des pluies diluviennes.

Métier de risques aussi. Noyade, fracture, coupure, muscles et tendons déchirés, tour de reins, entorse, rhume, toux, coup de froid, insolation. Faut-il qu'ils connaissent tous ces dangers pour vouloir les faire oublier à leurs êtres chers en habillant de gloire leur départ !

En partant, ils font comme si. Comme s'il n'y avait pas cette misère à affronter ni ces dangers à éviter. Ils chargent gaiement leur canot, se taquinant entre eux, puis embrassent femme et enfants, leur promettant des cadeaux au retour. Une fois poussés au large, ils entonnent des refrains entraînants, laissant d'eux l'image de solides gaillards qui entreprennent le hardi voyage, le sourire aux lèvres. Mais chacun laisse sur la berge des amitiés et des amours qu'il ne reverra peut-être pas. Chacun y pense sans le dire aux autres.

En revenant, ils font comme si. Comme s'il n'y avait pas eu de cette misère ni de ces dangers. C'est ainsi.

Pierre observe ses équipiers. Ce soir, ils ne font pas comme si... La douleur, la fatigue, le froid font maintenant partie de l'équipage. Il y a Charles Latour, compteur de pas dans les portages et bout de canot avant, aussi habile à guider sa pince dans les remous qu'à l'accoster sans risque d'avarie ; Benoît Demers, chanteur et boute-en-train, maître dans l'art de rythmer au bon moment leurs efforts par ses refrains ; le pieux Simon Léonard qui leur rappelle par sa ferveur et son grand cœur l'existence du Très-Haut, et finalement Neptune qui n'a pas son pareil pour agrémenter la sagamité de quelques prises fraîches.

De chacun, Pierre connaît les forces et les faiblesses auxquelles il doit s'ajuster. Doté d'une force physique hors du commun, il sait qu'il ne peut exiger d'eux ce qu'il exige de lui-même. Ainsi, d'être placé derrière eux lui permet de s'adapter à leur cadence et de bien équilibrer les forces tout en maintenant le cap, ce qui leur évite à tous des efforts inutiles. Il fait fi de la compétition qui existe entre certaines canotées. Parfois, le prix pour arriver en premier à Makinac résulte en un homme d'équipage sérieusement blessé. Brisé pour la vie comme Boitillon. Lui, ses hommes, il veut les exploiter avec justesse pour en tirer le maximum, mais les traiter avec justice pour les ramener tous vivants et indemnes à Lachine. Responsable d'eux, il leur est redevable du succès de l'expédition. Cette manière d'agir lui a réussi jusqu'à maintenant. Comme il ne les pousse jamais au-delà de leurs limites, ils arrivent toujours à destination dans les temps voulus et il n'a eu aucun accident ni blessure sérieuse à déplorer. Que la bonne sainte Anne et la Vierge Marie veillent à ce qu'il en soit ainsi pour cette canotée!

Neptune et Simon Léonard ont terminé leur pipée. Chacun va pisser, puis Simon récite sa prière à genoux, tandis que Neptune se contente d'un vague signe de croix. Tous deux s'enroulent dans leur couverture et s'étendent sous le canot renversé pour la nuit. Charles Latour remet un bout de bois dans le feu au grand plaisir de Benoît Demers qui s'y rapproche les pieds, se faisant aller les orteils. À la façon dont ces deux compagnons le regardent, Pierre comprend qu'ils désirent s'entretenir avec lui. Alors il bourre sa pipe et fume encore jusqu'à ce qu'ils entendent ronfler Simon et Neptune.

— C'est rapport à c't'inspection, chuchote Charles Latour. Z'avons point aimé ça.

— Moi non plus.

— Quelqu'un a dû nous dénoncer.

— Sûrement, mais qui? Un marchand? Un membre de la canotée de Gervais qui nous rejoindra à la pointe de Makwa pour prendre les marchandises de contrebande?

— D'après nous, c'est plutôt quelqu'un de notre canotée.

— …

— Y en a qu'un parmi nous qui n'tire point profit de la contrebande… Tout ce qu'il gagne va à Modrière.

— Neptune? Jamais il ne nous trahira!

— Pour sûr, jamais il ne le ferait à jeun… Mais, une fois soûl, il dit n'importe quoi n'importe où et, pour un verre, il vendrait sa mère, s'il en avait une…

La possibilité que Neptune les ait dénoncés sous l'emprise de la boisson lui paraît, hélas, plausible. Elle lui a effleuré l'esprit au cours de la journée, mais il s'est empressé de la rejeter comme on ferme vite la porte d'une cage d'oiseau avant qu'il ne s'envole. Cette possibilité, il n'en voulait rien savoir. Reconnaître que Neptune était le maillon faible de leur équipe lui coûtait. Le pauvre n'était-il pas déjà suffisamment à plaindre ? Pourtant, l'évidence sautait aux yeux : Neptune en était rendu à un point où liberté rimait avec ivresse. Qui sait si, au cours de l'hiver, quelque marchand concurrent ne lui aurait pas délié la langue avec l'eau-de-vie ? La délation régnant dans le milieu, les bonnes affaires des associés Modrière et La Ramée ont dû provoquer envie et jalousie. Et puis, il y a le fait que seul Neptune l'accompagne lors des transactions nocturnes avec Tehonikonrathe, y puisant un bonheur à s'entretenir avec Ikoué.

— C'est à considérer, convient Pierre.

— Z'aurons l'œil et les oreilles aux aguets les prochaines fois qu'on débouchera un pot d'eau-de-vie.

— Avant de porter blâme, il nous faudra être certains.

— Sommes point hommes à porter blâme à la légère, se défend Benoît.

— Je sais.

— Nous, c'est le cachot qu'on risque… Toi, c'est beaucoup plus, pas vrai ?

— Vrai. Moi aussi, j'aurai l'œil et les oreilles aux aguets, conclut Pierre.

Les choses étant dites, ils s'allongent sous le canot, serrés les uns contre les autres comme des poussins sous l'aile de leur mère. Avant de fermer les yeux, Pierre touche sa médaille pour se rappeler Isabelle, ses trois enfants, sa maison, sa terre, son blé, ses légumes et les poules de Marie-Pierre. Se rappeler ce bonheur qu'il connaît enfin et que, pour rien au monde, il ne veut perdre. À son grand regret, il constate qu'un nouveau membre vient de s'ajouter à l'équipage : la méfiance.

*

Début juillet, Makinac, établissement de Modrière et La Ramée associés.

Apportée par la plus récente canotée du sieur d'Ailleboust, la nouvelle s'est répandue comme une traînée de poudre. Par un édit, sa Majesté accorde l'amnistie[2] à tous les coureurs des bois afin de les inciter à revenir dans la colonie. Pour les uns, tels Hardouin et Belle-Voix, ayant femme et enfants aux Pays-d'en-Haut, il n'y a plus d'intérêt à revenir. Pour d'autres, comme Grosse-Voix, l'amnistie arrive à point. Fatigué par ses incessantes courses lointaines, l'aventurier jongle maintenant avec la possibilité de réintégrer son foyer.

— Ah! Savoir que ma bonne femme m'en tient point rigueur, j'y retournerais pour sûr, répète-t-il avant de caler sa chope.

— Crédieu de galère! T'as qu'à aller voir de quel bois elle se chauffe. Et puis, tu ramènes quantité de pelus. C'est point à dédaigner pour une femme, conseille Hardouin en hélant le cabaretier pour une tournée générale.

— Nivoigoutte a raison. Tu pourrais descendre en même temps que nous, offre Pierre. Ça fait combien de temps déjà que t'es parti?

— Sept ans. Mes bessons doivent aller maintenant sur leurs dix ans. Aux dernières nouvelles, ils étaient encore vivants. Elle aussi, mais... Allez savoir ce qu'elle peut penser! Un temps, j'ai eu idée d'aller les chercher pour nous établir en Louisiane puis... y a eu cette histoire de Sauvages blancs.

— Z'étions à un doigt d'les découvrir. C'est point de chance : La Vérendrye y est arrivé avant nous[3].

---

2. Les coureurs des bois étaient considérés hors-la-loi parce qu'ils pratiquaient la traite des fourrures sans avoir obtenu de permis. Pour éviter toute sanction dans la colonie, ils demeuraient dans les Pays-d'en-Haut.
3. Le père Jaunay, jésuite, cite qu'au cours de l'année 1739, «le sieur La Vérendrye a découvert une nation de Sauvages blancs à trente lieues du Fort Saint-Charles.» Bougainville rapporte dans son Mémoire de 1757 que

— C'est point surprenant : Québec est de leur bord. Les Jésuites aussi, qui ont grande espérance de te les évangéliser, remarque l'armurier.

— Apparence que ces Sauvages blancs sont fort doux et raisonnables. C'est p't'être parce qu'ils sont un peu comme nous… Vous dire comment mon frère et moi aurions aimé être les premiers à les rencontrer !

— Avec tout le profit qu'il y a lieu de faire avec eux, ça se comprend, rappelle Charles Latour.

— Pas seulement en raison du profit… non, pas seulement pour c'te raison, rectifie Grosse-Voix. Depuis le temps qu'on parlait de ces gens ! Des uns disaient qu'ils existaient vraiment, d'autres point du tout… Être les premiers à les voir et être les premiers Visages-Pâles qu'ils voient, c'est quelque chose. Comment dire ? C'est unique… C'est comme… comme…

— … comme une vierge, lance Benoît Demers, faisant rire la tablée que le cabaretier sert enfin.

Sans un mot, Neptune tend sa chope, la boit en vitesse pendant qu'on remplit celle de ses équipiers auxquels se sont joints Hardouin et Grosse-Voix, puis il s'arrange pour la faire remplir de nouveau. Pierre et Charles Latour s'échangent un regard.

— Ouais, c'est un peu comme une vierge, approuve Grosse-Voix. J'ai goûté plus d'une femme par En-Haut.

— Elles vont te manquer, les Sauvagesses. Crédieu oui, elles vont te manquer aux Trois-Rivières… Tu t'souviens quand tu m'disais que les yeux d'Onontio et du Bon Dieu, ils voyaient point en amont du Long-Sault ?

— Si je m'en souviens ! Tu y avais goûté pour la première fois, à la femme indienne.

— Mais elle était point vierge, par contre.

— C'est Poing-de-Fer qui te l'avait payée en quelque sorte. C'était peu de temps avant que tu nous fausses compagnie, hein, mon Poing-de-Fer ?

« La Vérendrye rencontra sur le Missouri des Mandanes ou Blancs Barbus au nombre de sept villages entourés de forts de pieux terrassés avec fossé. »

— Ouais, peu de temps avant que j'apprenne la vérité sur la durée du voyage, précise Pierre sans se départir de sa bonne humeur, atténuant ainsi l'effet douche froide de sa riposte.

— C'est du passé, ça… Sommes tous sortis gagnants finalement, réplique Grosse-Voix. La Ramée s'est accommodé avec Modrière, ce Nivoigoutte d'Hardouin s'est marié à Eau-Fraîche et est vu comme un dieu parmi les Sauvages du coin et toi, Poing-de-Fer, t'es maintenant établi sur ta terre et t'es maître de canot. Peux-tu espérer plus? Un esclave peut-être?

— Ça, jamais, affirme Pierre, jetant un coup d'œil sur Neptune dont la lèvre inférieure est déjà molle et pendante.

— D'esclave, t'en veux point?

— Non, j'en veux point.

— Bravo ami! félicite Grosse-Voix. Mon frère et moi n'avons jamais consenti à en capturer, même s'ils se vendent bien en Louisiane et aussi chez les Anglais… C'est point dans nos idées… Un homme, un enfant, une femme, ça n'se trafique point comme la fourrure.

— Bien dit! s'exclame Neptune, frappant du poing sur la table.

— Crédieu oui, c'est bien dit… Parlant d'esclave, le père Jaunay, est-ce qu'il a finalement retrouvé le sien[4]?

— Non. Dieu sait s'ils l'ont cherché… Espérons qu'il ait pu retourner chez les siens.

— Qui sont les siens? s'informe Neptune.

— Des Sioux.

— Il avait quel âge?

— Sept ou huit ans, guère plus. C'était un gamin.

— Un gamin… un gamin sioux. C'est jeune… pour retrouver son chemin… Moi, j'aurais jamais su… Non, j'aurais jamais su… retourner chez moi… J'aurais jamais su.

---

4. «On m'avait fait présent d'un petit esclave de sept à huit ans… Pendant mon absence, il a disparu sans que quelques recherches qu'on en a faites on en ait pu avoir des nouvelles. Ce coup m'accabla.»
— Extrait de la lettre du père Jaunay à madame Aulneau.

— C'est possible qu'il ait eu de l'aide, avance Grosse-Voix dans l'espoir de sauver Neptune du marasme.

— Sept ou huit ans… Non, j'aurais jamais su retourner chez moi…

— Faut mentionner que le père Jaunay en est fort chagriné. C'est un cadeau qu'on lui avait fait. Il le maltraitait point, c't'enfant, et il prévoyait bientôt le baptiser… Déjà qu'il savait bon nombre de prières, poursuit Grosse-Voix.

Neptune frappe du poing sur la table, imposant cette fois-ci le silence.

— Il le maltraitait point, tu dis?

— Pour sûr, il le maltraitait point… Il était nourri, logé, habillé…

— Pourquoi il s'est sauvé alors? Hein? Pourquoi il s'est sauvé?

Le silence s'appesantit, gagne les tables voisines où Gervais s'entretient avec les hivernants à qui il refile habituellement des marchandises prohibées. Sa canotée ayant subi au Long-Sault la même inspection en règle que celle de Pierre, il n'a, pour cette raison, procédé à aucun échange jusqu'à maintenant, préférant étudier le terrain auparavant. Selon Gervais, les risques qu'ils aient été dénoncés sont plus que probants et ses soupçons se dirigent également vers Neptune qu'il a déjà entendu déblatérer contre Modrière au cours de l'hiver à Montréal.

— Cabaretier! Verse-moi à boire, ordonne l'esclave, frappant une troisième fois sur la table.

— J'obéis point à un panis, rétorque l'homme avec mépris.

— Pourquoi, hein? Pourquoi tu n'obéis point à un panis? demande l'esclave en se levant d'un bond, la main sur son couteau.

— Verse-lui à boire, commande Pierre avant que la situation ne s'envenime.

— Si c'est toi qui le demandes, Poing-de-Fer, j'veux bien lui verser à boire à ce panis qui n'a point un denier à lui.

L'homme s'exécute et repart en maugréant pendant que Neptune se rassoit.

— Longue vie à Poing-de-Fer, lance-t-il en levant sa chope.

— Longue vie à Poing-de-Fer, trinquent les voyageurs à l'emploi de Modrière et La Ramée associés.

— Longue vie au sieur d'Ailleboust, proposent ceux à l'emploi de ce dernier, arrivés la veille.

— Longue vie à Modrière et La Ramée, riposte Gervais.

— Non! Lui, jamais! Qu'il aille au diable, le sieur Modrière, s'exclame Neptune. Qu'il aille au diable, le chien!

— Tout doux : prends garde à ce que tu dis, Neptune, intervient Pierre.

— Non! Qu'il aille au diable, le chien de Modrière, reprend le panis, les yeux haineux.

Devant la muette surprise de la clientèle de l'établissement, Neptune se lève brusquement.

— Quoi donc, compagnons? Vous ne buvez point avec moi? Vous ne buvez point avec un panis?….. Toi, Poing-de-Fer, bois avec moi… Qu'il aille au diable, le chien de Modrière!

— Je boirai avec toi dehors, propose Pierre.

— Non! Bois avec moi ici. Bois avec le moins que rien.

Se levant à son tour, Pierre frappe sa chope contre celle de Neptune.

— Je bois à toi, Neptune, qui sais si bien agrémenter notre sagamité.

— Ouais, buvons à Neptune, compagnons, renchérit Gervais, espérant détourner ainsi l'esclave de ses propos vindicatifs à l'endroit de son maître, qui est également leur employeur.

Les hommes trinquent de bon cœur. Décontenancé de se voir à l'honneur, Neptune montre des signes de vive émotion. Un sourire vacille sur son visage et au lieu de boire d'un trait, il ne fait qu'avaler une petite gorgée qui semble avoir peine à passer.

— Compagnons… à votre santé, balbutie-t-il, z'êtes… z'êtes ma… comme ma… ma famille. Oui, z'êtes comme ma… famille.

— Et Modrière, il est ton père? interroge le conducteur de la canotée du sieur d'Ailleboust dans l'intention évidente de ramener l'esclave à ses sentiments véhéments.

— Non, il est un chien, Modrière… Sans nous, de si gros profits, il ferait point… C'est nous qui risquons… Lui, jamais il ira au carcan… Non, jamais il ira au carcan, le chien.

— Viens boire avec moi, viens fumer en frère, offre Pierre en tentant de l'entraîner à l'extérieur.

— Non ! Il faut le dire… Compagnons… quand nos têtes seront dans le carcan, Modrière… le chien… viendra rire au pied de l'échafaud… Oui, je l'ai vu… Je l'ai entendu à Québec… Toi aussi, Poing-de-Fer, tu l'as entendu ? Hein ?

— Viens fumer avec moi, répète Pierre en entourant de son bras les épaules de Neptune.

— Tu as entendu le chien, Poing-de-Fer… Il faut le dire… C'sont nos têtes, nos têtes qui seront au carcan… Oui, compagnons, nos têtes.

Pierre fait signe à Grosse-Voix de l'aider à sortir Neptune avant qu'il n'en dévoile trop. D'un bond, le coureur des bois se porte à la rescousse. Soulevé de terre de chaque côté, l'esclave se voit emmené vers la sortie malgré ses protestations.

— Il faut le dire… Tu as entendu le chien, Poing-de-Fer. À Québec, tu étais au carcan… Ta tête au carcan… le chien riait de toi… C'sont nos têtes… Nos têtes…

D'un même élan, Pierre et Grosse-Voix transportent Neptune jusqu'au bord du lac et le laissent choir sur le sable avant de s'asseoir près de lui. À l'ouest, le soleil couchant rosit le ventre des nuages et se reflète sur l'immensité des eaux. Calme, quiétude et magnificence se dégagent du lieu. Renversés sur la grève, les longs canots se reposent de l'exigeant périple, bon nombre en attente de réparations. Embarcations durant le jour, ils tiennent lieu d'abri durant la nuit et, une fois parvenus à Makinac, ils leur servent d'auberge durant leur séjour. Apercevant le leur à proximité, Neptune s'y rend à quatre pattes et s'y réfugie dessous.

— J'étais là à Québec, Poing-de-Fer… As-tu oublié Québec ? As-tu oublié ? Modrière riait de toi… Je l'ai entendu… As-tu oublié Québec ?

— Je n'oublierai jamais Québec, avoue Pierre en le rejoignant.

— Il faut le dire aux autres… Modrière est un chien… C'est nous qui risquons… C'sont nos têtes… Je le vois, oui, je le vois compter ses profits en hiver… Ah ! Le chien ! Il faut le dire.

— Il faut le dire aux bonnes oreilles. Seulement aux bonnes oreilles.

— C'est nous qui risquons… Ah ! Le chien ! Des fois… des fois, je pense à le tuer… Oui, le tuer… Sale chien ! Il ne pourra plus faire mettre nos têtes dans un carcan… Et rire au pied de l'échafaud… Oui, le tuer.

— Tais-toi, Neptune ! ordonne Pierre, le saisissant au collet. Écoute… Aucune oreille, aucune oreille ne doit entendre ces paroles… Jamais ! Sinon, oui, ta tête se retrouvera au carcan.

— Ou pire encore, renchérit Grosse-Voix. Elle se retrouvera dans un nœud de potence.

— Tu comprends ? Hein ? Aucune oreille ne doit entendre de telles paroles. Jamais ! Tu comprends ça, Neptune ? répète Pierre en le secouant rudement.

— Z'êtes comme… ma famille. Toi, comme… mon frère.

— Par respect pour ta famille… Par respect pour ton frère, garde tes paroles à l'intérieur de ta bouche.

— À l'intérieur de ma bouche.

— Oui, à l'intérieur de ta bouche. Le nom de Modrière ne doit plus jamais sortir de ta bouche… C'est dangereux pour toi… C'est dangereux pour ta famille… Pour ton frère. Tu comprends ?

— Le nom de Modrière… jamais sortir de ma bouche… Par respect pour mon frère… Pour ma famille.

— C'est dangereux.

— Oui… dangereux… jamais sortir de ma bouche… Neptune enferme le nom de Modrière dans sa bouche.

— Oui, c'est ça. Enferme le nom de Modrière pour toujours dans ta bouche, termine Pierre en lâchant les vêtements de l'esclave.

— Pour toujours, Neptune enferme le nom de Modrière dans sa bouche… Pour toi, mon frère… Pour ma famille…

Neptune promène autour de lui un regard hébété qui finalement se fixe au plancher du canot au-dessus de lui.

— Ma famille… ma maison, explique-t-il en pointant le toit improvisé.

Pierre s'apitoie sur ce compagnon déraciné des siens et de son pays pour qui le canot est devenu le foyer et ses équipiers, sa famille.

— Dors… dors dans ta maison, suggère-t-il alors en l'invitant à s'étendre.

Neptune obéit et se recroqueville près de la pince arrière, sombrant presque aussitôt dans un sommeil d'ivrogne.

— Tu crois qu'il a compris? interroge Grosse-Voix sans cacher une certaine compassion à l'égard de l'infortuné.

— J'en sais rien.

— Chose certaine, ses paroles sont tombées dans de mauvaises oreilles cet hiver.

— Sûrement, sinon au Long-Sault, z'aurions passé sans difficulté.

— Je crois connaître ces mauvaises oreilles. Sûrement celles des d'Ailleboust.

— Tu crois?

— Oui. Ici, à Makinac, vous avez point été ennuyé par le commandant?

— Non.

— C'est donc dire que les oreilles des autorités d'la colonie n'ont rien entendu de ce que c'te pauvre a pu dire… Les d'Ailleboust, j'vois nuls autres. J'en fais mon affaire. Viens, rejoignons les autres. Laissons-le dormir, celui-là, conseille Grosse-Voix en entraînant Pierre.

*

Début septembre, lac des Deux-Montagnes.

Voilà que s'achève sa quatrième saison, songe Pierre en apercevant au loin sa maison. Aussitôt, son esprit s'évade sous ce toit béni où Jean Chapuy a promis de construire durant l'été un four à pain. Comme il lui tarde de revoir

Isabelle! De cueillir sur son visage le ravissement à cuire désormais le pain de leur propre blé dans leur propre four! C'est là l'ultime récompense de toutes les peines et tous les embarras que lui a apportés cette canotée de malheur qui a détourné une partie de leurs profits dans les poches du sieur d'Ailleboust. Grosse-Voix avait vu juste et avait négocié en pelus le prix à payer pour avoir la paix au Long-Sault. Selon toutes apparences, les gâteries ne suffisaient plus.

Ses hommes en étaient fort mécontents et reportaient le blâme sur Neptune, ce qui avait hélas changé la dynamique de leur groupe. Ne se souvenant plus de ses faits et gestes alors qu'il était en état d'ébriété, le panis ne comprenait rien au changement d'attitude de ses compagnons. Alors que lui les considérait toujours comme les membres de sa famille, eux le regardaient comme l'équipier susceptible de leur nuire involontairement. Le maillon faible en quelque sorte. Le pauvre Neptune s'évertuait toujours à agrémenter leur sagamité sans pour autant récolter les éloges d'antan. Le soir, aussitôt les pipes allumées, tous portaient leur attention sur Grosse-Voix qui en avait long à raconter sur ses aventures et sur celles de son frère. Étant donné que la canotée de Gervais bivouaquait avec la leur, cela ne faisait qu'accentuer la mise à l'écart de Neptune. En sa présence, on évitait de parler de Belle-Voix qui, marié à une Menomincc[5], profitait de la neutralité de cette tribu pour écouler leurs marchandises de contrebande. Il suffisait que l'esclave apparaisse pour que l'on se mette à chuchoter ou que l'on change carrément de sujet de conversation. Moins il en saurait, moins il pourrait en divulguer sous l'effet de l'alcool.

En tant que maître de canot, Pierre devait se rendre à l'évidence qu'on ne pouvait procéder autrement malgré le fait que Neptune devait en souffrir. Mener des hommes était drôlement plus compliqué que composer avec la rivière, lui

---

5. Menominee: tribu algonquienne appelée «Folle Avoine» par les Français. Elle vivait au nord-ouest du lac Michigan ainsi qu'au sud-est du lac Supérieur. Excellents trappeurs, les Menominees se nourrissaient de riz sauvage, de poissons et de gros gibier.

a révélé cette canotée. Anticiper les rapides, prévoir les portages, reconnaître les places de débarquement, étudier le débit et les moindres remous de l'eau, rien de cela ne l'avait jamais empêché de dormir. Par contre, œuvrer pour que l'entente et l'harmonie règnent au sein de l'équipe l'avait plus d'une fois tenu en éveil. Il a beau se féliciter de les ramener tous indemnes, il n'en demeure pas moins que Pierre déplore cette faille au sein de leur groupe. Il a bien tenté de revaloriser Neptune en insistant sur le fait que seul ce dernier bénéficiait de la confiance de Tehonikonrathe pour l'accompagner, cela n'a eu aucune incidence. La méfiance s'est installée. Il ne lui reste qu'à espérer qu'elle se dissipera au cours de l'hiver si Neptune parvient à arrêter de boire comme il en a l'intention.

— Combien d'arpents de blé, cette année? demande Charles Latour en se tournant dans sa direction.

— Quatre.

— Il m'a l'air beau. Hé! Grosse-Voix! Vois là-bas, c'est la maison de Poing-de-Fer, indique Latour au coureur des bois qui manœuvre son canot de manière à bénéficier de l'effet d'entraînement de la vague engendrée par leur embarcation.

— Une sacrée belle maison.

— L'avons aidé à bâtir, pas vrai Benoît?

— Dame! Ce fut là corvée agréable. T'as autre chose à bâtir, Poing-de-Fer?

— La grange: mon bois est prêt… Il ne manque que des bras.

— Alors, nous y serons. Dame, oui, nous y serons.

Neptune baisse la tête, manœuvrant sa pagaie avec les bras qui appartiennent à Modrière.

— Moi, j'aimerais y être, Poing-de-Fer, mais je dois point tarder à me rendre aux Trois-Rivières. Déjà que ça fait sept ans que ma femme attend… Si tant est qu'elle m'attend encore, s'excuse Grosse-Voix.

— Je comprends… Tarde point davantage à rentrer à ta maison, répond Pierre, caressant du regard la sienne, toute de bois fraîchement blanchi à la chaux pendant qu'il était aux Pays-d'en-Haut.

Il ne se lasse pas de contempler son chez soi. Un regain d'énergie lui parcourt les veines à l'idée de tout ce qu'il projette d'accomplir d'ici la prochaine canotée. Vendre au marché de Montréal son surplus de citrouilles et de légumes et, à Modrière et La Ramée associés, son ginseng séché ; capturer les tourtes et les engraisser comme font les seigneurs en France avec les pigeons ; construire la grange ; piocher les arpents nettoyés par Gaspard et ses fils ; fendre son bois de chauffage ; abattre en même temps que les tourtes les deux porcs qu'il a achetés ce printemps ; bûcher de nouveaux abattis… Il y a tant et tant de travaux à faire sur cette parcelle de terre qui est sienne. Des travaux exigeants, souvent éreintants, qui le font cependant dormir du sommeil du juste, le nez dans les cheveux d'Isabelle, tous ses petits et sa famille, richesses inestimables, groupés sous l'humble toit de planches.

Chapitre 16

Entre femmes

*1742, début mai, Montréal, boutique Modrière
et La Ramée associés, rue Saint-Paul.*

Va-et-vient incessant dans la boutique. Fébrilité palpable en ce temps de partance des convois pour les Pays-d'en-Haut. On achète, répare, organise, recrute, troque. La porte s'ouvre, tantôt sur un forgeron réglant ses créances par un lot de haches, tantôt sur un détenteur de permis équipant sa canotée, tantôt encore sur Boitillon affecté aux derniers charrois.

Avec le dégel des rivières, Montréal a retrouvé les battements vigoureux de son cœur commercial et elle bourdonne des multiples activités liées à l'industrie de la fourrure. Dans ses rues, les voitures des notables croisent les fardiers des marchands alors que dans ses auberges et ses cabarets affluent les hommes d'équipage venus d'ailleurs, principalement de Trois-Rivières.

Les autorités gouvernementales, caste dirigeante et française, quittent la ruche canadienne qui leur sert de quartier d'hiver pour se rendre à Québec y attendre les directives de la métropole apportées par les premiers vaisseaux. Pour leur part, les gens d'affaires de Montréal espèrent l'arrivée imminente des courriers en provenance des Pays-d'en-Haut. À la solde de différents marchands, ces messagers leur transmettent les besoins des hivernants et ceux des commandants des postes. L'un d'eux, arrivé la veille, s'entretient présentement avec ses patrons, Modrière et La Ramée. Pour cette raison, Élise La Ramée tient la boutique en compagnie d'Isabelle. Plus jeune sœur de Grosse-Voix et de Belle-Voix, donc familière avec l'univers des coureurs des bois, Élise a appris auprès de son mari les rudiments du commerce et elle lui doit de savoir aujourd'hui lire, écrire et calculer. D'un naturel agréable, elle sait s'adapter à l'hétéroclite clientèle, son doux sourire épongeant de plus toute frustration.

— Le sieur de Chatillon prétend que les Sauvages se feront de plus en plus insolents, apprend-elle à Isabelle, tout en pliant les chemises de traite rapportées le matin même par ses couturières.

— Insolents au point d'être dangereux ?

Élise note l'inquiétude dans la voix de son amie et regrette d'avoir abordé ce sujet. Isabelle est venue la visiter pendant les quelques jours que nécessite l'organisation de la canotée de son mari et elle lui prête main-forte dans la boutique, ce qui leur permet de converser dans les rares moments d'accalmie. Le soir en revanche, à la maison de la rue Saint-Sacrement, elles donnent libre cours à leurs bavardages, parfois même jusqu'à minuit. Elles ont tant à se raconter sur leurs enfants, leur mari, leurs parents et amis. Toutes deux momentanément libérées des exigences maternelles, qui par la mère d'Élise, qui par la belle sœur Magdeleine, elles se retrouvent, simples femmes, à faire le point sur leur existence, le bilan de leurs amours, l'élaboration de leurs rêves. Celui d'Isabelle étant de ne plus attendre dans l'angoisse le retour de Pierre, Élise s'empresse d'ajouter :

— T'as point lieu de craindre pour Pierre. C'est connu : Poing-de-Fer, il sait s'amadouer les Sauvages.

— Pas tous les Sauvages… Les Chicachas, l'an passé, ils ont encore brûlé des Français, non ?

— Oui, mais les Chicachas sont dans le bout de la Belle-Rivière : c'est loin de Makinac.

— Oh! C'est Makinac qui est loin de tout… Tellement loin, échappe Isabelle avec un soupir.

— Il ne lui reste que deux saisons à faire.

— Je sais, mais plus ça va, plus je suis inquiète. S'il fallait qu'il… qu'il se fasse… enfin, tu vois ce que j'veux dire… Avec toutes ces fouilles… Même chez les prêtres, tu dis?

— Oui, même chez les prêtres. Malheur à qui possède le moindre chanteau de drap anglais. Oh! La Compagnie, elle a le bras long.

— Avec ce Neptune que Pierre tient absolument à reprendre, il y a de quoi s'en faire, ajoute Isabelle.

— Ça, oui. Modrière est d'avis que le panis n'a plus sa place dans le canot. Louis aussi d'ailleurs. Te dire tous les ennuis qu'il a causés à son maître cet hiver! Poing-de-Fer devrait en tenir compte.

— Oh! Quand il a une idée en tête, lui!

— … il ne l'a point dans les pieds, termine Élise d'un ton taquin.

Elles s'esclaffent devant l'opiniâtreté de Pierre devenue légendaire.

Quel grand bien lui procure ce rire, pense Isabelle. Depuis leur établissement au Bout-de-l'Île, l'absence d'Élise est la seule ombre à son bonheur. Auprès de cette femme, elle trouve un soutien et une compréhension que ne sauraient lui apporter ni sa belle-sœur Magdeleine, ni sa bonne voisine Jeanne Chapuy. Plus qu'une confidente et plus qu'une amie, Élise est sa sœur d'âme. Une sœur qui a déjà connu la déchirure du départ de l'homme et le tourment de son attente. Déjà craint l'accident et la séduction d'une autre femme à la peau cuivrée. Déjà douté d'elle et de lui. Déjà refoulé le désir et les larmes. Une sœur qui, comme elle, jouissait avec le voyageur revenu d'En-Haut autant qu'elle s'est ennuyée de lui. Une sœur avec qui elle partage tous les secrets.

— Hmm, le sieur de Chatillon, il en sait des choses pour quelqu'un qui est arrivé au pays depuis à peine deux ans, avance-t-elle dans le but d'orienter la conversation sur cet officier logeant chez son amie dans le cadre de la distribution des militaires. Vingt-six ans, gentilhomme de naissance, il a servi au poste du Long-Sault. Au cours du long hiver, il s'est mis à conter fleurette à Élise qui n'y est point demeurée insensible. Celle-ci sourit.

— Il sait ce qui se dit en haut lieu... chez les gradés de France.

— Et qu'est-ce qui se dit?

— Que nous sommes trop mous avec les Sauvages... Qu'il nous faudrait les mettre au pas, sinon ils deviendront de plus en plus insolents.

— Qu'est-ce qu'ils en savent, des Sauvages, ces hauts gradés de France? Ils n'ont jamais mis les pieds au pays. Pierre, lui, il trouve qu'on ne devrait même pas les prendre comme esclaves.

— Pierre, c'est autre chose: il a été sauvé par un Sauvage. C'est difficile pour lui de reconnaître que les gens de c'te race, qui l'ont justement adopté, sont dénués de sentiments. Ils sont point comme les Iroquois qui participent à nos guerres... Non, de c'te race de chasseurs, on dit qu'ils sont les plus paresseux et les plus ingrats.

— Pierre en dit autre chose, les rares fois qu'il parle d'eux.

— Selon le sieur de Chatillon, si tout le monde pensait comme Pierre, il y a belle lurette que les Sauvages couraient tout nus dans les rues de Montréal, à voler nos boutiques et à faire peur aux femmes et aux enfants.

— Ah... Et Louis, qu'est-ce qu'il en pense?

Il n'est pas d'accord, ça va de soi. Ce qu'il en veut au subdélégué de nous l'avoir imposé! D'après lui, si on en juge par le zèle du sieur de Chatillon à vérifier les canotées au Long-Sault, il n'est là que pour nous espionner.

— Tu crois?

— C'est la jalousie qui fait dire ça à Louis, j'en suis sûre. Pauvre lui! Il n'aime pas tellement goûter à cette médecine, remarque Élise en lançant un petit regard vengeur vers la pièce adjacente servant de bureau.

Isabelle se tait. Son amie a-t-elle raison d'encourager les galanteries de son pensionnaire dans le but de rendre la pareille à son mari? Lors d'une soirée de retrouvailles particulièrement arrosée avec son frère Grosse-Voix, celui-ci a laissé échapper que Louis avait déjà eu des liaisons avec des Sauvagesses. Malgré le fait qu'elle s'en doutait, Élise avait reçu la confirmation de l'infidélité de son mari comme une gifle en plein visage et elle avait alors vu dans le galant officier l'instrument de sa vengeance. Cependant, il semble qu'inconsciemment, Élise ait pris goût au pouvoir de ses charmes, et Isabelle craint les conséquences que cela pourrait engendrer.

— Quand je te vois cet air-là, Isabelle, je sais à quoi tu penses. Te tracasse point pour Louis ; je veux juste le faire souffrir un peu. Jamais je ne le tromperai.

— À la bonne heure !

— Mais ce qu'il peut bien parler, ce Philippe de Chatillon ! Je l'écouterais des heures parler de la France… Tu sais qu'il est déjà allé à Versailles et y a vu le roi ? Des bals, il en a couru plus d'un. Ah ! Ce que j'aimerais voir la mère patrie… Juste une fois… une toute petite fois… avec Louis, bien entendu.

La porte s'ouvre sur Boitillon. Malgré ses traits tirés par la fatigue, le boiteux cache mal l'excitation qui l'habite.

— Z'avez-vu, mes p'tites dames ?

— Vu quoi ? interroge Élise, amusée.

— Venez voir avant que je le charrie à Lachine… Il est beau et grand, et solide avec ça.

— À vous entendre, m'sieur Boitillon, on croirait qu'il s'agit d'un bébé.

— C'en est un… en quelque sorte… Il est tout neuf. Venez.

Les deux femmes obéissent au charretier et le suivent dans la rue où un long canot est assujetti au fardier auquel est attelé un gros cheval tranquille à l'allure aussi fatiguée que son maître.

— C'est un six places, c'lui-là, annonce fièrement l'homme.

— Ah ! C'est celui de Gervais ?

— Oui, dame Élise… Il vient tout juste de sortir du chantier… Il sent tout frais la résine. C'est là-d'dans que votre frère Grosse-Voix va r'monter En-Haut.

— Par contre, il reviendra point dedans cette année.

— Ben non... C'est un hivernant qui descendra à sa place.

— Grosse-Voix repart pour dix-huit mois? s'étonne Isabelle.

— Oh! Peut-être pour plus longtemps... Sa femme lui a point trop ouvert les bras. Il faut croire qu'un cœur s'éteint à la longue.

— Pas tous les cœurs.

— Pas forcément tous les cœurs, t'as raison, la belle à Poing-de-Fer, rectifie Boitillon... Alors, ce canot, c'est une merveille, non? Mon idée qu'à Montréal il s'en construit maintenant d'aussi beaux qu'aux Trois-Rivières, sauf votre respect dame Élise.

— Presque aussi beaux! précise la chauvine trifluvienne avec un ton espiègle.

— Assez en tout cas pour se rincer l'œil. Allez, mes p'tites dames, j'vous quitte. Je tenais à vous le montrer flambant neuf.

L'homme grimpe à son banc, s'empare des guides et, se tournant vers Élise:

— Ils sont à radouber le canot de Poing-de-Fer. Le départ saurait point tarder.

Il accorde un regard consolateur de père à Isabelle, puis donne l'ordre à sa bête:

— Huc! Allez, hue, P'tit gars!

Isabelle pousse de nouveau un soupir en regardant s'éloigner l'attelage qui soulève la poussière de la rue. Le rappel du départ prochain de Pierre la démoralise. Élise la prend par la taille et l'entraîne vers la boutique.

— Il ne sera parti que pour quatre mois.

— Dieu merci! S'il fallait que ce soit pour dix-huit mois comme les hivernants! Dix-huit mois, quand j'y pense, c'est une éternité.

— Sept ans, ce l'est encore plus. Tu as bien attendu Pierre tout ce temps.

— Les circonstances étaient différentes... Aujourd'hui, le voir partir m'est de plus en plus difficile... C'est fou, mais dès l'instant où il part, j'ai toujours les yeux sur le lac à guetter.

Alors qu'elle vient pour ouvrir la porte de la boutique, Élise remarque un jeune homme en uniforme marchant d'un pas martial vers elles.

— Vois donc qui s'amène, chuchote-t-elle, trahissant d'un sourire mutin son plaisir à être courtisée.

Isabelle en éprouve un certain agacement. Elle considère Louis La Ramée un peu comme un père et Philippe de Chatillon carrément comme un intrus. Elle en a fait la connaissance à son arrivée à Montréal lorsque Pierre l'a laissée chez Élise avant d'aller lui-même loger chez Boitillon. D'emblée, l'officier lui a paru prétentieux et hautain, le fait qu'il vienne de France devant suffire à assurer sa supériorité en Canada. À son endroit, il avait eu une moue dédaigneuse, démontrant clairement qu'il la tenait pour une vulgaire paysanne. Isabelle aurait aimé lui faire savoir qu'elle était parvenue au statut d'habitante, mais n'en fit rien par respect pour ses hôtes. De toute façon, dans le registre du gentilhomme, paysan et habitant s'équivalaient. Dénué d'attraits physiques avec ses épaules tombantes, ses jambes grêles, sa peau marquée et des lèvres si minces qu'on les croirait inexistantes, Philippe de Chatillon se rabat sur de gracieuses manières, des minauderies et de galants badinages pour arriver à ses fins de séduction.

— Chère dame Élise, salue-t-il, faisant la courbette et le baisemain.

— Cher Philippe de Chatillon, répond Élise, accomplissant une révérence.

— Dame Isabelle, escamote l'homme en inclinant légèrement la tête pour marquer la différence entre l'une et l'autre. Que me voilà l'âme en peine, chère Élise, poursuit-il. On vient de m'affecter au fort Saint-Frédéric. Notre barque doit quitter à l'aube demain. Je tenais à vous faire mes adieux avant d'aller rassembler mes effets.

— Vos adieux? C'est là un bien grand mot.

— Dieu seul sait ce qui peut m'arriver. Je compte bien y servir le roi en mettant au pas les Abénakis qui s'adonnent à la contrebande.

— Je ne doute point que vous servirez le roi avec grande loyauté, réplique Élise se montrant attristée.

— Quel fléau tout de même que la contrebande ! s'indigne l'officier.

— Oui… un terrible fléau.

— Le roi y perd beaucoup, et au profit des Anglais. Ne sont-ils pas des traîtres, ceux qui s'y livrent ? interroge-t-il en épiant les réactions d'Élise.

— Assurément, ils sont des traîtres, répond celle-ci avec aplomb.

— Alors, la majeure partie des Canadiens en sont.

— Majeure, c'est là un autre grand mot, souligne Élise.

— Beaucoup, en tout cas… Vous devez sûrement en connaître.

Élise esquisse un sourire enjôleur.

— Dans mon entourage, je douterais fort qu'il s'en trouve… Leur présence n'y serait-elle pas un affront à un homme de votre loyauté ?

Philippe de Chatillon décoche un regard soupçonneux dans la direction d'Isabelle.

— C'est dans l'entourage du fort Saint-Frédéric qu'il s'en trouve, puisque c'est là qu'on vous envoie, remarque Élise avec finesse.

— Vous avez raison… Sans doute s'en trouve-t-il plus là qu'au poste du Long Sault… C'est à la source qu'il faut sévir… Gare aux Sauvages ! Un peu d'autorité leur fera le plus grand bien. J'ai passé un très agréable séjour sous votre toit… Transmettez mes amitiés à monsieur votre mari, et au plaisir de vous revoir un jour.

Nouveau baiser sur la main qu'il retient un court moment, suivi d'une volte-face comique et tragique. Un peu perturbée, Élise le regarde aller, son attitude exprimant un certain soulagement.

— Finalement, Louis a peut-être raison, reconnaît-elle.

— J'ai point aimé son discours sur les traîtres ni la manière dont il m'a regardée. C'est une bonne chose qu'il parte.

— Oui, une très bonne chose.

Lorsque Philippe de Chatillon disparaît en bifurquant à droite, rue Saint-François, Isabelle se sent délivrée de l'angoisse qu'il a fait naître. Le temps de cette brève rencontre, comme dans un éclair, elle a vu aux chevilles de Pierre les fers de la justice qui le priveraient à tout jamais d'arpenter sa terre. À ses poignets, elle a vu les mêmes fers l'enchaînant à la rame d'une des galères du roi. Elle a vu Marie-Pierre se pendre aux vêtements de son père en pleurant et Jean n'y rien comprendre du haut de ses quatre ans. Elle s'est vue, la petite Angélique dans les bras, lui faire ses adieux, consciente qu'il ne pourrait revenir cette fois-là et qu'un autre enfant naîtrait sans lui dans sept mois.

Si précieux, si grand, son fragile bonheur exposé aux dangers des éléments et des hommes ! Une fausse manœuvre ou une fuite ne peuvent-elles pas le lui ravir à tout moment ? L'ambition de Pierre les mènera-t-elle à leur perte ? Qu'ils puissent se délecter de pain de blé de temps à autre ne lui suffit-il pas ? Ce banc d'église qu'il promet d'acheter [1] éventuellement se muera-t-il en banc de galérien parce que Neptune aura trop parlé ? Comme elle a hâte que le contrat avec Modrière et La Ramée associés prenne fin ! Comme elle a hâte au jour où elle verra arriver le printemps sans avoir le cœur serré ! Se séparer de lui la déchire à tel point qu'elle préfère maintenant l'hiver à l'été. Quelle que soit la quantité de neige, quelle que soit l'âpreté du vent, il est là, rentrant du bois à pleines brassées pour réchauffer la maison. Il est là, dans leur lit, ardent et passionné, lui incendiant la chair. Il est là, apprenant des chants aux enfants et leur racontant des histoires. Ah ! Que vienne ce printemps béni où elle n'aura pas à l'entendre lui dire avec une œillade enjôleuse : « Je reviendrai » et où elle n'aura plus à lui répondre : « Je t'attendrai. »

---

1. La vente des bancs d'église aux familles contribuait aux ressources de la paroisse.

Chapitre 17

L'insidieuse ennemie

Fin octobre, terre de Sainte-Anne-du-Bout-de-l'Île.

— Ourche, Goliath! Ourche! commande Pierre en touchant le bœuf de l'aiguillon.

Attelé au joug de cornes, l'animal fonce tête baissée, muscles tressaillants. La souche de pin se soulève un peu, puis retombe en place dès qu'il cesse de tirer.

— Saleté de souche, rage Pierre en lui assénant un coup de pied qui ne fait qu'endolorir ses orteils et augmenter sa colère. Je t'aurai, saleté. Oui, je t'aurai, fulmine-t-il encore.

Il reprend la pioche et à grands coups se met à creuser autour des racines pour les dégager. Il se presse, car le jour achève. Bientôt, il n'y verra pas assez clair pour repérer dans l'écheveau souterrain les racines encore saines qui résistent à l'extraction. En vain, la petite voix de la sagesse lui conseille d'abandonner la partie. Il ferait mieux de reconduire Goliath à son étable pour le bouchonner et le soigner comme il se doit. La brave bête a bien mérité son repas et son repos. Lui aussi d'ailleurs. Toute la journée, il s'est dépensé à essoucher. Malgré la difficulté de la tâche, les choses sont allées bon train, jusqu'à ce qu'il tombe sur cette souche de pin. Normalement, il n'aurait même pas dû songer à l'arracher, ses racines tardant à pourrir, mais il l'a vue comme une arrogante provocation. Elle était là et le narguait. Le défiait. « Essaie de m'arracher du sol », traduisait son insolent bout de tronc solidement fiché en terre.

Avec l'efficacité d'un coup d'aiguillon, cette satanée souche a cristallisé toute sa frustration et catalysé sa colère. L'extirper de son champ devint urgent. Primordial. Incontournable. C'était lui ou elle. Une lutte à finir, commencée il y a cinq ans. Avant le coucher du soleil, je t'aurai, avait-il juré entre les dents. Et voilà où il en est, à fouiller le sol de son pic qui heurte les pierres et s'emmêle dans les radicelles. Il peine, suant à grosses gouttes malgré le froid humide. Parfois, il utilise la pelle, parfois la hache pour couper des racines, parfois ses mains pour suivre le parcours des artères ligneuses et ramasser les pierres qu'il jette au dehors de la fosse qu'il creuse.

Trimer de la sorte lui permet d'évacuer son trop-plein de fureur. Il a besoin de s'attaquer à un adversaire saisissable et de le vaincre, sinon… Sinon, il lui faudra prendre son trou. Ravaler sa défaite. S'avouer vaincu devant l'ennemi qui a ravagé sa récolte de blé et de maïs. Cet ennemi, vermiforme vorace contre lequel nul n'a rien pu faire : la chenille.

Des pluies excessives ayant succédé à un printemps trop sec, l'infâme rongeuse s'est sournoisement introduite dans les épis alors qu'ils étaient à maturité et, par légions, elle a envahi les champs au désespoir des colons et aussi des Sauvages qui cultivent le maïs dans les missions.

À son retour des Pays-d'en-Haut, avec consternation, il a vu son champ de blé dévoré par l'insidieuse chenille. Perdre cette récolte engendre chez lui beaucoup d'inquiétudes, puisqu'il prendra sa retraite du métier de voyageur l'an prochain, renonçant ainsi à ses généreux profits. Sans ses gages annuels, sans les surplus engendrés par la contrebande, sans les pelus et les provisions qu'il ramène, Pierre n'aurait jamais pu agrandir sa concession d'un arpent de front sur trente de long, portant ainsi sa superficie à quatre-vingt-dix arpents. Il n'aurait jamais pu aider Gaspard à obtenir la concession adjacente à la sienne, ni encore s'acheter une vache du sieur Jouvet. Redoutant l'endettement plus que tout, il avait misé sur la vente de son blé et de son maïs pour absorber une partie des dernières dépenses. Hélas, la chenille maudite a défait ses plans et contribué à inscrire son nom dans la colonne de créances de Modrière. Alors, pour s'y soustraire dans les plus brefs délais, il s'est rabattu sur la récolte du ginseng qui abonde encore sur la terre de Gaspard. Bon an, mal an, on en donne en moyenne trois livres pour une livre de racines séchées, et il en a rempli le grenier de sa grange. La vue des nombreux plants suspendus pour le lent séchage jusqu'à l'automne prochain l'a quelque peu rassuré en même temps qu'elle a éveillé ses remords face à Tehonikonrathe. Et face à cette partie indienne de lui-même. Du ginseng, le guérisseur en récolte depuis longtemps pour son usage sur les rives de la Grande Rivière, mais jamais il n'a consenti à l'inclure parmi les marchandises de troc.

Aurait-il commis un sacrilège, s'interroge souvent Pierre. Aurait-il trahi Mingam ? De l'au-delà où il est maintenant rendu, son père adoptif le blâme-t-il d'avoir arraché les plants de ginseng par centaines pour les vendre ? Que pourrait comprendre Mingam de la nécessité à vaincre cette souche pour augmenter la superficie de terre labourable ? L'Indien chasseur ne conquiert ni ne possède le sol. Partout où il pose le pied à la poursuite du gibier, il se sent chez lui car il est chez le Grand Esprit. Le Visage-Pâle, c'est autre chose. Il s'installe, s'enracine, transforme une partie de la forêt en champs de culture. La terre, il la fouille, la creuse, la renverse, la bouleverse. Il en change le visage, la consacre sienne et française par le froment qu'il y sème.

Mingam voit-il à quel point il agit en Français à cette heure ? À quel point il défend le blé, ripostant aux épis que la chenille a dévorés sur pied par l'accroissement de l'espace cultivable de futurs épis. C'est tout ce qu'il peut faire, et cette satanée souche doit céder sa place… Va céder sa place.

Pierre s'arrête, essoufflé. Il s'essuie le visage avec l'avant-bras, puis porte le regard vers sa maison dont la silhouette se découpe sur le lac reflétant les derniers rayons du soleil.

Voilà son château. Voilà les appartements de sa reine Isabelle et de ses enfants. À l'idée qu'en son absence le sieur Jouvet y a effectué des fouilles à la recherche de marchandises prohibées, son cœur s'alarme. Mingam a-t-il vu, cet été, à quel point il était aussi un Indien pour défendre Neptune envers et contre tous? Pourquoi s'entête-t-il à conserver cette épée de Damoclès au sein de son équipe? Abandonner l'esclave à sa propre déchéance serait bien plus simple et bien plus sage, mais Pierre s'en voit incapable. À cause de cette partie de lui-même qui, chaque fois, s'émeut d'entendre Neptune et Ikoué converser dans leur langue maternelle.

Le bœuf se secoue la tête comme pour lui signifier qu'il est prêt à tenter un dernier et suprême effort.

— Brave Goliath, murmure Pierre en passant la main dans son poil roux et humide. Celle-là, on va l'avoir, mon vieux.

Il s'assure que le joug est solidement fixé aux cornes et que les chaînes d'attelage ne risquent aucunement de blesser l'animal serviable que Jean Chapuy lui prête. Puis, il retourne près de la souche, s'empare du long bâton muni de la pointe de fer:

— Ourche! Ourche, Goliath!

L'insolent bout de tronc s'incline.

— Ourche! Ourche, Goliath! crie-t-il en lui administrant un coup d'aiguillon.

La bête s'élance et soulève la souche. Aussitôt, Pierre se saisit des racines et se met à pousser.

— Ourche! Ourche, Goliath!

L'homme et la bête s'arc-boutent, forcent au maximum. D'un coup, la souche bascule et Pierre tombe par derrière elle. Le bœuf s'arrête, retenu par une longue racine qui résiste. À coups de hache, Pierre coupe alors le dernier lien unissant jadis un pin superbe aux sources profondes. Sans qu'il n'en reçoive l'ordre, Goliath donne dans le joug, puis fait quelques pas, traînant facilement le nœud de racines extirpées. L'animal n'en est pas à sa première souche récalcitrante et se tourne vers son maître d'occasion qui souffle autant que lui. Sue autant que lui.

— Bravo Goliath ! La main de l'homme lui administre quelques bonnes tapes amicales sur l'encolure avant de le libérer de l'adversaire terrassé qui gît au sol.

Chapitre 18

Ce pays

1743, début juillet, Makinac.

Comme d'habitude, l'échange des marchandises anglaises avec Belle-Voix a eu lieu au même endroit. De la même manière. Dans le même grand secret. Et, comme d'habitude, Pierre a éprouvé du soulagement à se défaire de ces articles incriminants, habilement dissimulés dans sa cargaison. Cette fois-ci, à vrai dire, c'était plus que du soulagement, mais une réelle libération, car c'était la dernière fois qu'il assurait le trafic clandestin aux Pays-d'en-Haut. Terminé pour lui d'être aux aguets et d'avoir les fesses serrées aux postes de contrôle. Terminés pour lui les profits, soit, mais terminés par le fait même la tension et les perpétuels efforts pour maintenir l'harmonie au sein de son équipe.

L'an prochain, il ne sera plus maître de canot, mais maître de son temps sur sa terre du Bout-de-l'Île. L'an prochain, il ne reviendra pas commercer avec Jean Hardouin ni avec Belle-Voix, venus célébrer leurs adieux à l'établissement de Modrière et La Ramée associés. Demain, il partira sans doute pour de bon. Alors, exceptionnellement, ce soir, Pierre boit plus que d'habitude.

— À la tienne, Poing-de-Fer, trinque l'armurier en choquant un peu trop fort sa chope qui se renverse sur son poignet et le fait rire.

Pierre s'esclaffe à son tour, cette maladresse lui paraissant très drôle.

— Eh bien, Nivoigoutte ! On croirait que t'as encore les yeux gonflés par les moustiques, rappelle Grosse-Voix, également de la fête.

— Crédieu de galère ! Ce que j'en ai enduré quand j'suis arrivé au pays ! Vous autres, les Canadiens, ça semblait vous amuser de nous y voir les yeux bouchés et les mains pleines d'ampoules.

— Bah ! Oui et non. Dans un sens, ça nous divertissait un peu, mais dans l'autre, ça nous inquiétait. On en a vu qui n'se sont jamais faits au pays… Toi-même, Nivoigoutte, je peux bien te l'admettre à l'heure qu'il est, je donnais pas cher de ta peau.

— Ah oui ? Pourquoi ?

— T'étais toujours à fléchir des genoux et à te plaindre. Je me disais qu'un jour ou l'autre, tu allais foirer.

— Ben voilà ! J'ai point foiré ! À la mienne ! À la nôtre, compagnons !

Les chopes s'entrechoquent encore joyeusement et Pierre ressent une légère euphorie. Curieusement, ce qu'il aurait pu conserver de rancœur envers ces hommes s'est étiolé. S'est dissous dans l'air. Évaporé dans le temps. Ne compte que le moment présent. Ce qui, par le passé, lui a fait serrer les dents de rage, aujourd'hui l'égaie. Sous l'effet de la boisson, au lieu de tourner davantage au vinaigre, les mauvais souvenirs en deviennent de bons.

— Si c'est point vous insulter, z'êtes quasiment des Canadiens à c't'heure, déclare Belle-Voix.

— C'est point insulte, au contraire, répond Pierre. J'espère qu'un jour, nous le serons entièrement.

— Ouais, ben, vous le s'rez entièrement le jour où vous aurez à le défendre, ce pays.

— Quand il viendra ce jour, je le défendrai ce pays, assure Pierre.

— Oh! Il viendra… Dans pas grand temps peut-être.

— Tu crois?

— Crédieu de galère! Nous le croyons tous, Poing-de-Fer. Ça se parle chez les Sauvages qui sont mécontents envers les Français… Les domiciliés[1], avec l'aide des missionnaires, on peut parvenir à les garder de notre bord, et encore… J'ai ouï dire qu'au Détroit, ils conspiraient contre nous.

— Y a trop d'exagération d'la part de certains commandants. Sommes point fous: nous voyons bien qu'ils échangent les cadeaux que le roi nous destine contre des fourrures, renchérit Belle-Voix.

À l'exception de Pierre, personne ne se surprend d'entendre Belle-Voix employer le «nous» en parlant des Indiens. S'il avait épousé Sève-du-Printemps au lieu d'Isabelle, se serait-il exprimé ainsi? Fugitive, l'image de la jeune indigène traverse sa mémoire.

— Mon frère a raison. De la manière dont certains commandants agissent, ils poussent les Sauvages dans les bras des Anglais, poursuit Grosse-Voix. Ils demandent tellement pour les fournitures françaises que, forcément, les Sauvages s'en vont aux Anglais. Ben, z'en savons quelque chose, non? Elles sont grandement prisées, les fournitures anglaises.

Rire général et complice.

— C'est dire qu'elles vont nous manquer grandement, reconnaît Belle-Voix en baissant le ton.

Les regards se fixent sur Pierre.

— Neptune va peut-être faire l'affaire, avance celui-ci, se sentant pris à partie.

— Balivernes! Où il est, là, Neptune, hein? Tu sais où il est ton Neptune? réplique Grosse-Voix.

— …

— Il est soûl comme une grive, le Neptune, à roupiller quelque part… On peut point lui faire confiance pour ça. C'est trop risqué. Dommage que le «p'tit homme du Diable» ne veuille pas que je te remplace… Il va y perdre lui aussi.

---

1. Domiciliés: convertis.

— Il veut que ce soit Neptune, personne d'autre.

— Ben nous, Neptune, tant qu'il boira, on lui fera point confiance.

— Et c'est pas demain qu'il va s'arrêter. Pour ça, non : les Sauvages, ils ont peine à s'arrêter de boire. C'est comme si le démon en personne les possédait.

— Pour commencer, par contre, c'est une autre paire de manches.

— Mais c'est la faute à qui s'ils commencent à boire ? soulève Pierre avec une certaine ironie.

Grosse-Voix fronce les sourcils, se sentant visé. Plus d'une fois, il a âprement discuté la question avec Pierre, qui condamne sa façon de trafiquer avec les indigènes.

— Forcément, c'sont les Visages-Pâles, mais tant que les Anglais leur en fourniront, il nous faut faire de même, sinon on les perdra... Les missionnaires auront beau s'évertuer à prêcher l'abstinence, ça n'y changera rien. Souvent, les premiers à donner le mauvais exemple, c'sont les commandants qui troquent avec la ration d'eau-de-vie des soldats, pas vrai ?

— Oui, c'est vrai, concède Pierre.

— Alors ? C'est peine perdue, Poing-de-Fer. Regarde la situation en face. Neptune pourra jamais te remplacer et nous, on peut point lui faire confiance, tu comprends ?

— Oui, je comprends. C'est le cachot que vous risquez... ou pire encore.

— Nous faudra aller nous-mêmes chez les Anglais... ou passer par les Tsonnontouans. On y perdra un peu, mais ça pourra aller, conclut Belle-Voix.

— Crédieu de galère ! Parlez pour vous. Moi, mes pièces, elles sont pour des armes françaises. Ce que je vais les payer quand tu ne seras plus là, Poing-de-Fer ! Ce que je vais les payer !

— T'alarme point, Nivoigoutte. Je m'arrangerai pour tes pièces, promet Grosse-Voix. La Ramée, je sais lui parler. C'est mon beau-frère, après tout.

— Là, tu me rassures, ami. À ta santé, crédieu de galère ! À la santé de l'amitié ! lance l'armurier, dédiant un regard fraternel à Pierre.

Un regard où tout est confessé et absous. Quoiqu'ils aient pu projeter de faire l'un en cachette de l'autre à leur arrivée au pays, l'amitié a fini par s'établir entre eux. Ensemble, ils ont vu disparaître les côtes de la France pour voir apparaître celles de la Nouvelle-France. Enfants de la mère patrie, leurs destinées se sont liées sur le bateau et, à la veille de se dénouer, l'un et l'autre en éprouvent d'avance de la nostalgie.

— Que je vous y voie, amis, passer devant ma terre sans y arrêter, fait mine de semoncer Pierre en vidant sa chope.

Puis, à l'adresse de Hardouin et de Belle-Voix :

— Il y aura toujours place sous mon toit pour y étendre vos couvertures.

Cette invitation à l'indienne qui s'étend au reste de la famille est bien reçue par les deux hommes.

— C'est point dit que j'n'irai pas un jour, réplique Hardouin. Crédieu, oui, ça me plairait assez de voir ta terre et ta belle Isabelle… et tes enfants… C'est ici, à Makinac, que t'aurais dû t'établir. La terre donne bien et le climat ressemble plus à celui de la France.

— C'est sûr, ici, le climat est plus doux… Dans le bout de Détroit aussi à ce qu'il paraît, la terre donne bien, mais ma terre à Sainte-Anne, c'est comme si elle m'était destinée. Et puis, Isabelle est bien amie avec ta sœur Élise, Grosse-Voix. J'oserais pas la priver de c't'amitié.

— Sur c'te point, t'as raison. N'empêche que Nivoigoutte a point tort. C'est ici qu'il faudrait des colons. Ici et au Détroit… C'est connu, il y a plus de prairies, donc moins de défrichage, et la terre a meilleur rendement qu'En-Bas[2]… T'imagines tout ce que le roi économiserait en transport de vivres pour les postes? Le blé, le maïs, les pois, les légumes, le lard, la volaille, les œufs, le beurre, tout ça pourrait provenir d'ici… Sans compter qu'il n'y aurait point de pertes à cause des avaries dues à l'eau. Et puis, ça ferait du peuplement… Il nous faut des gens, beaucoup de gens pour

---

2. En-Bas : par opposition à En-Haut, désigne la vallée du Saint-Laurent, incluant la région de Montréal.

assurer notre présence… Le pays est grand sans bon sens… Jusqu'à la Louisiane. Le roi aurait grand avantage à encourager les colons à s'installer aux Pays-d'en-Haut… Imagine un autre avantage : une région pourrait venir au secours de l'autre en cas de mauvaises récoltes. Si des chenilles grignotent le blé d'En-Bas, c'est point assuré qu'elles grignoteront celui d'En-Haut.

— C'est une bonne idée, concède Pierre, mais tu sais comme moi que le commerce de la fourrure n'le permettra jamais… Des colons, ça éloigne le gibier, ça éloigne les Sauvages et, surtout, ça multiplie les coureurs des bois… La Compagnie y consentira jamais… Les commandants de poste non plus d'ailleurs.

— Crédieu ! Tu dis vrai, là. Y a donc point lieu d'espérer que tu viennes t'installer dans le bout.

— Non, y a point lieu. Ma terre du Bout-de-l'Île, jamais j'la quitterai… Je t'ai dit que mon beau-frère Gaspard a obtenu celle d'à côté ?

— Oui, plus d'une fois, tu l'as dit.

— Et que nous allons bâtir sa maison à l'automne ?

— Plus d'une fois, ça aussi. Et que ça commençait à être exigu à douze dans la même maison, tu l'as dit aussi. Remarque que si Belle-Voix et moi y étendons nos couvertures ensemble, t'en auras… attends un peu… avec mes enfants… ses trois fils… nos femmes… T'en auras quatorze sous ton toit. L'invitation tient toujours ?

— Oui, elle tient toujours… Je serai heureux de vous y accueillir. Isabelle fera une fournée rien que pour vous.

— Ah ! Le bon pain de blé ! Je m'en lèche déjà les babines.

— Avec du bon beurre, renchérit Pierre. Je t'ai dit que ma vache a vêlé ?

— Si je compte le nombre de fois que tu l'as dit, ça lui fait au moins vingt veaux à ta vache.

— Je dirais trente au bas mot, commente Belle-Voix, amusé.

— Alors, qu'est-ce que j'ai dit d'autre ? s'informe Pierre, riant de bon cœur.

— Que tu as mis deux arpents en jachère et que t'espérais ne pas voir l'ombre d'une chenille cette année.

— Saleté de chenilles !

— Ça, au moins cent fois, tu l'as dit… Crédieu, oui, au moins cent fois !

— Mille au bas mot, renchérit Belle-Voix.

Grosse-Voix laisse entendre un tonitruant éclat de rire qui déclenche celui de ses compagnons. Sans qu'il soit interpellé, le responsable de l'établissement vient remplir les chopes et retourne derrière son comptoir.

— Il ne manque que La Ramée pour qu'on soit les cinq doigts de la main, remarque Grosse-Voix.

— Sacré La Ramée ! Il m'en a fait baver mais, crédieu, j'lui dois la vie. Allons, compagnons, trinquons à sa santé.

— Longue vie à La Ramée, souhaite Pierre avec les autres, la réminiscence du fer rouge modérant à peine son enthousiasme.

— Comment il est de son épaule, s'informe Jean Hardouin.

— Elle le fait souffrir par mauvais temps, mais ça peut aller, répond Grosse-Voix. Il m'a dit que ça lui faisait toujours un p'tit pincement au cœur de voir partir les canotées… Tu verras, toi aussi, Poing-de-Fer, ça te fera un p'tit pincement au cœur de voir passer les canotées… Veux, veux pas, ça te marque, ces voyages-là… Moi, des fois, je songe à m'arrêter… Me v'là rendu à quarante-six ans.

— À peu près à l'âge où La Ramée s'est arrêté, rappelle Hardouin.

— À peu près, oui… Mais lui, il avait Élise… Ça compensait. Et puis, là, il y a son fils et sa petite fille. Ce qu'il peut les aimer, ces enfants-là ! Moi, ma bonne femme… Bah ! J'la comprends : j'suis point exemplaire, reconnaît Grosse-Voix.

— Mais t'as des fils, note Pierre, craignant de voir l'homme sombrer dans la mélancolie.

— Oui, des jumeaux. Ça leur fait déjà douze ans… Sont de bons garçons… Félix, l'un d'eux, aimerait bien devenir voyageur comme moi, mais sa mère veut point en entendre parler… Moi, j'aimerais bien durer assez longtemps pour lui montrer le métier.

— S'il est dû pour devenir voyageur, un jour il le sera assurément. Crédieu oui : y a point une mère capable d'empêcher un jeune de monter En-Haut si ça le travaille. Moi, mon fils, c'est point les canots qui l'intéressent, mais c'est apprendre à réparer les armes… Alors, je lui montre… Il n'a que neuf ans, mais il se débrouille bien.

— Moi, mon plus vieux, raconte Belle-Voix, je crois que ça lui plairait aussi de faire partie d'une canotée pour voir ce qu'il en est. J'ai jamais vu quelqu'un qui s'adapte aussi bien que lui… Et puis, il chante juste et bien… Je lui ai montré toutes mes chansons.

— Ils parlent français, alors, tes fils, remarque Pierre.

— Ils parlent la langue de leur père et aussi celle de leur mère, précise Belle-Voix. Demain, je viendrai avec eux pour que tu les voies… Mon plus jeune a huit ans et je lui ai donné ton nom. Mon plus vieux, Jean-Baptiste, il a seize ans et Gabriel, qui est au milieu, il en a douze. Tu les verras demain matin.

— Et moi, je viendrai avec Louis et ma petite Jeanne, qui a trois ans comme ta petite Angélique, promet l'armurier, la mine attendrie et fière.

Court silence. Moment de réflexion accordé à ces enfants qui les prolongent et esquissent le pays à devenir. Le pays à défendre un jour pour leur permettre de transmettre avec leurs gènes, les chansons, les connaissances et la langue de la France.

Le cœur de Pierre se dilate sous l'effet de l'alcool et des propos de ses compagnons. Lui qui, de patrie, ne se reconnaissait qu'Isabelle, embrasse maintenant dans ce mot ces hommes et cette ribambelle d'enfants aux boucles blondes ou aux cheveux de jais qui assureront leur descendance en ce pays si grand à peupler et, qui sait, peut-être trop grand à défendre. Il lève sa chope avec solennité.

— Compagnons, ce pays, je peux point dire qu'il me vient de mes ancêtres, mais je sais qu'il appartient à mes enfants. À vos enfants. S'il vient un jour où il faudra le défendre, je serai là.

— Moi aussi, crédieu de galère, j'y serai, assure l'armurier.

— Nous aussi, affirment les frères Gareau. Vive la Nouvelle-France ! Vive le Canada !

Les chopes s'entrechoquent, scellant leur engagement.

*

Pointe de Makwa, fin août.

Serrés l'un contre l'autre, Neptune et Ikoué se témoignent leur affection. À peine se sont-ils retrouvés qu'ils se sont évadés en esprit vers la prairie. Grand bien leur fasse, songe Pierre en les voyant converser en aparté, à l'écart du groupe, réfugiés dans l'abri d'écorces.

La pluie maintenant tombe dru, intensifiant la pénombre. Assis entre Tehonikonrathe et Wapitik, Pierre est remué par tant de souvenirs l'unissant à ces gens qu'il n'aura dorénavant plus l'occasion de rencontrer. Mettre un terme à son métier de voyageur signifie conséquemment mettre un terme aux rencontres du printemps où il ramassait les marchandises anglaises et à celles de la fin de l'été où il laissait les pelus en échange. Neptune ayant été refusé par tous en tant que responsable intermédiaire, la totalité du butin sera donc cette fois-ci acheminée vers Montréal.

— Mes mains sont vides de fourrures, a-t-il annoncé en descendant du grand canot au fond duquel se trouvaient les présents de riz, de maïs ainsi que de peaux et de viande séchée de bison qu'il leur faisait personnellement.

— Je vois que ton cœur est habité par chacun de nous. Cela me suffit, a répondu Tehonikonrathe, s'empressant de soustraire les vivres à la fine pluie qui s'était mise à tomber. Le canot servant d'abri pour ses hommes, Pierre a évoqué l'obligation de retourner auprès d'eux avant la tombée de la nuit, ce qui, à son grand regret, devait écourter sa visite.

— Avant de partir, viens fumer avec moi, mon frère.

— Avec nous, a précisé Wapitik en sortant déjà sa pipe.

— Du bon tabac noir, a poursuivi le guérisseur en l'entraînant vers l'abri. Tes hommes peuvent attendre sous les sapins.

Pierre n'a pu refuser et le voilà, bien au sec, à imaginer Charles Latour, Benoît Demers et Simon Léonard pestant contre lui au pied d'un conifère.

— Tes mains sont vides de fourrures, mais chacun de nous habite encore ton cœur, répète Tehonikonrathe en désignant N'Tsuk, Ikoué et Fait-Trembler-la-Terre, ravies par la grande quantité de maïs et de riz offerte.

— Tehonikonrathe et les siens habiteront toujours mon cœur.

— Ankwi aura toujours une place parmi nous pour étendre sa couverture. Fumons à cela.

Wapitik sourit de contentement en le voyant bourrer la pipe qu'il lui a fabriquée, puis il emprunte l'air grave de son père qui accomplit son rituel et tire sa première bouffée.

— À toi, Grand Esprit, maître de tous les souffles. Reçois le mien, celui de mon fils et de mon frère au visage pâle. Je te rends hommage d'avoir fait pousser le maïs au pays des Grands Lacs.

Pierre s'alarme. Que signifient ces dernières paroles ? Ici, le maïs aurait-il été affecté ?

— Le Grand Esprit a-t-il bien fait pousser le maïs à Canassadaga ? ose-t-il demander.

— Oui, mais les vers l'ont mangé.

— Saleté de chenilles, s'exclame-t-il, appréhendant que la sournoise ennemie ait attaqué ses emblavures [3].

— C'est la main du Grand Esprit qui a mis les vers dans le maïs.

— Il doit s'en trouver aussi dans mon blé.

— La main du Grand Esprit a distribué partout de ces vers… Les Robes-Noires et les convertis ont fait des processions. Pendant des soleils, ils ont prié les esprits qui habitent les petites cabanes de la montagne. Cela n'a rien donné. On m'a rapporté que les Français aussi ont supplié le

---

3. Emblavure : terre ensemencée de blé ou d'une autre céréale.

Grand Esprit d'enlever les vers... Cela n'a rien donné...
Qu'est-ce à dire? Pourquoi le Grand Esprit n'a-t-il pas mis
des vers dans le maïs des Grands Lacs?

— Je... je ne sais pas, répond Pierre, abasourdi par
l'annonce du fléau.

— Est-ce le Grand Esprit des Français ou le nôtre qui a
mis les vers?

Pierre hausse les épaules. Que lui importent ces
réflexions? Cela ne changera rien au fait qu'il devra, pour la
première fois, acquitter aux seigneurs sulpiciens le cens [4] et
la rente [5] en blé et en argent après les cinq années de gratuité
accordées pour le défrichement. Où trouvera-t-il ce blé si les
deux arpents qu'il est parvenu à semer se voient anéantis?
Comment fera-t-il ses propres provisions de maïs si la
dévoreuse s'en est empiffrée? S'en prendra-t-elle également
à ses trois arpents d'avoine?

— Si c'est le Grand Esprit des Français, poursuit
Tehonikonrathe, il a fermé ses oreilles aux prières de tous les
convertis, de tous les Français et de toutes les Robes-Noires.
C'est signe qu'il y a, dans ces vers, un message.

— ...

— Si c'est le Grand Esprit, maître de tous les souffles,
c'est preuve qu'il est plus puissant que celui des Français.
Est-ce le Grand Esprit des Français ou le nôtre qui a distribué partout ces vers ou chenilles, comme tu dis?

— Je ne sais point.

— Tehonikonrathe croit que le maître de tous les
souffles a distribué ces vers. Pour lui, c'était facile car toutes
les vies lui appartiennent. Par cela, il a voulu faire réfléchir le
converti qui lui préfère le Grand Esprit des Français... Voilà
ce qu'il lui a dit: «Reconnais ma puissance. J'ai mis les vers

---

4. Cens: redevance fixe que le possesseur d'une terre payait au seigneur
du fief. Correspond pour l'île de Montréal à six ou douze deniers par
arpent, par an.

5. Rente: nouveau droit qui n'est pas proprement seigneurial et que les
sulpiciens juxtaposaient au cens «in confuso» pour éviter toute
contestation. Correspond à un minot et demi de blé par vingt arpents.

dans le maïs et les prières des Robes-Noires n'ont pas réussi à les enlever. Refuse d'être celui qui, comme un ver, va porter la guerre chez les Yangisses… Les prières des Robes-Noires ne pourront rien pour te protéger de la colère de cet ennemi qui n'est pas le tien. »

Pierre frémit devant le spectre de la guerre de nouveau évoqué, cette fois-ci par l'Indien.

— Est-ce que les oreilles de Tehonikonrathe ont entendu les Yangisses parler de cette guerre ?

Le guérisseur esquisse un sourire ironique.

— La guerre n'est pas dans la bouche des Yangisses ni dans la bouche des Français… Elle est dans leurs pensées, et leurs pensées dirigent les mains des Sauvages… À Canassadaga, la Robe-Noire a semé la haine du Yangisse dans le cœur des convertis et elle les encourage à la petite guerre[6]. Elle dit que c'est là le désir du Grand Esprit. Tehonikonrathe croit que le Grand Esprit est trop grand pour s'occuper de nos guerres.

— À Makinac, mes oreilles ont entendu que les Sauvages voulaient se débarrasser des Français.

— Et des Yangisses aussi. Les oreilles de Tehonikonrathe entendent cela depuis longtemps, mais il est trop tard pour se débarrasser du Visage-Pâle… Nos ancêtres auraient dû repousser les bateaux de ces hommes et les obliger à retraverser le Grand Lac Salé… Ce temps est passé. Chaque printemps, les bateaux reviennent avec les marchandises et l'eau-de-feu. Chaque automne, les bateaux repartent avec les fourrures et nos plantes. Le Visage-Pâle nous a envahis jusque dans notre au-delà… À Canassadaga, la Robe-Noire a un grand pouvoir sur l'esprit des convertis. Pikamu, l'ancien mari de N'Tsuk, poursuit Tehonikonrathe en accordant un regard à sa seconde épouse, fait tout ce que la Robe-Noire demande. Ainsi, il a de nouveau cessé de boire de l'eau-de-feu… Cela est une bonne chose et aussi une mauvaise chose.

---

6. Petite guerre : raid effectué par de petites équipes volantes, souvent dans la population civile. Cela pourrait se comparer à un acte de terrorisme.

— Pourquoi une mauvaise chose ?

— Parce que son esprit ne lui appartient plus. Si son esprit ne lui appartient plus, sa vie ne lui appartient plus et la Robe-Noire peut en disposer.

— Est-ce que Tehonikonrathe préfère que l'esprit de Pikamu appartienne à l'eau-de-feu ? Vois Neptune : il aimerait ne plus boire, mais s'en trouve incapable.

Le Pawnis tique et cesse son bavardage avec Ikoué. Dépit, colère et déception donnent à son visage l'empreinte de la défaite. Se relèvera-t-il du dur coup infligé par le manque de confiance de ses compagnons qu'il interprète comme un rejet ?

— C'est l'esprit de l'eau-de-feu qui a libéré le nom de Modrière de la bouche de Neptune, se défend-il.

— Je sais, répond Pierre.

— Neptune doit interdire à l'esprit de l'eau-de-feu de franchir ses lèvres, conseille Tehonikonrathe.

— Cet esprit est puissant... Plus puissant que Tehonikonrathe... Quand il pénètre en moi, il se rend jusqu'au bout de mes doigts et me fait sentir fort... Très fort. Rien ne peut m'arrêter quand il est en moi et je suis libre alors... Personne n'est mon maître quand il est en moi.

— Tu fais erreur : c'est lui qui devient ton maître, car tu ne peux pas l'empêcher de franchir tes lèvres. Un maître n'entre-t-il pas comme il veut chez son esclave ? soulève Tehonikonrathe.

Neptune baisse la tête et Ikoué l'entoure de ses bras consolateurs.

— Reste avec nous... Reste avec moi. Ici, l'esprit de l'eau-de-feu n'a pas sa place, suggère-t-elle.

Le Pawnis fait signe que non puis, d'une voix résignée, confirme :

— Tehonikonrathe dit vrai... Le mauvais esprit de l'eau-de-feu est mon maître. Je dois me défaire de lui, non le fuir. J'essaierai encore, Poing-de-Fer, j'essaierai encore, lui promet-il, vibrant de sincérité, comme s'il était toujours en son pouvoir de maître de canot d'infléchir la décision des membres de la canotée.

Un sentiment de pitié à l'égard de Neptune s'empare de Pierre. Il craint fort que l'esclave ne parvienne jamais à se défaire de sa dépendance. Encore moins qu'il ne devienne un jour seul maître de son esprit. Arraché trop jeune aux siens, baptisé pour en augmenter la valeur de revente, mais sans pour autant avoir reçu un enseignement religieux adéquat, Neptune tente de s'arrimer tantôt aux croyances des Français, tantôt à celles des Indiens. Il ignore ce en quoi il croit et qui il est au juste. Dans ces conditions, il demeure très difficile de lui venir en aide. Autant pour lui que pour Tehonikonrathe.

Ikoué se remet à lui parler dans cette langue inconnue où s'entend la commisération et la solidarité, et Pierre s'adresse de nouveau à Tehonikonrathe, anxieux de dévoiler davantage le visage de cette guerre à venir.

— Que disent les Yangisses de Chouaguen à Tehonikonrathe au sujet des Français?

— Que les Français nous aiment pour nos fourrures et que par la Robe-Noire, ils veulent détruire notre Grand Esprit… Cela est vrai.

En toute conscience, Pierre ne peut nier que, dans l'ensemble de la colonie, telle est la pensée des gens à propos des Indiens, mais il ne peut passer sous silence les cas d'exception.

— Pas tous les Français… J'en connais qui ont pris femme chez les Sauvages et qui vivent comme eux.

— Ils ne vivent pas tout à fait comme eux, car ces femmes ont adopté le dieu des Français et les enfants qu'elles donnent à leur mari sont baptisés à la naissance… Dépouiller un peuple de ses fourrures, c'est le détruire de l'extérieur. Dépouiller un peuple de son Grand Esprit, c'est le détruire de l'intérieur. De cela, un peuple a peu de chances de se relever.

Pour s'être déjà empêtré dans ces discussions d'ordre spirituel avec Tehonikonrathe, Pierre pressent qu'il lui serait préférable d'orienter autrement ses questions et il décide d'aller droit au but.

— Est-ce que les Yangisses ont fait part à Tehonikonrathe de leur intention de nous envahir?

— La Robe-Noire de Canassadaga aimerait bien entendre ma réponse à cette question.

— Moi aussi, j'aimerais l'entendre, cette réponse.

De nouveau, un petit sourire glisse sur les lèvres du guérisseur qui se ferme les yeux et tire une longue bouffée qu'il expire lentement, s'envoyant la fumée au visage d'un geste de la main. Puis, ses paupières étirées s'ouvrent sur ses prunelles de sorcier tenant à la fois du Diable et du Grand Esprit, de l'enfant et du vieillard, du guérisseur et du vengeur.

— Ankwi, je te parlerai en frère sans rien te cacher. J'ai un autre frère qui n'est pas de mon sang au pays des Iroquois tsonnontouans. Poings-Serrés est son nom. Il a vu la main des Français détruire par l'épée et par le feu le maïs et les villages de son peuple, et son père est mort enchaîné au banc d'une galère... Son cœur est plein de haine contre les Français... Lorsque la guerre viendra, Poings-Serrés se rangera du côté du Yangisse... Cet été, cet homme a fait la connaissance de Wapitik et il lui a proposé de prendre une de ses petites-filles pour épouse... Si Wapitik accepte, je perdrai mon fils, car chez les Iroquois, l'homme suit la femme... Mon tourment sera plus grand que le vide qu'il laissera dans le wigwam, car je tremblerai pour lui. Cette guerre à venir n'est pas la nôtre, mais elle se servira de nous... En ce jour, Ankwi, je te dis que cette guerre, Tehonikonrathe ne la servira pas... Ce que ses oreilles entendront chez les Yangisses ne franchira point ses lèvres chez les Français. Ce que ses oreilles entendront chez les Français ne franchira point ses lèvres chez les Yangisses.

— J'entends tes paroles, mon frère, répond Pierre, signifiant qu'il comprend et respecte la neutralité de Tehonikonrathe. Puis, il se tait, et pendant un long moment, ils fument en silence chacun dans ses pensées.

La pénombre s'intensifie et la pluie redouble d'ardeur. Il lui faudra bientôt partir sinon, à juste titre, ses hommes lui en voudront. Pierre aurait tant aimé se retrouver avec sa famille adoptive sous un beau ciel étoilé et avoir toute la nuit à passer avec elle. Tant de choses restent encore à dire. Ainsi, cette proposition de mariage faite à Wapitik. Qu'en est-il au juste? Ce dernier serait-il amoureux? Quels sont ses désirs? Ses intentions? La pénombre permet mal de lire sur le visage du fils du guérisseur. C'était hier, il lui semble, que Wapitik lui apprenait à nager. Rien ne présageait alors que l'heureux gamin aurait à faire, à dix-neuf ans, un choix aussi déchirant.

— Est-ce que cette fille te plaît? s'informe Pierre.

— Je ne sais pas... Poings-Serrés dit qu'elle est jolie, répond Wapitik.

— Tu ne l'as jamais vue?

— Non, mais elle n'est pas convertie. Je ne veux pas d'une femme convertie.

— Je comprends.

— À la lune des fleurs naissantes[7], j'irai la rencontrer à Chouaguen. Si elle me plaît, je la suivrai dans son village pour l'épouser.

— Nos routes ne pourront plus se croiser.

— En temps de paix, elles ne pourront plus se croiser. En temps de guerre, peut-être... Ankwi tient dans le cœur de Wapitik une place plus grande que celle de son propre père qui lui préfère Fait-Trembler-la-Terre, dévoile le jeune homme avec un soupçon de rancœur dans la voix.

Tehonikonrathe hoche la tête à la manière d'un homme qui voit ses craintes confirmées. Ce que lui apprend son fils aujourd'hui, il le savait depuis longtemps, mais ne voulait pas l'envisager.

— Wapitik souhaite que sa route ne croise pas la route d'Ankwi en temps de guerre. Il ne veut pas lever la hache contre son frère. Peut-être le devra-t-il pour protéger sa femme et ses enfants... Ankwi fera-t-il comme mon père ou servira-t-il la guerre?

Jamais Pierre n'aurait pu imaginer l'affreuse perspective de se retrouver face à face avec Wapitik en temps de conflit. Avec ses compagnons, il a levé sa chope à la défense du pays sans s'attarder sur le prix qu'elle pourrait comporter.

---

7. La lune des fleurs naissantes: le mois de mai.

N'a-t-il pas, dans ce moment d'élan patriotique, occulté une partie de lui-même?

Comme il est horrible le visage de cette guerre que Wapitik vient de mettre à nu! Intransigeant et impitoyable! De toute son âme, Pierre espère que ne vienne jamais l'heure où il aura à assassiner une partie de lui-même en assassinant Wapitik pour la sauvegarde d'un pays que tous deux défendraient.

— Comme toi, je souhaite que ma route ne croise pas la tienne en temps de guerre, répond-il en entourant les épaules du jeune homme, lui faisant ainsi savoir qu'il ne sera pas neutre.

La pluie diminue et Poing-de-Fer devrait en profiter pour retourner vers ses hommes, mais Ankwi décide de rester et de garder serré contre lui ce frère que la guerre, demain, mettra peut-être devant son fusil.

Chapitre 19

Une visite

1744, en la lune de la ponte des oiseaux aquatiques (juin), au sud du lac Canassadaga (lac des Deux-Montagnes).

Ikoué pagaie, puisant dans la répétition et la monotonie du mouvement une forme d'engourdissement bénéfique. Voilà sept soleils qu'elle s'est séparée de son fils Wapitik à Chouaguen, et son âme se lamente du vide laissé. Cette lamentation, tous la devinent, mais seule N'Tsuk, la seconde épouse de son mari, l'entend et y répond vraiment. «Il sera heureux avec elle», a constaté celle-ci quand elles ont regardé s'éloigner le convoi de Poings-Serrés dans lequel Wapitik prenait place avec la jeune promise qui sait si bien broder des décorations et tresser des paniers.

«Il sera heureux avec elle», a approuvé Ikoué, convaincue que la nature sensible de la fiancée convenait à celle de son fils. Quand le reverra-t-elle, cet enfant qu'elle considère comme étant le premier pays issu de son ventre? À l'oreille, Wapitik lui a promis de l'emmener un jour revoir les veaux des bisons gambader dans la prairie. Bien qu'Ikoué doute que la chose soit réalisable, le fait qu'il y ait songé la touche et démontre à quel point il lui est attaché. Dommage qu'entre Wapitik et son père un fossé se soit creusé à la naissance de Fait-Trembler-la-Terre, et qu'il n'ait fait que s'élargir par la suite.

« Vois un père en Poings-Serrés », lui a conseillé Tehonikonrathe en lui caressant les bras et les épaules. Par cette phrase, il admettait avoir manqué à son rôle en quelque sorte, mais ses gestes affectueux trahissaient un réel attachement. Wapitik aurait pu à cet instant se pencher un peu pour permettre à son père de courte taille de lui toucher la tête, mais il est demeuré droit debout. Stoïque. Puis, il s'est détourné et s'est dirigé vers la famille de sa future femme qui n'attendait que lui pour partir. « Tu seras toujours mon frère », lui a alors crié Fait-Trembler-la-Terre qu'il avait ignorée. Wapitik s'est arrêté et a laissé s'écouler un long moment avant de revenir vers elle qui pleurait. Du bout des doigts, il a cueilli les larmes et les a portées à sa bouche. « Tu seras toujours ma sœur », a-t-il répondu avec tendresse avant de l'étreindre. « Sois digne de la place que tu occupes dans le cœur de notre père. » Puis, il est parti. Vers ce pays où les femmes cultivent le maïs et ont leur mot à dire dans les longues maisons. Sera-ce difficile pour lui de s'y adapter ? Pas tellement, croit Ikoué. L'imaginaire de Wapitik est déjà peuplé de ces femmes et ces filles travaillant à bêcher, semer, récolter. Les voir à l'œuvre ne fera que confirmer toutes ces histoires qu'elle lui a racontées et par lesquelles, dès l'enfance, il a compris qu'ailleurs les gens pouvaient vivre autrement. Et puis, la fiancée lui plaît. Auprès d'elle, il a retrouvé sa candeur et sa gaieté d'antan. De taciturne qu'il était devenu, il s'est montré ouvert et attentionné envers la jeune fille qui semble partager ses sentiments. C'est là l'essentiel.

En tête de leur flottille de quatre canots, Tehonikonrathe, en compagnie de N'Tsuk, les guide vers la maison d'Ankwi. Les deux canots suivants sont occupés respectivement par le tandem d'Ours-Têtu et de Fait-Trembler-la-Terre, et par celui de Nez-Partout, petit-fils d'Ours-Têtu, et de sa grand-mère Neige-d'Été. Ikoué, pour sa part, occupe avec son neveu Loup-Tranquille le dernier canot. Elle aime bien cette position qui lui permet d'enrober d'un seul regard ces êtres avec qui elle a choisi de vivre. Avec le temps, sa jalousie envers N'Tsuk s'est considérablement atténuée. Comment dire ? En tant qu'épouses de Tehonikonrathe, elles se partagent tout : l'homme, le wigwam, le feu, les tâches, et même les enfants. Oui, même les enfants. Écarter N'Tsuk des soins à leur prodiguer dans leur bas âge n'a pas empêché cette dernière de les adopter. C'est à la mort de son second fils qu'Ikoué a compris cela. N'Tsuk l'inféconde était devenue, dans son cœur, la mère de ses enfants et, telle une mère, elle pleurait le petit Lièvre-des-Neiges emporté par la maladie. Dès lors, leur petit.

Au cours des saisons, N'Tsuk et Ikoué ont développé les mêmes amours, éprouvé les mêmes douleurs, nourri les mêmes espoirs. Leurs quatre mains n'en ont fait que deux, obéissant aux exigences de leur subsistance. Ce n'est qu'en certaines occasions que la jalousie refait surface. Un regard, un toucher, une parole parfois suffit, comme cette fâcheuse habitude de N'Tsuk de nommer leur mari « Petit-Renard », montrant par là l'ancienneté de leurs relations. Ikoué n'a pas connu Petit-Renard. C'est Tehonikonrathe, son mari. Ce sorcier à qui on l'avait donnée afin qu'il la noie en cours de route. Ce sorcier qui l'a libérée et vers qui elle est revenue, en partie parce qu'elle ne pouvait retourner chez les siens, en partie parce qu'il l'avait déjà prise avec son regard. Ce sorcier-guérisseur qui jamais ne s'éloigne du centre sacré en lui et qui l'a aidée au cours de ce voyage à s'ancrer totalement au sien.

Remonter la Kataracouisipi pour se rendre à Chouaguen avait ressuscité Rayon-de-Lune, la Pawnise qui fut acheminée comme marchandise à vendre par cette rivière. Bien qu'elle fût jadis Rayon-de-Lune, Ikoué n'en voulait plus rien savoir. Rayon-de-Lune ne saurait que troubler son ménage et ses pensées. Mieux valait la laisser errer le long de la Kataracouisipi avec ses plans d'évasion. Mais Rayon-de-Lune l'a attendue tout ce temps et elle est venue la hanter à chaque sentier de portage, chaque halte, chaque lieu de bivouac. Un soir qu'Ikoué se voyait la proie d'insensés projets de fuite, Tehonikonrathe l'a emmenée à l'écart pour lui dire : « Ne fais qu'une avec Rayon-de-Lune qui te tourmente… Si elle veut toujours retourner dans sa prairie, je t'aiderai à la suivre. Si elle veut continuer à partager ma couche, je continuerai à t'honorer comme ma première femme. » Tehonikonrathe lui parut très grand à cet instant. Et très bon. Il lui offrait de choisir. Enfin choisir qui elle voulait être et où elle voulait vivre. L'âme de Rayon-de-Lune s'unifia à la sienne, et une grande paix l'envahit. Elle voulait être la femme de Tehonikonrathe et vivre dans ce pays d'eau et de forêts. Ce pays, maintenant sien. Au cœur de cette famille, désormais sienne.

— Mon cœur se réjouit de revoir bientôt Ankwi. Cela fait bien des lunes, déclare Loup-Tranquille.

En effet, ce fils aîné d'Ours-Têtu sillonne habituellement, en ces temps-ci, le réseau des affluents de la rivière du Lièvre pour y distribuer les marchandises et y récolter les fourrures. Exceptionnellement, cette année, Loup-Tranquille participe à ce voyage hors de l'ordinaire qui fait l'objet de plusieurs buts, le premier ayant été de reconduire Wapitik. Une fois rendus à Chouaguen, le deuxième but consistait à établir de nouvelles ententes commerciales avec les Anglais, étant donné que leur apport en fourrures avait sensiblement diminué depuis le retrait d'Ankwi. Enfin, le troisième et dernier objectif répondait à l'intention d'Ours-Têtu d'offrir un canot à Ankwi afin qu'il puisse venir les visiter.

— Mon cœur se réjouit aussi à l'idée de revoir mon fils, répond Ikoué.

Son fils ? Oui, Ankwi est unanimement considéré comme tel du fait qu'elle lui a fait bénéficier de son lait lors de sa convalescence. Toutefois, en ce qui la concerne, de ce geste maternel a découlé une gamme variée de sentiments troublants et complexes auxquels elle ne veut pas s'attarder, préférant communier avec l'excitation qui les gagne tous et toutes.

— Mon esprit est curieux de rencontrer l'homme qui recevra le canot en gage d'amitié, enchaîne Nez-Partout.

Âgé de quatorze ans, le garçon est doué de remarquables aptitudes pour la construction et la maîtrise du canot.

Téméraire, costaud, agile et habile, il suit les traces de son idole Ours-Têtu, qui l'a initié aux rapides de Kichedjiwan et à ceux de la Kataracouisipi.

L'oiseau de la tristesse passe dans le ciel d'Ikoué au souvenir de son fils décédé qui aurait été à peine plus vieux que Nez-Partout. Quelle allure aurait ce fils s'il avait vécu jusqu'à ce jour ? Aurait-il ce corps en transition où l'homme déjà se profile ? Ces épaules carrées, ces jeunes muscles saillants ? L'image qu'elle conserve de lui est celle d'un bambin. Le Grand Esprit a-t-il mis un autre fils dans son ventre pour remplacer Wapitik ? Elle le souhaite tant. Un autre fils serait une bénédiction. Non pas qu'une fille serait un malheur, mais, chez les chasseurs, la femme suit l'homme. Fait-Trembler-la-Terre a beau assurer qu'elle demeurera auprès d'eux dans leur vieillesse, elle suivra son mari quand viendra le temps. C'est ainsi. Le fils, lui, restera et amènera sa femme sous le wigwam. Ikoué n'a encore parlé à personne du fait qu'elle se croit enceinte, comme si d'en parler risquait de la faire avorter. Et puis, elle n'est pas certaine. Est-ce vraiment un enfant ou l'espoir d'un enfant qui s'est accroché dans le secret de ses entrailles ? Son ventre accepte-t-il, à quarante ans, la semence de son mari qu'il rejette depuis la naissance de leur fille ? Le temps seul répondra.

Leur flottille double une île [1] et se dirige vers l'extrémité d'une autre île plus grande [2]. Une odeur de feu leur parvient et ils aperçoivent un nuage de fumée qui s'effiloche sur la rive au loin.

— C'est le feu d'Ankwi, là-bas ? s'informe Ours-Têtu à son frère.

Pour toute réponse, Tehonikonrathe s'arrête de pagayer, permettant au groupe de le rejoindre.

— C'est le feu d'Ankwi ? demande de nouveau Ours-Têtu.

— C'est le feu d'Ankwi.

---

1. Il s'agit de l'île Perrot.
2. L'île de Montréal.

— Gros feu, constate Fait-Trembler-la-Terre, sans cacher sa désapprobation.

En silence, ils observent les flammes s'étirer à la base d'un énorme bouquet de fumée, réfractaires à l'idée d'admettre qu'Ankwi puisse se comporter comme les autres Français qui brûlent la forêt pour en faire des champs.

— Il a peut-être une grosse chaudière à thé, laisse échapper Ikoué en mère qui tente de disculper son enfant.

— Non ! Il nourrit son feu avec la forêt, s'indigne Fait-Trembler-la-Terre. Puis, s'adressant à Ours-Têtu :

— Pourquoi donner un canot à Ankwi ?

Aussitôt, Nez-Partout abonde dans son sens.

— Grand-père, toi et moi avons construit ce canot. Ensemble, nous sommes allés chercher les bois dans la forêt. Vois : Ankwi brûle la forêt. C'est dire qu'il brûle des canots… Est-il digne d'en avoir un ?

Ours-Têtu fronce les sourcils. Poursuivre leur route sans s'arrêter, rien ne serait plus facile, songe-t-il. Peut-être même est-ce préférable. Découvrir Ankwi dans son milieu de vie, avec ses coutumes et ses habitudes de Visage-Pâle risque de les décevoir. Néanmoins, changer d'idée lui répugne. Si l'intention d'offrir un canot à Ankwi lui a jadis paru valable, il ne voit pas pourquoi elle ne le serait plus aujourd'hui, ne fut-ce que pour rajuster l'image qu'ils ont conservée de cet homme.

— Ce canot est celui d'Ankwi, rappelle-t-il simplement.

Ils se remettent en route. Un peu moins enthousiastes. Un peu plus défiants. Chacun s'interrogeant sur celui qu'ils s'apprêtent à visiter. Chacun se préparant le cœur au possible désappointement.

Ikoué s'astreint à pagayer avec la même régularité, le même calme, mais elle ne retrouve plus l'engourdissement bénéfique que cela lui procurait. Au contraire, elle se sent l'âme en effervescence, tiraillée en tous sens par des sentiments contradictoires. La décision d'Ours-Têtu la ravit et l'inquiète. Elle a hâte de revoir cet homme qu'elle a aimé comme une mère et désiré comme une femme. Simultanément, elle redoute de faire face à un étranger. Et puis, il y a cette autre femme et toute la curiosité qu'elle suscite. Cette Isabelle, accrochée aux lèvres gercées du moribond qu'ils ont jadis recueilli… Comment est-elle, cette Isabelle, à la fois sa bru et sa rivale?

*

Même jour, sur la rive du lac des Deux-Montagnes.

— Avec c'te chaleur qu'il promet de faire, le linge séchera vite, prédit Isabelle en frottant vigoureusement le fessier de la culotte de Jean.

— Z'en avons pour plusieurs cordées. Tu crois que tout sera sec ce soir? demande Magdeleine aux prises avec d'opiniâtres taches de suie.

— Pour sûr, ma tante, confirme Marie-Pierre, à qui il incombe de laver les guenilles dont elles se servent durant leurs règles.

Agenouillées sur un petit quai le long de la plage, elles lavent, frottent, rincent, battent et tordent depuis le lever du jour. Les hommes, eux, s'activent à brûler les abattis sur la terre de Gaspard tandis que Catherine veille sur les plus petits, c'est-à-dire Jean, Angélique et Hélène, âgés respectivement de six, quatre et deux ans. Maringouins et mouches noires les harcèlent, profitant de la moindre parcelle de peau exposée pour y piquer leur dard ou les mordre. Les mains occupées par l'ingrate besogne, elles n'ont pour toute défense que la possibilité de se souffler de l'air au visage pour chasser momentanément les insectes.

— Quelle damnation que ces bestioles! maugrée Magdeleine. C'est à se demander si l'hiver ne leur est pas préférable.

— Tu n'y penses pas sérieusement, commente Isabelle. La lessive, en hiver, rappelle-toi, c'est point aisé avec l'eau qu'il faut charroyer du lac et tout ce linge pendu dans la maison qui prend une éternité à sécher… Non merci. J'aime mieux lessiver en été, même s'il nous faut endurer ces bestioles. Il s'agit de s'y faire… Et puis, les demoiselles[3] sont sorties.

— Les demoiselles vont te les manger, les maringouins, ma tante, assure l'optimiste Marie-Pierre.

— Pas tous, malheureusement.

— C'est sûr, il en restera toujours.

— Toujours trop.

Marie-Pierre s'incline devant l'évidence. Ce que les demoiselles parviennent à manger est bien peu relativement à ce qui reste, surtout au bord de l'eau. Les hommes, eux, en sont moins incommodés, à travailler dans la fumée, et elle les envie bien un peu à cause de cela.

— C'est bonheur qu'il n'y ait plus de couches à laver, se console l'adolescente, s'évertuant à voir les beaux côtés de sa situation.

— Profites-en… L'an prochain, tu en auras peut-être.

— Quoi ? Tu es enceinte, maman ?

— Peut-être…

— Comment, peut-être ?

— Tu n'as pas remarqué qu'il y a moins de guenilles ?

— C'est que trop vrai… Tu l'as dit à papa ?

— Non… Des fois, ça retarde. J'aime mieux attendre un peu.

— De toute façon, il le saura bien assez vite, lance Magdeleine d'un ton moqueur.

— Pour ça, oui, il aura neuf mois pour s'y faire, renchérit Isabelle.

— Et moi, neuf mois de congé de couches. Pourquoi c'est toujours à moi de laver des guenilles ? On a beau les faire tremper dans la lessi[4], elles restent toujours tachées.

— D'habitude, ta cousine Catherine te donne un coup de main, non ?

---

3. Demoiselles : mot encore utilisé pour désigner les libellules.
4. Lessi : eau de lessive fabriquée avec de la cendre qu'on fait dissoudre dans l'eau pour lessiver le linge et laver les planchers.

— Ouais… quand elle n'est pas dans ses règles… Ça tombe toujours sur un jour de lessive, j'trouve, insinue la pubère à l'intention de sa tante.

— Tu crois qu'elle fait mine d'avoir mal ? riposte Magdeleine.

— Ben… Moi, j'ai point mal au ventre… ni aux reins, comme elle dit, allègue sa nièce un peu embarrassée.

— Compte-toi chanceuse. Il y en a pour qui les règles sont de vraies malédictions.

— Toi, c'est toi. Elle, c'est elle, tranche Isabelle. Allez, frotte ma fille, frotte.

Marie-Pierre poursuit son ouvrage, l'esprit préoccupé par ces règles qui sont souffrances pour certaines. Elle, ça lui provoque une étrangeté déplaisante dans le ventre, rien de plus. Par contre, cela l'embête et la gêne face aux hommes et aux garçons. C'est comme si elle était sale durant cette période. Sale et fautive d'elle ne sait quoi. À preuve, ce n'est qu'en l'absence des mâles qu'elles s'avertissent de leurs règles et en parlent.

— Est-ce que Catherine va marier Gabriel, ma tante ? s'informe Marie-Pierre dans l'espoir de faire oublier ses dernières rouspétances.

— Fort possible… Elle attend qu'il demande sa main à Gaspard.

— Mon oncle acceptera ?

— Pour sûr. Gabriel Chapuy est un très bon parti même s'il n'est pas l'aîné. Et puis, son père a laissé entendre qu'ils n'exigeront point de dot. Si tout va bien, novembre serait le mois pour le mariage… Si tout va bien, comme de raison. On ne sait jamais avec c'te guerre.

— Pierre dit que ça faisait longtemps que la guerre couvait par le biais des Sauvages, souligne Isabelle.

— C'est ce qui s'disait sur le perron d'église… N'empêche que ça m'a porté un coup quand notre curé a annoncé que la France avait déclaré la guerre à l'Angleterre[5]… Quand

---

5. 15 mars 1744 : la France déclare la guerre à l'Angleterre (guerre de la succession d'Autriche).

z'étions là-bas, c'étaient aux seigneurs de nous défendre. Ici, à compter de seize ans, il leur faut être milicien.

— Roland et Thomas n'ont pas peur de la guerre. Ils les accueilleront avec du plomb, les Anglais, qu'ils disent, rapporte Marie-Pierre, incapable de cacher l'admiration qu'elle voue aux deux garçons.

— La belle paire de fanfarons! s'exclame Magdeleine. Ça vient d'avoir seize ans et ça croit tout connaître. Est-ce qu'ils croient que les Anglais n'ont point de plomb? C'est dans leur tête qu'il en manque un peu. Pour ça, oui, fulmine Magdeleine en battant son morceau contre une pierre plus pour se défouler que pour le nettoyer.

Marie-Pierre regrette d'avoir mentionné le nom des deux lascars qui font l'exaspération de sa tante ainsi que de madame Chapuy du fait qu'ils sont toujours à se risquer dans toutes sortes d'aventures.

— Ils seront les premiers à se faire trouer la peau avec leurs fanfaronnades! Et les Sauvages? Avec quoi ils pensent les accueillir s'ils viennent de nuit? Hein? Tu peux me dire, continue Magdeleine, s'enflammant à chacune de ses paroles.

Fatiguée d'être penchée au-dessus de l'eau, Marie-Pierre s'assoit sur les talons et se cambre les reins. Quatre canots apparaissent alors dans son champ de vision.

— Des Sauvages, laisse-t-elle tomber.

— Oui, des Sauvages: c'est ce qu'ils enverront en premier lieu, les Anglais, pas vrai, Isabelle?

— Des Sauvages qui viennent, maman, répète Marie-Pierre d'une voix blanche.

Isabelle lève les yeux vers le lac et aperçoit les embarcations qui se dirigent droit vers elles.

— Mon Dieu! Des Sauvages! Vite! Va chercher ton père.

Marie-Pierre déguerpit alors que Magdeleine est paralysée par l'effroi.

— Doux Jésus! Doux Jésus! psalmodie-t-elle.

— Ne montre pas ta peur, dicte Isabelle, quelque peu rassurée par la présence de femmes et d'une fille à bord des embarcations.

— Doux Jésus! Qu'est-ce qu'ils nous veulent? Qu'est-ce qu'ils nous veulent? répète Magdeleine, toujours pétrifiée.

— Continuons, suggère Isabelle. Pierre dit qu'il ne faut jamais leur montrer notre peur…

— Facile à dire, murmure Magdeleine qui se remet à la tâche, les tripes nouées par la vision de centaines d'histoires d'horreur.

Le premier canot atteint la rive à faible distance d'elles et ses occupants mettent pied à terre. Fouettée par l'impertinence de ces indésirables qui débarquent chez elle, Isabelle ne peut s'empêcher de leur lancer un air de bravade. La vue d'une femme au visage défiguré et à l'œil borgne la saisit, mais elle n'en montre rien. Un homme de fort petite taille l'accompagne et, d'un geste, il indique aux trois autres canots d'accoster. À mesure que les gens débarquent, ils se groupent derrière cet homme, sans doute leur chef. L'un d'entre eux, à la stature de géant, présente une allure inquiétante, mais, tout comme le reste du groupe, il se contente de les dévisager avec curiosité.

Le chef s'avance. Affublé d'une légère claudication, il lève l'avant-bras droit, paume ouverte dans leur direction. Isabelle se calme devant ce geste de paix et regarde venir vers elle l'étrange petit homme qu'elle a soudain l'impression de connaître par les trop rares et trop brefs récits de Pierre relatant son vécu parmi les indigènes. Curieusement, lui aussi la regarde comme s'il la connaissait et s'arrête à quelques pas.

— Isabelle? interroge-t-il.

Elle réagit de l'entendre prononcer son nom en français et réalise du coup à qui elle a affaire. C'est le guérisseur à qui Pierre doit la vie et à qui elle doit d'être dans ce pays. Sans lui, ce simple jour de lessive au bord du lac avec sa fille et sa belle-sœur n'existerait pas.

Elle se lève avec empressement et s'essuie les mains sur son tablier.

— C'est un ami, explique-t-elle à l'intention de Magdeleine qui se détend un peu.

Un ami dont elle ignore cependant le nom et qui se tient devant elle, ses yeux noirs en pointe de flèche la sondant.

Elle esquisse un sourire auquel il répond en hochant la tête, puis il lance quelques mots aux membres de sa famille. Aussitôt, ceux-ci s'approchent d'elle, l'examinant sur toutes les coutures. Une femme aux traits rudes fait même le tour de sa personne avant de lui flatter les cheveux du plat de la main. La voilà la proie de leur curiosité et de leur amusement. Ils s'échangent des commentaires, lui frôlent le visage du leur, touchent ses vêtements.

— La femme d'Ankwi visite nos pensées depuis longtemps, explique le petit homme. Aujourd'hui, nos yeux peuvent la voir et nos mains la toucher.

Cette explication flatte Isabelle tout en éveillant un vague sentiment de culpabilité, car ces gens n'ont jamais vraiment habité sa pensée. Peut-elle en imputer la faute à Pierre? S'il s'est montré avare de ses souvenirs auprès d'eux, n'est-ce pas dû en partie au fait qu'elle a semblé démontrer peu d'intérêt à les connaître, obéissant en cela à la règle tacite du milieu des voyageurs.

Pierre arrive à la course et, aussitôt, les visiteurs se ruent vers lui. Sans vergogne, les femmes se mettent à lui caresser le visage, les cheveux, la poitrine, l'embrassant et lui parlant affectueusement. Est-ce à de tels débordements qu'il s'est livré en leur compagnie? Pas surprenant qu'il ne se soit guère étendu sur le sujet, songe Isabelle. Jusqu'où les choses sont-elles allées entre Pierre et la femme aux traits rudes qui s'est inséré les mains sous sa chemise?

Accourus sur les lieux, Gaspard, André et François demeurent interdits devant le spectacle. Leur hache en guise d'arme à la main, ils observent Pierre, centre d'attraction des Indiens, s'entretenir avec eux dans leur langue, riant et les caressant à leur manière.

Un coup de feu éclate soudain et fait sursauter tout le monde. Personne n'est touché, mais tous s'interrogent, l'air soupçonneux. Qui donc a tiré? Sur qui et pourquoi? Le mystère est vite éclairci quand Roland surgit avec le fusil encore fumant. Marie-Pierre qui l'accompagne lui passe un second fusil avec lequel il met Ours-Têtu en joue.

— Si vous voulez du plomb, vous en aurez, menace-t-il.

Lorsque Marie-Pierre a sonné l'alarme, quelques minutes auparavant, Roland n'a fait ni une ni deux et s'est rué sur les armes de chasse plutôt que de suivre les autres vers la plage. Avant même d'arriver, il a tiré un coup de semonce en l'air et maintenant il garde dans sa mire le plus terrifiant d'entre eux.

— C'sont mes amis. Baisse ton fusil, lui ordonne Pierre, mécontent.

— Amis? bredouille l'adolescent piteux en obtempérant.

— Oui, mes amis, répète Pierre. Mes frères... mes sœurs, poursuit-il en les montrant d'un geste.

Puis, d'un ton respectueux et en français, il s'adresse à Tehonikonrathe:

— Pardonne l'ignorance et la jeunesse de mon neveu... Il y a guerre avec les Anglais: il a vu en vous des ennemis.

— Les jeunes guerriers sont parfois impatients d'agir, reconnaît Tehonikonrathe en lorgnant vers Nez-Partout, le couteau déjà à la main. À tes frères et sœurs, demande aussi pardon, ajoute-t-il.

Alors, de l'un à l'autre, Pierre va s'expliquer, utilisant leur langue et leurs gestes, puis il revient vers Tehonikonrathe et, reprenant sa langue maternelle:

— Déroulez vos couvertures chez moi. Il y aura festin pour vous ce soir.

— Les femmes vont dresser les cabanes et chacun emmènera son écuelle pour le festin.

— Mon cœur se réjouit du voyage qui vous a conduit ici.

— Tu sauras le but de ce voyage ce soir, Ankwi. En attendant, fais-nous connaître les tiens.

Moitié en français, moitié en langue algonquienne, Pierre fait les présentations en commençant par Isabelle qui demeure stupéfaite d'apprendre que le guérisseur est bigame. Quand vient le tour de Marie-Pierre, les autochtones plongent allègrement la main dans sa chevelure blonde et légèrement bouclée, comme celle de son père. Visiblement sous le charme, Nez-Partout lui caresse longuement les joues de l'index et lui regarde les yeux de très près, la mine extasiée, puis il lance quelques mots qui obtiennent l'approbation des siens.

— Il t'a baptisée « Joie-des-Yeux », traduit Pierre à sa fille.

— Joie-des-Yeux, répète-t-elle en rougissant.

— Oui. Joie… des… yeux, répète Pierre en détachant chaque syllabe afin d'en montrer la prononciation à Nez-Partout.

— Joa… dé… zieu, reprend l'adolescent avec application, comblé de voir sourire Marie-Pierre.

Un rire général s'ensuit. Seule Isabelle réprime un froncement de sourcils, alarmée par cette visite inattendue aux imprévisibles rebondissements.

*

Le soir venu.

Le feu brûle au centre d'un arpent nettoyé. Autour, les hommes fument, et Marie-Pierre observe Nez-Partout. Alors que tout au long de la journée il lui a donné l'impression qu'elle était le centre de son univers, il la considère maintenant avec l'indifférence d'un mâle à qui sont réservés les meilleures places et les meilleurs morceaux.

Ce changement d'attitude la décontenance et la déçoit. Sa mère a-t-elle raison de l'inciter à garder ses distances envers ces gens sans religion? Pourtant, son père agit tout autrement. On le croirait métamorphosé en Indien. Il parle leur langue et observe leurs coutumes. Tantôt, il a présidé le festin, remplissant les écuelles des chefs de famille en premier et leur distribuant de généreux morceaux de viande au bout d'un bâton. Sa mère et tante Magdeleine en ont eu les yeux ronds, elles qui s'étaient démenées à ratisser leurs restes de provisions de pois et de maïs. Heureusement, Roland et Thomas avaient ramené une quinzaine de tourtes de leur chasse et il leur restait aussi quatre maskinongés fumés. Tout y est passé et, à en juger par les rots retentissants suivant le repas, tout a été grandement apprécié.

Réunis en cercle, les hommes ont allumé leur pipe, alors que les femmes, un peu en retrait, ont terminé de manger la nourriture redistribuée par les maris. Assises sur leur natte, les Indiennes s'échangent maintenant quelques propos, leur expédiant de brefs regards indéfinissables. Pour l'occasion, elles se sont parées de colliers et de bracelets, tandis que les hommes, à la figure peinte de vermillon, portent des bandeaux brodés et ornés de plumes.

Festin bizarre que celui de ces trois groupes distincts, réfléchit Marie-Pierre. Chacun de ces groupes ne forme-t-il pas une entité imperméable aux deux autres? Les hommes entre eux, les Indiennes entre elles, puis sa mère, tante Magdeleine, Catherine, Jean, Angélique, Hélène ainsi que Thomas et Roland tous ensemble assis par terre sur les couvertures de lit.

— Nez-Partout se prend pour un homme. Voyez comme il fait le fier, nargue Thomas Chapuy, ulcéré de n'avoir pas été admis dans le cercle privilégié des mâles.

— Ça lui est monté à la tête, cette histoire de canot donné à mon oncle Pierre, renchérit Roland, tout aussi ulcéré pour la même raison.

— C'est qu'il l'a construit, ce canot, soulève Marie-Pierre.

— Aidé à construire... Il a aidé son grand-père, tout comme moi j'aide mon père, rectifie Thomas.

— T'as raison, il a aidé son grand-père, mais les rapides du Long Sault, il paraît qu'il les a sautés tout seul, relance-t-elle.

— Moi aussi, si j'avais un grand-père comme le sien, je te les sauterais, les rapides du Long-Sault... D'toute façon, un jour, j'aurai un canot bien plus grand et des rapides, j'en sauterai de bien plus dangereux, riposte Thomas avec humeur.

Marie-Pierre ne dit mot, consciente que Nez-Partout a éveillé chez elle les délices de la séduction et, chez Thomas, les affres de la jalousie. Tout au long de la journée, l'indigène s'est empressé autour d'elle, s'appliquant à lui démontrer sa force et son adresse. Bien que plus jeune que Thomas et

Roland, il les dépasse par la taille, et c'est sans difficulté aucune qu'il a transporté, renversé sur ses épaules, le canot à offrir à son père au début du festin. Il ne sait pas encore manier l'arme à feu, mais il a tué devant ses yeux deux tourtes d'une seule et même flèche. Roland et Thomas en ont eu la mine allongée.

Nez-Partout lui plaît-il? s'interroge Marie-Pierre. Elle ne sait pas. Il entre tellement en contradiction avec ce qu'elle est. De le voir présentement la figure barbouillée de rouge avec des plumes, des colifichets et des touffes de fourrure blanche dans sa longue chevelure de jais la perturbe. Il a l'air de se trouver très beau ainsi. Elle, elle trouve qu'il fait plutôt barbare, du genre à scalper une tête. À choisir, elle lui préfère Thomas, c'est sûr. Mais Thomas, jamais il ne lui a fait savoir qu'il la trouvait jolie, alors que Nez-Partout la nomme Joie-des-Yeux. Peut-il exister plus beau et plus sincère compliment? Chaque fois qu'il prononce ce nom avec son drôle d'accent, elle en vient l'âme tout en émoi. Doux émoi. Et chaque fois que Thomas s'en insurge, l'émoi n'en est encore que plus doux.

— C'est p't'être païen ce qu'ils font là, insinue ce dernier en voyant les hommes s'envoyer la fumée de leur pipe au visage.

— C'est point païen: mon père le fait.

— Ton père, il s'est bien baigné avec eux tout à l'heure…

— Mais il était point nu.

— Lui, non, mais les autres… On a beau dire, c'sont de vrais païens.

— Thomas a raison, approuve aussitôt Isabelle d'une voix ferme. Le Dieu tout-puissant a dû être offensé de les voir ainsi nus… S'il fallait que le curé ou le sieur Jouvet apprennent cela!

— C'est point moi qui va leur en parler, c'est sûr. J'en ai point soufflé mot à mon père et j'en soufflerai point mot à ma mère quand elle reviendra de Montréal, promet Thomas.

Quelle étrangeté plaisante la nudité de Nez-Partout a provoquée dans son ventre, se rappelle Marie-Pierre. La vue de son sexe, surtout, et de ses fesses, nettement plus pâles que le reste du corps. Et avec quelle facilité il évoluait dans l'eau, battant tout le monde à la nage ! Peut-être a-t-elle commis un péché en s'attardant à le regarder malgré l'interdiction de sa mère. Peut-être que Thomas aussi a commis un péché, car il n'a pas fermé les yeux sur les trois femmes et sur Fait-Trembler-la-Terre qui se baignaient dans leur plus simple appareil.

— Est-ce que c'est païen de soigner avec des plantes ? interroge Marie-Pierre, désireuse de changer de sujet.

— Soigner avec des plantes, non. Faire des incantations, oui, affirme sa mère.

— Fait-Trembler-la-Terre étudie les plantes qui guérissent avec son père.

— Ah oui ?

— Oui. Elle a remarqué le ginseng sur la terre de mon oncle Gaspard et m'a montré d'autres plantes qui soignent. Je lui ai demandé pour toi, Catherine.

— Pour moi ?

— Oui... pour ce que tu sais... enfin... tu vois c'que j'veux dire, répond Marie-Pierre n'osant mentionner « règles douloureuses » en présence des garçons.

— Ah oui, je vois... Et puis ?

— Elle croit que c'sont des feuilles de framboisier en infusion qu'il faut... Elle va s'assurer auprès de son père.

— On peut lui faire confiance, ma tante ? s'informe Catherine.

— Pour ça, oui, la rassure Isabelle. Son père a sauvé la vie de ton oncle. C'est un bon guérisseur. Y a point de doute. Ces gens, ils connaissent point le bon Dieu et c'est bien dommage pour eux, mais ils connaissent bien d'autres choses que nous ne connaissons pas. C'sont de bonnes gens, au fond...

Ces paroles semblent d'une grande sagesse à Marie-Pierre. Elle regarde vers le groupe des Indiennes et croise le regard d'Ikoué qui l'observe avec bienveillance.

— Oui, c'sont de bonnes gens, répète Marie-Pierre, octroyant un sourire à la mère de Fait-Trembler-la-Terre.

Quand la fille d'Ankwi sourit, constate Ikoué, elle fait encore plus la joie des yeux. Quelle merveilleuse enfant! Elle comprend Nez-Partout d'en être amoureux, mais s'en désole. Toute relation entre eux est vouée à l'échec. Ces gens sont si différents. Si étranges. Un monde les sépare. Un monde auquel la barrière de la langue empêche d'accéder. Ikoué aimerait bien pouvoir échanger avec Isabelle, lui raconter qu'à l'article de la mort, Ankwi ne faisait que prononcer son nom et que, par ce nom, Tehonikonrathe l'a ramené à la vie. Elle aimerait lui faire savoir aussi qu'elle a contribué à sa guérison en le nourrissant de son lait, et qu'ainsi Ankwi est comme son fils. Et que ce fils fut objet de fierté quand il a tué l'ours dans sa ouache[6] et qu'il lui fait honneur de respecter son serment envers Mingam. Comme elle aimerait communiquer avec Isabelle! Hélas, elle ne parle pas plus français que l'autre ne parle l'anisnabeck[7]. À l'exception de Tehonikonrathe, il n'y a que Fait-Trembler-la-Terre qui connaisse cette langue étrangère. C'est son père qui la lui a enseignée ainsi que quelques bribes d'anglais. Fait-Trembler-la-Terre possède une mémoire exception-nelle et Tehonikonrathe lui transmet ses connaissances et la Parole. Malgré ses onze ans, Fait-Trembler-la-Terre en sait plus que bien des adultes. Peut-être même qu'elle en sait trop. Il y a quelquefois dans son regard toute l'amertume et la rancœur de leurs défaites. Le triste héritage de leur passé ne s'avère-t-il pas un fondement bien chancelant pour leur avenir? À quoi jongle la sérieuse enfant appuyée contre elle?

Ikoué entoure sa fille de son bras affectueux. Ce qu'elle a à lui transmettre, aucune parole ne saurait y parvenir. L'enfant se blottit davantage, comme pour trouver dans la chaleur de son corps une réponse au questionnement que suscite ce séjour chez les Visages-Pâles.

— Est-ce que Joie-des-Yeux t'a expliqué pourquoi aucune d'entre elles ne s'est baignée avec nous? demande

---

6. Ouache: abri utilisé par un ours.
7. Anisnabeck: algonquien.

Ikoué dans le double but de connaître cette raison et d'offrir à sa fille l'occasion de s'exprimer sur le sujet.

— Leur Grand Esprit s'offense de les voir nus.

— Ce Grand Esprit s'offense de voir ses enfants tels qu'il les a créés? C'est bien triste, constate Ikoué, qui vient de comprendre pourquoi Ankwi avait gardé sa culotte.

— Triste et incompréhensible, ajoute N'Tsuk. Les yeux d'une simple femme ne se lassent jamais de contempler le bébé qu'elle a mis au monde. Est-ce que les yeux de leur Grand Esprit s'offensent aussi de voir les lacs, les arbres, les fleurs, la forêt, les animaux... toutes ces créatures qu'il a mises au monde?

— Leur Grand Esprit est si différent du nôtre. Ses yeux les suivent partout et leur cherchent des fautes. Je crois qu'il ne les aime pas vraiment, indique Neige-d'Été, la femme d'Ours-Têtu.

— De plus, il habite une maison, raille Fait-Trembler-la-Terre.

— Où s'assoit-il dans la maison? demande Neige-d'Été, d'un ton plaisantin.

— Sûrement pas par terre comme nous, hi! hi! hi! se moque Ikoué, signe de son malaise au souvenir de leur dépaysement à se retrouver sous le toit d'Ankwi au cours de la matinée pour boire du thé.

Elles rient en chœur un court moment, s'échangeant leurs commentaires.

— Ankwi a compris qu'il valait mieux tenir le festin dehors, observe Ikoué.

— Mais ici, avant, il y avait des arbres, intervient Fait-Trembler-la-Terre. Dans les branches des arbres, il y avait des nids d'oiseaux. À leur pied, il y avait du ginseng... Regardez aujourd'hui...

La fillette égrène une motte dans sa main.

— ... il n'y a que de la terre, termine-t-elle.

En silence, elles observent les colonnes de fumée montant calmement des deux feux d'abattis. Quand on a arrêté de les nourrir en fin d'après-midi, les flammes ont peu à peu troqué l'ardeur pour la patience et maintenant, elles grignotent ce qui reste de branches et de broussailles. Demain, à l'aube, Ankwi et les siens jetteront sur leurs dents affamées une partie de la forêt qu'elles dévoreront et transformeront en cendres. Et ces cendres retomberont dans le cœur de Fait-Trembler-la-Terre que cette intrusion dans le monde des Visages-Pâles agresse de manière insidieuse. Comment peut-elle riposter aux coups qu'on lui porte par le biais de la forêt? Comment peut-elle se venger des cendres accumulées depuis des décennies? Elle se voit si malheureuse chez Ankwi. Si désorientée.

— Tu dis vrai, il n'y a que de la terre, reprend tristement Ikoué en égrenant une motte à son tour.

Comment ne pas communier avec la révolte de Fait-Trembler-la-Terre qui voit ce qui est? Cette forêt qui part en fumée sous leurs yeux impuissants est pour les Visages-Pâles la consécration d'une victoire. Pour eux, elle est l'incinération de leur mère qui nourrit et abrite les animaux.

— Ça sent la fumée... Ça sent mauvais, poursuit la fillette.

— À leur nez, ça sent bon.

— Au nez d'Ankwi aussi, ça sent bon, note Fait-Trembler-la-Terre, mettant clairement en évidence qu'Ankwi est un Visage-Pâle et agit comme tel.

Bien que réticente à admettre cette réalité, Ikoué ne peut s'y soustraire plus longtemps.

— Avec les siens, Ankwi vit comme les siens. Avec nous, il vivait comme nous, explique-t-elle, incapable de cacher sa déception.

— Tes yeux le voient encore comme un fils?

— Oui, mes yeux ont souvenir du passé et le voient comme un fils. Son cœur est bon.

— Moi, mes yeux ne le verront jamais comme un frère, prévient Fait-Trembler-la-Terre.

— C'est ainsi. Ankwi n'habite pas ton passé.

— Ni mon cœur, déclare Fait-Trembler-la-Terre au risque de peiner sa mère qui, pour toute réponse, lui pétrit l'épaule tendrement.

De frère, Fait-Trembler-la-Terre n'en a qu'un: Wapitik. Qu'il le veuille ou non, il le restera toujours même si, entre eux, il n'y a guère eu d'affection. Aussi loin qu'elle se souvienne, Wapitik ne lui a jamais manifesté le moindre intérêt. L'écart de neuf ans entre eux n'en était pas la cause, mais plutôt l'oki à son cou, a-t-elle réalisé avec le temps. Oui, c'est l'oki, ce talisman, transmis depuis des générations avec la Parole, qui l'a séparée de son frère. L'oki et tout ce qui en découlait d'attentions privilégiées de la part de leur père. Elle ne sait pas si un jour elle reverra Wapitik, mais aussi étrange que cela puisse être, il lui manque. Quand il a bu ses larmes et l'a étreinte, elle a senti qu'il l'aimait. « Sois digne de la place que tu occupes dans le cœur de notre père », lui a-t-il dit. Cette place qu'il avait cru sienne avant qu'elle ne naisse et qu'il lui laissait tout entière à condition d'en être digne. Ce qu'elle a bien l'intention d'être.

Tant de choses se bousculent dans sa tête depuis leur arrivée. Tant de sentiments et d'émotions lui traversent l'âme. Fait-Trembler-la-Terre parvient mal à digérer toutes ces différences. À les accepter... Si jamais elle devait les accepter... Voilà la question. Qu'en pense son père ? Que peut-elle déduire du comportement de ce dernier jusqu'à maintenant ? À l'instant même, il partage le souffle du Grand Esprit avec celui dont la main a allumé le bûcher où se consume la forêt. Où est la différence entre cette main et celle qui brûlait le maïs des peuples iroquois pour les faire périr par la faim ? Devra-t-elle calquer son attitude sur celle de son père ? Pourquoi lui a-t-il alors parlé de la guerre sanglante que l'Envahisseur a déclenchée entre les Peuples d'Ici pour avoir le contrôle du castor ? Pourquoi lui a-t-il raconté l'histoire de ses ancêtres ? Pourquoi Loup-Curieux, Le Traître, L'Ancienne et tous les autres trépassés vivent-ils en elle ? Lui incombe-t-il de les venger ? Qu'est-ce que son père attend d'elle ? Quelle leçon doit-elle tirer de le voir fumer avec Ankwi de ce tabac noir qu'ils sont allés chercher chez les Anglais de Chouaguen ? Pour elle, Ankwi n'est que le voyageur qui s'arrêtait par affaires à la pointe de Makwa. Il n'est certes pas méprisant comme le sont les Anglais, mais il demeure un Visage-Pâle. Un Envahisseur. L'aimer lui paraît une traîtrise. Une faiblesse. Une capitulation. Le repousser, une impossibilité. Vers où, vers quoi son père la guidera-t-il? Lui parlera-t-il un jour de l'avenir autant qu'il lui parle du passé? Lui indiquera-t-il comment régir la haine du Visage-Pâle dont elle a hérité en même temps que la Parole?

Fait-Trembler-la-Terre lance un regard en direction de leurs hôtes et s'attarde sur la fille d'Ankwi. Si ce n'était de cette haine, comme un gage de fidélité envers son peuple, elle pourrait la considérer comme sa sœur. Sa grande sœur.

Cela serait bon, pense Fait-Trembler-la-Terre en voyant Joie-des-Yeux bercer son jeune frère à moitié endormi, tout confiant et dolent dans ses bras. Joie-des-Yeux fait aussi la joie du cœur, a-t-elle constaté au cours de la journée, et résister à son charme s'est avéré une tâche ardue. Et, qui sait, peut-être inutile.

Fait-Trembler-la-Terre se ferme les yeux et se remémore les beaux instants vécus avec Joie-des-Yeux qui lui a montré comment elle ramassait les œufs des poules, comment elle lavait le linge, l'étendait sur une corde et le pliait une fois bien sec, comment elle préparait la nourriture avec sa mère. Elle lui a expliqué aussi à quoi servaient les guenilles et pourquoi sa cousine avait mal au ventre. Elle lui a fait visiter leur maison avec des couvertures étendues sur des paillasses qui semblaient confortables et elle lui a indiqué comment s'asseoir à leur table. Que de chaudrons! Que d'ustensiles il y a dans cette maison! C'est à faire rêver.

Et à faire rêver aussi de voir Joie-des-Yeux peigner et natter les cheveux de sa petite sœur. Elle a offert de lui peigner les siens, mais Fait-Trembler-la-Terre a refusé pour demeurer digne de la place qu'elle occupe dans le cœur de son père. L'a-t-elle été? Doit-elle demeurer fidèle à la haine en mémoire du passé? Son propre père, ce soir, n'exprime-t-il pas tout son attachement envers Ankwi que Wapitik aussi adorait? Pourquoi résister plus longtemps?

Demain, si Joie-des-Yeux lui offre à nouveau de lui peigner les cheveux, Fait-Trembler-la-Terre laissera tomber dans son âme les rares et fragiles semences de l'amitié qui fleuriront peut-être le jour où la haine n'aura plus sa raison d'être.

*

Au soir du deuxième jour.

Isabelle tarde à s'endormir. Tenue en éveil par divers sujets, son esprit butine de l'un à l'autre sans rien récolter d'autre qu'une fatigue accrue, une tension plus vive, une inquiétude diffuse. En vain, elle tente d'approfondir une question, d'éluder un mystère, d'évaluer une décision, de trouver une solution. Des journées comme celle-là, elle ne se sent pas d'humeur à en affronter beaucoup. Pourtant, il ne s'est rien passé qui mérite vraiment cette insomnie.

Ce matin, par mesure de précaution, Tehonikonrathe est allé soigneusement cacher ses marchandises anglaises et Pierre s'est rendu au greffe de la juridiction pour y enregistrer son canot. Officiellement, si le sieur Jouvet venait opérer des fouilles, il ne trouverait rien à leur reprocher. Sauf, peut-être, la qualité de leurs visiteurs. Surtout s'il les surprend à se baigner nus. Quelle vilaine habitude que celle-ci ! Est-ce que Pierre s'exhibait de la sorte quand il vivait parmi eux ? Elle n'a pas osé le lui demander de peur d'ouvrir une porte sur quelque information désagréable. Moins elle en saura, mieux ce sera, se répète-t-elle. Hélas, la curiosité la dévore. De multiples facettes de Pierre lui échappent et un pan de sa vie lui demeure inconnu. Ce printemps, à sa grande surprise, elle a perçu une certaine nostalgie dans son regard au passage des canots des voyageurs, et cela l'a chagrinée. Préférait-il ces voyages ardus et risqués au travail de sa terre ? Lui préférait-il la compagnie de ses hommes ou, pire, celle d'une Indienne là-bas ? Le Pierre des Pays-d'en-Haut, elle ne le connaît pas.

Avec retenue, voire avec gêne, Isabelle effleure le dos de l'homme en frémissant au contact des cicatrices de coups de fouet, puis sa main s'aventure vers les épaules, très développées et musclées d'avoir tant pagayé et portagé.

— Tu ne dors point ? chuchote-t-il.

Vivement, elle retire sa main, comme prise en défaut.

— Pas plus que toi, à ce que je vois.

Il se retourne sur le dos et l'invite à se nicher la tête au creux de son épaule.

— À quoi penses-tu ?

— À rien.

— Menteuse, souffle-t-il en lui collant un baiser sur le front.

— Je pensais à Marie-Pierre.

Ment-elle ? À demi. Lui avouer qu'elle s'interrogeait sur son comportement passé parmi les femmes indigènes rejoint de plein fouet l'inquiétude que soulève l'empressement de Nez-Partout auprès de leur fille.

— Quoi, Marie-Pierre ?

— Ça m'inquiète qu'elle soit dehors à cette heure.

— Y a point lieu de craindre : elle est à regarder la pleine lune avec Fait-Trembler-la-Terre.

— Oui, mais…

— Mais quoi ?

— Avec c'te guerre déclarée et les incursions de nuit des Sauvages.

— Ils s'y risqueront point avec c'te pleine lune. On y voit quasi comme en plein jour.

— Et les animaux qui rôdent. S'il fallait qu'un ours…

— Ils aiment point la senteur des abattis, les animaux.

— Ah.

— Nos visiteurs non plus, d'ailleurs, ne l'aiment point, c'te senteur, ajoute Pierre.

— Ils te l'ont dit ?

— Pas encore, mais je le sais.

— On n'y peut rien : c'est la seule façon de faire de la terre neuve, non ?

— Oui, mais c'est point la seule façon de vivre. Eux, c'sont des chasseurs.

— Eux, oui, mais pas nous. Ça te cause des scrupules ?

Plutôt que de lui répondre, Pierre pousse un soupir et se contente de lui flatter la tête comme il fait à Ikoué dans l'eau. Cette Ikoué aux gestes osés et au physique impressionnant. Maintenant, dans leur conversation, il y a ce « eux » et ce « nous », constate Isabelle. Dans les faits également. Où se situe son mari? Quel élixir lui a donc fait boire Tehoni-konrathe pour qu'il leur demeure si attaché et se soucie de ce qui leur déplaît? À moins qu'il n'ait goûté à une autre ivresse auprès de ces femmes...

— Et puis, il y a ce Nez-Partout, avance-t-elle, résolue à aborder la question.

— C'est lui qui t'inquiète au fond, pas vrai?

— Il y a de quoi! Il est toujours à tourner autour de Marie-Pierre.

— De Joie-des-Yeux, rectifie-t-il, amusé.

— Ouais, elle fait la joie de ses yeux à lui, mais j'voudrais point que les yeux de notre fille aient à pleurer à cause de lui. Il est peut-être avec elle à l'heure qu'il est... Après tout, il n'a guère eu d'exemple convenable, ce garçon, avec Tehonikonrathe et ses deux femmes. Eux, sont de mœurs très dégradées... S'il fallait que leur présence parvienne aux oreilles du curé... Sommes mûrs pour l'excommunication... Déjà que Thomas les a vus s'baigner.

— C'est point Thomas qui va répandre la nouvelle.

— Il m'a promis de n'en souffler mot à personne, mais parfois une parole est vite échappée. Sa mère revient demain de Montréal avec le plus jeune.

— C'est encore moins Jeanne qui va la répandre, c'te nouvelle.

— Elle, non, mais le Victor qui l'accompagne, c'est une vraie pie.

— T'inquiète point. Tehonikonrathe n'y sera probablement plus lorsque Jeanne reviendra: il a l'intention de partir demain.

— Ah oui?

— Oui. Je lui ai expliqué pour la guerre. Eux, ils sont neutres, mais aux yeux des gens d'ici, ils risquent de passer pour des ennemis du fait qu'ils arrivent de Chouaguen... Y a qu'à voir la réaction de Roland quand il a mis Ours-Têtu en joue.

— C'est une bonne chose qu'ils partent.

— C'est moins risqué pour eux.

— Et pour nous.

Pierre détecte un soulagement dans la voix d'Isabelle, indice que, de quelque manière, la visite de Tehonikonrathe lui paraît inopportune. Peut-il l'en blâmer ? Non. Isabelle a fait de son mieux pour bien accueillir ces gens et leur signifier sa reconnaissance, et il comprend qu'elle soit déroutée. Il faut du temps pour comprendre et accepter leur culture et leur mode de vie. Du temps pour apprendre leur langue. Lui, ce temps, il l'a eu. Isabelle, non. En deux petits jours, elle a déployé toute son énergie et sa volonté à absorber le choc de leurs différences et, ce soir, il la sent épuisée. Encore inquiète et tendue le long de son corps. Il s'accoude, lui cajole la joue du revers de la main et se penche vers elle.

— Viens avec moi, lui murmure-t-il à l'oreille qu'il mordille légèrement.

— Où ?

— Viens, tu verras. Ne fais point de bruit.

Avec mille précautions pour ne pas éveiller les enfants, ils abandonnent leur lit et traversent la maison. Au dam de Pierre, la porte geint un peu lorsqu'il l'ouvre. Alors, il attend un moment, l'oreille aux aguets, puis il invite Isabelle à le suivre sur la pointe des pieds. Tels des maraudeurs, ils longent le mur de leur maison, le bruit de leur déplacement étant couvert par l'inlassable croassement des batraciens des alentours, puis ils s'arrêtent à l'encoignure. Pierre lui fait signe de ne pas bouger et risque un regard vers le lac. Au bout de quelques secondes, il lui chuchote :

— Regarde. Après, tu dormiras comme un ange…

Alors, Isabelle les voit, assises près de l'eau… Leurs silhouettes se découpent sur le reflet de la lune miroitant dans le lac. D'un doux mouvement, Marie-Pierre s'applique à peigner les longs cheveux de Fait-Trembler-la-Terre. Aucune ne parle, leurs gestes suffisant à transcender le monde de leurs différences.

Quelle belle image à emporter pour s'endormir, songe Isabelle. S'endormir et rêver à des lendemains de compréhension, d'entente et de respect mutuels.

L'âme en paix, elle se retire vers leur paillasse et s'abandonne au sommeil dans les bras de Pierre.

*

Au matin du troisième jour.

Nez-Partout a hérité de ce nom en raison de son insatiable curiosité qui lui vient, dit-on dans la famille, d'un lointain ancêtre, Loup-Curieux. Ce matin, alors que les femmes démontaient les abris d'écorces, il s'est introduit dans la grange, et ce qu'il y a vu a jeté la consternation dans son âme. Aussitôt, il a alerté Fait-Trembler-la-Terre qui, maintenant, tremble de colère à ses côtés à la vue de centaines de plants de ginseng en cours de séchage.

— Pourquoi tant de plants? Pourquoi tant de plants? répète-t-elle, outrée.

Nez-Partout branle la tête, navré de sa découverte. Il aurait mieux fait, songe-t-il, de résister à l'attrait de l'inconnu. Ainsi, il n'aurait eu que la belle image de Joie-des-Yeux à conserver en souvenir de ce court séjour chez les Visages-Pâles.

— Il n'est pas mashhkiki-winini. Que fait-il de tous ces plants? poursuit Fait-Trembler-la-Terre, furieuse d'avoir livré le secret des feuilles de framboisier.

Y aura-t-il dans un proche avenir des milliers de framboisiers effeuillés? Elle se sent trahie. Abusée. Dépouillée. Ces gens, finalement, ne sont-ils pas leurs ennemis, utilisant la hache, le pic et la charrue comme armes de guerre? Leur stratégie ne consiste-t-elle pas à tuer la mère pour éliminer les petits?

— Il faudrait beaucoup de mashhkiki-wininis pour utiliser tous ces plants, fait remarquer Nez-Partout.

— Allons informer mon père.

La rage au cœur, les deux enfants retournent près de la plage où s'affairent les femmes et où Tehonikonrathe s'entretient avec Ankwi.

— Mon père, viens avec moi, s'exclame Fait-Trembler-la-Terre en le saisissant par la main.

Le guérisseur sourit avec bienveillance à l'irruption de sa fille.

— Les yeux de Fait-Trembler-la-Terre trahissent un trouble immense, constate-t-il.

— Ce que mes yeux ont vu, les yeux de mon père doivent le voir, explique-t-elle en l'entraînant.

Il suit sans manifester la moindre résistance et s'arrête lorsque sa fille virevolte brusquement en direction de leur hôte et lui lance :

— Toi aussi, Ankwi, viens.

La voyant se diriger vers la grange, Pierre devine de quoi il en retourne et emboîte le pas à ses visiteurs, la mine honteuse. Cette année encore, Gaspard et lui ont cueilli une quantité phénoménale de ginseng pour suppléer à la désastreuse récolte du blé, affecté par une sécheresse printanière et par l'invasion des chenilles au cours des deux dernières années. Il a beau se dire que ce ginseng était condamné à une éventuelle éradication, puisqu'il croissait sur des arpents destinés à la culture, il échoue à se disculper à ses propres yeux. Qu'en sera-t-il à ceux du guérisseur ?

Sans un mot, ce dernier examine les plants suspendus. Lentement, son regard affligé voyage d'une cordée à l'autre. Pour sa part, Fait-Trembler-la-Terre fixe Pierre avec une telle indignation qu'il baisse la tête.

— Que fait Ankwi de tous ces plants ? lance-t-elle d'une voix forte, comme si elle s'adressait au ciel.

Silence oppressant. Révélateur.

— Ankwi n'est pas mashhkiki-winini, s'insurge-t-elle.

De nouveau, le silence. Accusateur. Étouffant comme la chaleur à l'intérieur de cette grange. Puis, la voix triste de Tehonikonrathe répond :

— Ankwi les échange comme on échange les fourrures.

Ankwi manque à sa parole envers Mingam, interprète Pierre.

— Ankwi ne mérite plus de porter le nom que tu lui as donné, père, estime Fait-Trembler-la-Terre.

Muet et visiblement déçu, Tehonikonrathe le considère sans rien répliquer. Abonde-t-il dans le même sens que sa fille, le reniant comme frère ?

— Le nom d'Ankwi, ma bouche le crache, termine la fillette en alliant le geste à la parole.

— Est-ce Fait-Trembler-la-Terre ou la colère qui a craché le nom d'Ankwi? demande son père avec un calme surprenant.

— …

— Si c'est Fait-Trembler-la-Terre, je respecte sa décision. Mais la colère donne parfois de mauvais conseils… Ce nom a demandé du temps pour franchir nos lèvres… Avant de le cracher, il faut prendre le temps de voir s'il n'a plus sa place dans nos bouches. Il appartient à chacun de nous d'en décider… Pour cela, chacun doit venir constater ceci : toutes ces plantes, nos mains sont incapables de les remettre en terre. Chacun doit entendre Ankwi. Après, chacun sera libre de cracher ou de garder son nom.

Ces dernières paroles tombent sur Pierre comme une traduction en justice. Fait-Trembler-la-Terre disparaît pour revenir avec tous les autres membres de la famille qui constatent l'horreur et défilent devant lui, outragés, fâchés, déçus. Rencontrer leurs regards lui est déjà un châtiment.

Le croyant en danger, Gaspard et ses fils accourent, Isabelle et Marie-Pierre à leurs trousses. Ils ne comprennent rien à ce qui se passe, le tout se déroulant en langue algonquienne. De toute façon, même s'ils maîtrisaient cette langue, ils ne seraient pas en mesure d'évaluer l'ampleur de cette faute.

— C'est entre eux et moi ; ils ne me feront point de mal, leur explique Pierre pour les rassurer quand Tehonikonrathe le pousse vers l'un des feux d'abattis remis en action.

Pierre obéit, suivi avec gravité par sa famille adoptive et, avec inquiétude, par la sienne. Rendus à proximité du feu, ils forment un cercle autour de lui et Tehonikonrathe lui demande d'enlever sa chemise.

Le voilà seul, debout, au centre de ce tribunal improvisé. Le souvenir de sa comparution pour avoir tué un cerf dans la forêt du seigneur refait surface. Animé par la conviction de son innocence, il méprisait souverainement ses juges qui, de justice, ne sauraient rendre. Aujourd'hui, c'est autre chose. Il se sent, il se sait coupable. Aujourd'hui, ses juges, il les estime et les respecte.

— Nos yeux ont vu. Maintenant, nous sommes ici pour que nos oreilles t'entendent, débute le guérisseur qui, les bras croisés, se tient entre Ours-Têtu et Ikoué.

Pierre réfléchit, cherchant un argument ou, à tout le moins, une excuse. Il entend craquer le feu qui brûle les branches des arbres dont il ne reste que les souches et regarde à ses pieds la terre d'où furent extirpés les plants de ginseng. Se résoudre à dire la vérité lui paraît le seul plaidoyer valable.

— Je comprends votre colère… À vos yeux et à mes yeux, j'ai commis une faute et je ne suis plus digne d'être appelé votre frère, votre fils. Cette faute, les yeux des miens ne la voient pas et je demeure digne d'être appelé leur frère, leur père.

Tehonikonrathe s'avance, s'arrête en face de lui, pose la main sur sa poitrine et lentement la descend le long des cicatrices laissées par l'ourse.

— Quand je t'ai trouvé, tu t'apprêtais à pénétrer le royaume des morts… J'ai utilisé les plantes que l'Esprit de mon esprit a mises sur terre pour t'aider à guérir… Par elles, tu es revenu à la vie et je t'ai appelé Ankwi. Il n'appartient pas aux hommes de venger toutes ces plantes que tu as tuées pour ton profit. Windigo le fera… La parole des Anciens dit ceci: «Les animaux que vous épargnez seront toujours là quand vous en aurez besoin.» Les Peuples d'Ici n'ont pas toujours respecté cette parole et ils ont chassé trop de castors. Windigo les a vengés car, aujourd'hui, celui qui avait l'habitude de cultiver le maïs doit obtenir la permission du Visage-Pâle pour déposer ses semences dans la terre. Et cette terre ne sera jamais sienne comme cette terre est tienne[8]. Cette terre, jamais il ne pourra la léguer à ses enfants… Windigo a vengé les castors car, aujourd'hui, celui qui avait

---

8. Les convertis qui pratiquaient l'agriculture dans les missions ne jouissaient que de l'usufruit de la terre dont les missionnaires étaient propriétaires.

l'habitude de chasser entend les feux dévorer la forêt, et son cœur pleure. Quand il n'y aura plus de forêt, il n'y aura plus d'animaux à chasser... Voilà comment Windigo a puni les hommes qui ont tué plus de castors qu'il n'en fallait pour vivre... Toi, tu as récolté plus de garentaguing[9] qu'il n'en faut pour te soigner. Un jour, Windigo te fera payer le prix... ou il fera payer le prix à tes enfants. Un jour, quand tu auras besoin de cette plante que tu n'as pas épargnée, elle n'y sera plus.

D'un geste, Tehonikonrathe l'oblige à tourner sur place afin de bien montrer à tous les cicatrices de l'ourse, puis il se place derrière lui et plaque ses mains sur le dos d'Ankwi :

— Tu es français et les Français t'ont torturé... Sur ton épaule, ils ont gravé leur emblème par le feu... Je suis anishnabeck. Les Anishnabecks ne torturent jamais les leurs et n'ont pas d'emblème.

Le guérisseur revient face à lui et le regarde au fond des yeux :

— Toi, tu es français, mais tu es aussi anishnabeck. Jamais tu n'as échangé l'eau-de-feu qui détruit les Peuples d'Ici. Jamais tu n'as dénigré notre Grand Esprit. Jamais tu n'as sali nos femmes. À mon père, tu as promis de transmettre ses salutations à Brume quand tu iras dans l'au-delà des Visages-Pâles et de la traiter comme ta propre sœur... Ainsi, dans l'au-delà, tu resteras le frère de ma sœur, et je te reconnais comme frère dans le monde des vivants. Tu es mon frère. Tu es Ankwi.

Pierre éprouve un grand soulagement à l'annonce de ce verdict qui n'en est pas un. Tehonikonrathe représente tellement à ses yeux qu'il lui aurait été très pénible d'être rejeté par lui. Ours-Têtu s'avance en trois grandes foulées.

— Le nom d'Ankwi a pris beaucoup plus de temps à loger dans ma bouche que dans celle des autres. Maintenant qu'il y est, il y restera, confirme-t-il.

Une à la suite de l'autre, Ikoué en tête, les femmes lui font savoir qu'elles conservent Ankwi dans leur cœur,

---

9. Garentaguing : ginseng.

imitées en cela par Loup-Tranquille et Nez-Partout dont la réticence a été vaincue par l'exemple d'Ours-Têtu, son idole. Il ne reste que Fait-Trembler-la-Terre. Reprendra-t-elle le nom que, tantôt, elle a craché? Plutôt que d'aller vers Pierre, elle se dirige vers son père.

— Je ne sais pas encore si c'est la colère qui a craché le nom d'Ankwi, lui confesse-t-elle.

— Un jour, tu sauras. L'important est de respecter le centre sacré en toi.

Sur ce, Tehonikonrathe lui effleure le front dans un geste ressemblant à une bénédiction puis, s'adressant de nouveau à Pierre:

— Ankwi, bientôt nos canots partiront pour ne plus revenir.

L'homme se penche et ramasse une poignée de terre.

— Cette terre, pour nous, contient les cendres de notre mère. Comment pourrons-nous nous réjouir de te revoir en même temps que nous devrons la pleurer? Voilà pourquoi nos canots ne reviendront plus. Tu as maintenant le tien pour nous visiter...

Pierre observe la terre dans la main du guérisseur. Une petite poignée de rien du tout et pourtant porteuse de tant d'espoir pour lui et tombeau de tant d'espérance pour son frère indien. Il tend la main pour recueillir le sol d'argile et d'humus que Tehonikonrathe laisse lentement couler entre ses doigts ouverts. Puis, ils s'échangent un long regard où tout est dit et prédit dans le crépitement du feu d'abattis. Soudain, un bruit de galopade au loin rompt le recueillement et un cavalier débouche au bout du champ de son voisin Chapuy.

— On dirait que c'est le sieur Jouvet qui s'amène ici, remarque Gaspard.

— Qu'est-ce qu'il nous veut? s'inquiète Isabelle.

— C'est bien Jouvet, confirme Pierre en voyant le capitaine de milice mettre sa monture au pas pour circuler entre les souches.

— Tu crois que c'est pour une fouille? poursuit Isabelle en se mordillant la lèvre inférieure.

— Qu'il fouille tant qu'il veut, il trouvera rien.

— T'es sûr ?

— Il trouvera rien, corrobore Tehonikonrathe avec assurance.

— J'espère qu'il vient point quérir des miliciens, marmonne Gaspard.

— S'il fallait, doux Jésus ! S'il fallait, laisse échapper Magdeleine.

— Vaillant ! crie le cavalier en arrivant à portée de voix. Amène-toi pour une battue.

— Une battue ?

— T'as bien ouï : une battue, répète l'homme d'autorité en progressant vers eux, le balancement de ses épaules accentuant l'arrogance de sa personne.

Arrivé à quelques toises, il observe Nez-Partout qui, fasciné par la bête, se détache du groupe dans l'intention de la toucher. Aussitôt, le cheval nerveux se cabre.

— Recule, Sauvage, ordonne le sieur Jouvet en maîtrisant l'animal qui volte et virevolte sur place.

Saisi par le hennissement, Nez-Partout fige, n'osant battre en retraite pour démontrer aux siens que sa curiosité n'a d'égale que sa bravoure.

— Recule ou tu goûtes à mon fouet, commande le cavalier en le menaçant de sa cravache.

Pierre se porte alors à la hauteur du garçon pour lui expliquer qu'il effraie le cheval et qu'il ferait mieux de reculer. À ce moment précis, une lueur malveillante traverse les pupilles du sieur Jouvet à la vue de la fleur de lys imprimée au fer rouge sur l'épaule de Pierre.

— C'est la dame Chapuy. Un sale Sauvage lui a ravi son garçon dans le boisé de la côte Saint-Pierre.

— Oh ! Mon Dieu ! Le p'tit Victor ! s'exclame Isabelle, alors que le sieur Jouvet dévisage leurs visiteurs avec une moue dédaigneuse.

— Il appert que c'est ton esclave.

— J'ai point d'esclave, bredouille Pierre, hébété.

— Il était toujours de ta canotée, ce panis.

— Neptune ?

— Ouais. La dame Chapuy pense l'avoir reconnu… Hâte-toi qu'on le capture, ce chien. Les bois, tu connais. Les Sauvages aussi à c'que j'vois.

Un sourire malicieux plisse le visage hargneux du capitaine de milice qui, du haut de sa monture, rappelle à Pierre le prévôt de la maréchaussée qui l'avait emmené sur le chemin de l'exil.

— J'irai par l'eau jusqu'à Lachine : ce s'ra plus vite.

— Soit. Oublie point ton fusil et que je ne vois aucun de ces Sauvages avec toi, ordonne l'homme avant de repartir.

— Oh! Mon Dieu! Le p'tit Victor! Pauvre Jeanne! s'alarme Isabelle pendant que Marie-Pierre retient ses larmes.

Tant bien que mal, Pierre tente de les rassurer et Tehonikonrathe informe les siens de la situation. Une vive inquiétude déferle, se manifestant chez les femmes par des lamentations et, chez les hommes, par leur volonté d'agir. Gaspard et ses fils s'offrent à accompagner Pierre, tandis qu'Ours-Têtu suggère de mener sa propre recherche en dépit de l'interdiction du sieur Jouvet. Un désordre s'ensuit où l'on s'énerve et s'emballe de part et d'autre, Roland et Nez-Partout se ressemblant par leur impatience à prouver leur valeur en se portant au secours de l'un des leurs. Pierre lève la voix et parvient à faire régner un tant soit peu le silence.

— On a point de temps à perdre. André viendra avec moi. Les autres, attendez ici. Je connais Neptune : il ne fera point de mal au petit.

Puis, il s'adresse à Tehonikonrathe en algonquien :

— Le capitaine de milice a vu vos cabanes démontées… Si vos canots ne partent plus, il aura des soupçons. Partez tous, à l'exception d'Ours-Têtu qui devra se cacher pas loin. Si je trouve Neptune avant les autres, je m'arrangerai pour qu'il leur échappe. Il viendra rejoindre Ours-Têtu et partira avec lui.

— Nous ferons comme tu dis, Ankwi. Que le Grand Esprit guide tes pas vers lui.

Sur ce, ils se font une accolade, puis se séparent, incertains de se revoir un jour.

À force de traque, Pierre et les trois hommes de son groupe ont réussi à localiser Neptune. Réfugié dans un abri en ruines, terrorisé, acculé au pied du mur, celui-ci menace de s'en prendre à l'enfant s'ils effectuent un pas de plus.

La panique se perçoit facilement dans sa voix, et sa laborieuse articulation démontre qu'il est encore sous l'emprise de l'alcool. Pour éviter tout malencontreux accident, Pierre suggère à ses compagnons de se retirer et s'offre d'aller parlementer avec le forcené. C'est là le mieux à faire, pensent ceux-ci, à l'exception d'André, qui voit avec grande inquiétude son oncle s'avancer seul et sans fusil, montrant la paume de ses mains ouvertes.

— C'est moi, Poing-de-Fer… Je viens en ami. Vois, je n'ai pas d'arme, crie-t-il.

— Va-t'en, Poing-de-Fer! Va-t'en! Tu es avec eux. Tu veux prendre Neptune. Tu es comme eux… Tu veux prendre Neptune.

— Je veux parler à Neptune.

— Va-t'en! Je vais tirer.

— Si tu tues Poing-de-Fer, tu tueras un ami… Tu le sais. Poing-de-Fer n'est point comme les autres… As-tu oublié Québec? poursuit Pierre en marchant d'un pas lent et mesuré.

— …

— Poing-de-Fer n'oubliera jamais Québec… Quand il a vu Neptune aux côtés de Tehonikonrathe, il a vu deux frères… Est-ce que Neptune a oublié Québec?

— …

— Laisse-moi m'asseoir avec toi pour parler.

— Arrête! Mon couteau va ouvrir la gorge du garçon.

— Si ton couteau ouvre la gorge du garçon, Poing-de-Fer deviendra ton ennemi. Tehonikonrathe ne sera plus ton frère, Ikoué ne sera plus ta sœur.

Parvenu à proximité, Pierre s'arrête et poursuit en langue algonquienne, qu'André et les deux traqueurs ne comprennent pas:

— La gorge de Neptune et la gorge du garçon sont une seule et même gorge… L'ouvrir, c'est ouvrir ta propre gorge.

— Toi seul, accepte Neptune.

Pierre examine un instant l'abri constitué de vieux pieux dont les bouts pointus ont été fichés en terre et les autres bouts simplement appuyés contre une paroi rocheuse servant de mur. À en juger par la mousse qui la recouvre, cette ancienne cabane de défricheur ou de chasseur n'a pas servi depuis belle lurette. L'ouverture permettant d'y accéder se situe à environ un mètre du sol, et il doit s'agenouiller afin de s'y introduire. La vision qui s'offre alors à lui est celle d'une victime et de son ravisseur, tous deux complètement terrorisés et implorant son secours. Aux yeux épouvantés de Victor s'ajoute le désespoir dans ceux de Neptune qui garde l'enfant plaqué contre lui, le couteau sur la gorge. Retraité au fond d'une cavité du rocher en surplomb qui agrandit de façon surprenante les dimensions de l'abri, le panis aussitôt s'explique :

— Neptune n'a rien fait de mal… C'est le mauvais esprit de l'eau-de-feu, oui, c'est le mauvais esprit qui a fait ça…

— Chasse cet esprit : je veux parler à Neptune, répond Pierre en pénétrant à quatre pattes.

— Il est le maître de Neptune maintenant… Le seul maître… Modrière a chassé Neptune… Personne ne veut de Neptune dans un canot… Personne.

— Modrière n'a pas vendu Neptune ?

— Non. Il a donné Neptune au diable… « Va au diable, qu'il a dit… Va au mauvais esprit. »

— Modrière n'a pas fait de Neptune un homme libre ?

— Non… « Va au diable. » C'est tout.

N'étant ni vendu, ni affranchi, l'esclave s'est trouvé dans une impasse, toute personne ayant recours à ses services devant rémunérer éventuellement le propriétaire. Dans ces conditions, il ne présentait qu'un tas d'ennuis en perspective et aucune canotée n'a accepté de l'engager. Ainsi, il se trouve abandonné d'un maître qu'il exècre et privé du semblant de famille que lui procurait la vie au sein des voyageurs.

Pierre s'assoit par terre, jambes repliées devant lui. Il peut comprendre le désarroi que cet état a entraîné chez Neptune, mais il ne peut accepter qu'il s'en soit pris à un innocent. Son attention se tourne alors vers Victor à qui il s'adresse en français d'une voix calme, mais assez forte pour que tous l'entendent.

— Ça va aller, Victor, ça va aller. T'inquiète point… Reste tranquille… Ça va aller. Est-ce qu'il t'a blessé?

Trop terrifié pour parler, le gamin fait signe que non.

— Il ne t'a point blessé… C'est bon… Il ne t'a point blessé.

Par la répétition, Pierre transmet des informations importantes aux hommes cachés dans les broussailles, ce qui l'inspire à poursuivre l'intervention dans les deux langues afin de permettre à Neptune de s'exprimer plus librement sans s'inculper davantage.

— Pourquoi Neptune a fait ça?

— Ce n'est pas Neptune…

— Pourquoi Neptune a obéi au mauvais esprit qui lui a demandé de prendre cet enfant?

— Neptune avait son âge quand les Visages-Pâles l'ont pris. Cet enfant a peur. Je le sens trembler contre moi… Neptune aussi avait peur… Neptune aussi tremblait… La peur de cet enfant venge la peur de Neptune. Les pleurs de ses parents vengent les pleurs des parents de Neptune. Le mauvais esprit a dit à Neptune: «Fais vivre aux Visages-Pâles ce que les Visages-Pâles font vivre aux Pawnis.»

Quel gâchis que cette vie déracinée, se désole Pierre en voyant le malheureux grimacer au goût du plat froid de la vengeance.

— Cet enfant est comme mon neveu et ses parents, comme mes frères. Si Neptune obéit au mauvais esprit et fait mal à l'enfant, il aura Poing-de-Fer comme ennemi. Neptune doit choisir… Ou il écoute la voix de Poing-de-Fer, ou il écoute la voix du mauvais esprit.

— Une voix ou l'autre mènera Neptune à la mort. Tu as dit que ma gorge, c'est sa gorge. Cela est vrai. Sa mort, c'est ma mort, mais sa vie ne sera pas ma vie.

— La voix de Poing-de-Fer te mènera vers la liberté.

— Une fois mort, Neptune sera libre.

— Dans le wigwam de Tehonikonrathe, sera-t-il libre ?

— Oui.

— Écoute la voix de Poing-de-Fer : elle te mènera vers le wigwam de Tehonikonrathe.

L'esclave écarquille les yeux et baisse son couteau tout en maintenant fermement le garçon.

— Parle.

— Seules tes oreilles comprennent la langue que j'utilise. Écoute, Ours-Têtu est caché dans les parages de ma maison. Le jour achève. Va le retrouver. Il y a manière de s'échapper du côté du rocher sans éveiller l'attention des hommes avec moi, mais il faudra que tu m'assommes.

— Neptune ne veut aucun mal à Poing-de-Fer.

— Il le faut. Si Neptune n'assomme pas Poing-de-Fer, les Français le verront comme un traître et le ramèneront sur l'échafaud.

— Mon oncle, qu'est-ce qui se passe ? lui crie André, impatient.

— Ça va bien… Il va laisser partir Victor.

— Alors, il se rend ?

— Oui, il se rend. Attendez… Ne brusquez rien… Il n'a plus son couteau sur la gorge du petit. Ne brusquez rien ; ça peut être dangereux… Écoute, Victor, je vais m'avancer vers toi. Ne bouge pas… Laisse-moi m'approcher doucement. Il ne t'fera point de mal. Là, je m'approche… Voilà, je m'arrête ici pour lui parler dans sa langue.

Tout en continuant d'avancer à quatre pattes, Pierre conseille à son futur agresseur :

— Utilise la crosse de ton fusil pour m'assommer quand j'aurai le dos tourné et va chez moi. Ours-Têtu t'attend.

— J'approche, Victor… J'approche.

Pierre saisit la petite main tremblante tendue vers lui et s'empare du gamin. Se détournant pour s'éloigner du panis, il reçoit un coup derrière la tête et s'écroule.

*

C'est officiellement parce que Pierre Vaillant est encore sonné par le coup reçu à la tête que le sieur Jouvet le raccompagne chez lui, en croupe sur son cheval. Officieusement, c'est pour tenter de tirer au clair la fuite du ravisseur qui lui paraît on ne peut plus louche. Qui sait? Il y aura peut-être un indice autour de la maison de ce suspect ou un enfant qui laissera filer une parole de trop. Personnellement, le capitaine de milice ne croit pas un traître mot de ce qu'il raconte. Marqué de la fleur de lys, ce Vaillant lui a toujours inspiré de la méfiance. On ne peut trouver plus fieffé menteur que celui-là. Et contrebandier, par-dessus le marché. Mais allez donc le prouver. Aucune des fouilles effectuées jusqu'à maintenant n'a permis de trouver quoi que ce soit permettant de l'incriminer. Ah! Il est futé, le mécréant. Très futé, mais un jour, le capitaine de milice trouvera. Oui, un jour, il trouvera et fera connaître à la face de la paroisse que le nommé Vaillant n'a pu se payer un banc à l'église que grâce à l'argent de la contrebande. Que cet habitant est en fait un ancien bagnard devenu un renégat de la pire espèce qui s'acoquine avec des Sauvages païens. Quel lamentable et révoltant spectacle que celui de ces primitifs bivouaquant sur sa terre! Et dire que Pierre Vaillant a été accueilli en héros, tout à l'heure, chez les Chapuy. Cela l'enrage. Le vrai héros, n'est-ce pas lui, le capitaine de milice, qui veille à l'ordre et à la sécurité? N'est-ce pas envers lui que les Chapuy devraient se confondre en remerciements? Ces gens ne réalisent-ils pas que le ravisseur de leur fils court toujours? Le panis n'aurait pas pu leur échapper sans bénéficier de la complicité de quelqu'un. De Vaillant en l'occurrence.

À la vue de la maison de ce dernier, le sieur Jouvet sent monter en lui une juste et sainte colère. Ce serait bien miraculeux, pense-t-il, d'y trouver aujourd'hui un indice quelconque. Encore une fois, il lui faudra se résoudre à retenir toute accusation contre Vaillant, faute de pouvoir établir sa culpabilité. Et pourtant, il sait. Il sait pertinemment que c'est le héros de l'heure qui est parvenu à saboter la battue. Sa battue. Le panis était fait comme un rat et mûr pour gigoter au bout d'une corde. Il ne restait qu'à le cueillir dans cet abri.

— Encore mal à la tête ? s'informe-t-il.

— Encore un peu… C'est qu'il a frappé fort, le chien.

— Plus fort que prévu, j'imagine…

Un temps.

— Pardon ?

— T'as bien entendu… Ils semblent tous partis, tes amis sauvages.

— Ils étaient sur leur départ quand vous êtes venu me quérir.

— En temps de guerre, c'sont là des invités indésirables.

— Ils ne reviendront plus.

— C'est mieux pour toi… quoique t'auras personne avec qui parler indien. Ça va sûrement te manquer… Vois-tu, c'te langue, je la connais point… Ceux qui étaient avec toi pour capturer le panis la connaissaient point non plus. C'est bien dommage.

— Qu'est-ce qu'il me faut comprendre ?

Le sieur Jouvet ne répond pas, jouissant dans son for intérieur d'avoir au moins fait connaître ses perspicaces mais improuvables conclusions dans cette affaire. Maintenant, Vaillant sait qu'il sait. Et Vaillant sait aussi qu'en ce temps de guerre déclarée, c'est lui, le capitaine de milice, qui a le pouvoir de désigner les hommes à envoyer au combat. De là à conclure que Vaillant sera premier sur la liste, il n'y a qu'un pas. Tout petit pas que nul ne pourra taxer de règlement de compte personnel, le principal concerné ayant déjà fait partie des troupes de sa majesté. Vaillant lui a damé le pion cette fois-ci, mais il n'en demeure pas moins que, dorénavant, le maître de l'échiquier, c'est lui.

Voyant accourir la dame Vaillant et sa famille, le sieur Jouvet immobilise son cheval et laisse descendre Pierre.

— À bon entendeur, salut, glisse-t-il entre les dents avant de repartir.

Deuxième partie

Chapitre 20

La bâtarde

*1749, 14 février, côte de Lachine
ou du Sault Saint-Louis, île de Montréal.*

— Voyez là-bas, c'sont les hangars et les magasins du roi, indique Louis La Ramée à sa femme et à ses deux enfants pour les encourager.

Partis de la ville au point du jour alors que le roulement du tambour battait la diane [1], les voilà tous frigorifiés après trois heures de route.

L'homme risque un regard vers sa femme Élise qui, encapuchonnée et les mains fourrées dans son manchon, semble paralysée de froid. Elle qui était si enthousiaste à l'idée de passer quelques jours chez sa grande amie Isabelle affiche maintenant un air de regret, comme si elle n'avait pas tenu compte des inconvénients des voyages en hiver.

— Qu'ils sont grands ces bâtiments! s'exclame Frédéric en se levant d'un bond dans la carriole.

Aussitôt, sa jeune sœur qui prend place sur le banc arrière avec lui se plaint de la perte de chaleur occasionnée par le déplacement de la peau de bison.

---

1. La diane: batterie de tambour, sonnerie de clairon ou de trompette pour réveiller les soldats, les marins.

— Bientôt, Anne, bientôt nous pourrons nous réchauffer, lui promet Louis La Ramée. Nous sommes presque arrivés à Lachine.

— Il fait point si froid que ça, lance le grand frère en remontant l'épaisse fourrure jusqu'aux épaules de sa sœur, alors qu'il demeure debout derrière son père.

— Il a beaucoup d'écus, hein, notre roi, pour avoir de si grands bâtiments ?

— Oui, beaucoup.

— Un jour, je serai soldat du roi et je combattrai les Anglais, assure le garçon de onze ans. Je combattrai les Anglais et je les vaincrai, pour sûr… C'te guerre, nous allons la gagner, hein ?

— C'sont les métropoles qui vont décider de cela, mon garçon. Pour l'instant, les armes sont suspendues [2].

— Mais on ne peut point la perdre… Nous sommes plus forts que les Anglais, non ? déclare Frédéric, un peu déconfit, en s'appuyant le plat du menton sur l'épaule de son père.

Louis La Ramée s'interroge. Il ne sait à quoi attribuer l'engouement de son fils pour la chose militaire. Est-ce dû au fait qu'ils habitent une ville de garnison où le roulement du tambour rythme leurs journées ? Ou encore à celui de la présence accrue des soldats au cours des dernières années ? Une chose lui paraît cependant évidente : cet attrait pour l'uniforme, le maniement des armes et le bruit du canon ne provient pas de lui. Ce monde de discipline et d'obéissance est en totale contradiction avec celui d'indépendance et de liberté qu'il a connu en tant que coureur des bois et de voyageur. À moins que son fils n'ait été influencé par Philippe de Chatillon…

— Nous allons sûrement la gagner, c'te guerre, prédit La Ramée pour faire plaisir au garçon qui se presse la tête contre la sienne.

Le cœur de Louis La Ramée ne fait qu'un tour devant ce geste affectueux. Comme il aime cet enfant ! Et comme il aimerait que leur avenir soit moins incertain ! Cet avenir qui se joue en Europe et qui est discuté par les monarques. Il

---

2. À la fin d'avril 1748, la France et l'Angleterre s'entendent pour suspendre les armes. La nouvelle arrive au Canada le 2 août de la même année.

doute qu'une paix véritable puisse régner sur le continent américain où la conquête du territoire s'assure par la mainmise sur les fourrures, elle-même garantie par le commerce avec les Indiens. Expliquer cela à Frédéric s'avère inutile, car Philippe de Chatillon lui tient un tout autre discours. Cet officier français ne manque, hélas, jamais l'occasion de les visiter lorsqu'il est en permission à Montréal. Et, chaque fois, il apporte des gâteries comme du chocolat, du café ou du vin, au grand bonheur d'Élise et des enfants. Dans son for intérieur, Louis La Ramée en prend ombrage tout en faisant mine d'apprécier le geste de l'officier. En tant que marchand, faire sentir à Philippe de Chatillon qu'il se passerait volontiers de sa présence risque de le rendre suspect, tandis que le dénigrer aux yeux de sa femme s'avère impossible sans paraître jaloux.

Dès le premier jour où le subdélégué leur a imposé l'hébergement de ce militaire, Louis La Ramée s'est méfié de cet homme qui taxait de traître tout contrebandier et accusait de contrebande tout Canadien. Louis soupçonne les autorités de l'avoir introduit dans sa maison pour l'espionner, car la réussite de Modrière et La Ramée associés provoque l'envie de plusieurs.

Une sourde douleur s'éveille dans l'épaule de l'homme à l'instant où Frédéric y prend appui pour se hausser sur la pointe des pieds de façon à mieux voir les rapides coiffés d'une nappe de brume.

— Tu les as déjà sautés, papa, ces rapides ?

— Non. Y a que des Sauvages un peu fous, ma parole, pour les sauter… C'est point pour rien que ce chemin existe. Un jour, ils finiront peut-être par creuser le canal entre Montréal et Lachine. Ce serait beaucoup plus rapide pour le transport des fourrures et des marchandises… Il appert que le général La Galissonnière[3] en approuve le projet.

---

3. Rolland Michel Barrin, comte de La Galissonnière, est nommé commandant général, soit gouverneur général par intérim de la Nouvelle-France en 1747, en remplacement du marquis de La Jonquière, capturé par les Anglais le 17 juin 1745.

— C'est un grand général, hein, même s'il est petit et bossu ?

— Pour sûr, c'est un grand général. Rappelle-toi comme les canons ont tonné à son arrivée, répond La Ramée pour rassurer son fils que l'aspect physique du représentant du roi avait décontenancé.

— Ils ont tonné autant que pour monsieur l'intendant.

— Oh ! Mais monsieur l'intendant, il avait sur le fleuve un cortège qui s'étendait jusqu'à la Longue Pointe quand il est arrivé à Montréal, intervient Élise d'un ton impossible à définir.

Louis aimerait bien savoir ce que sa femme entend par là. Et surtout ce qu'elle pense réellement de cet intendant Bigot[4] qui joue au grand seigneur avec l'argent du roi. Depuis qu'il est arrivé à Montréal, il y a une dizaine de jours, ce ne sont que bals, réceptions, jeux de hasard et grands dîners. Tous les nobles et bourgeois de la ville butinent autour de cet homme dans l'espoir d'une invitation à l'un de ses banquets. Modrière s'est même payé une perruque au goût du jour ainsi que des leçons de menuet. Quelle farce ! Est-ce que, dans le secret de son âme, Élise rêve d'être invitée à l'un de ces bals pour y étrenner avec fierté une « robe à la française » en satin et des souliers aux talons très hauts ? S'imagine-t-elle y danser jusqu'au petit matin, ivre de plaisir autant que de bon vin ? Est-ce à son bras qu'elle se voit ou à celui de Philippe de Chatillon vêtu de son uniforme d'officier ?

— De Montréal à la Longue Pointe, ça fait beaucoup de carrioles, hein, papa ?

— Oh ! On estime qu'il y avait près d'un millier de traînes et de carrioles.

— Monsieur le général n'avait point un si grand cortège.

---

4. Issu d'une noble famille de robe (c'est-à-dire de juges), François Bigot fut nommé intendant de la Nouvelle-France en 1748, malgré le fait qu'au cours des années précédentes il eût agi frauduleusement en tant que commissaire-ordonnateur à Louisbourg.

— Monsieur le général ne transporte pas ses meubles, son argenterie, tous ses costumes, perruques, miroirs et colifichets, ronchonne Louis, étudiant les réactions de sa femme dont le regard s'attarde maintenant aux branches nues des arbres enrobées de frimas.

En sourdine, la douleur s'insinue dans l'épaule de Louis qui en attribue la cause à la grande humidité de l'air engendrée par les rapides de Lachine. Ce rhumatisme qui loge dans sa vieille blessure le fait se sentir terriblement âgé. À l'approche de la soixantaine, il craint de ne plus plaire à son attirante épouse au début de la quarantaine et il appréhende de ne pouvoir maintenir un jour leur niveau de vie. L'arrivée de cet intendant et de son entourage n'augure rien de bon pour le Canada. Ni pour les affaires de Modrière et La Ramée associés. D'autant plus que les dépenses de la guerre ont plongé le pays dans la misère en surproduisant la monnaie de cartes [5] pour les couvrir. Que vaut-elle, aujourd'hui, cette monnaie? Et surtout, quand et à quel taux leur sera-t-elle remboursée? Et qu'en sera-t-il de leurs lettres de change? Seront-elles honorées et tirées sur le trésor royal, si trésor il reste?

Jusqu'à ce jour, ils ont beaucoup perdu dans cette guerre. L'ambition de reprendre l'Acadie aux Britanniques s'est soldée par la perte de Louisbourg [6] par où on exportait vers les Antilles avec pour résultat la chute du prix du blé en échange duquel on importait du sucre, du coton et de la mélasse. Les miliciens étant réquisitionnés, il manquait de bras pour travailler aux champs et pour manier la pagaie dans les voyages de traite, tandis que les Indiens se consacraient à prélever des chevelures anglaises plutôt que des

---

5. Monnaie de cartes : monnaie émise à l'origine sur des cartes à jouer pour pallier le manque de liquidité. En 1708, le trésor royal étant épuisé, les détenteurs ne furent remboursés qu'à la moitié de sa valeur. Par la suite, la surproduction et la spéculation de cette monnaie ont été synonymes d'inflation.

6. Capitulation de Louisbourg, le 27 juin 1745. Considérée comme clé du Canada, la forteresse de Louisbourg était située sur l'île du Cap Breton, appelée aussi « Île Royale ».

fourrures. Oui, ces quatre dernières années d'hostilités ont considérablement ralenti l'agriculture et perturbé le commerce en Canada. Il est à souhaiter que le roi et ses ministres en tiendront compte lors de la signature d'un éventuel traité.

— C'est comme un rien, ils doivent avoir du bois ici pour se chauffer, remarque Élise, le regard toujours fixé aux arbres.

— Pour sûr qu'ils en ont, mais ils veulent point se le faire confisquer parce qu'il est point de la bonne longueur, rétorque Louis, se sentant blâmé pour la pénurie de bois en ville. C't'ordonnance de Bigot[7], elle a point de sens, poursuit-il. Trois pieds et demi, c'est point une longueur convenable pour du bois de chauffage… Ça rentre point dans la majorité des poêles.

— L'intendant doit avoir ses raisons, j'imagine.

— Ses raisons, oui, je les connais, ses raisons. Ça va lui profiter d'une manière ou d'une autre. Va voir chez le sieur Varin où il donne ses bals, du bois, il y en a plein ses nombreux poêles sans qu'il lui en coûte… Et les cinq cents cordes qu'il a fait couper, le sieur Varin, près du terrain des Jésuites, à quel prix crois-tu qu'il va les vendre ? Dix, douze, quinze, vingt livres la corde ?

— Pas vingt livres, tout de même… Déjà qu'à neuf livres la corde, il est cher.

— J'en serais point surpris… Quand le bois est rare et le froid intense, on est prêt à payer n'importe quel prix. Du bois de chauffage, c'est point comme du café qu'on peut remplacer par du café de céréale ou de pissenlit, ou comme du vin qu'on peut remplacer par de la sapinette[8] ou du bouillon[9]. Crois-moi, ils veulent nous tenir à la gorge avec le bois de chauffage… C't'intendant et ses amis, c'sont des

---

7. Par une ordonnance, l'intendant Bigot fixe la longueur obligatoire du bois de chauffage à trois pieds et demi.

8. Sapinette : bière d'épinette.

9. Bouillon : eau-de-vie fabriquée avec une pâte de froment (ou de maïs) fermentée, délayée dans l'eau et qu'on laisse mûrir dans des barriques.

profiteurs de guerre, termine Louis, soulagé d'avoir donné libre cours à son exaspération, mais se sentant un tantinet fautif de l'avoir fait en présence des enfants.

Cette histoire de longueur réglementaire du bois de chauffage fait le mécontentement de plus d'un. Dans bien des foyers, on en a limité la consommation. L'hiver ayant débuté fort doucement avec un Noël sous la pluie, les effets n'ont été réellement ressentis qu'à l'apparition des très grands froids, vers la mi-janvier. De voir Élise se souffler sur les doigts pour les réchauffer a rappelé à Louis la pénible époque où elle cousait des capots de traite pour Modrière. Cela le mortifiait. Ne lui avait-il pas promis que jamais elle n'aurait froid? Il avait beau se dire que la femme de Modrière devait aussi se souffler sur les doigts de temps à autre, cela n'enlevait rien au sentiment d'échec qu'il éprouvait.

— C'est quoi un profiteur de guerre, papa? s'informe Frédéric.

— C'est... euh... ben, c'est quelqu'un à qui la guerre profite.

— Ah... Profite comment?

— Ben... euh... avec des profits, voilà. Avec des profits.

— Est-ce que monsieur le général en est un?

— Non. C'est quelqu'un de bien, ce général, de très bien.

— Tant mieux, car c'est au général que j'obéirai quand je serai soldat.

Voilà une affaire classée pour le garçon. De tout cœur, Louis espère ne pas se tromper sur l'intégrité du comte de La Galissonnière qui, en sa qualité de gouverneur général, choisit les commandants des forts et accorde les permis de traite aux voyageurs. Cette année, Modrière et lui travaillent à en obtenir un pour Détroit, appelé à se développer en tant que colonie, poste de traite et place forte militaire.

Au centre des voies fluviales, Détroit donne accès au Mississippi, à la Belle-Rivière ainsi qu'aux Grands Lacs. Bien installés à Makinac, considéré comme entrepôt du Nord, Modrière et La Ramée associés ont intérêt à réussir une percée du côté de Détroit, déjà reconnu comme entrepôt du Sud et où la traite est, en principe, libre. Pour ce, Modrière s'emploie dans la courbette et les leçons de menuet, tandis que La Ramée, lui, dans le recrutement des hommes. Il en connaît plusieurs et de fichus bons, mais celui qu'il espère engager à titre de bout de canot avant, c'est Pierre Vaillant. Il n'en a pas soufflé mot à Élise et, officiellement, ils se rendent chez ce dernier pour une visite d'amitié doublée d'une quête de bois de chauffage.

Louis La Ramée met le cheval au pas en empruntant la rue principale de Lachine. Bientôt, ils s'arrêteront au cabaret pour s'y restaurer et s'y réchauffer avant de poursuivre vers Pointe-Claire pour un second arrêt, et de là vers Sainte-Anne-du-Bout-de-l'Île, où il estime arriver en fin d'après-midi.

Il ne doute pas que Poing-de-Fer étudiera sérieusement la proposition de reprendre le collier. Cela lui évitera peut-être d'être encore désigné «volontaire» pour des expéditions comme il l'a été à deux ou trois reprises. De plus, la chute du prix du blé combinée à l'acquisition d'un cheval ont fait en sorte que son nom figure de nouveau dans le livre de créances de Modrière. Louis La Ramée sait à quel point Pierre Vaillant a horreur de se retrouver à la merci de Modrière. Il le comprend fort bien d'ailleurs. Son associé est d'une telle fourberie. D'une telle cupidité.

De vieux remords viennent hanter Louis La Ramée au souvenir de sa faute commise à l'endroit de Pierre Vaillant. Il ne se reconnaît pas aujourd'hui dans cet agissement. Tout ce qui comptait pour lui à l'époque, c'était sa réussite de marchand bourgeois afin de conserver le cœur d'Élise.

Des enfants du village accompagnent la carriole en courant. Les joues rouges, la morve au nez et les yeux pétillants de curiosité, ils s'enquièrent de leur provenance et de leur destination. Frédéric se fait un plaisir de les renseigner et saute en bas pour les rejoindre dès que le cheval s'arrête. Aussitôt, les gamins s'attroupent autour de la bête.

— Z'avez un beau cheval, complimente l'un d'eux.

— C'est un cheval canadien[10] : c'sont les plus en-durants. Touchez ! Voilà trois heures qu'il trotte et y a point un brin d'écume, vante Frédéric.

Des mains admiratives se posent sur la robe noire et lustrée de Caporal qui se secoue la tête, l'allure aussi fière que celle de son jeune maître.

Louis La Ramée s'en trouve ravi et, d'un geste galant, il aide Élise à descendre de voiture. Celle-ci lui accorde un doux sourire et, telle une grande dame pénétrant la salle de bal, elle s'appuie à son bras pour se diriger vers le cabaret.

Anne les talonne alors que Frédéric s'attarde à faire l'éloge de leur cheval. Louis enveloppe tendrement la main d'Élise sur son avant-bras, prenant tout à coup conscience à quel point sa réussite de marchand bourgeois est demeurée essentielle à son bonheur.

*

Après-midi du même jour, lac des Deux-Montagnes, en amont des rapides de l'île Perrot.

Après avoir partagé équitablement les prises de la journée, les habitants retirent maintenant leurs filets. Tôt ce matin, ils ont creusé dans l'épaisse glace des trous éloignés d'environ trois mètres par lesquels ils ont fait glisser le maître-bout des filets, les réunissant l'un à la suite de l'autre de manière à barrer une plus grande étendue. Malgré le froid qui engourdit leurs mains et glace instantanément les mailles au sortir de l'eau, ils s'échangent des propos joyeux, satisfaits de leur pêche. Quelques enfants en profitent pour s'amuser ensemble avant que leurs parents reprennent le chemin du retour, tandis que d'autres s'emploient à déta-cher les pesées au bas des filets ou à ramasser les brochets, dorés, achigans et maskinongés attribués à leur famille.

---

10. Issue des premiers chevaux importés de France dès le début de la colonie, cette race s'est adaptée au rude climat canadien. Elle était réputée pour sa robustesse et son endurance. On la disait « impénétrable » au froid.

Marie-Pierre observe son frère Jean empiler sur son bras les poissons raidis par le gel, comme on le ferait de bûches de bois.

— Regardez-moi c'te brassée. Il se croit déjà homme, le petit frère, chuchote-t-elle, amusée, à monsieur Boitillon assis dans la carriole, les pieds pendants à l'extérieur.

Le vieil homme rigole avec attendrissement à la vue du garçon qui, un genou par terre, tente de se relever avec sa charge. De peine et de misère, il y parvient enfin, puis se dirige vers eux en chambranlant, un sourire triomphant aux lèvres.

— Voilà une brassée d'homme, complimente la sœur aînée en cordant rapidement les poissons dans le traîneau attaché à la carriole.

— Encore un voyage et z'avons fini, indique Jean.

— Prends le temps de souffler, mon bonhomme. Y a point de presse, suggère monsieur Boitillon.

— J'suis point essoufflé ni fatigué, assure le garçon en retournant chercher le restant des poissons.

Marie-Pierre sourit, appréciant le bonheur simple de cette pêche commune qui leur permettra d'observer les quarante jours d'abstinence[11] du Carême qui commencera la semaine prochaine. Enveloppées dans la paille, les pièces congelées seront entreposées au grenier jusqu'à ce que, selon leurs besoins, ils en dégèlent dans l'eau pendant une heure avant de les apprêter.

Au fur et à mesure que les filets sont enroulés, les hommes viennent étendre leurs doigts au-dessus du feu agonisant autour duquel ils ont cassé la croûte à l'heure du dîner. Quelle fête ce fut, par ces temps moroses, d'être tous réunis, hommes, femmes et enfants de la côte Sainte-Anne et de l'île Perrot, pour se réchauffer et manger tout en conversant ! Jean Chapuy avait apporté du bouillon de sa

---

11. Jours d'abstinence : appelés à l'époque «jours maigres», c'est-à-dire sans viande. Au total, l'Église imposait l'abstinence pendant environ cinq mois par année. Tous les vendredis et les samedis étaient jours maigres. La seule viande permise était celle du castor parce qu'il s'activait dans l'eau.

fabrication qu'il a généreusement distribué à tout un chacun pour soi-disant réchauffer «les gosiers». Il n'en fallait pas plus pour que les rires fusent et que les blagues abondent à propos des invités défraîchis de l'intendant Bigot qu'on retrouvait ivres dans les bancs de neige aux petites heures du matin, la perruque envolée au vent ou la robe souillée de vomissure. Puis, Thomas a entonné des chansons de voyageurs, dévoilant sa grande fierté d'avoir fait partie de ce groupe. En chœur, tous et toutes ont répondu aux couplets de ces chansons très connues, exprimant, à travers l'imaginaire, leur propre réalité. *Malbrough qui va t'en guerre, ne sait quand reviendra…*, *V'là l'bon vent, ma mie m'attend…*, *Voilà longtemps que je t'aime, jamais je ne t'oublierai…* Les femmes se retrouvent toujours à attendre, songe Marie-Pierre en voyant son père et Thomas se joindre aux autres pour se partager le restant de thé sauvage[12] à même la chaudière noircie, demeurée suspendue au-dessus des tisons. Au cours de cette guerre, sa mère a attendu son père, désigné pour de lointaines expéditions, les faisant prier tous les soirs afin que la Vierge Marie le protège et, de mai à septembre derniers, Marie-Pierre s'est surprise à attendre Thomas, parti pour son premier voyage aux Pays-d'en-Haut en tant que pagayeur du milieu. L'aimait-elle pour s'inquiéter ainsi à son sujet, se remémorant les effets fulgurants de leur premier baiser sur la bouche quelques jours avant son départ? Baiser qui les avait laissés étonnés et embarrassés. Venaient-ils de découvrir que leur amitié pouvait évoluer vers un sentiment amoureux ou, au contraire, que leur relation presque fraternelle devait en rester là? Marie-Pierre n'en sait rien, et l'attitude de Thomas la déroute. Lors de son retour, elle lui a demandé – bien maladroitement, elle en convient – s'il y en avait une autre, En-Haut. Il n'a pas répondu, et elle a eu l'impression d'être en présence d'un inconnu.

Thomas n'est plus le même depuis son retour. Son père aussi, d'ailleurs, n'est plus le même. Qu'ont-ils donc vécu au

---

12. Thé sauvage: *Gaultheria procumbens* (L.), thé des bois.

loin? Si Thomas est revenu plus indépendant, plus sûr de lui et plus distant à son endroit, son père leur est revenu plus aimant et protecteur, les enveloppant parfois trop fort dans ses bras. Sa mère prétend qu'il vaut mieux ne pas poser trop de questions aux hommes qui reviennent de loin, mais dans son for intérieur, Marie-Pierre s'insurge contre cette résignation au silence. Elle, elle aimerait savoir ce qui rend parfois si songeur le regard de son père. Et si troublant celui de Thomas. Aurait-il goûté l'extase sur les lèvres d'une autre femme En-Haut? Mais, à quoi bon ressasser tout cela? Elle n'y verra pas plus clair qu'hier, raisonne la jeune femme de dix-huit ans avec philosophie.

À mi-chemin du traîneau, Jean échappe quelques poissons.

— Colas, viens-les ramasser, crie-t-il à son jeune frère de cinq ans qui, assis à quelques pas, s'amuse seul à tracer des routes imaginaires dans la neige.

Celui-ci se lève, plisse les yeux en direction de Jean et, tout sourire, s'avance au-devant de lui.

— Va ramasser les poissons, lui répète Jean, voyant le bambin scruter tout autour de lui. Là! Les poissons, là, derrière moi, indique le grand frère avec un brin d'impatience.

Nicolas fait quelques pas avant d'apercevoir trois dorés et un maskinongé, dont il s'empare aussitôt. Massif et costaud pour ses cinq ans, Nicolas est cependant affecté d'un problème de vision, ce qui l'empêche de participer aux jeux des autres, incapable d'atteindre ses cibles avec des balles de neige, de courir sans trébucher ou de jouer à cache-cache. Marie-Pierre le libère de ses poissons et les replace sur le dessus du chargement, puis, le prenant par la main, elle l'entraîne vers le groupe qui grossit en périphérie du cercle noirci de cendres où un petit vent du sud fait rougir les tisons.

— Viens voir papa avec moi. Vous venez aussi, monsieur Boitillon? demande-t-elle au passage.

— Non, vas-y, petite. Je m'occupe de préparer Charbon pour le retour.

Marie-Pierre n'est guère surprise de cette réponse, car son vieil ami a autant horreur de marcher dans la neige qu'il a de bonheur à soigner leur cheval. Depuis la mort de sa femme, il y a deux ans, il vit sous leur toit, faisant office de grand-père. Avec quel dévouement le vieillard handicapé accomplit mille et une petites tâches ! Et quel précieux confident Marie-Pierre a retrouvé en lui !

Quelques hommes fument une dernière pipée tandis que les enfants mettent peu à peu fin à leurs amusements, revenant vers leur mère ou leur grande sœur, responsables des vêtements, de la nourriture et du bien-être. Grâce à elles, personne n'oubliera ni sa tuque ni ses mitaines, les provisions se verront bien arrimées dans les traîneaux et des morceaux de bois incandescents seront placés dans une chaudière au fond de la carriole, afin d'y maintenir une chaleur sous les peaux d'ours ou de bison. Au total, une trentaine de personnes s'assemblent de nouveau, prolongeant ces derniers instants de solidarité.

Au grand bonheur de Nicolas, son père le hisse sur ses épaules, disant à la blague que, de là-haut, il verra jusqu'au bout du monde, ce qui fait rire sans malice les gens. Le handicap du garçon n'est un secret pour personne, et Pierre Vaillant se montre aussi fier de lui que de ses autres enfants, sinon plus.

— Je vois une carriole… Là-bas, une carriole… Ding, ding, ding, ding… Une carriole.

L'enfant pointe le bras en direction d'une tache noire près de l'île de Montréal.

— Il a de sacrés bonnes oreilles, le Colas, pour entendre c'te carriole à cette distance, s'exclame l'oncle Gaspard.

— Pourvu que ça n'soit point le sieur Jouvet, grommelle Jean Chapuy.

Automatiquement, les regards convergent vers Pierre Vaillant qui affiche une mine contrariée. Pour on ne sait quelle raison au juste, le capitaine de milice semble avoir définitivement arrêté son choix sur lui en tant que « volontaire ». À deux reprises, Pierre Vaillant a été expédié dans la région d'Albany, sans compter qu'il a aussi été incorporé au détachement qui a chassé les alliés iroquois des Anglais qui menaçaient Châteauguay.

— Par chance que les armes sont suspendues, hein, Poing-de-Fer? lance Thomas, se faisant un honneur d'utiliser l'ancien surnom de voyageur de son idole.

— Par chance, oui… Si c'est Jouvet, qu'est-ce qu'il peut bien nous vouloir?

— Zélé comme il l'est, il doit vérifier si on ne fait point de pêche commerciale… Y a que les seigneurs sulpiciens qui ont le droit de le vendre, le poisson du lac, rappelle Jean Chapuy.

— Zélé comme il l'est, moi, je parie qu'il vient mesurer la longueur des bouts de bois de notre feu, lance Marie-Pierre d'un ton ironique.

Un rire communicatif s'ensuit. Un rire par lequel Marie-Pierre écoule cependant beaucoup de rancœur, le fils du sieur Jouvet l'ayant humiliée sur le parvis de l'église en la traitant de «bâtarde» et de «gueuse à pied» parce qu'elle avait osé remettre en question le choix des «volontaires» du capitaine de milice. Elle avait essuyé l'affront sans broncher. À peine son père avait-il eu le temps de serrer les poings que l'arrogant personnage avait déjà enfourché sa monture. C'était mieux ainsi, car administrer une correction au fils Jouvet aurait pu avoir des conséquences fort désastreuses pour son père et, par ricochet, pour leur famille entière. De toute façon, il ne servait à rien de nier le fait qu'elle soit née hors mariage. Tout le monde s'en doutait bien. Par contre, son père trouva moyen de riposter à l'insulte de «gueuse à pied» en lui achetant un cheval.

Marie-Pierre lance un coup d'œil vers le jeune étalon de race canadienne attelé à la carriole. Grâce à monsieur Boitillon qui, par sa longue expérience de charretier, connaît les chevaux aussi bien que leurs éleveurs, son père l'a obtenu à un très bon prix, compte tenu qu'une élégante carriole faisait partie du marché. Avec une certaine gêne, il lui en a remis les rênes, se disant désolé qu'elle ait eu à subir cet affront public. Perturbée, elle n'a su que répondre. Pour elle, son père demeurait ce grand oiseau qui avait sauvé une petite fille tombée d'une falaise, mais elle craignait qu'il fût condamné, dénigré par les autres.

Que se disaient-ils, ces autres, à son sujet ? À leur sujet ? Que pensaient-ils de ses parents ? Considéraient-ils sa mère comme une femme de mauvaise vie et elle, comme l'enfant du péché ? Et que pensaient Thomas et les Chapuy ? En apparence, rien n'avait changé dans leurs relations de bon voisinage, mais qu'en était-il réellement ?

À cause de tout ce questionnement, rencontrer le regard des autres lui devint pénible, bien qu'elle n'en montrait rien. Un jour qu'il l'avait surprise en train de caresser tristement la crinière de Charbon, monsieur Boitillon lui avait posé la main sur la tête en disant avec douceur : « Ça fait une boule dans la gorge, hein ? » Elle n'avait pu retenir ses larmes devant la sollicitude du vieux. « Aux filles, c'est permis de pleurer, petite », répétait-il en lui flattant les cheveux. Et elle pleurait sans honte. Sans retenue, confiante en lui.

— T'as point à rougir de ce que tes parents se sont aimés sans le consentement des hommes.

— Sans le consentement de Dieu, vous voulez dire.

— Non, des hommes. Avec Dieu, l'affaire est réglée, vu que tes parents s'sont mariés. C'est point Dieu qui t'a insultée, mais le fils de Jouvet qui n'arrive pas à la cheville de ton père… S'il y en a d'autres pour penser comme ce fainéant, ils ne valent guère mieux que lui. Crois-moi, c'est bien plus à lui-même qu'à toi qu'il a causé du tort, le fils Jouvet.

L'attitude de leurs voisins et des paroissiens avait donné raison aux paroles du vieux charretier et, à la suite du récent sermon du curé accusant d'adultère les mères qui conduisaient leur fille à des bals[13], les regards avaient mitraillé la dame Jouvet au sortir de la messe. Celle-ci s'étant vantée d'avoir fait suivre des cours de danse à sa fille en prévision d'un de ces bals, elle eut à subir le silence réprobateur de la population sur laquelle elle avait toujours levé le nez. Nulle

---

13. « Il a été ce matin un sermon prêché par monsieur le curé sur les bals… disant que les mères qui y conduisaient leur fille étaient des adultères, qu'elles ne se servaient de ces plaisirs nocturnes que pour mettre un voile à leurs impudicités et à la fornication. »
— Elizabeth Bégon, 26 décembre 1749, Montréal.

insulte, nul murmure n'accompagna les Jouvet, mais les regards disaient tout. Trahissaient la sévère condamnation. Et, de tels regards, Marie-Pierre n'en avait jamais essuyé.

— C'est point Jouvet. On dirait le sieur La Ramée, avance Thomas Chapuy, sans dissimuler son admiration envers l'homme qui l'a engagé. Oui, ce me semble être le sieur La Ramée, hein, Poing-de-Fer?

— Oui, c'est bien La Ramée, confirme Pierre Vaillant après un moment.

— À la bonne heure, s'exclame un habitant de l'île Perrot. Il va pouvoir nous renseigner sur le prix qu'on prévoit pour le ginseng cette année.

— J'ai ouï dire à Lachine que ce prix allait monter au-delà de six livres pour la livre séchée.

— Six livres! Pardi, déjà qu'à quatre livres et demie pour la livre séchée, il valait plus qu'un castor gras. Il va se trouver des cueilleurs en abondance... Il nous faudra faire comme les Sauvages et nous déplacer pour en trouver... Sur ma terre, il n'y a plus l'ombre d'un plant.

— Ni sur la mienne, reconnaît Jean Chapuy[14].

Pierre Vaillant se tait. Conscientisé par les reproches de Tehonikonrathe, il a cessé d'arracher du ginseng. Sur sa terre, il en reste encore un peu dont il ramasse les caboches de graines qu'il sème à l'automne dans l'espoir d'une régénération, mais cette plante croît lentement. Très lentement. Là où elle proliférait jadis ne subsistent maintenant que quelques plants grêles et moribonds dans l'humus renversé des forêts de feuillus. «Le jour où tu auras besoin de cette plante, elle ne sera plus là», prédisait Tehonikonrathe. Le guérisseur avait vu juste: elle n'est déjà plus là, à portée de main. Dans les environs de Montréal, il ne s'en trouve plus suffisamment pour assurer une récolte rentable. Et, de cette

---

14. «On a tellement recherché et cueilli ces racines (de ginseng) autrefois à proximité de Montréal à l'époque où, dit-on, il en poussait dans cette région, que les Sauvages sont contraints d'aller les récolter jusqu'à la frontière anglaise et même au-delà. »
— Peter Kalm, lors de son voyage en 1749.

plante, ils en ont besoin maintenant. Non pas pour se soigner, mais comme monnaie d'échange de valeur sûre. En ces temps difficiles où le remboursement de la monnaie de carte demeure hypothétique, le ginseng vaut son pesant d'or. Ou son pesant de castor. Avec lui, on peut payer comptant n'importe quel achat ou acquitter une dette... Celle de son cheval en l'occurrence.

— À ce prix-là, il n'en restera bientôt nulle part, laisse échapper Pierre d'un ton préoccupé, plus pour lui-même que pour les autres.

— À ce prix-là, tant qu'il en restera, moi, j'en cueillerai, avoue son neveu François, deuxième fils de Gaspard. Y a des Sauvages, comme vos amis, mon oncle, qui condamnent nos récoltes, mais la plupart s'entendent pour en cueillir autant que nous, si ce n'est pas plus. Y a même des Hurons de Québec qui sont venus en cueillir dans les environs.

— T'as raison, le jeune, approuve l'homme de l'île Perrot. Si c'est point notre main qui va l'arracher, le ginseng, ce sera celle des Sauvages, ceux de la république du Sault [15] entre autres, qui n'se gênent point pour en cueillir. Moi je dis qu'il vaut mieux que ce soit notre main que la leur.

À l'unanimité, les gens se rallient à cette opinion, laissant Pierre perplexe. Malgré qu'il juge le raisonnement sensé, il lui paraît indécent d'y adhérer. Est-ce en raison de l'amitié de Tehonikonrathe ou de la parole donnée à Mingam? s'interroge-t-il, alors que le cheval de Louis La Ramée arrive au petit trot, excitant les gros dogues attelés aux traîneaux des moins fortunés et faisant hennir Charbon.

Thomas Chapuy s'empresse de souhaiter la bienvenue à son ancien patron, saisissant la bride du cheval dès qu'il s'arrête.

— Z'avez là une belle bête, sieur La Ramée, complimente-t-il en frottant le nez de l'animal.

---

15. République du Sault : nom par lequel les Français désignaient le Sault Saint-Louis (ou Caughnawaga) en raison des Iroquois qui s'y étaient déclarés souverains et s'y comportaient en seigneurs, vendant, achetant et trafiquant à leur guise.

— Merci. J'en suis très satisfait. Frédéric aussi d'ailleurs, pas vrai fiston ?

Ravi que son père lui ait laissé les rênes sur le lac, le garçon approuve d'un hochement de tête avec l'expression d'un cocher d'expérience.

— J'ai laissé ma femme et ma fille se réchauffer chez un habitant de Sainte-Anne, explique Louis La Ramée en mettant pied à terre.

— Si c'est le bois de chauffage qui vous amène dans les côtes, sieur La Ramée, faudra en faire votre deuil, indique Jean Chapuy.

— Pourquoi donc ?

— Z'en avons plus… Ben, presque plus.

— Vous en avez point coupé ?

— Pardi ! Oui, qu'on en a coupé, s'exclame l'homme de l'île Perrot, mais sur l'ancienne longueur de deux pieds et demi. C'était pure perte d'apporter ce bois au marché, car il aurait été confisqué. C'est pourquoi nous l'avons transformé en charbon de bois.

— Alors, va pour le charbon de bois, accepte Louis La Ramée, impressionné par l'astuce des habitants.

— Ding, ding, ding, ding, une carriole… Au bout du monde, une carriole, indique Nicolas du haut des épaules de son père.

— C'est le fils du sieur Jouvet qui s'en vient courser, annonce Frédéric, toujours debout à la place du conducteur, se délectant de faire l'admiration et l'envie de la gent enfantine.

— Y a point d'honneur à remporter une course quand les chevaux des autres sont attelés depuis la barre du jour, s'insurge monsieur Boitillon qui, mû par un vieux réflexe, s'est acheminé avec sa béquille au-devant du marchand bourgeois.

— T'as raison, Boitillon, mais le fils à Jouvet, c'est connu, il aime les victoires faciles, glisse Gaspard d'un ton hargneux.

Approbation générale dans laquelle transpire le mépris.

— Vous n'avez qu'à refuser de courser comme je vais le faire, suggère Louis La Ramée à la grande déception de son fils.

— Ouais… c'est délicat, laisse échapper Jean Chapuy en se frottant le menton. Sauf votre respect, sieur La Ramée, vous êtes point dans la même position que nous. Le vexer en refusant de courser avec lui, c'est insulter son père qu'est capitaine de milice.

— Mon idée que c'est point contre vos chevaux qu'il veut courser, mais seulement contre Charbon, à cause qu'il est étalon, observe monsieur Boitillon.

— Sûrement, car il a dit que je trouverais ici Pierre Vaillant avec un étalon fringant, mais pas aussi fringant que le sien, confirme Louis La Ramée faisant ainsi connaître la personne qu'il vient visiter.

Marie-Pierre sent la révolte et la colère l'envahir. C'est vers elle que le fils Jouvet s'amène, poussant sa bête au galop à coups de fouet. C'est à elle qu'il lance le défi. Elle, la bâtarde. D'un pas déterminé, elle s'approche de Charbon et s'empare fermement du montant de la bride. Les oreilles dressées, les naseaux frémissants, le jeune étalon s'ébroue et piaffe, son comportement épousant l'agitation dans l'âme de sa maîtresse.

— Tout doux, Charbon, tout doux, lui répète-t-elle dans le but de le calmer pendant que les propriétaires des trois autres chevaux prennent garde à ce que leur bête ne s'emballe lors de l'arrivée impétueuse du fils Jouvet.

— Mon père m'envoie vérifier si vous n'faites point de pêche commerciale, crie celui-ci pour surmonter le hennissement des deux étalons.

— C'est notre pêche du Carême. N'en avons pas vendu un seul, pas vrai, sieur La Ramée ? précise Jean Chapuy.

— Vrai. J'en suis témoin.

— Je vous crois sur parole, sieur La Ramée, répond le jeune Jouvet en tentant de maîtriser son cheval qui se cabre soudain, provoquant l'affolement de Caporal.

Aussitôt, Louis La Ramée ordonne à son fils de descendre de la carriole et prend le contrôle de son animal.

— C'est là une bête fringante. Vous plairait-il de la mesurer à la mienne ? lui demande le fils Jouvet.

— Un autre jour, sûrement, mais pas aujourd'hui : depuis ce matin qu'elle est attelée. Comme toutes celles-là, d'ailleurs, indique le marchand bourgeois d'un geste.

— Oui, je comprends… La vôtre, elle trotte depuis la ville, mais celles-là, elles n'ont guère bougé au cours de la journée… Allez messieurs, un peu de courage. Qui veut mesurer son cheval au mien ?

Moment de silence suivi d'une timide explication.

— C'est qu'il nous faut retourner à nos maisons.

— Une petite course de rien du tout ne fera que dégourdir les pattes de vos chevaux, voyons. Allez, qui ose mesurer son cheval au mien ? Personne ? Faites preuve d'un peu plus de courage, paysans, lâche le jeune homme sachant à quel point le vocable de « paysan » insulte ces hommes qui se targuent d'être devenus des habitants.

Un léger mouvement d'indignation passe dans le groupe, mais personne ne relève le défi, se sentant appuyé par le marchand bourgeois qui a pris en quelque sorte position pour eux.

— Personne ? Vous m'accordez donc la victoire.

— Non. Moi, j'ose, lance Marie-Pierre à la surprise générale.

— Toi ? Une bâ… une femme ?

— Oui, moi.

Le fils Jouvet égrène un rire suffisant et sarcastique.

— Je n'aurai pas grand mérite à vaincre une femme, mais, soit, cela fera faire un peu d'exercice à mon cheval.

Sous la surveillance de Louis La Ramée, désigné juge à l'unanimité, des hommes s'affairent à jalonner le parcours de la course tandis que Pierre prépare la carriole, la libérant du traîneau et la délestant de tout poids superflu. Après un minutieux examen de l'état de Charbon, monsieur Boitillon s'entretient avec Marie-Pierre qu'il a initiée au monde chevalin, lui inculquant la notion du lien de confiance à développer avec l'animal. Avec une bienveillance toute paternelle, il lui prodigue ses derniers conseils. Nerveuse, Marie-Pierre boit ses paroles, étonnée de sa propre audace. Quelle idée lui a pris de relever ce défi ? Contrairement à son adversaire, elle n'a encore jamais coursé et ne sait pas comment Charbon réagira. Le mener au grand galop est une chose dont elle a l'habitude, mais le faire rivaliser de vitesse avec un autre étalon lui est totalement inconnu et comporte des risques d'accident. S'il fallait que Charbon se blesse sérieusement, elle ne se pardonnerait jamais sa bravade et se sentirait grandement fautive envers son père.

— Oublie point: c'est le cheval qui fait la course… Perds jamais contact avec lui et ça ira bien, petite, résume monsieur Boitillon en voyant le concurrent se ranger derrière la ligne de départ.

Marie-Pierre prend place dans la carriole et, en s'emparant des rênes, elle constate le tremblement de ses mains. N'est-ce pas l'endettement de son père et, par conséquent, l'avenir de sa famille qu'elle tient là? Gagner lui est tout à coup parfaitement égal en autant qu'aucun accident ne survienne. Alors qu'elle vient pour commander au cheval, son père s'approche et Marie-Pierre se surprend à espérer qu'il lui interdise cette course. Il serait en droit de le faire, puisqu'elle ne lui a pas demandé son autorisation. En droit également de la remplacer, si l'adversaire est d'accord. Elle rencontre le regard aimant d'un homme qui, depuis son retour de la guerre, leur démontre une grande affection.

— Va! Je suis avec toi, ma fille, dit-il simplement, lui insufflant une incroyable ardeur.

Et elle va, confiante et galvanisée par la bénédiction de son père. Ses mains ne tremblent plus et dictent sa volonté à celle du cheval. Du plus profond de ses fibres, elle ressent la solidarité des habitants et voit, à leur expression, qu'elle a déjà gagné. Oui, même s'il lui arrive de perdre cette course, elle aura gagné de s'être tenue debout devant celui qui a voulu la rabaisser. Oui, elle, la bâtarde, elle aura mérité pour toujours l'estime des autres.

Les deux étalons montrent des signes d'impatience pendant que le sieur La Ramée explique le parcours et les règles de la course. Arrogant, le fils Jouvet brandit son fouet, énervant sa bête qui ne cesse de piaffer en se secouant la tête. Marie-Pierre évite de le regarder. Elle se concentre sur les directives de son vieil ami et, bientôt, son attitude calme se reflète sur celle de Charbon.

Au signal du départ, le cheval de Jouvet détale aussitôt et prend une avance dont Marie-Pierre s'efforce de faire abstraction. Elle ne doit pas céder à l'émotion et se laisser distraire du lien qu'elle doit maintenir avec son cheval. Avec régularité, celui-ci gagne de la vitesse et, finalement, talonne de près son adversaire. Mettant en pratique les conseils de monsieur Boitillon, Marie-Pierre le retient, se contentant de demeurer à faible distance derrière.

Jouvet multiplie commandements et coups de fouet qui augmentent momentanément l'allure de son cheval, tandis que Marie-Pierre conserve le galop régulier du sien, sujette à un phénomène étrange qui lui donne l'impression d'être devenue une femme-cheval. Ce sont les pattes de l'animal qui s'activent, mais c'est sa volonté à elle qui les contrôle. Oui, c'est sa volonté qui maintient toujours la même distance la séparant de son adversaire. Et ce sera sa volonté qui décidera du moment où il faudra s'élancer à fond de train en utilisant le fouet, une seule fois et comme le lui a enseigné le vieux charretier. Ce moment se présente vers la fin du parcours, et Marie-Pierre s'exécute, touchant juste le dessus de la queue de son fouet. Aussitôt, Charbon augmente l'allure, rejoint le cheval de Jouvet et demeure un certain temps à sa hauteur avant de le dépasser pour franchir victorieux la ligne d'arrivée, sous les acclamations des habitants.

Bien que visiblement offusqué, le fils Jouvet n'ose se montrer sous son vrai jour en présence de Louis La Ramée, à qui il explique sa défaite par une blessure mal guérie de son cheval.

Pour sa part, en bonne élève, Marie-Pierre fait trotter un peu Charbon avant de le mettre au pas, évitant ainsi qu'il ne se refroidisse subitement. Son père en tête, les gens viennent la féliciter tandis que monsieur Boitillon répète à qui mieux mieux :

— Ils ont bien travaillé, la petite et le cheval.

Voilà Marie-Pierre transportée, grisée par un sentiment inconnu. Ses mains tremblent de nouveau et son cœur se débat. Avec délice, elle goûte l'admiration et l'affection qu'on lui témoigne. Dans le regard des autres, elle puise force, fierté et assurance, consciente qu'à travers elle, ces autres partagent sa victoire. Tout se déroule comme dans un rêve dont elle s'éveille alors que chacun s'en est retourné à ses tâches. Ne reste que Thomas Chapuy, frottant le nez de Charbon comme il faisait tantôt au cheval du sieur La Ramée. Il lui sourit et penche la tête de côté d'un air taquin.

— Y a que toi pour faire pareille chose, dit-il, lui rappelant la fois où elle avait assommé une perdrix avec sa perche à collet en trébuchant.

Elle éclate de rire, émue à l'extrême, refoulant des larmes ridicules. Il rit aussi, retrouvant l'expression qu'il avait avant son voyage En-Haut puis, d'une voix grave, il lui déclare : « Y a que toi… »

Chapitre 21

La demande

Près de deux mois plus tard,
Sainte-Anne-du-Bout-de-l'Île.

En cet après-midi du samedi saint, Pierre Vaillant est seul dans sa sucrerie. C'est ce qu'il voulait : être seul. Hier, il a accompli les dévotions obligatoires de sa religion, dont la confession, censée purifier son âme et la préparer pour le dimanche de Pâques. Inutile pratique. Depuis sa participation aux expéditions de guerre, son âme porte la honte et la peur.

Il ne sait pas s'il a honte à cause de ces Anglais qu'il aurait pu tuer mais qu'il a épargnés, ou à cause des alliés indiens qui les ont massacrés par la suite. Mais ce dont il a été témoin lors de son premier raid a répandu du noir dans son âme. Depuis plus de quatre ans, d'atroces scènes sont gravées dans sa mémoire. Des scènes qu'il lui est difficile d'effacer et dont il n'ose parler à personne.

En vain il a tenté de s'en ouvrir à La Ramée lors de sa récente visite, mais il ne trouvait pas les mots pour décrire ce noir de l'âme, et même s'il les avait trouvés, ces mots n'auraient sans doute pas pu franchir ses lèvres. Comment dire ? Il ne sera jamais tout à fait en confiance avec cet homme qui l'a jadis roulé. Depuis, le marchand bourgeois s'est amendé, considérant Isabelle comme sa propre fille et lui, un peu comme son gendre, mais le souvenir demeure dans la flétrissure de la fleur de lys sur son épaule droite. La fleur de l'infamie que le capitaine de milice lui fait expier en l'incorporant dans les expéditions, dont ce raid à Sarastou [1]. Ce raid meurtrier contre des hommes, des femmes et des enfants, endormis dans leur maison de colon. Leur maison, semblable à la sienne, bâtie avec leur sueur et leurs espérances.

Pierre se remémore cette nuit de novembre. Les gens dormaient dans la chaleur de leur foyer, ignorant que le long des murs, des ennemis se glissaient furtivement. Parmi ces derniers, assoiffés de vengeance contre les Anglais, les Indiens prenaient part à la guerre des Français. La veille, ils avaient chanté et dansé la guerre selon leurs coutumes, s'enivrant du vin qu'on leur avait fourni pour l'occasion. Bien qu'il se sentait en partie amérindien, Pierre ne s'était découvert aucune affinité avec ces «porteurs d'épée», comme les appelait Tehonikonrathe. Ce qu'il avait vécu dans le wigwam du guérisseur n'avait rien à voir avec ces mercenaires qui défonçaient portes et crânes, arrachaient les chevelures et répandaient la terreur.

Obéissant aux ordres, Pierre s'était lui aussi introduit dans une maison. Encore dans son lit, une femme avait crié en l'apercevant, et son mari, à ses côtés, d'un bond s'était levé pour la défendre. Pierre entendait pleurer des enfants dans la pénombre, et ces enfants pleuraient comme les siens auraient pleuré. Il voyait l'homme se ruer sur lui, et cet homme agissait comme lui aurait agi. Alors, il s'est figé sur place. Et l'homme de même. Ils sont restés ainsi immobiles, l'un face à l'autre, sans se voir distinctement. Supposément ennemis. De quel droit aurait-il enlevé la vie de cet inconnu? La femme se lamentait, implorant sans doute sa pitié en anglais et les enfants pleuraient toujours. De quel

---

1.　Dans la nuit du 28 au 29 novembre 1745, Paul Morin, avec deux cents Abénakis et Mic-Macs et quatre cents Canadiens, brûle et ravage toutes les maisons de Sarastou (ou Sarasto) près du fort Saint-Frédéric. Il fait cent prisonniers, hommes, femmes, enfants et nègres, dont la plupart vont aux Indiens et le reste dans les prisons.

droit les aurait-il rendus veuve et orphelins? Ni l'homme ni lui ne bougeaient, conscients que le premier à poser un geste déclencherait l'hostilité de l'autre. Ils se regardaient sans se voir et s'entendaient respirer précipitamment malgré les cris des victimes mêlés aux hurlements des assaillants dans les maisons voisines. Soudain, les porteurs d'épée ont surgi, assommant l'homme, tuant la femme d'un coup de tomahawk, égorgeant les deux plus jeunes enfants et se saisissant des trois plus vieux. L'Anglais fut traîné inconscient hors de sa demeure avec ses enfants et Pierre s'est surpris à refermer la porte derrière eux. Sa main tremblante s'est attardée sur la poignée de cette porte que plus jamais les membres de cette famille n'ouvriraient et, accompagnée de la honte, la peur s'est glissée en lui. La peur que des porteurs d'épée, alliés des Anglais, ne poussent ainsi durant la nuit la porte de sa maison.

Le lendemain, selon l'entente établie avec les autorités de la Nouvelle-France, les Indiens se partagèrent les prisonniers, ceux-ci leur appartenant ainsi que le butin de guerre. On noua au cou des enfants épargnés la corde des esclaves et leur père fut livré au poteau de torture. Les maisons furent incendiées et on célébra la victoire. Mais, de victoire, aux yeux de Pierre, il n'y en avait pas eu. Pas plus qu'il n'y avait eu de combat. Quand il vit les porteurs d'épée recevoir une prime de cinq livres pour chacun des scalps, il éprouva une aversion profonde à leur endroit. Est-ce que Tehonikonrathe aurait agi comme eux dans les mêmes circonstances? Et Ours-Têtu? Et Wapitik, devenu membre d'une tribu iroquoise par son mariage? L'amitié que ces autochtones lui témoignaient n'était sans doute qu'une goutte dans l'océan de haine qu'ils vouaient aux Visages-Pâles. Cette haine que la guerre avait canalisée et qui avait déferlé comme un torrent à Sarastou. Cessera-t-elle bientôt, cette guerre déclenchée en Europe qui lui a dévoilé, ici, le visage hideux des raids? Lui qui avait promis de défendre le pays, est-ce par de telles cruautés qu'il doit le faire?

Pierre secoue la tête tout en alimentant de charbon de bois le feu sous son chaudron. Il ne doit plus retourner dans le passé. Seul l'avenir compte maintenant. Et l'avenir, c'est demain, jour de Pâques, où il offrira aux siens le savoureux sucre d'érable à laisser fondre sur la langue.

D'une palette grossière, il enlève l'écume sur le dessus du sirop qui bouillonne. Quand celui-ci aura atteint le stade de la tire, il en poursuivra l'ébullition jusqu'à ce qu'un filet étendu sur la neige devienne cassant. Alors, il sera temps de soustraire le chaudron à l'action du feu et d'en brasser le contenu pendant qu'il refroidit jusqu'à épaississement. Ainsi lui a enseigné Jean Chapuy. Ah! Le brave voisin! Que de choses il a apprises à son contact!

Pierre vérifie la viscosité du liquide sirupeux qui s'égoutte au bout de sa palette avant de se rasseoir devant le chaudron, se délectant de l'odeur du feu mêlée à celle de la vapeur sucrée. Malgré lui, sa pensée revient vers l'Anglais de Sarastou. Peut-être cet homme était-il le brave voisin de quelqu'un. Peut-on imaginer mort plus horrible que la sienne? Pierre réprime un frisson, comme si, d'un coup, sa chair revivait les supplices infligés sur l'échafaud à Québec. Les Indiens, paraît-il, appliquent de plus cruels sévices. Comme cet homme a dû souffrir! Et dans son corps, par le feu et le fer; et dans son âme, par l'angoisse du sort réservé à ses trois enfants survivants. Avant de succomber, cet homme s'est-il reproché de n'avoir pas su les protéger? Ou encore de s'être établi en Nouvelle-Angleterre? Qui sait si lui, Pierre Vaillant, ne connaîtra pas un jour des tourments aussi terribles? Après tout, il y a deux ans, les alliés iroquois [2] des Anglais ont été mis en déroute à Châteauguay [3], situé à un peu plus de deux lieues du Bout-de-l'Île. Et qu'en est-il des Iroquois de Kahnawake vivant à quatre lieues d'ici? Se révolteront-ils contre les Français comme l'ont fait sans

---

2. Il s'agit ici des Iroquois de la nation de la pierre à feu nommés Kanienkehakas, et appelés Mohawks par les Anglais et Agniers par les Français.

3. En 1746, les Iroquois, alliés des Anglais, promettent de ne pas attaquer les Iroquois alliés des Français de la mission Saint-Louis à Kahnawake. En 1747, ils attaquent les Français aux environs de Montréal et sont mis en déroute par le détachement du lieutenant Saint-Pierre et huit Abénakis.

succès les Hurons des Pays-d'en-Haut? La Ramée a appris des frères Gareau que les Indiens de là-bas entretiennent l'espoir de former une grande coalition pour chasser les Visages-Pâles[4]. Personnellement, il doute que tous les autochtones puissent s'unir en une seule force, car il y aura toujours une tribu pour succomber à l'alcool et à l'appât du gain. N'empêche que cela pèse dans la décision qu'il doit prendre relativement à l'offre de La Ramée de s'engager comme voyageur.

L'idée de se renflouer quelque peu sourit à Pierre, mais il a la peur vrillée dans l'âme. Quand les cours d'eau seront complètement dégelés, les routes de la fourrure seront libres tout comme celles de la guerre.

La Ramée voit dans la suspension des armes une promesse de paix prochaine et il avance que, de toute façon, il vaut mieux pour lui d'être éloigné des siens en tant que voyageur plutôt qu'en tant que milicien. Isabelle lui a tenu des propos similaires lorsqu'il lui a fait part de la proposition du marchand bourgeois.

— Je crains moins un accident en canot que la balle de l'Anglais, lui a-t-elle avoué.

Pierre aurait pu l'informer que la flèche ou le tomahawk étaient autant à craindre, mais il n'en a pas soufflé mot afin de ne pas l'inquiéter inutilement.

En France, où ils n'étaient que des paysans, la guerre était l'affaire des seigneurs et des nobles. Leurs demeures étant bâties sur les hauteurs, ces derniers possédaient armes, armures, chevaux et connaissances de l'art militaire. Ici, en Canada, tout mâle âgé entre seize et soixante ans est automatiquement enregistré comme milicien et il doit répondre à l'appel sous peine de mort. C'est là un grave inconvénient aux dires de son beau-frère Gaspard qui, heureusement, n'a pas encore été désigné volontaire. Ni aucun de ses trois fils, d'ailleurs.

---

4. En 1747, il se fit une entente entre toutes les tribus contre les Blancs… À Détroit, les Hurons (Ouendats) formèrent une conspiration pour massacrer tous les Français, mais ils échouèrent.

Homme de terre, Gaspard n'excelle pas dans le maniement de la pagaie ni dans celui de l'arme à feu. Par contre, pour ce qui est de cultiver, d'élever du bétail, de construire et de bûcher, il n'a pas son pareil. C'est grâce à lui et à ses fils que les travaux ont pu être poursuivis sur sa ferme durant son absence. Pierre lui en est grandement reconnaissant et, n'eût été de la chute du prix du blé, il aurait pu acheter Charbon sans avoir à s'endetter auprès de Modrière, car leur récolte commune avait été exceptionnelle. Hélas, elle ne leur a presque rien rapporté et l'incertitude du marché a remis en question la culture de blé à vendre. Cette année, ils en sèmeront beaucoup moins et Gaspard s'emploiera plutôt à bûcher du bois de chauffage dont le prix est monté en flèche, atteignant vingt livres la corde. Comme bon nombre d'habitants qui ont transformé leur bois de vente en charbon, Pierre se retrouve avec un surplus de ce combustible. Pour sa part, n'ayant jusqu'à maintenant produit du bois de chauffage que pour ses propres besoins, Gaspard est en mesure de réaliser de bons profits en produisant du bois de chauffage à la longueur réglementaire qu'il pourra écouler au marché de Montréal. Évidemment, ce ne seront pas des profits aussi énormes que ceux du sieur Varin, grand ami de l'intendant, qui dispose déjà, d'après les estimations de La Ramée, de cinq cents cordes de bois à vendre, mais sans doute ces profits seront-ils équivalents à ceux générés par le ginseng.

La recherche de cette plante prend des proportions alarmantes. Plusieurs habitants se promettent d'en faire la récolte, quitte à négliger l'agriculture, déficitaire en l'absence de débouchés. Des rumeurs circulent même à l'effet que les marchands de Montréal pourraient acheter dès le début de l'été des racines de ginseng fraîches qu'ils feraient sécher eux-mêmes jusqu'au moment de les exporter à l'automne. Pierre s'interroge sur la pertinence de ce procédé, car, d'après Tehonikonrathe, la plante requiert tout l'été pour emmagasiner dans sa racine ses propriétés médicinales. Si tel est le cas, la cueillir prématurément s'avérerait donc inutile. « Plutôt mourir que te trahir », marmonne

Pierre en langue algonquienne, se remémorant le serment fait à Mingam. En pensée, il remonte au jour de sa première rencontre avec le patriarche. Dans la soixantaine, Mingam se tenait debout sur un rocher et lui, le Visage-Pâle, il marchait dans les pas de Tehonikonrathe pour aller lui demander l'hospitalité. À l'époque, il ne parlait pas encore cette langue, mais à la façon dont Mingam lui avait pris les épaules en le regardant au fond des yeux, il avait compris que ce dernier l'acceptait. Avec quelle bonté et quel respect il a été traité par les membres de cette famille! Dans un autre contexte, ces mêmes gens auraient-ils pu perpétrer les atrocités de Sarastou?

Pierre aimerait n'en pas douter, mais il ne peut oublier combien parfois le regard impénétrable de ses hôtes l'inquiétait. Y avait-il chez ces derniers une violence latente que la consommation d'alcool aurait pu libérer comme elle l'a fait chez Neptune? Jamais Pierre n'aurait pu s'imaginer que ce compagnon de canotée puisse s'en prendre un jour à un gamin. Et pourtant, Neptune a bel et bien menacé d'enlever la vie à Victor Chapuy. L'esclave serait-il passé à l'acte s'il n'était intervenu?

Pierre écume le sirop qui bouillonne doucement, se demandant s'il a bien fait de laisser s'évader Neptune dont il est sans nouvelle depuis. De tout cœur, il espère que le fugitif se soit intégré à la famille de Tehonikonrathe qui rejette le poison de l'eau-de-vie. Cette famille, un peu la sienne, dont il est aussi sans nouvelle. « Nos canots ne reviendront plus. Tu as maintenant le tien pour nous visiter », lui avait dit Tehonikonrathe. Pierre revoit encore la poignée de terre dans la main du guérisseur. « Cette terre, pour nous, contient les cendres de notre mère », lui avait expliqué ce frère indien. Pierre s'était senti fautif d'entendre crépiter ses feux d'abattis. Quelques mois plus tard, devant les cendres de Sarastou, la honte et la peur lui envahissaient l'âme et il ne prit jamais son canot pour se rendre au territoire légué par Mingam. « Plutôt mourir que te trahir », se répète-t-il, se raccrochant à l'image de sa fille appliquée à peigner les cheveux de Fait-Trembler-la-Terre au bord de l'eau. Cette image qu'il évoque telle une prière. Telle une promesse de mutuelle compréhension et une riposte à Sarastou.

*

Au même moment, dans l'érablière.

Thomas Chapuy chemine dans le sentier menant à la sucrerie de Poing-de-Fer, éprouvant une certaine émotion à poser le pied dans les traces de l'idole de son enfance. À l'exception de ces empreintes que le froid a figées dans la boue aux endroits dénudés de feuilles mortes, il ne remarque rien du paysage tellement sa pensée est absorbée par ce qu'il a à demander à cet homme. Nerveux, il élabore une entrée en matière qu'il rejette l'instant d'après pour en élaborer une plus pertinente qui devient à son tour insatisfaisante au bout d'un moment. Afin d'évacuer la gêne qui va en grandissant au fur et à mesure qu'il se rapproche de la sucrerie, Thomas se remémore la fleur de lys qu'il a vu imprimée au fer rouge sur l'épaule de Poing-de-Fer lorsqu'il s'est baigné avec les Indiens venus le visiter. Jamais il n'a parlé de cette dégradante cicatrice à quiconque. Même pas à son ami Roland, cousin préféré de Marie-Pierre de qui il veut demander la main. Est-ce la fille d'un criminel qu'il désire épouser? Quel délit a donc commis leur voisin pour avoir reçu ce châtiment? Pierre Vaillant le lui avouera-t-il s'il le lui demande? Mais, de quel droit le lui demanderait-il? Le fait qu'il veuille épouser Marie-Pierre ne le justifie pas de fouiller le passé de son père. Quoique...

L'odeur de la vapeur sucrée chatouille les narines du jeune homme. Il s'arrête alors et observe un bouquet de dense fumée au-dessus des érables qu'un vent léger pousse dans sa direction. Ayant souvent produit du sucre d'érable avec son père, il décide de se servir de cette expérience comme prétexte pour offrir son aide et ainsi aborder le but de sa visite.

À peine éclose, cette possibilité s'éteint et laisse Thomas plus embarrassé que jamais. Quoi donc? Qu'est-ce qui lui arrive? Quand il est parti de la maison, la demande en mariage lui semblait une formalité. Par quelle sorcellerie s'est-elle compliquée en cours de route au point de lui nouer présentement la gorge? Appréhenderait-il un refus malgré qu'il croie constituer un bon parti? Qui sait si le père de sa dulcinée ne voit pas comme un empêchement le fait qu'il veuille continuer à pratiquer le métier de voyageur? Quels arguments pourra-t-il, dans ce cas, invoquer à cet homme qui connaît les dessous du métier? Cet homme qui en a vu plus d'un succomber à l'alcool et aux charmes d'une Indienne, comme cela lui est arrivé à Makinac.

Bien que Thomas ait été absous hier de cette faute au confessionnal, il conserve des remords, surtout face à Marie-Pierre. La belle ne sait rien de cette histoire et n'en saura jamais rien. Mais, lui, il s'en souvient. En réalité, ce dont il se souvient, c'est beaucoup plus de son réveil étonné dans les bras de l'autochtone que de son accouplement avec elle. De sa nuit d'ivresse et de débauche, il n'avait gardé qu'un lancinant mal de tête et un plaisir diffus de la chair. Fallait-il être bête pour avoir ainsi perdu son pucelage sans le souvenir précis de sa jouissance!

Le baiser qu'il avait cueilli sur la bouche de Marie-Pierre avant son départ l'avait drôlement plus excité. Telle la flamme dans les branchages secs des abattis, ce baiser avait allumé ses désirs, et il en voulait à Marie-Pierre d'être devenue la maîtresse de ses pensées et de ses fantasmes sexuels. Étaient-ce les lèvres de sa charmante voisine qu'il avait recherchées sur celles de la femme indienne? Sans doute, car une fois sobre, ces lèvres défraîchies le laissèrent indifférent. Sensiblement plus vieille que lui, la femme était visiblement moins attrayante qu'elle lui avait paru la veille. Ses compagnons de canotée ont bien ri de son désenchantement, lui promettant de n'en parler à personne En-Bas. Ce qui se passait En-Haut devait rester En-Haut. Telle était la règle établie depuis toujours. Telle est et telle sera la règle. Poing-de-Fer la connaît et l'observe, mais il sait à quels excès peuvent se livrer les hommes lorsqu'ils atteignent le but de leur périlleux voyage. Est-ce d'un mari susceptible de succomber à ces excès qu'il souhaite pour sa fille?

Thomas envisage de rebrousser chemin. Il serait peut-être sage de reconsidérer ce projet de mariage. C'est là un engagement à vie et l'exemple de Roland, le cousin de Marie-Pierre, le laisse perplexe. Cet ami, devenu son beau-frère en s'unissant à l'une de ses sœurs jumelles, a dû abandonner l'idée de devenir voyageur sous les pressions de sa possessive épouse, et Roland travaille maintenant à petit salaire aux charrois des entrepôts du roi. Est-ce un sort semblable qui attend Thomas s'il épouse Marie-Pierre? Aujourd'hui consentante à ce qu'il s'absente de mai à septembre, exigera-t-elle, demain, qu'il demeure auprès d'elle à longueur d'année? Lorsqu'elle s'est renseignée, au moment de son retour, s'il y avait eu une autre femme En-Haut, Thomas a senti sa liberté menacée. Comment! Par un seul baiser échangé, Marie-Pierre s'estimait autorisée à lui demander des comptes! Sa première réaction fut de se montrer indépendant. Voire distant. Pour rien au monde Marie-Pierre ne devait soupçonner la place qu'elle prenait dans son cœur. Avec brio, il parvint à masquer ainsi ses sentiments jusqu'au jour où elle disputa une course avec le fils de Jouvet. Ce jour-là, malgré lui, il fut ébloui.

Quelle femme! Non mais, quelle femme! songe Thomas en se remémorant Marie-Pierre debout dans sa carriole. Avec une dignité de reine, elle avait triomphé sans s'abaisser à mépriser le vaincu. Thomas sut à cet instant qu'elle seule pouvait lui convenir pour épouse. Pourquoi hésite-t-il présentement? Qu'est-ce qui lui prend d'ériger une barrière entre l'amour et sa liberté? Dans son for intérieur, il sait très bien que Marie-Pierre ne se comportera jamais avec lui comme sa sœur envers Roland. En fait, Marie-Pierre ne se comporte jamais comme les autres filles. Elle possède autant d'audace que de courage, tout en étant jolie. Fort jolie même avec ses cheveux blonds bouclés et son petit menton carré. Avec raison, Nez-Partout la nommait Joie-des-Yeux. De surcroît, elle promet de faire aussi la joie du corps par sa sensualité. Quelle formidable pulsion sexuelle l'a foudroyé, il y a deux semaines, lors d'un second baiser échangé en cachette! Sa verge s'était dressée presque instantanément contre le pubis de Marie-Pierre qui y avait répondu par un troublant mouvement du bassin. Pourquoi hésiter plus longtemps à faire sa demande en mariage ? Ils ont un ardent désir l'un de l'autre.

Le jeune homme inspire profondément et poursuit sa route, encouragé par la perspective d'annoncer à Marie-Pierre qu'il a obtenu le consentement de son père. À court d'arguments percutants pour persuader l'homme qu'il constitue le gendre idéal, Thomas se rabat sur la honteuse fleur de lys. Ce n'est pas Poing-de-Fer qu'il va rencontrer, tente-t-il de se convaincre. Ni leur voisin Pierre Vaillant. Non. Celui qu'il va rencontrer est un inconnu portant la marque du déshonneur. De quelle autorité cet ancien criminel refuserait-il la demande d'un honnête garçon tel que lui ? Thomas aperçoit l'abri et l'homme, assis devant son chaudron.

— Est-ce que c'est à la veille d'être prêt ? demande-t-il d'une voix forte pour annoncer sa venue.

— À la toute veille, je crois. Viens, tire-toi une bûche, mon garçon.

L'inconnu à la fleur de lys s'est envolé et Thomas se retrouve en présence de Poing-de-Fer qui l'accueille d'un sourire franc.

— Qu'est-ce qui t'amène ici ?

— Euh... rien, répond Thomas en approchant une bûche en guise de siège.

— Un coup de main s'ra bienvenu... C'est à la veille, selon toi ?

— Oui, mais, selon moi, pas à la toute veille, précise le visiteur en étudiant l'effervescence et la grosseur des bulles.

— Ah ! Bon, je te fais confiance là-dessus. Tu t'y connais. Tiens, prend donc la palette. À toi de juger du moment.

Thomas accepte avec empressement la responsabilité de cette délicate opération, déterminé à démontrer son savoir-faire.

— Ton père m'a appris que t'as signé ton engagement pour Makinac, la semaine dernière, relate l'ancien maître de canot.

— C'est exact. Avec le sieur La Ramée.

— Pagayeur du milieu?

— Euh... Oui.

— J'avais un ami à Makinac. Jean Hardouin, tu connais? Il est armurier.

Une bouffée de chaleur monte à la tête de Thomas à l'évocation de l'individu qui lui a présenté l'Indienne responsable de son dépucelage. Il se sent pris en flagrant délit, les culottes littéralement à terre.

— Jean Hardouin? répète-t-il, feignant de fouiller sa mémoire pour gagner du temps.

— Plusieurs le nomment aussi Nivoigoutte.

— Nivoigoutte... Nivoigoutte... Ça me dit quelque chose, avoue Thomas ne sachant trop que répondre ni quelle attitude adopter. Pourquoi, l'air de rien, Poing-de-Fer lui a-t-il posé cette question? Aurait-il appris des choses sur son compte par la bouche du sieur La Ramée? Des choses que seule l'oreille du confesseur est supposée avoir entendues.

— Il est marié à une Objiwa.

Thomas s'énerve. La femme se prétendait de cette tribu. Ou le père de Marie-Pierre est au courant de toute l'affaire et met sa franchise à l'épreuve, ou il ne sait rien. Voilà Thomas coincé. Doit-il tout dévoiler au risque de se trahir, ou tout nier, au risque de passer pour un menteur? Pour faire diversion, il promène la palette dans la chaudronnée avec beaucoup d'attention.

— «Crédieu de galère!», qu'il disait à tout moment, précise Pierre Vaillant. Dans l'temps, j'lui apportais ses pièces de fusil... La Ramée m'a appris qu'il en raccommode encore, des fusils, à Makinac.

Que lui a dit d'autre le sieur La Ramée? s'interroge Thomas de plus en plus nerveux. Ce qui s'est passé En-Haut aurait-il eu des fuites En-Bas?

— Ah! Oui, ça me revient... L'armurier à Makinac... Nivoigoutte. C'est un ami de longue date? demande Thomas d'un ton distrait, faisant mine d'être absorbé par sa tâche.

— Depuis mon arrivée au pays, il y a près de vingt ans… Si tu le rencontres En-Haut, j'aimerais bien que tu lui fasses part de mon amitié.

— Pour sûr : j'l'ferai. Jean Hardouin, hein ? Ses pièces, je pourrais les lui apporter aussi.

— Pas la peine. La Ramée a quelqu'un.

Thomas comprend ce que signifie cette dernière phrase et n'insiste pas. Il y a toujours « quelqu'un » à bord des canotées pour passer en douce certains articles. L'aveu de Poing-de-Fer d'avoir déjà été ce quelqu'un plus ou moins contrevenant le libère de ses appréhensions tout en le faisant se sentir solidaire et complice de l'homme. C'est probablement pour une faute commise En-Haut que Poing-de-Fer a été marqué du sceau de la disgrâce, s'imagine Thomas, plus enclin que jamais à respecter la règle du silence. Il en va pour les écarts de Poing-de-Fer comme pour les siens.

Cette règle soulage Thomas d'une formidable tension. Il ressent une grande fierté à faire partie de la confrérie des voyageurs et s'estime être à la hauteur de sa demande. Que Poing-de-Fer puisse la refuser lui paraît d'ores et déjà inconcevable. Confiant, il se concentre sur sa tâche.

— C'est à la toute veille, déclare-t-il au bout d'un moment.

Pierre présente un récipient de neige compactée sur laquelle, d'un geste sûr, Thomas étend un filet de tire en fusion. Dès qu'il se fige, il lui administre un petit coup sec de palette.

— C'est à point, annonce-t-il en voyant se casser le filet.

Pierre s'empare alors du chaudron et le dépose sur des morceaux de bois le maintenant juste au-dessus de la neige. Sans perdre un instant, il se met ensuite à en brasser le contenu pendant que Thomas approche des moules de bois.

— Comme ça, tu es venu ici pour rien ?

— Je venais vous voir en passant, bredouille Thomas.

— En passant ? Ce n'est point sur ta route, il me semble.

— Façon de parler… J'espère que ça n'vous dérange point.

— Pas le moins du monde.

Bien qu'il se soit en quelque sorte réfugié dans sa sucre-rie, Pierre apprécie la visite de Thomas. D'un enthousiasme communicatif, le jeune homme estompe le visage de la guerre tout en ressuscitant chez lui le goût du départ. Ce goût du risque et de l'aventure qu'il considère cependant comme une déloyauté à l'endroit d'Isabelle et de sa terre, mais qui est là. Indéniablement enraciné en lui, et depuis longtemps refoulé.

— Tu t'es engagé pour l'aller-retour ?

— Oui. Pas question d'être hivernant…

— Hivernant, c'est plus payant.

— Je sais… mais c'est trop longtemps parti. Pour sûr, dix-huit mois, c'est trop longtemps, explique Thomas tout en remplissant les moules de la pâte de sucre.

— Autant pour celui qu'est parti que pour ceux qui l'attendent, dix-huit mois, c'est une éternité, corrobore Pierre.

— Hmm… Une éternité, reprend Thomas, occupé à racler le chaudron de sa palette pour remplir le dernier moule.

— Décidément, tu sais y faire.

— C'est tout simple : je l'ai appris du paternel.

— Ah ! Ton père ! C'est tout un homme ! Sans son aide, je n'serais point si bien établi. Ni mon beau-frère Gaspard. En plus, c'est un homme de bon conseil.

— Oui, c'est sûr, il sait bien des choses, admet Thomas d'un ton neutre, signifiant ainsi qu'il ne désire pas s'étendre sur les rapports tendus entre lui et son père qui lui reproche d'abandonner la terre pour devenir un « coureur des bois ».

D'ailleurs, ce terme à connotation de hors-la-loi que son père emploie sciemment à la place de celui de « voyageur » résume avec éloquence la source de leur mésentente.

— C'sont des choses qui ne servent pas beaucoup à un voyageur, déclare Thomas, affirmant par la même occasion son désir de poursuivre la pratique du métier.

— Ah ! Ce genre de choses, elles servent toute la vie, Thomas. Toute la vie. Être voyageur ne fait qu'un temps. Un jour ou l'autre, tu reviendras à la terre.

— Peut-être…

Thomas n'apprécie pas le cours que prend la conversation. Il a franchement l'impression de s'engager dans des propos qui le desservent. De crainte de voir Poing-de-Fer lui tenir le même discours que son père, il aborde de front le but de sa visite.

— M'accordez-vous la main de votre fille Marie-Pierre?

Muet et grave, Pierre Vaillant se met à promener un bâton parmi de gros morceaux incandescents, ce qui laisse Thomas interloqué. En proie à un certain malaise, ce dernier s'affaire à gratter méticuleusement l'intérieur du chaudron de façon à récupérer la moindre parcelle de la succulente friandise.

— Si c'était point Carême, on pourrait y goûter, propose-t-il en pigeant une pincée de copeaux de sucre.

— C'est le dernier jour, mais c'est encore Carême.

— Pour sûr, c'est encore Carême, reconnaît le jeune homme, laissant tomber à regret sa pincée dans le chaudron avant de se rasseoir.

Un moment s'écoule lentement dans le silence et l'embarras.

— Il y a une grande différence d'âge entre Marie-Pierre et ses frères et sœurs, finit par dire Poing-de-Fer, faisant lui-même allusion à l'illégitimité de sa fille.

— Ça n'me dérange point. Les mauvaises langues, je ne les écoute pas, réplique Thomas avec assurance.

— Pourquoi l'épouser? Je n'ai point de véritable dot à t'offrir… Et puis, son travail compte pour beaucoup à la maison.

— La dot m'importe peu… Avec mes gages de voyageur, je la ferai bien vivre.

— Où?

— Quoi, où?

— Où vivrez-vous? Où logera-t-elle quand tu seras parti? Que fera-t-elle? Des capots de traite?

— Euh… Je verrai… euh… nous verrons… elle et moi. Nous verrons ce qui convient, explique Thomas, alarmé que ces questions d'ordre pratique lui aient échappé. Pour cette raison, le père de sa bien-aimée le jugera-t-il inapte au mariage ?

— Je ne compte pas rester pagayeur du milieu toute ma vie… Le sieur La Ramée m'a laissé entendre que j'étais doué pour devenir bout de canot. Et puis, je ne joue ni aux cartes ni aux dés… Ah ! Ça, non ! Ça, jamais ! Mes gages, je les ai tous ramenés.

— Est-ce qu'il est urgent de la marier ?

— Urgent ?

— Urgent à cause des mauvaises langues…

— Ah ! Non. Soyez sans crainte… Au sujet de votre fille et de moi, les mauvaises langues n'ont rien à se mettre sous la dent… si l'on peut dire, garantit Thomas en échappant un petit rire embarrassé.

Pierre étudie les réactions de son jeune voisin qu'un lien d'amitié unit à sa fille depuis toujours. Il remarque la musculature des bras et des épaules que l'incessant labeur du pagayeur a passablement développée. Débrouillard, hardi, jovial et travaillant, Thomas possède les qualités requises pour tenir un jour la place de maître de canot, mais, avant d'accéder à sa demande, Pierre veut l'entendre invoquer un argument qu'il considère de taille et redemande d'une voix posée :

— Pourquoi l'épouser ?

— Pourquoi ? Ben… parce que je saurai la bien faire vivre.

— Mais encore…

— Parce que je me considère comme un bon parti, même si je n'ai pas l'intention de m'établir sur une terre.

— Être un bon parti n'est pas une raison suffisante.

Blessé dans son amour-propre, Thomas se rabat en pensée sur la fleur de lys gravée dans la chair de cet homme qui lui donne l'impression de jouer avec lui comme le chat avec la souris. Qui est-il pour s'interposer entre lui et Marie-Pierre ? D'un bond, il se lève et débite d'une voix saccadée :

— Ça n'suffit point ? Qu'est-ce qu'il vous faut donc ? Que ça vous plaise ou non, j'aime votre fille. J'attendrai qu'elle soit en âge de se passer de votre consentement. Oui, j'attendrai, voilà tout.

Court moment de stupéfaction suivi du sourire bienveillant de Poing-de-Fer.

— Tu n'auras point à attendre longtemps. Que tu l'aimes me suffit. Rassieds-toi, nous allons discuter.

Thomas obéit. Fébrile, il porte plus ou moins attention au bilan que dresse Poing-de-Fer de son établissement à savoir qu'il possède dix arpents en labour de charrue lui permettant de procéder à la rotation des cultures, un grand potager, un bœuf, rejeton de Goliath, une vache, douze poules, un coq, une grange-étable, un poulailler, une sucrerie, une maison qu'il a agrandie et divisée en trois pièces avec fours à pain, à l'intérieur et à l'extérieur. Du même souffle, l'homme énumère les six arpents labourables, l'étable, le poulailler et la maison de son beau-frère Gaspard, sans oublier les quatre porcs qu'annuellement ils achètent afin de les engraisser. Puis, après une pause, il mentionne Charbon que plusieurs habitants ont retenu pour saillir leur jument depuis la fameuse course contre l'étalon de Jouvet.

— C't'étalon, vois-tu, je l'ai donné à Marie-Pierre… Si elle quitte ma maison pour t'épouser, Charbon la suit, mais moi, j'ai besoin de ce cheval… J'ai besoin aussi de Marie-Pierre. Et puis, je l'imagine mal loin de ses poules et de la ferme à coudre des capots. C'est une fille de terre et toi, un homme de rivière. Voici ma proposition. Vu que tu seras au loin une partie de l'année, j'offre de t'héberger avec Marie-Pierre durant l'autre partie. Ce sera là, en quelque sorte, ma dot et tu n'auras pas à t'inquiéter pour elle durant tes voyages.

L'Anglais de Sarastou traverse l'esprit de Pierre. Comment peut-il s'assurer qu'aucune main ennemie ne poussera la porte pendant leur sommeil? Pour échapper à l'angoisse naissante, il élabore des projets d'avenir.

— Nous pourrons construire une pièce pour vous deux, attenante à la maison… Vous y serez plus à votre aise… Et puis, tes bras sont bienvenus. L'ouvrage ne manque pas de septembre à mai, et tu sais y faire. Tu seras un peu comme mon fils aîné. Je crois que Marie-Pierre sera heureuse d'un tel arrangement. Toi, qu'en penses-tu?

Pierre se surprend à espérer l'accord de Thomas. Par-dessus tout, il désire le bonheur de Marie-Pierre, mais devant l'éventualité de la voir quitter le toit paternel, il a pris subitement conscience de son attachement envers elle. Un attachement qui diffère de celui qu'il éprouve envers ses autres enfants. Conçue hors mariage dans le feu de la passion, Marie-Pierre a été l'enfant pour qui se battre et à qui offrir un pays où vivre dans la dignité avec sa mère. Il l'a portée dans son âme pendant sept ans avant d'en faire la connaissance et tout ce qu'il lui a alors promis d'accomplir, il l'a accompli. La terre, la maison, les œufs à ramasser sous les plumes chaudes, le potager, les citrouilles, le pain de blé et le four, le fromage tiré du lait et le cheval dans l'enclos sont devenus réalité parce que Marie-Pierre a cru en lui et l'a secondé. Parce qu'elle était là, dès le début, encore fillette toute barbouillée de suie, à entretenir des feux d'abattis et à dormir sur la terre battue de leur abri de pieux. Là, avec sa gaieté et son optimisme, sa vaillance et son courage.

— C't'arrangement me convient, accepte Thomas, qui n'en espérait pas tant.

Non seulement il obtient la main de Marie-Pierre, mais de plus, il jouira plus ou moins du statut de fils aîné. Il se sent respecté, accepté pour ce qu'il est et il sait d'avance que dans la maison de Poing-de-Fer, il n'aura pas à justifier continuellement son choix d'avenir comme il doit le faire chez lui.

— Pour quand prévoyez-vous les épousailles ?

— Pour novembre de cette année.

De nouveau, dans l'esprit de Pierre, survient la nuit de novembre à Sarastou à laquelle il substitue des images de bonheur. À son bras, radieuse dans une belle robe, s'avance Marie-Pierre vers celui qu'elle aime. Lui, en père ému, il revoit l'enfant couverte de suie et le garçon aux cheveux maladroitement coupés à la mode des voyageurs. Encore plus émue, Isabelle échappe quelques larmes, se souvenant de la présence de Marie-Pierre à son propre mariage qui marquait le début d'une vie nouvelle pour tous trois. Des noces suivent la cérémonie où parents, voisins et amis s'en donnent à cœur joie. Des noces où Pierre se voit festoyer, chanter et danser, riche d'avoir gagné un fils tout en comblant les désirs de sa fille.

— J'achèterai un cochon à l'engrais [5] de plus pour les noces, dit-il, déterminé à assurer les coûts que nécessite l'organisation d'un tel événement.

— Moi, je m'arrangerai pour rapporter de l'eau-de-vie. C'est meilleur que le bouillon de mon père, offre Thomas.

— Il ne revient pas au fiancé de participer aux dépenses.

— Je sais, mais c'est de bon cœur. Sans compter qu'il est plus aisé pour un voyageur de trouver de l'eau-de-vie que pour n'importe qui d'autre... C'est là une marchandise qui ne doit point manquer pour faire la traite.

— Parfait. Tu tenteras d'en dénicher du côté de Makinac et moi, du côté de Détroit.

— Quoi! Vous allez donc reprendre l'aviron? s'exclame Thomas.

— Eh oui! Comme bout de canot avant. J'ai une fille à marier et des noces à organiser. Tant qu'à partir, mieux vaut le faire pour aller ramasser des gages, plutôt que d'être forcé d'aller guerroyer du côté des Anglais, confirme Pierre d'un ton gaillard.

Cette prise de décision le stimule. À l'approche de la quarantaine, il jouit encore d'une force et d'une endurance exceptionnelles, et possède un riche bagage d'expérience. La Ramée n'a pas caché son intention de lui confier la charge de maître de canot s'il désirait demeurer à son service l'an prochain. Selon le marchand bourgeois, Détroit est appelé à se développer, ce qui engendrera l'accroissement du transport et multipliera les possibilités d'encaisser des profits. « L'avenir est à Détroit », ne cessait-il de répéter pour le convaincre.

Avant l'arrivée de Thomas, l'avenir se résumait à demain, jour de Pâques. Maintenant, l'avenir se projette jusqu'au-delà des noces. Sans le savoir, son futur gendre lui a fait réaliser que la vie est comme une rivière qui les emporte

---

5. Cochon à l'engrais ou cochon gras : porc que l'on achetait au printemps dans le but de l'engraisser et de l'abattre à l'automne.

et qu'il ne sert à rien de regarder derrière. Impuissant à changer quoi que ce soit aux horreurs de Sarastou, Pierre peut cependant façonner l'avenir. Les cendres d'hier ne doivent pas l'empêcher de bâtir des lendemains d'espérance. Et, à cette époque où la terre rapporte peu, bâtir se fait à coups d'aviron.

— Bout de canot avant, laisse échapper Thomas dans un souffle admiratif qui n'est pas sans flatter Pierre.

— Tu le seras un jour. J'ai confiance.

Les deux hommes s'échangent un regard. Déjà, entre eux, des liens père-fils se créent et s'entrecroisent avec ceux des voyageurs. Sur des rivières différentes, ils acquerront des expériences et subiront des misères semblables afin de procurer le bien-être sous le même toit.

— Le soleil commence à baisser : faudrait peut-être songer à rentrer, note Thomas avec un léger malaise, se sentant mesquin d'avoir dénigré mentalement Poing-de-Fer à cause de la fleur de lys.

— Ouais ! Il nous faut rentrer avant la noirceur, approuve Pierre en empaquetant dans un grand sac de toile ses moules remplis de sucre d'érable, à l'exception du plus gros qu'il donne à Thomas pour la famille Chapuy.

— J'espère que ton père trouvera mon sucre aussi bon que le sien.

— Y a qu'à goûter un peu pour le savoir tout de suite. Ça n'vaut point la peine de rapporter ce qui reste dans le chaudron.

Deux paires d'yeux gourmands convergent vers le récipient.

— Ça n'vaut guère la peine, en effet, approuve Pierre.

— Ne sommes plus qu'à quelques heures de Pâques, insinue Thomas.

— T'as raison, ce n'est plus qu'une question d'heures… Une p'tite pincée, juste pour y goûter, ce n'est sûrement point péché.

— Sûrement point.

— De toute façon, personne ne saura, n'est-ce pas compagnon ? s'exclame Pierre en lançant une œillade complice avant de piger une bonne pincée de miettes qu'il dépose sur sa langue, fermant les yeux pour mieux les déguster.

À l'exemple de l'ancien maître de canot, Thomas savoure à son tour la délicieuse tentation.

— Personne ne saura, répète-t-il, englobant dans cette convention le sucre, la fleur de lys et son dépucelage.

Chapitre 22

Départ

Un mois plus tard, en mai, quai de Lachine.

Gonflés par le dégel des eaux et la fonte des neiges, les rapides rugissent, nourrissant des craintes dans l'âme d'Isabelle. Elle n'est pas sans connaître les dangers que Pierre risque de rencontrer au cours de ce voyage. À ses inquiétudes d'épouse se greffent maintenant celles d'une mère et future belle-mère, car, près d'elle, Marie-Pierre cache mal son anxiété, se mordillant l'ongle de l'index.

— Nous aurions pu les attendre à Sainte-Anne, laisse échapper Isabelle, convaincue dans son for intérieur qu'elles auraient dû les y attendre où, selon la tradition, ils font une halte pour demander la protection de la patronne des voyageurs sur l'eau.

Dans l'église, à la lueur des lampions et dans le murmure des prières, elles se seraient senties plus rassurées qu'ici, à proximité des remous tumultueux qui ne cessent de rappeler leur capacité d'engloutir les hommes.

— Peut-être, répond sa fille, évasive, sans détacher son regard de Thomas qui transporte la cargaison avec les membres de son équipage.

— Ces fichus rapides ! Ils te jettent une de ces fraîches, peste Isabelle en pressant contre sa hanche la tête de Nicolas venu assister au départ de son père.

— Papa, là, près de l'eau, indique-t-il, se sentant interpellé par le geste de sa mère.

— Oui, il est là, près de l'eau, confirme Isabelle, séduite par cette silhouette d'homme se découpant dans la lumière naissante du jour.

Tendrement, elle roule une mèche des cheveux bouclés de son fils, désolée que le handicap de ce dernier ne lui permette pas, à cette distance, d'admirer la belle carrure de son père qui trimbale les fardeaux avec aisance.

Ses fibres de femme frémissent et, déjà, se languissent de son mari. Encore une fois, il va lui manquer. Terriblement. Sans lui, ce pays est trop rude, sa paillasse trop grande, son âtre trop froid, son horizon trop inquiétant. La simple pensée qu'il puisse ne pas revenir la dévaste et elle espère de tout cœur qu'il ne reprendra pas goût au métier de voyageur.

Pierre a beau le nier, il éprouve un attrait pour ces expéditions. Un attrait que la perspective de bons gages n'explique pas à elle toute seule. Élise La Ramée sous-entend que les hommes se permettent bien des libertés En-Haut, mais il y a autre chose qui attire les hommes dans ce genre d'aventure, et cette autre chose échappe à Isabelle. Sans doute parce qu'elle est une femme. De toute façon, bien que Pierre risque de succomber à cette autre chose, elle préfère le voir partir pour Détroit plutôt que pour une expédition de guerre. Des rumeurs en provenance de la Nouvelle-Angleterre annoncent que la paix aurait été signée en Europe, mais aucun navire de France n'est encore arrivé à Québec pour le confirmer. Mieux vaut ne pas s'y fier. Une fois Pierre parti avec sa canotée, le sieur Jouvet ne pourra plus le recruter.

Après un long bâillement, Nicolas s'enfouit le visage dans sa jupe.

— Tu es fatigué, mon Colas ?

— Non, point fatigué, prétend le garçon en bâillant de plus belle.

Isabelle regrette un peu de l'avoir emmené, mais l'enfant tenait absolument à assister au départ des canotées. Hélène et Angélique, ses sœurs aînées, ont préféré demeurer à la maison avec monsieur Boitillon et Antoine, le benjamin. Partis de nuit, ils se sont arrêtés prendre Thomas et ont poursuivi jusqu'à Lachine, traversant les villages endormis de Sainte-Anne et de la Pointe-Claire.

Ce voyage sous les étoiles s'est fait dans un silence presque religieux. Seuls s'entendaient les fers de Charbon heurtant les cailloux, le grincement des roues et parfois, lorsqu'ils longeaient des étangs, le coassement assourdissant des grenouilles. Serrés l'un contre l'autre, Marie-Pierre et Thomas s'étreignaient amoureusement à la faveur de l'obscurité. En tant que mère, Isabelle n'aurait pas toléré de telles marques d'affection avant la bénédiction nuptiale, mais, en tant que femme à la veille des adieux, elle en comprenait l'incontournable besoin. Sur la banquette du conducteur prenaient place son neveu François qui menait le cheval et, à ses côtés, son fils Jean que l'excitation tenait éveillé. Derrière, le dos appuyé aux bagages des voyageurs, elle se nichait la tête contre l'épaule de Pierre, roulant selon son habitude une mèche des cheveux de Nicolas, endormi sur les jambes de son père. Par moments, la main de Pierre se posait sur la sienne, y exerçant une douce pression et elle ne pouvait s'empêcher de penser que, dans quelques heures, la paume de cette main envelopperait la poigne d'une pagaie, et ce, pour longtemps. Inexorablement, chaque pas du cheval la rapprochait de l'instant de leur séparation, et elle goûtait avec intensité le souffle chaud qui lui effleurait le front quand Pierre la serrait contre lui.

— Paré pour le départ? s'enquiert une voix forte.

Isabelle aperçoit Louis La Ramée passant du canot en destination de Makinac à celui en destination de Détroit pour vérifier une dernière fois leur cargaison. Outre les pintes d'eau-de-vie autorisées, ces cargaisons sont constituées du courrier et de la marchandise destinés au commandant des postes ainsi que des ballots de traite. Empaqueté chez les négociants de La Rochelle, chacun de ces ballots d'une centaine de livres comprend un assortiment des articles nécessaires aux échanges avec les Indiens, tels chaudrons, haches, couteaux, couvertures, poudre et plomb à fusil, aiguilles, fil, ciseaux, maïs et pois séchés, cordes et filets, verroterie, peignes, miroirs, vermillon et autres pacotilles. Ces ballots assortis minimisent les pertes en cas de naufrage, une marchandise donnée ne risquant jamais de manquer totalement. Acheminés de Québec à Montréal au cours de l'hiver sur la glace du fleuve, ils sont transportés au printemps par voie de terre jusqu'à Lachine, où ils sont ensuite chargés dans les canots. Dès lors, que de fois ces ballots seront déchargés, rechargés, hissés et portagés par les hommes au risque de les blesser ! L'exemple de Boitillon ravive l'inquiétude d'Isabelle qui, pour y échapper, décrit l'activité qui règne à son jeune fils.

Là, ce sont Jean et le cousin François qui acheminent près de l'eau les sacs contenant les effets personnels des canotiers, afin de les aider. Et là, les commis de l'entrepôt du roi qui surveillent le chargement des canots destinés aux postes de la Mer de l'Ouest[1], jappant des ordres, allant et venant avec leur liste pendant qu'un officier vérifie la validité du permis accordé par le gouverneur général en déclinant les noms des voyageurs enregistrés. Là encore, ce sont les charretiers qui, sitôt leur cargaison débarquée, libèrent l'endroit. Parmi ces derniers, Isabelle distingue son neveu Roland qui range la voiture affectée aux charrois de sa majesté en retrait du champ d'activités. D'un bon leste, celui-ci saute de son banc de conducteur et se dirige vers Isabelle, Marie-Pierre et Nicolas.

— C'est pour bientôt, indique-t-il simplement en les rejoignant.

— … et pour longtemps parti, murmure Marie-Pierre, désemparée devant l'imminence de la séparation.

— Voyons cousine ! Ne sois pas inquiète : il reviendra ton beau Thomas et, à vos noces, j'irai danser, assure Roland d'un ton à la fois jovial et sympathisant.

---

1. La destination Mer de l'Ouest comprenait les forts (ou postes) Saint-Pierre, Saint-Charles, Bourbon, de la Reine, Dauphin et des Prairies.

— Je trouve ta femme bien chanceuse de te savoir chaque jour auprès d'elle, souligne Isabelle.

— Peut-être, ma tante, mais je ne lui ramène pas de très bons gages… Il n'est pas dit qu'un jour, je ne partirai pas, réplique Roland, une lueur d'envie dans les yeux.

Moment de réflexion pendant lequel Isabelle et Marie-Pierre contemplent l'élu de leur cœur tandis que Roland, empruntant l'habitude de son oncle, juche Nicolas sur ses épaules pour lui permettre de voir jusqu'au bout du monde. Peu à peu, parents et amis s'assemblent par petits groupes pour les dernières étreintes et recommandations.

D'un geste large, Pierre et Thomas se coiffent du tapabor muni d'une plume d'apparat pour venir les saluer. De bête de somme qu'ils étaient à travailler au chargement, les voilà du coup métamorphosés en demi-dieux des rivières. Suivis de Jean et de François, ils s'avancent d'un pas sûr, la tête haute et la mine fière, conscients de la fascination qu'ils exercent.

— Nous nous reverrons en septembre, assure Pierre à l'intention de tous, mais s'adressant à Isabelle.

Il la voit, toute tremblante d'émotion et d'inquiétude, levant vers lui un regard où brille une flamme que le quotidien atténue à la longue. Ce regard, qui pourrait être le dernier, ressemble étrangement au premier et lui insuffle une ardeur incroyable. D'un geste délicat, Isabelle entrouvre le haut de sa chemise pour toucher la médaille de la Vierge à son cou. Ils se taisent, écoutant les échos du passé où il lui promet de revenir et elle, de l'attendre.

Tout a été dit la veille, des serments d'amour jusqu'aux diverses mesures à prendre en son absence. À la famille de Gaspard et à la sienne, Pierre a enseigné de nouveau le maniement du fusil. Puis, il leur a rappelé l'attitude à adopter si, par malheur, ils tombaient dans les mains d'Indiens ennemis, soit celle de ne jamais montrer leur peur. Pierre enferme la main d'Isabelle dans la sienne et lui sourit, l'air confiant. C'est ainsi que doivent également se comporter les voyageurs, sans jamais montrer ni crainte, ni hésitation, ni faiblesse.

— Quand vous serez à Détroit, n'oubliez pas de vous renseigner sur les concessions, mentionne François.

Célibataire, ce deuxième fils de Gaspard recherche une concession à développer depuis le mariage de son frère aîné qui, vivant sous le toit paternel avec son épouse, héritera de la terre en même temps que de la charge de ses parents. Il y a quelques jours, son choix s'est arrêté sur Détroit à la suite de la lecture publique de la proclamation du gouverneur général qui promettait l'octroi d'outils, de semences, d'une vache, d'une truie ainsi que de nombreux autres avantages à quiconque s'y porterait acquéreur d'une concession [2].

— Je me renseignerai, promet Pierre à ce neveu qui le remplacera sur la ferme.

— Ah! Détroit! L'avenir est à Détroit, mes amis, déclare Louis La Ramée en abordant leur groupe.

— Vous croyez? s'enquiert François vivement intéressé.

— Ma parole, j'y crois certain, sinon je n'y enverrais pas de canotée. Les terres y sont fertiles et le climat semblable à celui de la France... On dit même qu'il y a peu de défrichement à faire à cause des prairies qu'il y a en abondance. Ah! Oui, assurément, l'avenir est là, affirme le marchand bourgeois.

— L'avenir de qui? s'enquiert Pierre, déterminé à ne pas créer de vains espoirs avant de constater par lui-même.

— Tu verras bien, Poing-de-Fer. Il s'agit de garder l'œil ouvert, conclut La Ramée avec un sourire de connivence en les quittant pour se rendre près de l'eau, où les hommes commencent à gagner leur place dans les canots.

Pierre saisit l'allusion. C'est officieusement à titre d'éclaireur qu'il est envoyé à Détroit. Habitué au trafic clandestin, il doit tenter d'en découvrir les rouages et les

---

2. « Chaque homme qui s'établira au Détroit recevra gratuitement une pioche, un soc de charrue, une grosse et une petite tarière. On leur fera l'avance des autres outils pour être payés dans deux ans seulement; il leur sera délivré une vache qu'ils rendront sur le croît. De même une truie; on leur avancera la semence de la première année, à rendre à la troisième récolte. »
— Proclamation de la Galissonnière publiée au son du tambour dans toutes les paroisses au printemps de 1749.

acteurs tout en prenant garde à Philippe de Chatillon qui aurait été affecté au fort Pontchartrain de l'endroit. Il ne doute pas que, pour certains – dont probablement La Ramée –, l'avenir se trouve à ce poste où convergent les voies fluviales. Par contre, il se méfie des promesses de cadeaux encourageant la colonisation dans les Pays-d'en-Haut. Pourquoi les autorités y investissent-elles autant alors que la disette et l'incertitude sévissent toujours? Ces gens qui s'établiront dans les parages d'une frontière mal définie entre la France et l'Angleterre ne serviront-ils pas de bouclier en cas d'invasion?

— Qu'est-ce que vous entendez par «l'avenir de qui», mon oncle? s'informe François, dont l'enthousiasme vient de baisser d'un cran.

— Le sieur La Ramée a tendance à exagérer, parfois… Je verrai de mes propres yeux et te dirai ce qu'il en est. Allez! Il nous faut partir. Ayez du courage et toi, mon Colas, soit sage, recommande Pierre en le gratifiant d'une chiquenaude sous le menton.

Le gamin égrène un rire clair qui dédramatise l'atmosphère. Sur l'eau, un homme entonne *V'là l'bon vent*. Dans un élan, Marie-Pierre plaque un baiser passionné sur les lèvres de Thomas, qui le prolonge en se cachant derrière son chapeau. Inspiré par le manège, Pierre se découvre à son tour pour embrasser longuement sa belle de la même manière. «V'là l'joli vent, ma mie m'appelle», entend-on en même temps que le clapotis de l'eau remuée par des pagaies impatientes.

— Il manque un «milieu» pour Makinac et le «bout avant» pour Détroit, beugle La Ramée, mettant ainsi fin aux effusions.

Pierre et Thomas se pressent vers leur embarcation respective, l'un poussant la pince au large avant de sauter à bord, l'autre prenant place au centre.

«V'là l'bon vent, v'là l'joli vent.» Voilà Pierre et Thomas partis, mêlant leur voix à celle de leurs compagnons. Ils vogueront côte à côte pour un temps, puis, avant l'île Perrot, le canot de Pierre empruntera l'embranchement de la rivière

Kataracoui [3] tandis que, passé l'île, celui de Thomas poursuivra vers la rivière des Outaouaks.

« V'là bon vent, ma mie m'attend. » Les femmes restent derrière à les entendre chanter avec entrain. Au jour le jour, elles cumuleront les tâches assurant le bien-être et la sécurité de leur famille, l'œil fixé sur l'horizon dans la crainte de l'ennemi et l'espoir de leur retour.

---

3. Rivière Kataracoui ou Cataracoui : ainsi nommait-on la section du fleuve Saint-Laurent entre le lac des Deux-Montagnes et le lac Ontario.

Chapitre 23

Les routes de la fourrure

1751, mi-août, chemin du Portage
de la cataracte du Niagara.

La cataracte gronde. De la petite clairière dégagée en bordure du sentier où Pierre a fait installer, hier, le campement, on peut la contempler. Même si elle les a contraints à un exténuant portage, personne au sein de la canotée n'est demeuré insensible à son spectacle grandiose. Ce matin cependant, le maître du canot n'arrive pas à retrouver l'extase de la veille devant cette chute spectaculaire et il s'en détourne. Normalement, à cette heure, ils sont en route depuis les premières lueurs, mais un de ses pagayeurs du milieu se trouve si mal en point que les voilà arrêtés. En proie à des vomissements et à des diarrhées tout au long de la nuit, le pauvre n'a plus la force de se tenir debout et se repose sous le canot renversé, bien enveloppé dans sa couverture malgré la chaleur.

Pierre s'agenouille près de lui et observe un instant son souffle haletant. À des degrés moindres, ils ont tous souffert de symptômes semblables après avoir consommé le lard acheté au poste de Détroit. Nul doute que ce lard, pourtant chèrement acquis, n'est bon désormais qu'à nourrir les charognards de la forêt. En tant que maître de canot, il aurait dû en vérifier la qualité avant d'en faire provision pour le voyage du retour. Pour cette raison, il se sent responsable de la situation. Et il est furieux contre lui-même ainsi que contre tous les charognards en uniforme, en soutane ou en costume bourgeois qui profitent de leur grade, de leur statut ou de leurs relations pour s'en mettre plein les poches au détriment du peuple. Ce peuple qui, cet hiver, criait famine, obligeant l'intendant à distribuer de la farine dans les villes [1]. De la farine de blé, achetée aux prêtres sulpiciens de l'île de Montréal qui en sont les plus grands producteurs grâce aux dîmes et aux droits seigneuriaux perçus en nature chez leurs censitaires.

Huit minots de blé que ces seigneurs en soutane ont prélevés chez lui cette année. Huit minots qu'ils ont ensuite vendus à bas prix à l'intendant afin de demeurer dans ses bonnes grâces, et que celui-ci a revendus à fort prix au roi pour nourrir la colonie. « Voler le roi n'est point voler », dit-on. Mais, voler le roi avec le prix du blé, ce n'est point voler le roi, c'est plutôt voler celui qui sème le blé. Alors, inutile d'en semer au-delà des besoins. Gaspard et lui l'ont bien compris et, depuis les trois dernières années, ils n'en produisent que pour leur consommation personnelle et pour l'acquittement des droits seigneuriaux.

Le malade geint, puis entrouvre les paupières.

— J'ai soif, murmure-t-il.

Pierre approche une écuelle d'eau de ses lèvres, l'incitant à boire à petites gorgées.

— Ça va aller… Ça va aller, lui répète-t-il pour le rassurer.

Le malade ébauche un sourire vacillant :

— J'suis désolé, Poing-de-Fer.

— T'as point à être désolé, Joseph. Ça nous fait un jour de repos. Sommes tous éreintés… Repose-toi, demain, ça ira mieux.

---

1. En 1751, la disette et un hiver difficile provoquent des émeutes qui obligent l'intendant à procéder à des distributions de farine dans le peuple.

— Oui, ça ira… mieux, balbutie Joseph en s'assoupissant.

Pierre le souhaite de tout cœur. Ce jeune homme de vingt ans, natif de Lachine, s'est engagé dans sa canotée en même temps que son cousin. Issu d'une famille de voyageurs, il n'en est cependant qu'à sa première expédition, contrairement à son cousin qui, d'à peine quelques mois son aîné, en est déjà à sa troisième. Pierre se souvient avec quelle inquiétude la mère de ce garçon lui répétait une litanie de recommandations. « Vous tracassez point, madame, il est entre bonnes mains », avait-il lancé du canot avant de donner le signal du départ. De bonnes mains qui ont cependant failli à procurer de la bonne nourriture, se reproche Pierre en revenant vers les trois autres canotiers qui reprennent des forces.

— Faut point s'inquiéter pour mon cousin, il est solide, rassure Adrien Pomainville sans détacher les yeux du mocassin[2] qu'il s'emploie à recoudre.

— Il me fait peine à voir, avoue Pierre, l'air préoccupé.

— C'est ainsi, intervient Benoît Demers, confortablement allongé, la tête appuyée sur son sac de bagage personnel et poursuivant en chantant : « Son père qui lui raconte son adversité du nord, tout's les peines et tous les tourment's que l'on endure dans ce voyage[3]. »

— Ouais, mais dans ta chanson, on ne parle point du lard de mauvaise qualité, rappelle Pierre à ce compagnon de longue date qu'il a retrouvé avec bonheur l'an dernier.

Benoît échappe un rire gouailleur.

— Foutu lard ! Par chance que je l'ai tout dégobillé. C'n'est sûrement pas de ce lard que mange le commandant de Détroit.

— Sûr que non ! Les commandants mènent la belle vie dans les postes, affirme Félix, le fils de Grosse-Voix, dont la

---

2. Mocassin : de « makisin » et « maskisin » en langue algonquienne, appelé aussi « soulier indien » ou « soulier mou ». Chaussure faite d'une peau d'original ou de chevreuil, tannée à la manière indienne, et parfois ornée de motifs brodés, de perles ou de verroterie.
3. Tiré de *Le glas de la blonde de l'engagé*, la plus ancienne chanson connue de voyageurs.

principale occupation jusqu'à maintenant se résumait à la contemplation de la cataracte.

Troisième pagayeur du milieu avec les deux Pomainville, Félix vient s'asseoir près de Pierre, chantant à tue-tête le couplet de Benoît.

— Dame ! s'exclame ce dernier. Non seulement tu changes les mots, mais tu changes aussi les notes. On t'a déjà dit que tu faussais ?

— Oui, mais les notes, je ne les change point intentionnellement. Pour ce qui est des mots, je n'en ai changé qu'un seul.

— Rien qu'un mot, ça suffit pour changer le sens.

— Ben justement, la chanson a plus de sens pour moi de la manière que je la chante : « Sa mère qui lui raconte son adversité du nord, tout's les peines et tous les tourment's que l'on endure dans ce voyage », reprend Félix avec un brin d'insolence.

— Ben, pour moi aussi, elle fait plus de sens chantée de c'te façon, remarque Adrien, tout occupé à son raccommodage. P't'être parce que mon père était voyageur comme le tien, ajoute-t-il à l'intention de Félix.

— Il n'est plus voyageur, le mien, mais coureur des bois, s'enorgueillit le fils de Grosse-Voix.

Cette répartie vexe Adrien, mais amuse Pierre qui se remémore le même Grosse-Voix se targuant jadis d'être passé de coureur des bois à voyageur.

— C'est du pareil au même, commente Benoît d'un ton nonchalant.

— Jamais de la vie ! proteste Félix. Y a une grosse différence entre les deux.

— À part le fait que le voyageur a obtenu l'autorisation, tu la vois où, la différence ?

— Ben, là, justement, dans l'autorisation. Le coureur des bois est libre d'aller où il veut, avec qui il veut et quand il veut. Ces pelleteries que nous venons de portager pendant trois lieues pour le commandant du fort de Niagara, eh bien, le coureur des bois n'en aurait pas pris un seul paquet !

— Belle excuse pour avoir rouspété tout le long du portage, maugrée Adrien.

— J'ai rouspété, mais je les ai transportées autant que toi, ces damnées pelleteries, même si j'suis d'avis que c'était pas à nous de les transporter.

— Tu soulèves un point, reconnaît Benoît. Ce sont là les pelleteries du roi, et le commandant aurait pu les faire portager par des soldats de la garnison... Après tout, c'est lui qui a eu l'idée de bâtir ce petit fort de traite au début du portage[4]. On pouvait point faire autrement, je suppose, hein, Poing-de-Fer ?

— On pouvait point : ordre des bourgeois, répond le maître du canot d'un ton frustré au souvenir de la formidable prise de bec qu'il a eue avec Modrière à ce sujet et au sujet du ginseng.

— Ils t'ont dit pourquoi ?

— Parce que refuser un service à ce commandant, c'est tout comme refuser un service à Varin[5] qui se trouve à être son beau-frère.

— Et alors ? C'est point Varin qui accorde les congés, mais le gouverneur général.

— Oui mais, à Montréal, Varin c'est tout comme l'intendant Bigot à Québec... Y a point un denier qui est dépensé sans son accord et c'est lui qui alimente tous les postes de traite. Chaque hiver, à Montréal, Varin et Bigot festoient ensemble. Ils sont grands amis. De là à influencer le gouverneur général dans la délivrance des congés, y a qu'un pas.

— Varin, Bigot, Jonquière[6], ils sont tous de la même bande, intervient Félix avec fougue. Une bande de voleurs, d'après mon père.

— Qu'est-ce qu'un coureur des bois connaît à ces questions, lâche Adrien Pomainville, agacé par l'air

---

4. Petit fort : petit comptoir de traite où l'on avait l'autorisation d'échanger de l'eau-de-vie et qui fut établi au bout du portage de Niagara sous prétexte d'éviter aux Amérindiens de l'emprunter pour se rendre troquer leurs fourrures chez les Anglais de Chouaguen.

5. Varin : commissaire-ordonnateur à Montréal.

6. Jacques-Pierre de Jaffanel, marquis de la Jonquière : gouverneur général de la Nouvelle-France de 1749 à 1752.

supérieur de Félix qui place son père bien au-dessus des simples voyageurs qu'ils sont.

— Il en sait pas mal plus que toi, blanc-bec.

— Blanc-bec toi-même.

— J'veux bien être un blanc-bec, mais mon père en est point un. Il vit parmi les Sauvages qui le renseignent sur ce qui se passe dans les postes.

— Aussi bien dire que les Sauvages en savent plus que nous.

— Ils sont point dupes, les Sauvages. Ils savent qu'on leur vend les présents que le roi leur destine… Dans les postes de la Mer de l'Ouest, il y a eu tant d'abus qu'ils ont vu une peau de castor s'échanger contre quatre grains de poivre… Pour les Sauvages, les commandants des postes représentent le gouverneur général qu'ils appellent « Onontio » et, à leurs yeux, cet Onontio représente, de ce côté-ci du Grand Lac, Onontiogoa, qui est le roi… Selon leur coutume, si Onontio et les commandants se permettent de voler Onontiogoa, cela signifie qu'Onontiogoa n'est pas un chef respecté, donc qu'il n'est pas un grand guerrier…

— T'as raison : ils sont point dupes, les Sauvages, confirme Benoît en s'étendant de nouveau la tête sur son sac. Quatre grains de poivre contre un castor, ils n'étaient pas habitués au troc pour se faire avoir de la sorte… La prochaine fois, ceux-là iront chez l'Anglais… Ça me fait penser, avez-vous remarqué combien il y a peu de castors dans les fourrures du roi ?

— À peine quelques castors secs d'été, corrobore Pierre. Le reste en fourrures de loup, de renard, de loup cervier et de chat. La Compagnie n'en donnera pas grand-chose au roi.

— Les Sauvages auront gardé leurs castors gras pour les Anglais de Chouaguen[7].

---

7. Chouaguen ou Oswego : fort et poste de traite installé par les Anglais à l'embouchure de la rivière du même nom dans le lac Ontario. Par sa position géographique et stratégique, il drainait les fourrures de l'Ouest au détriment des Français.

— Apparemment non. Ils auraient échangé toutes leurs fourrures au comptoir du p'tit fort et s'en seraient retournés sans aller vers Chouaguen.

— Alors, ça cloche. Forcément. Il est impossible que ces Sauvages n'aient eu que des fourrures de moindre qualité à échanger, surtout qu'ils pouvaient obtenir de l'eau-de-vie au comptoir du p'tit fort.

— Il y a anguille sous roche, confirme Pierre avec agacement, renouant avec la rage sourde qui l'habite.

Cette rage qu'il ressent contre les manigances des charognards qui s'infiltrent et qui soudoient, tissant l'écheveau complexe de leurs relations en ce temps de paix relative. Il les devine partout à l'œuvre, visant à faire main basse sur le blé, le bois et la fourrure avant que la guerre n'éclate de nouveau... Car elle reviendra pointer son visage hideux dans ce pays aux frontières floues. L'urgence avec laquelle on s'y prépare le prouve bien. On construit des forts, on augmente la garnison et, l'an dernier, par une surenchère de cadeaux, on a favorisé le peuplement de Détroit, incitant son neveu François à s'y établir. Entre gens du peuple, ils peuvent dénoncer avoir affaire à une bande de voleurs, mais à quelle autorité pourraient-ils réclamer justice? N'est-ce pas l'autorité elle-même qui est à la base de l'injustice? Ainsi, ces deux changements d'ordonnances en l'espace d'un an sur la longueur réglementaire du bois de chauffage, ramenée à deux pieds et demi. À qui Gaspard aurait-il pu se plaindre d'avoir suivi la première ordonnance qui fixait cette longueur à trois pieds et demi? Comme tant d'autres, Gaspard dut ravaler sa colère et enlever un pied à chacune de ses bûches afin de pouvoir les vendre au marché. Par contre, la rumeur veut que ce changement d'ordonnance ait été profitable au sieur Varin qui, avisé par Bigot, aurait préalablement coupé son bois de la bonne longueur.

Vers quelle autorité le peuple peut-il se tourner? Il semble qu'aucune d'entre elles ne mérite sa confiance, qu'elle soit civile, militaire ou religieuse. L'intendant s'empare du commerce, le gouverneur général exploite les forts comme des postes de traite et fait établir des postes de traite en guise de fort. L'évêque, lui, condamne à l'excommunication quiconque échange de l'eau-de-vie aux Indiens, à l'exception, bien sûr, de ceux qui gravitent autour du pouvoir. Pourquoi ce qui est un crime grave pour l'un ne l'est pas pour l'autre? Les désordres engendrés par l'eau-de-vie ne sont-ils pas les mêmes chez les populations indigènes, indépendamment de qui la distribue? Pierre refuse d'en trafiquer par respect de sa parole envers Mingam, mais il sait que son attitude ne change rien au cours des choses. Tant que les Anglais considéreront l'eau-de-vie comme une marchandise de troc, les Français seront tenus d'en faire autant. Alors, pourquoi interdire ce commerce, sauf à certains privilégiés que cela enrichit considérablement[8]? Le commandant de Niagara serait-il l'un de ces privilégiés? Officiellement, il a pour mission d'exploiter le comptoir du petit fort pour le bénéfice du roi[9]. Qu'en est-il réellement? Comment expliquer la piètre qualité des fourrures qu'il leur a fait transporter avec ordre de les acheminer jusqu'au bureau de la Compagnie des Indes à Montréal? Le roi en retirera bien peu une fois qu'il aura payé les dépenses occasionnées pour les obtenir. Parmi ces dépenses figurent celles du transport. Il va de soi que le commandant les réclamera au roi tout en les acquittant à Modrière et La Ramée associés, par la délivrance du permis de traite.

— Ça saute aux yeux que le commandant Beaujeu[10] a gardé pour lui les plus beaux pelus, lance Félix.

— Et après? Ça n'change rien pour nous, rétorque Adrien.

---

8. « Mrs les évêques ont prêché et fait prêcher que ce commerce d'eau-de-vie était un crime si énorme qu'il était irrémissible... Si c'est un si grand crime qu'on le dit, on ne doit avoir acception de personne. »
— Chevalier Charles de Raymond, RAPQ 1927-1928, p. 344, 345.
9. Les profits de la traite qui se faisait aux forts de Toronto, de Frontenac et de Niagara étaient censés revenir au roi qui fournissait les marchandises, payait les hommes et le transport.
10. Charles Villemonde de Beaujeu. À ne pas confondre avec D.-H.-M. Liénard de Beaujeu, mort en 1755 à la bataille de la Monongahéla.

— Ben, pour moi, ça change quelque chose de travailler pour un voleur.

— P't'être que pour toi les paquets d'un voleur sont plus pesants à transporter, mais pas pour moi qui suis voyageur. Ça fait partie du métier, un point c'est tout. T'ignorais ça quand tu t'es embarqué avec nous ? demande Adrien en usant de sarcasme.

— C'que j'ignorais, c'était d'avoir à travailler avec un flanc mou comme toi.

— Moi ? Un flanc mou ? Je vais te faire ravaler tes paroles, menace Adrien en bondissant sur ses pieds, les poings déjà serrés.

Pierre s'interpose et retient chacun d'eux par le col de sa chemise, renouant avec l'époque où Poing-de-Fer faisait régner l'ordre dans le cabaret à Makinac.

— Holà, la bagarre ! Dans ma canotée, il vous faut être comme les cinq doigts d'une main, ordonne-t-il. Vous réglerez vos comptes une fois rendus à Lachine.

— Qu'il ravale ses paroles alors : j'suis point un flanc mou.

— Aucun d'entre nous n'est un flanc mou, déclare Pierre, se servant de sa force pour contenir l'impétuosité des deux jeunes hommes.

— Qu'il ravale ses paroles alors, exige Adrien.

Pierre intensifie sa poigne sur Félix, l'intimant par ce geste à se soumettre à son autorité. En vain, le fils de Grosse-Voix tente de se dégager pour finalement laisser tomber :

— Aucun d'entre nous n'est un flanc mou.

— Voilà, termine Pierre, faisant comprendre à Adrien qu'il devra se contenter de cette excuse déguisée.

Son honneur épargné, celui-ci retourne à son mocassin, alors que Félix, froissé dans son amour-propre, s'éloigne par le sentier du portage.

Pierre pousse un soupir d'exaspération et se met à marcher de long en large, les mains dans le dos. Autant l'embauchage de Félix à Détroit avait été salué par tous avec enthousiasme, autant il les laisse aujourd'hui perplexes. Pierre l'aurait-il engagé trop hâtivement dans la nécessité de trouver un remplaçant à l'un de ses pagayeurs du milieu ? Ce démissionnaire était le fils d'un officier, et il leur avait été fortement recommandé, pour ne pas dire imposé. De ce fait, on le tenait pour un genre d'espion et, en sa présence, on s'abstenait de critiquer les autorités ou de faire allusion à la contrebande, l'idée même de s'y adonner leur paraissant risquée. D'humeur agréable, ce garçon faisait tout de même preuve de bonne volonté en dépit du fait qu'il manquait d'endurance, et lorsqu'il manifesta son intention de demeurer à Détroit où son père venait d'être affecté, tous les membres de l'équipage en éprouvèrent un grand soulagement.

Grosse-Voix venait d'arriver sur les lieux en compagnie de Félix, l'un de ses jumeaux qui avait fui la tutelle de sa mère à Trois-Rivières. Le coureur des bois ne tarissait pas d'éloges à l'endroit de ce rejeton qui était venu le rejoindre et qui avait hiverné avec lui ainsi qu'avec sa maîtresse indienne et leurs deux filles à proximité du fort Missouri[11], sur la rive du Mississippi. Rompu à la vie rude des coureurs des bois, Félix offrait la possibilité de servir éventuellement de lien avec les Illinois[12], chez qui son père avait justement pris femme selon leurs coutumes.

Lorsque le nom de Félix Gareau remplaça légalement celui du fils d'officier sur le permis de traite, Pierre était loin de se douter des ennuis que lui procurerait le nouvel engagé. Du même âge et du même calibre qu'Adrien, tout comme ce dernier, il ambitionnait d'accéder à la fonction de bout de canot avant occupée actuellement par Benoît, également leur chanteur. Lorsque l'embarcation file en eaux calmes, Félix augmente graduellement la cadence, ce qui incite Adrien à augmenter la sienne. S'ensuit une compétition qui

---

11. Fort Missouri : premier poste français établi en 1682-1683 par La Salle et Tonty au confluent du Mississippi et de la rivière des Illinois.

12. Illinois : vient de *iliniwek* signifiant « le peuple ». Ces Algonquiens vivaient sur les rives du Mississippi et de la rivière des Illinois. Ils pratiquaient l'agriculture ainsi que la chasse collective du bison en été, par petits groupes en hiver. Ils furent décimés par la maladie et la guerre.

brise le rythme et déséquilibre les forces. «Cinq doigts d'une main», doit alors hurler Pierre pour les ramener à l'ordre. Les deux rivaux s'y conforment pour un temps, puis, comme s'il ne pouvait y résister, Félix recommence son manège.

Jamais Pierre n'aurait cru se servir un jour de la formule de La Ramée, son ancien maître de canot. Après plus de vingt ans, elle prend pour lui tout son sens devant les méfaits de la compétition sur l'esprit d'équipe, si nécessaire au succès de leur expédition. Étant à la gouverne, par la force de ses bras, Pierre peut compenser le déséquilibre des forces afin de maintenir le cap, mais il ne peut rien pour remédier au climat qui se détériore entre Félix et Adrien.

Cette situation le tracasse énormément, et tant qu'elle perdurera, Pierre hésitera à élaborer un réseau clandestin, les risques étant devenues énormes pour qui n'est pas dans les bonnes grâces des autorités actuelles. Les demoiselles Desaulniers de Trois-Rivières en sont un exemple frappant. Reconnues coupables d'avoir tiré profit de fourrures acheminées à Albany par l'entremise des ouailles iroquoises du père Tournoi, missionnaire jésuite à Kahnawake, elles furent chassées de la Nouvelle-France, tandis que leur complice en soutane fut simplement relevé de ses fonctions à sa mission [13]. De toute évidence, ces trois demoiselles n'avaient pas les bonnes accointances pour être traitées de la sorte et Pierre n'ose imaginer ce qu'il adviendrait de lui si jamais il se faisait pincer. Pour cette raison, il doit user d'une extrême prudence malgré son désir d'augmenter ses revenus. De toute façon, il ne peut rien entreprendre dans l'immédiat, faute d'avoir déniché un intermédiaire de confiance pour lui refiler des marchandises anglaises.

Au comptoir du petit fort, un commis lui a fait entendre qu'il pourrait être cet intermédiaire, moyennant une

---

13. L'affaire des demoiselles Desaulniers fit scandale. Elles furent chassées par le gouverneur général Jonquière en 1750. Lors de l'échouage de leur navire peu avant d'atteindre la France, elles perdirent la plupart de leurs biens.

substantielle part aux bénéfices. Pierre a fait mine de ne pas saisir ces allusions. Établir une relation de ce genre ne se fait ni si facilement, ni si rapidement. Peut-être était-ce là un guet-apens, ourdi par Philippe de Chatillon pour l'incriminer en même temps que Modrière et La Ramée associés. Ce militaire, zélé à outrance, qui leur a déjà fait étaler toutes leurs marchandises pour vérification, rend visite à La Ramée à l'occasion. Cependant, rien ne ressemble moins à l'amitié que les rapports entretenus par ces deux hommes qui se soupçonnent mutuellement de trahison, l'un, avec sa femme, l'autre, envers le roi. Personnellement, Pierre n'est pas convaincu que Philippe de Chatillon soit aussi dangereux que La Ramée le suppose, mais il s'en méfie. À Détroit, où il a eu l'occasion de le revoir lors de la mise en règle du permis de traite, il lui est apparu tout aussi zélé et, de surcroît, obséquieux envers son officier supérieur. Un tel comportement dénote habituellement un signe de faiblesse et de lâcheté.

« Tout's les peines et tous les tourment's que l'on endure dans ce voyage », chantait tantôt Benoît. Pour le maître de canot, plus que pour tout autre, pense Pierre. Quelle responsabilité que la sienne ! Multiple et de tous les instants, celle de ses hommes étant la plus complexe. Contrairement aux militaires, il ne possède pas de moyens coercitifs pour se faire obéir, pas plus qu'il ne possède de boussole pour effectuer le voyage. Il s'oriente par le soleil et par les points de repère que sa mémoire visuelle a enregistrés pour déterminer les lieux de portage ainsi que pour maintenir la bonne direction. Ce sont là des conditions essentielles pour ménager ses hommes, car tout pas et tout coup de pagaie superflus augmentent inutilement leur fatigue. Depuis l'arrivée de Félix, Pierre doit se dépenser davantage à la gouverne pour éviter que l'embarcation ne louvoie, ce qui est très exigeant physiquement, sans compter que, moralement, il s'épuise à trouver une solution pour intégrer Félix aux quatre autres doigts de la main.

Soudain, Joseph Pomainville geint et Pierre s'accroupit à son chevet. De peine et de misère, le malade parvient à se soulever de côté et vomit l'eau qu'il a bue tantôt.

— Ça ira mieux demain, promet-il avant de retomber dans un état de somnolence, faisant s'accroître la responsabilité de Pierre.

*

En rogne, Félix a marché à grands pas, bottant tout sur son passage. Cette vieille habitude parvient presque toujours à maîtriser le sentiment de révolte qui l'emporte quand surgit une contradiction et, peu à peu, il s'est calmé. Puis, il a ralenti l'allure, pour finalement s'arrêter et s'asseoir dans l'encoignure d'un rocher.

Pourquoi est-il ainsi, complètement à l'opposé de son frère jumeau avec qui il ne partage qu'une ressemblance physique, s'est-il demandé en observant le sentier rocailleux qui descendait et serpentait légèrement devant lui. Pourquoi se sent-il brimé aussitôt que l'on s'oppose à lui ? Sa soif de liberté est-elle donc si grande qu'il ne peut rien y concéder ? Cette liberté si chèrement acquise à l'encontre de sa mère qui a multiplié les efforts pour étouffer ses rêves de grands espaces. « Tu finiras comme ton père », menaçait-elle chaque fois qu'il avait préféré les bois à l'école, les jupons au goupillon, le jeu au travail.

Si, pour sa mère, finir comme son père représente une calamité, pour lui, cela représente un idéal à atteindre. Par contre, pour son frère Noël, cela ne représente pas plus une calamité qu'un idéal, mais plutôt une façon d'être, totalement différente de la sienne. Sage et besogneux, son jumeau travaille avec aisance dans le cadre routinier de l'atelier de fabrication de canots où sa mère les a placés il y a quatre ans. « Un canot, c'est fait pour voyager », laisse tomber Félix à haute voix, comme si son frère pouvait l'entendre. Que de fois il lui a répété cette phrase alors qu'ils devaient façonner patiemment varangues, arcs de pince et pagaies. « Un canot, c'est une œuvre d'art », lui répliquait Noël, s'appliquant à la tâche.

Félix croit que son frère possède les qualités requises pour devenir contremaître de la fabrique. À son ingéniosité et à sa grande habileté manuelle se conjugue la passion du métier. Lui, Félix, il deviendra coureur des bois. Travailler comme voyageur n'est qu'une étape de formation suggérée par son père. Simple pagayeur du milieu pour l'instant, il compte bien devenir bout de canot avant. C'est là une fonction qui exige d'avoir d'excellents réflexes, ce qu'il possède.

Ah! Se retrouver en tête de l'équipage pour lire la mouvance des rivières et pour déjouer les rapides à l'aide d'une pagaie plus grande et plus large que celle des autres! Être celui qui affronte en premier le danger des eaux tumultueuses! Celui qui, arc-bouté à la pince, pare et manœuvre de ses coups puissants! Ce ne sont pas les gages plus élevés de cette fonction qui intéressent Félix, mais la sensation de liberté et le goût du risque qui y sont associés. Il veut bien faire ses preuves en tant que « milieu », comme il est d'usage, mais il sait qu'il ne pourra tenir le coup longtemps. Pagayer toujours d'un côté et au rythme des autres l'ennuie et lui donne l'impression d'être devenu une bête de somme. Impression qui se voit drôlement amplifiée lorsqu'il s'agit de transporter de lourds ballots dans les sentiers de portage. Alors, quand ces ballots pourraient appartenir à un voleur, Félix se sent exploité comme un esclave. Oui, c'est ça qu'il aurait dû expliquer à Adrien au lieu de l'insulter.

Pourquoi est-il ainsi, complètement à l'opposé de son jumeau si réfléchi? Aurait-il hérité du caractère de son père, alors que Noël aurait hérité de celui de leur mère? Ce père dont il veut suivre les traces, à l'exception de sa double vie conjugale. Il sait trop ce que signifie le fait d'avoir grandi avec un père absent et d'éprouver des sentiments partagés à son endroit. Bien sûr, Grosse-Voix envoyait des fourrures pour subvenir à leurs besoins, mais il n'était pas là pour les élever et accompagner sa femme à l'église.

Il y a dix ans, Grosse-Voix est réapparu dans le décor. Au début, on aurait dit un étranger dans la maison. Après quelque temps, cet étranger s'est mis à parler des Pays-d'en-Haut. Avec leur cortège de dangers et d'ivresses, ces récits le captivaient et interpellaient son goût inné de l'aventure. Tandis que sa mère levait les yeux au plafond et que son frère y prêtait une oreille distraite, Félix était suspendu aux lèvres du conteur, sentant croître son admiration à son égard. Il n'était qu'un enfant à l'époque et se couchait la tête pleine d'histoires, tardant à s'endormir. Un lien se tissait avec son père et, confusément, avec les coureurs des bois de sa famille dont on ne parlait jamais. Entre autres avec son oncle, surnommé Belle-Voix, qui connaissait tous les chants de France et qui avait épousé une Menominee, ainsi qu'avec Napoléon, le plus jeune de ses oncles, qui menait la belle vie quelque part en Louisiane.

Si, lors de ce séjour, son père était parvenu à se ménager une place dans son cœur, il n'avait pu reconquérir le cœur de sa femme. Alors, il est reparti, cette fois-là pour de bon, continuant malgré tout à leur expédier des fourrures. Grosse-Voix ne reviendra probablement jamais à Trois-Rivières et jamais Félix ne mettra sa mère au courant de l'existence de ses deux demi-sœurs métisses au pays des Illinois. La pauvre les faisait sans cesse prier avec elle pour le salut de leur père. Lui apprendre que toutes leurs prières ont été vaines la priverait du refuge qu'elle trouve dans la religion. Mieux vaut la laisser à ses illusions.

« Un canot, c'est fait pour voyager », marmonne de nouveau Félix comme s'il avait, cette fois-ci, à en persuader sa mère. En toute honnêteté, il n'en veut plus à cette femme qui a cru le protéger en réprimant sa soif de liberté. Éloigné d'elle, il comprend mieux ses motivations. Comme elle a dû souffrir au vu et au su de tout le monde ! L'état de veuve lui aurait valu de la compassion, mais celui d'être abandonnée ne lui attirait que de la pitié. Félix se jure bien de ne jamais faire vivre une telle humiliation à une femme. D'épouse, il n'en aura qu'une et, puisqu'il désire courir les bois, elle sera indienne.

Oui, seule une Indienne saura le satisfaire vraiment, car pour elle, la sexualité ne rime pas avec péché, comme il a pu le constater. Un engourdissement bienfaisant envahit Félix au souvenir de ses liaisons avec certaines Illinoises. Que de volupté il y a puisée ! Et avec quelle candeur ses partenaires s'offraient à partager avec lui les plaisirs charnels ! Il en a encore les sens tout émoustillés. Alors que, portant distraitement la main sur son sexe, il vient pour se livrer tout entier à l'évocation de ses ébats amoureux, Félix aperçoit un mouvement à travers le feuillage. Un oiseau peut-être. Ou un écureuil. Non. Ce semble plutôt un homme. Non, des hommes en train de gravir le sentier de portage. En deux temps trois mouvements, il se cache derrière le rocher.

Verra-t-il apparaître d'autres voyageurs, tenus comme eux de trimbaler les fourrures du roi? Ou encore des soldats de retour d'expédition pour la construction d'un fort quelconque? Ou, plus qu'improbable, des indigènes que le nouveau comptoir n'aurait pas réussi à détourner de Chouaguen? Incorrigible joueur de mauvais tours, Félix s'amuse à imaginer la réaction qu'auront ces gens lorsqu'il surgira de derrière le rocher pour leur faire peur.

Bien camouflé par un petit sapin enraciné dans une anfractuosité, il observe le sentier où apparaît d'abord un énorme ballot de fourrures que transporte un Indien, le front protégé d'un morceau d'écorce de bouleau sur laquelle passe une courroie de portage. Torse nu, portant pagne, mitasse et chaussé de mocassins, il marche à pas mesurés. Moins lourdement chargé, claudique derrière lui un homme de petite taille et, derrière celui-ci, une femme assez robuste, compte tenu de sa charge. Deux hommes, portant chacun un canot renversé sur les épaules, ferment la marche.

Félix trouve insolite la présence de ces gens. D'après leur morphologie et leur teint plus foncé, il en déduit que ce sont là des Algonquiens. Or, ce portage est habituellement emprunté par des Iroquois. Que font-ils là, avec d'abondantes fourrures et aucune marchandise? Pour quelle raison ont-ils ignoré le comptoir du petit fort censé les attirer avec l'eau-de-vie?

Félix s'immobilise, déterminé à passer inaperçu. Quelle idée saugrenue de s'être caché sans savoir à qui il aurait affaire! Qui sait si ces indigènes, le découvrant, ne le prendront pas pour un ennemi embusqué? Heureusement, le fait que ceux-ci sont ployés sous leurs fardeaux les empêche d'observer l'environnement avec l'attention qui leur est coutumière et, si jamais ils l'aperçoivent, il aura amplement le temps de déguerpir pendant qu'ils se délesteront de leur charge.

Le premier homme passe, marchant toujours avec la même régularité, suivi du deuxième qui boite. Puis apparaît la femme. La voyant s'arrêter, Félix retient son souffle. Elle semble captivée par un îlot de fougères qui occupent une légère dépression derrière le rocher. Ce sont là des capillaires [14], que certains Indiens récoltent pour le compte de l'Hôtel-Dieu de Québec. Allez, passe ton chemin, se répète mentalement Félix, appréhendant d'être repéré. Le regard de la fille s'attarde sur les gracieuses feuilles étalées à l'horizontale et finit par le découvrir. Aussitôt, Félix expose la paume de ses mains pour lui faire comprendre qu'il ne porte pas d'arme et que ses intentions sont pacifiques. Impassible, elle le détaille pendant que le premier porteur de canot lui demande pourquoi elle s'est arrêtée.

— Je vois un Visage-Pâle, indique-t-elle en la langue algonquienne que Félix baragouine.

Jeune et racée, elle ne démontre aucune crainte le faisant se sentir complètement idiot. Il lui adresse un sourire auquel elle ne répond pas, mais pas du tout, gardant plutôt sur lui des yeux sévères.

— Que fait le Visage-Pâle?

— Comme tous les autres... il arrache des plantes, laisse-t-elle tomber en se détournant.

Voilà Félix mortifié. Le mépris qu'il a décelé dans l'attitude de l'Indienne lui fait l'effet d'une gifle et, quand les deux porteurs de canot passent à ses côtés avec une parfaite indifférence, il se lève subitement, lançant d'une voix forte en français.

— Je ne suis pas comme les autres et je n'arrache pas des plantes.

---

14. Capillaire: *Adiantum pedatum*, ou capillaire du Canada (L). Fougère exportée en France pour ses propriétés médicinales par les communautés religieuses. On en fabriquait un sirop pectoral pour guérir plusieurs maladies du foie et des poumons.

— Pourquoi être accroupi dans les plantes? lui riposte-t-elle sans s'arrêter.

Étonné de l'entendre s'exprimer dans un français acceptable, Félix est d'autant plus surpris quand les deux premiers hommes échappent des «oh! oh!» moqueurs, comme s'ils avaient compris l'ironie de la réplique. Dans un élan pour les rejoindre, il fait un faux pas et s'étale par terre, faisant naître des petits rires chez les porteurs de canot également.

— Halte! Halte là! Il y a la maladie où vous allez, lance-t-il, sachant à quel point ces peuples redoutent ce fléau des Blancs.

Le groupe s'arrête en effet et le boiteux se libère de son ballot pour revenir vers Félix qui se relève, malgré une douleur au niveau de la cheville. Les cheveux striés de gris portés à la hauteur des épaules et plus âgé que ne le laissait supposer sa petite taille, l'Indien plante sur Félix des yeux vifs, fortement bridés.

— Grosse fièvre? questionne-t-il.

— Vomissements plutôt… et… diarrhées.

— Ah, je comprends: le corps se vide, résume celui que Félix identifie comme herboriste-guérisseur en raison de ses questions et de son sac à médecines porté en bandoulière.

— Plusieurs hommes atteints?

— Ben… On a tous été plus ou moins affectés par c'te mauvaise viande, mais il n'en reste qu'un de malade.

— Hmm… Campement, loin d'ici?

— Non, pas tellement.

— Tu peux marcher? s'informe le guérisseur, notant que Félix fait porter son poids sur une jambe.

— C'est point c'te douleur qui va m'empêcher de marcher.

— Hmm…

Félix voit passer une lueur amusée dans l'œil de son interlocuteur qui lui demande de les accompagner en langue algonquienne, ce à quoi il consent, utilisant le dialecte appris au cours de son séjour chez son père.

Sans rien ajouter, le petit homme revient vers son ballot dont il se charge, puis le groupe se remet en branle, suivi de Félix.

*

— Z'avons de la compagnie, Poing-de-Fer, annonce Benoît Demers en voyant apparaître l'Indien en tête d'un groupe.

Occupé à ménager un endroit convenable et propre pour le malade, Pierre jette un regard rapide sur l'individu chargé d'un énorme ballot de fourrures.

— Sois le bienvenu, lui souhaite-t-il, en le gratifiant d'un sourire avant de poursuivre sa tâche.

— Dame! Le « p'tit homme du Diable »! s'exclame Benoît quelques instants plus tard.

À ces paroles, Pierre se retourne vivement et aperçoit Tehonikonrathe, tout petit sous sa charge, mais toujours aussi impressionnant avec son regard perspicace et impénétrable.

— Ankwi, dit simplement celui-ci, reconnaissant par cette appellation qu'il le considère encore comme un ami, un frère.

Pierre s'en réjouit et s'empresse au-devant du guérisseur, jugeant son arrivée presque miraculeuse dans les circonstances. À peine a-t-il le temps de l'aider à se délester de son fardeau que survient Fait-Trembler-la-Terre portant le sien. La jeune femme baisse les paupières en guise de salutation, affichant sa réticence par son silence et par la gravité de son expression. Se pointent derrière elle, transportant canot, armes et bagages, Nez-Partout et son père Loup-Tranquille, qui renouvellent leur serment d'amitié en le nommant Ankwi.

— Voici Deux-Vies, l'époux de Fait-Trembler-la-Terre, dit Tehonikonrathe en présentant à Pierre l'homme arrivé en premier.

Les cheveux rasés à l'exception d'une touffe centrale tressée, l'homme arbore sur sa poitrine un tatouage représentant un cercle à l'intérieur duquel est tracée une croix composée de quatre flèches indiquant les points cardinaux. Pierre éprouve une sensation curieuse devant cet étranger dont se dégagent noblesse et fierté. Puis, tout à coup, il le reconnaît.

— Neptune, laisse-t-il tomber.

— Neptune est mort. Je suis Deux-Vies. Pour Neptune, tu étais Poing-de-Fer, pour Deux-Vies, tu es Ankwi.

Ce disant, l'ancien esclave lui donne une fraternelle accolade qui les émeut tous deux.

— Je suis heureux que nos routes se croisent, déclare Pierre.

— Tehonikonrathe arrive au bon moment, remarque le guérisseur qui esquisse un léger sourire en pointant du menton Joseph Pomainville allongé sous le canot.

— Oui, en effet, j'ai un homme qui a besoin de tes soins.

— Deux avec celui-là, corrige Tehonikonrathe à l'arrivée piteuse de Félix sautillant sur une jambe.

*

Il aurait été préférable que son père lui laisse soigner le malade plutôt que ce blessé, pense Fait-Trembler-la-Terre en massant doucement de bas en haut le pied de Félix. Non pas parce que cela lui déplaît, mais, justement, parce que cela ne lui déplaît pas. Elle qui croyait éprouver de la répugnance à soigner un Visage-Pâle demeure étonnée de prodiguer ses soins avec autant d'application.

— Tu es beaucoup plus jeune que ton époux, constate son patient, semblant prendre plaisir au traitement.

— L'âge n'a pas d'importance quand un homme peut chasser.

— Il est ton époux pour de vrai?

Fait-Trembler-la-Terre devrait s'offusquer d'une telle indiscrétion, mais elle n'en est que troublée. Par la force des choses, Deux-Vies est devenu son époux, mais jamais elle n'a connu avec lui l'émoi qui s'empare d'elle présentement.

— Deux-Vies est chanceux d'avoir une belle femme qui sait soigner.

Jamais Deux-Vies ne lui a dit qu'elle était belle. Leurs premiers rapports sexuels ont répondu à un besoin mutuel, mâle et femelle de sang différent pouvant s'accoupler sans compromettre la santé d'une éventuelle progéniture.

Agissant comme un époux, au fil du temps, Deux-Vies le devint. Cela convient à tout le monde. Ainsi, Fait-Trembler-la-Terre tient la promesse faite à sa mère dans son enfance de ne pas quitter le wigwam familial pour suivre un époux. De leur côté, ses parents y trouvent l'avantage d'avoir, en la personne de Deux-Vies, un fils pour assurer leurs vieux jours et à qui léguer le territoire ancestral de chasse. La situation aurait été tout autre si sa mère avait donné naissance à un garçon au lieu d'une fille, il y a six ans.

— Celui que ton père soigne, est-ce que toi, tu aurais su le soigner? s'informe Félix.

— Oui.

— Pourquoi ne le soignes-tu pas?

— Mon père décide.

— La décision de ton père me plaît, avoue le blessé en bougeant les orteils pour la distraire.

Elle lève la tête, croise le regard ardent et s'attarde aux lèvres sensuelles où danse un sourire enjôleur. Qu'y a-t-il chez ce Visage-Pâle qui exerce sur elle un tel attrait? De prime abord, elle l'a méprisé, et voilà qu'elle s'éprend de ses prunelles rieuses, couleur de noisette, ainsi que des fossettes qui se creusent dans ses joues quand il sourit.

Embarrassée, déçue d'elle-même, elle se concentre sur son massage, se répétant que le pied du Visage-Pâle a foulé le sol de ce pays pour le plus grand malheur des Peuples d'Ici. L'attirance qu'elle éprouve est-elle une trahison envers les siens? Envers sa mère et Deux-Vies que le Visage-Pâle a réduits à l'esclavage? Envers les forêts que cet étranger brûle, et envers le ginseng qu'il arrache partout et en tout temps? N'est-ce pas, pour elle, une faiblesse de succomber à son charme et, pour lui, une victoire? Une victoire de plus, facilement remportée avec des fossettes riantes.

De doux qu'ils étaient, les gestes de Fait-Trembler-la-Terre deviennent brusques, faisant sursauter Félix. Elle s'en réjouit intérieurement quelque temps avant de mettre fin au traitement, puis elle vérifie la consistance de la pâte qu'elle a préparée après avoir diagnostiqué une entorse et l'applique en cataplasme sur la cheville.

— C'est fait avec quelle plante ce genre de bouillie?

— Avec la plante du voyage sans retour [15].

— Comment ça, du voyage sans retour?

— Elle mène dans l'au-delà.

— Quoi! Cette plante donne la mort et tu m'en mets sur le pied, fait-il mine de s'inquiéter.

— Cette plante donne la mort quand tu l'avales. Une toute petite quantité suffit.

— Avec tes connaissances, tu pourrais facilement me tuer, si tu voulais.

— Oui, je pourrais te tuer.

Le nuage d'inquiétude qui passe sur le visage de Félix ravit Fait-Trembler-la-Terre. Par ses connaissances, elle possède un pouvoir qu'il n'a pas et qu'il n'aura probablement jamais. Un pouvoir qu'il reconnaît et redoute, et dont elle jouit, avant d'ajouter, espiègle:

— Sois sans crainte: je ne veux pas te tuer.

— Ouf!

Devant le soupir comique de Félix, Fait-Trembler-la-Terre échappe un petit rire.

— Tu es encore plus belle quand tu ris, déclare-t-il spontanément, la contemplant comme la femme idéale.

Elle savoure le compliment, se grisant de cet autre pouvoir qu'elle ignorait posséder: celui de la séduction. Pourquoi s'en priverait-elle? Au nom de qui et de quoi s'abstiendrait-elle de goûter à la douce euphorie? Elle plonge dans le regard du jeune homme et y découvre tant de désirs que cela renforce chez elle l'impression de le dominer. Dès lors, le soumettre par la chair devient impérieux.

*

15. Plante du voyage sans retour: *Cicuta maculata* (L), cicutaire maculée, appelée aussi «grande ciguë». Exception faite de certains champignons, cette ombellifère représente probablement la plante la plus toxique de la partie tempérée de l'Amérique du Nord dont elle est originaire.

Tehonikonrathe a fait boire des infusions à base de feuilles et de fruits de bleuets [16] à Joseph Pomainville et il prévoit que, d'ici deux jours, le malade sera complètement rétabli. Pour ce qui est de l'entorse de Félix, sa cheville sera désenflée à peu près dans le même temps, sans qu'il soit pour autant en mesure de fournir les efforts requis par le portage qui reste à faire en terrain accidenté. Pierre a donc décidé qu'il répartira la charge de Félix entre les membres de l'équipage, s'en réservant pour lui seul près de la moitié. En dépit de sa force exceptionnelle, ce sera très exténuant et possiblement dangereux de se blesser à son tour, mais il lui tarde d'atteindre le lac Ontario où Tehonikonrathe lui a offert de pêcher avec ses filets afin de reconstituer ses provisions. La générosité de son frère indien le confond et remet en question la possibilité que lui ou l'un des siens aient pu commettre des atrocités semblables à celles de Sarastou.

Habitué à se dépenser de l'aube au crépuscule, le maître du canot ne ressent aucune fatigue physique en cette fin de journée dont il fait le bilan. À la suite d'une nuit mouvementée où chacun a été affecté par le lard de mauvaise qualité, l'état de Joseph, au petit matin, l'a grandement inquiété tout en le faisant se sentir responsable de la situation. Puis est survenue l'altercation entre Félix et Adrien et, finalement, l'arrivée opportune de Tehonikonrathe qu'il n'avait pas revu depuis sept ans. Tous ces événements, tour à tour, lui ont agité l'âme et, ce soir, il la sent encore en ébullition, parcourue de divers sentiments, sensible à tout. En est-il ainsi des autres qui, avec lui, se sont groupés spontanément autour du feu, la nuit venue ? À l'exception de Joseph, dormant d'un sommeil réparateur, ils sont tous assis en silence, semblant méditer.

Une atmosphère de recueillement et de mystère règne dans ce lieu de bivouac d'où l'on peut contempler la cataracte le jour, et l'entendre gronder durant la nuit. Sans

---

16. Bleuet : *Vaccinium angustifolium* (Aiton), airelle ou fausse myrtille.

cesse, cette puissance de la nature s'impose et impose le respect, leur faisant réaliser à quel point ils sont petits. À quoi songe Deux-Vies? Le Neptune qu'il a enterré est-il ressuscité au contact d'anciens compagnons qu'il considérait jadis comme des membres de sa famille? Avec quelle émotion le Pawnis a chanté, tantôt, d'une voix juste et sans oublier une seule parole, les couplets et les refrains entonnés par Benoît! Est-ce pour s'intégrer complètement à son nouveau milieu qu'il a pris Fait-Trembler-la-Terre pour femme? Et celle-ci, pourquoi l'a-t-elle accepté pour époux? Que de différences dans le comportement de ce couple et dans celui formé par Marie-Pierre et Thomas, manifestement toujours aussi épris l'un de l'autre! Pierre aurait aimé apprendre à Fait-Trembler-la-Terre que sa fille est maintenant maman d'un beau garçon d'un an, mais il est très mal à l'aise devant cette jeune femme qui refuse de l'appeler Ankwi et qui semble l'accuser de la ruée vers le ginseng. Ruée encouragée par les marchands qui en offrent jusqu'à seize livres pour une livre de racines fraîches, arrachées de mai à octobre. Ce printemps, il s'est vivement opposé à Modrière à ce sujet, allant jusqu'à mettre son contrat d'engagement en péril, mais cela n'a servi à rien d'autre qu'à se buter à son impuissance. Combiné à la disette de l'hiver difficile, l'appât d'un gain rapide a lancé dans la course au ginseng Blancs et Indiens. Cela désole Pierre, et il craint qu'entre lui et Fait-Trembler-la-Terre jamais ne se tisse de lien. Qu'en est-il de celui, tissé il y a déjà plus de vingt ans, avec le père de cette dernière?

Pierre observe Tehonikonrathe, assis jambes repliées devant, entre sa fille et Loup-Tranquille. Malgré quelques mèches d'argent dans sa chevelure de jais, l'étrange petit homme fait autant figure d'enfant que de vieillard. Il pige une pincée de tabac dans son sac et, avec solennité, la lance dans le feu, prononçant comme une incantation en sa langue:

— Au manitou du tonnerre d'eau [17].

---

17. Tonnerre d'eau: niagara.

Avec des gestes lents, le guérisseur tasse ensuite du tabac dans le fourneau de sa pipe et passe le sac à sa fille, disant cette fois-ci en français :

— Pour remplir la pipe des personnes qui veulent fumer avec moi… Du bon tabac noir.

De main en main, le sac se promène et chacun s'y sert, s'estimant privilégié d'être inclus dans le cercle d'amitié de Tehonikonrathe. Celui-ci présente sa pipe à la voûte étoilée avant d'en tirer la première bouffée, puis il fait le geste de se laver le visage avec la fumée.

— Que nos souffles deviennent un seul.

Tous observent ce rituel.

— Les animaux ne peuvent pas penser et ne peuvent pas parler comme les hommes, dit-il, comme s'il ne s'adressait à personne en particulier, mais à l'humanité entière.

Loin de faire sourire, cette affirmation, à l'apparence simpliste, capte l'attention de tous et les entraîne dans une autre dimension.

— Les animaux ne s'entendent pas entre eux pour faire la guerre à d'autres animaux… Les hommes, oui. L'esprit des hommes leur permet de penser et de parler, mais cet esprit est un mal incurable. Au lieu de servir l'entente entre les peuples, depuis toujours, cet esprit sert la guerre. Cet esprit agira toujours ainsi.

Pierre revoit brûler les maisons de Sarastou. Maisons de colons où s'abritaient les amours et se nourrissaient les espoirs. Il réentend les supplications d'une femme, des pleurs d'enfants et la souffrance d'un homme au poteau de torture. Il aimerait tant que de telles absurdités connaissent une fin !

— Le corps sait ce qui n'est pas bon pour lui… Il vomit et évacue le poison qui le pénètre comme vous avez vomi et évacué la mauvaise viande. L'eau-de-feu est vomie parce qu'elle est un poison pour le corps… L'eau-de-feu est aussi un poison pour l'esprit, mais l'esprit ne peut pas vomir. L'esprit conserve les poisons en même temps que la Parole. De mon père, j'ai reçu la Parole que je transmets à ma fille. Ainsi, par la Parole, la haine se transmet.

Tehonikonrathe se tourne vers Fait-Trembler-la-Terre comme s'il s'en excusait.

— Depuis des lunes, les Peuples d'Ici rêvent d'Une Seule Très Grande Maison pour chasser les Visages-Pâles, mais ce rêve ne s'accomplira jamais. À cause des fourrures... À cause de l'eau-de-feu... Ainsi, la haine demeure dans l'esprit de l'Homme-Rouge comme un poison.

Pierre a l'impression d'assister à un moment unique, non pas parce que le petit homme sans âge parle, mais parce que tous écoutent religieusement cette voix semblant venir du tréfonds des temps, même Loup-Tranquille et Nez-Partout qui ne comprennent rien au français.

— La haine qui remplit le cœur de l'Homme-Rouge est une arme que les Français et les Yangisses utilisent l'un contre l'autre... Toute cette haine, transmise par la Parole, demande de répondre au sang par le sang.

Fait-Trembler-la-Terre glisse un regard en direction de Félix. Les propos de son père la bouleversent et lui font mesurer l'inutilité de toute cette haine qui l'habite. Cependant, elle ne se résout pas à abandonner le rêve d'Une Seule Très Grande Maison. À le considérer dorénavant comme une utopie. À quoi sert la Parole si Une Seule Très Grande Maison n'existera jamais pour la respecter?

Elle porte la main à la petite tortue de pierre nouée à son cou. Son oki. L'oki. Venu des ancêtres et légué avec la Parole. L'oki, censé la protéger. La guider. Reçu le jour même de sa naissance, l'oki l'a éloignée de son frère Wapitik qui espérait en hériter. Ce frère, maintenant tsonnontouan d'adoption, qu'ils sont allés visiter tout en organisant un réseau d'échange avec les Anglais. Être digne de la place que, par l'oki, elle tient dans le cœur de son père lui paraît incompatible avec le côté marchand de celui-ci. N'est-ce pas la fourrure qui empêche l'édification d'Une Seule Très Grande Maison? Que représente aujourd'hui l'oki pour son père? Symbole de la Parole, est-il aussi celui de la haine? La haine qu'elle se doit de conserver à l'endroit de Félix qui fait battre son cœur comme personne ne l'a encore fait battre?

— Les Français et les Yangisses donnent des récompenses à l'Homme-Rouge qui rapporte des scalps... Les paroles de haine sont dans toutes les bouches, mais, de toutes ces paroles, celle de la Robe-Noire est la plus puissante, car la Robe-Noire peut condamner les convertis à une torture sans fin dans l'au-delà... Après avoir semé des paroles de haine à Canassadaga, la Robe-Noire a fait bâtir un fort[18] sur la Kataracoui. De là, il lui sera facile d'atteindre le pays des Iroquois pour semer des paroles de haine contre les Yangisses... Mais, dans le cœur des Iroquois, il y a beaucoup de haine contre les Français. Demain, quand la guerre sera entre les Français et les Yangisses, l'Iroquois devra choisir qui est son ennemi. Aujourd'hui, il n'a pas d'ennemi, car la fourrure n'a pas d'ennemi.

Sur ce, Tehonikonrathe aspire une longue bouffée qu'il expire lentement, puis il se tait, laissant régner le grondement du tonnerre d'eau.

Pierre réfléchit. Tout comme lui, son frère indien est conscient de la guerre qui se prépare. «La fourrure n'a pas d'ennemi», a-t-il dit. Subtil message. L'œil exercé du «petit homme du Diable» n'est pas sans avoir remarqué la piètre qualité des fourrures du roi comparativement aux siennes presque exclusivement constituées de «castors gras». En temps et lieu, Pierre en demandera l'explication. Pour l'instant, il préfère se taire et unir son souffle à celui des autres pour n'en faire qu'un, fragile et ténu devant l'immensité, qui monte vers ce qui les dépasse. Ne faire qu'un seul souffle d'homme avant que la parole ne les divise.

*

18. En 1749, parti de la mission du lac des Deux-Montagnes, François Picquet, sulpicien, fait construire le fort de la Présentation à la tête des rapides du fleuve Saint-Laurent, nommé rivière Kataracoui entre Montréal et le lac Ontario.

Leurs routes se séparent ici, en face de Chouaguen. Aux pinces avant et arrière, on manœuvre la pagaie pour se rassembler, les canots de Tehonikonrathe abordant de chaque côté celui des voyageurs, près de deux fois plus long.

— Dame ! De loin, c't'ouvrage semblait moins imposant, fait remarquer Benoît Demers en indiquant le château fort dressé à l'embouchure de la rivière Chouaguen, sur la rive gauche.

L'itinéraire habituel les fait passer plus au large, mais, cette fois-ci, en compagnie de Tehonikonrathe et des siens, ils se sont permis de longer davantage la rive sud du lac, prolongeant ainsi l'occasion d'être ensemble.

À l'instar de ses hommes, Pierre est impressionné par le solide bâtiment en pierre qu'entoure une muraille crénelée, flanquée de deux grosses tours carrées. À n'en pas douter, cette forteresse assure la vocation militaire de l'endroit, alors que la ribambelle de maisons échelonnées sur une rue longeant la rivière Chouaguen [19] en assurent la vocation commerciale. Y logent marchands, commis, interprètes, bateliers, armuriers, cabaretiers, enfin quiconque joue un rôle dans le domaine de la traite des fourrures. Relié à Albany par la rivière, ce poste de traite défie toute concurrence. En moins d'une semaine, les marchandises peuvent y être acheminées, alors que le plus court délai pour approvisionner un poste français par les voyageurs est de dix-huit jours. À cet avantage de taille, s'ajoutent la vente libre de l'eau-de-vie et le bas prix des marchandises.

— Que le Maître de la vie te protège et protège les tiens, Ankwi, souhaite Tehonikonrathe en se rapprochant de manière à ce que sa fille puisse saisir le plat bord du grand canot vis-à-vis de Félix.

---

19. Rivière Chouaguen : nom de la rivière pour les Français, nommée Oswego par les Anglais, et Onontagué par les Iroquois. Elle se jetait dans le lac Ontario.

De l'autre côté, Nez-Partout s'arrime à la pince avant où siège Benoît.

— Que le Maître de la vie étende sa protection sur toi et les tiens... et qu'il nous permette de croiser nos routes au lac Érié l'an prochain, répond Pierre.

Le « petit homme du Diable » acquiesce d'un hochement de tête, confirmant le rendez-vous au cours duquel il lui procurera des marchandises anglaises. Les voilà de nouveau partenaires.

Pierre n'éprouve aucun scrupule, surtout pas à quelques encablures de Chouaguen, où le commandant de Niagara fait passer en douce, par Tehonikonrathe, les fourrures de choix échangées aux frais du roi. Les marchandises anglaises obtenues en retour seront ensuite acheminées à la mission du lac des Deux-Montagnes. De là, elles seront dirigées vers la Grande Rivière, en amont du poste de contrôle du Long-Sault, où elles assureront par le troc d'appréciables profits audit commandant.

Voilà ce qui explique la différence de qualité entre les fourrures dites « du roi » et celles que le commandant de Niagara rafle au nouveau comptoir.

Pierre a noté le mépris de Tehonikonrathe envers ce chef-guerrier qui, pour son bénéfice personnel, commerçait avec l'ennemi de son chef-très grand, soit Onontiogoa, le roi. Pour une raison différente, Pierre a partagé ce mépris, s'imaginant cet officier mener ses troupes à l'assaut au cri de : « Vive le Roi ! » Pour qui ceux qui auront à mourir se lanceront-ils dans la bataille ? Pour ce roi floué sans vergogne ? Et ce, par ses principaux représentants. Aussi, quand Tehonikonrathe a proposé de lui refiler des marchandises anglaises, Pierre n'a pas hésité, car ses hommes sont maintenant comme les cinq doigts d'une main. L'entorse de Félix lui a fait prendre conscience qu'il dépendait des autres comme les autres dépendaient de lui. Pierre a confiance en ses compagnons. Jamais ils ne le trahiront ni ne trahiront Tehonikonrathe et les siens avec qui ils ont eu la chance de fraterniser. Dorénavant, ils ne sont plus des étrangers les uns pour les autres. Le temps qu'ils ont passé ensemble à pêcher, à se baigner et à enfumer leurs poissons leur a permis de mieux se connaître. Loup-Tranquille s'est gagné l'admiration des Pomainville par sa rapidité à la nage et par son étonnante capacité de demeurer longtemps sous l'eau, alors que Nez-Partout a pris Benoît Demers en affection, charmé par ses chansons et son rire facile. De lui, il a appris les paroles de quelques refrains, retenant la mélodie avec facilité. Avec quel entrain Nez-Partout a mêlé sa voix aux leurs, les amusant de ses cocasses erreurs de prononciation qu'il a promis de corriger avec l'aide de Neptune devenu Deux-Vies. Ce dernier exultait. De l'ancien esclave ivrogne qu'il avait été ne subsiste plus rien, et Pierre ne se félicitera jamais assez de l'avoir aidé à s'évader.

— Transmets mon amitié à Joie-des-Yeux, lui demande Nez-Partout, rappelant le béguin sans conséquence qu'il avait eu pour Marie-Pierre.

La relation engagée entre Félix et Fait-Trembler-la-Terre sera-t-elle aussi sans conséquence? s'interroge le maître du canot. C'est à souhaiter, car cette liaison ne mène nulle part tout en risquant de menacer l'équilibre de Deux-Vies. Dans un sens, Pierre en veut à la jeune épouse d'être allée rejoindre Félix à la faveur de la nuit, croyant que tous dormaient, mais, dans un autre sens, il la comprend. Bien que sachant leurs amours interdites, Isabelle ne venait-elle pas le rejoindre en cachette pour se donner à lui? Le concept de fidélité n'existe pas comme tel dans les mœurs amérindiennes, du moins en l'absence d'enfant. Alors, à quoi bon se tracasser avec cette brûlante passion que le long hiver éteindra sans doute? ·

— Joie-des-Yeux sera heureuse d'apprendre que ta santé est bonne et que tu connais nos chansons, répond Pierre, à la grande satisfaction de Nez-Partout qui ajoute en français:

— Nez-Partout aime chansons.

— L'an prochain, ami, je t'enseignerai d'autres chansons, promet Benoît, voyant son élève abandonner la pince pour s'éloigner.

Pierre remarque la main de Félix qui presse amoureusement celle de Fait-Trembler-la-Terre dans un dernier adieu. Se reverront-ils ? Rien n'est moins certain. À regret, la fille de Tehonikonrathe abandonne le plat bord et reprend sa pagaie. Félix reprend la sienne. « V'là l'bon vent », entonne Benoît. Par la fourrure, leurs routes se sont croisées. Par la fourrure, elles se séparent ici. « V'là l'bon vent », répète en écho Nez-Partout.

Les uns s'en vont chez les Français. Les autres, chez les Anglais. La fourrure n'a pas d'ennemi.

Agenouillée au centre du canot, Fait-Trembler-la-Terre pagaie avec une fureur, une douleur jusqu'alors inconnues. Le cœur broyé, le souffle oppressé, elle fixe le dos de son époux devant elle, sentant que son père fixe le sien, derrière. Aucun d'eux n'a fait la moindre allusion au trouble qui s'emparait d'elle en présence de Félix. Est-ce parce qu'ils ne l'ont pas remarqué, ou parce qu'ils font comme si rien ne s'était passé ? Rien qui vaille la peine d'en faire cas. Comme elle se sent seule tout à coup ! Seule et captive de son destin ! Sa vue s'embrouille. Au bruit des pagaies se mêle le chant des voyageurs. Félix chante-t-il comme les autres, faisant aussi comme si rien n'avait existé entre eux ? Non, c'est impossible, le dernier regard qu'ils ont échangé ne saurait mentir. Félix l'aime et elle, en voulant le soumettre par la chair, elle s'est soumise à ce sentiment plus fort que sa volonté. Plus fort que la Parole. Ce sentiment qui existe entre eux et qui, elle l'espère, se concrétisera par un enfant dans son ventre.

Chapitre 24

En passant par La Rochelle

1753, 8 octobre, port de La Rochelle.

Accompagné de son fils Frédéric, Louis La Ramée suit Dupan père, qui, malgré ses soixante-quinze ans, se dirige d'un pas alerte vers les entrepôts en bordure du quai. Même si, officiellement, cet ancien négociant a pris sa retraite en léguant sa boutique à l'aîné de ses garçons, on le salue au passage comme un homme encore actif dans le domaine.

— Nous voilà rendus, Valet, indique le vieillard en s'arrêtant devant l'étroite porte latérale d'un bâtiment.

« Valet. » L'usage de ce nom mortifie Louis, surtout en présence de son fils qui ne lui connaît que le nom de La Ramée. Il décoche un regard furieux au sieur Dupan dont les yeux de fouine n'en brillent que davantage de malice. Voilà ce qu'il cherchait : le remettre à sa place en lui rappelant qu'il fut jadis à son emploi en tant que simple manutentionnaire. Louis se force à sourire.

— Louis La Ramée, de Modrière et La Ramée associés, corrige-t-il d'un ton poli.

— Faut m'excuser ; c'est l'habitude, explique le vieux en poussant la porte, fier d'avoir fait mouche. Dans ton temps, c't'entrepôt n'existait point, précise-t-il, s'en donnant à cœur joie dans la résurrection du passé où il dominait l'autre.

Louis fulmine. Cet homme le ramène quarante ans en arrière, du temps où il trimballait des ballots de fourrure en provenance du Canada, rêvant de faire fortune dans ce pays de Cocagne. Il retrouve l'odeur particulière des entrepôts où s'entassent les marchandises en transit, renouant avec l'ingrat labeur qui fut sien alors.

— Voyons voir où il se trouve, ce foutu ginseng, maugrée le vieux en déambulant entre des rangées de tonneaux, de rouleaux d'étoffe et de caisses empilées. Eugène ne savait qu'en faire... Il a dû lui dénicher un racoin quelque part, poursuit-il, furetant du regard la vaste pièce mal éclairée.

Eugène, c'est le fils Dupan avec qui Modrière et La Ramée associés font affaire depuis quinze ans. Qu'il soit remplacé à la dernière minute par son paternel pour cette visite ne relève pas du hasard, croit Louis. C'est là une manœuvre pour le décontenancer et faire en sorte qu'il renonce au paiement de la quantité phénoménale du ginseng expédiée l'an dernier. Paiement qui représente une fortune et qui doit être acquitté en retour de marchandises.

— Ah! Le voilà, au fond, là-bas. Y a qu'à voir, il est tout moisi.

— Il était point moisi quand on l'a expédié, conteste Louis, navré de constater l'état pitoyable de centaines de racines entassées pêle-mêle dans des caisses.

— Sitôt arrivé, il a commencé à se gâter... Pas seulement le vôtre, mais pratiquement tout le ginseng reçu l'an dernier. Comment ça s'est produit, on n'en sait rien.

— Il a dû être infiltré d'eau durant le transport ou exposé à la pluie sur le quai, avance Louis avec assurance, se doutant cependant de la cause probable du gâchis.

Il se remémore la formidable prise de bec que Pierre Vaillant avait eue avec Modrière au sujet de cette plante récoltée en mauvaise saison et qu'on séchait de la mauvaise façon. Depuis le traité de paix de 1748, le prix du ginseng n'a fait qu'augmenter, se chiffrant à Québec, l'été passé, à vingt-cinq livres pour une livre de racines séchées. Une fois rendue à La Rochelle, cette livre de racines était achetée au prix de trente-trois livres par la Compagnie des Indes qui la revendait jusqu'au quintuple de ce prix en Chine. Par correspondance, Eugène Dupan ne cessait de leur en réclamer, insistant pour être payé en ginseng plutôt qu'en lettres de change. Bon nombre des négociants de La Rochelle agirent pareillement, de sorte que les bois fourmillaient d'individus récoltant du ginseng, et ce, dès le mois de mai alors que la racine n'a pas encore emmagasiné ses vertus curatives. La folie était telle que l'intendant dut arrêter une ordonnance interdisant de le cueillir hors saison. Rien n'y fit. À ce que l'on dit, près de trente-cinq mille livres de racines quittèrent Québec[1]. Louis soupçonne que la plupart d'entre elles se sont gâtées parce qu'au lieu de sécher pendant un an, suspendues dans un grenier, elles furent soumises à un séchage rapide, mais incomplet, dans un four ou près d'un poêle.

— C'est point nous qui l'avons laissé traîner sur le quai. Pour ça, non. La Compagnie des Indes assure que les Chinois le disent de mauvaise qualité et n'en veulent plus. Alors, la Compagnie n'en achète plus.

— C'est point le problème de Modrière et La Ramée associés, argumente Louis.

— Que si! Vous avez toujours reçu de bonnes marchandises de notre part. Nous n'avons pas à essuyer seuls cette perte.

Ce « notre » et ce « nous » prouvent à quel point le vieux Dupan tire encore les ficelles, ce qui contrarie grandement Louis. Envahi d'une soudaine torpeur, il cherche en vain une réplique. Arrivé hier au terme d'un voyage de vingt-huit jours en mer, il n'a pas fermé l'œil de la nuit, en proie à la sensation de subir, dans son lit, le roulis du bateau.

— Vendez-le à d'autres, se permet de suggérer Frédéric, sans avoir droit au chapitre.

Cette intervention de son fils allume une toute petite lueur d'espoir dans l'esprit fatigué de Louis. Se peut-il que

---

1. Plus précisément 34 580 livres de racines séchées pour une valeur totale estimée à 500 000 livres. À titre de comparaison, un cheval valait de 100 à 125 livres.

Frédéric s'intéresse enfin au commerce et qu'il puisse un jour lui succéder?

— Oh! Ce jeune homme me semble bien mal informé. Il ne sait donc pas que la Compagnie possède l'exclusivité du commerce avec la Chine, rétorque le sieur Dupan avec condescendance.

Louis accuse le reproche d'avoir mal initié son fils aux affaires, jouissant dans son for intérieur de tenir ce rôle, ne fût-ce qu'un instant d'illusion.

— Avec tous ses monopoles, cette compagnie finira par hâter la prochaine guerre... Comme si celui du commerce avec la Chine ne lui suffisait point, elle détient celui du castor et celui de la traite des nègres du Sénégal. C'est qu'il en faut en quantité, de ces nègres, pour travailler en Louisiane[2]. Ah oui, jeune homme! C'est une vraie nuisance pour le commerce que cette compagnie... On ferait mieux d'imiter les Anglais et de donner la même chance à chacun.

— Les combattre plutôt que les imiter, proteste l'adolescent.

— Il n'y a pas que les armes, jeune homme, pour assurer la puissance de notre souverain et de la France... Oh non! Il n'y a pas que les armes.

— Que peut-il y avoir d'autre?

— La puissance en mer... le commerce. L'avenir est là, avec les colonies.

— Avec les colonies, vous dites? Et avec le ginseng, vous y voyez un avenir? riposte Frédéric, frisant l'insolence.

Louis savoure la mine froissée du vieillard que son fils vient de confondre. Quel brillant garçon! Une fierté bien légitime s'empare de lui en même temps qu'un amour sans bornes. De voir Frédéric se ranger à ses côtés le ranime tout à fait de sa nuit d'insomnie.

— Il n'y a rien qui ressemble plus à une racine qu'une autre racine... Qui m'assure que celles-là sont bien les

---

2. On recensait alors quatre mille esclaves noirs en Louisiane pour une population blanche fluctuant entre trois mille et quatre mille âmes.

miennes? demande-t-il, jetant un regard suspect sur le ginseng moisi.

— Moi, je vous l'assure.

— Et vous assurez qu'elles étaient toutes moisies? Vraiment toutes?

— Ah! J'y pense… Il y en avait d'acceptables dans le lot… mais si peu. De toute façon, la Compagnie n'en achète plus.

— C'est point notre problème… Où il est, ce ginseng de bonne qualité?

— Faudrait demander à Eugène… Il a peut-être réussi à l'écouler en Hollande ou en Espagne. Allez savoir!

Louis se réjouit de voir le vieux refiler l'affaire à son fils. Avec Eugène, il sait pouvoir la régler sans trop y perdre. De beaux castors gras, passés à l'insu de la Compagnie, ont toujours nourri entre eux des rapports cordiaux tout en assurant leur partenariat. De plus, Eugène n'est pas demeuré insensible au charme d'Élise, allant jusqu'à leur offrir l'usage d'un petit logis adjacent à sa boutique, rue Saint-Yon. Par conséquent, les frais d'auberge ainsi épargnés leur permettront d'aller visiter Versailles et Paris.

— Quoi qu'il en soit, Eugène n'a pu obtenir qu'un prix dérisoire pour ce ginseng, plaide le vieillard en s'acheminant vers la sortie.

— Vous n'aurez qu'à blâmer le transport et réclamer de vos assurances maritimes, conseille Louis.

— Parlons-en, des assurances: elles ont doublé avec tout ce piratage des Anglais… Il vaut mieux parfois perdre une cargaison en mer que de l'assurer… Si notre jeune homme veut combattre les Anglais, qu'il se fasse matelot.

Malgré qu'il soit interpellé, Frédéric ne réplique pas. Rien ni personne ne le fera changer d'idée. Surtout pas ce vieux radoteur mercantile. À son retour en Canada, il s'enrôlera dans les troupes du détachement de la marine[3]

---

3. Troupes du détachement de la marine: armée régulière de la colonie dont une grande partie des officiers et des soldats était recrutée dans la population.

comme compte le faire également Jean Vaillant, son ami d'enfance. Ce n'est pas parce qu'il vient de prendre position auprès de son père qu'il a l'intention de lui succéder pour autant. En réalité, il a tout simplement défendu son point de vue. Quelle mentalité grotesque d'associer la puissance d'un souverain à la santé du commerce ! Mentalité hélas partagée par son père qui, au nom du commerce, c'est-à-dire de SON commerce, ne se gêne pas pour voler le roi en s'exemptant, par la contrebande, de payer la taxe de vingt-cinq pour cent sur le castor. Philippe de Chatillon lui a expliqué que ces taxes servaient, entre autres choses, à entretenir l'armée et à bâtir des forts. N'est-ce pas affaiblir le pays que de le priver de moyens de défense ? Tout le monde s'entend sur l'imminence de la guerre, mais peu s'y préparent.

Parvenu devant la porte, le vieux négociant s'immobilise, hésitant à l'ouvrir. Puis, il tourne les talons et promène longuement le regard sur les marchandises, avant de l'arrêter sur Frédéric.

— Point de marine, point de commerce. Point de commerce, point de puissance. Jeune homme, la France est ici, dans c't'entrepôt... Là, se trouvent les ouvriers du Languedoc qui tissent les couvertures avec les laines du Levant... Cent mille couvertures par année, qu'ils tissent, identiques maintenant à celles des Anglais que les Sauvages préfèrent. Là, se trouvent les vignerons de Bordeaux et là, les producteurs d'eau-de-vie, ceux de l'Aunis ainsi que ceux de la Charente ; là encore, il y a les fabricants de gants, de bonnets et de bas du Poitou. Vous irez à Versailles, mais Versailles aveugle avec tout son or... L'or ne forme pas de matelots, alors que les pêcheries en Canada en forment mille chaque année. Et parmi les plus aguerris, pour avoir navigué sur les mers les plus difficiles. Il me peine de voir un jeune homme plein d'idéal faire fausse route... Si tu veux combattre les Anglais, fais-toi matelot.

Ceci dit, le vieux pivote sèchement, ouvre la porte et les invite à passer. Frédéric cligne des yeux en sortant, ébloui par la lumière.

— Versailles aveugle avec tout son or, répète Dupan père, avant de les abandonner sur place.

Court moment de gêne entre Louis et Frédéric qui observent tournoyer les goélands au-dessus des trois mâts d'une frégate amarrée.

— J'suis point fâché d'être de retour sur le plancher des vaches, laisse tomber Louis en inspirant profondément.

— Ni moi, même si j'n'ai point souffert du mal de mer. J'espère que maman et Anne ont pu récupérer.

— Elles doivent encore dormir à poings fermés, les pauvres. J'comprends point que le mal de mer les ait tenues si longtemps… Moi, j'en ai jamais souffert.

— Et le nommé Valet, lui, est-ce qu'il en a déjà souffert ? s'informe Frédéric en s'éloignant à pas lents.

Louis demeure un instant interdit avant de rejoindre son fils et de marcher à ses côtés, mains nouées dans le dos, glissant de furtifs regards sur le visage fermé de l'adolescent. Il se sent fautif et fier tout à la fois. Fautif d'avoir caché son passé, mais fier de l'avoir vaincu.

— Eh bien, non, Louis Valet n'avait pas le mal de mer, car il n'allait pas sur la mer. C'est ici qu'il travaillait, déclare-t-il.

— Et qu'est-ce qu'il y faisait ?

— Il transportait des marchandises de la boutique à l'entrepôt, de l'entrepôt aux bateaux… ou des bateaux à l'entrepôt… ou encore de la boutique à une autre boutique. À cœur de jour, il allait et venait, chargeait et déchargeait, empilait et déplaçait des fardeaux… Voilà ce que faisait Louis Valet et j'en ai point honte.

— Pourquoi nous l'avoir caché alors ?

— J'ai jugé qu'il était inutile de vous en parler, c'est tout… Ta mère, par contre, sait qu'il a existé.

— Tu te nommais encore Valet quand tu l'as rencontrée ?

— Non, j'étais déjà Louis La Ramée à ce moment.

— D'où il vient ce nom de La Ramée ?

L'absence de blâme et de désappointement dans l'attitude de Frédéric met Louis en confiance. Avec un bonheur immense, il retrouve le gamin curieux et communicatif que l'adolescence lui a ravi. Pourvu que ce voyage continue de favoriser leur relation, souhaite-t-il.

— À son arrivée en Canada, Louis Valet est devenu caboteur entre Québec et Montréal sur une barque de trente tonneaux. La Marie-Joseph, qu'elle s'appelait… Quand le vent ne soufflait point, il usait des rames. Il faut croire qu'il en a usé passablement, puisqu'on s'est mis à le nommer Louis Valet dit La Ramée.

Frédéric esquisse un sourire qui encourage son père à poursuivre.

— Louis Valet dit La Ramée a vite compris que ce n'était point en transportant des fourrures sur le fleuve qu'il ferait fortune, mais en allant les chercher aux Pays-d'en-Haut. Quand il s'est engagé comme voyageur, il a signé Louis La Ramée pour la première fois. C'est là qu'il a fait connaissance avec tes oncles, Belle-Voix et Grosse-Voix, termine Louis en s'arrêtant de marcher en même temps que son fils, comme si ces noms venaient de les paralyser.

L'an dernier, la femme et un des fils de Grosse-Voix sont décédés des suites d'une maladie peu de temps après l'incendie de Trois-Rivières[4] qui avait jeté bien des gens sur le pavé, dont plusieurs membres de leur famille. Élise en fut grandement affectée. Le drame étant survenu alors que les canotées étaient déjà parties, c'est lors de son retour que Félix a appris avoir perdu son frère jumeau et sa mère. Pour sa part, Grosse-Voix ne fut informé que ce printemps. Il descendit aussitôt En-Bas afin de régler la succession et les frais des obsèques. Plusieurs demeurent étonnés de le voir pleurer une femme et un fils qu'il avait pratiquement abandonnés. De mauvaises langues laissèrent entendre que, devenu veuf, le coureur des bois se sentait libéré parce que libre d'épouser son Illinoise. Mais le chagrin de Grosse-Voix était réel, se doublant d'un terrible sentiment de culpabilité. Durant les quelques jours où il a séjourné sous le toit de Louis La Ramée, c'était pitié de l'entendre se blâmer et sangloter comme un enfant quand il avait trop bu. Élise n'en

---

4. Le soldat Pierre Beaudoin, dit Cumberland, avouera avoir mis le feu le 20 mai 1752 pour se venger des Trifluviens qui l'avaient emprisonné sous de fausses accusations de vol.

était que davantage affligée, revivant son deuil à travers celui de son frère aîné. Alors, pour la distraire de son chagrin, Louis a pensé l'emmener avec lui dans ce voyage rendu nécessaire par la situation du ginseng. Bien que de tout temps Élise ait rêvé de visiter la métropole, elle avait posé une condition : celle d'emmener les enfants. Pas question de s'en séparer. S'ils avaient à périr, ils périraient tous ensemble, les eaux n'étant finalement pas plus à craindre que la maladie ou les flammes.

— Il avait quel âge, Louis Valet, quand il travaillait ici ? s'informe Frédéric, brisant le silence et reprenant leur pas de flâneurs.

— Bah, il y a travaillé jusqu'à... attends un peu... jusqu'à vingt-quatre ans.

Aussitôt, Louis soustrait les dix-huit ans qu'Élise a de moins que lui aux vingt-quatre ans qu'il avait à l'époque pour obtenir l'âge qu'avait sa femme lorsqu'il parcourait ce quai en enjambant avec aisance les taquets des amarres. Depuis la fameuse nuit où son sexe a débandé, il effectue souvent cette soustraction qui lui fait mesurer concrètement l'écart d'âge entre eux. Ainsi, à l'époque où il forniquait depuis belle lurette avec les filles du port de La Rochelle, Élise se préparait à recevoir la première communion à Trois-Rivières. Comme cela le vieillit et comme il est idiot de s'adonner à ce calcul mental ! Après tout, son membre viril n'a failli qu'une fois. Une seule fois, mais, ô combien humiliante ! Et traumatisante ! Il en a été quitte pour se gaver depuis avec des tisanes de ginseng qu'on prétend aphrodisiaque.

— C'est à peu près l'âge de Félix, marmonne Frédéric, pensif.

L'adolescent éprouve des sentiments contradictoires à l'endroit de ce cousin qui loge maintenant à la maison au retour de ses expéditions. Autant il l'admire, autant il le désapprouve de mettre son formidable potentiel au service de la contrebande.

Son père croit qu'il ignore ce fait, mais lui, Frédéric, il sait que Modrière et La Ramée associés n'agissent pas toujours en toute légalité. Il sait que, par l'entremise de son cousin devenu bout avant dans la canotée de Pierre Vaillant, des pelus de qualité passent directement des mains des Illinois à celles de Louis La Ramée. C'est Grosse-Voix qui a tout dévoilé un soir qu'il était ivre. Bien que Frédéric s'en doutait, il fut déçu d'en avoir la confirmation. Déçu surtout de son père, qu'il ne pouvait plus admirer.

Ce secret l'a mis dans l'embarras lors de la dernière visite de Philippe de Chatillon, qui coïncidait justement avec le séjour de Grosse-Voix. Contraste saisissant que celui de cet officier en uniforme portant perruque poudrée et de ce coureur des bois au visage tatoué et vêtu à l'indienne. Le regard chargé de mépris du premier démontrait clairement qu'il tenait l'autre pour un moins que rien et pour un traître. Frédéric en a éprouvé de la honte mais, quand l'officier tenta de lui tirer les vers du nez au sujet des activités de cet oncle, il se sentit profondément offensé. Pour qui Philippe de Chatillon le prenait-il donc? Les siens étaient peut-être des traîtres à la France, mais lui, Frédéric, il n'était pas un traître envers les siens et ne le serait jamais. Trahir n'était pas dans sa nature. Quel dommage que Philippe de Chatillon ne s'en soit pas aperçu! Désormais, il n'attend plus ses visites.

Leurs pas les ayant conduits près de la frégate, Frédéric sent son cœur battre plus vite à la vue des canons armant le flanc du vaisseau.

— Dans le temps de Louis Valet, est-ce qu'il y en avait, de ces frégates?

— Oui, mais elles ne comptaient pas autant de canons. Celle-ci en a bien…

— Trente, s'il y en a autant de l'autre côté.

— Quelqu'un qui sait rapidement compter comme toi ferait un meilleur marchand qu'un matelot, insinue Louis.

Frédéric ignore l'allusion, démonté par l'entêtement de son père à voir en lui un successeur. Pourquoi ce dernier ne se résigne-t-il pas à l'accepter tel qu'il est et tel qu'il aspire à être? Comme il aimerait retrouver la tendre complicité qui régnait autrefois dans leurs rapports! Serait-ce illusoire d'envisager un rapprochement en ce lieu de la mère patrie où son père a vu se profiler son avenir ?

— Est-ce que Louis Valet a déjà songé à devenir matelot ? s'enquiert-il, caressant l'espoir que l'ancien manutentionnaire puisse interpeller le marchand d'aujourd'hui.

— Que non ! C'sont les fourrures qui le faisaient rêver. Des montagnes de fourrures. À tout dire, quand Louis Valet a vu qu'on exportait aussi en Nouvelle-France de la soierie, des rubans, des dentelles, de l'huile d'olive, des épices, du café, du chocolat et autres produits de luxe, il a su qu'il pouvait mieux y réussir qu'ici.

Réussir. Voilà ce qui rattache Frédéric à son père. Lui aussi, il veut réussir. Tout comme voulait réussir Louis Valet en traversant l'océan.

— Moi, c'sont les canons qui me font rêver, confie-t-il, persuadé que son père saisira que seul l'objet de leurs rêves les différencie.

— Ah ! Je sais, mais ça te passera… Les canons parlent quand il y a guerre… Les fourrures, elles, elles parlent tout le temps et depuis longtemps. Contrairement au ginseng, elles parleront encore longtemps, tu verras, assure Louis en tapotant l'épaule de son fils.

— Tu parles comme si c'était une maladie que de vouloir défendre son pays. Une maladie qui devrait finir pas passer. Crois-tu que je ne sais pas d'où elles viennent tes fourrures ? rétorque Frédéric en se soustrayant brusquement au geste de son père.

— Qu'est-ce que tu entends par là ?

— Tu sais de quoi je parle… Grosse-Voix m'a tout dit. Y a pas qu'aux Sauvages que l'eau-de-vie délie la langue. Je sais pour Félix, je sais pour Pierre Vaillant, et même pour Thomas, son gendre. C'est le « petit homme du Diable » qui vous fournit.

Interloqué, Louis mesure le danger que représente cette fuite involontaire de Grosse-Voix. Danger de subir les foudres du gouvernement en place, certes, mais aussi celles de son associé, Modrière, qui ignore tout de ce trafic clandestin. Son fils réalise-t-il l'ampleur de tous ces dangers, non seulement pour leur famille, mais aussi pour tous ceux qui participent à cette contrebande?

— Vous, les marchands, vous ne vous faites point de scrupules que la fourrure passe aux Anglais en autant qu'elle vous rapporte, condamne Frédéric.

— Les militaires que tu admires tant ne se font point de scrupules non plus, pour faire la même chose.

— Peut-être… Mais quand moi, je serai militaire, j'ne me salirai pas les mains avec des saletés de fourrures.

— Que dis-tu là? Des saletés de fourrures! s'emporte Louis, outré d'être jugé par son fils. Eh bien, sache, mon garçon, que c'sont ces saletés de fourrures qui ont payé ton maître d'escrime. C'sont ces saletés d'fourrures qui t'ont nourri, vêtu, logé et instruit. Et c'sont encore ces saletés de fourrures qui ont payé ce voyage en France.

Avec regret, Frédéric réalise que ses paroles ont dépassé sa pensée.

— Bon, ça va, n'en parlons plus, bredouille-t-il, penaud, espérant désamorcer la colère de son père.

— Au contraire, parlons-en… Tu n'as pas la moindre idée de ce que coûtent ces fourrures. Ton ami Jean Vaillant, lui, il le sait… Il voit partir son père au printemps sans savoir s'il reviendra… ou dans quel état il reviendra. Pour Jean, j'suis sûr que ces fourrures, ce n'sont point des saletés de fourrures.

— Je ne l'ai pas dit à Jean que son père faisait la contrebande avec les Anglais, proteste Frédéric.

La perspective que son fils ait pu le dénoncer foudroie Louis. Tout ce que son amour a édifié depuis la naissance de cet enfant s'écroule en lui, engendrant douleur et fureur. Les yeux pleins d'éclairs, il saisit Frédéric au collet.

— Et à Philippe de Chatillon, tu l'as dit, malheureux?

Frédéric subit de nouveau le cruel affront d'être pris pour un traître. Il se sent incompris. Rejeté. Méconnu de son propre père. Malgré lui, des larmes lui montent aux yeux tellement il souffre d'être soupçonné d'une telle abomination.

Devant la réaction de son fils, Louis lâche prise, honteux de ses dernières paroles. Les rattraper est impossible. S'en excuser, inutile. Le mal est fait. Il ne le constate que trop.

Frédéric rajuste ses vêtements, puis s'éloigne à grands pas en direction des deux massives tours protégeant l'entrée du port.

— Saletés de fourrures, grommelle Louis La Ramée, seul en face des bouches muettes des canons.

Chapitre 25

Retour au pays

1754, 29 mai, fleuve Saint-Laurent.

Ce matin, à l'Île-aux-Coudres, Pierre Savard est monté à bord afin de guider le navire sur le capricieux cours d'eau. Réputé comme l'un des meilleurs pilotes du fleuve, il en connaît les marées, les récifs, les hauts-fonds, les courants et les contre-courants. Pour lui, la couleur de l'eau et du ciel, la direction et la vélocité des vents, la présence de certains oiseaux, animaux ou mammifères marins sont autant d'indications l'aidant à naviguer. Avec brio, il a négocié l'ardu passage de la Traverse, et maintenant que l'église de Sainte-Anne-de-Beaupré se profile sur la rive nord, l'excitation est palpable parmi les passagers qui se trouvent sur le pont. Enfin, ils entrevoient le terme du voyage de retour d'Europe qui prend habituellement deux fois plus de temps que celui de l'aller.

Selon la coutume, le capitaine fait tirer un coup de canon en l'honneur de sainte Anne à qui les Canadiens vouent un culte particulier.

— Mes enfants, remercions la bonne sainte Anne de nous avoir protégés au cours du voyage, dicte le père Picquet en sortant son chapelet.

Aussitôt, les trois Iroquois qui l'accompagnent s'agenouillent et baissent la tête, incitant les autres passagers à les imiter. Parmi eux, Louis La Ramée s'y résigne. La récitation des *Ave Maria* n'a jamais été son fort et, alors qu'il remue les lèvres, prononçant les mots latins qu'il connaît et escamotant les autres, il se réfugie en pensée dans l'église de Sainte-Anne-du-Bout-de-l'Île. Il s'y revoit avec ses compagnons lorsque s'arrêtaient les canotées avant d'entreprendre pour de bon le voyage aux Pays-d'en-Haut. À cette patronne chérie, les hommes s'adressaient avec des mots de tous les jours. En fait, ils lui parlaient comme on parle à une mère, lui recommandant de veiller aussi sur la femme et les enfants qu'on laissait derrière. Puis, après avoir allumé un lampion, ils débouchaient une pinte d'eau-de-vie au sortir de l'église. Sainte Anne ne s'en offusquait pas, Louis en est persuadé. Elle savait ce qui les attendait. Qu'ils veuillent rire, chanter et s'amuser un peu avant de peiner comme des forçats pendant des mois – et peut-être même avant de mourir – n'avait rien de répréhensible.

C'est à la sainte du Bout-de-l'Île que Louis s'adresse. Au paradis, il s'agit de la même que celle de Beaupré, mais celle du Bout-de-l'Île surveille le parcours des rivières et des lacs où s'aventurent les canots des voyageurs et des coureurs des bois. Celle-là veille sur les hommes de la fourrure : ce qu'il est. Pour combien de temps encore ? Il n'en sait rien. Tout dépend si Modrière et La Ramée associés obtiendront des permis de traite. De plus en plus, maintenant, sous des prête-noms, ces congés sont octroyés aux membres de l'oligarchie en place : celle de Bigot et de sa clique, nommée pompeusement Société du Canada.

Faites que l'on obtienne deux congés pour Détroit et au moins trois pour Makinac, prie-t-il, incluant implicitement la demande que son associé ne s'aperçoive pas de la duperie dont il est victime. Sainte Anne n'a pas à connaître ce détail, juge Louis qui n'éprouve aucun remords à flouer, de concert avec Pierre Vaillant, celui qui les a jadis floués et dénoncés. Oh! Que Non! Modrière n'a que ce qu'il mérite. Et, à vrai dire, c'est bien peu comparativement au tort qu'il a causé à Pierre Vaillant. Les fourrures de contrebande dont son associé ne bénéficie pas n'effaceront jamais la fleur de lys imprimée au fer rouge. Et, déplore Louis, à cause de cette infâme flétrissure, Pierre Vaillant ne le considérera jamais comme un véritable ami. Heureusement, une belle et solide amitié existe entre leurs femmes et entre leurs enfants.

S'ils obtiennent deux permis pour Détroit, l'un sera attribué à la canotée de Pierre qui, grâce à ses relations avec le « petit homme du Diable », lui procurera en douce des pelus de qualité. Félix y sera engagé comme bout de canot avant, favorisant de surcroît des échanges avec les Illinois. Louis ne doute aucunement que le fils de Grosse-Voix acceptera d'être membre d'équipage pour Détroit, car cela lui permettra de revoir la femme de l'ancien Neptune. Comme il le plaint de s'être amouraché de cette Indienne et d'avoir conçu un fils avec elle ! Cet enfant grandira sans lui, ignorant peut-être jusqu'à son existence. Quelle chance il a eue, lui, de n'avoir engendré aucune progéniture sur une quelconque couche de sapinage ! Du moins, pas à sa connaissance.

Si, pour Makinac, ils obtiennent trois permis, Thomas Chapuy sera maître d'un canot avec Adrien Pomainville en tant que bout avant. Initiés aux astuces du marché clandestin par Poing-de-Fer, ces deux-là trafiquent à la pointe de Makwa avec Ours-Têtu, le frère aîné du « petit homme du Diable ». En ayant ainsi à son service une équipe sur chacune des artères principales de la fourrure, Louis espère réaliser des profits satisfaisants.

Deux congés pour Détroit, au moins trois pour Makinac, répète-t-il mentalement, ne sachant comment formuler le reste de sa supplique. Ce qu'il pressent pour l'avenir n'augure rien de bon. Ni pour ses affaires, ni pour le pays. Ce voyage l'a passablement endetté et, bien qu'il ait réussi à tirer son épingle du jeu dans l'histoire du ginseng, un marché considéré désormais comme fermé, sa situation financière demeure fort précaire. Plus que jamais, Louis se trouve à la merci de la délivrance de permis de traite. Lui, encore plus que Modrière, et plus que Pierre Vaillant ; le premier, parce qu'il peut compter sur d'autres sources de revenus en tant que marchand général ; le second, parce qu'il peut compter sur sa terre pour le nourrir et lui fournir du bois de chauffage.

Comme ils ont eu froid dans le logis de la rue Saint-Yon au cours des mois de janvier et février! De ce froid humide qui transperce les os et qui l'a fait grandement souffrir à l'épaule. Alimenter le feu leur a coûté une fortune, une corde de bois se vendant quarante-huit livres. À quel prix sera-t-elle vendue à Montréal? Quel prix atteindra le pain, en autant qu'il y ait du blé pour le boulanger? Depuis deux ans, en Canada, on mange le blé dès que moissonné, car il n'en reste jamais de la récolte précédente pour observer la coutume de consommer le blé nouveau à Noël. Selon les dires du maître de quai à La Rochelle, le Canada serait un pays perdu, car le commerce n'est que pour les « premiers ». Et, de ces « premiers », Louis La Ramée sait qu'il n'en fera jamais partie, tandis que Modrière tente d'y accéder à force de courbettes et de pas de danse.

Louis craint que le maître de quai à La Rochelle n'ait raison. Ces « premiers », qui sont acolytes de la Société du Canada, opèrent sur une grande échelle dans l'unique but de s'enrichir. Développer le pays est le moindre de leurs soucis. De la France, ils ont importé le pire, soit l'appât du gain et la superficialité. N'est digne d'admiration que celui qui est riche ou qui le paraît, fût-il voleur de grand chemin. Tout n'est qu'affaire de pot-de-vin, favoritisme, corruption. « L'or de Versailles aveugle », disait le vieux Dupan. Mais l'or n'est pas qu'à Versailles. Il s'en accumule dans les coffres de Bigot, propriétaire d'une flotte marchande avec Gradis, riche marchand et armateur de Bordeaux. Outre le commerce assuré entre la France, la Nouvelle-France et les Antilles, les bateaux de l'intendant Bigot exportent le blé canadien, ce qui est formellement interdit. Qui pourra l'en empêcher? Personne, le premier commis des colonies[1], en France, et le contrôleur de la Marine[2], à Québec, baignant dans le coup.

---

1. Arnould de la Porte : premier commis du ministère de la Marine (ou ministère de la Colonisation).
2. Bréart : en tant que contrôleur de la Marine, il veillait, conjointement avec Bigot, à la comptabilité, aux achats et à l'entrepôt de la Société du Canada.

Ainsi, en raison de cette interdiction d'exportation du blé, les habitants ne peuvent le vendre qu'à l'intendant, et ce, au prix à la baisse fixé par celui-ci. Par ailleurs, lorsque Bigot revend ce blé à l'extérieur du pays, il en double généralement le prix, réalisant de substantiels profits qui s'additionnent à ceux des frais du transport effectué par sa flotte. Dans ces conditions, il n'est guère surprenant qu'à chaque hiver, le manque de blé pousse les gens des villes à mendier et à fomenter des émeutes.

Le murmure répétitif de la prière fait que Louis confond ses impressions de voyage avec les appréhensions que lui inspire l'avenir du Canada.

Il a beaucoup appris durant son séjour dans la métropole. Sur le plan politique, rien ne fut plus instructif que la fréquentation du quai de La Rochelle où son passé de manutentionnaire a facilité ses contacts avec les capitaines, marins et travailleurs du port. Une fois leur langue déliée devant une chopine de rouge, ces derniers parlaient volontiers des cargaisons qu'ils transportaient ou qu'ils manipulaient. Or, quoi de plus révélateur que le contenu, la provenance ou la destination d'une cargaison? Celle-ci ne ment pas, ne promet pas. Elle dévoile ce qui se fait dans la réalité et non ce qui est censé se faire. Le roi serait mieux informé s'il fréquentait, incognito, les ports plutôt que sa Cour où, sous le vernis des mondanités, l'économie de son royaume se dégrade. Il verrait bien que, s'alignant vers la guerre contre l'Angleterre, la France court à sa perte. Hélas, le roi ne semble penser qu'à s'amuser dans son palais au bras des courtisanes, écoutant sur l'oreiller les conseils de sa favorite, la marquise de Pompadour[3]. C'est elle, dit-on, qui mène à Versailles. L'autorité ecclésiastique fermant les yeux sur la conduite du monarque, le libertinage se répercute aux échelons inférieurs, des dames monnayant leurs charmes pour l'avancement du mari ou du fils, et des hommes

---

3. Marquise de Pompadour: Jeanne Antoinette Poisson, dame Le Normant d'Étiolles (1721-1764); maîtresse déclarée de Louis XV qui la fit marquise de Pompadour.

s'estimant justifiés d'être compensés dans la couchette pour leurs largesses. Eugène Dupan fut de ceux-là. Convaincu que, dans un élan de reconnaissance pour le logis prêté, Élise se soumettrait à ses désirs, il voulut passer à l'acte. Quel ne fut pas son étonnement d'être repoussé! Mortifié, il la qualifia d'Iroquoise indigne d'habiter sous son toit. Élise riposta que « les Sauvages ne portaient pas tous des plumes » et qu'elle quitterait volontiers un logis glacial, comparativement au leur à Montréal. « Minable créole du Canada », avait craché le négociant en guise d'insulte suprême.

Louis avait trouvé Élise en train de faire leurs valises lorsqu'il revint de sa visite au port. Complètement bouleversée, elle s'était réfugiée dans ses bras avec la confiance et la candeur qu'elle avait au premier temps de leurs amours. Elle lui raconta tout, affirmant qu'elle ne regrettait pas de s'être comportée de la sorte, même si cela compromettait leur voyage à Versailles. Pour rien au monde, elle n'aurait cédé aux avances d'un autre que lui.

De se sentir aimé d'elle et respecté par elle le rajeunissait de trente ans. Au diable les dépenses supplémentaires! Le voyage à Versailles aurait lieu tel qu'il l'avait promis. Il lui suffisait pour cela d'augmenter sa marge de crédit auprès d'Eugène Dupan, opération rendue relativement facile par le chantage. En effet, l'épouse du cher homme n'avait pour tout attrait que d'importantes relations familiales. Sans elle, Dupan fils, moins doué que le père, n'aurait pas connu un grand succès. En un mot, il lui devait tout. Ou presque. D'apprendre qu'il ait tenté de la tromper avec une « créole du Canada » risquait fort de lui nuire. Il fut donc entendu que Louis serait payé d'avance pour des pelus qu'il expédierait cet automne, les lettres de change n'ayant plus la cote. Mais, point de permis de traite pour Makinac et Détroit, point de pelus. Point de pelus, et c'était la fin de son entreprise.

Alors que le père Picquet clôt les dévotions avec une bénédiction aux fidèles, Louis enveloppe sa femme d'un regard tendre, espérant que, même ruiné, il demeurera riche de son amour et de sa fidélité.

Après s'être signés, quelques-uns, dont sa fille Anne, retournent s'endimancher pour l'arrivée à Québec, prévue en fin de journée si le vent d'est se maintient. Pour leur part, les trois Iroquois sont déjà vêtus, coiffés et poudrés en grand apparat. L'un d'eux est affublé d'une perruque blonde et porte la veste galonnée que le Dauphin lui a donnée. Ainsi accoutrés à la française, ces Indiens ont servi d'amusante curiosité exotique pour la Cour[4], permettant au père Picquet d'obtenir une audience auprès du roi à qui ils furent présentés en tant que loyaux sujets. Des sujets qu'il convenait pour l'heure d'aider par le financement de sa nouvelle mission à la Présentation. Louis imagine que dans la requête du prêtre, il fut autant question d'évangélisation que de militarisation de ces Iroquois, susceptibles de servir d'espions ou d'ambassadeurs auprès de l'importante Confédération des Cinq-Nations dont Français et Anglais recherchent l'alliance.

— Alors, sieur La Ramée, content de revenir au pays? s'enquiert le missionnaire, venant le rejoindre près du bastingage.

— Pour sûr, mon père. Pour sûr.

— Et toi, Frédéric, toujours décidé à faire partie des troupes de la Marine?

— Plus que jamais, mon père.

Louis voit d'un mauvais œil l'emprise du prêtre sur son fils. Emprise sans doute facilitée par le malaise qui subsiste depuis leur brouille. Bien naïvement, il a cru que le voyage à Versailles favoriserait un rapprochement père-fils, mais il n'en fut rien. L'accroc demeure et il ne sait comment le réparer. Plus il découvre la personnalité de son fils, plus il mesure l'ampleur de sa maladresse. Son grand garçon est habité d'un tel idéal de loyauté! Oh! Comme ses yeux brillaient d'admiration quand défilaient, sur leurs fringantes montures, les mousquetaires attachés à la maison du roi!

---

4. « ... l'un d'eux portait la veste que leur a envoyée monsieur le Dauphin. Il m'a semblé voir Arlequin Sauvage en perruque blonde et en habit galonné. »
— Louis-Antoine de Bougainville.

Frédéric voue une trop grande admiration au père Picquet. Il faudrait lui enseigner que les apparences sont parfois trompeuses. Ainsi, tout patriotique que soit son discours, ce missionnaire – ainsi que le séminaire dont il est membre – profite de la contrebande par ricochet, les « saletés de fourrures » transitant par les convertis des missions. À celle du lac des Deux-Montagnes, où Picquet œuvrait auparavant, le marché clandestin se pratique si ouvertement qu'un converti y tient un commerce de marchandises anglaises[5].

Louis se méfie de ce prêtre qui fréquente le gratin et qui tient le discours des profiteurs de guerre. À ses ouailles, il prêche de donner à Dieu des marques de leur piété en combattant les Anglais, sinon ils verraient leur femme et leurs enfants livrés à la cruauté des païens. Sinon, ils verraient leurs terres envahies. Sinon, ils verraient leurs forêts vidées d'animaux ou leurs champs dévastés. Les raisons ne manquent pas pour les inciter à perpétrer des massacres dans le voisinage des frontières imprécises.

— Et à vous, mon père, la France ne manquera-t-elle pas ? s'informe-t-il par politesse.

— La France, me manquer ? La France, c'est ici aussi, mon fils, répond le prêtre en désignant d'un geste large l'île d'Orléans au sud de laquelle le navire se dirige.

Louis diffère d'opinion. Ce n'est plus tout à fait la France, ici. Façonnée par les grands espaces, par l'isolement des mois d'hiver et par l'urgence de survivre, une nouvelle mentalité s'y est installée. Le Canada est le pays des possibles pour les gens du peuple ; pas la France, où la naissance tient lieu de tout, comme a pu le constater amèrement son fils qui, n'étant pas issu de la noblesse, a dû renoncer au rêve de devenir mousquetaire.

---

5. « Dans cette tournée, nous avons vu un Sauvage, Népissing de nation... Il a chez lui un magasin garni surtout de marchandises de contrebande et il en fait un commerce fort lucratif. »

— Louis-Antoine de Bougainville, lors de sa tournée à la mission du lac des Deux-Montagnes.

— Bien sûr, c'est la France ici aussi, convient Louis, qui considère désormais le Canada comme son pays pour y être né sous le nom de La Ramée.

— La France est choyée d'avoir de jeunes sujets comme votre fils pour la défendre, poursuit l'homme d'Église, animant l'ardeur patriotique de Frédéric, suspendu à ses lèvres.

— Très choyée, en effet. Espérons qu'elle sera reconnaissante, ne peut s'empêcher de glisser Louis.

— Mourir pour son Dieu et son roi, quoi de plus noble?

— Vivre! Vivre pour son Dieu et son roi, lance spontanément Élise, entourant de son bras maternel celui de Frédéric qui tente discrètement de s'y soustraire.

Avec une ferme douceur, Élise le maintient auprès d'elle. À l'instar de Louis, elle n'apprécie guère l'influence du prêtre sur leur fils. Tout au long de la traversée, elle a eu l'impression qu'il lui volait subtilement son enfant, l'éclipsant, comme si elle, la mère, devait se résigner à tout, surtout au silence. Mais voilà, elle ne peut accepter l'idée qu'on fasse miroiter à un adolescent idéaliste la noblesse de cette mort.

— La vie ici-bas, madame, n'est qu'un instant si on la compare à celle de l'éternité.

Désarçonnée par cette réplique et par le ton moralisateur du prêtre, Élise laisse aller Frédéric.

— Vivant, un homme peut défendre Dieu et le roi. Mort, il ne peut rien. Voilà ce que ma femme voulait dire, intervient Louis.

— Il appartient à Dieu de choisir et aux hommes de respecter sa divine volonté. Dieu lui-même n'a-t-il pas sacrifié son propre fils pour notre salut? Je vous invite à méditer là-dessus, madame. Et si jamais vous ressentez le besoin de vous recueillir en présence de la mère de notre saint Sauveur, je vous permettrai de venir vous agenouiller dans ma cabine devant la statue en argent de la Vierge à l'Enfant que le roi m'a donnée pour ma mission[6].

---

6. Œuvre de Guillaume Loir, cette statue serait aujourd'hui à l'église d'Oka.

Sur ce, le sulpicien prend congé d'eux. En voyant Frédéric lui emboîter le pas en même temps que les trois Iroquois, Élise éprouve une sensation de vide. De vertige. Presque aussitôt, Louis passe son bras sous le sien.

— Te tracasse point. Il est jeune ; ça va lui passer, rassure-t-il en lui tapotant l'avant-bras.

Rien n'est moins sûr, mais Élise trouve du réconfort dans le geste de son mari.

— Contente d'être presque arrivée, ma payse ? lui murmure-t-il à l'oreille.

« Ma payse. » Depuis toujours, Louis l'appelle ainsi dans l'intimité, mais, cette fois-ci, ce terme affectueux la chavire, la rapproche de cet homme qu'elle a appris à mieux connaître lors de leur séjour. L'homme sans fard qui se démène pour le bien-être des siens. Retors en affaires, certes, mais honnête dans ses sentiments.

— Très contente. Et pas seulement à cause du mal de mer.

— Tu en as tout de même moins souffert cette fois-ci… Anne aussi, d'ailleurs.

— Grâce à toi.

— Grâce au capitaine plutôt qui m'a conseillé de vous faire prendre l'air plus souvent.

— Dieu merci, nous sommes tous en santé. Quand je pense à ces pauvres gens qui sont morts au cours de la traversée et qu'on a dû jeter par-dessus bord… Brrr !

— Cinq en tout. Les pauvres gens qui les attendent sont bien plus à plaindre, maintenant.

— Oui, c'est vrai. J'ai hâte de retrouver les nôtres… De retrouver notre maison. Notre train de vie. Ce que j'en ai des choses à raconter à Isabelle !

— Lui diras-tu que la France t'a déçue ?

— La France ne m'a pas déçue, mais je ne saurais y vivre.

Élise refuse d'en dire davantage à Louis sur son désenchantement. En revanche, à Isabelle, elle racontera tout dans les moindres détails. Tout ce qui la fascinait de loin, tel un miroir aux alouettes qui l'a piégée là-bas. La mode, les belles toilettes, les mets raffinés, le bienséant, le bien-pensant. Le faste. L'étincelant. L'éblouissant. Tout ce qui contraste tant avec son mari, qui s'est toujours refusé à porter une perruque et à apprendre à danser. Elle avouera à sa confidente et amie comment, au début, elle en voulait à Louis de préférer le quai de La Rochelle aux salles de bal, ne lui laissant que le loisir d'admirer, avec Anne, les frisures et les parures de la dame Dupan. Elle lui confessera que, oui, elle a été sensible aux compliments de leur hôte. Que, oui, elle a aimé être courtisée par lui, tout comme elle aimait être courtisée par Philippe de Chatillon. C'était, pour elle, une manière d'être au diapason des dames de France. Il ne lui était jamais venu à l'esprit qu'aux yeux d'Eugène Dupan elle constituait une sorte de monnaie pour rembourser le loyer. Qu'une « minable créole du Canada » devant se sentir honorée de coucher avec lui. En dévoilant son vrai visage, le sieur Dupan a, par la même occasion, dévoilé celui de son Louis, pour qui elle a été et sera toujours une reine.

Élise se presse contre son mari, consciente que leur union est un bien précieux qu'elle rapporte de France. Évidemment, rien n'est parfait. Louis a déjà succombé aux faiblesses de la chair aux Pays-d'en-Haut mais, avec le temps, elle a compris qu'il ne l'avait jamais trompée dans son âme. Et puis, elle lui a fait drôlement expier ces écarts en laissant planer un doute sur ses sentiments à l'endroit de Philippe de Chatillon. D'exciter sa jalousie la vengeait d'avoir été cocufiée par des Indiennes. Mais c'est fini, tout ça. Philippe de Chatillon a finalement compris qu'il était vain de la courtiser dans le but de prendre Louis en défaut, et elle, elle a finalement pardonné à Louis. La mort de la femme et du fils de Grosse-Voix y a été pour quelque chose. Sait-on quand la vie nous privera de nos êtres chers ? Alors, cette vie, pourquoi la gâcherait-elle avec le passé de son mari ? Ce qui compte, n'est-ce pas qu'il soit là, à ses côtés, attentif et aimant ?

— Hum ! Hum ! émet soudain Anne.

D'un même mouvement, Élise et Louis se retournent et l'aperçoivent dans sa nouvelle toilette, les joues abondamment rougies et les cheveux retenus à la mode du jour avec un ruban à la Pompadour. Elle leur sourit, adorable et candide, se croyant plus belle que nature ainsi.

— Une vraie princesse, complimente Louis, se gardant bien de signaler qu'elle a un peu trop insisté sur le fard au point de ressembler à une Indienne peinte de vermillon.

Ravie, l'adolescente pivote sur elle-même, jouissant du frou-frou de son ample jupe de satin, puis, adoptant les manières d'une dame du monde, elle vient s'insérer entre eux. Pendant un long moment, appuyée au bastingage, Anne demeure silencieuse, semblant observer le paysage, puis, d'une voix timide, elle demande :

— Papa, est-ce que je pourrais suivre des cours de danse ?

— Tu sais bien que les religieuses désapprouvent une telle chose.

— Quand j'aurai fini d'étudier chez elles, est-ce que je pourrai ? J'aimerais bien savoir danser le menuet et le contrepoint, comme la dame Dupan.

— Même si elle sait danser, la dame Dupan restera laide. Une belle fille comme toi n'a pas besoin de savoir danser. Et puis, tu es jeune encore.

— Frédéric avait mon âge quand il a eu son maître d'escrime, souligne-t-elle.

— Oui, mais Frédéric est un garçon.

À regret, Louis voit Anne baisser tristement les yeux vers les vagues que soulève le passage du bateau. Il sait son explication réfutable, mais il n'a pas le courage de lui avouer l'état critique de ses finances, même si, avec elle, il a développé la complicité qu'il rêvait de développer avec Frédéric. À bien des égards, Anne lui ressemble et, si ce n'était de son sexe, elle pourrait lui succéder. Elle possède le sens et le goût des affaires. Lorsqu'ils occupaient le logis d'Eugène Dupan, elle traversait souvent dans la boutique qui y était attenante, rendant de menus services tout en s'informant sur les marchandises. Un jour, elle lui fit part d'un projet de confection de vêtements chics à Montréal. Louis en fut renversé. Presque rien n'avait échappé à cette fille de treize ans. Elle avait considéré le prix du fil, des boutons, des rubans, de la soierie, du velours et du tissu qu'il fallait importer, y avait additionné le coût du transport, et, se basant sur le salaire donné aux couturières de capots de traite, elle avait établi un prix de vente qui concurrençait avantageusement les vêtements tout faits, importés de France. Jusqu'à cet instant, il ne s'était pas aperçu que sa fille présentait autant d'affinités avec lui et il se le reprocha. Qu'elle ait eu si jeune cette idée qu'ils se suffisent à eux-mêmes en matière de vêtements le remplissait de fierté. Hélas, elle avait omis de calculer les lourdes taxes que la métropole impose à ses colonies. « Quelle injustice ! » s'était-elle exclamée lorsqu'il lui signala cet oubli. Sans le savoir, sa fille épousait un courant de pensée qui gagne en popularité chez les marchands montréalais. Par ces taxes, la France limite l'expansion et la diversification de leur économie, tout comme font également les taxes de l'Angleterre chez leurs voisins du Sud. Devront-ils un jour se détacher de leur couronne respective pour atteindre l'autonomie financière et établir entre eux des ententes ? Selon certains, cet aboutissement est envisageable, selon d'autres, utopique à cause de la guerre. Personnellement, Louis préférerait échanger des produits avec les Anglais plutôt que des boulets de canons.

L'homme pousse un soupir. Il aimerait bien offrir des cours de danse à sa fille, mais, s'il n'obtient pas de permis de traite, il ne pourra même plus défrayer son pensionnat chez les sœurs de la congrégation Notre-Dame. Il accorde un regard suppliant au clocher de Sainte-Anne-de-Beaupré à la veille d'être masqué par l'île d'Orléans. Faites-le pour ma fille à qui j'ai donné votre nom… Deux congés pour Détroit, au moins trois pour Makinac, invoque-t-il intérieurement.

Inexplicablement, il semble soudain à Louis qu'en étendant sur sa fille la protection de sa puissante patronne, il vient d'augmenter ses chances de voir ses vœux exaucés.

— On verra une fois au pays, ma princesse, lui promet-il.

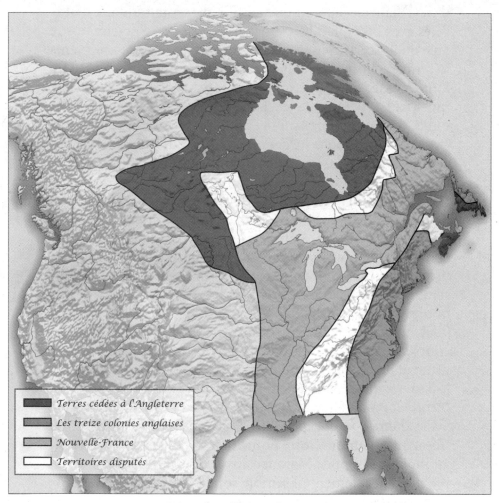

Le traité d'Utrecht, 1713.

Légende:
- Terres cédées à l'Angleterre
- Les treize colonies anglaises
- Nouvelle-France
- Territoires disputés

Chapitre 26

Son champ de bataille

1756, 31 mai, Basse-Ville de Québec.

Pierre Passerat de la Chapelle pénètre dans l'église déserte de Notre-Dame-des-Victoires. Arrivé depuis trois jours en tant qu'officier volontaire pour la campagne en Canada, il ressent le besoin de se recueillir. De son pas militaire, il s'avance dans l'allée centrale, satisfait d'entendre bruire le cuir de ses grandes bottes cirées. Parvenu au premier banc, il s'agenouille au prie-Dieu en prenant soin de déplacer son épée vers l'arrière. Ce geste qui l'a toujours ravi, aujourd'hui, l'émeut.

Pendant un moment, il se laisse distraire par le retable de bois décoré par le ciseau d'un sculpteur. Quel contraste avec la modeste chapelle[1] sur la seigneurie de son père où il s'arrêtait au hasard de ses promenades estivales, y bénéficiant de l'ombre rafraîchissante et de la quiétude.

Là, doucement, l'atmosphère du lieu le pénétrait. En présence de l'autel fait d'une seule pierre monumentale, il communiait avec la ferveur de ses ancêtres qui, depuis des générations s'étaient prosternés devant lui.

L'esprit en ébullition, le jeune officier ne parvient pas à retrouver son état d'âme d'alors. Tant d'événements, de

---

1. Chapelle de Saint-Claude de La Balme.

sentiments, d'impressions se bousculent en lui. Bien qu'il soit rendu au bout du monde, il se sent encore un peu chez lui à cause de la falaise qui surplombe la Basse-Ville, semblable à celle qui surplombe le vignoble de sa famille, le protégeant ainsi des vents dominants. À cause aussi du château du gouverneur, bâti sur le promontoire comme l'est le château de son père sur un piton. C'est lorsqu'il parcourt les rues de la ville de Québec qu'il est dépaysé, y croisant une faune bigarrée d'Indiens et de coureurs des bois, de paysans et de citadins, de soldats et de religieux. Ce monde diffère tellement de celui d'ordre et de discipline dans lequel il a grandi. Ici, tout est à la va-comme-je-te-pousse, à l'exception des troupes arrivées de France.

Le bruit des activités qui règnent au quai du roi le dérange. Des ordres brefs lui indiquent que l'on achève de décharger *Le Léopard*. Dès que ce sera terminé, on acheminera cette flûte dans la rade afin d'éviter la contagion de la mystérieuse maladie qui s'est déclarée à son bord et qui a fait de nombreuses victimes au sein des bataillons et des membres d'équipage.

Plusieurs soldats sont déjà morts et les plus gravement atteints ont été transportés à l'hôpital. Quel malheur de mourir d'une si bête façon sans avoir combattu ! Quelle perte aussi pour cette colonie dont les forces sont nettement inférieures à celles de leurs adversaires ! C'est presque un miracle qu'on demande au marquis de Montcalm[2] de les vaincre, mais le lieutenant de la Chapelle ne doute pas de la détermination de son commandant. Ni de la sienne. Il est ici pour défendre et conserver cette colonie à la couronne française. Les forces sont disproportionnées[3] ? Soit. Cela lui permettra de s'illustrer et de faire honneur au nom qu'il porte.

---

2. Louis-Joseph, marquis de Montcalm : maréchal de camp et commandant des troupes envoyées de France.
3. Aux soixante mille Anglais à qui rien ne manquait, Montcalm n'avait à opposer que douze mille à quatorze mille hommes, parfois mal nourris, mal chaussés et mal payés. La population de la colonie française était de quatre-vingt mille habitants, tandis que la colonie anglaise comptait un million deux cent mille habitants.

De tout temps, il a su qu'il serait militaire. C'est dans le sang. Dans la famille. Dans le château où, par la meurtrière de la tour d'entrée, son imagination enfantine voyait déboucher des ennemis qu'il terrassait toujours en dépit de leur nombre et de leur bravoure. Son père s'était distingué dans la carrière des armes avant d'être nommé prévôt de la maréchaussée du Bugey, et deux de ses frères aînés ont étudié comme lui à l'école militaire de Strasbourg. Lui seul, cependant, se retrouve ici.

Dès le début des hostilités[4], il a opté pour le Canada. Sa mère aurait préféré qu'il choisisse l'Inde plutôt que ces arpents de neige. En réalité, il a tout simplement choisi un champ de bataille. C'est là où il manque des hommes qu'un officier âgé de vingt-deux ans comme lui a des chances d'avancement. À preuve, de sous-lieutenant, le voilà incorporé par le marquis de Montcalm comme lieutenant en premier dans les compagnies de la Marine royale. De plus, il a été désigné adjoint au capitaine Pouchot, qui est chargé de la direction des travaux de génie. Cette affectation le comble. Doué en mathématiques, il se passionne pour le caractère technique du génie militaire. Construire des ponts et des enceintes, diriger des travaux de siège, entretenir des voies de communication sont autant d'opérations qui contribuent à la victoire. Ses études dans le domaine lui ont appris qu'au courage de l'épée, il faut allier le labeur de la pelle. « Parfois détruire, souvent construire, toujours servir », telle est la devise de l'école[5] qu'il a fait sienne.

Hier, il a visité les fortifications de Québec qu'il juge inadéquates sur bien des points. L'état des murailles et de leurs bastions laisse à désirer, alors que les fossés sont

---

4. La guerre de Sept Ans (1756-1763) opposa la Grande-Bretagne et la Prusse à la France, l'Autriche et leurs alliés. Ses causes furent la rivalité économique et coloniale franco-anglaise en Amérique du Nord et dans l'Inde, ainsi que la volonté de Marie-Thérèse d'Autriche de reprendre la Silésie au roi de Prusse.
5. L'école du Génie militaire créée par Vauban, commissaire général des fortifications sous Louis XIV.

inachevés ; les portes de la ville ne ferment point ; le quartier de l'intendance et le faubourg Saint-Roch sont sans aucune protection et la Basse-Ville est défendue par cinq batteries de six, sept ou huit canons en mauvais état. Il appert qu'on a trop misé sur la configuration des lieux et sur l'invincibilité de la falaise. À son avis, la première correction à apporter serait d'installer un dispositif permettant d'isoler la Haute-Ville. Ainsi, advenant le cas où l'ennemi s'emparerait de la Basse-Ville, il ne pourrait envahir la Haute par le chemin de la Montagne qui les relie.

Déjà, dans sa tête, s'ébauche des travaux rendant inexpugnable cette ville dont dépend le salut du Canada. Le jeune officier s'y attarde par pur plaisir de jongler avec ses connaissances puis les abandonne. Pour l'instant, ce n'est pas ce qu'on attend de lui.

Avant de lui transmettre les instructions du marquis de Montcalm, on lui a dressé un portrait de la situation. Il faut d'abord savoir qu'avec l'île Royale[6] et la Louisiane, le Canada fait partie de la Nouvelle-France et en est, en quelque sorte, le cœur. Le Canada couvre un immense territoire de l'embouchure du Saint-Laurent jusqu'aux pieds des montagnes Rocheuses. Sa superficie à elle seule équivaut à plus de trois fois celle des treize états réunis de la colonie anglaise. Cependant, sa frontière avec cette colonie n'a jamais été déterminée, chacune des couronnes revendiquant les mêmes limites donnant accès aux fourrures ou aux pêcheries. Pendant longtemps, une guerre larvée eut cours dans le voisinage de ces limites floues mais, en 1754, elle se déclencha ouvertement dans la vallée de l'Ohio. Et, l'année suivante, en Acadie où les Anglais ont décrété la déportation de milliers de leurs sujets par crainte que ces derniers ne rompent leur promesse de neutralité[7]. Par conséquent, de nombreux réfugiés acadiens se retrouvèrent à Québec où il manquait déjà des vivres. Il en

---

6.   Île Royale : île du Cap-Breton située à l'entrée du golfe Saint-Laurent.
7.   Les Acadiens étaient sujets britanniques depuis le traité d'Utrecht de 1713. À la fin de 1755, de six mille à sept mille d'entre eux étaient déportés pendant que deux mille autres avaient passé en Nouvelle-France.

résulta une grande misère qu'un hiver des plus rudes ne fit qu'amplifier [8]. Du point de vue de la stricte logique militaire, la déportation de sujets risquant de passer dans le camp ennemi s'explique, mais Pierre Passerat de la Chapelle espère n'avoir jamais à exécuter un ordre du genre.

En résumé, c'est dans une colonie déjà affaiblie par les conflits qu'il va servir le roi, et ce, sous un commandement bicéphale. Gouverneur général du Canada, le marquis de Vaudreuil [9] est le commandant suprême et Montcalm, le commandant des troupes expédiées par le ministre de la Guerre. Les miliciens relèvent de Vaudreuil et leurs troupes sont nommées selon leur gouvernement respectif, soit celui de Québec, de Trois-Rivières ou de Montréal. C'est dans ce dernier gouvernement que se trouvent les miliciens les plus aguerris, car ils comptent dans leurs rangs des voyageurs et des coureurs des bois, considérés comme l'élite. Rompus à l'aviron, aux courses en forêt, aux portages et à la rigueur du climat, ces hommes combattent à l'indienne et, par leur pratique de la chasse, ils tirent avec une précision remarquable. Cependant, on les dit fort indisciplinés et enclins à agir de leur propre chef. Pour cette raison, on les utilise comme éclaireurs ainsi que pour de dangereuses expéditions.

Les instructions du marquis de Montcalm concernant la manière de se comporter envers les miliciens sont on ne peut plus claires. Les soldats devront faire bon ménage avec ces derniers et éviter le terme « créole du Canada » qui les irrite. Avec eux, ils devront exécuter les manœuvres et, dans les déplacements, leur laisser la conduite parce que ces hommes connaissent le réseau des rivières qui, ici, tiennent lieu de routes. En cas de dispute, il faudra en rendre compte à un supérieur.

---

8. « On avait transporté de Miramikick (Miramichi) un grand nombre de familles acadiennes… mais le comestible étant devenu rare, ils se virent aussi malheureux qu'à Miramikick… la plupart moururent. »
— Mémoire du Canada, RAPQ, 1924-1925.
9. Pierre Rigaud de Cavagnal, marquis de Vaudreuil, Canadien de naissance, fut gouverneur de la Louisiane de 1743 à 1755 et gouverneur du Canada de 1755 à la fin du régime français en 1760.

Mais, de dispute, Pierre Passerat de la Chapelle veillera à ce qu'il n'y en ait point en donnant lui-même l'exemple. Sans les connaître, il éprouve une certaine sympathie à l'endroit de ces miliciens qui, enrôlés sous peine de mort, se voient dans l'obligation de se séparer de leur famille et de négliger leur terre ou leurs travaux sans être le moindrement rémunérés. Les Indiens bénéficient d'un meilleur traitement, puisque leur femme et leurs enfants sont nourris par le roi en leur absence et qu'ils ont droit à une part des prisonniers et du butin de guerre, sans compter la prime touchée pour chaque scalp rapporté.

Un frisson d'horreur le parcourt à la pensée de ces chevelures que, d'un habile coup de couteau, on prélève sur le crâne. En comparaison avec les tortures infligées à leurs prisonniers, les scalps ne sont rien, l'a-t-on prévenu. Par la terreur que les Indiens inspirent, leur participation à la campagne pallie l'infériorité des forces françaises. En un mot, cette participation est un mal nécessaire, et le lieutenant de la Chapelle devra s'habituer à surmonter son dégoût et à cacher son indignation s'il veut remporter des victoires aux côtés de ces barbares. Lui vient à l'esprit la médaille qui constitue la plus haute distinction accordée à un guerrier. À l'effigie du roi sur une face, elle illustre, sur l'autre face, un Indien et un soldat français qui se donnent la main. Voilà ce qu'on attend de lui : agir de concert avec le barbare pour mieux servir le roi et son pays. Voilà ce qu'il fera au moment opportun. Dans l'immédiat, on lui demande de se tenir prêt à partir avec ses hommes pour Niagara, que le capitaine Pouchot a pour mission de fortifier. Cet endroit des plus éloignés constitue, à l'Ouest, la clé du Canada. Ils y seront conduits en barques et en canots d'écorce par des miliciens avec qui les soldats fraîchement débarqués devront s'entendre, ce à quoi il veillera scrupuleusement.

Sa ligne d'action tracée, Pierre Passerat de la Chapelle se recueille enfin, envahi par l'heureux pressentiment que lui inspire cette église au nom prédestiné de Notre-Dame-des-Victoires.

Chapitre 27

Père et fille

11 juin, lac des Deux-Montagnes.

Par moments, des nuages voilent la pleine lune, éteignant tout reflet sur le lac. En dépit du faible risque d'être repéré, Louis La Ramée ressent baisser la tension dans tout son être lorsque l'obscurité les enveloppe. Il n'est plus d'âge pour cette sorte d'aventure et ce n'est pas uniquement parce que sa vieille blessure à l'épaule le fait souffrir. Auparavant, le risque le grisait. Maintenant, il le fait réfléchir aux conséquences. Quelle honte ce serait pour lui et pour sa famille qu'il soit réduit au carcan sur la place publique ou, pire, qu'il soit brûlé au fer rouge !

À la pince avant, Nicolas Vaillant pagaie avec constance et vigueur. Âgé de douze ans, il a hérité de la force herculéenne de son père dont il ne pourra toutefois pas suivre les traces à cause de ses problèmes de vision. Incapable de chasser et de s'orienter en dehors des limites de son environnement, Nicolas se débrouille cependant très bien sur la ferme, où il a appris à surmonter son handicap.

Le pauvre garçon a tellement insisté pour l'accompagner que Louis a accepté, un peu par pitié, mais maintenant, il s'en félicite. Sans la régulière et appréciable traction qu'exerce ce garçon, il n'aurait pu accomplir sans s'exténuer la traversée, aller-retour, entre le Bout-de-l'Île et la mission de Deux-Montagnes où un neveu du « petit homme du Diable » l'a mis en relation avec un fournisseur de marchandises anglaises.

Quelle dégringolade ! De marchand bourgeois, il deviendra un colporteur visitant les côtes à la recherche de pelleteries. Finie, pour lui, la récolte de beaux castors gras. Désormais, il devra se contenter de la fourrure des rats musqués, piégés en grand nombre sur le pourtour de l'île de Montréal, à laquelle s'ajouteront quelques fourrures de loutre, de raton-laveur et, avec de la chance, de martre. Parfois des peaux de chevreuil ou d'orignal ainsi que des produits de la chasse, de la pêche ou de la ferme. Tout sera à échanger contre certaines denrées et marchandises dont les habitants ont besoin. En faisant affaire avec lui, ces derniers éviteront le voyage à la ville où leurs fourrures et produits ne serviraient qu'à diminuer le montant de leur dette dans le livre de créances du marchand.

Que de misère ! Même Modrière en arrache. L'oligarchie s'est emparée du commerce et, bientôt, elle accaparera le comestible. Dans la ville de Québec, la Société du Canada a fait bâtir un entrepôt où aboutissent toutes les cargaisons venues de France, éliminant ainsi les négociants au sein desquels existait une saine concurrence pour ravitailler les magasins du pays. Maintenant, il n'y a qu'un seul prix en cours dans cet entrepôt, baptisé *La Friponne* par le peuple, et ce prix-là est excessif[1]. Plusieurs marchands de la ville de Québec sont repassés en France et ceux qui restent peuvent à peine suffire à leurs besoins.

À Montréal, la Société a mis sur pied une seconde Friponne, mais Varin, commissaire-ordonnateur et grand ami de Bigot, veille à ce que cette maison n'empiète pas sur le domaine de la fourniture des forts et des postes de traite qui est sien. Que de profits en perspective avec toute l'armée de Montcalm qu'il faudra transporter, nourrir et loger !

---

1. « Mon établissement ici me donne beaucoup de peine ; tout est d'une cherté horrible… »
   — Montcalm, lettre du 15 juin écrite à sa mère.

C'est contre les profiteurs de guerre qu'il faudrait faire la guerre. Ils sont plus nuisibles au pays que ne le sont les Anglais. Lui, il le voit se dégrader, le pays. Il le voit s'appauvrir. Réquisitionnés pour des expéditions, les habitants ne parviennent pas à s'occuper de leur terre convenablement, et les femmes restent souvent seules avec les vieillards et les enfants, veillant à tout, manquant de tout. La monnaie de cartes circule allègrement, mais elle ne vaut que des promesses. Le commerce du ginseng s'étant effondré, il n'y a que la fourrure comme valeur sûre, mais elle abonde dans les Pays-d'en-Haut où la clique à Bigot a la mainmise. Cette année encore, perruque et courbettes de Modrière n'ont pas réussi à leur obtenir l'ombre d'un permis et ils ont renoncé à ceux offerts gratuitement pour la destination du fort Duquesne. L'expérience désastreuse de l'an passé leur a suffi pour comprendre la raison de cette soudaine libéralité des permis de traite. Modrière et La Ramée associés ont failli y perdre hommes et bagages tant les portages y sont ardus, la situation explosive et l'approvisionnement en vivres impossible. Le jeu n'en vaut vraiment pas la chandelle, d'autant plus que Poing-de-Fer et son équipage se sont bien juré de ne jamais y retourner.

Un rayon de lune se faufile, promène sa lumière sur le rivage de l'île de Montréal au loin. Avec ce vent d'ouest qui les pousse, ils y accosteront dans une heure environ, pour autant qu'ils maintiennent la cadence. Louis sait être en mesure de tenir bon malgré la douleur qui le tenaille, mais qu'en est-il de son jeune compagnon?

— Alors Colas, ça va à l'avant? lance-t-il, discernant la silhouette massive du garçon.

— Ça va, sieur La Ramée.

— Pas trop fatigué?

— Pas fatigué du tout.

— Alors, dans une heure, nous y serons.

L'absence d'essoufflement dans la voix de Nicolas et la régularité de ses mouvements rassurent Louis. Pour rien au monde, il ne voudrait abuser de ce fils de Pierre Vaillant avec qui un certain rapprochement s'est opéré depuis que

Frédéric et Jean se sont enrôlés ensemble dans les troupes de la Marine. Sans avoir échangé un seul mot sur le sujet, ils se sont compris, en tant que pères, chacun se demandant pourquoi son fils ne profitait pas du sillon tracé et chacun cachant son inquiétude afin de ne pas alarmer son épouse.

L'odeur et le clapotis de l'eau plongent Louis dans ses souvenirs, à l'époque où il était maître de canot. Il revoit sous sa gouverne le jeune Pierre Vaillant qui, par amour pour son Isabelle, cherchait à lui fausser compagnie, alors que lui, par amour pour son Élise, ne songeait qu'à exploiter ce condamné à l'exil.

La passion les a motivés l'un comme l'autre. Sans Élise, Louis sait très bien qu'il n'aurait pas accompli l'impossible, ni même commis l'inadmissible pour devenir marchand bourgeois. Mais elle était là, qui croyait en lui. Toujours là, dans son cœur. Dans sa pensée. Dans ses muscles tendus par l'effort. Dans ses audaces, ses ruses, ses négociations. Pour elle, il surmontait la fatigue comme il surmonte aujourd'hui la douleur qui s'intensifie à chaque coup de pagaie. Car elle est encore là, confiante qu'il saura les préserver de la misère. Elle est là, à travers Anne. Encore une petite heure, ma princesse, et j'accosterai avec notre cargaison, songe Louis, anticipant la satisfaction de sa fille à la vue des articles qu'il rapporte.

Oui, cette cargaison est bel et bien la leur, car c'est Anne qui l'a inspiré à se lancer dans cette aventure. « N'y aurait-il pas moyen de ramasser les fourrures d'En-Bas ? » lui avait-elle demandé ce printemps lorsque Modrière et La Ramée associés se sont résignés à louer leur flotte de canots, faute de permis de traite. Louis creusa avec elle la question, établissant d'emblée que seul le marché clandestin pourrait leur permettre quelques profits. Elle n'y voyait pas d'inconvénients. Cela comportait également des risques, mais elle se disait prête à les courir avec lui, s'offrant ainsi à devenir sa partenaire d'affaires et sa complice.

Dans l'esprit de Louis, le sourire de sa fille se confond à celui d'Élise, tout comme l'amour qu'il éprouve pour chacune d'elles se confond dans son âme et dans ses actions.

Anne possède sur lui le même pouvoir que sa mère. Il suffit qu'elle le regarde pour que naisse dans sa carcasse usée un regain d'énergie. En sa compagnie, il a moins mal et se sent moins vieux. Par les chemins défoncés menant chez Pierre Vaillant dont il utilise le canot, elle fredonnait à ses côtés comme fredonne sans cesse sa mère et cela lui donnait foi en leur projet.

Anne est un vrai cadeau du ciel et il se tracasse de n'avoir plus de dot décente à lui offrir, une partie de celle-ci ayant servi à éponger des dettes et l'autre partie à défrayer des leçons de danse. Il aurait dû profiter plus judicieusement des derniers permis obtenus lors de son retour de France, soit celui pour Détroit et les deux pour Makinac. Leur octroi tenait presque du miracle, mais il voulait tellement faire plaisir à Anne. Quel mauvais calcul! Maintenant qu'elle connaît les pas du menuet et du contrepoint, elle n'aura pas l'occasion de les exécuter. Du moins, pas dans l'immédiat. Mais, qui sait? Avec Anne à ses côtés, l'espoir est permis.

La lune réapparaît, entière, baignant dans sa lumière bleue l'île Cadieux à sa droite. Dans une petite heure, ma princesse, j'accosterai avec notre cargaison, se répète Louis, prenant soudain goût au risque comme au temps de sa jeunesse.

*

Une semaine plus tard, sur le chemin menant à la porte des Récollets de la ville de Montréal.

Gris de poussière, mal nourri depuis longtemps, Caporal clopine, traînant la grossière charrette sous la conduite d'Anne. Il n'y a pas si longtemps, le même cheval trottait vaillamment sans un brin d'écume sur sa belle robe noire. Ce souvenir devrait serrer le cœur de Louis, mais, curieusement, il n'en est rien. Ce qu'il rapporte de sa tournée dans les côtes le rend heureux. Le bonheur semblant déplacé en ces temps difficiles, il le savoure en secret.

Anne et lui ont procédé à des trocs avantageux, mais son bonheur ne vient pas de là. Non, il vient tout simplement d'Anne. Et lui. Œuvrant ensemble. Jamais il n'aurait cru qu'avec sa fille il puisse développer une telle complicité. Les voilà unis en dehors des liens du sang et en dépit des années qui les séparent, lui, communiant avec son enthousiasme, elle, profitant de son expérience.

Ensemble, ils ont subi le harcèlement des moustiques et les cahots des routes remplies d'ornières, cheminant parfois sous la pluie, parfois sous le soleil ardent, mais rien de tout cela ne les a découragés. À l'approche de chaque habitation de bois équarri, ils y voyaient un défi à relever. Une trouvaille à faire. Si, au début, ils recherchaient surtout des fourrures, ils ont vite réalisé que se munir, par exemple, d'un restant de tabac chez l'un pouvait leur permettre d'obtenir, chez l'autre, un surplus de sucre du pays en échange duquel une tierce personne leur refilait finalement des fourrures. Tout dépendait des besoins et des offres de chacun.

Anne s'adaptait aux gens avec une facilité étonnante. Polie, bien éduquée, mais sans affectation, elle gagnait facilement les cœurs. Rien n'échappait à son sens de l'observation. Des couches séchaient-elles sur la corde qu'elle s'informait du bébé, suggérant qu'une couverture en peaux de lièvre nattées saurait le garder bien au chaud l'hiver venu, couverture que, par hasard, ils avaient justement sous la main. Louis entrait alors en action, négociant la valeur de ladite couverture et, cela, sans abuser de la situation, soucieux de fidéliser leur future clientèle.

Ah! Quel tandem efficace ils ont formé! Et avec quelle fierté, une fois seuls sur la route, ils se relataient leurs bons coups! Louis projette déjà d'étendre la tournée dans les côtes situées au nord de la ville, telles celles des Neiges, de Saint-Michel, de Saint-Laurent, de Notre-Dame de Liesse et des Vertus, puis, plus tard peut-être, dans les côtes gagnant vers Rivière-des-Prairies à l'est. En se rendant ainsi directement chez les habitants, leur tandem court-circuite les marchands de la ville, tout comme les coureurs des bois court-circuitent le monopole de la Compagnie des Indes en se rendant chez les Indiens d'En-Haut. En-Bas, les risques sont moins grands, mais ils existent tout de même, notamment celui de se faire pincer en voulant franchir les portes de la ville. Officiellement, le sieur La Ramée est sorti avec sa fille en quête de bois de chauffage et il en rapporte un plein chargement sous lequel sont cependant cachées, dans le double-fond de la charrette, fourrures et marchandises prohibées. Serait bien zélée la sentinelle qui les obligerait à tout décharger pour fin d'inspection.

Louis jette un coup d'œil à sa fille, étonné par son silence et son air songeur.

— Tu t'inquiètes pour la porte, ma princesse ?

Anne sursaute.

— La porte ?

— Oui, le passage de la porte. Nous approchons de la porte des Récollets… Cela t'inquiète ?

Elle égrène un rire insouciant.

— Il n'y aurait que la présence de Frédéric pour m'inquiéter aux portes, mais le voilà parti avec Jean Vaillant pour le fort Kataracoui.

— Ton frère ne nous dénoncerait pas, voyons.

— Non, mais quel embarras ce serait pour lui ! Et pour nous ! J'aime mieux avoir affaire à des étrangers.

— Moi aussi, ça va de soi. Alors, est-ce Jean Vaillant qui te rendait si songeuse ?

— Jean Vaillant ! Comment pourrait-il me rendre songeuse ?

— Comme ton frère rend songeuse Angélique, insinue Louis.

Nouveau rire d'Anne.

— Ce n'est pas parce qu'Angélique est amoureuse de mon frère que je suis amoureuse du sien. De toute façon, les militaires…

— Ils ne te plaisent point, les militaires ?

Anne hausse les épaules. Elle ne saurait dire ce qui l'agace chez les militaires. Peut-être est-ce l'obéissance à laquelle ils se soumettent volontairement. En endossant l'uniforme, leur vie ne leur appartient plus vraiment, tout comme la vie d'une fille ne lui appartient plus lorsqu'elle revêt le costume d'une communauté religieuse. Sans doute a-t-elle hérité dans ses gènes de ce penchant pour la liberté dont elle goûte les ivresses depuis une semaine. Ah! Oser. Agir. Entreprendre. Risquer. Faire un pied de nez à l'adversité, plutôt que de broder à la maison en rêvant de briller dans une salle de bal. Voilà qui est excitant. Il lui tarde de renouveler l'expérience.

— Je pensais au sel, avoue-t-elle.

— Fichu sel! Tous les habitants en réclament.

— Y a-t-il moyen de leur en procurer?

— Les profiteurs de guerre ont mis la main sur le sel, tu penses bien. Il est dans un entrepôt bien gardé à Québec. La majeure partie est réservée pour les pêcheries, mais il en faut aux habitants pour faire des provisions de lard… Et des provisions, avec c'te guerre, il va falloir en préparer en grande quantité. Déjà qu'il en manque. Les gens de l'expédition du fort Bull[2] ont failli mourir de faim.

— Angélique m'a dit que son père était revenu amaigri de cette expédition, mais qu'il leur avait tout de même rapporté du chocolat. Tu te rends compte?

— Du chocolat, alors qu'ils ont dû manger les chevaux pris aux Anglais? C'est digne de Poing-de-Fer, pareille histoire, commente Louis, un tantinet jaloux de l'admiration qu'il perçoit dans l'expression de sa fille.

— Selon Angélique, c'est parce que le capitaine de milice a pris son père en grippe qu'il le réquisitionne sans arrêt. Il était pas sitôt revenu du fort Bull qu'il a dû repartir…

— Ouais, pour soi-disant empêcher les Anglais de rebâtir le fort Bull, mais, d'après moi, c'est plutôt pour préparer une attaque sur celui de Chouaguen[3]. C'est point

---

2. D'une durée de quarante-quatre jours, cette expédition, entreprise en plein mois de février, se composait d'environ trois cents Canadiens et Indiens, et de soixante soldats volontaires sous la direction de Chaussegros de Léry. Le 27 mars 1756, ils firent sauter le fort Bull, détruisant ainsi les vivres et les munitions destinés à l'approvisionnement du fort Chouaguen.
3. Le 18 mai 1756, le marquis de Vaudreuil fit partir du côté de Chouaguen un corps d'observation composé de six cents Canadiens sous la conduite de Coulon de Villiers.

un hasard si ton frère et Jean se trouvent au fort Kataracoui [4] qui en est presque vis-à-vis, de l'autre côté du lac Ontario.

— Avec Jean qui est parti aussi, madame Vaillant a de quoi s'inquiéter… C'est une bonne chose que tu sois vieux.

— Vieux? Comment ça, vieux? Soixante-six ans, ce n'est pas si vieux… Du moins si je me compare à Boitillon.

— Mais ce l'est assez pour ne pas servir dans la milice et rester ainsi auprès de maman et moi, explique Anne, une lueur coquine dans les yeux.

— Même si les vieux miliciens n'ont pas encore été rappelés, l'âge a ses bons côtés, reconnaît Louis, touché par cette déclaration affectueuse.

— D'après toi, serviront-ils un jour, ainsi que les plus jeunes?

— Le jour où tous les miliciens entre seize et soixante ans devront prendre les armes, je ne donnerai pas cher de notre victoire.

— Avec les troupes fraîchement débarquées, j'ai bon espoir que ce jour n'arrivera pas. On les dit troupes d'élite.

— C'est à souhaiter, ma princesse.

Ma princesse. Cette appellation de tendresse fait sourire Anne. À son retour de France, elle se croyait un peu princesse, comme si la simple vue de Versailles l'avait hissée d'un cran dans la société. Avec quelle admiration béate Angélique et sa sœur Hélène l'écoutaient narrer son voyage lorsque son père emmenait la famille séjourner chez les Vaillant! Bien malgré elle, Anne se sentait supérieure à ces habitantes qui portaient, le dimanche, les vieilles nippes qu'elle leur refilait. D'autres facteurs contribuaient également à renforcer ce sentiment de supériorité dont celui, non négligeable, que leur père travaillait pour le sien. De plus, Anne habitait à la ville dans une grande maison de pierre et elle avait appris à lire, écrire, calculer, coudre, broder et danser. Tout cela sans avoir à participer à de durs travaux en

---

4. Fort Kataracoui: aussi appelé fort Frontenac, était situé à l'embouchure de la rivière Kataracoui, à l'emplacement actuel de la ville de Kingston.

retour. Il en était de même pour Frédéric qui enseignait à Jean les rudiments de l'escrime au moyen d'épées de bois. Elle comprend Angélique d'être amoureuse de son frère qui fait figure de prince autant qu'elle, elle fait figure de princesse.

Une bien drôle de princesse aux vêtements empoussiérés et enduite de graisse d'ours pour minimiser l'assaut des moustiques, songe Anne sans amertume. Cette tournée dans les côtes a été pour elle une révélation et une grande leçon d'humilité. Révélation sur elle-même et sur les habitants qu'elle regardait du haut de son statut social. Auparavant, lorsque les La Ramée se rendaient chez les Vaillant, ils passaient outre devant les maisons de colon, s'arrêtant seulement dans les relais et les cabarets, mais, cette fois-ci, son père et elle ont fait du porte à porte. Et partout ils furent accueillis avec la même hospitalité, se faisant offrir le gîte et le couvert, tout humbles fussent-ils. Repas de tourtes, de poissons agrémentés de boutons d'asclépiade et de petites fraises, paillasse et coin du feu à partager. Cette fruste convivialité contrastait avec la misère de la ville où se multiplient les mendiants et les désœuvrés. Dans les côtes, point de mains tendues ni de jérémiades. D'une étoile à l'autre, les mains travaillent à récolter les fruits de la forêt et de la terre. Dans les côtes, point de vols de pain, de bois ou de vêtements, mais de l'entraide pour ensemencer le blé sur une plus grande échelle, pour remplacer à la hache et à la scie l'homme absent, pour tondre et filer la laine. Dans les côtes, point de honte ni d'abandon de la lutte. Les gens allaient en sabots, en souliers indiens ou souvent pieds nus, riches des légumes naissant dans leur potager ainsi que des semences, cachées en prévision de temps encore plus durs. Riches aussi de leur ruse toute campagnarde à négocier serré avec son père.

Que de courage chez toutes ces familles ! Chez toutes ces femmes dont plusieurs avaient l'habitude du départ de l'homme pour les Pays-d'en-Haut. Des femmes telles madame Vaillant et ses filles. Anne les admire. Avec quelle ingéniosité Marie-Pierre s'était servi des filets de pêche tendus entre des arbres pour piéger des tourtes dont la plus grande partie fut fumée et l'autre, mise en captivité ! Débrouillarde et laborieuse, l'aînée des Vaillant l'impressionne. Mère de trois enfants dont un nourrisson de trois mois, Marie-Pierre sait tout aussi bien tenir les manchons de la charrue que l'aiguille à coudre. Cette année encore, elle a dû se séparer de Thomas dont les services furent loués en même temps que la flotte de canots. Jamais Anne n'a entendu Marie-Pierre s'apitoyer sur son sort. Au contraire, celle-ci cherche toujours à voir le bon côté des choses et sa gaieté naturelle incite au courage. Plus que toute autre, cette femme lui a fait prendre conscience que le statut social ne reflète en rien la valeur d'une personne.

À la vue des deux soldats de la Marine montant la garde à l'entrée de la ville, Anne réalise qu'elle retourne dans un univers qui n'est plus tout à fait celui de son enfance. Si le statut social y prime plus que jamais, celui des marchands s'y est effrité à la faveur de celui des profiteurs de guerre, comme dit si bien son père. Sortir de la maison et de la ville lui a permis de comparer la situation des habitants à celle des citadins. À la campagne, il y a des pauvres, certes, mais point des miséreux. Encore moins des désespérés qui abandonnent leurs enfants soit dans une église, soit sur les marches d'un couvent, d'un hôpital ou d'un séminaire. Entre ces deux univers, les marchands de tout acabit maintenaient un équilibre et servaient de pont, achetant des produits, créant des emplois et régulant les prix. À présent, à l'intérieur des murs de la ville, les mendiants abondent. Des veuves, des vieillards, des handicapés ayant survécu au terrible hiver. Des chômeurs aussi, incapables de dénicher de l'ouvrage. En vain, ils offrent leurs bras, mais on préfère employer ceux des soldats qui ne coûtent presque rien.

De lui-même, Caporal s'arrête alors qu'un gardien s'avance, lorgnant leur chargement. Anne lui adresse aussitôt un sourire enjôleur qui produit l'effet escompté.

— Bien le bonjour, mademoiselle, bredouille le jeune homme dont les joues s'empourprent.

Elle incline la tête, à la fois coquette et réservée, malgré sa toilette qui laisse grandement à désirer. Pendant que l'autre gardien vérifie les papiers que son père lui présente, celui-ci se contente de longer la charrette avant de revenir auprès d'elle.

— Du beau bois de chauffage, constate-t-il.

— L'hiver est si froid, soupire-t-elle.

— Avec ce bois, vous n'aurez point froid.

— Oh! Il nous en faut davantage. Notre maison est grande et...

Elle se penche un peu vers lui, poursuivant sur le ton de la confidence :

— ... mon pauvre père se fait vieux. Mon frère étant parti pour le fort Kataracoui, je dois l'aider.

— Je comprends, acquiesce-t-il, compatissant.

— Ça va, de ton côté, le chargement? s'informe son confrère.

— Rien à signaler. Tout est parfait, répond-il, osant lui lancer une œillade qui le fait rougir davantage.

Caporal reprend son pas fatigué et franchit la porte alors qu'Anne accorde un dernier regard au jeune soldat encore sous le charme. Grinçant de partout, la charrette bringuebale sur la rue Notre-Dame, le long du jardin des Récollets.

— Aussi facile que d'entrer dans un moulin, marmonne Louis. Cela ne m'a coûté qu'un peu de tabac à présenter avec les papiers.

— Et moi, qu'un sourire.

Chapitre 28

Fille et père

Au début de la lune des fruits sauvages (août),
rive est du lac Érié.

Assis au bord de l'eau, Tehonikonrathe regarde en direction
du soleil couchant. Sa fille est partie par là avec Félix et leur
fils de quatre ans.

Derrière lui, c'est le chaos engendré par l'eau-de-feu que
Deux-Vies a consommée. La solide Ikoué est anéantie, elle
qui déjà souffrait d'avoir à faire ses adieux à son fils Wapitik.
« Ikoué perd ses enfants », lui lance-t-elle sporadiquement
comme un blâme pour ce drame dont il n'est pas responsable. En vain, N'Tsuk tente de la consoler, mais, telle l'ourse
à qui on vient d'arracher le petit, Ikoué n'est que plaintes et
griffes sorties. Dans le campement en désordre, Nez-Partout
et Wapitik s'affairent à rapiécer leurs canots qui ont été
crevés à coups de hache par le Visage-Pâle dans le but d'empêcher sa poursuite. En silence, les deux cousins travaillent à
réparer ce qui peut l'être. Quant à Deux-Vies, qui s'est
enivré avec leurs compagnons tsonnontouans, il gît,
assommé par l'alcool et les coups. Demain, il s'éveillera, la
bouche pâteuse, l'œil abruti, penaud d'avoir frappé sa
femme que son rival a soustraite à sa rage pour l'emmener
avec lui.

Devant Tehonikonrathe, c'est le vide créé par le départ de Fait-Trembler-la-Terre, détentrice de la Parole et du oki. Voilà le lien entre les générations, rompu. Voilà l'arbre sectionné, ses racines désormais incapables de nourrir ses feuilles. Voilà sa vie défaite par le mauvais esprit de l'eau-de-feu.

Est-ce coincée entre le chaos et le vide que se trouvait sa grand-mère Aonetta quand elle s'était réfugiée près de la Grande Rivière, le visage tuméfié par les poings de son mari? Il n'était qu'un gamin à l'époque, mais il se souvient de l'avoir rejointe, cherchant à la consoler et à comprendre la violence subite de son grand-père. Elle lui avait expliqué que le vrai coupable était le mauvais esprit de l'eau-de-feu et, entre eux, il y eut un regard intense, gravé depuis dans sa mémoire. Sa grand-mère s'était départie de son amulette et la lui avait nouée au cou. «Voilà ton oki, ton bon esprit. Il te protégera.»

A-t-il commis une erreur en léguant cet oki à sa fille dans sa conviction que la coïncidence de sa naissance avec un séisme constituait un signe? Bien que de bonne foi, son geste n'était-il pas prématuré? Peut-être que Wapitik était désigné à le recevoir et non sa sœur. Les choses auraient été alors tout autres, car Wapitik serait demeuré auprès d'eux au lieu d'accepter le mariage avec une Iroquoise et de la suivre dans son village. Sans l'union de son fils avec une femme de la faction anglaise des Tsonnontouans, lui, le «petit homme du Diable», il n'aurait pas tant étendu son réseau. Par conséquent, jamais alors il n'aurait revu Ankwi dans le portage des chutes de Niagara et jamais Fait-Trembler-la-Terre n'aurait croisé le regard de ce coureur des bois nommé Félix.

Privée de la protection du oki, leur famille risque de se démanteler, mais Tehonikonrathe n'en tient pas rigueur à sa fille. Il la comprend. Lui aussi, avec N'Tsuk, il a connu les tourments et les ivresses de l'amour. De cet amour qui nous empoigne et auquel on ne peut échapper. On ne veut échapper. Heureusement, il a eu la chance de pouvoir prendre N'Tsuk comme seconde épouse, mais une femme ne peut pas avoir deux maris. Elle doit choisir lequel elle suivra. En réalité, Fait-Trembler-la-Terre n'a pas réellement choisi, puisqu'en l'agressant, Deux-Vies l'a chassée et que, en la défendant, Félix l'a prise. Qu'adviendra-t-il d'elle et de son fils qu'elle a nommé Niagara et qu'eux tous persistent à appeler simplement « Le Petit », dans un désir d'effacer l'origine de cet autre sang qui coule dans ses veines et qui l'a affublé d'un œil couleur noisette. Fait-Trembler-la-Terre succombera-t-elle aux pressions de faire baptiser cet enfant, se convertissant par la suite afin de n'en être pas séparée dans l'au-delà ? Puisse la petite tortue de pierre la guider et la protéger, souhaite Tehonikonrathe. Tant d'autres dangers la guettent dans ces contrées où l'orage de la haine est à la veille d'éclater.

Oui, bientôt, tambours et chants de guerre résonneront. Déjà, les haches sont dans les mains des guerriers qui attendent de savoir contre qui les lever. Les Peuples d'Ici n'ont pas encore tous pris position et parlementent à Montréal et à Albany, espérant pouvoir demeurer neutres le plus longtemps possible. Connaître d'avance le vainqueur, ils se rangeraient de son côté afin de ne pas subir son courroux une fois la paix revenue. Car l'Envahisseur est là pour rester. Quel que soit le drapeau qu'adopteront les divers Peuples d'Ici, c'est contre cet envahisseur qu'ils exerceront une vengeance refoulée depuis des générations.

En exacerbant la haine de l'Homme-Rouge, les Visages-Pâles agissent avec imprudence. Ils sont bien naïfs de croire qu'ils pourront la contrôler quand elle sera déchaînée. Les Français n'en ont-ils pas déjà eu un aperçu lors de raids perpétrés chez les Anglais ? Si, par l'intermédiaire des Robes-Noires, les Français possèdent une certaine autorité sur les convertis, ils n'en ont aucune sur les tribus non converties qu'ils cherchent à s'allier par force cadeaux et promesses, les abreuvant d'eau-de-feu lors des festins de guerre. Quelle perfidie d'œuvrer à détruire, par ce poison, l'Homme-Rouge en même temps que l'Anglais, l'allié en même temps que l'ennemi !

Deux-Vies gémit et s'agite. Péniblement, il se soulève sur les coudes, régurgite copieusement, puis se laisse tomber sur le dos, près de sa flaque de vomi. Tehonikonrathe observe alors sur sa poitrine le tatouage d'une croix formée de flèches et entourée d'un cercle. Avec quelle fierté Deux-Vies exhibait ce dessin symbolique du peuple des prairies, le touchant dans les moments de tentation. «Les quatre directions du monde», murmurait le Pawnis en suivant de l'index les branches de la croix désignant les points cardinaux. «Le nid du Grand Aigle», en traçant le cercle. «Ici l'homme. Ici Deux-Vies», en plaquant sa paume au centre. «Un vrai homme est celui qui sait conserver le centre sacré en son cœur.»

S'éloigner du centre sacré est chose si facile avec l'eau-de-feu. Et de plus en plus, l'Homme-Rouge en devient l'esclave. Il y a près de quarante ans, avec son frère Ours-Têtu, Tehonikonrathe a mis sur pied un réseau de troc où ce poison était banni. Par la rivière du Lièvre et ses nombreux affluents, ce réseau rejoignait des bandes de chasseurs qui avaient peu ou pas de contact avec les Visages-Pâles. Aujourd'hui, ce réseau vivote, car son frère et lui refusent toujours de troquer l'eau-de-feu qui est finalement parvenue aux lèvres de ces chasseurs. Ceux-ci en trouvent facilement auprès des convertis du lac Canassadaga qui leur offrent par la même occasion des marchandises anglaises à bon prix.

Ces convertis, dont font partie des gens de sa parenté, viennent chasser dans les territoires voisins du leur dès le début de l'automne. Le printemps venu, ils retournent à la mission où les autorités tolèrent leurs incursions chez les Anglais du fait qu'ils en rapportent des informations susceptibles de servir la stratégie militaire des Français. Forts d'être également des porteurs d'épée, ces convertis se permettent de fournir en produits de contrebande un magasin à l'intérieur même de la mission. Dans ces conditions, il s'avère désormais inutile pour le «petit homme du Diable» de se rendre à Chouaguen et jusque chez les Tsonnontouans afin de se procurer des marchandises anglaises. D'où l'idée de ce voyage, le dernier à effectuer dans la région des Grands Lacs.

Deux-Vies marmonne des choses incompréhensibles avant de s'éveiller en sursaut, se retrouvant assis, l'air complètement ahuri.

— Ma femme... Où est ma femme? bégaie-t-il.

— Tu as frappé ta femme et la voilà partie, répond Wapitik, abandonnant son ouvrage pour s'avancer vers son beau-frère.

— Partie... Oui, la chienne est partie... avec mon enfant.

— Ma sœur n'est pas une chienne.

Wapitik administre un soufflet énergique à l'ivrogne qui s'écroule et commence à se lamenter.

— Partie avec mon enfant... Mon enfant.

— Tu n'as pas d'enfant avec ma sœur.

— Mon enfant, dans son ventre... La chienne.

À l'instant où Wapitik s'apprête à frapper de nouveau, Tehonikonrathe l'en empêche.

— Le mauvais esprit de l'eau-de-feu trouble encore sa raison... Demain, il ne se souviendra plus de tes paroles.

— Demain, les canots seront réparés et nous irons chercher ma sœur.

— Si elle ne revient pas d'elle-même, nous n'irons pas. Selon nos coutumes, nous n'avons pas le droit d'aller contre le libre arbitre d'une personne.

— Fait-Trembler-la-Terre est la première à ne pas respecter nos coutumes. Elle oublie un des quatre conseils de l'Ancienne que tu m'as enseignés, riposte Wapitik en dévisageant son père.

— Je me réjouis que mon fils se souvienne de ces conseils.

— Se souvenir des conseils est une chose. Les respecter, une autre chose. Dans la longue maison de ma femme, l'eau-de-feu circule sans jamais franchir mes lèvres. Dans cette maison, je suis reconnu pour le meilleur chasseur, mais jamais je ne tue plus d'animaux que nécessaire. Autour de nos feux, s'assoient la Robe-Noire et le Visage-Pâle, mais je ne renie pas l'Esprit de mon esprit et je ne fais confiance à aucun... En suivant un Visage-Pâle, Fait-Trembler-la-Terre ne respecte pas un des conseils de l'Ancienne, conclut Wapitik, satisfait d'établir qu'il aurait constitué un plus digne héritier du oki que sa sœur.

Tehonikonrathe hoche la tête, subissant des reproches à retardement. Pendant un long moment, il soutient le regard accusateur de son fils avant de lui demander tout bonnement contre qui il lèvera sa hache de guerre. L'Anglais ou le Français ?

— Quelle importance pour toi ? Tu ne participeras pas à cette guerre, rétorque Wapitik à la fois déconcerté et choqué de voir occulter ce qui est à l'origine de leur brouille.

— Tu dis vrai ; cette guerre n'atteindra pas notre territoire légué par l'Ancienne, mais elle est déjà ici… Sur notre route, nous avons croisé des canots et des bateaux en grand nombre avec des canons, des munitions, des provisions et des guerriers français venus de l'autre côté du Grand Lac Salé. Seras-tu en faveur des propositions de l'ambassadeur des Français[1] qui peut étendre sa natte dans la maison des Tsonnontouans, ou contre ces propositions ?

— Je serai en faveur des propositions du Conseil. Les Tsonnontouans ignorent encore quel allié permettra de mieux protéger la porte du soleil couchant de la Grande Maison[2].

— Les membres du Conseil seront-ils assurés de choisir le bon allié ?

— Personne ne peut être assuré de cela, raille Wapitik.

— Voilà, fils. Lire dans le passé est facile. Lire dans l'avenir, impossible… Un homme qui lirait dans l'avenir ne commettrait jamais d'erreur, conclut Tehonikonrathe,

---

1. Daniel, sieur de Chabert et de Clauson dont le père (Louis-Thomas Chabert de Joncaire) fut adopté par les Tsonnontouans en 1691. Vers la fin de juillet 1756, il avait réuni à Niagara des députés tsonnontouans et goyogouins.
2. Grande Maison ou Longue Cabane : appelée « Confédération des Cinq-Nations » par les Français, cette confédération en comptait en réalité six depuis l'adhésion des Tuscaroras. Les Tsonnontouans (ou Sénécas) constituaient l'une de ces nations et ils avaient pour mission de protéger la frontière occidentale du territoire iroquois alors État tampon entre la Nouvelle-France et les treize colonies anglaises.

remettant ainsi en question la pertinence de son choix antérieur tout en s'expliquant.

Frappé par cet argument, Wapitik considère son père qui lui arrive tout juste à hauteur des pectoraux, se remémorant avec quelle satisfaction il a refusé systématiquement de se pencher vers lui dès qu'il l'eut dépassé par la taille. Pourtant, enfant, il voyait son père si grand, posant ses pas dans les siens avec respect et admiration. Timidement, en lui, cet enfant qu'il fut jusqu'à la naissance de Fait-Trembler-la-Terre revient vers son père.

— Ikoué perd ses enfants, lance sa mère en se berçant d'avant en arrière.

Wapitik se désole de la voir dans cet état. N'est-il pas indirectement responsable de ce malheur? Les paroles de son père le font réfléchir. Si Wapitik avait pu connaître l'avenir, seule Ikoué aurait accompagné le groupe avec lequel il devait quérir des marchandises anglaises afin de les échanger ici avec des coureurs des bois français. Le trajet de cette expédition traversant un endroit appelé le «plat pays des bisons», il y avait vu sa dernière chance d'emmener sa mère revoir ces bêtes majestueuses comme promis. Dans sa grande générosité, celle-ci demanda d'étendre l'invitation à Deux-Vies ainsi qu'aux autres. Pour lui faire plaisir, Wapitik avait accepté, mais, s'il avait su que la vue des bisons allait complètement bouleverser son beau-frère et l'inciter à boire l'eau-de-feu, il aurait refusé.

— Ikoué perd ses enfants.

Père et fils observent la mère en larmes, comprenant la profondeur de sa douleur sans toutefois être en mesure de l'amoindrir.

— Pendant des lunes, Ikoué s'est préparée à venir te faire ses adieux… Elle ne pensait pas faire aussi ses adieux à ta sœur, déplore Tehonikonrathe.

— Si ma mère veut rester auprès de moi, accepteras-tu de partir sans elle?

— J'ai détaché les liens d'esclave de ta mère. Ces liens avaient été attachés par des Iroquois. Avec quels yeux les gens de ton clan verront Ikoué?

— Ils verront ma mère comme un être libre et lui accorderont le respect dû aux mères.

— Ikoué a droit au libre arbitre… Si elle décide de rester auprès de toi, Truite-Vive, ta plus jeune sœur, restera avec sa mère. Ainsi, Ikoué n'aura perdu que Fait-Trembler-la-Terre.

— Truite-Vive deviendra la sœur de mes deux filles avec qui elle est demeurée dans la longue maison de ma femme. Elle deviendra ma fille et je lui enseignerai les quatre conseils de l'Ancienne.

— Si Ikoué désire rester, ce sera ainsi. Tu veilleras sur ta mère jusqu'à son dernier souffle. Tu n'auras pas à veiller sur ton père. Je retourne au territoire des ancêtres pour ne plus revenir. Comme mon wigwam, ce territoire est toujours tien… Mon cœur tremblera pour vous tous, car les nuages de la guerre se groupent au-dessus de vos têtes. J'emporte avec moi le souvenir d'un fils qui est digne de mon sang. Digne de l'Ancienne.

Libéré de toute rancœur, Wapitik s'incline vers son père, lui permettant d'étendre la main sur sa tête dans un geste de bénédiction.

*

Le lendemain, sur le lac Érié.

À la façon dont il pagaie, Félix est furieux et blessé. Cependant, Fait-Trembler-la-Terre ne reviendra pas sur sa décision. Elle va, elle doit rejoindre les siens. Prenant place au milieu du canot avec son bambin, elle se sent poignardée par le regard de Grosse-Voix, derrière elle. «Diablesse», maugrée-t-il par moments, contrarié d'avoir à faire demi-tour et, surtout, frustré qu'elle ait renoncé d'unir sa destinée à celle de son fils.

— Que tu le veuilles ou non, je ferai de toi ma femme, s'était écrié Félix lorsqu'elle lui a fait part, ce matin, de son intention de retourner auprès de Deux-Vies.

— Une femme privée de liberté est esclave.

— Ce sera mieux que d'être l'esclave d'un lâche qui t'a battue sans raison.

Elle s'est tue, consciente qu'elle n'était pas étrangère à cette raison. La voyant déterminée, Félix s'est emparé de leur garçon.

— Si tu ne veux pas me suivre comme ma femme, tu suivras comme la mère de notre enfant. Je te sauverai malgré toi.

Terrorisé d'être ainsi saisi, Niagara s'était débattu, mordant sérieusement la main de son père.

— Sale p'tit Sauvage !

L'insulte fusa. Aussitôt suivie d'excuses. Qu'importe. Il était trop tard. En trois mots, Félix venait de la conforter dans sa décision.

— Les voilà, les tiens, diablesse, grommelle Grosse-Voix en indiquant la fumée du campement au loin.

Félix accélère la cadence, pressé d'en finir avec elle. Et avec cette blessure que l'orgueil empoisonne. Soulagée à l'idée que les siens ne soient pas partis, Fait-Trembler-la-Terre étreint leur fils. Incarnation de leur passion, Niagara est sa force et sa faiblesse. Quand, à demi-consciente, elle s'est laissée emmener en même temps que lui, elle croyait en la possibilité de leur reconstruire une vie entre les bras de Félix. Mais, au cours de la nuit, bien qu'aimants et protecteurs, ces bras l'emprisonnaient. Elle se sentait entraînée par eux vers un monde que son sang rejetait. Désemparée, elle s'est accrochée à son oki afin qu'il l'inspire et sa pensée s'est envolée vers son mari.

Déjà, au retour du « plat pays des bisons », Deux-Vies avait l'âme à la dérive, touchant sans arrêt son tatouage comme pour s'y ancrer. Alors, quand, au moment du troc, il surprit Félix à faire les yeux doux à sa femme tout en affichant la paternité de Niagara, Deux-Vies se laissa sombrer dans l'eau-de-feu. Le mauvais esprit eut tôt fait de déterrer les cadavres de son âme ; celui du garçonnet arraché à ses parents et à sa prairie ; celui de Neptune, esclave du marchand Modrière ; celui du voyageur qui n'avait pour toute famille que ses compagnons de route et, pour toute maison, que leur canot renversé. Une fois ces cadavres exhumés, le mauvais esprit s'en prit au mari cocufié, père d'un enfant qui n'était manifestement pas le sien avec un œil couleur noisette et l'autre noir. Ce que, depuis la conception de Niagara, Deux-Vies et les siens s'employaient à ignorer émergea en une explosion de haine et de colère. La jalousie qu'exprimait Deux-Vies trahissait le besoin qu'il avait d'elle. Un besoin viscéral où elle tenait lieu d'épouse, de mère et de sœur. En elle, Deux-Vies avait transposé la prairie et noué tous les liens affectifs de son existence, dont celui d'une vie qu'il avait fécondée.

— Là, papa, se réjouit Niagara en se tournant vers elle.

— Oui, papa, répond-elle en lui caressant les joues où se creusent des fossettes rieuses.

Fait-Trembler-la-Terre note un regain de vigueur dans le coup de pagaie de Félix. Il souffre. Elle aussi. Ils font partie de deux mondes distincts et leurs identités n'ont su s'épouser que dans la chair. La passion qui les a unis au portage des chutes du Niagara, maintenant, les déchire. Cette passion, telle une faiblesse de sa part. Une folie. Ou une trahison ?

— Papa, répète le bambin en apercevant sur la berge la silhouette d'un homme scrutant l'horizon.

De nouveau, Félix plonge la pagaie dans l'eau avec une telle fureur que des gouttelettes les éclaboussent. Fait-Trembler-la-Terre les laisse couler sur son visage comme des larmes en enfermant l'oki dans son poing. C'est lui qui la ramène à Deux-Vies, l'époux qui, jusqu'à ce jour, s'est comporté en père avec le fils de Félix et de qui elle est enceinte. Plus fort que sa passion, l'oki la guide. Elle se doit de lui obéir. Se doit d'être digne de la place que, par lui, elle occupe dans le cœur de son père.

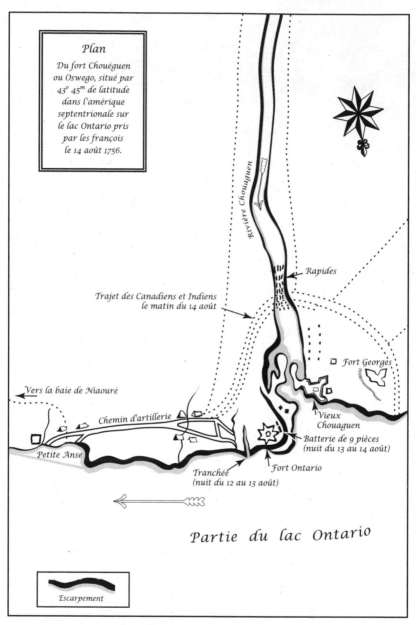

Rivière Chouaguen

Rapides

*Trajet des Canadiens et Indiens
le matin du 14 août*

☐ *Fort Georges*

Vers la baie de Niaouré

Chemin d'artillerie

*Vieux
Chouaguen*

*Batterie de 9 pièces
(nuit du 13 au 14 août)*

Petite Anse

*Tranchée
(nuit du 12 au 13 août)*

Fort Ontario

Partie du lac Ontario

Escarpement

Plan du siège de Chouaguen.
Dessin d'après le plan original exécuté par Chaussegros de
Léry, ingénieur du roi.

Chapitre 29

Manibus date lilia plenis

6 août, baie de Niaouré[1] du lac Ontario.

Matin calme après l'orage de la nuit. Dans la forêt bordant le cantonnement, les arbres s'égouttent doucement. À grandes enjambées, Jean Vaillant arpente l'allée des tentes. Entre celles-ci, dressées l'une vis-à-vis de l'autre, les feux, alimentés de bois humide, se coiffent d'un bouquet de fumée. Il a peu dormi mais ne ressent pas sa fatigue tellement la fébrilité l'anime. Montcalm, qu'on attendait hier, arrivera vraisemblablement aujourd'hui, ce qui déclenchera la mise en branle de la campagne. Enfin, de l'action ! Passé maître dans l'art de charger rapidement son fusil, Jean brûle d'impatience de mettre à l'épreuve son adresse et sa bravoure.

Depuis son enrôlement, il n'a servi qu'en garnison, d'abord à Montréal et, tout dernièrement, au fort Kataracoui. À ces deux endroits, on l'a affecté aux travaux de

---

1. Baie de Niaouré (ou Terres du Sud) : située à l'est de Chouaguen, sur la rive sud du lac Ontario, presque en face du fort Kataracoui sur la rive nord. Cette baie avait été choisie comme lieu du rendez-vous des forces françaises en vue de l'attaque de Chouaguen. Elle correspond aujourd'hui à Sacketts Harbor.

fortification. Bien que guère aventureuse, cette tâche lui a permis de s'initier au métier de maçon qu'il compte exercer quand cette guerre sera finie. La terre, ce n'est pas pour lui. Avec elle, tout n'est qu'un éternel recommencement, saison après saison, tandis que la pierre et le mortier traversent les siècles. Son père ne comprend pas cela. Pas plus qu'il ne comprend son désir de participer à des combats. Désir en tout point partagé avec son ami Frédéric La Ramée qu'il a vu arriver dans un état lamentable à l'hôpital du fort Kataracoui, il y a quinze jours. À l'instar de plusieurs des hommes faisant partie du camp volant du sieur de Villiers, Frédéric a été rendu malade par des vivres de mauvaise qualité[2]. Lorsque Jean a été désigné pour le remplacer, il a volontiers troqué la truelle contre le fusil, s'imaginant prendre part à des escarmouches à partir de ce camp établi depuis deux mois. À son grand désappointement, rien de tel ne l'attendait sous les ordres de l'intrépide Coulon de Villiers[3] qui réservait toute expédition périlleuse à d'anciens coureurs des bois et voyageurs, dont son père.

Si, jusqu'à maintenant, Jean s'est senti inutile parce qu'écarté des combats, il devine qu'il en sera tout autrement bientôt. Ce n'est pas sans raison que le régiment de La Sarre est venu grossir leurs rangs et que de Villiers vient d'être remplacé par Rigaud de Vaudreuil[4]. Apparemment, ce dernier a pour mission de voir à l'exécution du plan que son frère, le gouverneur général, a mis au point avec Montcalm.

----

2. « Les Canadiens du corps de M. de Villiers sont presque tous malades… Ces maladies sont causées par la mauvaise qualité des lards et des farines. »
    — Louis-Antoine de Bougainville.
3. Louis Coulon de Villiers, frère de Joseph, sieur de Jummonville : officier de la colonie. Six cents miliciens et soldats de la colonie étaient réunis sous ses ordres à ce camp d'observation, de reconnaissance et d'escarmouches contre les Anglais.
4. Rigaud de Vaudreuil : frère du gouverneur général de la Nouvelle-France, lui-même gouverneur de Trois-Rivières. De 1752 à 1759, de concert avec Joseph Marin, il a exploité le lucratif poste de la Baie-Verte (à l'ouest du lac Michigan).

Une fois toutes les forces rassemblées ici, elles marcheront sur Chouaguen.

Déjà vêtu de son uniforme, le jeune soldat observe au passage des camarades de sa compagnie en train de réinstaller leur tente arrachée par le vent. S'ils ont pu trouver refuge chez leurs voisins au cours de la nuit, il en va autrement pour leurs effets, vêtements et uniformes suspendus sur des perches autour du feu pour y sécher.

La violence de l'orage a laissé des traces un peu partout, tels des objets renversés ou envolés ainsi que des rigoles qui ont raviné le campement dans leur course effrénée vers le lac. À la vue de morceaux d'écorce éparpillés à proximité de l'emplacement réservé aux miliciens, Jean s'apitoie sur la rudimentaire condition de ces hommes livrés aux intempéries et aux moustiques dans leurs abris de fortune. Ici, ils sont plus d'un à rapailler leurs effets et à remettre en état leur cabane de branchage et d'écorce. Jean aperçoit son père, besognant avec l'un de ses compagnons à monter une armature tripode pour y faire sécher leurs couvertures.

— Quelle nuit! s'exclame-t-il en les rejoignant.

— Es-tu de ceux dont la tente est partie au vent? s'enquiert son père.

— Euh… non.

— Alors, t'as point à brailler, jeunot, maugrée l'autre milicien sans lui prêter attention.

Jean se sent embarrassé. Ne fait-il pas figure de privilégié d'avoir une tente pour dormir? Son père lui lance une œillade et, s'adressant à son compagnon:

— Holà, Le Barbu, faudrait point passer ta rogne sur mon fils… Il n'y est pour rien dans c't'orage.

— Avec c'te nuit qu'on vient de passer, y a de quoi être comme un crin, mais t'as raison Poing-de-Fer, ton fils n'y est pour rien… Mille excuses, jeunot.

— Vous voilà excusé… euh… Le Barbu. Tout est à la flotte à ce que je vois.

— C'sont les écarlatines, le pire. Elles sont longues à sécher. Par bonheur, ce sont point des écarlatines anglaises, qui sont de meilleure laine et encore plus longues à sécher, mentionne Le Barbu en émettant un petit rire.

Jean ne sait trop quelle attitude adopter. L'atmosphère qui règne dans le camp des miliciens diffère de celle qui prévaut dans celui des militaires. Cette allusion à la contrebande des couvertures l'illustre d'ailleurs à merveille. Ici, la discipline se relâche et on nomme son père Poing-de-Fer avec le respect dû à un grade d'officier. Pourtant, à le regarder, vêtu de ses mitasses et d'une chemise en haillons, Poing-de-Fer a plutôt l'allure d'un mendiant.

— Tiens, jeunot, prête main-forte à ton paternel tandis que j'vais quérir nos écorces, dicte Le Barbu en les quittant.

Une fois le séchoir installé, Poing-de-Fer s'empare d'une couverture gorgée d'eau, puis, tenant chacun un bout, ils commencent à la tordre.

— Montcalm, c'est pour aujourd'hui, sûr et certain, indique Jean.

— Nous verrons bien.

— Peut-être que Frédéric sera du convoi. Il doit être guéri à l'heure qu'il est.

— Fort possible, mais s'il m'avait écouté et mangé du bleuet, Frédéric n'aurait pas été si malade. Il fait trop confiance à l'armée.

— Et toi, tu n'y fais pas assez confiance, note Jean en toute innocence.

— Avec raison. Jusqu'à maintenant, j'ai servi l'armée, mais l'armée ne m'a servi que du mauvais lard et des biscuits moisis sans l'ombre d'une tente ni même d'un prélart[5].

— Tu n'avais point de tente du temps que t'étais voyageur.

— Non, mais je dormais sous le canot et le lard ne se gâtait pas car il était salé à point, sauf ces derniers temps, avec la clique à Bigot.

— Avec l'arrivée de Montcalm, les choses vont changer.

---

5.   Prélart : grosse toile imperméabilisée servant à protéger les marchandises d'un chargement.

— Pour sûr qu'elles vont changer : c'est lui qui mangera le bel ours qu'avons tué. Et la patte qu'il mangera, le meilleur morceau. Ah ! Ils vont se régaler les officiers.

— On dit que Montcalm est l'un des plus brillants officiers de l'armée française et qu'il s'y connaît à la guerre.

— P't'être qu'il s'y connaît à la guerre là-bas où ils n'ont ni miliciens ni Sauvages. Ici, c'est une autre paire de manches, conclut Poing-de-Fer.

— J'ai ouï dire qu'il y avait plus de mille miliciens d'assemblés au fort Kataracoui. Peut-être qu'oncle Gaspard et mes cousins en font partie.

— Si oui, ils pourront nous donner des nouvelles de la famille. Cette histoire de maladie que *Le Léopard*[6] aurait apportée m'inquiète.

— C'est peut-être juste une rumeur.

— Une rumeur qui a tout de même fait virer de bord quelque cinq cents Sauvages de Marin[7].

— Quel dommage ! Cinq cents Sauvages de plus, cela nous aurait grandement aidés.

Poing-de-Fer n'élabore pas sur le sujet. Son fils constatera bien de lui-même le prix que comporte cette aide. Personnellement, il préfère que les Indiens ne soient pas en trop grand nombre, afin que l'attaque ne dégénère pas en massacre et, la capture de prisonniers, en carnage. Tout habile qu'il soit aux exercices militaires et au maniement de son arme, Jean n'a encore jamais tué un homme. Poing-de-Fer, oui. Et chaque fois, par après, il avait eu l'impression de s'être tué un peu lui-même.

— Ils ont peur à ce point de la maladie, les Sauvages ? s'informe son fils.

---

6. On attribue à l'insalubrité du vaisseau la cause de cette maladie. *Le Léopard* fut condamné par la Cour à être désarmé et brûlé dans la rade de Québec. Cette année-là, il y eut une épidémie de typhus dans toute la colonie.
7. Joseph Marin de La Malgue : officier de la colonie. Très influent auprès des Indiens des Pays-d'en-Haut, il en convainquit près de cinq cents à venir prêter main-forte aux Français. Chemin faisant, ils apprirent l'existence d'une épidémie et rebroussèrent chemin. Seuls quarante Folles Avoines le suivirent.

— C'est parce qu'ils en meurent plus facilement que nous.

Poing-de-Fer aussi craint la maladie. S'il fallait qu'elle lui ravisse sa chère Isabelle ou n'importe lequel de ses enfants ! Depuis son départ, il y a près de trois mois, sans cesse, sa pensée revient vers eux, vers sa maison de bois équarri, vers son champ de blé qu'il a tout juste eu le temps d'ensemencer. Tout cela est sa patrie et c'est tout cela qui lui fait presser la détente contre l'ennemi. C'est tout cela qu'il défend.

« Il arrive. Montcalm arrive », lance-t-on à l'apparition d'une flottille sur le lac. Telle une vague, un mouvement déferle dans le campement des militaires, en bordure du rivage, pour atteindre celui des miliciens, à l'orée du bois.

— Il arrive, reprend Jean, laissant tomber son bout de couverture dans son excitation.

— Bah ! C'est point pour de suite. Ils sont loin encore. T'as le temps de m'aider à étendre c't'écarlatine.

— Euh, oui, bien sûr.

Jean s'exécute avec précipitation, puis, saluant Le Barbu de retour avec ses écorces, il se presse d'aller rejoindre sa compagnie. Poing-de-Fer le regarde marcher à grands pas, la tête haute dans son uniforme. Son fils n'a aucune idée de ce qui l'attend. Lui, oui. Machinalement, il porte la main à la médaille de la Vierge suspendue à son cou. Protégez-le, bonne Sainte Mère, marmonne-t-il.

Jouvet, capitaine de milice, passe en coup de vent, gueulant l'ordre de changer de tenue avant de former les rangs. Poing-de-Fer hausse les épaules. À l'exemple de la majorité d'entre eux, il n'a pas l'intention d'enfiler la chemise toute neuve qu'il a reçue avec son équipement. Celle-ci demeurera bien cachée dans son paqueton et prendra le chemin de la maison. S'il peut trouver moyen de rapporter chez lui le fusil à cartouches qu'on lui a confié, beaucoup plus rapide à charger que son vieux fusil de traite, il le fera aussi. En l'absence de solde, ce n'est qu'ainsi que les miliciens peuvent se payer, et ce, bien chichement.

Sans doute écartera-t-on de la vue de Montcalm les créatures amaigries et hirsutes qu'ils sont devenus, mais ce sont eux, les mal vêtus et les mal nourris, qui ont fait en sorte que l'ennemi n'ose plus sortir de ses forts, ni emprunter ses routes de communication. Ce sont eux qui, le mois dernier, ont pris en embuscade avec les Folles Avoines[8] l'avant-garde d'un convoi venu approvisionner Chouaguen par la rivière du même nom[9]. Ils y ont fait une quinzaine de morts et quarante prisonniers, affectant ainsi le moral de l'ennemi qui craint pour son scalp.

Ce sont eux, les pas payés, les pas peignés, qui, depuis l'hiver, contribuent à préparer l'attaque de Chouaguen en isolant cette forteresse de ses sources de renfort et de ravitaillement. Poing-de-Fer se souvient avec quelle satisfaction, lors de la prise du fort Bull en mars dernier, ils avaient défoncé et jeté à l'eau près de deux cents barils de poudre. Il en restait une soixantaine d'autres à détruire quand le feu s'est soudainement déclaré. Ils se sont alors dépêchés de piller le magasin. Encombré d'un dernier baril, Poing-de-Fer a raflé du chocolat avant de sortir en vitesse. Trois terribles explosions, à une seconde d'intervalle, se sont succédé. Le fort s'est aussitôt embrasé avec ses vivres, avec ses munitions qui n'en finissaient plus d'éclater et, malheureusement, avec les cinquante et un soldats anglais enfermés dans la caserne. Les membres de l'expédition sont revenus à travers bois, s'enfonçant dans la neige fondante et pataugeant dans l'eau glacée.

Poing-de-Fer observe la baie de Niaouré au-dessus de laquelle planent des aigles et des oiseaux de proie. Cette baie où, après la destruction du fort Bull, ils sont enfin parvenus, affamés, exténués et grelottant dans leurs loques. Par bonheur, comme prévu, des vivres les y attendaient. De cette victorieuse mais si pénible expédition, il ne rapportait que

---

8. Folle Avoine : de *menominee* en langue algonquienne signifiant « riz sauvage ». Cette plante figurait sur le blason des armes des membres de la tribu algonquienne ainsi nommée par les Français.
9. Sous le commandement du lieutenant-colonel Bradstreet, ce convoi était composé de quatre ou cinq bateaux et comprenait environ deux mille hommes.

du chocolat conservé au prix d'incroyables sacrifices. Du chocolat à partager avec sa femme et ses enfants.

Aujourd'hui, à peine quatre mois après l'incendie qui l'a complètement rasé, le fort Bull a été reconstruit et il joue de nouveau son rôle de lien entre Chouaguen et le fort William, relié à son tour à Albany. À en juger par l'importance du convoi dont ils ont attaqué l'avant-garde, son magasin regorge encore de vivres, de munitions, de vêtements, d'eau-de-vie et de marchandises de traite. Contrairement aux Canadiens, les Anglais ne manquent ni de lard, ni de bœuf salé, ni de farine, ni de riz, ni de pois. Ni même de sucre et de chocolat.

Aujourd'hui, Montcalm arrive, déterminé à s'attaquer à un bastion qui constitue pour les Anglais un poste hautement stratégique autant sur le plan militaire que commercial. C'est là une entreprise fort audacieuse. Et risquée. Eux, les barbus sans uniforme, ils connaissent la force des Anglais et n'ignorent pas la faiblesse des Français.

Dans le campement jouxtant celui des miliciens, plus de cent Indiens se préparent à accueillir le chef des guerriers français. À l'aide du petit miroir qui accompagne invariablement leur casse-tête, leur fusil et leur couteau à scalper, ils s'appliquent sur le visage les peintures de la guerre ; se retroussent et s'attachent les cheveux, les ornant de plumes ; s'accrochent diverses pendeloques aux narines et aux oreilles dont les lobes de certains, fendus et allongés dès l'enfance, tombent sur leurs épaules. Le rouge, le noir, le jaune et le blanc couvriront ensuite leur corps de lignes, de dessins géométriques et de différentes figures. Quelques-uns revêtiront un habit galonné et exhiberont avec fierté les hausse-cols et les médailles reçues pour leur bravoure et leurs exploits.

— Changement de tenue, jappe encore Jouvet.

— Qu'il aille au diable, ronchonne Le Barbu, en commençant à recouvrir d'écorces leur cabane.

Poing-de-Fer lui prête son aide.

Eux, les Canadiens miliciens, ils demeureront tels qu'ils sont. Montcalm devra voir dans leurs hardes et leur allure les médailles qu'on ne leur décernera jamais.

*

Le soir du même jour, camp des miliciens.

Une dizaine d'hommes sont réunis autour du feu alors que le soleil décline à l'horizon.

— Il est de petite taille, ce Montcalm, mais je lui ai vu les yeux de près... Du vrai feu ! raconte Thomas Chapuy, maître d'un des douze canots de voyageurs [10] qui ont escorté le général.

— Tu lui as parlé ? s'informe Jean, les yeux brillant de curiosité.

— Non, mais le voir m'a suffi. Il a de l'énergie à revendre et de la volonté. Et puis, il ne joue pas au grand seigneur. Que non ! Il partage une simple tente avec son aide de camp, et voilà tout.

— Ainsi, tu crois qu'avec Montcalm, nous allons remporter Chouaguen ? s'exclame Jean.

— Ce n'est pas c'que j'ai dit, mon p'tit beau-frère, réplique Thomas, réprimant un sourire taquin.

Irrité par cette appellation de « p'tit beau-frère », Jean se retranche dans un silence boudeur. Il se sent la cible de regards moqueurs de la part de ces miliciens et voyageurs qui semblent le tenir pour un enfant, bien qu'il ait déjà dix-huit ans. Maintenant qu'il a eu des nouvelles de Frédéric, apte à réintégrer sous peu les rangs, ne ferait-il pas mieux de retourner dans sa compagnie où on le tient pour une excellente recrue ? Sans doute, mais Jean n'en a pas envie, car Thomas et les hommes de sa canotée sont au courant de bien des choses qui l'intéressent. En effet, à la solde du sieur de Montigny qui détient un permis de traite pour le poste de Détroit, ces voyageurs, lors de leur retour vers Montréal, ont été arrêtés au fort Kataracoui et désignés pour accompagner Montcalm. Que d'informations ils ont pu glaner dans l'entourage de ce chef d'armée !

---

10. Au total, soixante-cinq voyageurs engagés par Jean-Baptiste Testard de Montigny.

— Remporter Chouaguen n'est point gagné d'avance, estime Poing-de-Fer. Lors de nos reconnaissances, z'avons vu que les Anglais ont bâti un fort de pieux nommé « fort Ontario » sur la rive droite de la rivière et un autre sur la rive gauche, nommé « fort Georges », à quelque cinq cents pas du vieux Chouaguen. C'sont trois forts qu'il nous faut atta-quer... pas seulement un.

— De toute façon, si nous remportons Chouaguen, nous y perdrons du côté des fourrures, souligne Thomas.

La sempiternelle traite des fourrures. Jean a l'impression de réentendre les conversations de son père et de Thomas à la maison. Des conversations qui l'ont toujours relégué au second rang, lui, le fils et p'tit beau-frère qui demeurait sur la ferme pendant qu'eux sillonnaient les rivières. Qu'avait-il d'intéressant à ajouter à leurs récits aventureux? Que les poules avaient pondu et les cochons engraissé? Cela n'avait rien de bien nouveau et de bien excitant pour le reste de la famille. Alors, il se taisait comme il se tait présentement, vexé de se sentir exclu et sans intérêt.

— Les Sauvages s'en plaindront, pour sûr. Il nous sera difficile de leur offrir les marchandises au prix des Anglais, corrobore Adrien Pomainville, bout de canot avant.

— Mais ne voyez-vous pas qu'une fois Chouaguen rem-porté, les Anglais seront coupés de ces Sauvages et que nous serons maîtres de ce lac qui mène à leurs territoires? avance Jean, ne pouvant s'empêcher de faire valoir son point de vue.

— T'as raison, jeunot, nous serons maîtres de ce lac, mais pour combien de temps? lui demande Le Barbu.

— Voilà: pour combien de temps? reprend Thomas. Bigot et sa clique n'en continueront pas moins de saigner la colonie... Ces sangsues sont partout maintenant, nommées garde-magasin et même commissaire des vivres comme ce scélérat de Landrième[11].

— Ouais, tant qu'elles pourront nous saigner, ces sangsues le feront... Il y a lieu d'espérer qu'un homme tel

---

11. Landrième (Landrief ou Landrive): créature de Bigot. Écrivain princi-pal et commissaire des vivres, chargé de recevoir et de payer les taxes.

que Montcalm s'en aperçoive et en avertisse le roi, souhaite Poing-de-Fer.

— Oh! Il faut les voir se montrer fidèles serviteurs du roi devant Montcalm et son état-major, s'indigne Thomas. Nous, on ne demandait qu'à retourner à Montréal, tel qu'entendu lors de notre engagement, mais le sieur de Montigny en a décidé autrement. Nous sommes «ses» voyageurs. Sommes payants pour lui parce qu'en plus de rapporter ses fourrures, nous le faisons bien voir et lui permettons d'obtenir des éloges.

— Si Chouaguen est tel que vous le dites, il nous faut de grandes forces pour le remporter. Votre concours est essentiel, soutient Jean.

— Ce n'est point par lâcheté qu'on rechigne, mon p'tit beau-frère. Montcalm, nous sommes prêts à le suivre. Il n'a rien à voir avec la corruption. Il est ici pour gagner… Ça se voit dans toute sa personne. Mais il nous répugne de suivre des corrompus qui se mériteront des honneurs sur notre dos.

— À vous entendre, il n'y a que des corrompus, objecte Jean.

— Le problème, c'est qu'ils détiennent tous des postes importants. J'en reviens à ce Landrième de malheur. À Détroit, il était de mèche avec le commandant de Muy [12] pour hausser les taxes et ainsi mettre la main sur les terres des colons. Ton cousin François en sait quelque chose. Il en arrache, le pauvre, et il n'est point assuré de garder son bien… Et voilà que ce voleur de Landrième est nommé commissaire des vivres et qu'on vous a servi du mauvais lard… Ton ami Frédéric est revenu à la santé, mais il y en a bien une cinquantaine qui sont encore sur le carreau [13]. C'est ça, mon p'tit beau-frère, qui nous mine le moral.

---

12. Jacques Danau, sieur de Muy : commandant à Détroit de 1754 à 1758. Dans l'affaire des colons lésés, il intercepta toutes leurs lettres de plaintes adressées aux autorités. Il remplaça l'honnête garde-magasin du poste par le neveu de la dame Péan, maîtresse de Bigot.
13. Cinquante-deux hommes plus précisément étaient encore trop affaiblis pour participer au siège de Chouaguen.

— Moi aussi, ça me mine le moral si je m'arrête à tout ça, avoue Jean, mais j'ai bon espoir que cette corruption sera dénoncée prochainement. En attendant, je vais combattre de mon mieux pour empêcher notre pays de passer à la couronne anglaise.

Ceci dit, le jeune soldat se lève afin de regagner son campement. Il ne tient pas à rester plus longtemps, de crainte d'entendre le discours de certains, favorables à un changement de couronne. Bientôt, il reverra Frédéric et, ensemble, ils pourront vibrer au même patriotisme.

*

Après-midi du 8 août, baie de Niaouré.

Grande activité occasionnée par l'arrivée de cent six bateaux de toutes sortes transportant plus de mille soldats et miliciens, vingt chevaux, des vivres et de l'artillerie. Les ordres fusent de toutes parts, se multiplient dès qu'une embarcation aborde le rivage. Avec diligence et efficacité, il faut faciliter le débarquement des hommes, décharger ou transborder les cargaisons et acheminer les vivres vers l'entrepôt en voie de construction où elles seront mises sous bonne garde.

Affecté avec plusieurs de sa compagnie au déboisement des futurs campements que nécessite l'arrivage des quatre cent quatre-vingts soldats et officiers du régiment de Béarn, Jean travaille avec ardeur à cette tâche qui ressemble fort à celle des abattis dont il a l'habitude. Hier, ils ont ainsi déblayé le terrain pour l'érection des tentes des régiments de Guyenne et de La Sarre qui comptaient cinq cent cinquante hommes. Les neuf cents miliciens qui faisaient partie de ce convoi se sont contentés de ramasser des branches pour s'ériger des abris dans la forêt avoisinante. Plus chanceux, les miliciens de ce convoi-ci pourront bénéficier des cabanes et des armatures abandonnées par le camp volant parti ce matin même en avant-garde. Poing-de-Fer a pris soin de laisser en place ses écorces de bouleau, précieuses car presque inexistantes dans cette région, recommandant à Jean de réserver l'abri pour ses cousins André et Roland qui doivent faire partie, en même temps que Frédéric, de ce dernier contingent.

Oh! Comme Jean a hâte de les revoir tous les trois! À tout moment, il lance des coups d'œil vers le lieu de débarquement dans l'espoir de les repérer et, chaque fois, il est impressionné par l'ampleur des préparatifs de guerre. Les deux cents bateaux mouillant déjà dans la rade, la vingtaine d'autres en attente d'être déchargés, les appels des capitaines, les tambours qui règlent les déplacements, la multitude des barriques d'approvisionnement qu'on roule et toute la poussière soulevée par le pas discipliné des soldats venus de France, tout cela le grise, l'émeut, l'enthousiasme. Lui qui était habitué aux garnisons d'environ deux cent cinquante hommes, le voilà au sein d'un corps d'armée considérable, sous les ordres d'un chef adroit, valeureux et expérimenté. Comment son père et ceux de son escouade peuvent-ils donc tant douter de leur capacité d'attaquer les Anglais?

Jean aperçoit soudain ses cousins et, ayant obtenu l'autorisation de s'absenter momentanément, il se presse vers eux. À sa vue, André et Roland lui font une chaleureuse accolade, lui donnant en même temps les bonnes nouvelles concernant la famille.

— Papa vous a réservé son abri. C'est celui avec des écorces de bouleau, deuxième rangée, explique hâtivement Jean sous les yeux autoritaires du sergent de milice désigné pour diriger ces miliciens novices.

— Vous n'avez point vos fusils? remarque Jean avant de retourner travailler.

— Les avons laissés à la maison dans l'espoir d'en obtenir des neufs, confesse Roland, penaud.

— Vous en avez point obtenus?

— Il n'y en a pas assez pour tout le monde… Par contre, on nous a garanti qu'il y avait suffisamment de pelles.

— Comment ça, des pelles?

— Un millier de pelles qu'ils ont dit. Et autant de pioches et de haches.

— Vous allez combattre les Anglais avec des pelles et des pioches ? interroge Jean, incrédule.

— Il appert que oui, répond Roland avec un haussement d'épaules.

« Formez les rangs ! », ordonne le sergent de milice sur le point de faire l'appel.

— Deuxième rangée, avec des écorces de bouleau, répète Jean en partant.

Il se hâte, déconcerté par cette nouvelle. Des pelles ! Comment diable peut-on combattre avec des pelles ? Sont-ce là des armes à opposer aux gueules des canons et des fusils ?

*

23 heures, 10 août, à la Petite Anse, lac Ontario.

Sur le rivage sablonneux, les feux brillent dans l'obscurité, indiquant ainsi à l'armée le lieu où débarquer les troupes et l'artillerie. Autour de chacun d'eux, veillent les hommes de l'avant-garde. Partis il y a deux jours de la baie de Niaouré, ils ont retracé à travers bois le chemin prévu par l'ingénieur français pour accéder à cette anse-ci, baptisée Petite Anse et jugée propice à un débarquement lors d'une reconnaissance antérieure. Hier, un courrier de Montcalm leur transmettait l'ordre d'y allumer des feux et d'y aider au débarquement d'environ cent cinquante bateaux.

— Sans vos feux, nous l'aurions point trouvée, cette anse. À la noirceur, elle se perd de vue entre les deux pointes rocheuses qui la protègent, indique Grosse-Voix, arrivé depuis peu avec son fils Félix.

— Ouais, ça veut dire que les Anglais aussi peuvent voir nos feux, en déduit Poing-de-Fer.

— Pour sûr. Vous avez bien cru que nous en étions, non ? « Halte-là ! Halte-là ! Qui va là ? » criait-on de partout… Un peu plus et on se faisait tirer dessus, plaisante le coureur des bois.

— Ben, c'est une drôle d'idée d'arriver comme ça, à la nuit tombée, sans être attendus.

— Une bien drôle d'idée, reconnaît Grosse-Voix. Tout ça, à cause d'une diablesse.

L'homme glisse un regard compatissant vers son fils dont le visage trahit une perturbation profonde.

— Drôle d'idée ou non, sommes ici pour vous prêter main-forte, réplique Félix, choisissant de se retirer.

Grosse-Voix l'observe aller jusqu'à ce qu'il se perde hors du cercle de lumière.

— Sacrée diablesse, marmonne-t-il entre ses dents serrées.

— Fait-Trembler-la-Terre? s'informe Poing-de-Fer.

— Celle-là même : la fille du « p'tit homme du Diable ». Elle te l'a ensorcelé pour le laisser tomber et partir avec le petit... SON petit.

— C'est à elle aussi, ce petit.

— Elle n'en aurait point été séparée vu que Félix se proposait de la prendre pour épouse. Elle a refusé, la diablesse... Et voilà mon Félix tout à l'envers avec une seule idée en tête : combattre les Anglais. C'est fou d'attaquer Chouaguen, que je lui ai dit. Même si on gagne, c'est comme se tirer dans les pattes pour les fourrures... Tu sais ce qu'il m'a répondu?

— Non.

— Qu'il voulait être fidèle aux siens comme cette diablesse est fidèle à son sang! Ça m'a fait réfléchir. J'me suis souvenu d'avoir trinqué à la défense de c'pays avec toi et les autres. D'avoir même juré de le défendre c'pays... Ben, me v'là. J'ai encore l'œil juste. Quant à Félix, y a pas meilleur tireur. Il pourrait facilement se trouver une femme indienne... Ou même deux, s'il le voulait, mais cette diablesse te l'a ensorcelé, j'te dis.

— Elle était avec son père?

— Avec toute la famille venue faire ses adieux au fils tsonnontouan. Ils sont maintenant tous en route vers leur territoire de chasse... Ben, tu l'connais ce territoire?

— J'y ai passé neuf mois environ... Neuf lunes comme ils disent.

Neuf lunes pendant lesquelles, mutuellement, ils ont appris à se connaître et à se respecter. Neuf mois, le temps de gestation de l'homme nouveau, appelé Ankwi, c'est-à-dire l'ami, le frère.

— On ne les reverra pas de sitôt. Le « p'tit homme du Diable » dit que cette guerre n'est pas la sienne.

— Il a raison... Par contre, elle est celle de son fils Wapitik.

Poing-de-Fer se rappelle l'entretien où, effectivement, Tehonikonrathe lui avait fait part de son intention de demeurer neutre. À cette époque, Wapitik n'avait pas encore accepté d'épouser une Tsonnontouane, mais, advenant le cas, il paraissait évident qu'il ne pourrait adopter la ligne de conduite de son père.

— D'après toi, Grosse-Voix, de quel côté iront les Tsonnontouans ?

— Tout dépend des victoires que nous allons remporter.

— On raconte que les Sauvages de l'Ouest ont rapporté près de cinq cents scalps anglais après l'explosion du fort Bull.

Grosse-Voix échappe un petit rire.

— Il n'y a rien de drôle pour ceux qui ont vécu une telle terreur. Cinq cents, c'est beaucoup, souligne Pierre.

— En effet ; c'est énorme. Cinq cents chevelures à cinq livres chacune, ça commence à coûter cher à Onontiogoa. C'est ça qui me fait rire. Ah ! Ils sont astucieux, ces Sauvages !

— Qu'est-ce que t'entends par là ?

— Ben, ce n'sont point tous des scalps... Y a de la barbichette de bison au travers... Penses-y : ils n'ont guère ramené de prisonniers qui valent jusqu'à trente livres, des « lettres vivantes », comme ils les appellent.

— Exact : ils n'en ont guère ramené.

— Mais, des chevelures, que diable, oui ! Près de cinq cents. Y a des barbichettes de bison qui sont roussâtres et qui ressemblent à s'y méprendre à des chevelures d'Anglais... Alors, ils les ont vendues pour telles sans compter qu'avec une seule chevelure, les Sauvages savent en faire trois. Ils en profitent. Quand c'te guerre sera finie, qu'il soit anglais ou français, le vainqueur ne donnera plus qu'un seul prix pour leurs fourrures.

— J'ai toujours trouvé déplorable de payer pour des scalps.

— Les Anglais font de même. T'as guère changé, compagnon, exception faite du gris qui se mêle dans ta tignasse blonde, fait remarquer Grosse-Voix. J'me souviens que le premier scalp que t'as vu au fort du Lièvre t'avait fait horreur.

— Ils me font encore horreur.

— Dans l'temps, tu n'avais qu'une idée en tête : retourner vers ton Isabelle. Elle aussi, elle t'avait ensorcelé comme la diablesse a ensorcelé mon Félix... Comment elle va, ta belle ?

— Elle se porte bien aux dernières nouvelles. Toute la famille aussi.

— Combien d'enfants déjà vous avez eus ?

— Six et déjà trois petits-enfants.

— Te voilà donc grand-père trois fois... Moi, je l'ai été une fois jusqu'à ce que la diablesse décide de partir. J'le reverrai plus c't'enfant. Niagara, qu'elle l'appelle. Tu parles d'un nom ! Félix avait l'intention de le baptiser Noël en mémoire de son jumeau... Noël Gareau, ça sonne mieux que Niagara, non ?

— Niagara a un sens pour Fait-Trembler-la-Terre et les siens. De toute façon, le garçon peut s'en choisir un autre lors de son jeûne d'initiation.

— Un autre nom du même genre n'a guère d'avenir.

— Tu crois que les Sauvages n'ont guère d'avenir ?

Grosse-Voix se tait, l'air songeur. Ses vêtements de peaux et les reflets du feu sur son visage tatoué lui donnent plus l'apparence d'un Indien que d'un Blanc. À quel monde appartient-il vraiment, lui qui est père de Félix et père également de deux filles illinoises, demeurées dans leur tribu avec leur mère ?

Poing-de-Fer décèle de la tristesse dans l'expression de cet aventurier épris de liberté qui vient se ranger à leurs côtés pour défendre un style de vie qu'il a toujours fui et rejeté.

— Les Sauvages ont plus de passé qu'ils n'ont d'avenir, laisse finalement tomber le coureur des bois.

*

Nuit entre le 12 et le 13 août,
à soixante-treize mètres du fort Ontario [14].

Combien de coups de pioche et de pelle ont-ils donnés jusqu'à maintenant pour creuser une tranchée ? Combien de coups de hache pour ouvrir à travers bois un chemin d'artillerie d'une demi-lieue depuis la Petite Anse ? Harassés, Jean et Frédéric préfèrent ne pas s'y arrêter. Et surtout ne pas laisser prise au désenchantement.

Bien malgré eux cependant, ils envient Poing-de-Fer, Félix, Le Barbu et les autres tireurs d'élite embusqués avec les alliés amérindiens sous le couvert d'un taillis. Ceux-ci ont ordre de faire feu sur les assiégés au moindre mouvement, tandis que Jean et Frédéric, noyés dans une masse de trois cents travailleurs, ont ordre de creuser une tranchée. Ils ne se sentent plus des soldats, mais des taupes aveugles qui piochent, bêchent, creusent et pellettent dans l'obscurité. Réduits à une paire de bras, ils ont pour ennemis les roches et le réseau emmêlé des racines ; pour risques de blessure le tour de reins et les ampoules aux mains. À l'odeur excitante de la poudre enflammée s'est substituée la lourde et humide senteur de la terre.

Fait assez curieux, aucune détonation n'a éclaté, comme si les Anglais ne s'étaient pas aperçus des travaux en cours. Pourtant, la lune les éclaire et le bruit des outils aratoires grugeant le sol s'entend très bien. Est-ce à dire que même les Anglais ne les considèrent pas comme des ennemis dignes de combat ?

— Saleté de racines, maugrée Frédéric alors que sa pioche demeure coincée.

— Tu veux un coup de main ? lui offre Jean, plus habitué à ce genre de labeur.

---

14. Fort Ontario : situé sur un plateau de la rive droite de la rivière Chouaguen, ce fort en forme d'étoile était constitué de troncs d'arbre équarris sur deux faces et sortant de terre d'environ trois mètres. Un fossé de six mètres de largeur par deux mètres et demi de profondeur l'entourait.

— Non. J'en viendrai à bout.

Frédéric tâtonne le fer de pointe au cœur d'un enchevêtrement de racines et parvient à le dégager. Il aimerait que l'écheveau compliqué de ses pensées soit aussi simple à défaire. Depuis son séjour à l'hôpital du fort Kataracoui, le jeune soldat s'interroge. Qui est-il pour les autorités gouvernementales et militaires ? Les premières ont mis sa vie en danger par la consommation de viandes avariées, alors que les secondes ont réservé aux Indiens, miliciens et coureurs des bois la noble mission de les couvrir. Le fait que son rebelle cousin Félix soit parmi ceux qui guettent avec leur fusil alors que lui, si disposé à servir la patrie, se voit relégué à la pioche lui paraît une injustice.

— Beau travail, soldats, beau travail… Continuez, encourage soudain une voix.

Frédéric jette un regard par-dessus son épaule. Accompagné du colonel Bourlamaque, responsable des travaux, Montcalm déjà s'éloigne.

— Je rêve ou c'est Montcalm ? lui glisse Jean, s'attardant à son tour sur la silhouette du petit homme.

— C'est bien lui.

— Ici ? Avec nous ? À cette heure ? Tu parles qu'on va lui en creuser une belle tranchée[15] !

*

Soirée du 13 août, à proximité du fort Ontario.

Victoire imprévisible : les assiégés ont abandonné le fort Ontario pour se réfugier dans celui de Chouaguen proprement dit. Est-ce là une stratégie ? Ou tout simplement la crainte d'être cernés de ce côté de la rivière et coupés du secours des forts Chouaguen et Georges, bâtis de l'autre

---

15. « Monsieur le marquis de Montcalm fut visiter postes et travailleurs et resta à la tranchée jusque à trois heures du matin. »

— Journal du chevalier de La Pause, aide-major du régiment de Guyenne.

côté ? Du point de vue militaire, cette retraite s'explique mal, car les énormes pièces de bois de l'enceinte de ce fort pouvaient résister longtemps aux boulets, du fait qu'elles étaient protégées jusqu'aux trois quarts par un talus de terre à l'intérieur. De plus, il ne manquait ni de munitions ni de poudre pour les huit canons, les quatre mortiers à double grenade et les trois cent soixante-dix fusils des soldats qui le défendaient. D'ailleurs, dès l'aube, toute cette artillerie faisait feu sur les travailleurs de la relève qui s'employaient à élargir la tranchée creusée au cours de la nuit. Toujours en embuscade pour protéger ces hommes armés de pioches et de pelles, Indiens, miliciens et coureurs des bois tiraient avec précision sur toute âme qui vive, en atteignant plusieurs à travers les créneaux et les embrasures. Au fil des heures cependant, les Anglais diminuèrent l'intensité de leur feu jusqu'à le cesser complètement. Un silence étrange régna alors pendant un certain temps, puis la rumeur courut dans la tranchée qu'un groupe d'Indiens avait aperçu les Anglais se retirer du fort et traverser la rivière en barque.

Quand la rumeur devint confirmation, ce fut une véritable explosion de joie chez les assiégeants, suivie d'une ruée vers la place abandonnée dans l'espoir de s'approprier quelques biens. Ayant trouvé du rhum, des Indiens s'enivrèrent rapidement et, maintenant, ils rôdent en lançant des cris affreux.

— On dirait des loups affamés, commente Jean, dépêché sur les lieux avec son groupe pour poursuivre les travaux, que Montcalm, une fois en possession du fort Ontario, a aussitôt commandés en vue d'assiéger le vieux Chouaguen.

— Rien qu'à les entendre hurler, j'en ai la chair de poule, avoue Frédéric.

— T'as point lieu de craindre, cousin : c'est à ces poltrons d'Anglais que les Sauvages en veulent, rassure Félix, content d'avoir pu prendre du tabac avant qu'un corps de brigadiers du régiment de Guyenne ne vienne occuper ce premier fort, vaincu contre toute attente.

— Poltron toi-même, lui lance un soldat du régiment de Béarn venu installer une batterie de canons avec son détachement.

— Quoi ? C'est moi que tu traites de poltron ?

— Oui, toi et ceux de ton acabit qui êtes tout juste bons à vous cacher derrière les arbres comme les Sauvages.

— Ben, sommes point assez nigauds comme vous pour se laisser trouer la peau en attendant l'ordre de tirer. Il est vrai que vous, vous êtes tout juste bons à manier la pelle, rétorque Félix, l'œil plein d'éclairs.

— Au moins nous, n'sommes point des gueux qui font la guerre pour mettre la main sur du butin, raille le soldat, jetant un regard méprisant sur le tabac.

— Ne nous insulte point, soldat. Nous y sommes pour autant que toi dans cette victoire, intervient Poing-de-Fer, accouru en même temps que Grosse-Voix.

— C'sont de vrais soldats comme nous qui ont effrayé les Anglais, et non des gueux barbouillés de votre espèce, réplique le soldat en zieutant le visage tatoué de Grosse-Voix.

— Porte respect à mon père ou je te fracasse la figure, exige Félix, empêché de passer à l'acte par Poing-de-Fer.

— C'est le cachot qui t'attend si tu oses lever la main sur moi, menace le soldat autour duquel s'agglutinent ses camarades par solidarité.

— Cachot ou pas, je réglerai ton compte.

Un attroupement composé de miliciens et de soldats se forme. Les hommes prennent position, s'accusent, se chamaillent. Soudain, d'une voix forte et autoritaire, un officier impose le silence.

— Quel est ce désordre ? s'enquiert-il.

— Ces créoles se croient en droit de revendiquer la victoire, mon lieutenant.

— C'sont nos tirs et non vos pelles qui les ont effrayés, soutient Félix, bravant le regard du lieutenant de la Chapelle que cette altercation semble agacer au plus haut point.

— Messieurs, avance celui-ci en promenant un regard circulaire, nous n'avons pas les mêmes façons de combattre, certes, mais je vous rappelle que nous avons le même ennemi. Le fusil et la pelle sont aussi valables l'un que l'autre. Voilà une première victoire dont nous pouvons tous nous glorifier, mais si la mésentente règne parmi vous, elle pourrait fort bien demeurer notre seule et dernière victoire.

Pierre Passerat de la Chapelle marque une pause. Ses paroles semblent produire l'effet désiré. Quelques-uns affichent un air penaud, d'autres approuvent d'un hochement de tête et les groupes se relâchent autour des belligérants qui continuent toutefois de se toiser avec rage et rancune.

Le jeune lieutenant connaît assez le comportement du soldat pour savoir qu'il sera obéi. Du moins, officiellement. Par contre, il n'a encore acquis que très peu d'expérience auprès des miliciens canadiens sur lesquels, en principe, il n'a pas d'autorité, ceux-ci relevant du commandement du gouverneur général, représenté ici par son frère Rigaud de Vaudreuil.

— Où est votre capitaine de milice? s'informe-t-il, s'adressant au vieux coureur des bois aux allures d'Indien.

— Ben, j'en ai aucune idée, répond Grosse-Voix avec un haussement d'épaules. Toi, Poing-de-Fer, tu sais où il se trouve?

— Je l'ai vu prendre tantôt la direction de la Petite Anse par le chemin d'artillerie.

— Ben, voilà où il est, renseigne Grosse-Voix, réprimant un sourire en coin.

— Et le sieur Rigaud de Vaudreuil? demande l'officier, ignorant l'insolence du coureur des bois.

— Il a été appelé par le marquis de Montcalm, indique Poing-de-Fer.

Pierre Passerat de la Chapelle examine l'homme qui s'est avancé de quelques pas. Solidement charpenté et tout en muscles, le milicien n'a pas l'allure d'un bagarreur, comme le laisse entendre son surnom. Frisant la cinquantaine, il semble posséder un ascendant sur ses pairs. D'instinct, le militaire s'adresse à lui.

— Que ceux d'entre vous qui se sont sentis offensés par mes hommes en reçoivent des excuses de ma part.

— Acceptez pareillement de ma part des excuses des miens qui vous ont offensé de quelque façon, répond Poing-de-Fer.

Voilà la crise dénouée. Avec soulagement, le lieutenant de la Chapelle voit les belligérants accepter ces excuses par procuration.

— Allez, messieurs, à l'ouvrage! Il nous faut installer ici une batterie de neuf canons dirigés contre ce bâtiment ennemi, rappelle-t-il en pointant le vieux Chouaguen à l'apparence d'un château fort du moyen âge avec ses murs crénelés au rez-de-chaussée.

Les soldats sous son commandement se conforment avec entrain à son ordre tandis que les miliciens s'éloignent. L'officier français éprouve une secrète admiration à l'endroit de ces hommes hardis pour qui les lacs et les rivières n'ont pas de mystères. Infatigables à la rame et à l'aviron, endurants dans les portages, ils ont guidé les troupes fraîchement débarquées sur des centaines de lieues à travers ce vaste pays. Lui-même s'est vu conduit avec le régiment de Béarn jusqu'à Niagara où, en tant qu'adjoint du capitaine Pouchot, il s'y affairait à rebâtir le fort quand l'ordre leur parvint de gagner Chouaguen en vue d'un siège. À peine arrivé, le capitaine Pouchot était enjoint de faire fonction d'ingénieur à la suite du décès malheureux de Des Combles, ingénieur en chef[16]. Et voilà déjà une première victoire.

Le jeune diplômé en génie militaire considère la forteresse ennemie dressée sur sa falaise, de l'autre côté de la rivière. Dotée de murs et d'une enceinte de pierres d'un mètre d'épaisseur, elle est entourée de solides retranchements armés de dix-huit canons et de quinze mortiers. De plus, elle bénéficie d'une position lui permettant un tir plongeant. L'assiéger s'avère une entreprise fort téméraire, surtout qu'il leur faudra installer la batterie de canons sur un terrain en pente abrupte. En fait, l'assiéger vient à l'encontre de ses connaissances, mais, conscient d'avoir

---

16. Lors d'une reconnaissance à l'aube du 11 août, Des Combles fut tué par erreur par un Indien qui l'avait pris pour un Anglais.

cimenté l'esprit des hommes, le lieutenant de la Chapelle ne voit maintenant en Chouaguen que des pierres liées par le mortier.

*

Avant-midi du 14 août.

L'ennemi fait battre la chamade et hisse le pavillon blanc. Les assiégeants n'osent en croire leurs yeux et leurs oreilles. Depuis le lever du jour, les Anglais les canonnaient et les fusillaient, et voilà qu'ils se rendent.

Peu avant, la traversée de la rivière, à gué et à la nage, par un détachement d'Indiens et de miliciens canadiens leur a fait abandonner le fort Georges. Tous réfugiés dans le vieux Chouaguen, ils auraient pu cependant y tenir beaucoup plus longtemps, mais ils semblent soudain avoir cédé à la panique. Combinée à l'audace des uns qui ont traversé la rivière sans embarcation et au labeur nocturne des autres qui ont installé une batterie à même un escarpement à pic, la mort du commandant de Chouaguen [17], coupé en deux par un boulet de canon, y est sans doute pour quelque chose. Quoi qu'il en soit, deux de leurs officiers traversent bientôt la rivière pour venir faire des propositions puis repartent, accompagnés du sieur de Bougainville qui, sachant parler anglais, sert à la fois d'otage et d'officier mandaté pour discuter les articles de la capitulation.

— Hourra! Vive le Roi! Les avons eus, les Anglais! s'exclament soldats et miliciens sur la rive droite de la rivière Chouaguen dont le contrôle de l'embouchure vient de passer aux Français.

*

---

17. Commandant de Chouaguen : le colonel Mercer.

Dans la matinée du 20 août.

Le fort Georges n'est plus que cendres alors que le vieux Chouaguen brûle. De grandes flammes pointues se sont faufilées par les mâchicoulis, dévorant rapidement la galerie de bois et, maintenant, tels des serpents de feu affamés, elles rampent sur ce qui reste des pierres, cherchant à se mettre sous la dent portes, volets, embrasures et escaliers. Par moments, des craquements sinistres se font entendre, indiquant l'écroulement d'un étage ou l'affaissement du toit. Mêlés au roulement du tambour et aux décharges du canon et des fusils qui marquent la cérémonie en cours, ces bruits exaltent Pierre Passerat de la Chapelle. Il lui tarde d'écrire à ses parents pour les informer de cette belle victoire. Bien sûr, ceux-ci ne recevront sa lettre que dans deux ou trois mois, mais plus vite il couchera ses premières impressions sur le papier, plus elles seront justes.

Jusqu'à maintenant, l'occasion d'écrire ne s'est pas présentée tellement il y avait à faire à la suite de la capitulation des Anglais. Ceux-ci ont accepté de se constituer prisonniers de guerre leur laissant tout, c'est-à-dire l'artillerie, l'équipement, les vivres, les munitions ainsi que les bateaux et les barques des trois forts. Le soir même de la reddition, le sieur de Villiers partait en canot pour Montréal afin de remettre au marquis de Vaudreuil les cinq drapeaux enlevés aux Anglais [18]. Dès le lendemain, on commençait l'évacuation des mille six cent cinquante prisonniers qui seront transférés à Québec pour y être échangés. Simultanément, on procédait à l'inventaire du butin et à la destruction des forts. Haches, pics, pioches et pelles ayant servi aux chemins et aux tranchées s'attaquèrent résolument aux murs, fossés et enceintes. Sans relâche, nuit et jour, les hommes ont travaillé pour effacer toute trace de la présence anglaise en ce lieu. Demain, quand ils partiront, il ne restera plus une seule pierre de Chouaguen.

_____

18. Deux drapeaux du régiment de Pepperell et deux du régiment de Shirley, tous deux régiments venus d'Angleterre, et un drapeau du régiment de Schuyler de la colonie.

Au garde-à-vous, le lieutenant de la Chapelle contemple la grande croix que Montcalm a fait ériger pour unir les vainqueurs dans une même prière et que l'abbé Picquet est en train de bénir. Un poteau planté près de la croix porte les armes de la France ainsi qu'un écriteau sur lequel se lit la devise *Manibus date lilia plenis*.

Quelques membres de l'état-major attribuent plutôt à la chance qu'à leurs manœuvres la réussite du siège, car, à l'aube du 12 août, les éclaireurs indiens avaient intercepté et remis à Montcalm deux lettres du commandant de Chouaguen demandant à Albany un renfort de deux mille hommes. Pierre Passerat de la Chapelle conçoit aisément que si ces secours étaient parvenus à leurs ennemis, soldats, miliciens canadiens et Indiens ne seraient pas rassemblés aujourd'hui pour cette belle manifestation empreinte de patriotisme, mais tel n'a pas été le cas. Leurs alliés ont bel et bien capturé les porteurs de la demande d'aide des assiégés, donnant ainsi tout son sens à l'illustration de l'Indien serrant la main du soldat français.

Le jeune officier compte en apprendre davantage sur ces indigènes, à commencer par leur langue. Savoir manier la parole est un atout incontestable pour qui est appelé à diriger des hommes. Le règlement de l'altercation entre ses soldats et des miliciens l'a bien prouvé. Du reste, maîtrisant déjà l'anglais, la langue de l'ennemi, il lui paraît logique de connaître aussi celle de l'allié. Cette guerre, il en est persuadé plus que jamais, ils ne la gagneront que tous ensemble.

Poing-de-Fer n'aperçoit que le haut de la croix de l'endroit où il se trouve, loin derrière les régiments français. Pour la circonstance, il a revêtu sa chemise neuve et a pris soin de se raser et de ramasser ses cheveux en queue sur sa nuque. À sa droite, Grosse-Voix, Félix et Le Barbu n'ont par contre rien changé à leur accoutrement tandis qu'à sa gauche, son gendre Thomas arbore dignement le chapeau à plumes des voyageurs aux côtés d'André et de Roland dans leurs vêtements d'habitant.

Poing-de-Fer imagine son fils Jean avec son ami Frédéric parmi les soldats, portant fièrement l'arme à l'épaule et anticipant de futures conquêtes. Sans doute espèrent-ils se porter sur le prochain front avec l'armée de Montcalm. Pour sa part, il n'aspire qu'à retourner à la maison.

Quand Chouaguen est tombé, il en a profité pour visiter cet endroit, déambulant sur la rue qui longe la rivière à l'extérieur du fort. La vue de potagers et d'arbres fruitiers bien entretenus entourant les maisons proprettes qu'habitaient les marchands de fourrures n'a fait qu'attiser son désir de retrouver son lopin de terre. Après plus de six mois de guérilla, Poing-de-Fer ne rêve qu'à retourner chez lui pour dormir, le nez enfoui dans les cheveux d'Isabelle, serrant contre le sien son corps de femme et de mère, source de passion et de tendresse.

Alors que le marquis de Montcalm les remercie tous et les félicite du zèle avec lequel ils ont servi pour devenir maîtres de Chouaguen, Le Barbu chuchote :

— Maîtres, oui, mais pour combien de temps ?

— Guère longtemps, marmonne Grosse-Voix.

Poing-de-Fer croit, hélas, que ses compagnons ont raison. Les Anglais possèdent incroyablement plus de ressources qu'eux. Il n'en revient pas de toutes les provisions et de tous les vivres que contenait cette forteresse. Outre trente-trois bœufs et quinze porcs vivants, il a compté un grenier complet rempli de pois et un autre rempli de farine ainsi que des centaines de barriques de biscuits, de riz, de lard et de bœuf salé. De quoi nourrir trois mille hommes pendant un an, a-t-on estimé. Avec amertume, il se souvient du lard avarié et des biscuits moisis qu'on leur a servis avant l'arrivée de Montcalm.

Une dernière mousquetade clôt la cérémonie, puis les groupes de soldats reprennent leurs tâches respectives en vue du grand départ prévu pour le lendemain. Alors que Poing-de-Fer et les siens s'approchent de la croix afin de remercier le Ciel d'être tous sains et saufs, leur attention est attirée par le poteau portant l'écriteau et les armes de la France.

— Lis-nous donc ça, Thomas, toi qui prétends savoir lire, demande André.

— Pour sûr que j'sais lire. Voyons voir… Ça dit…
mani… mani…

— Mani?

— Attends un peu. Mani… bus, manibus et une date.

— Une date? J'vois point de chiffre. Où ça une date?
demande Grosse-Voix.

— J'en sais rien…

— Tu sais lire ou pas, taquine le coureur des bois.

— Je sais lire le français. Ça, c'est point du français à
mon avis.

— Effectivement, c'est du latin, précise le lieutenant de
la Chapelle derrière eux.

Avec une certaine condescendance, l'officier considère
ces hommes qui ne répondent pas aux exigences de la
discipline militaire, aucun d'eux ne se découvrant en sa présence, ni ne se mettant au garde-à-vous, ce qui le contrarie.
Il reconnaît le dénommé Poing-de-Fer qui lui demande
poliment la signification de l'inscription.

— C'est là une devise chère au marquis de Montcalm :
Manibus date lilia plenis, ce qui signifie : « Apportez des lys à
pleines mains. »

Poing-de-Fer et ses compagnons s'échangent des regards
interrogatifs comme si, une fois traduite, cette phrase leur
paraissait tout aussi obscure. Dommage que ces pauvres
illettrés ne puissent partager avec lui la foi en la grandeur de
la France qu'exprime cette devise, pense le lieutenant de la
Chapelle, mesurant concrètement le fossé qui le sépare de
ces hommes.

— Que représente donc pour vous la fleur de lys? leur
demande-t-il.

Devant le silence de Poing-de-Fer qui détourne le
regard, personne ne répond.

— La fleur de lys est notre emblème, messieurs. L'emblème de notre pays.

— Ben, de c'te fleur, au pays, j'en ai jamais vu ailleurs
que sur le drapeau, commente Grosse-Voix avec un grain de
malice qui amène une lueur moqueuse dans l'œil des
autres.

— Alors, sachez-le pour l'avenir : cette fleur est l'emblème du royaume de France qui vient d'étendre ses frontières par nos armes, réplique le militaire avant de faire demi-tour.

— J'aimerais bien savoir de quelles armes il parle. Des nôtres ou des leurs ? demande Grosse-Voix.

Personne ne répond.

Chapitre 30

Nouvel An

*1757, 1er janvier, maison de Louis La Ramée,
rue Saint-Sacrement, Montréal.*

À la dérobée, Élise observe le lieutenant de la Chapelle, comblée de le voir manger de bon appétit son potage à la citrouille. Imposé par l'hébergement obligatoire des militaires, cet hôte la ravit. Accommodant, il ne manifeste aucune hauteur à leur endroit, bien qu'il soit issu de la noblesse.

Pour lui faire honneur en ce jour de fête, il a fallu réaliser un véritable tour de force. Louis et Anne ont déniché, par le truchement de leur clientèle hétéroclite, un castor, trois lièvres, deux pots de sapinette, un de confiture de fraises et un petit panier de framboises et de bleuets séchés. De son côté, elle a grappillé dans le voisinage du lait, de la muscade, du poivre et du beurre. Dès l'aube, le castor fut mis à la braisière et elle a préparé les lièvres en civet, réservant une partie du bouillon pour le potage. Anne a boulangé leur farine de blé, coupée de moitié par de la farine d'avoine, pour en cuire deux belles miches qui embaument à chacun des bouts de la table où siègent Louis et leur hôte distingué. Du chou et des navets accompagnent le tout.

À l'heure où les gens de la ville se disputent le pain à la porte des boulangeries [1], Élise se sent riche. Riche de toutes les provisions que Louis et Anne ont ratissées dans les côtes jusqu'à la fin de l'automne. Grâce à leur débrouillardise, ils n'auront ni faim ni froid comme, hélas, tant d'autres que la disette guette. Cette année encore, la récolte n'a guère été abondante et l'absence des hommes participant à la guerre n'y est pas étrangère. Oh oui ! Élise est riche. Riche et privilégiée d'avoir sa petite famille réunie autour de la table en ce Premier de l'an. Elle s'est tellement inquiétée, tout au long de l'été et de l'automne, de savoir son fils Frédéric en campagne, mais, Dieu merci, il est de retour à la maison. Tout comme son ami Jean Vaillant, invité à ce repas, Frédéric passera les quartiers d'hiver sous le toit familial, à l'exception du jour de garde qu'il doit effectuer une fois la semaine.

Le potage étant terminé, Anne rapporte les bols à la cuisine et revient avec une bouteille de vin qu'elle dépose devant l'officier français, échangeant avec lui un sourire complice.

— J'ai apporté quelques bouteilles qui proviennent de nos vignes. J'ai pensé vous en offrir pour l'occasion, explique celui-ci.

— Du vin ! Ma parole, c'est point de refus. Voilà qui fera changement de la sapinette, s'exclame Louis, la mine réjouie.

— C'est tout un honneur que vous nous faites, lieutenant, mentionne aussitôt Frédéric, embarrassé par la familiarité de son père envers leur aristocrate pensionnaire.

— Ça fait un sacré bout de temps que ma langue n'a goûté le bon vin, poursuit Louis, faisant fi des gros yeux de son fils. Bien avant la déclaration de c'te guerre, il n'était point aisé d'en obtenir… sauf pour certaines personnes.

---

1. « J'ai été voir cette distribution : elle présente l'image d'une famine. On se bat à qui approchera du guichet par lequel on passe le pain. Ceux qui n'en peuvent approcher tendent leur ordonnance au bout d'un bâton. »
— Louis-Antoine de Bougainville.

Pierre Passerat de la Chapelle esquisse un sourire, amusé par la spontanéité du maître de la maison qui ne rate jamais l'occasion de faire allusion à une certaine corruption qui règne depuis quelques années. Des propos à cet effet transpirent d'ailleurs déjà du cercle des officiers[2]. Apparemment, l'économie lamentable de cette colonie serait due à l'avidité d'un groupe de personnes tenant les cordons de la bourse et tirant à la fois les ficelles du pouvoir. Cependant, comme il n'est pas de son ressort de régler ce genre de question, le militaire ne s'y attarde pas, feignant d'ignorer les sous-entendus.

Une fois la bouteille débouchée et les verres remplis, Pierre Passerat de la Chapelle se lève et, avec solennité, il souhaite :

— Que cette nouvelle année nous procure la victoire finale. Vive la France et vive le Roi !

— Vive la France et vive le Roi ! répètent-ils tous, Frédéric et Jean en se levant d'un bond, Élise et Anne demeurant assises, alors que Louis se soulève de sa chaise, ajoutant au grand dam de Frédéric :

— Et vive le Canada !

— Monsieur, le Canada ne saurait exister sans la France, souligne l'officier en fronçant légèrement les sourcils, mais je veux bien lever mon verre à vous tous qui habitez et défendez cette colonie.

— Vive le castor du Canada, aurais-je dû dire, corrige Louis, l'air finaud. Ici, voyez-vous, avec la patte d'ours et le museau d'orignal, le castor est considéré comme un mets de choix... Un mets de roi. Faites passer votre assiette que je vous serve de ce délice.

Tout en détachant les pattes plus tendres du devant, Louis poursuit :

— Les Sauvages disent que le castor fait tout : des fusils, des chaudrons, des écarlatines, de l'eau-de-vie... En un mot,

---

2. « La mauvaise administration, l'avidité des gens en place et de quelques particuliers sont cause de cette disette qui se prépare depuis quelques années. »
— Louis-Antoine de Bougainville.

le castor, ou plutôt sa fourrure, fait le bonheur de ceux qui en ont à troquer... Ils raffolent de sa chair, surtout de la queue, considérée délice suprême. En voilà un beau morceau pour vous.

— Vous croyez que cette guerre durera longtemps? s'informe Anne qui, prenant place à la gauche de l'officier, lui remet son plat.

— Il n'est pas d'usage d'entretenir les dames des sujets de la guerre, mademoiselle, mais je puis vous affirmer que cette campagne durera le temps qu'il faudra pour battre les Anglais. Chouaguen n'est qu'un début.

Anne sent ses joues s'empourprer à l'idée d'être tenue à l'écart d'un sujet de cette importance en raison de son sexe. La guerre ne les concerne-t-elle pas tous, hommes, femmes et enfants? Indifférente à la chose militaire jusqu'à depuis peu, elle reconnaît avoir été émue par la procession qui eut lieu à Montréal pour aller déposer en grande pompe dans l'église Notre-Dame deux des cinq drapeaux enlevés aux Anglais[3]. Pour la première fois de son existence, elle a senti battre son cœur au rythme du tambour et elle s'est prise d'admiration pour les hommes qui défilaient victorieusement dans les rues de la ville. Comme tant d'autres, elle a vu dans les vainqueurs de Chouaguen les sauveurs qui venaient mettre fin à leur misère. Illusion: Chouaguen n'est qu'un début.

— Étant donné qu'il n'est pas d'usage d'entretenir les dames des sujets de la guerre, pouvez-vous nous dire ce que vous ferez lorsqu'elle sera terminée? demande Élise avant qu'en digne fille de son père, Anne ne réplique une inconvenance.

— J'ai embrassé la carrière militaire pour la vie, madame, répond le lieutenant de la Chapelle, comme si cela allait de soi.

Quelle épreuve pour sa mère, songe Élise, ressentant de la sympathie pour cette inconnue qui devra constamment

---

3. En grande cérémonie, deux des trois autres drapeaux ont été déposés à la cathédrale de Québec et le dernier à l'église paroissiale de Trois-Rivières.

vivre dans l'angoisse de savoir son enfant exposé au danger. Anne, pour sa part, ne peut concevoir qu'on veuille passer sa vie à exercer le métier des armes. Du coup, elle déchante. Cet officier, elle le croyait tout autre, s'exilant volontairement de son château pour leur porter secours. Il n'en est rien. Ici ou ailleurs, il combat pour prendre du galon. Anne veut bien se l'admettre : elle n'a pas été insensible au charme de leur pensionnaire, allant jusqu'à rêver de danser avec lui dans un bal. Mirage que tout cela.

— Moi aussi, je serai militaire toute ma vie, déclare Frédéric, influencé par le gentilhomme à leur table qui a choisi de servir le roi dans son armée, alors que, par sa naissance, il aurait fort bien pu le servir comme mousquetaire.

— Bravo ! Cette colonie aura toujours besoin d'une force armée, félicite Pierre Passerat de la Chapelle. Et vous, soldat Vaillant ?

Jean hésite à répondre. Il serait de bon ton, dans les circonstances, de prétendre vouloir se consacrer à une carrière militaire. Qui sait, Anne lui accorderait alors peut-être autant d'attention qu'elle en a accordé jusqu'à maintenant au lieutenant de la Chapelle. Comme elle lui paraît désirable depuis qu'elle a perdu son teint pâle de demoiselle de la bourgeoisie ! Le hâle sied à merveille à cette jolie brunette qui s'initie auprès de son père à troquer fourrures, denrées et produits de la terre. Se faire remarquer d'elle est bien tentant, toutefois Jean n'est pas homme à mentir.

— Cette colonie aura aussi besoin de maçons, fait-il valoir avec aplomb.

— Maçon ? interroge Anne, ses prunelles pétillant d'intérêt.

— Maçon ! Quelle idée ! Quand les belles années reviendront, fais-toi voyageur comme ton père et ton beau-frère : ce sera plus payant, dicte Louis, son naturel de marchand bourgeois revenant au galop.

— Je ne suis ni mon père ni mon beau-frère, réplique Jean, trop agréablement surpris par la réaction d'Anne pour se formaliser des propos du père de celle-ci.

— Vous êtes bien le fils du dénommé Poing-de-Fer, n'est-ce pas, soldat Vaillant ?

— Oui.

— Je suis curieux d'apprendre d'où lui vient un tel surnom.

— Oh ! C'est une longue histoire, interrompt Louis qui a jadis été assommé par ce poing, mais ne désire nullement s'attarder sur le sujet. C'sont les Sauvages qui l'ont baptisé ainsi à cause de sa force hors du commun.

— Avez-vous hérité de cette force, soldat Vaillant ?

— Moi, non, mais mon jeune frère Nicolas, assurément.

— Un homme fort est bienvenu dans nos rangs.

— Il n'a que douze ans… La guerre sera sûrement terminée quand il en aura seize. De toute façon, le pauvre Colas ne voit point à dix pas de lui.

Avec un pincement au cœur, Jean se remémore la confidence de son jeune frère qui rêve d'être un jour parmi les défenseurs de la colonie. Sa vision ne le lui permettant pas, Nicolas espère que le port de lunettes pourra y remédier. Mais voilà, des lunettes coûtent cher et son frère n'est pas sans connaître les maigres moyens de leur père, sans cesse réquisitionné pour des expéditions.

Pour le consoler, Jean lui a fait remarquer que, grâce à son labeur, leur famille avait des provisions et du bois de chauffage en quantité suffisante pour passer l'hiver, et cela, même en tenant compte des deux soldats du régiment de La Sarre à sa charge[4]. De surcroît, tous réunis après la messe de minuit, ils avaient pu respecter la tradition de consommer du blé nouveau à Noël. Ce blé, n'était-ce pas Nicolas qui avait décidé de le moissonner avant qu'il ne soit trop tard au retour de leur père ? « Avec des lunettes, j'aurais travaillé tout autant sinon plus, avait répliqué Nicolas. Avec des lunettes, je pourrais faire ma part comme tout le monde à la guerre. »

---

4. « L'habitant devait chauffer et nourrir le nombre de militaires qu'on lui imposait pour dix sous par jour, par personne, payés en papier-monnaie déprécié qui devait être en grande partie renié par le roi. »
— Abbé H.-R. Casgrain.

Jean comprend la frustration de son frère. Lui-même ne s'est-il pas déjà senti inutile d'être écarté des combats ? Au-delà de faire sa part, se retrouver dans le feu de l'action présente un attrait tout aussi indéniable qu'inexplicable.

— Ce vin est excellent, complimente Louis.

— Ce castor n'est pas vilain, répond l'officier, trouvant à la venaison un goût exquis, à l'exception de la grasse et cartilagineuse queue.

Un élan de nostalgie s'empare de lui et sa pensée s'envole au château de Montville où sont réunis, en ce Premier de l'an, ses frères et sœurs, beaux-frères et belles-sœurs, neveux et nièces. Il imagine son père, en train de leur relire fièrement sa lettre l'informant que le huitième de ses onze enfants a participé à la prise de Chouaguen. Comme il se sent loin d'eux à l'instant, séquestré pour des mois par l'hiver qui a paralysé de glace les cours d'eau, les coupant du reste du monde jusqu'au dégel du fleuve ! Le voilà, seul de son grade et de son rang social, parmi ces gens, de bonne volonté soit, mais d'une tout autre mentalité et d'un tout autre mode de vie.

Ah ! Que l'hiver promet d'être long et ennuyeux ! En cette saison où les moyens de transport se limitent à la carriole et aux raquettes, tout fonctionne au ralenti ici, même les opérations militaires. Ce matin, le marquis de Montcalm est parti pour un séjour d'un mois à Québec. Il est à espérer que, dans la capitale, on lui accordera les honneurs qu'il mérite pour la victoire de Chouaguen, car, à Montréal, c'est plutôt au marquis de Vaudreuil qu'ont été adressées les louanges. Quelle injustice ! Si le gouverneur général a préparé le plan du siège, c'est bel et bien Montcalm qui l'a exécuté.

Depuis cette victoire, les tribus indiennes se rallient autour du drapeau français. Le lieutenant de la Chapelle a pu lui-même le constater au fort Carillon [5] où Montcalm n'a pas tardé à se porter avec son corps d'armée à la suite de la

---

5. Fort Carillon : il était situé entre les lacs Champlain, au nord, et Saint-Sacrement, au sud. Il correspond aujourd'hui au fort Ticonderoga.

défaite des Anglais à Chouaguen. Craignant une riposte de leur part sur ce front, le général y avait tenu un Grand Conseil. Pierre Passerat de la Chapelle a encore en mémoire le spectacle de six cents guerriers indiens, assis par terre en un immense cercle, tous peinturlurés, décorés et groupés par tribu, leurs chefs se passant le calumet de paix tandis que, debout au centre, tenant un collier de wampum, Montcalm leur adressait une harangue par le truchement d'un interprète. À ce moment-là, le lieutenant de la Chapelle a été renforcé dans sa décision d'apprendre une langue indienne et il a fait une demande en ce sens. On l'a alors référé au sieur Louis La Ramée qui lui enseigne, outre les mots et la syntaxe, la façon de se comporter avec les indigènes. Selon toute probabilité, c'est avec le concours de ces derniers que se fera le prochain mouvement d'envergure, et il compte être en mesure de les comprendre alors.

Tantôt, il n'a pas voulu se prononcer sur la fin de cette guerre. Venant de la demoiselle de la maison qui fait office de domestique, la question lui a paru déplacée. Les femmes en Canada se comportent avec une grande liberté dans leurs manières et, parfois même, avec un sans-gêne surprenant. Quant aux hommes, ils ont généralement un esprit d'indépendance fort développé et trop d'entre eux font preuve d'insubordination. Par contre, ce sont de solides travailleurs et de courageux combattants. Avec leur participation et celle des Indiens, le lieutenant de la Chapelle croit que les Anglais seront matés d'ici le mois d'octobre à venir. Juste à temps pour que l'armée de Montcalm s'embarque, avant que le gel de l'hiver n'isole de nouveau le Canada.

Le jour de l'An prochain, c'est au château de Montville, entouré de ses proches, qu'il lèvera son verre à la France et au Roi.

Chapitre 31

Le sang de la victoire

23 juillet, lac Saint-Sacrement[1].

Cachés dans les fourrés, une centaine de Canadiens et trois fois plus d'Indiens attendent, en proie au harcèlement de nuées de moustiques. Canots et barques sont retirés sur la terre et soigneusement dissimulés sous le feuillage. Rien ne permet de déceler la présence humaine au pied de la haute montagne nommée « Pain-de-Sucre » qui s'élève sur la rive nord du lac, en face d'un groupe d'îles.

Poing-de-Fer connaît l'endroit pour y avoir campé l'hiver dernier. Le paysage présentait alors un aspect beaucoup plus sévère, et les conditions climatiques avaient mis à rude épreuve les militaires français qui s'étaient portés volontaires pour accompagner Canadiens et Indiens dans l'expédition menée contre le fort Guillaume-Henri[2]. Gaston, l'un des deux soldats logeant chez lui, en faisait partie. Si le but inavoué de celui-ci était de se mesurer à Jean et à Frédéric, qui sont approximativement de son âge, celui de l'expédition

---

1.   Lac Saint-Sacrement : aujourd'hui connu sous le nom de lac Georges, il est situé au sud du lac Champlain dans lequel il se décharge.
2.   Fort Guillaume-Henri ou fort Georges : il était nommé fort William-Henry par les Anglais et il était situé au sud du lac Saint-Sacrement.

était d'enlever aux Anglais les moyens de prendre l'offensive au printemps, ce qui fut fait. Trois cents bateaux, quatre barques, un fortin et diverses baraques furent incendiés ainsi que le moulin à scie avec ses planches et sa réserve de bois de construction. Tout cela, qui était sous la protection du fort Guillaume-Henri, s'est envolé en fumée, couronnant de succès leurs efforts. Ainsi, dépourvus d'embarcations au dégel, leurs ennemis ne pourraient pas traverser le lac Saint-Sacrement pour venir les attaquer au fort Carillon. Également dépourvus de planches et du moulin à scie pour en produire, ils ne pourraient pas non plus reconstituer leur flotte de sitôt. Hélas, il appert qu'ils en ont eu le temps, puisque vingt-deux barges anglaises ont été aperçues dans les parages hier. Elles se sont ancrées pour la nuit et, selon les éclaireurs, elles devraient passer par ici et tomber dans leur embuscade.

Son fusil chargé, Poing-de-Fer épie les moindres sons et mouvements. Ainsi agit-il à la chasse, entraîné à faire mouche du premier coup, le gibier ne donnant jamais la chance de préparer et de tirer un deuxième coup. Cette fois-ci, ce ne sont pas des animaux qui risquent de tomber sous ses balles, mais plutôt des hommes. Cela le rend tendu, surtout qu'à son avis, beaucoup trop d'Indiens composent ce détachement. En majorité de la tribu des Outaouais[3], ils sont pressés de démontrer leur bravoure et leur loyauté aux Français, frustrés d'avoir été devancés par les Folles Avoines qui ont déjà prélevé des chevelures lors d'une précédente escarmouche.

Dans son for intérieur, Poing-de-Fer en vient presque à souhaiter que les Anglais évitent le guet-apens tant il devine la soif du sang chez leurs imprévisibles alliés. Advenant un dérapage, il doute que le sieur Corbière, commandant de ce détachement, puisse prendre le contrôle de la situation. Encore moins le jeune lieutenant de la Chapelle, commandant en second.

---

3. Outaouais, Outaouak ou Ottawa : mot algonquien signifiant « commerçant ». Ils habitaient dans la région des Grands Lacs et du lac des Népissingues. Ils comptaient parmi les alliés les plus fidèles de la France.

Le milicien glisse un regard à cet officier qui, caché à quelques pas de lui, doit mener les opérations de son bataillon. Il n'en aperçoit que le profil, mais il connaît à fond sa physionomie tellement il l'examine à la dérobée depuis qu'il connaît son nom. À Chouaguen, il ignorait avoir affaire à Pierre Passerat de la Chapelle, fils d'un seigneur de la région de l'Ain d'où il est lui-même originaire. Ce seigneur, il croit l'avoir connu. L'avoir même mille fois maudit en tant que prévôt de la maréchaussée du Bugey qui a exécuté la sentence prononcée contre lui. À l'époque, Poing-de-Fer était un paysan de vingt ans nommé Pierre Vaillant et condamné à l'exil à perpétuité en Nouvelle-France. Le cœur rempli de haine envers l'aristocratie qui l'arrachait des bras d'Isabelle, il jurait de se venger. Ce jour est-il arrivé? Lui faudra-t-il exercer sa vengeance sur le lieutenant de la Chapelle dont il a apprécié l'impartialité à Chouaguen et dont son fils et les La Ramée se sont entichés? Il a beau chercher dans les traits de ce dernier, dans son allure et dans son maintien, la superbe du prévôt de la maréchaussée, il n'y parvient pas. Peut-être y parviendra-t-il maintenant que le militaire détient une autorité sur lui. C'est à voir, mais ce fils de seigneur se trompe s'il croit pouvoir lui faire plier l'échine.

Trois barges apparaissent, circulant entre les îles. L'officier se détourne et croise le regard de Poing-de-Fer, lui signifiant d'attendre. D'un hochement de tête, le milicien s'y conforme. Les mains moites, la gorge sèche, le cœur battant, Pierre Passerat de la Chapelle ne sent plus les morsures et les piqûres des insectes. De tout son être, il espère être à la hauteur de la récente promotion[4] qui l'attache à l'état-major de Montcalm et en fait l'adjoint du colonel Rigaud de Vaudreuil. La colonie se trouve dans un si piteux état qu'aucune défaite n'est permise, si petite soit-elle. L'offensive est leur seule chance de gagner et, depuis l'hiver, cette offensive

---

4. Le 16 juillet 1757, par ordre de service, sur la proposition de Lévis, Montcalm attache Pierre Passerat de la Chapelle à son état-major en qualité d'aide-major de la Brigade de Nassau, l'adjoignant au colonel Rigaud de Vaudreuil.

se prépare contre le fort Guillaume-Henri. Dès le mois d'avril, l'état-major conseillait à l'intendant Bigot de réunir, par une levée de grains, les vivres nécessaires à l'armée pour marcher à l'attaque de ce fort dont la conquête aurait alors été facile. Malheureusement, une levée de grains n'était pas aussi lucrative pour l'intendant que la spéculation sur les vivres parvenant de France. Les vaisseaux tardant à arriver, il ne s'y résolut qu'à la dernière minute, laissant le temps aux Anglais de se remettre du raid hivernal sur Guillaume-Henri. Et fort bien d'ailleurs, à en juger par les trois autres barges qui débouchent et qui constituent l'avant-garde de la flotte aperçue hier. À n'en pas douter, ces Anglais sont en mission de reconnaissance en vue d'une attaque sur le fort Carillon.

Le lieutenant de la Chapelle observe les embarcations glisser doucement sur l'eau à cette heure où les premiers rayons du soleil déclenchent le gracieux chant des oiseaux. Dès qu'elles auront dépassé le cap, comme convenu avec le sieur Corbière, il donnera le signal de passer à l'action. Ignorant le danger qui les menace, les barges dépassent le cap, mais trop loin pour être atteintes par leur tir. L'ordre est alors donné de sortir les canots de leur cachette et de se lancer sur l'eau. Prenant place dans celui de Félix et de Poing-de-Fer dont les puissants coups de pagaie les propulsent en tête, Pierre Passerat de la Chapelle dirige ses hommes, en coordination avec ceux du sieur Corbière, de manière à enfermer les barges ennemies dans une boucle. Se voyant cernés, leurs occupants se rendent sans coup férir, espérant probablement être sauvés par le gros de la flotte qui se pointe.

Seize barges anglaises s'avancent résolument en bon ordre. Bien avant qu'elles n'atteignent le cap, des pétarades éclatent, suivis du cri de guerre des Indiens. Les Anglais ripostent de quelques décharges, puis décident de battre en retraite. Sans perdre un instant, les Indiens se lancent à leur poursuite et les rattrapent. Paralysés par l'effroi, les membres d'équipage n'opposent qu'une faible résistance aux belliqueux indigènes qui plongent pour couler les barges en les faisant chavirer, dardant de leur lance les malheureux qui se débattent. Plusieurs sont tués, d'autres se noient.

Hébété devant l'eau teintée de sang à l'encontre des plus élémentaires lois de la guerre, Pierre Passerat de la Chapelle n'a pas le cœur de crier victoire.

*

Ce soir-là, au campement installé au pied du Pain-de-Sucre.

Battements de tambour. Cris de guerre et cris de souffrance. Supplications, pleurs, plaintes et gémissements d'hommes. L'air chaud de juillet sent la chair grillée.

Seul à l'écart, le commandant en second refoule des larmes d'impuissance. Ce qui s'est passé lors de la bataille et ce qui se déroule présentement n'a rien à voir avec tout ce qu'on lui a enseigné à l'école militaire. Tantôt, il a vomi de dégoût. D'horreur. Et de honte. L'âcreté qu'il conserve en bouche s'apparente à celle de son âme qui rejette et condamne ce qu'il a vu et entendu. Ce qu'il ne veut plus voir, mais qu'il continue d'entendre.

Ces supplices affreux qu'on inflige aux prisonniers le torturent. Le culpabilisent. Aurait-il pu faire quelque chose pour mettre un frein à la cruauté des Indiens complètement déchaînés par le rhum qu'ils ont découvert dans les barges anglaises ? Brandissant des scalps sanguinolents, ils se sont rués sur les prisonniers tels des démons échappés de l'enfer. À coups de poing, de pied et de gourdin, par le fer et par le feu, ils se sont livrés à des atrocités inconcevables. Trois Anglais ont succombé au terme d'une lente et douloureuse agonie. Trois Anglais qui furent...

Un haut-le-cœur saisit de nouveau le jeune homme qui ne rend que de la bile. Comme elles sont loin les douceurs du château paternel ! Comme il se sent seul au cœur de cette barbarie ! Seul et tellement impuissant malgré son avancement dans la hiérarchie militaire.

— Vous n'auriez rien pu faire, dit Poing-de-Fer, à quelques pas derrière lui.

L'officier essuie hâtivement les larmes qui perlent à ses yeux.

— Que me vaut votre présence? demande-t-il d'un ton un peu brusque sans se retourner.

— Euh... Je viens m'informer pour demain... Quand comptez-vous partir?

N'est-ce pas louche que ce milicien le relance dans sa retraite pour s'informer auprès de lui plutôt qu'auprès du commandant en chef, songe le lieutenant de la Chapelle. Depuis quelque temps, il a l'impression que Poing-de-Fer l'épie. Cela l'embête et l'intrigue. L'embête parce que tous les indices lui donnant cette impression ne sont peut-être que le fruit du hasard. Se sentir épié et l'être effectivement sont deux choses. Cela l'intrigue aussi car l'homme le fascine. Tour à tour coureur des bois, voyageur et paysan, Poing-de-Fer a vécu parmi les Indiens et il prend part à toutes les expéditions. Pour quelles raisons un tel homme l'épierait-il donc?

— Demain, le plus tôt possible, répond-il.

— Bien, je comprends.

Avant que Poing-de-Fer ne dispose, le commandant en second pense à faire transmettre ses félicitations aux miliciens qui se sont merveilleusement bien comportés lorsqu'ils ont encerclé les six premières barges, mais il se ravise. Qui sait si des éloges ne monteront pas à la tête de ces Canadiens? Il est déjà assez désastreux d'avoir perdu le contrôle sur les Indiens pour risquer de le perdre sur les miliciens, enclins à l'insolence et à traiter d'égal à égal avec les officiers. Ainsi, que signifie ce «je comprends» de Poing-de-Fer? De quoi se mêle-t-il? Nul soldat n'aurait répondu de la sorte à son supérieur. Et pourquoi reste-t-il là?

Toujours les battements de tambour. Toujours les cris de douleur des victimes et les hurlements des bourreaux. Toujours cette odeur infecte. Pierre Passerat de la Chapelle pourrait facilement renvoyer Poing-de-Fer, mais il se surprend à demander:

— Que comprenez-vous au juste?

— De vouloir quitter cet endroit.

Venant d'un homme qui a probablement déjà vécu de si pénibles expériences, cette phrase le met en confiance.

— C'est horrible, échappe-t-il. Ils... ils les ont...

— ... mangés, je sais.

Ce mot, le militaire n'osait le dire, comme si le simple fait de le prononcer banalisait cet acte de profanation. Comment expliquera-t-il qu'une telle abomination se soit produite ?

— Vous n'auriez rien pu faire, répète Poing-de-Fer, comme s'il venait de lire dans ses pensées.

La main chaude et calleuse du milicien se pose sur son épaule et la pétrit avec une attention paternelle. Ce geste d'une incroyable familiarité, aurait irrité l'officier en toute autre circonstance, mais, à l'instant, il le réconforte. Et l'unit à ce frère d'armes avec qui il partage le désarroi devant l'insoutenable réalité.

Poing-de-Fer communie avec l'état d'âme de l'officier. En lui, il se reconnaît alors que, fraîchement exilé, il vomissait à la vue de son premier scalp. En lui, il se retrouve, pris de vertige devant les horreurs du raid de Sarastou. Captif à jamais des images, des cris et de l'odeur. Incapable d'en parler à qui que ce soit, car qui saurait comprendre sinon quelqu'un d'autre confronté à la même tragédie ?

— Les Sauvages disent que l'eau-de-vie libère le mauvais esprit en eux, laisse-t-il tomber, comme pour expliquer l'inexplicable.

— Le mauvais esprit ? Je ne doute pas qu'il rôde ici ce soir. Ces pauvres prisonniers ! Ils ne méritent pas un tel sort.

— Pour les Sauvages, un prisonnier demeure un ennemi. Mort, il n'est plus un danger, ajoute le milicien en retirant sa main.

— Alors qu'ils les tuent sans les faire souffrir.

— En les faisant souffrir, ils envoient le message d'y penser à deux fois avant de s'attaquer à eux.

— Quelle barbarie !

Poing-de-Fer se tait. Où finit et où commence la barbarie ? Quand on lui a imprimé la fleur de lys au fer rouge sur l'épaule, son frère indien, au pied de l'échafaud, trouvait les Français barbares de traiter un compatriote en ennemi.

— Vous ne pensez pas que c'est de la barbarie ? demande le lieutenant de la Chapelle en virevoltant.

— Sûrement… La barbarie existe partout et depuis toujours, je crois.

— Pas chez les gens civilisés. J'en veux pour preuve que les convertis ne commettent pas de tels crimes.

— Un jour, Tehonikonrathe, mon frère d'adoption qui a lui-même été torturé, m'a posé une question à ce sujet et je n'ai jamais pu lui répondre.

— Et quelle est donc cette question ?

— Pourquoi les Visages-Pâles ont torturé et cloué sur une croix celui qu'ils prétendent être le fils du Grand Esprit ?

Pierre Passerat de la Chapelle demeure interdit. Dans son esprit, aux gémissements des Anglais, se superposent ceux du Christ flagellé, couronné d'épines et crucifié.

— Soyez prêts demain, aux premières lueurs, dicte-t-il après un long moment.

Poing-de-Fer s'éloigne puis s'arrête.

— Si par malheur, vous tombez entre leurs mains, ne montrez jamais votre peur… C'est votre seule chance de salut, conseille-t-il avant de repartir.

*

24 juillet, rivière de la décharge du lac Saint-Sacrement.

Sur le rivage, de nombreuses silhouettes affluent par le chemin menant au camp de Rigaud de Vaudreuil et, de là, au fort Carillon. La nouvelle de la sanglante défaite des Anglais s'est propagée et l'on se presse pour accueillir les vainqueurs.

Muets dans leurs vêtements en lambeaux, le corps couvert de blessures, cinq prisonniers sont ligotés ensemble dans la barque de Pierre Passerat de la Chapelle qui tient à les amener au fort à des fins d'interrogation. Déjà, il a obtenu d'eux, dont l'un est colonel, des renseignements pertinents concernant le fort Guillaume-Henri. L'angoisse de subir le funeste sort de leurs compagnons déliera sans doute davantage leur langue en présence de Montcalm qui possède – il l'espère – le pouvoir de les délivrer des mains de leurs bourreaux. Lui, il n'en a aucun. Ni le sieur Corbière d'ailleurs, ces prisonniers appartenant aux Indiens, selon les ententes de l'alliance.

La victoire conserve un goût de vomi pour le commandant en second, mais il s'emploie à n'en rien laisser paraître. S'il est primordial de ne jamais montrer sa peur devant les Indiens, il l'est aussi pour un officier de ne jamais montrer de défaillance devant ses subalternes. Ni devant ses alliés. Dans cette optique, en présence des Outaouais qui l'escortent et dont des chefs prennent place à bord, il adopte leur fière attitude.

L'ampleur de leur victoire se mesure par celle des pertes anglaises qui se chiffrent à cent trente et un morts et à cent cinquante-sept prisonniers sur un total estimé de trois cent cinquante hommes. De leur côté, on ne déplore qu'un blessé léger.

À mesure que leur flottille progresse, le lieutenant de la Chapelle voit se multiplier les indigènes sur le rivage. Issus de trente-six tribus différentes, dont certaines inconnues jusqu'alors, ils portent tous le même cruel regard sur les prisonniers. Les cris qu'ils commencent alors à lancer font écho à ceux que l'officier a entendus la veille. Dans ce macabre comité d'accueil, il intercepte le regard impuissant et désespéré d'un jésuite qui lui fait comprendre que c'en est fait de ces Anglais. À peine auront-ils la chance de mettre pied à terre qu'ils succomberont sous les coups.

Le commandant en second s'apitoie à la vue des prisonniers livides qui tremblent de tous leurs membres. Ils savent ce qui les attend. Personne ne pourra venir les délivrer de ce millier de guerriers décidés à les massacrer. Personne, pas même Montcalm. Les voilà seuls devant une mort atroce.

Le jeune officier refuse qu'il en soit ainsi, mais, s'il s'oppose au noir dessein de ses alliés, il risque de se faire tuer. La peur lui noue les entrailles à chacun des coups de rame qui rapprochent ses passagers de leur fatal destin. Mettant en pratique le conseil de Poing-de-Fer, il se lève d'un bond pour indiquer le chemin menant au camp du colonel Rigaud de Vaudreuil, puis il s'adresse avec calme et autorité à l'un des chefs outaouais dans sa langue.

— Ces prisonniers doivent rencontrer Montcalm, le chef des guerriers français.

— Montcalm est ton chef, pas le mien. Ces prisonniers sont à moi.

— Quand les grands chefs sont venus féliciter Montcalm d'avoir vaincu les Yangisses à Chouaguen, ils ont trouvé dans ses yeux « la grandeur des plus hauts pins et la vivacité des aigles », réplique le lieutenant de la Chapelle, citant l'orateur d'une délégation venue de Makinac.

Cette citation d'un des leurs touche l'Outaouais qui plonge son regard noir dans celui de l'officier, se montrant sensible à ses arguments.

— Tu es chef, déclare l'officier. Dans tes yeux, je vois la force de l'ours qui se fait respecter. Ces prisonniers sont à toi. Vas-tu laisser ces gens les tuer sous tes yeux ?

Piqué dans son orgueil autant que flatté dans sa vanité, l'Outaouais se lève à son tour et, avant que la barque n'accoste, il crie à la foule :

— Ces prisonniers sont à moi. Celui qui lèvera son bâton contre ces prisonniers, lèvera son bâton contre moi et les miens.

La menace produit son effet. La corde au cou, vacillant sur leurs jambes, les cinq Anglais débarquent sans que personne ne lève la main sur eux et ils sont poussés vers le chemin menant à Montcalm. Pierre Passerat de la Chapelle suit le cortège, la gorge nouée par l'émotion. Il n'ose croire ce qu'il vient de réussir. Étrangement, il aurait aimé que Poing-de-Fer soit témoin de cette victoire qui ne sera jamais consignée dans les annales militaires. Cette victoire qui demeurera en lui, et pour lui, comme un baume et une purification[5].

---

5.   « Passerat de la Chapelle, que vous m'avez adjoint comme second, s'est particulièrement distingué au cours de cette affaire : sa connaissance de la langue anglaise m'a permis d'interroger utilement les prisonniers et de recueillir des renseignements utiles des Sauvages dont il parle également la langue. »
·   — Rapport du sieur Corbière au colonel Rigaud de Vaudreuil.

Chapitre 32

Le cheval du roi

12 décembre, Sainte-Anne-du-Bout-de-l'Île.

Éventré, éviscéré, le cerf gît près de l'enclos du cheval. Dans la petite neige du matin, la trace laissée par le passage de son cadavre qu'on a traîné remonte jusqu'à l'érablière où Poing-de-Fer, Thomas et Gaston sont allés le chasser.

Groupés autour de la bête, les membres de la famille Vaillant s'échangent des propos joyeux, excités et ravis par l'apport de nourriture qu'elle constitue. Seul Nicolas, accroupi près d'elle, l'observe silencieusement, son regard myope découvrant avec émerveillement les bois superbes, les yeux doux ombragés par de longs cils et le museau de velours noir. Les animaux sauvages, il ne peut les voir qu'une fois morts, mais jamais leur tête n'est intacte comme celle-ci.

— Voilà toute une bête, mon Colas, s'exclame son père en s'approchant avec son couteau afin de dépiauter l'animal.

— Quelle belle tête ! Ce n'est pas toi qui l'as tuée, hein ?

— Non, c'est moi, s'empresse d'informer Gaston Laliberté, le seul soldat à passer ses quartiers d'hiver chez les Vaillant depuis le décès de l'autre qui l'accompagnait l'an dernier.

— La prochaine fois, vise la tête, conseille Poing-de-Fer en prolongeant l'incision du ventre jusqu'au-dessous du menton.

— Je l'ai eu dans le cou : il est tombé comme si j'lui avais fauché les quatre pattes.

— Je sais, mais, dans la tête, ça nous laisse plus de viande.

— Tout de même, faudrait point faire d'histoire pour quelques bouchées de viande, rétorque Gaston.

Poing-de-Fer poursuit sa tâche comme s'il n'avait rien entendu. Cet intrigant personnage logeant sous son toit l'inquiète. Il lui préférait l'autre soldat, d'une nature plus ouverte. Celui-ci est secret. De lui, Gaston n'a rien laissé savoir, ni d'où il venait, ni ce qu'il faisait auparavant, sauf qu'il n'était pas familier avec les travaux de la ferme. Mais il a vite appris. Vigoureux, débrouillard, supportant sans rechigner la faim et le froid, il arrive à les suivre dans toutes leurs activités. En principe, Poing-de-Fer ne peut rien lui reprocher, mais il s'en méfie. La semaine dernière, Antoine, le benjamin de la famille, l'a suivi en catimini et l'a surpris en compagnie de Jouvet. De quoi s'entretenaient les deux hommes ? Antoine n'en sait rien, n'ayant trop osé s'approcher de crainte de dévoiler sa présence.

— Par chance que c'est un gros cerf. On te pardonne, va, mais la prochaine fois, comme dit mon beau-père, vise la tête, blague Thomas Chapuy, administrant une tape amicale sur l'épaule du soldat.

— Ça va : j'ai compris. La prochaine fois, ce sera la tête, consent celui-ci.

J'n'ai jamais vu de si grosse bête. Est-ce un wapiti, papa ? s'informe Marie-Pierre.

— Non, c'est un gros chevreuil [1]. Le wapiti est plus gros encore.

— Chevreuil ou wapiti, il sera bon à manger, conclut Isabelle en s'enserrant dans son châle.

---

1. Chevreuil : cerf de Virginie. Les Français l'appelèrent très tôt « chevreuil » à cause de sa ressemblance avec son cousin européen. Dès 1749, on notait la présence du cerf de Virginie aux abords du lac des Deux-Montagnes.

— Combien de paires de souliers mous comptes-tu tirer d'une telle peau ? lui demande monsieur Boitillon, les yeux encore écarquillés d'admiration devant la taille du cerf.

— Oh ! Ça dépend des pieds qu'ils vont chausser.

— Les miens, grand-mère ? demande Charles, âgé de sept ans.

— Non, les miens, grand-mère, supplie Joséphine, sa sœur cadette.

— Il y en aura pour les petits pieds en premier et pour les grands pieds par après.

— Combien ? Combien de grands pieds ? s'amusent à demander les enfants.

Tout en travaillant, Poing-de-Fer se délecte d'entendre sa famille deviser si gaiement. Cela le réconcilie avec lui-même. Avec l'homme de guerre qu'il est devenu par la force des choses. Un homme dont le fardeau des horreurs ne fait que s'alourdir. Cette fois-ci, à la suite de la reddition du fort Guillaume-Henri, elles ont atteint leur paroxysme.

Malgré lui, les images du massacre qui s'est déroulé sur le chemin reliant deux forts ennemis reviennent le hanter. Par mesure de précaution, une escorte française y accompagnait les Anglais qui, selon les articles de la capitulation, se retiraient du fort Guillaume-Henri afin de se rendre au fort Lydius. Trop faible en nombre, cette escorte était en outre dépourvue des hommes qui possédaient une certaine influence sur leurs alliés indiens. Devant les gestes d'intimidation de ces derniers, un commandant anglais crut bon d'ordonner à ses soldats de porter leur fusil la crosse en l'air pour ne pas se montrer menaçants. Hélas, ce geste ne fit qu'illustrer leur peur, avivant les intentions malveillantes des Indiens, qui passèrent à l'attaque. L'escorte française fut rapidement débordée, incapable d'arrêter les bras qui abattaient le casse-tête et maniaient le couteau à scalper. Alertés, Montcalm, Bourlamaque et Lévis, suivis des missionnaires, des Canadiens et des interprètes, se portèrent rapidement au secours des Anglais. Devant la frénésie des indigènes, Montcalm alla jusqu'à se découvrir la poitrine pour les impressionner, leur criant à tue-tête : « Puisque

vous ne voulez plus écouter ma voix, tuez-moi en premier. »
Cela eut peu d'effet. Quatre cents personnes, hommes,
femmes et enfants, furent capturées et traînées aux pays de
leurs ravisseurs, alors que cinquante cadavres au crâne
ensanglanté jonchaient le chemin.

Tel que l'avait prédit Tehonikonrathe, la haine avait
déferlé. Cette haine, transmise par la Parole et réclamant
vengeance. Cette haine, comme une arme que les Français et
les Anglais utilisent l'un contre l'autre et sur laquelle ils
avaient perdu le contrôle.

Poing-de-Fer se souvient du regard échangé avec le
lieutenant de la Chapelle sur les lieux du massacre. Un
regard où tout était dit et qu'aucun mot ne peut traduire. Le
sang des victimes éclaboussait leur belle victoire, remportée, comme à Chouaguen, par la pelle et le fusil, par le
labeur des uns et l'adresse des autres. Par la vaillance et
l'endurance malgré les privations et les embûches. Français,
Canadiens et Indiens avaient réalisé ensemble des exploits
impensables pour les Anglais, dont une marche ardue de
quatre jours à travers bois, montagnes et marais sur la rive
ouest du lac Saint-Sacrement. Sans tente ni équipement, la
moitié de l'armée avait suivi l'infatigable chevalier de Lévis,
tandis que l'autre moitié se déplaçait par bateau sous la
direction de Montcalm. Aux nuits extrêmement froides
succédaient des jours torrides, et, dès quatre heures du
matin, ils se remettaient en route pour s'arrêter à quatre
heures de l'après-midi. Peu habitués à dormir à la belle
étoile et à se déplacer en forêt, plusieurs montrèrent des
signes d'épuisement, mais le lieutenant de la Chapelle avait
tenu bon. Sans doute devait-il la vigueur de ses jambes à
l'escalade des falaises et aux courses dans les montagnes de
son pays natal.

Poing-de-Fer sentait qu'un lien étrange s'était tissé entre
lui et ce jeune noble et, quand il y eut entre eux ce regard, il
laissa tomber toute idée de vengeance. Elle n'avait plus sa
raison d'être.

— J'entends des chevaux qui s'en viennent de chez
oncle Gaspard, avertit soudain Nicolas.

Aussitôt, Poing-de-Fer abandonne son ouvrage et, flanqué de son gendre Thomas et de Nicolas, il se place devant le reste de la famille.

— Combien de chevaux, Colas?

L'apparition de quatre cavaliers, dont deux brigadiers, répond à la place de son fils. Poing-de-Fer demeure saisi, revivant le cauchemar de son arrestation en France. Ces hommes viennent pour lui. Ils vont l'emmener. L'enchaîner. L'arracher à sa femme et à ses enfants. À sa terre. À sa maison. Il serre les poings à s'en crever les jointures. Pense à fuir. À s'évader avant d'être emprisonné, mais il n'en fait rien.

— Mon Dieu, qu'est-ce qu'ils nous veulent, Pierre? laisse échapper Isabelle, derrière lui, d'une voix inquiète.

Poing-de-Fer décoche un regard soupçonneux à Gaston Laliberté. À quel sujet l'aurait-il donc dénoncé à Jouvet? De ce deuxième fusil à cartouches qu'il a rapporté à la maison? Ou encore de ce thé qu'il a chipé dans le magasin du fort Guillaume-Henri? Son pensionnaire serait-il au courant de ces grains et semences qu'on cache ou de ce troc qu'on pratique à l'occasion avec les convertis du lac des Deux-Montagnes? Pourtant, le mot d'ordre est d'être prudent en sa présence. À moins que ces hommes ne viennent le reprendre parce qu'il a déserté, la journée du 17 août. Mais, ils ont presque tous déserté ce jour-là. Depuis leur victoire du 9 août contre le fort Guillaume-Henri, ils avaient travaillé nuit et jour à démolir les remparts, baraques, hangars et casemates pour ne laisser derrière eux que des ruines fumantes. L'armée ne pouvait leur en demander davantage sans mettre en péril les récoltes, alors, dans un même mouvement, ils sont tous partis[2]. Arrêter des centaines d'hommes est impossible, mais il suffit d'en pendre un seul pour donner l'exemple. Jouvet se sera fait un plaisir de suggérer aux autorités que Pierre soit celui-là.

---

2.   « Frénésie, vertige, folie indécente de la part des Canadiens. Officiers et habitants partent sans permission. Il eût fallu tirer dessus pour les arrêter. »
— Louis-Antoine de Bougainville.

— J'entends une charrette derrière, ajoute Nicolas.

— Avec une charrette, c'sont des percepteurs, en déduit monsieur Boitillon d'un ton défaitiste.

— Il n'y a plus guère à prendre dans les côtes, mentionne Thomas.

— Oh! Ces charognards trouveront bien, marmonne Poing-de-Fer, saluant de la main les cavaliers qui mettent leur monture au pas avant de s'arrêter.

— Nous venons pour une levée de grains et de farine, annonce un commissaire en se penchant pour présenter l'autorisation à cet effet.

— Vous avez déjà levé les grains cet été, rappelle monsieur Boitillon.

— Cet été, c'était pour partir en campagne. Aujourd'hui, c'est pour nourrir l'armée durant l'hiver. D'après vos droits de banalité payés au moulin des Sulpiciens, vous avez fait moudre en farine quatorze minots de blé et dix de maïs.

— Ce peu de farine est pour notre consommation, répond Poing-de-Fer.

— Était… Elle était pour votre consommation. Mais tu as raison de dire qu'il y en a peu, paysan. Tous ces arpents labourables n'ont donc donné que quatorze minots de blé?

— Une fois le cens payé, c'est tout ce qu'il restait. La récolte a été fort mauvaise.

— J'en conviens. C'est la plus désastreuse jamais vue au pays. Par contre, un rendement aussi bas que celui de ta terre, j'en n'ai encore jamais vu. Peux-tu m'en donner l'explication, paysan?

À la façon dont l'homme insiste sur le mot paysan, Poing-de-Fer décèle son intention de le provoquer et il se fait violence pour garder son calme.

— Pour sûr. Je n'peux point combattre les Anglais et cultiver ma terre en même temps, répond-il.

— Tu n'es pas le seul dans ce cas, mais bien le seul dont la terre a un si pauvre rendement. Nous allons examiner cela de plus près, poursuit l'homme en faisant signe à ses hommes d'entreprendre des fouilles.

Ceux-ci descendent prestement de selle et se lancent à la recherche, qui dans la maison, qui dans la grange-étable, qui dans le poulailler.

Grinçant des roues, la charrette pénètre dans la cour, chargée à demi et traînant une vache attachée derrière. Poing-de-Fer reconnaît celle de son beau-frère. Les charognards ont donc dépouillé Gaspard avant de venir ici. Lui ont-ils arraché le secret de leur cachette, aménagée dans le plancher à double fond de la cabane à sucre ? Cachette où, depuis longtemps, ils entreposent des grains, échappant ainsi au contrôle que peuvent exercer les autorités par les frais de mouture au moulin des seigneurs sulpiciens. Auparavant, Gaspard et lui parvenaient toujours à soudoyer un meunier pour moudre en douce une partie de leur blé, mais l'intendant a pris le contrôle des moulins. Le prix du blé ne cessant d'augmenter, ils ont caché cette année près de la moitié de leur récolte. Malgré le succès des armes françaises, la guerre semble vouloir s'éterniser, et cette réserve de grains constitue un vrai trésor[3].

Du haut de son cheval, le commissaire examine les lieux, jetant par moments un regard méprisant à Poing-de-Fer. De la maison provient le pleur d'un bébé. Aussitôt, Marie-Pierre s'empresse vers son dernier-né qui était à dormir, croisant au passage l'homme qui revient donner le compte rendu de ses recherches au commissaire.

— Il y a treize minots de farine, déclare-t-il.

— J'ai compté presque trois minots de grains de semences, rapporte son compère au sortir de la grange-étable.

Celui qui revient bredouille du poulailler hausse seulement les épaules.

— Si l'on considère le quatorzième pour les frais de mouture et le cinquième pour les grains de semence, le compte y est. Vous n'y avez donc point touché à cette farine ?

---

3. « La farine se vendit au poids de l'or ; on n'en trouva bientôt plus… Monsieur Bigot fit retrancher le pain dans les boulangeries… il laissa à Cadet (le munitionnaire) toute liberté d'enlever les blés, sous prétexte de nourrir l'armée. Il fit même sceller les moulins dans les campagnes. »
— Mémoires sur le Canada.

— Nous la gardons pour le blé nouveau à Noël.

— Gardiez… Vous la gardiez. Le blé nouveau est un luxe… La ration des soldats diminue sans arrêt… Faute de pain, ils mangent du cheval. Et toi, tu veux t'empiffrer avec le pain du blé nouveau, tandis que tu peux pêcher dans le lac et chasser ! semonce le commissaire en pointant le cerf du menton. Estime-toi chanceux que nous vous laissions le maïs, ajoute-t-il pendant que ses hommes chargent la charrette des sacs de farine et de grains.

— Maintenant, où se trouve le reste du blé ? demande-t-il, une fois le chargement terminé.

— Il n'y en a point d'autre, affirme Poing-de-Fer.

— Qu'en sais-tu ? N'étais-tu pas à combattre les Anglais quand ce blé a été moissonné ? Qui a moissonné ce blé ?

— C'est nous, lance Marie-Pierre en revenant avec son bébé dans les bras.

— Qui ça, nous ?

Isabelle, Nicolas, Angélique, Hélène, Antoine et monsieur Boitillon lèvent la main.

— Ainsi donc, tous ces arpents n'ont donné que quatorze minots ?

— Ce n'est pas faute d'avoir travaillé, répond Marie-Pierre alors que les autres acquiescent d'un hochement de tête.

Le commissaire la fixe durement. Cette femme avec son marmot et son air de bravade l'offusque. Il n'a que faire de son opinion et l'associe à ces bonnes femmes de Montréal qui ont fomenté des troubles, il y a quelques jours[4]. Quel culot elles ont eu d'aller réclamer du pain au gouverneur général alors qu'il leur offrait de la viande de cheval à très bon prix !

---

4. Le 1ᵉʳ décembre, « l'après-midi, il y eut une émeute de femmes ; elles s'assemblèrent devant la porte de monsieur le marquis de Vaudreuil… »
— Chevalier de Lévis.

« Les femmes à Montréal ont été le [le cheval] jeter aux pieds de monsieur de Vaudreuil… Toute émeute est contagieuse dans un pays où l'air inspire l'indépendance. »
— Louis-Antoine de Bougainville.

Comme si cela n'était pas suffisant, elles ont influencé les soldats à refuser cette viande lors de la distribution hebdomadaire des rations. N'eût été de l'intervention du chevalier de Lévis, cette désobéissance aurait pu tourner en rébellion.

— Toi, avec le marmot, avance.

Soutenant son regard, Marie-Pierre obéit.

— Tu affirmes que c'est là la déclaration exacte?

— C'est là la déclaration exacte.

— Sais-tu ce que signifie «sous serment»?

— Oui, cela signifie que si je mens, je commets un sacrilège.

— Et tu te retrouves en enfer pour l'éternité. Alors, dis-moi, affirmes-tu sous serment que c'est là la déclaration exacte?

— J'affirme sous serment que c'est là la déclaration exacte, répète Marie-Pierre sans hésitation, pressant contre elle son petit et pensant que s'il lui faut griller en enfer pour nourrir ses enfants, ce sera ainsi.

— Moi aussi, je pourrais en prêter serment, propose monsieur Boitillon.

— Et moi donc, renchérit Isabelle.

— Moi de même, ajoute Nicolas.

Décontenancé par cette réaction en chaîne, le commissaire fulmine intérieurement. Ces gens lui mentent, il ne peut en être autrement. Il remarque Gaston Laliberté à l'écart, les bras croisés, le visage fermé.

— Et toi, là-bas?

— J'suis soldat du régiment de La Sarre. J'en sais rien de leur récolte, ment-il, affichant une moue d'indifférence envers ses hôtes.

Le brave Nicolas lui a raconté que la moitié des grains étaient cachés dans leur cabane à sucre, mais Gaston n'en soufflera mot. Il a beau être voleur, menteur et tricheur, il n'est pas mouchard. Jouvet s'est royalement trompé en lui demandant de rapporter tout comportement suspect des membres de cette famille. Ce que font ou ne font pas les autres pour tirer leur épingle du jeu ne le concerne en rien. Seul lui importe de sauver sa peau. Celle des autres, il s'en balance. Ils le font bien rire, les naïfs du genre de Frédéric La Ramée qui croient qu'il est ici pour sauver le Canada. Foutaise! Il est ici parce qu'il s'est fait rouler en France, point à la ligne. Un recruteur l'a enivré et a glissé quelques pièces dans sa poche afin de pouvoir l'accuser de vol, lui proposant par la suite de s'engager plutôt que de subir un procès qui l'aurait inévitablement condamné. Ce qui l'enrage dans cette histoire, c'est d'être un voleur volé.

Après un long moment de réflexion, le commissaire s'adresse à Marie-Pierre avec un sourire méchant.

— Dommage que ce soit là la déclaration exacte. Faute de pain, on mange du cheval. Emmenez cette vieille rosse! ordonne-t-il en indiquant Charbon dans l'enclos.

Consternation générale.

— C'est point une vieille rosse, ce cheval, défend Boitillon. Il nous est fort utile.

— Aussi utile que toi, vieux radoteux?

— Notre bœuf est mort l'an passé. Nous avons besoin du cheval pour travailler, proteste Poing-de-Fer.

— Travailler, dis-tu? Il n'a guère travaillé, ce cheval, pour que ta terre produise si peu.

— C'est du vol! profère soudain Thomas Chapuy.

— Non, c'est de l'achat. Il vous sera payé éventuellement, tout comme les grains et la farine.

— Quais, à quel prix sera-t-il payé? Au prix courant, ou à celui que vous allez le revendre au roi? J'suis voyageur, j'sais comment les choses se passent.

— Étais… Tu étais voyageur. Crois-moi, tu ne le seras plus.

Déception. Rage inutile. Révolte dans le cœur de Thomas devant le pouvoir que possède cet affidé de Bigot de lui faire perdre cet emploi rémunéré en argent sonnant[5]. Il

---

5. Les voyageurs qui transportaient les vivres dans les postes pour le roi étaient payés quatre à dix écus par mois ou à forfait. À titre de comparaison, Bigot, joueur invétéré, perdit en une seule nuit, au cours de l'hiver 1758, soixante-huit mille écus, et ce, en dépit de l'interdiction des jeux de hasard par le roi.

aurait dû se taire, mais il a été témoin de tant d'escroquerie qu'il n'a pu retenir sa langue. L'intendant et ses acolytes ne cessent de s'enrichir, troquant les vivres en cours de route contre des fourrures, gonflant, inventant des factures que le roi acquitte. Ceux qui ont dénoncé ces fraudes ont été éclipsés. Remplacés par d'autres qui se ferment les yeux et ouvrent la main pour leur silence. D'autres, comme ce Philippe de Chatillon, toujours en poste au contrôle des arrivages à Détroit, qui inscrit dans ses registres ce que la Société veut bien qu'il inscrive. L'usage en ces temps-ci est de se taire, mais Thomas n'a pas pu. Le voilà bien puni. Et toute la famille avec lui, par ricochet.

Dans l'enclos, Charbon fuit l'homme qui tente de lui passer le licou, ce qui provoque le rire de Joséphine. À cinq ans, elle est encore trop jeune pour avoir saisi la portée des propos échangés. Pour elle, le cheval s'amuse, tout simplement.

Contre toute logique, l'espoir que cette scène fasse fléchir le commissaire naît chez Marie-Pierre et grandit chaque fois que le cheval se dérobe. Bien que maigre, ce bel étalon noir qui exécute des cabrioles sur la neige ne démontre-t-il pas toute sa vigueur? Toute sa capacité à les aider dans leurs tâches? Tout à coup, son poursuivant trébuche et s'étale de tout son long. Joséphine lance un hourra et applaudit tandis qu'un brigadier chuchote au commissaire :

— Abattons-le sur place.

L'ouïe fine de Nicolas saisit ces dernières paroles et, d'un pas décidé, l'adolescent se dirige vers l'enclos.

— Ici, mon Charbon.

S'ébrouant et hennissant, le cheval obéit. D'un geste coutumier, son jeune maître lui gratte le toupet, et automatiquement la bête se frotte le nez contre lui. Nicolas sait tout ce que représente ce cheval pour Marie-Pierre, mais personne ne sait ce qu'il représente pour lui qui n'a jamais pu courir. Avec Charbon, il a couru plus vite que le vent, se grisant du déplacement de l'air sur son visage. Ce cheval connaissait le chemin du retour à la maison et savait aligner les labours. Ce cheval était ses yeux. La mort dans l'âme, Nicolas lui enfile le licou de l'homme qui l'emmène et l'attache aux côtés de la vache de Gaspard.

— Signe ici comme quoi tu m'as vendu ton cheval, dicte le commissaire.

Analphabète, Poing-de-Fer passe le papier à sa femme afin qu'elle en prenne connaissance.

— C'est point écrit à quel prix il le vend, note Isabelle.

— Le prix est à considérer. Je déposerai ce billet chez le sieur Jouvet qui vous en acquittera la somme en temps et lieu.

Poing-de-Fer regarde sa fille aînée d'un air désolé, puis signe « Pierre Vaillant », s'efforçant à former les lettres dans le bon ordre tel qu'Isabelle le lui a enseigné. Plus jamais il ne se fera rouler en signant à l'aveuglette d'un simple X, s'est-il promis depuis l'injuste accusation de vol prononcée contre lui.

Se sentant exclu, Gaston Laliberté jalouse ces gens qui sont tous unis par le même sang, par les mêmes joies, les mêmes peines. Ces gens qui forment ce qu'il n'a jamais connu : une famille. Son regard s'arrête sur Hélène, la plus jeune des filles. Avec Nicolas, cette timide adolescente est dénuée de toute méfiance à son endroit et elle lui témoigne de la sympathie. Devant le chagrin qu'elle exprime, Gaston se surprend à vouloir la consoler.

La charrette s'ébranle à la suite des cavaliers. Déçue que le jeu ait pris fin, Joséphine tire sur la jupe de sa mère.

— Maman ? Où il s'en va, Charbon ?

— Il s'en va servir le roi, lui répond Marie-Pierre.

— Il sera cheval du roi, alors ?

— Oui.

Charbon lance un hennissement d'adieu en se secouant la crinière. Joséphine agite sa menotte, bredouillant tristement :

— Au revoir, cheval du roi.

Chapitre 33

En avant, Canadiens !

*1758, samedi 8 juillet,
au camp retranché du fort Carillon.*

Dans l'imminence d'une attaque, soldats et officiers ont dormi tout habillés dans leur tente pendant que la grand-garde assurait la sentinelle. Dès que le tambour a battu la diane à l'aube, chaque régiment a gagné la partie des retranchements qui lui a été affectée et où s'élève son drapeau distinctif. Groupés sous celui de la Vierge brodée sur fond d'azur semé de lys, les quatre cents hommes de la milice et des troupes de la colonie mangent leur maigre ration. Montcalm leur a assigné cet emplacement, situé à droite et au pied du plateau sur lequel s'étend le front des retranchements de l'armée française. Ils ont pour mission de surveiller, devant eux, une trouée par où les Anglais pourraient s'aventurer pour gagner le fort Carillon, situé à moins d'un kilomètre derrière, ainsi que de soutenir le flanc droit des Français jusqu'à la dernière extrémité.

Adossés contre des sacs de sable posés dans les interstices des troncs d'arbres leur servant de rempart, Jean et Frédéric n'en finissent plus de bâiller et de s'étirer les membres, arrachés trop tôt au sommeil qui les a gagnés trop tard. La situation est critique. À cinq contre un, les Anglais sont à la veille de surgir, baïonnette au fusil. Il y a trois jours, du haut de la montagne Pelée, les éclaireurs ont aperçu leur flotte qui s'étendait en une file sans fin sur le lac Saint-Sacrement[1]. À l'heure qu'il est, tous ces ennemis se trouvent à leurs portes.

— Par chance que Lévis est arrivé cette nuit avec du renfort, rappelle Frédéric[2].

— Ça va aider, pour sûr, mais ce renfort qui vient d'arriver, ça demeure bien peu à comparer aux forces anglaises qui vont nous tomber dessus… Tu crois que c'est vrai, cette histoire de miliciens qui seraient en route? demande Jean.

— Pourquoi est-ce qu'on nous mentirait?

— Pour qu'on garde courage.

— Tu as perdu courage, toi?

Jean sourit. Il ne sait plus très bien ce qu'est le courage. Toute la nuit, il s'est demandé s'il en avait et s'il fallait être un peu fou pour en avoir dans les circonstances. Il n'a pas trouvé de réponse.

— J'imagine que non, répond-il. Et toi, tu as perdu courage?

— J'imagine que non, moi aussi… J'ai confiance en Montcalm. Hier, il ne nous a pas menti sur l'état de nos forces. Je ne vois pas pourquoi il nous aurait menti sur les secours à venir.

— T'as raison: on peut se fier à la parole de cet homme. Sans doute que mon père fait partie des miliciens qui s'en viennent, car on l'avait réquisitionné pour suivre Lévis et ses soldats du côté d'Albany. Puisque Lévis est rendu ici avec ses troupes et qu'il nous commandera, mon père fait sûrement partie de ceux qui s'en viennent, à moins que…

Jean n'achève pas sa phrase de crainte que cela ne porte malheur. La possibilité que son père puisse perdre la vie au

---

1. Neuf cents bateaux, cent trente-cinq barges et un grand nombre de bateaux plats chargés de l'artillerie formaient cette flotte. L'armée d'Abercromby comptait au total quinze mille quatre cent un hommes. Celle de Montcalm: trois mille cinq cent six hommes.
2. Dans la nuit du 7 au 8 juillet, Lévis débarque à Carillon avec trois cents soldats.

cours de ces expéditions s'impose à lui et il ne sait à quoi l'attribuer. Peut-être est-ce dû à leur drapeau. Gaston s'est moqué d'y voir la Vierge, disant que celui du régiment de La Sarre était bien plus joli. Ce n'est pas une question de beauté, aurait pu répliquer Jean à ce soldat qui a logé à la maison, mais il n'en a rien fait. Gaston n'aurait pas compris car il n'a pas vu sa mère prier et les faire prier la Vierge quand son père partait en expédition ; il n'a pas vu non plus les intrépides voyageurs s'arrêter à l'église de Sainte-Anne-du-Bout-de-l'Île avant de monter dans les Pays-d'en-Haut pour demander la protection de la mère de la Vierge. Gaston ne saurait dire d'où vient l'étendard de son régiment, mais ceux qui sont réunis sous celui de la Vierge savent que ce sont des femmes du pays qui l'ont brodé pour eux au cours de l'hiver. Des femmes que Jean ne connaît pas personnellement, mais qui, à l'instar de sa mère, ont prié Marie de veiller sur les fils du Canada. Ces mains inconnues qui ont exécuté le délicat ouvrage sont les mains de toutes celles qui s'inquiètent pour eux et les attendent : épouse, mère, sœur, fille, fiancée, tendre amie. Elles sont toutes là, avec eux.

La pensée de Jean s'envole vers Anne. Lorsqu'il est allé saluer les La Ramée avant de partir avec Frédéric rejoindre leur compagnie, elle lui a donné l'impression de lui être attachée.

— Prenez soin l'un de l'autre, leur a-t-elle recommandé en exerçant une légère pression sur son avant-bras.

Puis, elle a rougi et baissé les paupières. Qu'est-ce que cela signifiait ? Qu'elle s'inquiète pour lui ? Qu'elle l'attend ? Et si elle l'attend, comment l'attend-elle ? Il doit savoir. Courage ou non, rien ne lui garantit qu'il survivra à ce jour. S'il a à mourir, pleurera-t-elle l'ami de son frère ou son tendre ami ?

— Tu crois que j'ai des chances auprès de ta sœur Anne ? demande Jean à brûle-pourpoint.

— Des chances ? Dans quel sens ?

— Ben, des chances de lui plaire.

— De lui plaire ? T'as donc point vu comme ses yeux brillent quand elle te voit ? Tu lui plais, c'est évident. Quel nigaud tu fais !

— Pas plus nigaud que toi qui ne t'aperçois pas qu'Angélique t'aime.

— Là, tu fais erreur. Figure-toi que je m'en doutais.

— Ah! C'est donc que tu ne l'aimes point de retour, conclut Jean au bout d'un moment.

— Non, ce n'est pas ça… Tu n'y es pas.

— C'est quoi, alors?

Frédéric se tait. D'entendre confirmer l'amour d'Angélique le trouble et lui embrouille les idées. L'amour, il l'a mis en veilleuse, intéressé à faire carrière avant de s'engager auprès d'une femme. Il ambitionne d'être promu officier dans les troupes de la colonie, ce qui lui ouvrirait peut-être les portes de l'école de Strasbourg dont lui a parlé le lieutenant de la Chapelle. Au regret de toute la famille, ce dernier n'a pu être hébergé à la maison, ayant été dirigé vers le fort Duquesne[3]. De cet officier, Frédéric a appris l'importance du pic et de la pelle, et rien ne lui plairait davantage que d'étudier le génie militaire. Il en a touché mot à son père qui, à sa grande surprise, lui a répondu : « Quand les beaux jours reviendront, nous verrons. » Mais, ce matin, ces beaux jours lui paraissent bien incertains et Frédéric se laisse aller au sentiment qu'il a toujours freiné à l'endroit d'Angélique.

— C'est parce qu'elle est une habitante, se vexe Jean.

Frédéric s'esclaffe.

— T'es vraiment nigaud! Pour tout dire, ta sœur, je l'aime, mais…

Des coups de hache interrompent Frédéric qui voit des coureurs des bois déjà à la tâche. Hier, toute l'armée s'est démenée pour construire les retranchements, les officiers travaillant en bras de chemise comme de simples manœuvres, abattant, ébranchant, traînant des arbres pour les entasser et les enchevêtrer en zigzag jusqu'à hauteur d'homme. Au-delà des remparts, les arbres avaient été

---

3. Le 15 septembre 1757, par ordre de service de Montcalm, Pierre Passerat de la Chapelle est envoyé au fort Duquesne pour y organiser les défenses.

abattus et tournés la tête en avant de manière à embarrasser la marche de l'ennemi, tandis qu'au pied de ceux-ci, de gros arbres renversés présentaient aux assaillants leurs multiples branches meurtrières affilées en pointe.

— Il y a encore à faire avant que le canon tonne, lance Félix en s'avançant gaillardement vers eux.

— Nous allions nous y mettre, explique Frédéric, comme pris en défaut de n'être pas encore à l'ouvrage afin d'améliorer leurs travaux de la veille.

— Prends l'temps de terminer ton croûton, cousin. Nous, c'est qu'on a des fourmis dans les jambes.

Ce « nous » désigne avec fierté les coureurs des bois et, depuis la mort de son père, l'automne dernier, Félix participe volontairement à toutes les escarmouches ou patrouilles de reconnaissance. Lors de ses passages à la maison, il a montré chaque fois le désir manifeste de se rapprocher d'eux. À l'exception de l'oncle Belle-Voix dans les Pays-d'en-Haut et d'un autre, quelque part en Louisiane, sa tante Élise n'est-elle pas la seule famille qui reste à Félix ?

— Par ce trou-là, moi, je pourrais facilement loger une balle, remarque Félix en indiquant une ouverture dans l'entrecroisement des branches.

— On va te le boucher, ce trou, assure Frédéric. Autre chose à signaler ?

Félix examine attentivement le rempart, heureux que son jeune cousin s'en remette à son expérience de tireur d'élite pour en relever les faiblesses, lui qui venait dans cette intention. D'une certaine manière, il se sent responsable de Frédéric et, sans qu'il ne l'ait promis à sa tante, il veille sur lui quand cela est possible.

— Là, et là, une balle est facile à loger, mentionne Félix.

— Nous allons y remédier. Autre chose ?

— Oui, assurez-vous d'avoir de l'eau en réserve… La soif vient vite quand on est au combat et la journée promet d'être chaude. Quand nous allons sortir des retranchements, couvrez-nous, mais ne sortez pas vous-mêmes.

— Peut-être le faudra-t-il, entrevoit Frédéric.

— En ce cas, n'oubliez pas que l'ennemi peut se trouver partout autour de vous et non seulement devant vous… Les Anglais aussi ont leurs coureurs des bois.

— Merci de ces conseils, Félix.

— Y a pas de quoi.

Le bruit des coups de hache se multiplie partout dans les retranchements.

— Bon, profitons de ce temps que les Anglais nous laissent pour améliorer notre défense. Au signal du canon, il nous faudra troquer la hache pour le fusil, lance Félix sur le ton de la plaisanterie.

Puis, reprenant son sérieux, il ajoute :

— Que Dieu vous garde.

— Pareillement, Félix.

*

Vers midi, aile gauche des retranchements, sous le drapeau du régiment de La Sarre.

L'ennemi entreprend son attaque. Cachés par le fouillis de branches et de troncs, les Français ont glissé le canon de leur fusil par les embrasures et attendent le signal de l'officier. De soldat à soldat, le mot d'ordre passe : « Ajuste avant de tirer. »

— Comme si c'était nécessaire de m'le dire, grommelle Gaston Laliberté, déterminé à viser la tête.

Dans cet affrontement, c'est lui ou l'autre, ou, plus précisément, lui ou cinq autres. Pour sauver sa peau, il doit crever celle des autres. Il n'a pas le choix de faire autrement et n'a pas choisi de se retrouver dans cette situation. Le voilà acculé au pied du mur comme un rat… Le rat de ruelle qu'il était à Bordeaux, fils d'une prostituée et d'un repris de justice qui a surgi dans son enfance, le temps de lui apprendre à voler et de lui léguer un nom inventé de toutes pièces : Laliberté. L'ironie du sort veut qu'avec un tel nom, son père ait fini ses jours au bagne. Quant à sa mère, elle a été emportée par une maladie. Comme elle angoissait dans ses délires, la pauvre, à l'idée de prendre la place que ses nombreux péchés lui avaient réservée en enfer, l'exhortant, lui, à se comporter alors en bon garçon dans l'avenir ! Se comporter en bon garçon quand on est un orphelin de douze ans tient effectivement du délire, si l'on veut survivre. Et lui, il a survécu. Aux combats des rues comme à ceux de l'armée. Loin de lui l'intention de faire acte de bravoure à l'exemple du soldat qui a passé ses premiers quartiers d'hiver avec lui chez les Vaillant. Dans son zèle à déménager les tentes exposées aux boulets de l'ennemi, ce camarade a eu les deux jambes arrachées. « Conduite héroïque », a souligné l'officier en charge. « Conduite inadmissible », pense Gaston Laliberté.

À la lisière du bois se déploient les soldats des régiments américains dans leur uniforme bleu, appuyant, au centre, une impressionnante colonne rouge de soldats anglais. Gaston demeure immobile comme une statue, des pensées s'entremêlant dans sa tête, à l'image des branches enchevêtrées devant lui. Avec le temps, il a pris goût à ce pays. À sa nature sauvage. À son mode de vie. Et, à son insu, il s'est attaché à la famille Vaillant, à Hélène plus particulièrement. Entre eux, il n'y a eu que des regards, sauf quand est venu pour lui le temps de partir. « Promets que tu reviendras, Gaston Laliberté », a-t-elle exigé en lui accordant un baiser à la sauvette.

Il a promis. Il reviendra.

« Fire ! » Des rangs anglais, de formidables décharges de fusils éclatent, se succèdent et se répercutent, ne provoquant nulle riposte du côté des Français. Dans les retranchements, aucun son, aucun mouvement. Rien. Gaston prend un ennemi dans sa mire. Celui-ci enjambe les obstacles et marche du même pas déterminé que ses compagnons d'armes.

C'est comme à la chasse ; il faut laisser s'approcher le gibier à portée de fusil, se répète Gaston, incapable cependant de faire abstraction que son arme tient un homme en joue.

Pour se justifier de l'abattre, il s'imagine que cet inconnu veut s'en prendre à Hélène.

« Feu ! » Il appuie sur la détente. Un nuage de fumée monte des retranchements où trois mille fusils ont craché leurs balles en même temps, couchant les premiers rangs des assaillants. Gaston regarde l'homme en uniforme rouge gigotant dans un dernier spasme.

C'était moi ou lui. Il n'en reste plus que quatre, pense-t-il afin de se blinder contre le remords.

*

Fin d'après-midi, retranchement sous le drapeau de la Vierge.

— Ça va, cousin ? s'informe Félix qui a profité d'une accalmie pour les rejoindre.

— À part la soif, ça va. Quelle chaleur ! répond Frédéric.

— À entendre c'te fusillade en haut sur le plateau, les canons des fusils doivent rougir, pour sûr. Le mien est encore chaud, dit Félix tout en scrutant les environs.

Frédéric ne peut s'empêcher d'admirer son cousin. Jusqu'à maintenant, les coureurs des bois et les miliciens ont effectué trois sorties commandées par Lévis, sautant par-dessus les retranchements pour s'éparpiller à l'indienne et tirailler l'arrière et le flanc gauche de l'ennemi. Si, au tout début de l'offensive, une colonne de montagnards écossais s'est dirigée droit vers leur poste, elle a vite obliqué vers le plateau où le combat fait rage depuis des heures. Le feu roulant de la mousqueterie s'y intensifie et s'y déplace selon les charges de l'ennemi. D'après le sieur Hainault, qui descend leur transmettre les ordres de Lévis, les troupes britanniques sont réparties en quatre impressionnantes colonnes que soutiennent de nombreux régiments américains. Avec acharnement, ces colonnes se lancent à l'attaque, vacillent sous la grêle des plombs, reculent, se reforment et tentent en vain de pratiquer une brèche dans le rempart de troncs d'arbres et de branches.

— Le sieur Hainault nous a dit qu'en haut, c'est plein d'Anglais, le ventre en l'air, rapporte Jean à Félix.

— Ben, nous, les Anglais, c'est face contre terre qu'on les couche. Qu'est-ce qu'il a raconté d'autre, le sieur Hainault? demande le coureur des bois sans détacher les yeux de la lisière de la forêt.

— Que Lévis s'est fait sauter le chapeau par une balle et qu'il l'a tout simplement remis sur sa tête.

— Son chapeau, hein?

— Ouais! C'est ce qu'il affirme: le chapeau de Lévis est troué d'une balle, corrobore Frédéric.

— Ça me donne une idée. Enlève ton chapeau, cousin, mets-le au bout du fusil et hisse-le par-dessus le rempart.

Frédéric s'exécute alors que Félix concentre son attention sur un amas de branches d'où jaillit un jet de feu en même temps que le chapeau vole en l'air. Aussitôt, il décharge son arme en direction du jet de feu, atteignant le tireur embusqué.

— Voilà, y a pas que Lévis dont le chapeau est troué maintenant, plaisante Félix en ramassant le couvre-chef et le remettant à Frédéric.

Ce dernier ne sait s'il doit applaudir à ce genre de ruse qui ne lui semble pas digne du courage de son cousin.

— Quoi donc? T'es point heureux d'avoir un chapeau comme c'lui du général?

— C'est que… je me demande si ce genre de ruse est permis.

— Celui qui voulait te faire éclater la cervelle ne s'est pas posé cette question stupide et je t'encourage à ne plus te la poser, conseille Félix en les quittant avec humeur.

Jean s'empare du chapeau. À son avis, Frédéric est si idéaliste qu'il en est parfois ridicule, agissant comme si tout le monde respectait les règles établies.

— Félix a raison… Tu aurais reçu la balle en plein front, et moi j'aurais perdu mon meilleur ami, dit-il en se passant le doigt dans le trou.

Des exclamations de: « Vive le roi! » éclatent tout à coup derrière eux. Ce sont les miliciens qu'on attendait et qui courent vers leur retranchement où ils s'échelonnent en vitesse. Avec soulagement, Jean retrouve son père qui prend place près de lui. Pour la première fois, ils auront à combattre côte à côte.

Sur le plateau, le crépitement des tirs s'est espacé jusqu'à devenir presque sporadique, mais maintenant, il recommence avec furie.

— En haut ! L'aile droite est menacée, lance Frédéric à la vue de la colonne des montagnards écossais qui passent à l'attaque.

À mesure que les assaillants de la première ligne sont foudroyés par les rafales, les suivants les remplacent, enjambant leurs corps. Ni les balles qui sifflent à leurs oreilles, ni les obstacles des arbres renversés ne semblent pouvoir arrêter ces colosses vêtus du kilt. De leur poste, les combattants réunis sous l'étendard de la Vierge parviennent difficilement à affaiblir le flanc de cette colonne aux couleurs bigarrées, mue par une même volonté farouche. « Feu ! Fire ! », entend-on commander de part et d'autre au travers de la mitraille. En cette journée de chaleur étouffante sans vent, l'odeur du feu règne et la fumée stagne comme un voile de brume avant de se dissiper. Soudain, dans cet enfer assourdissant, transmettant l'ordre de Lévis, le sieur Hainault crie à pleins poumons : « En avant, Canadiens ! »

Jean aperçoit son père embrasser vitement sa médaille.

— Reste ici, mon fils, conseille Poing-de-Fer avant de passer par-dessus le rempart.

Jean l'observe se déplacer, plié en deux, se cachant derrière les souches et rampant sous les branches puis, il le perd de vue.

« En avant, Canadiens ! » Ce cri galvanise Frédéric. Il y entend le roi qui fait appel à eux, ses sujets du froid pays. Eux, les créoles du Canada qu'en France on traite hautainement. Sans réfléchir, il passe par-dessus le rempart et s'élance aussitôt, suivi par Jean.

« Forward Highlanders ! »

Il a tiré son coup et n'a pas le temps de recharger son arme. Qu'importe ! Le voilà à quinze pas de ce mur de troncs et de branches crachant la mort. À sa droite, des Anglais se faufilent, courageux et tenaces, mais pas autant que lui, fils de l'Écosse. Il va escalader ce mur, sortir sa claymore[4] et montrer la valeur de son clan. La valeur de son sang. « Feu ! » Il s'écroule.

Sous la pluie des balles et les nuages de fumée, il avance avec précaution. Le voilà au cœur de la mêlée. Il distingue une tache rouge et s'arrête alors pour s'accroupir derrière le feuillage flétri d'un arbre couché. Au bout d'un moment, il risque un regard et aperçoit un Anglais qui lance des jurons, empêtré dans un inextricable fouillis de branchages. Il s'en approche afin que son coup de fusil porte, puis il l'épaule. Voilà l'ennemi dans sa mire. « *Fire !* »

Une douleur fulgurante le renverse. Couché sur le dos, il respire avec difficulté et du sang lui envahit la bouche. Comme il a froid tout à coup ! Si froid malgré cette douleur intense qui lui incendie la poitrine. « Feu ! *Fire !* », entend-il.

Il frissonne. Son front se glace… Des clochettes tintent… Glisse la carriole sur des arpents de neige… Il a froid, mais n'en laisse rien paraître. « Feu ! *Fire !* » Il se voit debout derrière son père qui mène le cheval canadien au petit trot.

« Quand je serai grand, je serai soldat du roi. »

Le sang s'écoule à la commissure de ses lèvres. « *Fire !* Feu ! »

---

4. Claymore : grande et large épée des soldats écossais.

Chapitre 34

Deux mondes

Fin novembre, hôpital Hôtel-Dieu de Montréal.

Déjà la neige. Déjà le froid. Si froid le froid précoce de cette année. Du jamais vu, assurent les religieuses hospitalières. D'autant plus que l'automne précédent a été l'un des plus doux. Du jamais vu, lui aussi. Le 12 décembre de l'an dernier, on aurait pu encore appareiller pour la France, tandis que le 11 de ce novembre, quand la *Victoire* emportant Bougainville a levé l'ancre, les battures du fleuve étaient emprisonnées dans la glace. Dieu fasse que cet émissaire réussisse sa mission et obtienne du roi des secours ! Sinon, adieu Canada !

Assis dans son lit, le lieutenant de la Chapelle lutte contre le découragement devant la fenêtre fleurie de givre que les derniers rayons du soleil caressent. Si courts, les jours. Si rare, la lumière et si incertain, l'avenir du royaume. En Europe, le roi de Prusse a battu les Français et écrasé leurs alliés autrichiens [1]. Tout est tellement déprimant depuis quelque temps dans son existence. Il a beau se répéter les paroles de Montcalm à savoir « qu'un homme de guerre

---

1.   Frédéric II le Grand, ou l'Unique, roi de Prusse, défait les Français à Rossbach et les Autrichiens à Leuthen en 1757.

n'est pas seulement celui qui sait affronter le danger, mais qui sait encore se raidir contre les difficultés et les peines de toutes sortes», il ne parvient pas à échapper à ses noires pensées.

Il se sent trompé. Abandonné. Pris au piège de l'hiver et de cette guerre où les pires ennemis ne sont pas toujours ceux qu'il combat. Que de mensonges! Que de fraudes! De corruption! Les sous-entendus du sieur La Ramée étaient bien en deçà de la réalité. Pauvre homme qui a perdu son fils lors de l'éclatante victoire de Carillon! Leur dernière et plus glorieuse victoire, hélas suivie des défaites successives de Louisbourg, du fort Kataracoui et du fort Duquesne. À l'est comme à l'ouest du Canada, ces postes sont tombés, à l'exception du fort Niagara qui, pour on ne sait quelle raison, n'a pas été attaqué. Si la paix n'est pas négociée par les monarques d'outre-mer, c'est désormais le centre du Canada qu'il leur faudra protéger. Principalement Québec et Montréal. Et cela, sans pouvoir compter sur l'alliance des Indiens qui commencent à leur tourner dos.

Le souvenir du soldat Frédéric La Ramée s'impose à l'officier. Il aimait bien ce jeune homme plein d'idéal. On ne pouvait trouver nature plus droite. Plus loyale. À quoi pensait-il lorsqu'il est tombé sur le champ de bataille? Savait-il qu'il allait mourir? Personnellement, il a cru mourir quand il a subi cette grave blessure à la jambe qui avait provoqué une importante hémorragie. Son sang s'écoulait et les aiguilles du temps tournaient à contresens, le ramenant dans son enfance. Il s'est vu chassant les chevreuils venus manger les raisins de leurs vignes. Si claire cette image, à laquelle il associe des paroles de Poing-de-Fer: «Vous en faites point pour votre jambe, lieutenant, vous pourrez encore courir derrière les chevreuils sur le coteau de Manicle.» Le milicien a-t-il vraiment dit cela ou est-ce lui qui, dans son état, l'a imaginé?

À mesure que le soleil décline à l'horizon, les fleurs de givre s'éteignent de bas en haut et le blessé se hisse en quête de la lumière bienfaisante sur son visage. En même temps qu'un frisson, ce mouvement éveille la douleur au niveau des incisions qu'a pratiquées le docteur Feltz pour vider l'abcès de la plaie. « Tout danger d'amputation est écarté », lui a garanti ce chirurgien[2]. Voilà une excellente nouvelle à laquelle il devrait s'accrocher.

Le lieutenant de la Chapelle ramène jusqu'au menton la couverture de laine qu'on a distribuée à chacun des patients ce matin. Il en a demandé une deuxième parce qu'il grelotte beaucoup durant la nuit, ce qui le fait souffrir. La religieuse a évoqué la possibilité de lui attribuer un autre lit près de la porte plutôt que près de la fenêtre. Il lui a fait savoir que, dans ces conditions, il préférait demeurer où il est pour bénéficier de la lumière du jour. « Je ne vous promets rien, mais je verrai, lieutenant », a-t-elle dit avec un sourire bienveillant.

Quel pays ! Quel froid ! Comme elles sont loin, ses ambitions ! Envolées, ses illusions, une à une, telles les feuilles d'automne ! Ne restent dans les forêts que des arbres gris, nus comme des squelettes et, dans son âme, les os de tant de gens sacrifiés par cupidité. Français, Canadiens ou Indiens ; hommes, femmes ou enfants, combien ont succombé au front ? À la faim ? Au froid ? Combien gémissent pendant que d'autres s'enrichissent et s'amusent ? Lorsqu'on l'a envoyé travailler aux défenses du fort Duquesne sur la Belle-Rivière, il était loin de se douter des fraudes scandaleuses dont il serait le témoin impuissant. À quoi bon se préoccuper de l'enceinte quand la forteresse se désagrège de l'intérieur ? De Ligneris, commandant de ce fort, officier intrépide et efficace au combat s'il en est un, s'avère être aussi un ivrogne qui n'hésite pas le moins du monde à voler le roi en déclarant le triple des rations à se faire rembourser[3]. « Voler le roi, ce n'est point voler »,

---

2. Ferdinand Feltz était chirurgien-major du roi à l'Hôtel-Dieu de Montréal.
3. « Je n'ai pas dormi, toute la nuit, des voleries de la Belle-Rivière. Pauvre roi ! Pauvre France ! Brûlez ma lettre, car ces horreurs ne seront jamais crues. »
— Montcalm, dans sa lettre du 27 novembre 1758 au colonel Bourlamaque.

répétait-il en état d'ébriété. Quelle mentalité! Hélas, elle s'est généralisée. Du plus grand au plus petit, on la met en pratique.

Tant de déceptions se sont accumulées, songe le lieutenant de la Chapelle. L'une d'elles, et non la moindre, concerne Poing-de-Fer. Le hasard les a mis en présence l'un de l'autre à des moments cruciaux et, chaque fois, il avait senti grandir une estime réciproque. Lors de l'arrivée des renforts envoyés au fort Duquesne[4], Poing-de-Fer lui avait annoncé le triste décès du jeune La Ramée. Cela les avait rapprochés et ils s'étaient échangé de leurs nouvelles, un peu comme des amis du même niveau social. À vrai dire, il était heureux de retrouver cet homme du peuple qui lui avait tout bonnement avoué qu'en raison de son éloignement, le fort Duquesne avait jadis donné lieu à bien des abus. Se croyant en présence d'un honnête sujet du roi, le lieutenant lui avait confié que les abus prévalaient encore. Quelle imprudence de sa part! Quelle méprise! Mais, comment pouvait-il deviner, à ce moment, qu'il se trouvait en présence d'un criminel?

L'officier récapitule les événements qui l'ont conduit à cette décevante découverte. Ensemble, ils participèrent d'abord à la déroute de l'avant-garde de l'armée du général Forbes[5] qui marchait sur Duquesne, ce qui avait maintenu le contact entre eux. Trois semaines plus tard, ils prirent part à l'attaque des retranchements de l'ennemi où il reçut sa blessure à la jambe. Cette fois-là encore, ils remportèrent une incroyable victoire, lui a-t-on appris lorsqu'il fut hors de danger. Sur le coup, il n'en eut pas vraiment conscience, oscillant entre la vie et la mort, entre le songe et la réalité, étendu sur un brancard qu'un cheval traînait et que Poing-de-Fer escortait. Durant les haltes, le milicien prenait soin de

---

4.   Le 28 juillet 1758, Vaudreuil envoie trois cent cinquante Canadiens à la défense du fort Duquesne.

5.   Composée de sept mille hommes, cette armée était partie de la Pennsylvanie et avait passé les montagnes des Appalaches. Lors de ce combat, elle était retranchée à Royal Hannon, situé à environ soixante-dix kilomètres du fort Duquesne.

lui, lui donnant à boire ou vérifiant ses pansements. De ces attentions, il avait plus ou moins conscience, sauf une fois. Un formidable soubresaut venait de déplacer le fémur fracturé, lui arrachant un cri. Le chirurgien, accouru pour réduire de nouveau la fracture, demanda l'aide de Poing-de-Fer. Alors que ce dernier se penchait pour maintenir le haut de la cuisse, sa chemise déchirée laissa entrevoir sur l'épaule droite le stigmate de la fleur de lys. Cette vision d'horreur lui fit plus mal que la remise en place de l'os et, depuis, elle le hante.

Le blessé se ferme les yeux. Il aimerait n'avoir jamais vu l'infâme cicatrice sur l'épaule de Poing-de-Fer. N'avoir jamais su comment on a volé le roi allègrement au fort Duquesne. N'avoir jamais entendu les souffrances des prisonniers anglais au poteau de torture. Comme il aimerait oublier tout cela! Oublier que son âme et son corps sont meurtris. Oublier qu'il est seul, loin de chez lui et que l'haleine glaciale d'un troisième hiver s'est déjà transformée en cristaux à la fenêtre. Oublier enfin tout ce qui a sombré, pour ne retenir que ce dernier rayon de lumière sur son front, qui doucement le réchauffe. L'amputation ne le menace plus. Il pourra encore courir derrière les chevreuils sur le coteau de Manicle…

Le lieutenant de la Chapelle s'assoupit. Il entend des rires et des chansons qui résonnent dans le grangeon situé au milieu de leur vignoble. Comme chaque année, son père y offre un grand repas pour célébrer les vendanges auxquelles ont travaillé tous les gens du village ainsi que des journaliers venus d'ailleurs.

Le vin doux, premier jus du raisin, coule à flots dans les gosiers. Avec lui, c'est toute la douceur de l'été qu'on boit. Toute la chaleur de la vie. Toute l'excitation des vacances qui s'achèvent. Bientôt, avec ses frères aînés, il retournera au collège des Oratoriens de Juilly, réservé aux garçons de l'aristocratie. Ce monde de discipline et d'étude, où il est devenu interne dès six ans, contraste grandement avec ce jour de fête où son père a convié à la même table sa noble lignée et les gens du peuple. Ce jour unique où l'on fait abstraction des classes pour rendre hommage au vin qui allie la générosité de la nature au labeur des hommes.

Son verre à la main, son père trinque et chante alors que ses frères dansent avec les villageoises aux yeux pleins de rêves. Lui, il s'amuse avec les petits paysans aux pieds nus qui savent mettre bas la vache, mais ignorent les lettres de l'alphabet. Avec eux, il rivalise de vitesse pour atteindre le pied de la falaise où les chevreuils sont attirés par le raisin mûr. Arrivé le premier, il se retrouve chef d'une troupe de déguenillés à la poursuite des ruminants agiles. D'instinct, il les mène. « Par ici! Fouillons ces buissons! Voilà une trace. Allons par là. » Automatiquement, ils lui obéissent, semblant s'amuser aussi ferme que lui. Puis, quand ils reviennent tous au grangeon, essoufflés et émoustillés, les cheveux emmêlés et le visage barbouillé par la poussière ocre de la falaise, il leur fait donner du vin doux comme aux grands. Et, ensemble, ils font des rondes joyeuses. Ensemble, main dans la main. Ensemble... Ils ne sont plus ensemble pour poursuivre cette guerre... Les Indiens penchent du côté anglais. Montcalm et Vaudreuil, leurs deux chefs, ne s'entendent plus du tout... Le mécontentement gronde chez les soldats français, la rébellion couve chez les Canadiens. Un jour, un des leurs les encouragera à se mutiner. À déserter. Un qui sera marqué de la fleur de lys et qui se penchera sur lui... Le lieutenant de la Chapelle s'éveille en sursaut. Poing-de-Fer est là, en train d'étendre sur lui une couverture.

— La religieuse m'a dit de bien vous couvrir, explique le milicien devant la mine interdite du militaire.

— Bénie soit cette religieuse, pousse le blessé dans un soupir avant de se taire et d'examiner son visiteur inopportun.

De se retrouver sans uniforme et en état de faiblesse devant ce simple milicien marqué du sceau des criminels l'humilie. Il a envie de le chasser et, simultanément, de le garder auprès de lui afin de le démasquer. Quelle physionomie trompeuse que celle de Poing-de-Fer! Avec sa tignasse d'or et d'argent, il dégage sagesse et honnêteté, alors que son corps robuste donne l'impression d'un homme solide et fiable. D'un homme sur lequel on peut compter. Mais il n'en est rien.

— Je suis venu vous saluer avant de retourner chez moi. J'arrive de chez les La Ramée qui vous saluent, explique Poing-de-Fer en tournant sa tuque entre les mains.

— J'imagine que leur maison est remplie de tristesse.

— Ils font peine à voir, en effet.

— Au moins ont-ils la consolation de savoir que leur fils est mort en héros.

Poing-de-Fer se remémore la célébration de leur victoire devant une croix dressée par Montcalm sur le plateau de Carillon. Salves de canon, tambours, trompettes et discours enflammés les saluaient en héros. Lui, dans les rangs, il se demandait comment il allait annoncer à Élise et à Louis La Ramée la mort de leur fils. Celui-ci fut enterré le lendemain de la bataille, en même temps qu'un grand nombre de cadavres que les ennemis avaient abandonnés dans leur fuite précipitée. Il y en avait partout, amoncelés par endroits, couchés de travers sur les troncs ou accrochés aux branches. Parmi tous ces corps figés dans la mort, il reconnut celui d'un Écossais qu'il avait abattu à l'instant même où il s'apprêtait à escalader le mur de branches. Jusqu'alors, Poing-de-Fer ne s'était jamais attardé aux ennemis que ses balles précises fauchaient, mais l'audace de ce « guerrier en jupe », selon l'expression des Indiens, avait retenu son attention. En le retournant, il fut navré de constater qu'il était aussi jeune que Frédéric et il décida de lui offrir une sépulture. Avec Jean et Félix, il creusa deux trous. Ainsi, ni Frédéric ni l'Écossais n'allaient être jetés dans la fosse commune.

Ce jour-là, les pelles ensevelirent des centaines de cadavres[6]. Des centaines de héros dont on rappelait le courage lors de la cérémonie tandis que lui, le cœur gros, il pensait que quelque part en Écosse, une mère, comme Élise,

---

6. « On fit enterrer les morts des ennemis qu'on trouva montés à environ huit cents. »

— Journal de campagne du chevalier de Lévis.

aurait l'impression de mourir de la mort de son enfant. Et qu'un père, comme Louis, aurait à serrer les dents. À serrer les poings, blessé et furieux.

Que Frédéric soit mort en héros ne console en rien ses parents, songe Poing-de-Fer. Cependant, il garde pour lui cette réflexion, car, depuis sa blessure, le lieutenant de la Chapelle le regarde de travers. Venu dans l'intention d'apprendre la raison de ce changement d'attitude, le milicien se dandine près du lit, ignorant comment aborder la question.

— J'espère que vous guérirez bien de votre blessure, lui souhaite-t-il.

— Je compte être sur pied au printemps, répond l'officier à voix basse, soucieux de ne pas déranger ses voisins de lit.

— Peut-être aurons-nous à combattre encore ensemble, mentionne Poing-de-Fer sur le même ton, tentant d'orienter la conversation vers ce qui les a rapprochés face à l'ennemi.

— Si la paix n'est pas conclue au printemps, le roi nous enverra sans doute des troupes fraîches, et nous aurons alors moins besoin des miliciens. Cela vous plairait, j'imagine.

— Pour sûr, cela me plairait, mais si le roi ne les envoie pas ?

— Alors, il se peut que nous prenions part aux mêmes combats. Nos troupes combattront loyalement jusqu'à ce qu'on les rappelle, mais je doute que les miliciens combattront jusqu'au bout pour défendre le roi et la grandeur de la France.

— Les miliciens combattront jusqu'au bout pour défendre le Canada et, quoi qu'il advienne, ils resteront au pays quand vos troupes repartiront... Voilà la différence entre nous, lieutenant. Vous défendez le roi et la grandeur de la France, nous, nous défendons nos familles, nos maisons, nos biens, nos terres.

— Vous n'avez donc pas à cœur de combattre pour votre roi !

— Depuis que nous combattons pour lui, la misère règne.

— C'est parce que ce roi, ici, on le vole impunément, réplique le lieutenant de la Chapelle, haussant le ton sous le coup de l'indignation.

— Vous avez raison : il y a des charognards pour s'enrichir aux dépens du roi, marmonne Poing-de-Fer.

— N'êtes-vous pas l'un d'eux, marqué de la fleur de lys ? souffle l'officier, desserrant à peine les lèvres comme pour contenir sa colère.

Poing-de-Fer blêmit. Demeure sans voix. Sans mouvement. Tenter une plaidoirie lui paraît inutile. Ce qui est inscrit par le feu dans sa chair aura raison de ce qu'il pourrait invoquer pour se justifier. Il connaît maintenant la raison de la suspicion de l'officier et il n'a plus qu'à repartir.

— Guérissez bien, souhaite-t-il, remettant sa tuque et faisant demi-tour.

— Comment savez-vous qu'il y a des chevreuils sur le coteau de Manicle ? interroge alors le lieutenant de la Chapelle, tenant pour acquis que Poing-de-Fer en a bel et bien fait mention.

— J'ai vécu dans le Bugey jusqu'à l'âge de vingt ans.

— Voilà qui explique tout. Très bien. Vous pouvez disposer.

Toute la rancœur que Pierre Vaillant a refoulée depuis tant d'années refait soudain surface dans l'âme de Poing-de-Fer. Il refuse d'être si facilement congédié par ce fils de seigneur qui vient de déterrer son passé.

— Cela n'explique pas tout, dit-il en se retournant.

Qu'entendez-vous par là ?

— Cela n'explique pas pourquoi j'ai quitté le Bugey.

— Parce que vous avez choisi de venir en Nouvelle-France, j'imagine.

— Je n'ai pas choisi, justement. J'y ai été condamné à l'exil. Je crois même que c'est votre père qui a exécuté la sentence prononcée contre moi. N'était-il pas prévôt de la maréchaussée ?

— En effet, il a exercé ces fonctions, affirme l'officier, comprenant enfin pourquoi il avait l'impression que ce milicien l'épiait. Pour quel crime vous a-t-on condamné ?

— Pour avoir tué un cerf.

— Vous devriez pourtant savoir que chasser est le privilège du roi et des nobles. Qu'est-ce qui vous a donc poussé à commettre ce geste insensé?

— La faim, lieutenant… Pour ceux qui n'ont jamais eu faim, vous l'avez dit, la chasse est un privilège et un jeu… Ce sont ceux qui n'ont pas faim qui font les lois. Et ce sont eux, qui, ici, volent le roi sans être incommodés.

Le lieutenant de la Chapelle pense à toutes les fraudes qu'il a vu commises ainsi qu'à toutes celles dont certains membres de l'état-major lui ont parlé. Toutes ces fraudes, accumulées depuis des années, qui ont privé le peuple et ont fait de cette colonie un gouffre sans fond de dépenses pour le roi[7]. Il doute que l'intendant Bigot, chef des pillards, soit un jour brûlé au fer rouge.

— C'est donc le délit de braconnage qui vous a mérité le fer rouge? s'enquiert-il.

— Non, il m'a mérité l'exil. Le fer rouge, c'est parce que j'ai voulu retourner dans le Bugey pour y chercher ma femme, et aussi pour une dette qui n'était pas mienne et que j'avais signée d'un X… Nous sommes nés dans deux mondes différents, lieutenant. À vos yeux, je suis un criminel. Pas aux miens. Ni à ceux des Sauvages qui croient que les hommes naissent libres et égaux entre eux.

Pierre Passerat de la Chapelle se remémore les jeunes déguenillés du grangeon. Lors de ces jours de vendanges, sans le savoir, son père le préparait à la direction des miliciens du Canada. Ces hommes, à l'exemple de Poing-de-Fer, qui ne retirent ni solde ni aucune compensation, bivouaquant dans des abris de fortune en tout temps de l'année, héritant de la moins bonne et plus petite ration quand ils ne sont pas obligés de se nourrir eux-mêmes, et

---

7. « Une société seule absorbe tout le commerce intérieur, extérieur, toute la substance d'un pays qu'elle dévore. Elle se joue de la vie des hommes. »
— Louis-Antoine de Bougainville, en parlant de la Société du Canada mise sur pied par Bigot.

allant au-devant des dangers sans rechigner. Ces miliciens sans qui poursuivre cette guerre est impensable.

— À mes yeux, maintenant, vous n'êtes pas un criminel, mais un excellent combattant, Poing-de-Fer... Nous sommes dans le même monde, ici... Et j'espère que nous serons du même combat jusqu'au bout.

Chapitre 35

1759

14 août, Sainte-Anne-du-Bout-de-l'Île.

Malgré la chaleur et la soif, la petite troupe peine vaillamment. Dès que la rosée s'est évaporée, faucille à la main, elle a
pris d'assaut le champ de blé. Déployée sur une ligne de front,
elle gagne patiemment du terrain, laissant les javelles
couchées sur les sillons derrière elle. Les mêmes gestes se
répètent à l'unisson : réunir d'une main les tiges que la faucille
tranche de l'autre main, ajouter la poignée d'épis coupés à la
javelle, puis, quand celle-ci est assez grosse pour être liée en
gerbe, s'avancer d'un pas, sans se déplier, et recommencer.

En chaire, le curé a fait appel à tous ceux et celles
demeurés dans les paroisses. Le sort de la colonie est entre
leurs mains, a-t-il répété. Ces mains de femmes, de filles,
d'enfants, d'infirmes et de vieillards. Des mains aux ampoules crevées et aux ongles brisés. Des mains tremblantes
et nouées d'arthrite qui savent y faire, mais ne peuvent plus.
Des petites mains malhabiles qui peuvent, mais ne savent
pas y faire.

Depuis que les pluies ont cessé, toutes ces mains
s'activent sans relâche d'un jour à l'autre. D'un champ à
l'autre, peu importe qui en est le propriétaire. Il n'y a plus
qu'une seule terre : celle que l'on défend. Qu'un seul blé :

celui qui nourrit les combattants. Qu'une seule lutte : la leur. Celle du roi n'a plus cours, ce dernier ne s'étant pas soucié de leur envoyer des secours convenables[1]. À force de percevoir des levées, les greniers du Canada sont vides et le blé, fauché aujourd'hui, sera égrainé et moulu dès que possible pour être aussitôt acheminé aux soldats et aux miliciens postés aux trois voies de pénétration menacées par les Anglais.

Travaillant entre Marie-Pierre et Isabelle, Thomas Becquet, alias monsieur Boitillon, procède à genoux à cause de son pied tordu. Parfois lui viennent des étourdissements et sa vision s'embrouille. «Vous n'êtes plus d'âge», lui a dit Isabelle lorsqu'il s'est offert pour remplacer Angélique qui s'est sérieusement entaillé trois doigts, tellement son chagrin la distrait. «Il n'y a pas d'âge pour faire sa part», a-t-il répliqué. À ces mots, Nicolas lui a aussitôt fourni une faucille.

Brave Nicolas! Comme ils se comprennent tous deux! Cet hiver, lors du recensement général, l'adolescent s'est brouillé avec son père qui a tenté de le soustraire de la liste des miliciens en raison de ses problèmes de vision. Toute la famille a été affectée par leurs fréquentes disputes à ce sujet, mais personne n'a vraiment compris Nicolas. Sauf lui, handicapé par l'âge comme l'autre l'est par la myopie. Toutefois, il s'est bien gardé de prendre parti, car il comprenait aussi Pierre et Isabelle de vouloir protéger leur fils malgré lui.

Heureusement, Nicolas ne sera appelé sous les drapeaux qu'à l'âge de seize ans, soit en mars prochain. D'ici là, les combats seront sans doute terminés. C'est maintenant que se joue l'issue de la guerre. Maintenant, et avec la participation de tous pour tirer le blé de cette terre à défendre. Chaque poignée d'épis ajoutée à la javelle est un morceau de pain pour le soldat ou pour le milicien retranché à Québec, à la rivière Richelieu[2] ou à la tête des rapides du fleuve.

---

1. Aux mille cinq cents hommes demandés, la Cour n'avait envoyé que trois cents recrues, quatre ingénieurs, vingt-quatre canonniers, ouvriers et armuriers.
2. Plus précisément à l'Île-aux-Noix, située à environ seize kilomètres au sud du fort Saint-Jean.

À chacun de ces endroits, des hommes que monsieur Boitillon connaît mettent leur vie en péril pour empêcher ou retarder l'invasion des Anglais. À la suite de la chute de Louisbourg l'an dernier, ces Anglais ont semé la dévastation sur les îles et le long de la côte de Gaspé, faisant subir aux habitants le sort des Acadiens[3]. Ce printemps, ils ont remonté le fleuve jusque devant Québec, qu'ils bombardent depuis un mois. Au centre, ils ont marché sur les ruines du fort Carillon[4] et ils poursuivent leur route vers la rivière Richelieu, tandis qu'à l'ouest, ils ont fait tomber Niagara. De là, ils n'auront qu'à traverser le lac Ontario pour descendre le fleuve jusqu'à Montréal. La possibilité qu'une flotte anglaise surgisse à l'embouchure du fleuve tient les habitants des lacs des Deux-Montagnes et Saint-Louis en alerte. Qu'auront-ils pour empêcher qu'on incendie leur habitation et leurs bâtiments? Pour éviter qu'on ne les pousse à la pointe du fusil sur les bateaux de la déportation ou que les alliés indiens des Anglais ne les scalpent? Ils n'ont aucune arme… sauf la faucille qui couche les épis de blé, pour les hommes en amont du fleuve qui tenteront de repousser les Anglais et parmi lesquels se trouvent Poing-de-Fer et son gendre, Thomas. Peut-être ces derniers essuient-ils le feu de l'ennemi à l'instant où leur femme et leurs enfants moissonnent pour eux? Peut-être Poing-de-Fer ou Thomas mourra-t-il? Peut-être même les deux? Depuis le décès de Frédéric La Ramée, cette éventualité les hante. Ils ont beau prier, ils savent que, de tous ceux qui sont partis, certains ne reviendront pas. Jean Vaillant a été dépêché à la rivière Richelieu où l'ont rejoint ses cousins André et Roland ainsi que deux frères de Thomas Chapuy. Gaston Laliberté pour sa part, a été dirigé vers Québec. Ce soldat prétend qu'il ne défend que sa peau, mais, à la façon dont il dévore Hélène des yeux, c'est elle aussi qu'il défend.

---

3. « J'aurais plaisir, je l'avoue, à voir la vermine canadienne saccagée, pillée et justement rétribuée de ses cruautés inouïes. »

— Le général Wolfe, en remontant le fleuve pour attaquer Québec.

4. Le 26 juillet, Lévis fait évacuer et sauter le fort Carillon.

La stridulation des insectes, mêlée au crissement des faucilles, bourdonne aux oreilles de monsieur Boitillon. Il s'arrête un moment, s'accroupit sur les talons et glisse un regard vers Marie-Pierre. En la femme courageuse qui travaille à ses côtés, il voit toujours la fillette aux poules qu'il a prise en affection. Inexplicablement, entre lui et cette enfant, il y avait communion. Toujours, ils se sont parlé à cœur ouvert, partageant leurs secrets, leurs rêves, leurs joies et leurs peines. Elle représente plus qu'une fille pour lui. Plus qu'une amie, mais il ne sait pas ce qu'elle représente au juste.

— Ça va, monsieur Boitillon? s'informe-t-elle, le voyant arrêté.

— Pour sûr que ça va, petite, la rassure-t-il en se penchant pour ramasser une poignée d'épis à ajouter à la javelle.

Voilà une bouchée de pain pour les hommes amaigris qui combattront jusqu'au bout pour les protéger. Lui aussi, il combattra jusqu'au bout. Son arme est la faucille; ses munitions, ce qui lui reste d'énergie après quatre-vingt-trois ans d'existence; son drapeau, le tablier dans lequel Marie-Pierre rapporte les œufs du poulailler. Sa main tremble, mais elle peut encore faire sa part.

Le vieux avance à quatre pattes et, malgré la douleur aux genoux et aux reins il poursuit la tâche. Se pencher, couper, grossir la javelle, avancer à genoux, se pencher, couper, grossir la javelle. Il progresse, épi par épi. Poignée par poignée. Javelle par javelle. Ce n'est pas la soif et la fatigue qu'il combat, mais les nombreuses troupes anglaises, bien nourries et bien équipées qui viennent s'emparer de leurs terres. De leurs biens et maisons. De leurs vies.

Il avance au rythme des enfants qui n'ont pas l'habitude. Peu importe. Il avance. Le voilà uni corps et âme aux autres comme l'est l'épi au champ. Uni dans le temps, son labeur poursuivant celui de Nicolas attelé à la charrue à la place du cheval pour labourer. Son geste prolongeant celui de ce myope qui a ensemencé presque tout le blé caché dans la sucrerie, comme s'il avait vu de loin le besoin qu'ils en auraient. Ses efforts se joignant aujourd'hui à ceux des hommes au front. Lui aussi, il combat.

Se pencher, couper, grossir la javelle… Chaque poignée, une bouchée ; chaque javelle, un pain. Se pencher… Une douleur subite lui traverse la poitrine… Il tombe face contre terre. Entend le bruissement des épis qui s'entrechoquent. Quelqu'un le retourne. Il voit Marie-Pierre, comme un ange au-dessus de lui. Voilà ce qu'elle est. Un ange qui pleure.

— Aux petites filles, c'est permis, souffle-t-il avant de mourir.

*

À l'aube du 14 septembre, maison du docteur Arnoux, Québec.

Ça s'est mal passé sur les plaines d'Abraham[5]… Dieu… ou la chance, l'a quitté… Ou il a commis une erreur… Il ne verra pas les Anglais entrer dans la ville de Québec, mais ils y seront… Aucune importance, maintenant.

Il souffre dans son corps. Dans son âme. « On ne peut t'aimer plus tendrement, mon cœur… Le moment où je vous reverrai sera le plus beau de ma vie », écrivait-il à sa femme dernièrement. Il ne la reverra pas… L'a-t-il trompée au cours de ces trois ans et demi de campagne passés en Canada ? Tant de temps sans elle, vivant d'effroi et d'impatience dans l'attente de ses lettres parvenant de France au bout des longs mois d'hiver ! Était-ce la tromper que de fréquenter la maison de madame de Beaubassin, rue du Parloir ? Aucune importance, maintenant.

Comme il a rêvé de retourner au château de Candiac, dans sa seigneurie de Saint-Véran, pour y cultiver ses plantations d'oliviers et d'amandiers ! Y vagabonder dans ses bois de chêne… Y faire presser l'huile au moulin et cueillir des mûres juteuses à même l'épineux buisson… Comme il a

---

5. Plaines d'Abraham : terrain plat situé en face des murs de Québec où Montcalm a subi la défaite.

rêvé du ciel ensoleillé du Languedoc qui l'a vu naître ! Tant rêvé d'embrasser ses enfants ; deux fils et quatre filles dont l'une est décédée, lui a appris Bougainville, ce printemps, sans cependant pouvoir préciser laquelle… Ce doit être la pauvre Mirette qui lui ressemblait et qu'il aimait si fort… Aucune importance, maintenant.

Il va mourir ici, à Québec, assiégée et bombardée depuis deux mois… La Basse-Ville n'est que ruines ; une grande partie de la Haute, détruite… Dans un dernier tintement, les cloches de la cathédrale incendiée sont tombées, sonnant le glas de la colonie… Des centaines de familles ne savent où se réfugier… Privées de pain depuis des mois, les voilà sans toit… Sans roi… « Le roi nul », disait la lettre chiffrée de Bougainville[6]. « Madame la marquise, toute-puissante. » Est-ce par l'influence de cette courtisane qu'on l'a décoré du cordon rouge[7] et élevé au grade de lieutenant général ? Aucune importance, maintenant.

Il aurait préféré qu'on lui envoie des hommes et des vivres pour combattre. Le peu est précieux à qui n'a rien, s'est-il dit, déterminé à faire de son mieux avec ce peu… Mais, ça s'est mal passé aux plaines d'Abraham… Il ne verra pas les Anglais entrer dans Québec, mais ils y seront… Amer goût de la défaite… Lointaines exaltations de ses victoires… Chouaguen, Guillaume-Henri, Carillon… S'en souviendra-t-on autant que des plaines d'Abraham ? Aucune importance, maintenant.

A-t-il fait honneur à ses ancêtres qui se sont illustrés avant lui ? « La guerre est le tombeau des Montcalm », disait-on à Candiac.

… À Candiac, dans l'allée des oliviers, une fillette s'avance. Il reconnaît Mirette. Elle lui tend la main et l'invite à la suivre en souriant. Il va vers elle…

---

6. Lettre écrite à Blaye, datée du 18 mars 1759 et dont la clé des chiffres suivants se trouve dans les manuscrits de Lévis : 47.484.63.633.12.553.594. 177.502.446.

7. Cordon rouge : insigne des chevaliers de Saint-Louis, le premier des ordres royaux destinés à récompenser « la vertu, le mérite et les services rendus ».

Chapitre 36

Les braves

1760, 27 mars, Sainte-Anne-du-Bout-de-l'Île.

À califourchon sur la clôture de perches de l'enclos, Nicolas attend le retour de son père. Ce dernier sera-t-il autant en colère que lorsqu'il est parti chez le capitaine de milice dans l'intention de faire rayer de nouveau son nom de la liste des appelés ? L'adolescent pousse un soupir de découragement. Avoir su que son père avait sacrifié sa précieuse médaille de la Vierge pour soudoyer le sieur Jouvet à cet effet, lui, le principal concerné aurait-il fait des pieds et des mains pour être conscrit ?

Quel gâchis ! Pourquoi ses parents l'ont-ils tenu dans le secret de leur démarche ? S'ils lui en avaient touché mot, il les aurait informés de sa détermination de participer à la folle tentative de reprendre Québec. Bien sûr, il ne peut pas tirer du fusil, mais il a bien démontré sa force au sieur Jouvet en levant facilement à bout de bras une grosse bûche d'érable. N'auront-ils pas besoin de ses bras pour charger, décharger et trimbaler l'équipement et l'artillerie ?

De loin, Nicolas entend le bruit d'un pas qui vient de crever une mince pellicule de glace formée sur une flaque d'eau. Son père revient du bout du monde. Ce monde qu'il lui faisait voir du haut de ses épaules quand il était enfant et auquel, maintenant, il veut le soustraire. Paradoxalement, autant, malgré son handicap, on l'a traité comme les autres, autant, à cause de celui-ci, on veut maintenant le mettre à part des autres. Tous ces autres de la paroisse avec qui il fraternise lors des corvées ou des pêches collectives. Tous ces autres qui partiraient sauver la colonie, alors que lui resterait lâchement derrière.

À mesure que le pas se rapproche, Nicolas sent l'émotion l'étrangler. Il regrette tellement que les choses en soient rendues là. Cette médaille de son père, il en connaît la grande valeur, non seulement parce qu'elle est d'or, mais surtout à cause de toute l'histoire qui y est rattachée. Comme il se sent malheureux et incompris !

Le pas s'arrête. À la limite de son champ de vision, une forme floue demeure immobile. En vain, l'adolescent plisse les yeux pour déceler l'expression du visage.

— Est-ce qu'il t'a remis la médaille ? demande-t-il, anxieux.

Pierre Vaillant considère son fils, perché sur la clôture, l'air grandement désolé. Tout au long du chemin, il n'a pas décoléré contre lui, et voilà qu'il n'a que l'envie de le serrer dans ses bras.

— Non, il n'a pas remis la médaille.

— Alors… je n'irai pas ?

Nicolas voit la forme se rapprocher. Se préciser. Son père s'arrête en face de lui, le visage empreint de tristesse.

— Tu iras. Il a gardé ton nom sur la liste… Au moins, j'ai essayé…

L'homme se sent minable d'avoir perdu sur toute la ligne. Il ne récupère pas sa médaille et son fils ira à la guerre. Cet échec l'atterre et l'humilie par rapport à sa femme et à ses enfants. Par rapport à lui-même. Avec quel mépris Jouvet lui a lancé qu'il n'avait pas à respecter une entente conclue avec un homme marqué de la fleur de lys !

— Tu as essayé quoi ?

— De te sauver la vie, mon fils. Te rends-tu compte que tu risques de la perdre en venant avec nous ?

— Oui, mais je cours le même risque que vous tous. Frédéric avait une bonne vision et il est mort quand même. Peut-être que Gaston Laliberté est mort aussi, puisqu'il était à Québec et qu'on est sans nouvelle de lui... S'il en est un qui défendait sa peau, c'est bien c'lui-là. S'il est mort pour un pays qui n'est même pas le sien, pourquoi est-ce que moi je ne pourrais pas mourir pour mon pays?

L'argument de Nicolas fait réfléchir Pierre au principe du libre arbitre, si cher aux Amérindiens. Personne ne peut décider pour un autre. Il a toujours accepté son fils pour ce qu'il était. Maintenant, il doit l'accepter pour ce qu'il veut être.

— Tu m'en veux, papa?

— Pourquoi est-ce que je t'en voudrais?

— Pour la médaille... Tu y tenais tellement.

— Je tiens encore bien plus à toi... Allons, viens. Rentrons.

*

14 avril.

C'est encore la nuit, mais à l'aube, Pierre, Nicolas et Thomas devront être rendus au rassemblement devant l'église. L'heure est venue de partir.

Pierre le sait trop, mais il prolonge le moment où, assis autour de la table, ils viennent de déjeuner tous ensemble. Pour l'occasion, il a voulu qu'on allume les quatre dernières chandelles. Cette lumière au cœur de la nuit lui rappelle les réveillons de Noël au début desquels il traçait une croix sur le pain de blé nouveau. C'est pour ce pain, pour cette croix, qu'avec les siens, il s'en va combattre. Attendri, ému, il contemple les frimousses de ses trois petits-enfants, Charles, Joséphine et Damien, puis son regard s'arrête sur chacun de ses enfants. Antoine, le benjamin, qui prend la relève de Nicolas en tant qu'homme de la maison. La timide Hélène qui lui a demandé de tenter de savoir ce qui est advenu de Gaston Laliberté. L'inconsolable Angélique qui pleure toujours Frédéric. Et la courageuse Marie-Pierre qui lui a de nouveau confié qu'il sera toujours, pour elle, ce grand oiseau qui a sauvé une petite fille tombée d'une falaise.

Tant mieux si elle conserve de lui cette image, mais, dans son for intérieur, Pierre se sent un bien petit oiseau emporté par le souffle de la guerre. Un bien petit oiseau, obligé de quitter son nid, et qui ne se souvient plus des choses qu'il s'était préparé à dire à ceux et à celles qui restent. Ces choses de l'âme à léguer par la parole. Par les mots qui lui font soudain défaut.

— Nous autres, faut y aller, laisse-t-il tomber après s'être raclé la gorge.

Thomas et Nicolas se lèvent en même temps que lui, s'habillent, puis chacun s'empare de son havresac préparé la veille. Outre une couverture, il contient le nécessaire pour se faire à manger ainsi que des vivres. La consigne exige d'en apporter pour huit jours, mais, prévoyantes, Isabelle et Marie-Pierre leur en ont mis pour au moins douze. Ces provisions sont constituées de farine de maïs, de poisson et de chevreuil fumés, ainsi que de racines de pissenlit séchées à prendre en infusion en guise de café.

— Nicolas, oublie point ta tuque, rappelle Isabelle.

— J'en ai point besoin, rétorque l'adolescent selon son habitude quand il ne trouve pas un objet.

Isabelle va la lui quérir à un des crochets sur le mur et la lui enfonce jusqu'aux oreilles.

— Voilà. Sur le fleuve, tu en auras besoin. J'n'ai point envie que tu prennes froid, compris ?

— Compris.

Nicolas fond d'amour devant sa mère. Elle a toujours été là pour lui. Toujours été bonne, douce et patiente. En fait, elle est la femme de son existence. Il ne pensait pas que se séparer d'elle serait si difficile. D'autant plus que, complètement bouleversée, elle continue de lui étirer sans merci la tuque sur la tête.

— Si tu me l'enfonces jusqu'aux yeux, je n'y verrai plus du tout, dit-il d'un ton enjoué.

Le rire spontané de Joséphine entraîne le sourire vacillant d'Isabelle qui dépose des baisers affectueux sur les joues de son fils, lui recommandant de prendre soin de lui, puis elle se tourne vers Pierre et se retrouve aussitôt enfermée dans ses bras. Il la tient solide pour l'empêcher de tomber tant elle tremble. L'empêcher de succomber au chagrin devant les enfants.

— Moi, je la mets, ma tuque, taquine Pierre, en posant celle-ci comiquement sur le dessus de sa tête.

Le rire de Joséphine s'amplifie et se communique à toute la tablée.

— Grand nigaud ! bredouille Isabelle d'une voix chevrotante.

Pierre la presse davantage contre lui. Démuni de sa médaille, il ne sait trop comment la rassurer. Il se sent vulnérable et n'ose lui promettre qu'il reviendra. Alors, il pense à lui chanter une chanson en la berçant. Une chanson que les voyageurs entonnaient souvent, loin de leurs belles. « Voilà longtemps que je t'aime… »

« … Jamais je ne t'oublierai », poursuit Thomas, enlaçant Marie-Pierre qui, à l'instar de sa mère, rit et pleure à travers ses baisers.

*

À l'aube, devant l'église de Sainte-Anne-du-Bout-de-l'Île.

Chemin faisant, ils se sont d'abord arrêtés chez Gaspard où les attendaient André et Roland. Ensuite, ils ont fait halte chez les Chapuy pour y ramasser les trois frères de Thomas. Dans chacun de ces foyers, ce furent des embrassades et des adieux émouvants. Il en fut ainsi, de maison en maison, femmes et enfants saluant les hommes qui partaient, le havresac au dos, le fusil à la main et la corne à poudre en bandoulière. Maintenant assemblés devant l'église, ils conversent à voix basse. À peu de choses près, on se croirait au sortir d'une messe alors qu'hommes et garçons échangent ensemble, et que femmes et filles font de même. Cependant, ils ne parlent ni de la température, ni de leurs travaux, ni de leur chasse ou de leur pêche, mais de ce qu'on exige d'eux sous peine de mort.

Tantôt, avant de les bénir, le curé leur a rappelé qu'ils entreprenaient une croisade pour délivrer les gens du gouvernement de Québec de leurs tyrans anglais. Que, sur leurs épaules, reposait le sort de la colonie et, qu'une fois maîtres de la capitale, ils n'auront plus qu'à attendre les importants secours du roi. Si, pour le prêtre, il semble ne faire aucun doute que le roi enverra des secours, pour eux, il en est autrement.

« La parole de ce roi ne vaut pas plus que sa monnaie de carte », maugrée-t-on entre les dents. Quelques-uns vont même jusqu'à déchirer cette monnaie et à la piétiner. D'autres, unissant leur voix à celle de Pierre Vaillant, dénoncent avoir été volés par le commissaire qui leur a fait signer une attestation d'achat sans jamais la remettre à Jouvet. Ils en ont gros sur le cœur et ne savent à quelle autorité se fier. Celle de Vaudreuil, le gouverneur général, est entachée par l'intendant Bigot à qui il a laissé et laisse encore toute liberté de s'enrichir par la corruption. Cet hiver, ce dilapidateur des biens publics et joueur invétéré a poursuivi, à Montréal, ses rapines et ses frivoles dépenses, et ce, au nez du peuple à qui l'on distribuait des pommes de terre, faute de blé. N'y a-t-il pas que les Anglais pour manger de ce fade tubercule[1]? Doit-on en conclure que la couronne française anticipe sa défaite et tente de les habituer d'ores et déjà à la nourriture des vainqueurs? Plusieurs le croient. D'autres le redoutent. Certains l'espèrent. Dans les cœurs et dans les corps, la fatigue, la douleur et l'amertume font leur œuvre, après quatre années de guerre intensive. Ce matin, cependant, un nom circule, allumant une toute petite lueur d'espoir: Lévis. À sa suite, ils descendront le fleuve dès la débâcle pour aller assiéger Québec. Personne n'osant naviguer durant la période critique du dégel, les Anglais seront

---

1. En 1758, Vaudreuil et Bigot reçoivent l'ordre de la Cour de faire connaître au peuple la pomme de terre, alors considérée comme un élément important de l'alimentation anglaise.

pris par surprise de les voir aux portes de la ville. L'entreprise est risquée, mais l'homme qui l'a préparée et qui la commande y a foi. Et eux, ils n'ont pas d'autres choix que de le suivre. Sous peine de mort.

« Oyez ! Oyez ! » En tant que capitaine de milice, Jouvet récapitule les consignes. Ce soir, ils devront être rendus dans la ville de Montréal où ils demeureront groupés par paroisse, afin qu'on les incorpore aux troupes coloniales. Ils iront à pied. Tirées par des bêtes faméliques, les charrettes transportant l'équipement n'iront guère plus vite, s'enlisant dans la boue jusqu'aux essieux. Tout est dit, tout est compris. Les hommes se mettent en route.

*

21 avril, sur le fleuve.

Grossie à Lachenaie par la flottille transportant le régiment de La Sarre et à Verchères par celle du régiment de Guyenne, la singulière armada navigue sur le fleuve en mouvement, parsemé de blocs de glace. Des embarcations de toutes sortes et de tout tonnage la composent. Du frêle canot d'écorce à la frégate, les chaloupes, barges et bâtiments caboteurs sont menés par un équipage non moins hétéroclite d'Indiens, de soldats, de miliciens, de voyageurs, de coureurs des bois et d'officiers.

À la gouverne d'un des cinq grands canots mis à la disposition de l'expédition par La Ramée, Poing-de-Fer voyage en pensée vers Pierre Vaillant, débarqué à Québec, les fers aux pieds, il y a trente ans. Le jeune exilé d'alors ne connaissait rien au canot ni à la fourrure, source de richesse de ce pays. Ce qu'il avait vu lors de sa remontée du fleuve devait ressembler à ce que voit Nicolas, tellement il avait les yeux enflés par les piqûres et les morsures d'insectes.

Aujourd'hui, le spectacle des gens qui les encouragent le long des berges lui fait réaliser à quel point il est prêt à défendre ce pays qu'il rejetait à son arrivée. Ce si vaste pays où veillent, En-Haut, Jean Hardouin et Belle-Voix, ses compagnons de la première heure, et où monte la garde, à Détroit, Pierre Passerat de la Chapelle[2], qu'il a revu l'an passé à la tête des rapides du fleuve et à qui il a refilé le nom de son neveu François comme homme de confiance.

À grands coups de pagaie et de rames, les hommes peinent, emportés par le fleuve puissant enfin libéré de sa carapace. Ils luttent contre le vent. Contre le froid qui les engourdit, qui raidit leurs vêtements trempés, qui givre leur barbe, leurs cheveux et leurs sourcils, ainsi que toute partie de l'embarcation éclaboussée par les vagues. Ils luttent contre la fatigue, grelottant la nuit dans leur couverture étendue à même le sol encore gelé. Ils luttent contre la faim qui les tenaille depuis des mois.

Se rendre ainsi à Québec constitue en soi un combat de tous les instants. Les deux cents hommes de la cavalerie, montant les meilleurs chevaux qu'on a pu trouver dans l'île de Montréal, les précèdent sur le chemin du roi. Sans doute ces cavaliers surmontent-ils aussi des obstacles, mais nul n'y risque le naufrage dans une eau glaciale qui a vite raison de la vie d'un homme.

Canoter dans ces conditions requiert une constante attention. Il faut composer avec le débit rapide, avec le vent et les vagues tout en surveillant les morceaux de glace qui se détachent des rives et qui peuvent facilement éventrer l'embarcation d'écorce. À ces difficultés s'ajoute l'inexpérience de plusieurs. Afin d'y pallier, d'anciens voyageurs se démènent, arc-boutés à la pince avant pour parer, ou tenant fermement la barre, à l'arrière.

Benoît Demers tient lieu de bout avant dans le canot de Poing-de-Fer où sont pagayeurs du milieu ses fils Jean et Nicolas ainsi que ses neveux André et Roland. Pierre Vaillant, expatrié de France, n'aurait jamais pu imaginer qu'il descendrait un jour ce fleuve à peine dégelé pour aller sauver Québec. Tout paraît invraisemblable dans cette folle

---

2. Par ordre du chevalier de Lévis du 5 octobre 1759, Pierre Passerat de la Chapelle est désigné pour servir comme capitaine commandant en second au fort Détroit, sous les ordres de monsieur de Bellestre.

équipée. Pendant les six jours de cantonnement à Montréal, on n'a cessé de leur répéter qu'ils auront à combattre les mêmes ennemis qu'à Chouaguen, qu'à Guillaume-Henri et qu'à Carillon. Et si c'était vers les vainqueurs des plaines d'Abraham qu'ils se dirigent à grands coups de pagaie sur les eaux déferlantes?

*

25 avril, sur le terrain de l'église de Pointe-aux-Trembles[3].

Ils sont arrivés hier, au soleil couchant, à ce lieu de rendez-vous de l'armée. De peine et de misère, ils ont monté les bateaux sur le bordage de glace pour les traîner ensuite sur la rive afin d'être hors d'atteinte de la marée haute. À l'approche de Québec, il reste beaucoup plus de neige qu'à Montréal, beaucoup plus de plaques de glace en bordure du fleuve, et le vent cinglant du nord-est qui souffle depuis ce matin leur donne l'impression d'être encore en hiver.

— Un vent comme c'lui-là, qui grossit au lieu de faiblir à la tombée du jour, n'augure rien de bon, indique Benoît Demers, serrant contre lui sa couverture.

— C'est un vent de tempête, pour sûr, corrobore Thomas.

Puis s'installe le silence des hommes, assis les uns contre les autres, à l'abri des canots de voyageurs placés de manière à les protéger des rafales qui rabattent les flammes de leur feu. Un feu qui ne parvient pas à les réchauffer tant ils sont transis. Aujourd'hui, les éclaireurs sont allés reconnaître les positions de l'ennemi. D'après leurs informations, l'itiné-raire a été établi. Demain, ils navigueront jusqu'à Saint-

---

3. Pointe-aux-Trembles : village situé sur la rive nord du fleuve, en amont de Saint-Augustin-de-Desmaures et de Québec. À ne pas confondre avec la paroisse de la Pointe-aux-Trembles, située à l'extrémité est de l'île de Montréal.

Augustin et, de là, ils monteront sur les hauteurs de Sainte-Foy. Demain, la campagne commencera.

Le vent n'augure rien de bon, songe Pierre Vaillant, l'âme inquiète. Demain lui fait peur. Pas tellement pour lui, mais pour ses fils, son gendre, ses neveux. Tantôt, il leur a distribué du sucre d'érable qu'Isabelle lui a donné afin qu'il leur en fasse la surprise au moment opportun. Demain, il sera peut-être trop tard pour l'un d'eux de le déguster. Il en a aussi offert à Félix, à Benoît ainsi qu'à Gaston Laliberté. Ce dernier a passé l'hiver au fort établi hâtivement à la rivière Jacques-Cartier où des bataillons se sont retranchés à la suite de la défaite sur les plaines d'Abraham. Ce fort étant trop petit pour loger toute la garnison, Gaston a dû gîter dans l'une des cabanes de fortune que les soldats se sont aménagées. Pour combler sa maigre ration, il a mis à profit ses connaissances de chasse, de pêche et de piégeage. Les cheveux longs et la barbe en broussaille, Gaston n'a conservé du soldat qu'un uniforme en lambeaux sous une couverture attachée à la taille par une corde. C'est lui qui les a retracés, cherchant de chaque côté de l'allée où devaient bivouaquer les miliciens. L'une des premières choses qu'il leur a demandées fut d'avoir des nouvelles d'Hélène. En apprenant que celle-ci s'était inquiétée à son sujet, bien que secret de nature, Gaston n'a caché ni sa joie, ni son trouble. Il s'en est allé rejoindre son régiment, le pas léger, emportant comme un bien précieux son morceau de sucre du pays.

— Si demain ce vent persiste, nous l'aurons de face. Tu crois que nous irons quand même, mon p'tit beau-frère ? s'informe Thomas.

Jean sourit à l'emploi de cette appellation qui, jadis, le vexait. Il lui semble qu'une éternité le sépare de la jeune recrue qu'il était alors. Une éternité où repose son ami Frédéric. Autant son enthousiasme était grand à l'arrivée de Montcalm, autant son incertitude est profonde à la veille de prendre la revanche des plaines d'Abraham où ce général connut la mort et la défaite ! Désigné sergent de la milice sous les ordres de Jouvet, Jean est tenu au courant des décisions de l'État-major, et il sert d'intermédiaire entre son bataillon et la compagnie de milice de sa paroisse. Les dés sont jetés. Demain, ils iront.

— Il faut prendre les Anglais par surprise et agir vite, explique-t-il.

— Agir vite avec un vent de face, c'n'est point aisé, raille Félix. D'autant que c'est un vent de tempête. Pas vrai, compagnons?

— Dame! Avec ce froid, c'est une tempête d'hiver qu'il y a dans l'air, confirme Benoît, grelottant sous sa couverture.

— Vent, pas vent, demain, nous irons. C'sont les ordres.

Voilà qui met un terme à la discussion. Jean a l'habitude d'obéir aux ordres: pas les miliciens. Surtout pas les anciens voyageurs et coureurs des bois. Pour cette raison, par compagnie, les miliciens ont été incorporés à un bataillon de soldats et, depuis maintenant dix jours, on s'emploie à les discipliner, faisant l'appel matin et soir, vérifiant armes et munitions, répétant les consignes.

Jean ne tire aucune vanité de l'autorité qu'il détient sur les siens. Si les promotions l'ont déjà intéressé, aujourd'hui, elles le laissent indifférent. Il n'aspire plus qu'à survivre à cette guerre et, quelle qu'en soit l'issue, à se bâtir, pierre par pierre, un bonheur avec Anne. Cependant, il a su tirer avantage de cette autorité en obtenant que Nicolas soit tenu autant que possible hors de la zone de combat, au grand soulagement de son père. Ce dernier, par contre, sera en toute première ligne avec Félix et les autres tireurs d'élite.

— Dame! Quel froid! bégaie Benoît qui commence à claquer des dents.

Pagayant à la pince avant, il a subi l'assaut du vent et des vagues plus que tout autre et la simple perspective d'affronter demain la bise semble au-dessus de ses forces.

— Jean pourra te remplacer demain, propose Poing-de-Fer en l'enveloppant de sa propre couverture.

— Dame! Un plan… pour qu'on s'échoue… sur un bloc de glace… Demain, ça ira, compagnon.

*

Midi, 26 avril, Saint-Augustin.

Ce matin, Benoît allait de mal en pis, victime d'hypothermie. Ils l'ont conduit dans la maison d'un habitant en espérant qu'il puisse s'y rétablir. « Tout's les peines… et tous les tourment's… dans ces voyages », répétait-il parfois dans son délire. Poing-de-Fer l'a quitté avec un serrement au cœur, convaincu qu'il ne le reverra plus.

La vélocité du vent ne faisant qu'augmenter, le trajet en canot à partir de Pointe-aux-Trembles fut des plus pénibles. Nicolas pagayait en automate, sa tuque rouge enfoncée jusqu'aux yeux, derrière Jean qui manœuvrait difficilement à la place de Benoît. Protégeant leurs engelures avec des mitaines improvisées, André et Roland parvenaient tant bien que mal à maintenir la cadence tandis qu'à la gouverne, Poing-de-Fer multipliait les efforts, l'œil attentif à l'écueil, au débris ou au glaçon à fleur d'eau. Sa conscience de maître de canot lui reprochait de n'être pas resté jusqu'au bout auprès de Benoît, à l'entendre délirer ses chansons qui leur faisaient oublier la fatigue et la déchirure des départs. Les noms d'anciens compagnons dansaient dans sa mémoire comme les vagues autour de l'embarcation. Parmi eux, celui du Barbu, fait prisonnier par les Tsonnontouans à Niagara. Sans doute le pauvre a-t-il succombé au poteau de torture, peut-être même sous les yeux de Wapitik. Il ne saura jamais.

Sans cesse, les bourrasques détournaient la pince de proue, l'obligeant à rétablir la direction par la force de ses bras et de son corps entier. Son expérience et ses muscles maintenaient le contrôle du canot sur un fleuve en marche. Un fleuve qui n'avait pas le temps d'attendre le dernier soupir du compagnon et qui, semblant obéir aux ordres, les emportait vers leur destin.

Lorsqu'ils ont accosté, il y a quelques minutes, ce fleuve, dans un mouvement de ressac, a failli les écraser contre les immenses remparts de glace qui adhèrent encore au rivage. Poing-de-Fer ne comprend pas encore comment ils ont réussi à ne pas chavirer, mais, de tous ses voyages, jamais il n'a autant apprécié de se retrouver sur la terre ferme.

— L'avons échappé belle, répète-t-il à la vue du flanc gauche du canot, défoncé.

— J'ai eu peur, confesse Nicolas.

— T'es pas le seul, frérot… C'est de ma faute, reconnaît Jean. J'n'ai point l'habitude. Avec Benoît, ce n'serait point arrivé.

— C'est d'la faute à personne, intervient Poing-de-Fer. L'important, c'est d'être tous sains et saufs. Nous trouverons bien moyen de réparer le canot au retour.

Au retour de quoi et quand? Personne n'en sait rien. Il n'y a de déterminé que l'attaque, prévue pour le lendemain, à la pointe du jour. D'ici là, il leur faudra marcher pendant six lieues [4] jusque sur les hauteurs de Sainte-Foy, mais les troupes ne se sont pas encore mises en branle. Un pont est à réparer en amont de la rivière Cap Rouge. Des centaines d'hommes attendent, piétinant sur place pour ne pas geler des pieds. Infatigable, le vent souffle, poussant au-dessus de leurs têtes des nuages menaçants.

*

Nuit du 26 au 27 avril, rivière Cap Rouge.

Sous le fracas du tonnerre, fouettés par le vent et la pluie glaciale, les hommes pataugent à la queue leu leu dans la boue et la neige. Partis de Saint-Augustin en fin d'après-midi, ils marchent depuis des heures, chacun posant automatiquement ses pas dans les traces de celui qui le précède. Une nuit d'encre les maintient dans la filée, chacun se fiant à la brève mais intense lumière des éclairs pour suivre.

Malgré l'orage, l'armée avance dans le but de surprendre les Anglais aux portes de Québec, à l'aube, mais chaque homme ne marche plus que pour trouver un refuge. Que pour connaître un répit, quelque part entre la rivière à franchir et les hauteurs de Sainte-Foy. Où trouveront-ils la force de combattre après une telle nuit? s'interroge Pierre.

---

4. Six lieues: vingt-quatre kilomètres.

Derrière lui, Nicolas, comme un aveugle, s'accroche à ses vêtements. Devant, Jean les encourage :

— Avancez ! Avancez ! Bientôt le pont.

Soudain, quelqu'un s'arrête en avant, dans la colonne. Ils se butent les uns contre les autres, perdent pied, encombrés de leur fusil et de leur havresac. Des jurons fusent en même temps que les coups de tonnerre. Péniblement, ils se relèvent. Apprennent, consternés, la cause de l'arrêt. Le pont est à la veille d'être emporté par la rivière qui déborde de son lit. Afin de le ménager pour le passage de trois canons, les hommes devront traverser dans l'eau glacée en tenant leur arme à bout de bras.

En rang, les hommes suivent les ordres. Et Pierre a l'impression qu'au cœur de la tempête, il marche vers le néant avec ses fils [5].

*

Au même moment, sur le fleuve, à l'anse au Cul-de-Sac, près de Québec.

Étendu sur sa banquise, il émet un son rauque à peine articulé par ses lèvres gelées. Quelqu'un viendra-t-il enfin le secourir ? Seul lui répond le bruissement des glaçons que la marée reflue.

Tout est noir autour de lui. Sous lui. Il flotte, ayant perdu la notion du temps et de l'espace. Pourtant, il lui semble bien avoir longé, tantôt, les quais de la Basse-Ville de Québec. À moins qu'il n'ait imaginé cela. Comment départager la réalité du délire ? Il ne sait à quoi se rattacher, sinon à ce bloc de glace qui a renversé leur embarcation et sur lequel il a sauté. Il a vu se noyer les six hommes sous son commandement et couler à pic les canons destinés à soutenir, du côté du fleuve, l'attaque surprise de Lévis.

---

5.   Vers trois heures dans la nuit, le chevalier de La Pause, surveillant à l'emplacement de ce pont, avertit le général Lévis que tous les hommes sont passés et les trois canons, traversés.

Quelle folie que cette entreprise! Quel misérable sort que le sien! Pendant des heures, il a été entraîné à la dérive, hurlant des appels à l'aide qui étaient aussitôt happés par le vent d'orage. Et maintenant, sans doute va-t-il mourir pétrifié sur son bloc de glace.

Le sergent d'artillerie rassemble ses forces pour pousser un dernier cri de détresse. Cette fois-ci, il entend des voix, des bruits de rame. Il soulève la tête. Une chaloupe l'aborde. Des marins anglais le recueillent[6].

*

Soir du 27 avril, dans l'une des maisons bordant la rue de l'église de Sainte-Foy.

Pierre Vaillant somnole, assis par terre, la tête appuyée contre le mur de la maison où s'entassent une trentaine de soldats et miliciens. De chaque côté de lui, ses fils ont déjà succombé au sommeil, à l'instar de la plupart des hommes.

Moitié par reconnaissance, moitié par curiosité, il tente de prêter attention aux propos du propriétaire des lieux, accoudé à sa table, au centre de la pièce. Les nombreux vêtements suspendus au plafond pour sécher ont l'allure de fantômes et confèrent une atmosphère irréaliste au moment.

— Les Anglais ont été mis au courant de vos intentions… Comment? J'en sais rien, mais je n'connais personne qui vous aurait trahi… Pour ça, non. Vous êtes ici pour nous délivrer. Au lever du jour, les Anglais étaient déjà dans l'église à installer leurs canons. Après, ils sont rentrés dans nos maisons pour vous attendre… Vous avez bien fait de n'point attaquer.

De toute façon, l'attaque surprise n'aurait pu avoir lieu, songe Pierre. Après trente heures harassantes de voyage,

---

6. Il s'agit des marins de la frégate *Racehorse*. Ils le transportèrent au quartier-général de Murray, et le naufragé leur dévoila l'arrivée de l'armée de Lévis avant d'expirer.

aucun homme n'était en état de combattre, tandis que les armes et la poudre mouillées se retrouvaient hors service. Seule l'avant-garde, composée des cavaliers et des grenadiers, a croisé le fer avec l'ennemi pendant que tout le reste de l'armée traversait, aujourd'hui, le marais de la Suète, de l'eau jusqu'à la mi-jambe. Quel confort de se retrouver au chaud et au sec! La pluie n'a cessé de la journée.

— Les Anglais vous craignent, c'est évident. Ils n'ont point hésité, les païens, à faire sauter l'église et à nous menacer de brûler nos habitations si on vous aidait, mais, comme l'a dit le curé en chaire, vous v'nez nous délivrer… Nous sommes avec vous… Pour ça, oui, mais les Anglais ont pris nos fusils… Comment combattre sans fusils? Demain, c'est de cœur que nous serons avec vous. Vous comprenez?

Pierre entrouvre les paupières. L'homme soliloque dans sa maison transformée en séchoir. Et en dortoir pour ceux qui se reposent avant le combat de la dernière chance. Sa femme guette par la fenêtre, l'air terrifié, ses doigts roulant nerveusement le coin de son tablier, comme si les Anglais risquaient de surgir avec leurs torches pour incendier la maison.

— Avoir une arme, j'serais le premier à vous suivre… C'est connu, je n'suis point un traître… L'Anglais, déjà, nous malmène. Ce sera pire s'il devient maître du pays. Je n'suis point un traître, mais, à ses yeux, nos vies ne valent rien. Demain, il vous faut le vaincre, sinon nous en payerons le prix. Vous comprenez?

Pierre connaît ce prix. Comprend la peur de l'homme. Et de sa femme à la fenêtre. Ils sont coincés. Pour les autorités françaises, ne pas aider l'armée de Lévis est un acte de trahison, passible de peine de mort, alors que, pour les militaires anglais, aider cette armée en hébergeant soldats et miliciens est un acte de rébellion, passible de la même peine.

— Demain, il vous faut vaincre. Les Anglais vous craignent. À preuve, ce matin même, ils étaient dans cette maison et, ce soir, c'est vous qui y êtes… Ils ont fait sauter l'église et ont déguerpi dans la ville… Demain, vous les vaincrez et, dans peu de temps, de puissants secours viendront de France... Le curé l'a dit en chaire... Et les curés, ben, c'est connu, ils ont point coutume de mentir, pas vrai ?

Pierre aimerait faire savoir à son hôte à quel point il apprécie d'être au chaud et au sec avec ses fils... Lui faire savoir aussi qu'ils feront tout pour vaincre, mais il se laisse gagner par le sommeil.

*

28 avril, plateau de Sainte-Foy.

L'orage se poursuit. Celui de la guerre qui profite aux charognards et qui se joue de la vie des hommes. Comme des éclairs, des jets de feu jaillissent aux bouches des armes. Il pleut des projectiles. Les canons tonnent ; vingt-deux du côté anglais, trois du leur. Des obus s'enfoncent dans la terre ou pulvérisent la chair.

Le combat fait rage depuis que Lévis est passé sur son cheval au galop devant sa ligne de bataille, tenant bien haut son chapeau au bout de l'épée, signal de l'attaque générale. Celle de la dernière chance.

Parmi les coureurs des bois dispersés dans les replis du terrain en avant des bataillons, Pierre Vaillant se déplace en fauve, zigzagant, rampant, sautant, s'accroupissant. Chaque fois qu'un homme tombe sous son tir, il supprime un adversaire susceptible de tuer ses fils, ses neveux, ses amis, qui combattent à l'arrière, sous les ordres des officiers. Lui, personne ne le commande et seule la mort pourra l'arrêter. Il n'y a plus d'autres moyens pour protéger les siens. Ce n'est plus seulement pour sa femme qu'il se bat, mais pour toutes les femmes de ce pays, mortes d'inquiétude à la fenêtre. Pour tous les hommes sans fusil qui comptent sur le sien. Pour tous les jeunes gens qui ont la vie devant eux. Lui, la sienne est derrière. Il peut la perdre. Isabelle comprendra. Et il tire et tue. Refoulant les remords derrière la légitime défense. Il abat ceux qui, vêtus de l'uniforme rouge ou du kilt, sont venus s'emparer de leurs terres.

Qui sont venus de l'autre côté du Grand Lac Salé, dirait Tehonikonrathe. L'histoire se répète. Voilà les envahisseurs envahis à leur tour. Retirés hors de la zone de combat, les Indiens observent en simples spectateurs. La sagesse leur commande la neutralité. Aucun des drapeaux qui flottent au-dessus de la mêlée n'est vraiment le leur. C'est avec le vainqueur qu'ils devront composer.

Flanchant soudain sous un terrible assaut, les bataillons britanniques cèdent à la panique. Leurs soldats se ruent vers la porte Saint-Jean, abandonnant leurs armes, leurs morts et leurs blessés. En vain, leurs officiers hurlent des ordres avant de rallier le sauve-qui-peut.

Un moment d'incrédulité dans le silence subit. Ils ont gagné! Éberlué d'être indemne, Pierre Vaillant tourne sur lui-même pendant que retentit le «Vive le roi!» de la victoire. Ce qu'il voit autour de lui l'accable. Le sang rougit la neige, forme des mares là où le sol est gelé. Tant de sang! Tant de corps étendus, recroquevillés, renversés ou secoués des derniers spasmes! «Les animaux ne s'entendent pas entre eux pour faire la guerre à d'autres animaux», disait Tehonikonrathe. À quel affreux carnage Pierre a-t-il donc été contraint de participer?

Le cœur noué d'angoisse, il se dirige vers le moulin sur la butte, convenu comme point de rassemblement des siens. En y arrivant, il aperçoit les cadavres des grenadiers français qui s'entassent pêle-mêle avec ceux des Écossais. À tour de rôle, ces soldats d'élite ont rivalisé de courage pour occuper le moulin[7]. Maintenant, ils reposent ensemble dans la mort, ignorant si le sacrifice de leur vie a servi leur drapeau.

Avec un indicible soulagement, Pierre voit arriver son fils Jean, bientôt suivi de Félix. Tous deux le renseignent sur l'état des autres. Le cousin André a le bras cassé, Thomas a été légèrement blessé à la cuisse, mais Victor, son jeune frère, a eu le pied fracassé par un obus. Pour ce qui est de Nicolas,

---

7. Le moulin Dumont. Un monument a été élevé près de l'emplacement de ce moulin au Parc des Braves dans la ville de Québec.

il ne devrait pas y avoir lieu de craindre pour lui, puisqu'il devait se retirer après avoir aidé au transport des canons. Jean ajoute que le général Lévis a envoyé des gardes prendre possession de l'Hôpital Général où les blessés, tant français qu'anglais, seront acheminés. Spontanément, Félix offre ses services. Pierre hésite à offrir les siens. Il n'est pas complètement rassuré sur le sort de Nicolas et choisit plutôt de partir à sa recherche.

Chemin faisant, il entend des râles, des pleurs, des gémissements. Il n'y a plus d'ennemis, seulement des hommes qui souffrent et d'autres qui les aident. Qui les consolent. Les soulagent. Ou les accompagnent dans une dernière prière. Il marche à grands pas vers les canons placés avec les régiments de Guyenne et de Royal Roussillon aux abords du chemin de Sillery. Tout à coup, une tache rouge attire son regard qui balayait le champ de bataille. Une tache rouge qu'il reconnaît pour être la tuque de Nicolas. Éperdu, il court vers son fils, couché en chien de fusil. Le garçon geint faiblement, un sang noirâtre filant entre ses bras repliés sur son ventre. Pierre tombe à genoux près de lui, applique sa joue contre la sienne, affolé de la trouver glacée.

— Je suis là. Je suis là, Colas. Ça va aller. Je suis là.

— Papa, murmure l'adolescent.

— Je suis là. Parle point. Ça va aller. Ça va aller. On va te transporter à l'hôpital.

— Mal… si mal.

— Je sais, je sais. Laisse voir ta blessure.

Nicolas échappe un cri de douleur lorsque son père le retourne sur le dos. Pierre retient le sien à la vue du ventre qui n'est plus que bouillie où pendent les intestins.

— Les… avons eus?

— Pour sûr, les avons eus, les Anglais. T'as donc point entendu crier : « Vive le roi »?

— Entendu… les canons.

— Grâce à toi, nos canons te les ont foudroyés, les Anglais. Tiens bon. Ça va aller.

— Resterons… français?

— Quelle question! Pour sûr que nous resterons français et je t'achèterai des lunettes… Promis, sitôt de retour à la maison, je t'achèterai des lunettes.

Comme ça, tu n'te tromperas plus de chemin, poursuit mentalement Pierre en constatant qu'assourdi par le fracas des canons et de la fusillade, son fils a emprunté la mauvaise direction.

— J'y verrai, souffle Nicolas.

— Jusqu'au bout du monde, mon fils. Tu verras jusqu'au…

Les mots s'étranglent dans la gorge du père. Son fils le regarde fixement, déjà rendu au bout du monde.

*

9 mai, dans la tranchée devant Québec.

Les yeux rivés vers l'île d'Orléans, Pierre Vaillant guette. Depuis des jours, des rumeurs circulent et se contredisent, prétendant qu'une escadre, tantôt anglaise, tantôt française, est en train de remonter le fleuve. Un navire, engagé dans le chenal de l'île, serait même à la veille d'apparaître. Alors, il guette. Il attend. Plus rien ne le fera bouger de son poste tant qu'il n'aura pas identifié ce navire. Il a jeté le harnais avec lequel il transportait, sur une longue distance et au péril de sa vie, des sacs de terre destinés au parapet des tranchées qu'on ne parvient guère à creuser, en raison du sol rocailleux entourant Québec. Ce sol où repose Nicolas.

Ce navire déterminera qui des assiégés ou des assiégeants seront les maîtres du Canada. S'il arbore le pavillon français, les Anglais, emprisonnés dans la ville, capituleront. Leur force ne réside que dans la faiblesse des miséreux qui les assiègent, démunis de vivres, de poudre, de munitions et de canons potables. Des miséreux exténués, grelottant par les nuits froides dans leurs vêtements ou uniformes en lambeaux.

Un navire se pointe au loin. Trop loin encore pour en distinguer la nationalité. À mesure qu'on se passe le mot dans la tranchée, le bruit des pioches et des pelles diminue. Puis s'arrête. Sur les remparts, les ennemis osent se montrer pour mieux voir cette voile qui décidera également de leur sort. Ils présentent des cibles faciles, mais personne ne les met en joue.

Pierre sent son être entier tendu vers ce navire qui donnera, ou non, un sens à la mort de Nicolas et à leur victoire de la dernière chance. Un sens à tous les sacrifices auxquels ils ont consenti. À toutes les pertes et les douleurs qu'ils ont subies.

C'est le pavillon de ce navire qui annoncera, ou non, la fin de quatre années de misère et de guerre. Quatre années où les charognards aux perruques poudrées ont pillé le pays, s'empiffrant et dansant le menuet sur leurs dépouilles.

Favorisé par un vent de l'est, le vaisseau double la pointe de Lévis. « Anglais ou français ? » « Tu le vois ? » « Pas encore. » En bas, les hommes plissent les yeux. Jean s'approche de son père et lui passe un bras autour des épaules, étonné de le trouver tremblant, lui si solide. En haut, sur les remparts, les officiers anglais ajustent leur longue-vue. Tous sont en suspens. En silence. Partagés entre l'espérance et la crainte.

« Pour sûr que nous resterons français », a-t-il dit à Nicolas. Tel un naufragé, Pierre s'est accroché à cette phrase comme à une promesse, se donnant corps et âme aux travaux du siège. Cet exténuant labeur lui a permis de surmonter sa douleur et de faire diversion à l'appréhension grandissante d'annoncer à Isabelle la mort de leur fils. Contre toute logique, il se sent fautif à l'égard de la mère à qui il ne ramènera de son enfant que la tuque. Cette tuque qu'il a glissée sous sa chemise à l'enterrement et qu'il presse contre son cœur en cet instant décisif. Quel pavillon arbore ce navire ? Au fil des jours d'attente, Pierre s'est mis à espérer, puis à croire, que des secours de France viendraient leur assurer une victoire définitive et faire ainsi en sorte que la mort de Nicolas n'ait pas été inutile. Dans l'imminence d'être enfin renseigné, il doute soudain et tremble, comme infiltré par toutes les nuits glaciales de ses expéditions.

Tout à coup, un mouvement, en haut sur la terrasse du château Saint-Louis. Des hommes y agitent leur chapeau et lancent des hourras. En bas, dans la tranchée, avec consternation, Pierre Vaillant aperçoit les couleurs de l'Angleterre flottant au grand mât du navire[8].

8. Le 9 mai 1760, la frégate *Lowestoff*, commandée par le capitaine Deane, jette l'ancre devant le quai du roi à Québec, annonçant l'arrivée prochaine de l'escadre anglaise.

Chapitre 37

La fleur de lys

3 septembre, Sainte-Anne-du-Bout-de-l'Île.

Ils ont travaillé jusqu'à la brunante pour terminer la fumaison des tourtes et le déménagement de la famille à la sucrerie. Quand les Anglais arriveront, ils ne trouveront chez les Vaillant que la moitié de leurs provisions, une pièce de blé encore sur pied, un coq, deux poules, quelques vêtements et, déposé devant la porte avec la corne à poudre et le sac de balles, un vieux fusil de traite. Seul, le maître des lieux les y attendra. Ainsi l'a-t-il décidé.

— Grand-papa, pourquoi tu ne viendras pas dans la cabane avec nous, demain ? s'informe Joséphine en mangeant de la tourte de bon appétit.

— Parce que j'ai encore des choses à faire, ma p'tite. J'irai vous rejoindre après.

— Promis ?

Pour toute réponse, Pierre caresse la tête de la fillette assise près de lui. Un silence grave règne autour de la table, laissant entendre le cri plaintif des huards sur le lac.

— Prenez toujours garde à ne pas vous suivre l'un derrière l'autre pour ne point marquer de sentier.

— J'y veillerai, n'ayez crainte, promet Thomas.

— Et pas de feu… Pas de bruit… Compris, les enfants ?
À la cabane, vous jouerez à la bouche cousue.

En entendant cette expression, Joséphine se retient de pouffer. Pierre lui sourit.

— Ici, tu peux parler et rire. Y a point de danger.

Du moins, l'espère-t-il. L'escadre anglaise qui a descendu le fleuve à partir du lac Ontario est présentement aux Cèdres. En principe, elle devrait n'être en vue que demain, mais, à cause des éclaireurs qui la devancent, Pierre passera la nuit dans son canot à surveiller sur le lac. Demain, au lever du jour, la famille ira se réfugier dans la cabane construite au cœur de l'érablière.

Lui, il restera à la maison pour attendre l'ennemi conquérant, disposé à lui rendre les armes. Il n'a cure du ban, proclamé sur le perron de l'église, qui menace de peine de mort quiconque prêtera serment de fidélité à la couronne d'Angleterre. Pourquoi demeurerait-il fidèle au roi de France qui l'a abandonné ? Il voit encore flotter le drapeau anglais au grand mât du navire et ressent le même désarroi, la même colère, la même humiliation. Dans la tranchée, les miliciens, pétrifiés comme lui par cette vision, serraient les poings et s'essuyaient les yeux. Quelques jours plus tard, dans un même mouvement, ils désertèrent. Jouvet tenta de se mettre en travers de leur chemin pour les faire rentrer dans les rangs. Pierre l'empoigna au collet et l'envoya rouler par terre sous les applaudissements. De rangs, chez les miliciens du gouvernement de Montréal, il n'y en avait plus. Les hommes retournaient chez eux, convaincus que la France n'en avait guère pour très longtemps en terre d'Amérique. Jouvet et son fils leur emboîtèrent finalement le pas [1]. Pour cette raison, personne dans la paroisse n'a été importuné par la chasse aux déserteurs, et Pierre a pu se consacrer aux travaux de la terre. Malgré la saison avancée,

---

1. « Tous les miliciens sont partis sans congé, même les officiers de la milice de Montréal… Cette contagion s'est étendue sur nos soldats mariés. »
— Lévis, dans sa lettre du 25 mai à Vaudreuil.

il a semé un peu de blé qui achève de mûrir. Ses chances de le moissonner sont bien minces. On raconte qu'en remontant le fleuve, à partir de Québec, les Anglais ont incendié champs et habitations après les avoir pillés[2]. Qu'ils ont exécuté des hommes et violé des femmes. Et qu'il y aurait même de leurs alliés indiens pour semer la terreur. Cela n'est pas sans rappeler le traitement infligé aux Acadiens, et tout ce qui importe dorénavant à Pierre Vaillant, c'est d'assurer la sécurité des siens, fût-ce au prix de sa vie.

Soudain, la porte s'ouvre, les faisant tous sursauter. La silhouette d'un homme échevelé, essoufflé et épuisé d'avoir trop couru, apparaît dans l'embrasure et demeure sur le seuil.

— C'est moi… J'ai déserté, annonce Gaston Laliberté.

Puis, sans attendre d'invitation, il pénètre et s'avance jusqu'au chef de famille au bout de la table.

— Je veux rester en Canada et épouser votre fille Hélène. M'accordez-vous sa main?

Interloqué, Pierre se tourne vers Hélène dont le visage tendu vers le déserteur trahit un attachement indéniable. Puis, il se tourne vers Gaston qui halète dans la pénombre, lui rappelant l'homme de Sarastou. Cet homme auquel il ne cesse de penser depuis que l'étau des colonnes anglaises se referme inexorablement sur Montréal.

— Vous ne savez rien sur moi, je sais, reconnaît Gaston en reprenant haleine.

— Tu n'as donc personne là-bas, pour vouloir rester ici, conclut Pierre en se ressaisissant.

— Non. Là-bas, je n'ai personne… Depuis l'âge de douze ans, je suis sans famille et j'ai volé plus d'une fois pour survivre. Voilà. Vous savez tout maintenant, avoue le déserteur.

Puis, s'adressant à Hélène, il lui demande:

— Est-ce que ça change quelque chose pour toi?

— Non, souffle-t-elle.

---

2. En remontant le fleuve, le général Murray s'arrête aux principaux villages pour désarmer les habitants et brûler les moissons. Le 22 août, il fait incendier toutes les habitations du bas de la paroisse de Sorel.

— Si tu deviens ma femme, je promets de t'aimer et de prendre soin de toi jusqu'à la fin de mes jours… Me veux-tu pour époux ?

— Oui, répond-elle fermement en se soulevant du banc.

Cette audace, autant de la part de Gaston que de sa timide fille, convainc Pierre de la sincérité des vœux qu'ils viennent de s'échanger en leur présence.

— Elle n'a point de dot, tient-il à préciser.

— C'est Hélène que je veux, pas une dot.

— Alors, assieds-toi.

Ce disant, Pierre indique la place vacante de Nicolas, conscient qu'en guise de dot il offre une famille à l'orphelin.

*

Le lendemain.

Sur l'île Perrot, les Anglais ont dressé des centaines de tentes. Combien d'hommes en tout marcheront sur Montréal par le chemin de Lachine ? Pierre ne saurait le dire, mais jamais il n'a vu autant de soldats. Ni autant de bâtiments composant l'escadre qui a débouché sur le lac après avoir descendu le fleuve. Quel contraste elle formait avec leur singulière armada qui avait chevauché les eaux déferlantes de ce fleuve en dégel pour aller reprendre Québec ! Avec une assurance tranquille, la formation anglaise avançait, guidée par les Iroquois des missions[3]. Puissante de ses navires de guerre et de ses bateaux de transport, elle progressait sur la surface calme du lac à la rencontre de l'autre force navale qui avait remonté le fleuve. L'île de Montréal était leur point de jonction. Et la ville, la cible du siège qu'elles allaient opérer simultanément en amont et en aval.

---

3. « Les Sauvages domiciliés avaient fait leur paix avec les Anglais, et même leur avaient offert de prendre les armes pour achever de nous réduire. »

— Journal de campagne de Lévis.

Pierre s'inquiète pour son fils Jean, demeuré dans les troupes réunies à Montréal. C'est pour protéger Anne que celui-ci n'a pas déserté et aussi pour demeurer fidèle au serment prêté en même temps que Frédéric. Si autant de navires et autant d'hommes composent l'escadre en aval, toute tentative de résister à un tel siège s'avère inutile. Et suicidaire[4]. Dieu fasse que le gouverneur général ait la sagesse de capituler, souhaite Pierre au milieu de sa pièce de blé, faisant dos au lac où s'avancent deux canots. Dans quelques minutes, ces canots accosteront chez lui, mais il ne veut pas les voir s'approcher[5]. Les yeux tournés vers l'érablière, il passe doucement la main sur la tête de ses épis.

C'est à la mémoire de Nicolas qu'au retour de Québec il a ensemencé cette pièce de terre. Son chagrin alourdi par celui d'Isabelle pleurant sans cesse dans la tuque rapportée, il a déposé les grains de vie dans les labours que son fils avait tracés l'automne précédent. En chacune des semences qui ont germé, il a vu la victoire posthume de Nicolas. À l'heure présente, tous les épis qui penchent leur tête sous le poids des grains autour de lui rendent hommage à son fils ainsi qu'à tous ceux et celles qui ont bataillé avec la hache, la pioche, la pelle, la charrue, la fourche, la faucille et le fléau. Pierre se souvient avec quelle émotion il avait rapporté à Isabelle sa première poignée de grains de blé. Un à un, elle lui avait ouvert les doigts, découvrant dans ces grains d'or la promesse du pain. Et d'une nouvelle patrie pour eux et leurs enfants.

Une patrie dans ce nouveau monde où ils auraient pu vivre en paix si les guerres des Vieux Pays n'avaient pas

---

4. Les forces anglaises formaient une armée de vingt mille sept cent quarante-huit combattants, sans compter les équipages faisant une réserve de plusieurs milliers d'hommes armés de toutes pièces. Pour défendre la ville de Montréal, protégée d'une longue et étroite muraille et munie de six petits canons, il y avait deux mille cent trente-deux hommes en tout, de la poudre pour un seul engagement et des vivres pour quinze à vingt jours.
5. Le 4 septembre 1760, Amherst s'établit à l'île Perrot, d'où il envoie de petits détachements accompagnés d'Indiens pour engager les habitants à se soumettre.

traversé le Grand Lac Salé. Une patrie où il n'aspire qu'à vivre simplement, sans désir de conquête ni d'enrichissement. Déposer la semence en terre, ramasser l'œuf sous la poule, tirer le lait de la vache, engraisser le porc, produire le sucre d'érable, pêcher et chasser : voilà les tâches par lesquelles il espère se réhabiliter à ses propres yeux. Se racheter pour l'homme de Sarastou et pour tous ces autres que l'absurdité de la guerre lui a fait tuer.

Poing-de-Fer prête l'oreille au bruit des pagaies plongeant dans l'eau. C'est à ce temps-ci de l'année, il n'y a pas si longtemps, qu'il revenait des Pays-d'en-Haut avec les voyageurs. De loin, il repérait sa maison de bois équarri, blanchie à la chaux, impatient de faire l'amour à Isabelle et d'embrasser ses enfants. De son troc avec Tehonikonrathe, il ramenait des fourrures, converties en pelus, principale monnaie d'échange. Hélas, les charognards sont arrivés, préparant le chemin à la guerre en s'emparant des routes de la fourrure et réservant au peuple la monnaie de papier. Aujourd'hui, par ces routes, l'ennemi les envahit et le peuple n'a ni pelu ni aucune autre monnaie, le roi refusant d'honorer celle de papier[6].

Aujourd'hui, il attend, seul dans son champ. Les siens sont à l'abri. Les Indiens ne sauront les retrouver, tout habiles qu'ils soient à repérer les traces, car celles-ci se confondent à celles laissées en tout sens par la capture des tourtes. Comme à chaque migration de ces oiseaux, ils ont profité de cette manne du ciel sans laquelle, ces derniers printemps, bien des gens seraient morts de faim[7]. Mais lui, se voulant désormais fidèle à l'enseignement de Tehonikonrathe, il ne capturera les tourtes qu'à l'automne, alors qu'elles auront eu leurs petits. Est-ce qu'un jour, à l'exemple du ginseng, à force de tuer ces oiseaux, il n'en restera plus ?

---

6. Par une dépêche de la Cour de Versailles, Vaudreuil apprit au cours de l'été 1760 que le roi refusait de payer les lettres de change, seule monnaie livrée par ses agents en retour de tout ce qu'ils avaient enlevé en son nom aux habitants du pays.

7. « Sans la chasse du printemps, surtout celle des tourtes, qui donnait alors en abondance, beaucoup de personnes seraient mortes de faim. »
— Abbé H.-R. Casgrain.

Il pense à son frère indien, réfugié dans sa forêt, loin des hommes qui s'entretuent pour revendiquer des frontières. Avec quelle justesse, Tehonikonrathe avait prédit ce chaos dont Français, Anglais et Indiens seraient à la fois victimes et responsables.

Pierre entend glisser la pince des canots sur le sable de la grève, à proximité du petit quai où Isabelle et ses filles lavent le linge en été. Ses visiteurs ne verront aucun indice permettant de conclure qu'il possède un canot. Celui-ci est soigneusement caché avec les pagaies, le watap[8] et la résine, ainsi que les deux fusils à cartouches qu'il a ramenés de ses expéditions et ses mitasses. Rien ne trahira son identité de coureur des bois, synonyme de terroriste pour les Anglais. Il sait tout aussi bien déceler et interpréter les traces que les effacer et les brouiller.

Une voix l'interpelle. Il fait lentement demi-tour, montrant ses mains vides. Deux soldats, suivis de deux Indiens, grimpent déjà les marches de sa galerie pendant qu'un autre soldat se presse vers la grange-étable, accompagné d'un Indien. À peu de choses près, on dirait les agents d'un commissaire lors d'une levée.

Demeuré seul, d'un geste de la main, l'officier lui ordonne d'avancer tandis qu'il garde l'autre main sur son pistolet. Pierre obéit. Le voilà de nouveau face à face avec l'ennemi. En pleine lumière, contrairement à la nuit où il a surpris l'homme de Sarastou dans son sommeil. Ce n'est pas tellement la mort qui lui fait peur, mais la possibilité d'être exilé de ce pays comme le furent les Acadiens. D'être arraché de nouveau, et pour toujours, aux bras d'Isabelle et des siens.

Les soldats reviennent de la maison avec son fusil de traite pendant que les Indiens renversent meubles et objets, frustrés de n'y trouver guère à piller.

— *It's yours?* demande l'officier en lui mettant le fusil sous le nez.

---

8. Watap : racine d'épinette qui sert à coudre dans la construction ou la réparation d'un canot d'écorce.

Pierre acquiesce, mais il devine le militaire fort sceptique. L'autre soldat revient bredouille de la grange-étable avec l'Indien qui a tué le coq et les deux poules.

— *Where are the others?* questionne l'officier.

Pierre ne comprend pas.

— Où, les autres? traduit un soldat.

— Cachés.

— Les autres fusils?

— Pas d'autres fusils.

— Qui sont cachés?

— Ma femme, mes enfants.

— Des fils?

— Deux: un, mort, l'autre à Montréal.

Le soldat traduit à l'officier qui n'en finit pas de dévisager Pierre et à qui il fait demander s'il possède un canot.

— Non. J'n'ai pas besoin de canot pour cultiver ma terre.

— Et pour pêcher?

— J'utilise la barque de mon voisin.

Nouvelle traduction à l'officier qui échappe un rire sarcastique.

— *No canoe? With those shoulders?* raille-t-il en poussant la pointe de son pistolet contre les épaules de Pierre qui, sans connaître l'anglais, saisit très bien que son physique vient de le trahir.

Nier qu'il a donné des milliers de coups de pagaie au cours de son existence s'avère inutile. L'avouer, par contre, même en précisant qu'il était voyageur, ne fera qu'épaissir le doute. S'il n'a rien à se reprocher, pourquoi avoir caché son canot?

— *He's one of those bastards*, maugrée l'officier, ponctuant chaque mot d'un petit coup avec la pointe de son pistolet.

— Menteur, traduit le soldat.

Si son corps parle pour lui, peut-être peut-il le sauver, réfléchit Pierre. Lentement, du bout de l'index, il tasse le canon du pistolet, glisse sa main sous sa chemise et dévoile la cicatrice de la fleur de lys.

— Pas menteur, galérien, réplique-t-il, d'un ton hargneux.

Devant les sourcils froncés de l'officier, il crache par terre avec mépris et ajoute :

— En France : galérien !

— *Ah! Galley slave!* s'exclame l'officier, affichant une moue dédaigneuse.

La fleur de lys l'a convaincu. Cet ex-galérien conserve trop de rancœur envers la France pour la défendre. Sans plus de cérémonie, il se désintéresse de Pierre Vaillant, commande aux deux Indiens qui sortent de la maison avec des provisions de rembarquer et, bientôt, l'officier et ses hommes repartent.

En les regardant s'éloigner, Pierre pousse un immense soupir de soulagement, se disant que cette satanée cicatrice lui doit bien ça.

Chapitre 38

Le plan secret

Septembre, dans les parages du fort Détroit.

Le capitaine de la Chapelle arpente l'allée séparant les tentes de son détachement. L'anxiété qu'il lit sur le visage de ses hommes fait écho à celle qu'il dissimule. Tout comme lui, ils attendent le retour du sergent Berthier, envoyé en reconnaissance au fort Détroit. Depuis qu'ils ont appris la reddition de Montréal, tous s'inquiètent du sort réservé à leurs compagnons demeurés en garnison à ce fort où flotte peut-être déjà le drapeau anglais. Si tel est le cas, le capitaine de la Chapelle mettra sans plus tarder son plan à exécution, soit de conduire son détachement à la Nouvelle-Orléans. Par contre, si le sergent Berthier parvient à remettre au commandant de Bellestre sa lettre dans laquelle il lui fait part de ce plan et lui en demande l'approbation, il se pliera aux instructions de ce dernier.

Le capitaine appréhende que ce projet hasardeux ne paraisse insensé à son supérieur. Pourtant, il a été conçu par Montcalm et les chefs de l'état-major[1]. Personnellement, il

---

1. « Bougainville m'a écrit que vous avez goûté toutes mes vues, et notamment in extremis ma retraite à la Louisiane… »
— Lettre de Montcalm au colonel Bourlamaque, datée du 27 novembre 1758.

en a eu vent de manière tout à fait fortuite, il y a moins de deux ans. Si des militaires d'expérience ont jugé cette retraite envisageable, pourquoi ne la tenterait-il pas ? Ainsi, il conserverait au roi les deux cents soldats avec lesquels il se portait au secours de Montréal, assiégée par les Anglais [2].

Avec quelle consternation ils apprirent, en cours de route, par des fuyards, que Vaudreuil avait capitulé et que les Anglais leur avaient refusé les honneurs de la guerre sous prétexte des cruautés commises par leurs alliés indiens. C'était là une grande humiliation à infliger aux officiers français qui avaient tenté l'impossible pour empêcher les atrocités. Dans un geste de légitime fierté, le général Lévis avait brisé son épée et brûlé son drapeau plutôt que de les rendre. Quand il fut mis au courant de ces événements, le capitaine de la Chapelle se trouvait à la tête du seul et dernier détachement français à être encore en droit de porter les armes, du fait qu'il n'était pas compris dans les articles de la capitulation. Et, ces armes, à l'exemple de Lévis, il n'avait pas l'intention de les rendre. Ni de se constituer prisonnier avec ses hommes.

Cependant, avant de prendre les dispositions nécessaires, plus d'une fois il a remis en question la faisabilité de ce projet qui, à l'origine, était de bien plus grande envergure et dont la logistique aurait été organisée d'avance. C'est tout l'état-major, avec l'élite des troupes, les ingénieurs et les artilleurs qu'on prévoyait faire passer en Louisiane. Deux mille cinq cents hommes environ, nécessitant soixante-dix jours de vivres et deux cent cinquante canots conduits par des coureurs des bois. De plus, l'opération, tenue secrète, aurait été déclenchée vingt-quatre heures avant de hisser le pavillon blanc. Si son propre projet s'avère modeste en comparaison, les moyens dont il dispose pour l'exécuter sont, eux aussi, on ne peut plus modestes. Le capitaine de la Chapelle est seul pour tout prévoir et tout préparer. C'est sur

---

2. Le 2 septembre 1760, Passerat de la Chapelle reçoit l'ordre de monsieur de Bellestre de prendre le commandement d'un détachement de deux cents hommes avec pour mission de se porter au secours de Montréal.

lui uniquement que repose la responsabilité de cette expédition. S'il réussit, sans doute sera-t-il félicité et décoré, mais s'il échoue, il sera blâmé à coup sûr, et seule l'approbation écrite de son commandant pourrait alors lui éviter de comparaître devant la cour martiale.

— Mon capitaine, le sergent Berthier est en vue. Près d'une centaine de miliciens l'accompagnent, lui annonce un caporal.

Pourvu qu'il ait obtenu cette approbation, souhaite Pierre Passerat de la Chapelle qui s'est déjà sérieusement engagé dans la réalisation de ce projet en se procurant des vivres et de l'équipement, payés par plusieurs traites tirées sur sa fortune par son père, administrateur de ses biens, au château de Montville. La somme totale de ces billets, que des missionnaires jésuites, rencontrés à la suite des fuyards, ont bien voulu avaliser, se chiffre à 43 131 livres. Quelle perte sèche ce sera si jamais il lui faut renoncer à ce projet! Et quelle déception il causera à son père d'avoir agi prématurément!

Le sergent Berthier arrive au camp. Sans en recevoir l'ordre, les soldats se mettent au garde-à-vous et le saluent au passage.

— Je vous remets en main propre, la réponse du commandant de Bellestre.

S'efforçant de conserver son calme, le capitaine de la Chapelle reçoit la lettre et se dirige vers sa tente, où, à l'abri du regard de ses hommes, il en brise nerveusement le sceau pour en prendre connaissance.

« J'approuve entièrement, monsieur, votre détermination de conduire le détachement dont je vous ai confié le commandement à la Nouvelle-Orléans, pour ne pas être contraint de vous rendre aux Anglais, et pour conserver cette troupe au service de Sa Majesté. Vous entreprenez là une bien pénible tâche, pleine de périls et de dangers. Je vous says brave, hardy, énergique et homme de grande ressource dans l'adversité, vous savez commander et vous faire obéir. Mais la conduite d'un détachement de 200 hommes vers une destination aussy lointaine, à travers un pays peu hospitalier et inconnu de vous, sans guide et sans être secondé par aucun officier n'est pas une *chose facile, vous aurez à vaincre bien des difficultés, l'hiver approche. Mes meilleurs vœux vous accompagnent, malgré les misères que vous allez avoir à suporter, votre sort est plus heureux que le mien. Car je vays avoir honte de rendre le Fort et sa garnison aux Anglais et de me constituer leur prisonnier. Triste fin de carrière !.... Plaignez-moi, bon courage et à la grâce de Dieu.*

— *Bellestre* [3]. »

---

3.   Copie intégrale de la lettre versée au rapport de Pierre Passerat de la Chapelle sur sa retraite effectuée du Canada à La Nouvelle-Orléans.

Chapitre 39

Laisser sa marque

1761, 21 avril, Nouvelle-Orléans.

Malgré un léger mal de tête, Félix traverse d'un pas allègre la grande place inondée de soleil afin d'emprunter la rue qui mène au cabaret de son oncle Napoléon. Il croise au passage autant de maîtres et de maîtresses que d'esclaves à la peau d'ébène, hommes et femmes, avec leurs dents blanches et l'intérieur des paumes rosé. Il n'a pas assez de tous ses sens pour goûter ce qui l'entoure. À vrai dire, il ne réalise pas encore qu'ils sont enfin parvenus au terme de leur voyage et que, de surcroît, il a retrouvé, sans l'avoir cherché, cet oncle légendaire qu'on disait quelque part en Louisiane.

— Au coup d'œil, tu n'sembles point être un de ces soldats qui viennent d'arriver du Canada, lui lança-t-il, hier, en lui servant son premier verre de rhum.

— Que non! J'suis coureur des bois. Je les ai accompagnés.

— Coureur des bois, hein? Ah! Je l'ai été jadis. Comme mes frères… C'était dans la famille, confia l'homme en lui versant un deuxième verre.

— C'était dans la mienne aussi. Chez les Gareau, c'est pratiquement de père en fils.

À l'évocation de ce nom, le cabaretier demeura bouche bée et lui remplit son verre à ras bord avant de demander :

— Les Gareau des Trois-Rivières?

Tous deux surent dès lors à qui ils avaient affaire et leurs retrouvailles se célébrèrent avec une ou deux bouteilles. Peut-être même trois. Félix ne se souvient plus très bien, sauf qu'ils se sont raconté des choses longtemps après que l'établissement fut fermé et qu'il a dormi dans un lit. En s'éveillant, il éprouva une étrange sensation de se retrouver enfoncé dans la plume, lui qui dormait à même le sol depuis des années. L'envie et la réticence de s'abandonner au confort, tour à tour, le séduisaient. Ce confort, n'était-il pas un piège pour l'être libre qu'il désirait demeurer? Son oncle lui avait garanti de bons gages s'il acceptait de travailler dans son entreprise, mais Félix ne s'y voyait pas besogner au fil des jours. Au cours de la campagne, il avait rencontré deux métis dont l'un, Jean-Baptiste Gareau, était son cousin. Celui-ci avait appris de son père Belle-Voix toutes les chansons du répertoire des voyageurs. Le second, nommé Louis Hardouin, avait appris du sien le métier d'armurier. Tous deux lui avaient vanté la griserie des grands espaces de l'Ouest. Pourquoi Félix se limiterait-il à travailler toujours au même endroit alors qu'il pourrait parcourir ces fabuleuses contrées? Un canot, c'est fait pour voyager, s'est-il alors dit en s'arrachant du lit.

Parvenu à la jonction de la rue du cabaret, Félix s'arrête, frappé par le fait qu'il vient de faire ses adieux au capitaine de la Chapelle et qu'il s'apprête à les faire à son oncle. D'ici quelques jours, il repartira. Le coureur des bois se tourne en direction du corps de caserne bordant la grande place. Derrière une petite fenêtre au rez-de-chaussée, il imagine, tel qu'il vient de le quitter, l'officier en train de rédiger son rapport sur une table branlante. De ce militaire, il gardera le souvenir d'un homme intègre qui a toujours su reconnaître la valeur de ses semblables quel qu'en soit l'habit ou la couleur de la peau et qui, jamais, n'a qualifié les métis de « fils de chienne ». Ce terme, trop souvent employé par la classe dirigeante, blesse et offense Félix en méprisant deux de ses tantes et la mère de son propre fils. Bien qu'il en veuille encore à Fait-Trembler-la-Terre, il l'aime, la respecte et l'admire. Unique, cette femme a croisé sa route au « tonnerre d'eau » et tous deux ont été foudroyés par la passion. Bien sûr, il rencontrera d'autres femmes, mais aucune comme celle-là et, où qu'il aille, le souvenir de Niagara le suivra.

L'aventurier demeure un moment à regarder la petite fenêtre au rez-de-chaussée. S'il n'avait pas tant fait l'école buissonnière, il serait en mesure de lire la relation de leur extraordinaire périple que l'officier a couché sur le papier au jour le jour. Qui sait ? Dans une centaine d'années, quelqu'un peut-être la lira et sera ému, tout comme l'a été le capitaine de la Chapelle quand le chef illinois lui a montré un écrit précieusement conservé dans un étui de bois.

À sa table, le capitaine de la Chapelle prend une pause. Il ne lui reste qu'à conclure le rapport qu'il doit remettre à monsieur de Kerlérec, gouverneur de la Nouvelle-Orléans. Il a consigné avec exactitude les événements ainsi que les dépenses engagées en se fiant à son carnet de route.

Dehors, au-delà de la grande place, il aperçoit Félix qui s'éloigne de son pas sûr et souple. Apparenté à deux demi-sœurs chez les Illinois, ce coureur des bois lui a permis d'entrer en relation avec ce peuple à proximité duquel, avec le concours de miliciens volontaires[1], ils se sont construits un fort afin d'y hiverner. Grâce à ces métis et Canadiens habitués à la vie en forêt, ils ont pu refaire leurs forces et ainsi porter secours au sieur Beaujeu, réfugié avec une centaine de ses soldats dans des cabanes de roseau sans feu. Oh ! De combien de fourberie ce dernier l'a payé en retour !

Le capitaine de la Chapelle fronce les sourcils. Félix l'avait bien mis en garde contre cet ancien commandant du poste de Niagara où il détournait à son profit les fourrures destinées au roi. Bien que borné et incapable, le sieur Beaujeu lui était cependant plus ancien en grade. Une fois installé dans leur fort, il voulut en usurper le commandement, semant la zizanie et tentant même de le supprimer. Méprisant envers les métis et les Canadiens, Beaujeu exerçait

---

1. Trente-deux Canadiens et soixante-dix-huit métis ottawais (ou outaouais), qui faisaient partie de la compagnie des miliciens d'Ottawa basée au fort à Détroit et que monsieur de Bellestre avait licenciés.

sur les soldats une autorité excessive et mal à propos, de sorte que les neuf dixièmes de ceux-ci étaient disposés à déserter avec les miliciens. Devant cette éventualité, le capitaine de la Chapelle décida d'écourter leur retraite hivernale et, le 10 février, il se remit en route pour la Louisiane avec son détachement après avoir libéré les miliciens. Ne le suivrait que qui voudrait.

Voyant Félix disparaître de son champ de vision, l'officier prend soudain conscience que, pour lui, la campagne en Canada vient de se terminer. En son âme et conscience, il a fait honneur à son nom. À son pays. À son roi qu'il aimerait continuer à servir dans les colonies où fermente le levain de la France. Qu'adviendra-t-il de celle du Canada et de ses habitants ? Quel sort attend Félix, Poing-de-Fer et tous ces intrépides déguenillés qui ont le sens du partage et de l'honneur ? Âgé de vingt-six ans, le capitaine a l'impression d'avoir vécu plus d'une vie, enrichissant son bagage d'expériences et sondant davantage le cœur des hommes. C'est dans des conditions difficiles que se révèle la valeur intrinsèque des individus. Si, au cours de ce dernier périple, il a été victime de la petitesse du sieur Beaujeu, il a par contre été témoin du courage de ses soldats, de la solidarité des miliciens et de la générosité des Illinois de qui il a appris le dialecte. Reprenant sa plume, l'officier poursuit :

« *Hier, le 20 avril 1761, je suis arrivé à la Nouvelle-Orléans, après un voyage de sept mois et demi, de plus de douze cents lieues, au cours duquel mes hommes eurent à supporter les plus grandes misères, marchant sans se plaindre, malgré le froid et la neige, les embûches de toutes sortes, surmontant toutes les difficultés et, exténués de fatigue, au delà des forces humaines, tous ont fait preuve d'un courage vraiment stoïque. Malgré cela, le détachement qui m'a été confié est arrivé au complet sans un malade et sans avoir perdu un seul homme*[2]. »

---

2. Tiré du rapport du sieur Passerat de la Chapelle, écuyer, capitaine des compagnies de la Marine détachées au Canada, à monsieur Kerlérec, gouverneur de La Nouvelle-Orléans en date du 21 avril 1761.

Avant d'apposer sa signature, Pierre Passerat de la Chapelle se remémore le vieux parchemin que lui ont montré les Illinois. Il n'en croyait pas ses yeux. Il s'agissait là d'un traité, conclu le siècle dernier entre ce peuple et Cavelier de La Salle[3]. Le chef insista pour qu'il «laisse sa marque». Lui qui ramenait au roi ses soldats, c'est avec une vive émotion qu'il contresigna le document au nom de Louis XV.

---

3. René-Robert Cavelier de La Salle : explorateur français qui atteignit, le 9 avril 1682, l'embouchure du Mississippi dont il prit possession au nom du roi de France. Trois jours plus tard, il donna à l'immense territoire du delta de ce fleuve le nom de Louisiane en l'honneur de Louis XIV et en prit également possession, étendant ainsi la frontière de la Nouvelle-France jusqu'au golfe du Mexique.

Chapitre 40

Au passage des canots

5 août, Sainte-Anne-du-Bout-de-l'Île.

Caporal trottine dans l'enclos, au grand plaisir de Joséphine qui croit «le cheval du roi» de retour. La bête présente la même robe noire, le même âge, la même foulée. Personne n'a voulu l'instruire qu'il s'agit en réalité de l'ancien cheval du sieur La Ramée. Pourquoi lui ravir inutilement cette joie? Son rire est comme un baume, ses yeux émerveillés, comme une promesse d'espoir après les épreuves de la guerre. Marie-Pierre lui a expliqué qu'on a dû changer le nom de Charbon au cours de sa mission. La fillette n'en a été que plus extasiée, s'imaginant qu'après avoir tiré le carrosse doré du roi, leur cheval est revenu tirer leur modeste charrette.

— Caporal n'est plus très jeune, mais il te sera utile, estime Louis La Ramée, assis près de Pierre sur un banc grossier, face au lac.

— Très utile. Je t'en remercie. C'est un beau cadeau.

— Non, c'est point un cadeau… Encore moins une dot… C'est… Comment dire? Frédéric aimait tellement ce cheval…

L'homme se tourne le haut du corps vers l'enclos pour cacher son chagrin. Pierre lui voit crisper le poing et l'entend prendre de grandes respirations.

— Tu t'souviens comment il était… mon Frédéric. Eh bien, figure-toi donc qu'il n'a jamais voulu que Caporal finisse dans l'assiette des soldats… Montcalm en personne n'aurait pu lui faire changer d'idée là-d'sus. C'est te dire comme il l'aimait… hein ?

La voix de Louis se brise. Pierre devine que son compagnon en a pour un bon moment à se ressaisir. Lui-même se sent étouffé par le souvenir de Nicolas. Pendant longtemps, les deux hommes en deuil de leur fils demeurent côte à côte sans rien dire. Sans rien faire d'autre que de perdre leur regard dans l'immensité du lac devant eux. Ce lac où aboutissent les deux principales voies d'eau de la fourrure et qui fut témoin de tout ce qu'ils ont accompli pour réaliser chacun ses rêves et ses ambitions.

Venant du côté du village, des voix s'entendent, portées par l'eau. Des voix qui chantent.

— Ils s'en viennent, dit Pierre.

— Quoi ? Tu les entends ?

— Oui. Ils chantent *Malbrough*, je crois.

Louis se met la main en cornet derrière l'oreille. Le visage plissé, il tente d'identifier la chanson, mais, devenu un peu sourd, il ne perçoit encore que des sons indistincts.

— Non, c'est *V'là l'bon vent*, affirme-t-il cependant.

— Nous verrons bien.

— Nous verrons lequel entend bien, tu veux dire, reprend Louis d'un ton plaisantin.

— Ils se sont arrêtés comme d'habitude à l'église de Sainte-Anne.

— Pour sûr, c'sont les nôtres à bord des canots, mais les gros profits iront aux Anglais. Comme voyageurs, les nôtres trouveront toujours à travailler. Les Anglais ne pourront trouver meilleure main-d'œuvre, mais le commerce n'appartiendra plus aux nôtres… Non. C'est fini. Pour nous, les Canadiens, c'est fini les affaires. C'n'est point pour rien que les négociants et les marchands bourgeois passeront en France. Modrière se préparait à lever l'ancre, mais v'là qu'il a levé les pattes avant.

— Ben, c'est pas moi qui va le pleurer.

— Ni moi.

Louis La Ramée n'a été ébranlé du décès de son associé qu'en raison des ennuis occasionnés à propos de leur entreprise commune. Coupée de la France, cette entreprise n'avait plus accès aux sources de capitaux et de marchandises et, pis que tout, elle était privée de marchés. En un mot, cette entreprise, déjà passablement paralysée par la corruption de la Grande Société, n'était plus qu'une coquille vide. Qu'une flotte de canots sans contrat. Un Anglais se montra intéressé à l'acquérir et, peu de temps avant de mourir, Modrière lui vendit sa part d'entreprise ainsi que son magasin général. Le nouveau partenaire de Louis ne tarda pas à l'acculer au pied du mur, le contraignant à se défaire de sa part à son tour en échange d'un emploi, soit celui de simple exécutant affecté au recrutement des hommes et à la préparation des marchandises pour les voyages aux Pays-d'en-Haut. Voyages qui ne tarderaient pas à suivre celui que sir Alexander Henry[1] venait d'entreprendre et pour lequel Louis a choisi Thomas Chapuy et Adrien Pomainville comme conducteur et bout avant d'un des canots.

— Ben, t'as raison, c'est *V'là l'bon vent*, reconnaît Pierre.

— C'est bien c'que j'avais entendu. « Le fils du roi s'en va chassant », chantonne Louis comme s'il accompagnait les hommes de l'expédition de cet Anglais, impatient de découvrir les richesses du pays récemment conquis.

— Tu n'y es pas. Ils en sont rendus à : « Oh, fils du roi, tu es méchant », constate Pierre avec un petit rire.

— C'est qu'ils auront sauté des couplets. Ouais, j'les entends. « Oh, fils du roi, tu es méchant... » Ça me fait penser, il est point fils de roi, ton Jean, mais son avenir est assuré en tant que maçon... Québec est à rebâtir, et les marchands anglais se feront construire de grosses maisons.

---

1. Alexander Henry (1739-1824) : dès l'ouverture du Canada aux commerçants anglais, il obtint un permis de traite des fourrures et entreprit, le 4 août 1761, une expédition vers les Pays-d'en-Haut.

Tu t'rends compte? Ils viennent de mettre la main sur toute la fourrure… Pour en revenir à ton fils, t'aurais dû le voir se tortiller quand il m'a demandé la main d'Anne. Moi, je me tortillais de mon bord, car tout ce que j'avais à offrir pour dot, c'était l'hébergement dans ma maison.

— C'est déjà beaucoup. À Montréal, c'n'est point aisé de trouver à se loger.

— C'n'est point aisé pour garder un cheval non plus. Le fourrage est rare et cher… Chez toi, Caporal sera bien: il pourra brouter. De toute façon, maintenant, j'n'en ai plus tellement besoin avec mon nouvel ouvrage.

— C'est mieux que rien comme ouvrage, non?

— Bof! C'est mieux que ce que faisait Louis Valet, mais beaucoup moins bien que ce que faisait Louis La Ramée.

— Qui c'est, ce Louis Valet?

— C'était moi du temps que je besognais au port de La Rochelle.

— Je n'l'ai point connu celui-là.

— Oh! Oui, tu l'as connu… Trop bien connu. C'est lui qui était prêt à tout pour devenir marchand bourgeois. Ouais, prêt à tout… À tricher, à mentir… Tu en sais quelque chose.

— Ainsi, c'est à Louis Valet que j'ai brisé le nez?

— Oui. Et c'était bien mérité. Si tu savais comment la fleur de lys sur ton épaule me fait honte… Tellement honte, mais c'est toi qui en es déshonoré.

— La fleur de lys ne signifie rien pour les nouveaux maîtres du pays, observe Pierre.

« V'là l'bon vent, ma mie m'appelle », scandent les hommes, faisant briller en cadence leurs pagaies sous les réverbérations du soleil. Bientôt, les grands canots passeront.

À sa table de cuisine, Isabelle les entend dans le silence qui succède aux larmes qu'Élise et elle viennent de verser. Il suffit parfois d'un rien pour ressusciter leur chagrin. Cette fois-ci, en compagnie de Marie-Pierre, elles étaient à élaborer joyeusement les préparatifs du mariage de leurs enfants quand, bêtement, le regard d'Isabelle est tombé sur la tuque de Nicolas. La voyant soudain distraite, Élise a remarqué le couvre-chef suspendu au crochet.

— Au moins, il te reste deux fils, avait-elle bredouillé.

C'était suffisant pour que le barrage des émotions cède.

Devinant leur besoin de s'épancher à la suite des épreuves qu'elles ont subies chacune de son côté, Marie-Pierre s'est éclipsée avec son bambin. Alors, les deux amies donnèrent libre cours à tout ce qu'elles avaient refoulé devant le mari et devant les autres enfants. Elles n'étaient plus que deux mères se rejoignant dans le même vide douloureux.

À la suite de la capitulation, à l'une comme à l'autre, leur mari avait laissé le choix de repasser en France, mais, pour elles, il était hors de question de quitter la patrie que leur fils avait défendue au prix de leur vie. Nicolas avait rendu l'âme avec la certitude qu'ils resteront français et Isabelle s'était juré que, chez les Vaillant, ils le resteraient. Chez les La Ramée aussi, assurait Élise. Toutes deux ne doutaient pas qu'il en serait ainsi dans les autres familles. À leur manière, les femmes donneraient un sens à la mort des fils, pères, frères et maris, en chantant la berceuse et boulangeant le pain de blé, en transmettant les prières, la langue, le savoir-faire et les coutumes.

— Écoute, c'est *V'là l'bon vent*. Tu te souviens, Élise?

Isabelle se lève et s'approche de la fenêtre.

— Tu tenais à peine sur tes jambes. Une chance que j'y étais, non? Ton beau Pierre qui revenait des Pays-d'en-Haut, rappelle Élise en rejoignant son amie.

Elles rient, reniflant et s'essuyant des larmes au coin des yeux. Isabelle retrouve l'émoi du moment où, après sept ans de séparation, elle revit Pierre devenu Poing-de-Fer. Du bout du monde, il lui ramenait un pays où vivre dans la dignité avec Marie-Pierre et les autres enfants qu'ils auraient. Comme elle aime encore cet homme et comme elle apprécie qu'il ait décidé d'abandonner le métier de voyageur! Dorénavant, il restera auprès d'elle, ses expéditions se résumant aux visites à Tehonikonrathe, son frère d'adoption. Jamais plus elle n'aura à vivre dans l'angoisse jusqu'à son retour.

Désormais, ses demandes de protection à la Vierge et à sa sainte Mère concerneront son gendre Thomas. Elle ne croit pas qu'Antoine, son benjamin, envisage de pratiquer ce dur métier. Maintenant âgé de quinze ans, Antoine s'entend à merveille avec son beau-frère Gaston, partageant avec lui et son père les travaux de la ferme et les activités de chasse, de pêche et de piégeage. Présentement, en compagnie d'Hélène et d'Angélique, Gaston et Antoine sont en train de creuser des trous pour des piquets de clôture chez Victor Chapuy. Amputé du pied droit au-dessus de la cheville après la bataille de Sainte-Foy, Victor tente de s'adapter à une prothèse de bois, mais se servir longtemps d'une pelle lui occasionne de vives souffrances. Veuf depuis plus d'un an et père de deux jeunes garçons, il courtise Angélique. Conservant précieusement l'assurance de son frère d'avoir été aimée par Frédéric, celle-ci a choisi d'accepter cet homme et ces enfants que la vie lui offre.

— Ils s'en viennent, grand-mère. Ils s'en viennent, annonce Damien alors que Marie-Pierre sort en coup de vent de son logis attenant à la maison, criant à Joséphine de venir saluer son père.

— Les v'là en route pour la rivière des Outaouaks, la Grande Rivière, comme disait Tehonikonrathe, fait remarquer Pierre.

— Ah! C'est une grande et fabuleuse rivière, mais elle nous en a fait baver par moments. Je devrais la détester pour m'avoir esquinté l'épaule, mais sans elle, Louis La Ramée n'aurait jamais existé.

Ni Poing-de-Fer.

Pierre se tourne vers l'ancien maître de canot à qui il en a tant voulu et découvre dans son regard un repentir sincère. Spontanément, il lui entoure les épaules d'un bras et le presse contre lui.

— J'suis content que tu sois là, compagnon.

Ensemble, ils regardent passer l'expédition du nouvel étranger qui s'aventurera sur cette rivière depuis longtemps profanée et où la fleur de lys ne régnera plus.

Log-book of my journey with Sir Alexander Henry up the Ottawa River

9ᵗʰ of August 1761.

Yesterday, we met an Indian family at the mouth of a river that they called the Wabozsipi ("Hare River"). Knowing the cruelty of these people, we were cautious because we were not sure whether they knew we had won the war against the French.

That Indian family camped near a small trading post. The oldest among them was the strangest man I have ever seen. Without being a dwarf, he was very small, and he limped. He was a kind of medicine man and we were greatly surprised to hear him speak English. He told us that he traded often at Fort Chouaguen and that he was willing to trade with us as well. We learnt that his son had died fighting for the English with the Tsonnontouans. His daughter spoke English as well and she had three sons. Her oldest, named Niagara, had mismatched eyes: one black, the other hazel.

Before we left, the medicine man told us that the Wabozsipi River and all the land north of it belonged to his people. The look he gave us meant that he didn't want any white man going up that river. Sir Alexander told him that he was only interested in the Ottawa River which leads to the fur country. The medicine man nodded in agreement [1].

---

1.   Journal de l'expédition de la remontée de la rivière des Outaouais avec Sir Alexander Henry, 9 août 1761.

« Hier, nous avons rencontré une famille indienne à l'embouchure d'une rivière que ces gens nommaient Wabozsipi (rivière du Lièvre). Connaissant leur cruauté, nous demeurions sur nos gardes parce que nous étions incertains qu'ils nous savaient les vainqueurs de la guerre contre les Français.

Cette famille campait près d'un petit poste de traite. Le doyen était l'homme le plus étrange que j'aie jamais vu. Très petit sans être un nain, il boitait. Il était une sorte de guérisseur et nous fûmes grandement surpris de l'entendre s'exprimer en anglais. Il nous a dit avoir l'habitude de troquer au fort Chouaguen et il se montrait disposé à le faire avec nous. Nous apprîmes que son fils était mort en combattant pour les Anglais aux côtés des Tsonnontouans. Sa fille parlait aussi l'anglais et elle avait trois garçons. Son aîné, nommé Niagara, avait un œil noir et l'autre, noisette.

Avant notre départ, le guérisseur nous avertit que la Wabozsipi et tout le territoire qui la bordait au nord appartenait à son peuple. La façon dont il nous regarda signifiait qu'il interdisait à tout homme blanc de s'y aventurer. Sir Alexander l'informa que seule l'intéressait la rivière des Outaouais conduisant au pays des fourrures. Le guérisseur acquiesça. »

Lumière sur les
personnages historiques

« C'est vous qui avez perdu le Canada. Vous avez trahi tous vos devoirs, votre administration a été criminelle, vous vous êtes joué des deniers publics. Vous avez enrichi vos favoris et fait vous-même une fortune immense. Attendez-vous à toutes les rigueurs de la justice. »

Ainsi Bigot fut-il accueilli à son retour en France par Berryer, le ministre de la Marine, responsable des troupes destinées à la défense de la colonie. L'intendant fut jeté à la Bastille avec les chefs de la Grande Société.

En décembre 1761, une commission présidée par M. de Sartines et composée de vingt-sept juges fut chargée du procès intenté au nom du roi « contre les auteurs des monopoles, abus, vexations et prévarications commis en Canada ».

Le 10 décembre 1763, le président de la commission rendit son arrêt contre les accusés. Bigot et le trésorier Varin furent bannis à perpétuité du royaume et leurs biens confisqués. Cadet (le munitionnaire) fut banni de Paris pour neuf ans et condamné à restituer six millions de livres. Les autres concussionnaires eurent à restituer des sommes allant de 30 000 à 600 000 livres.

*

Dès son retour en France, Lévis fut promu lieutenant général par Louis XV. Il eut par la suite une glorieuse carrière dans les armes et fut créé chevalier des ordres du roi, maréchal de France, puis duc héréditaire. Il mourut d'apoplexie à l'âge de 67 ans.

*

Préférant servir dans les colonies, Pierre Passerat de la Chapelle devint en 1767 capitaine-commandant du bataillon Saint-Pierre à la Martinique. En 1777, le ministère des Affaires étrangères de France, désirant être renseigné sur les événements d'Amérique dans les rangs des insurgés, cherchait un officier capable d'entrer en relation avec George Washington en se faisant passer pour un négociant martiniquais venu pour des offres de fourniture à l'armée. Pierre Passerat de la Chapelle fut choisi en raison de son expérience du pays, de sa connaissance de l'anglais, de l'espagnol et de plusieurs idiomes indiens. Il gagna la Louisiane, remonta le Mississippi et, à l'automne 1777, il séjourna pendant trois semaines au quartier général de George Washington [1] qui le présenta à son état-major comme un ami. Les deux hommes eurent de longs entretiens sous couvert de commandes d'armes. Peu de temps après, la France mettait officiellement ses forces au service de la cause de l'indépendance américaine.

Pierre Passerat de la Chapelle reçut la croix de Saint-Louis pour ses actions d'éclat lors de l'attaque de Sainte-Lucie (1778), de la prise de Grenade (1779) et du siège de Savannah (1779). Après trente-cinq ans de services ininterrompus, deux blessures, vingt-huit combats et trente-huit campagnes de guerre aux colonies, il obtint du roi une pension de 2 400 livres. Il mourut en 1805 à la Martinique, loin du château de Montville que possèdent aujourd'hui ses descendants. Fin juin, sur le coteau de Manicle où subsiste le grangeon, les chevreuils viennent encore manger le raisin des vignes qui produisent un vin d'appellation contrôlée nommé « Manicle ».

*

---

1.   Quartier général de George Washington : le camp de White Plains.

À la tête de ses convertis, le sulpicien François Picquet fut de tous les combats et il exerça également les fonctions d'aumônier des troupes françaises. À la suite de la capitulation de Montréal, accompagné de vingt-cinq Français et d'Indiens, il gagna La Nouvelle-Orléans qu'il atteignit quatre mois après Pierre Passerat de la Chapelle. De là, il s'embarqua définitivement pour la France.

*

Sir Alexander Henry arriva à Makinac dans les premiers jours de septembre 1761 où il reçut d'abord un accueil plutôt hostile de la part des peuplades indiennes alliées des Français. Très tôt, cependant, il sut établir de bonnes relations avec celles-ci ainsi qu'avec les Français et il devint un important marchand de fourrures. En 1785, avec dix-huit autres trafiquants du Nord-Ouest, il fonda le Beaver Club de Montréal. En 1809, il publia ses mémoires sous le titre de *Travels and Adventures in Canada and the Indian Territories between the Years 1760 and 1776*.

Fin du régime français

Le 10 février 1763, par le traité de Paris, la France cédait définitivement à l'Angleterre le Canada et tout ce qu'elle possédait en Amérique du Nord à l'est du Mississippi, à l'exception de La Nouvelle-Orléans et d'un petit territoire adjacent ainsi que des îles Saint-Pierre et Miquelon. Selon Voltaire, l'occupation de « ces quelques arpents de neige » ne serait qu'une cause éternelle de guerres et d'humiliations. Cependant, les chambres de commerce ainsi que plusieurs esprits clairvoyants, tels Bougainville et le commissaire Bernier, avaient soumis en vain des lettres de protestations et écrit des mémoires afin de conserver cette colonie pleine de ressources. Hélas, la toute-puissante Pompadour avait décidé.

Remerciements

J'exprime toute ma reconnaissance à monsieur Jean-Pierre Passerat de la Chapelle pour l'autorisation d'intégrer son ancêtre parmi mes personnages fictifs ainsi que pour sa précieuse collaboration. Nul autre que lui n'aurait mieux nourri ma plume pour faire revivre, à travers le jeune officier de la Chapelle, une facette de la réalité des militaires français qui ont participé à ce que l'on nomme au Québec la « guerre de la Conquête ».

Mes remerciements vont également à mon ami Jean-Claude Bonvallet, pour les recherches et les démarches qu'il a effectuées en France ; à monsieur Gill Tinkler, homme de rivière et capitaine de l'équipe du Québec dans la Course des Voyageurs lors du Centenaire du Canada, pour avoir éclairé ma lanterne au sujet de la direction des hommes et des canots ; à Danielle Pigeon pour sa formidable documentation sur le ginseng, ainsi qu'à mon amie Gisèle Bertrand-Caumartin pour la première révision des textes.

Bibliographie

Assiniwi, Bernard. *Histoire des Indiens du Haut et du Bas Canada*, tome 3 : *De l'épopée à l'intégration (1685 à nos jours)*, coll. « Ni-t'chawama/Mon ami mon frère », Léméac, Montréal, 1974.

Assiniwi, Bernard. *La Médecine des Indiens d'Amérique*, coll. « Nature et mystères », illustrations de Marc-André Assiniwi, Guérin littérature, Montréal, 1988.

Béland, Madeleine. *Chansons de voyageurs, coureurs des bois et forestiers*, collaboration de Lorraine Carrier-Aubin, Les Presses de l'Université Laval, Québec, 1982.

Bilodeau, Rosario et Robert Comeau, André Gosselin, Denise Julien. *Histoire des Canadas*, Éditions Hurtubise HMH, Montréal, 1976.

Boileau, Gilles. *Le Silence des Messieurs : Oka, terre indienne*, Éditions du Méridien, Montréal, 1991.

Bouchard, Claude et Jacques Lacoursière. *Notre histoire : Québec-Canada*, vol. 3, Éditions Format, Montréal, 1972.

Capps, Benjamin. *Les Indiens*, Éditions Time-Life.

Caron, Abbé Ivanhœ. *La Colonisation du Canada sous la domination française, précis historique*, Québec, 1916.

Casgrain, Abbé Henri-Raymond. *Journal des Campagnes du Chevalier de Lévis en Canada, de 1756 à 1760*, collection des Manuscrits du maréchal de Lévis, Montréal, 1889.

Casgrain, Abbé Henri-Raymond. *Lettres du Chevalier de Lévis concernant la guerre du Canada, 1756-1760*, collection des Manuscrits du maréchal de Lévis, Montréal, 1889.

CASGRAIN, Abbé Henri-Raymond. *Lettres de la Cour de Versailles au baron de Dieskau, au marquis de Montcalm et au chevalier de Lévis*, collection des Manuscrits du maréchal de Lévis, Québec, 1890.

CASGRAIN, Abbé Henri-Raymond. *Guerre du Canada, 1756-1760, Montcalm et Lévis*, collection des Manuscrits du maréchal de Lévis, Québec, 1891.

CASGRAIN, Abbé Henri-Raymond. *Lettres de M. de Bourlamaque au chevalier de Lévis*, collection des Manuscrits du maréchal de Lévis, Québec, 1891.

CASGRAIN, Abbé Henri-Raymond. *Lettres et pièces militaires, instructions, ordres, mémoires, plans de campagne et de défense, 1756-1760*, collection des Manuscrits du maréchal de Lévis, Québec, 1891.

CHAGNY, André. *François Piquet*, Beauchemin, Montréal, 1913.

COURSOL, Luc. *Lac-du-Cerf*, « La Mémoire du Temps », la paroisse Notre-Dame-de-Lourdes, 1992.

DECHÊNE, Louise. *Habitants et marchands de Montréal au XVIIᵉ siècle*, coll. « Civilisations et mentalités », dirigée par Philippe Ariès et Robert Mandrou, Éditions Plon, Montréal et Paris, 1974.

DUNN, Guillaume. *Les Forts de l'Outaouais*, Éditions du Jour, Hull, 1975.

FRANQUET, Louis. *Voyage et mémoires sur le Canada*, Imprimerie générale A. Côté & Cie (Institut canadien de Québec), 1889, réédité dans la coll. « Mémoire pittoresque », Montréal, 1974.

FRÉGAULT, Guy et Marcel TRUDEL. *Histoire du Canada par les textes*, tome 1 (1534-1854), Éditions Fides, Ottawa, 1963.

FRÈRE MARIE-VICTORIN. *Flore laurentienne*, 3ᵉ éd., Les Presses de l'Université de Montréal, Montréal, 1995.

FRÈRES DES ÉCOLES CHRÉTIENNES. *Histoire du Canada*, 2ᵉ édition, revue et corrigée, FEC éditeur, Laval, 1914.

GAFFIELD, Chad, (directeur) et André CELLARD, Gérald PELLETIER, Odette VINCENT-DOMEY, Caroline ANDREW, André BEAUCAGE, Normand FORTIER, Jean HARVEY, Jean-

Marc SOUCY. *Histoire de l'Outaouais*, coll. «Les régions du Québec», Institut québécois de recherche sur la culture, Québec, 1994.

GERMAIN, Georges-Hébert, sous la direction scientifique de Jean-Pierre Hardy. *Les Coureurs des bois: La saga des Indiens Blancs*, illustrations de Francis Back, Éditions Libre Expression, Montréal, 2003.

GUINARD, Joseph-E., o.m.i. *Les Noms indiens de mon pays: leur signification, leur histoire*, Rayonnement, Montréal, 1960.

JACQUIN, Philippe. *Les Indiens Blancs: Français et Indiens en Amérique du Nord, (XVIe-XVIIIe siècle)*, Éditions Libre Expression, Montréal, 1996.

KALM, Peter. Traduit par ROUSSEAU, Jacques et Guy BETHUNE, *Voyage de Peter Kalm au Canada en 1749*, Éditions Pierre Tisseyre, Montréal, 1977.

LACHANCE, André. *Vivre à la ville en Nouvelle-France*, Éditions Libre Expression, Montréal, 2004.

LAMOUREUX, Gisèle et autres. *Plantes sauvages printanières*, Fleurbec éditeur, Saint-Augustin, 1975.

LAMOUREUX, Gisèle et autres. *Plantes sauvages des lacs, rivières et tourbières*, Fleurbec éditeur, Saint-Augustin, 1987.

LAMOUREUX, Gisèle et autres. *Fougères, prêles et lycopodes*, Fleurbec éditeur, Saint-Augustin, 1993.

LAPOINTE, Pierre-Louis. *Au cœur de la Basse-Lièvre: La ville de Buckingham de ses origines à nos jours, 1824-1990*, Ville de Buckingham, 1990.

Larousse encyclopédique en couleur, 1977.

LESSARD, Rénald. «Aux XVIIe et XVIIIe siècles, L'exportation de plantes médicinales canadiennes en Europe», *Cap-aux-Diamants*, numéro 46, été 1996.

MARTIN, Paul-Louis. *La Chasse au Québec*, Boréal, Montréal, 1990.

PASSERAT DE LA CHAPELLE, Baron. «Passerat de la Chapelle 1734-1805, Campagne du Canada, Guerre de l'Indépendance Américaine», extrait de la revue *Nova Francia*, Paris, 1933.

PROVENCHER, Jean. *Chronologie du Québec*, Boréal, Montréal, 1991.

Saint-Pierre, Télesphore. *Histoire des Canadiens du Michigan et du comté d'Essex, Ontario,* Typ. de la Gazette, Montréal, 1895.

Dictionnaire biographique du Canada, de 1701 à 1740, vol. II, Les Presses de l'Université Laval.

Rapport de l'archiviste de la Province de Québec, 1923-1924

Rapport de l'archiviste de la Province de Québec, 1924-1925

Rapport de l'archiviste de la Province de Québec, 1926-1927

Rapport de l'archiviste de la Province de Québec, 1927-1928

Rapport de l'archiviste de la Province de Québec, 1931-1932

Rapport de l'archiviste de la Province de Québec, 1934-1935

« La fantastique odyssée d'un gentilhomme bugiste en Amérique », *La Voix de l'Ain,* 4 juillet 1975.

« François Piquet, Le Canadien », *La Voix de l'Ain,* 11 avril 1980.

www.chapelle-saint-claude.com/chateau_montville.htm

Table

Deuxième partie